# 第六届全国交通运输
# 优秀新闻作品集

《第六届全国交通运输优秀新闻作品集》编委会　编


人民交通出版社股份有限公司
China Communications Press Co.,Ltd.

## 内 容 提 要

本书由第六届全国交通运输优秀新闻作品汇集而成,包括消息类、通讯类、评论类、副刊类、论文类、新闻图片类、专题片类、微视频类8大部分内容,共收录2015年和2016年发表在《中国交通报》《筑港报》《中国远洋海运报》《二航人》《中国救捞》《贵州交通》等交通报刊上的优秀作品134篇。

本书可供交通运输行业新闻工作者及相关从业人员学习使用。

**图书在版编目(CIP)数据**

第六届全国交通运输优秀新闻作品集/《第六届全国交通运输优秀新闻作品集》编委会编. —北京:人民交通出版社股份有限公司,2018.8

ISBN 978-7-114-14936-8

Ⅰ.①第… Ⅱ.①第… Ⅲ.①新闻—作品集—中国—当代 Ⅳ.①I253

中国版本图书馆CIP数据核字(2018)第176761号

书　　名:第六届全国交通运输优秀新闻作品集
著 作 者:《第六届全国交通运输优秀新闻作品集》编委会
责任编辑:林春江　刘永超
责任校对:刘　芹
责任印制:张　凯
出版发行:人民交通出版社股份有限公司
地　　址:(100011)北京市朝阳区安定门外外馆斜街3号
网　　址:http://www.ccpress.com.cn
销售电话:(010)59757973
总 经 销:人民交通出版社股份有限公司发行部
经　　销:各地新华书店
印　　刷:北京市密东印刷有限公司
开　　本:720×960　1/16
印　　张:30.75
字　　数:469千
版　　次:2018年8月　第1版
印　　次:2018年8月　第1次印刷
书　　号:ISBN 978-7-114-14936-8
定　　价:75.00元

# 《第六届全国交通运输优秀新闻作品集》

## 编　委　会

# CONTENTS 目录

## ◎消息类◎

### 一等奖



### 二等奖

## 三等奖



## ◎通讯类◎

## 一等奖

## 二等奖

## 三等奖

## ◎评论类◎

### 一等奖



### 二等奖

## 三等奖



# ◎副刊类◎

## 一等奖



## 二等奖

### 三等奖



## ◎新闻图片类◎

### 作品评析



## ◎专题片类◎

### 作品评析



## ◎微视频类◎

### 作品评析

## ◎附录◎



**本书封面照片《龙江特大桥箱梁吊装》**

郭志伟摄影，图片类一等奖，原刊于《交通建设报》2015年9月30日1版

本书采用照片均为新闻图片类获奖作品

# 消　息　类

获奖名次：图片类三等奖

标　　题：《杨传堂部长与一线员工共话交通发展》

作　　者：张敬云

原 刊 于：《中国道路运输》2016 年 01 期

获奖名次：图片类二等奖
标　　题：《海上“蜘蛛侠”》
作　　者：黄顺泰
原 刊 于：《中国救捞》2016 年第 4 期

# 一等奖

## 鏖战四年终圆梦　铸就经典新地标

# 港珠澳大桥桥梁主体贯通

纪子骁　董永贺

**本报珠海讯**　浩瀚的伶仃洋，全长22.9公里的巨龙绵延驰骋在海面上，“中国结”“海豚”“风帆”三个巨型景观在洋面上熠熠生辉，已成为港珠澳大桥以及伶仃洋面上的标志性景观。

9月27日，港珠澳大桥桥梁主体工程贯通仪式在施工现场成功举行，标志着目前世界在建最长的跨海大桥——港珠澳大桥桥梁主体工程全面贯通。港珠澳大桥管理局局长朱永灵、总工程师苏权科，公司领导李一勇、赵传林以及各参建单位相关领导参加了贯通仪式。

贯通仪式上，公司副总经理、总工程师李一勇作为参建代表发言。他指出，公司牵头实施的桥梁工程CB03标段，位于伶仃洋深海区，全长8.67公里，是整个桥梁工程中里程最长、承台构件类型最多的标段。自建设以来，公司秉承“干一流的、做最好的”核心价值观，大力弘扬自主创新精神，开展科技攻关，施工中推行“每一根都是第一根、每一座都是第一座、每一榀都是第一榀”的匠心理念，精益求精、一丝不苟，确保实现120年的质量目标，也确保了全面实现“大型化、工厂化、标准化、装配化”的四化理念，为珠江口再添一道靓丽的风景线。朱永灵在发言中指出，正是参建人员不忘初心的执着进取精神，经过四年的艰苦鏖战,才铸就了这一经典传世的建筑新地标。

港珠澳大桥总长55公里,是连接香港、珠海和澳门的超大型跨海通道,也是迄今世界最长的跨海大桥,包括海中桥隧主体工程,以及香港、珠海、澳门三地口岸和连接线。其中,主体工程由长达22.9公里的桥梁工程和6.7公里的海底沉管隧道组成,隧道两端建有东、西两个人工岛,被英国《卫报》誉为"新世界七大奇迹"之一。桥梁主体工程由钢箱梁和混凝土构成,桥面总铺装面积达70万平方米,是中国建设史上里程最长、投资最大、施工难度最高的跨海大桥。

港珠澳大桥,是"一国两制"框架下粤港澳三地首次合作共建的超大型跨海交通工程。桥梁主体工程贯通,是这一工程开工以来的又一个里程碑。工程设计为双向六车道高速公路桥,设计速度为100公里/小时。港珠澳大桥建成通车后,将首次实现珠海、香港、澳门的三地对接,珠海至香港的交通时间将由现在的水路1小时、陆路3小时以上,缩短至30分钟内,对促进三地的经济、文化交流,提升区位优势和发展优势有着十分重要的意义和作用。

公司副总经理、CB03标项目经理赵传林介绍,港珠澳大桥拥有世界最长120年的设计使用寿命,其工程技术难度之大、质量标准之高在国内前所未见。桥梁主体分为三个标段,而公司所承建的CB03合同段是施工难度最大的标段。在四年的建设中,"一航"人克服了恶劣的海况条件、复杂的技术工艺、巨大的船机设备管理压力等不利因素,最终保质保量完成了建设任务。

据了解,CB03标段施工所涉及的高精度沉桩、装配式钻孔平台应用、外海超长嵌岩灌注桩施工、大型钢圆筒围堰、大型埋置式墩台安装、大节段钢箱梁吊装等技术工艺均为国内首次应用。

原载于《筑港报》2016年10月1日1版

# “世界第一高桥”建成通车

## 桥面至谷底垂直高度565米，相当于200层楼高

隋业辉　于　越　谢　刚

12月29日8时58分，随着一辆辆汽车驶上桥面，全球最高桥——北盘江第一桥正式通车，标志着杭瑞高速贵州段将全面建成通车。至此，云贵两省又增加一条高速通道，从云南宣威到贵州六盘水车程由过去的4小时缩短至1小时。

北盘江第一桥是杭瑞高速毕节至都格段控制性工程，连接云南宣威和贵州六盘水，由云贵两省合作共建，中交二航局承担贵州岸施工。大桥全长1341.4米，桥面至谷底高差达565米，大约相当于200层楼高，为目前“世界第一高桥”。著名的埃菲尔铁塔高度刚刚超过它的一半。目前世界最高的五座桥全部在中国。

大桥沿线重峦叠嶂、地质情况复杂，大桥设计者通过反复论证，创新性地推出了山区特大跨径钢桁梁斜拉桥方案，720米的主跨在同类型桥梁中位居世界第二，大桥两岸主桥墩高度分别为269米和246.5米。整座大桥使用了上万个钢构件，85万套高强螺栓，总重量近3万吨，通过两边桥塔上的112对拉索牵引。

记者在现场看到，北盘江第一桥横跨高山峡谷，处于北盘江上游，属于喀斯特地貌区域，沟谷纵横，植被完好，风光秀丽。站在高处眺望，云雾缭绕中的大桥宛如一条长虹划过天际。

据中交二航局毕都高速北盘江第一桥项目部总工程师王超介绍，大桥自2012年开工以来，中交二航人克服了当地基础设施差，供电、供水保障不足，峡谷横风、低温、霜冻等不利影响，保证了大桥精确合龙。

大桥建设过程中，桥面与谷底的巨大高差给施工带来了严峻挑战，传统施工工艺不适用于该桥。王超说，“我们通过技术创新，世界首创模块化钢桁梁自动顶推系统，破解了深山峡谷地区作业场地受限的难题，获中国专利奖金奖。”

历经四年多的艰苦奋战，大桥建设者还攻克五大技术难题，采用四项技术创新，并首次采取了“智能”混凝土、云计算等高科技。

在北盘江上，“二航”人先后完成水盘高速北盘江大桥、三路一桥都格大桥和此次通车的北盘江第一桥三座大桥建设。其中，水盘高速北盘江大桥主跨290米，国内首创斜腿连续刚构结构形式，一个月前刚获评“鲁班奖”，“詹天佑奖”正在公示中。

一桥跨两省，天堑变通途。北盘江第一桥如同一道彩虹，横跨在云南与贵州交界的峡谷之上。世世代代困扰着峡谷两端居民的出行问题，已经被彻底改善。毕都高速建成后，可将黔、川、滇三省交界区域快速融入全国高速公路网，对实现国家“一带一路”倡议具有重要意义。

原刊于《二航人》2016年12月30日1版

## 邮政业职业分类体系重新确立

# 国家职业分类中首次出现“快递员”

张　慧　王　颖　王洪磊

**本报讯**　7月29日，国家职业分类大典修订工作委员会全体会议在京召开。会议审议并颁布了2015版《中华人民共和国职业分类大典》(以下简称《大典》)，快递员作为新职业被纳入其中，这标志着其职业身份在“国家确定职业分类”上首次得以确立。

据悉，新版《大典》中邮政业涉及职业从原来的16个减少至11个，其中新增快递工程技术人员、快递员和快件处理员3个职业，13个工种。作为《大典》重要组成部分的邮政业职业分类体系的重新确立，为邮政业开展信息统计、人力资源开发管理、职业教育培训、推行职业资格制度等工作奠定了坚实基础，提供了有力依据。

国家邮政局职业技能鉴定指导中心副主任尹贻军在接受本报记者采访时表示，国家邮政局作为国家职业分类大典修订工作委员会成员单位全程积极参与，为科学制订职业分类体系提供了有力依据和基础。新版《大典》邮政业职业分类适应行业发展和人力资源管理的新需要，在分类上更加科学规范，在结构上更加清晰严谨，在内容上更加准确完整。快递员职业身份的确立，充分体现了快递业在国民经济发展中的重要支撑作用，在吸纳就业、大众创业中的推动作用。

对于邮政业职业分类体系的重新确立，国邮智库专家、国家职业分类大典修订工作专家委员会委员、北京邮电大学邮政发展研究中心主任赵国君表示，新版《大典》中增加了“快递员”这一职业，更加凸显其与时俱进的特点，反映了快递业的迅猛发展,这对于行业开展职业技能鉴定、人才招聘、就业培训及岗位核定等方面工作都具有重要的推动作用。

尹贻军表示,下一步将加大《大典》的宣传力度,发挥好《大典》在推动行业发展中的积极作用,并加快做好职业标准的开发修订工作,满足行业发展、企业生产经营和人力资源管理的需要,满足职业教育培训和人才评价工作的需要。

原刊于《中国邮政快递报》2015 年 7 月 31 日 1 版

# 二等奖

中希两国总理见证比雷埃夫斯港股权转让协议确认函的签署

## 希腊总理齐普拉斯到访中国远洋海运集团

黄奇萃

**本报讯** 7月4日，中国远洋海运集团有限公司和希腊共和国资产发展基金在北京人民大会堂签署确认函，宣布此前签署的比雷埃夫斯港口管理局（PPA）股权转让协议中列明的交易交割前提条件已经全部满足，这标志着中国远洋海运集团在完成收购比雷埃夫斯港67%股权上又迈出了决定性的一步。国务院总理李克强与希腊总理齐普拉斯出席并见证签约，中国远洋海运集团董事、总经理万敏与希腊共和国资产发展基金主席斯特吉奥斯·彼其欧拉斯代表双方在确认函上签字。

当天，在北京人民大会堂金色大厅还举办了“中希海洋合作论坛”，希腊总理齐普拉斯在论坛中发表主旨演讲时表示，与中远海运的合作，将为希腊带来利益。万敏在论坛上做了主题发言，他指出，中国远洋海运集团收购比港管理局67%股权进展顺利，该项目不仅被视为中国和希腊合作的成功典范，更成为中希两国友谊的一座桥梁。万敏表示，中国远洋海运集团今后将依托比港得天独厚的地理位置，把握“一带一路”和两国合作的战略机遇，加大基础设施投资，优化整合比港业务板块，全面提升港口运营能力，将比港打造成地中海地区最大的集装箱中转港、海陆联运的桥头堡、国际物流分拨中心和中东欧、巴尔干地区的南大门。

今年4月8日，中国远洋海运集团与希腊共和国资产发展基金签署比雷埃夫斯港股权收购协议和股东协议，6月10日，比港管理局举行特别股东大会投票通过该协议，之后希腊反垄断机构也于6月22日批准并购交易。6月30日，希腊议会以超过三分之二的多数，批准认证了比雷埃夫斯港口与希腊政府所需签署的修改版的特许经营权协议，至此，中国远洋海运集团收购比港的一系列审批流程正式完成。此次确认函的签署，将对深化两国双边经贸往来和促进中希关系发展起到积极的推动作用。

中国远洋海运集团自2009年通过比雷埃夫斯集装箱码头公司(PCT)在希腊投资经营比港。目前，比港码头已成为希腊大型的、技术先进的现代集装箱码头，是全球前100大集装箱码头中吞吐量增长最快的码头之一，也是多家国际集装箱班轮公司在地中海东部地区的重要枢纽港。2015年，比港的集装箱吞吐量已从2010年的88万TEU增长到了336万TEU，吞吐量排名也从全球第93位大幅提升到第39位。PCT的发展改善了比港的基础设施条件、带来了超过1200个新的直接工作机会、增加了希腊的财税收入，推动了当地经济的发展。

原刊于《中国远洋海运报》2016年7月8日A1版

一周订单超4000箱,村民通过本报感谢交通人

# 新疆有机枣饱含正能量

范永伟　麦尔丹买·买买提

非常感谢《中国交通报》帮忙推销村里的有机枣。报道刊发之后,各类新闻网站、微信朋友圈纷纷转载,全国各地的订单纷至沓来,村民们都喜笑颜开。"11月15日,新疆维吾尔自治区交通运输厅驻岳普湖县铁热木镇库台克力克村工作组组长阿力亚·要力瓦斯高兴地说,该村和邻近的协开尔村已经收到4000余箱的订单,总销量达20余吨。

日前,本报通过驻村记者了解到库台克力克村的卖枣难题后,积极策划在11月8日头版刊发了《本报记者邀您团购新疆有机枣》的报道。图文并茂的推介吸引了广大读者的目光,也激发了广大交通人的爱心。交通运输部办公厅的干部职工看到报道后,立即通过编辑部联系住村记者,一次就订了近50箱。湖南交通运输系统的邹女士在微信朋友圈说,她转发报道后,很多同事、朋友找她帮忙团购,她总共订了30箱。

收到订单后,驻村工作组会同村党支部、村委会成立了监督小组,指定专人将大枣精心筛选、装箱,保证发到全国各地的红枣都是优质的。"如果把劣质的红枣卖给内地的朋友,他们会觉得我们不实在,会影响我们村的声誉,也辜负了他们的爱心……"担任监督小组组长的村民艾合买提·努热克深感责任重大,在红枣质量把关上毫不含糊。

11月12日晚,第一批经过筛选的600箱红枣顺利装车,送到了岳普湖县城的快递网点办理寄递。为了避免误寄,住村工作组干部艾克白尔·达吾提反复与快递网点负责人核对收货人地址,并嘱咐工作人员一定要轻拿轻放。据了

解，村民们写了一封感谢信放在每个箱子里，随红枣一起送到各地爱心人士手中。

感谢驻村工作组，年初请来专家教我们如何种枣，现在又想办法帮我们以这么好的价格把红枣卖出去。”库台克力克村红枣种植户赛买提·吾守尔说，他卖出了550公斤红枣，收入7500元，这是前所未有的大喜事。村民们还希望通过本报再次感谢好心的交通人，交通人让他们体会到了勤劳致富的乐趣。

原刊于《中国交通报》2016年11月16日1版

申城3000辆出租车为爱亮"屏"

# 强生、大众出租车后窗广告"参与"找失联男孩

邱 佳

**本报讯** "子壬,妈妈想你！快回家吧！"10月27日晚,上海3000多辆出租车后窗广告显示屏,在秋雨的夜晚循环播放着一条寻人启事。瞬间,出租车显示屏的照片在微信朋友圈刷屏,成为"网红"。这是本市出租车广告业参与社会应急救援的第一次成功尝试。

10月25日下午4时左右,一条从微信朋友圈发出的寻人启事被迅速转发,一位名叫李子壬的13岁男孩因为学习受到批评而离家出走,一走就失去了联系。

很快,这则寻人启事迅速引起社会各界的关注。

10月27日中午,李子壬失联已近48小时,上海强生出租公司员工从网络上得知此事,便向企业提议能否在车辆滚动屏幕上播放一下寻人启事,出租车全城跑,孩子看到消息的可能性更大些。

强生广告公司经理柴伟了解情况后,立即派人与李子壬父母取得联系。下午3时左右,工作人员从曹杨路谈家渡路的公司出发,赶到位于宝山区铁力路附近的李子壬家中,没想到却吃了"闭门羹"。原来,在他们赶来途中,父母二人突然获知儿子线索,还来不及通知他们,已启程赶往天目路的上海火车站查看监控视频。下午4时左右,在火车站大厅,工作人员终于见到了李子壬父母。

在征得家属同意后,他们立即制作了包括李子壬照片、联系方式等信息的电子寻人启事。

柴伟说:"我们利用互联网后台遥控出租车内的微型投影仪,通过出租车后

窗投影来显示寻人启事,在已安装显示屏的车辆上进行投放。当天晚上19时30分起,每次播放1分钟,隔5分钟播放一次。”截至28日凌晨2时,强生出租汽车公司2500余辆、大众出租汽车公司500余辆出租车共播放寻人启事23.4万次。

柴伟说:“公司出租车的后窗广告是收费的,投放商业广告,每500辆车10天收取10万元。但是这是做好事,不能用钱去衡量,是我们应该做的。”

强生控股股份有限公司总经理助理程林表示:“我们都知道孩子对于一个家庭有多重要,这是我们强生应该做的,是我们应尽的社会责任。”

10月28日上午,李子壬在失联近64小时后,终于在杭州被找到了。

“万分感谢出租车公司帮我们播寻人启事,出租车流动量大,基本上市区都能看到。”李子壬的父亲李晓亮告诉记者,“今天上午,强生公司在得知我们一家团聚的消息后,还特意给我们发来祝福短信。上海这张城市‘名片’真的好!”

“孩子成功找到,感谢社会各界的热心帮助。”10月28日17时30分,3000余辆上海出租车后窗显示屏这样显示。这一次,传递的是“感恩”。柴伟说:“在征得家属同意后,我们想通过这种方式感谢社会各界的帮助,将这份正能量传递下去。”

原刊于《上海交通》2016年11月2日1版

中国交建运营的牙买加南北高速车流量过百万

# 中国企业在海外运营首条高速公路

任明朝

**本报讯** 6月21日，在牙买加，一条由中国企业建设、运营的高速公路累计车流量超过了100万辆。数据显示，牙买加全国汽车保有量120万辆左右，假使每辆车跑一次，那么，这个国家几乎所有汽车都在这条高速公路上行驶过。

这条路就是牙买加南北高速公路。它全长约65公里，连通南部首都金斯敦与北部旅游城市八条河镇，由中国交建所属中国港湾运营。这是首条由中国企业在海外运营的高速公路，是中国首个境外大型基础设施投资项目，也是牙买加历史上规模最大的基建项目。

从20世纪80年代开始，牙买加政府就进行了修建南北高速公路的论证，但岛南和岛北之间是巍峨群山和深沟险壑，囿于资金和技术问题，这个梦想一直未能实现。一家法国知名工程承包企业曾想修建这条高速公路，但工程难度太大，中途不得不放弃。

2011年，牙买加政府批准中国港湾投资建设南北高速公路，并给予中国港湾50年特许经营期以收回建设成本。今年3月23日，牙买加南北高速公路通车。牙买加现任总理安德鲁·霍尔尼斯、前任总理辛普森·米勒携牙买加政府内阁全体成员，中国驻牙买加大使牛清报参加通车典礼。

安德鲁·霍尔尼斯在通车仪式上表示，非常感谢中国企业修建这条高速公路，让牙买加人民多年来的梦想得以实现。

南北高速的开通带动了牙买加旅游业的发展。通车后，从八条河镇到金斯敦的行车时间从两小时缩短为半小时，牙买加人把这条高速公路称为“最美高速”。牙买加国家道路运营公司总经理安德森说，“每年前往北海岸旅游的游客可达300万人次，如果这些游客沿高速公路南下到金斯敦享受旅游服务，将对牙买加的经济发展有极大的拉动作用。”

高速公路的修建，也给牙买加人民带来了就业机会。在修建过程中，1000名中国人与1000名牙买加人，逢山开路、遇水搭桥，耗时3年，最终完成了这项总投资7亿美元的工程。统计显示，通车后，公路为当地创造了2000多个服务型就业岗位。

行驶在牙买加南北高速公路上，人们能够看到汉字标识，听到热情的牙买加收费员微笑着说“你好”“谢谢”，中国文化元素遍布高速公路的各个角落。

辛普森·米勒兴奋地带牛清报参观南北高速公路，并介绍沿途美景。牛清报说，“这是一条很棒的高速公路，我相信中牙友谊一定会像南北高速一样一路畅通！”

南北高速只是一个开始。安德鲁·霍尔尼斯本月16日向媒体表示，牙买加政府计划用中国贷款，对该国南部路网实施系统性升级改造。

原刊于《交通建设报》2016年6月23日1版

## 哈俄公路国际大通道正式开通

# 龙江形成全方位立体化跨境运输体系

陈晓光

**本报讯** 作为“龙江丝路带”的又一重大举措,7 月 20 日,满载着 50400 双哈尔滨地产鞋的 4 辆国际货运汽车从哈尔滨出发,货物将通过满洲里口岸进入俄罗斯,预计 9 天后将抵达莫斯科。这标志着龙运国际陆港中俄集运中心正式启动,哈俄公路国际大通道正式开通,同时黑龙江省已经形成了以哈尔滨为中心的公路、铁路、民航,全方位、立体化的跨境运输体系。副厅长潘杨、哈尔滨市副市长曲磊等出席启动仪式。

据悉,此次运输的货物价值 600 万元,由省龙运集团提供取货、装货、清关、运输等一条龙服务。过去,从哈尔滨发往俄罗斯莫斯科的公路货运需要货主经过运输、通关、清关、仓储、境外运输等十多个程序,历时几十天才能运到。此次哈俄公路国际运输通道开通后,货主坐在家里就可以等待承运商上门取货,省去之前复杂的运输程序,9 天后货物即可到达莫斯科。省龙运集团总经理刘少波介绍,我省有 3000 多公里对俄公路边境线,公路运输具有运费与铁路持平,运输时间比铁路缩短一半的优势。今年龙运集团以“园区 + 平台 + 系统 + 运力 + 服务”的供应链综合服务为核心,联合地产出口资源吸引产业配套企业进驻哈尔滨,打通哈俄国际公路运输大通道。同时,利用集团旗下的“俄运通”技术平台,通过与国际国内各大物流公司、货代公司、仓储公司、国际贸易公司开展战略协作,将哈尔滨打造成中俄国际物流的集散基地,中国企业走向俄罗斯、外国企业进入中国的枢纽站。目前,“俄运通”技术平台有国内物流会员企业 133 家、俄罗斯物流会员企业 69 家,占全国行业用户的 70%。龙运国际陆港中俄集运中心已经形成网上、网下相结合；虚拟、实体相结合；园内、园外相结合；国内、国外相结合的全天候、多维度中俄国际物流系统。

此次哈俄公路国际大通道的开通，也是“龙江丝路带”对俄通道建设的又一重大战略成果。黑龙江省已经形成面向俄罗斯、连接欧亚的公路、铁路、航空、水运于一体的功能完善、高度发达的立体化跨境运输通道体系，将助力哈尔滨打造对俄商品集散中心、交易批发中心、生产加工中心、文化交流中心，为龙江经济发展注入新活力。

原刊于《黑龙江交通》2016年7月26日1版

# “东方之星”轮整体打捞出水

周国东　鄢　琦　陈俊杰　万　芳　赵　姗

**本报讯**　6月5日下午，在长江湖北监利段水域发生翻沉的“东方之星”轮，被扳正后整体起浮打捞出水。

沉船整体扳正打捞过程中，国务院副总理马凯、交通运输部部长杨传堂一直在现场连续指挥，交通运输部副部长何建中在500吨级打捞船“湘岳工001”上一线指挥沉船的整体打捞工作。

来自上海打捞局、武汉长江航道救助打捞局、广州打捞局、东海救助局和社会力量的共约50名潜水员，分成三组，昼夜不停，于6月5日凌晨，完成了起吊钢缆的安装固定工作。

5日7时42分，扶正作业开始。至8时30分，“东方之星”轮右舷已经露出水面。9时06分，“东方之星”轮被整体扶正，顶层甲板露出水面。

随后，沉船起浮前的准备工作开始有序推进。5日12时15分至13时10分，先后完成了6个起浮千斤的挂钩工作。15时35分，潜水员再次下水做起浮前检查，确认钢丝连接卸扣是否顺直。16时05分，打捞船开始起吊，“东方之星”轮缓缓出水。16时45分，沉船最上层基本出水。

由于船内家具物品较长时间浸泡水中，致使船自身重量增加，尤其是船体后部。为安全起见，又调增在附近待命的“跨海工01号”起吊船加入起吊。5日18时10分，三船一起发力，沉船平稳上升。18时35分许，沉船主甲板以上部分完全露出水面，“东方之星”四字清晰可见，工作人员随即进行甲板下舱室抽水作业。

5日19时15分许，“东方之星”轮整体起吊出水，现场救援工作转入到船舶安全状况评估、防疫消毒和救援人员进舱全面搜寻阶段。

截至6日15时30分左右记者发稿时，现场搜救人员正在对“东方之星”轮进行减载作业。据悉，待减载作业结束后，打捞船将逐步松钩，待“东方之星”恢复自浮能力后，将其转移至适合拖带的深水处再开展后续的处置工作。

**又讯** 6月6日15时许，国务院副总理马凯再次来到湖北省监利县“东方之星”号客轮翻沉事件现场，登上前方指挥船“航道一号”实地察看各项救援工作进展，并主持研究下一步救援和善后有关工作。交通运输部部长杨传堂现场汇报了“东方之星”轮搜救情况。

**原刊于《中国水运报》2015年6月7日1版**

# 三等奖

## 变明挖为暗挖　杭黄铁路“让道”古树

余　江　涂军勇

3月14日，在杭黄铁路桐庐隧道靠近大奇山路的施工点看到，工人们正在竖井内搭起了钢支撑，为即将下井进洞施工做好准备。直线不远处，有一片茂密的古树林，几只鸟儿在枝头叽叽喳喳、跳来跳去“唱”个不停。

中交二航局负责施工的桐庐隧道位于桐庐县城西南，全长1836米，由于地势较为平缓，根据原本的施工组织计划是采用明挖的方式进场施工。考虑到这片古树林有100余棵古树，品种丰富，且长势良好，项目部与相关部门进行了多次磋商，邀请了专家多次论证，最终决定采用暗挖的方法“穿”过古树林，给古树一片自由生长的空间。

“我们既要金山银山，也要绿水青山。”中交二航局杭黄铁路项目部经理程跃辉说，直接采用明挖，施工方便，节省工期，还节约资金，但移植后的古树很有可能不会成活，他们不能也不忍心当罪人。

据项目部一架子队技术负责人黄海波介绍，所谓的暗挖，即在古树林30米开外增设一处竖井作为工作井，然后在井下20米处开挖隧道，穿过整片古树林之后，再采用明挖的方式开挖隧道。这一“穿”，便需要300余米，不仅会增加近百万元的投资，还将延长一个月的建设工期。更为重要的是，这300米的表层多为冲洪积粉质黏土、卵石土层、下伏基岩，加上竖井施工工作断面小、施工设备多、施工条件差等因素，直接将桐庐隧道的施工风险从二级提升到了一级。“这其中，光是岩土开挖的总方量，就达到了14200立方，是原计划的2倍多。”

黄海波说道。

考虑到暗挖极有可能造成地层沉降、地下水位下降等问题，项目部专门采用了“十大保护法”，尽最大可能不影响古树林的生长环境：施工前，整形修剪、摘叶避阳、安装土壤张力计、加固古树；施工中，设置水位孔、设置滴灌及喷雾设备、合理施肥、防治病虫害、定期向上浇洒营养液；施工后，延期养护古树2～3年。不仅如此，施工经验丰富的项目总工陈伟还提出了“一通、二无、三整齐、四清洁”的文明施工要求，“千万不让古树因施工受伤，决不能让老树的生长环境遭到破坏。”

这头，挖机来回穿梭，模板台车、钻孔台架隆隆作响，工人们正24小时两班倒地拿着破碎锤抓紧时间进洞；那厢，古树在秋风的吹拂下，绿依依，鸟依依……

原刊于《二航人》2016年3月20日1版

货车侧翻，驾驶员受伤被卡车内，面对5吨重的卡车，
高速巡查员用身体顶起车头

# 他们用肩膀顶住生的希望

朱国金　杨胜男

**导报讯**　2月22日15时26分，天空时断时续地下着雨。在丽龙高速碧湖收费站出口匝道，一辆大货车在转弯处发生了侧翻。货车驾驶员被卡在驾驶室里，命悬一线。

正在高速路上巡查的丽龙高速管理处安全保畅一大队接警后，火速赶往现场开展救援。

15时38分，高速巡查员们赶到事故现场。只见货车车头严重变形，车窗玻璃碎了一地；驾驶员被死死地卡在了车里，头部、腰部、手臂等部位血流不止。更为严重的是，由于驾驶员头部受到挤压，导致呼吸困难，已处于半昏迷状态。

"救救我……"伤者的呼吸似有似无，丽龙管理处员工魏一波马上说："请坚持住！医生和消防队员正在赶来的路上。"

时间就是生命。如果不支出空间，伤者身体可能因为挤压遭受二次创伤。但是专业的设备又没有，使用其他设备又担心车头空间变形。面对5吨重的卡车，魏一波和同事周海波、钱松清等人和现场的高速交警当即决定：用肩膀顶起变形的驾驶室，以增加空间来减轻伤者头部的压迫，保证他呼吸的顺畅。

与此同时，救援人员不断地和他交谈，鼓励他，让其保持清醒的意识。时间一分一秒地过去，卡车车头压在魏一波等人的肩上一点也不轻松。天正下着大雨，他们一只脚踩在水泥地上，一只脚踩在护栏一侧的泥土上，雨水渗透泥土，

踩在泥土上的脚开始下沉,肩部顶着驾驶室顿感有些使不上力。

“再怎么样我们也要坚持住!”几个人轮着轻轻地转换姿势,将双脚踩在水泥地上,用双肩和背部顶住驾驶室,再用双手撑住膝盖。重压下,他们的双腿直打哆嗦。他们咬紧牙关,努力坚持着……

15 分钟后,消防、120 等专业救援力量相继赶到现场,迅速对驾驶室进行了破拆,然后魏一波等人把伤者从驾驶室里解救了出来,并紧急送往医院抢救。

当晚 9 时许,医院传来消息,受伤驾驶员生命体征已处于平稳状态,脱离了生命危险。这时,大家悬着的心才终于放了下来。事后,医生告诉说,用肩膀顶起驾驶室,并与驾驶员持续说话的这十几分钟,对伤者的帮助很大,不然,后果真的不堪设想。

原刊于《交通旅游导报》2016 年 2 月 27 日 1 版

## 邯郸首次以驾驶员名字命名公交线路

# 公交21路为“高红雁线路”

李朝旗

**本报讯** 7月19日，以“河北省最美公交司机”高红雁名字命名的21路“高红雁线路”正式揭牌。这是邯郸公交历史上首次以驾驶员的名字来为公交线路命名，该线路由邯郸市文明办、市总工会、市交通运输局联合命名。标志着邯郸公交的特色服务又提升了一个新水平。

据介绍，今年47岁的高红雁是市公交总公司21路5119号车组驾驶员。自2003年从事公交驾驶员工作来，高红雁13年如一日，始终坚持为乘客提供周到优质的服务，在“一切为了乘客”上下功夫，在工作中积极推行“微笑服务”“亲情服务”和“五多工作法”，视乘客为亲人、视老人为父母，以自己的实际行动服务乘客、感动乘客，满足乘客多元化的乘车需求。她先后荣获“河北省劳动模范”“邯郸市三八红旗手”“邯郸市十佳文明交通使者”“邯郸市十佳文明驾驶员”等荣誉称号。特别是在今年省委宣传部、省交通运输厅联合主办的“美丽河北·最美公交司机”公开评选中，高红雁荣获“河北省最美公交司机”称号，成为该市唯一获此殊荣的公交驾驶员。在她的带动和影响下，21路公交线也成为该市最有影响的优质服务线路，先后荣获国家级“工人先锋号线路”“河北省2008年度用户满意服务明星班组”“邯郸市十佳文明线路”等荣誉称号。

在全市“两学一做”学习教育深入推进的关键时期，为发挥先进典型示范引领作用，大力弘扬行业正能量，邯郸市文明办、市总工会、市交通运输局报请市委批准，决定命名公交21路为“高红雁线路”。

邯郸公交21路线是贯穿邯郸城市主干道人民路东西的一条客运量较大的公交线路，现有运营车辆26台，驾驶员43人，职工40人，日客运量1.5万余人次。

原刊于《河北交通》2016年7月20日Z1版

# 普乐村的小班车开通了

涂爱华

“现在出门不愁没车坐!”“客运班线开通了,好啊,正规车,安全有保障!”“班车到陆良7块,坐私车要10块呢,班车实惠!”“这里有招呼站的牌子,有个固定的地方上下车,方便!”陆良县城至普乐村的客运班线开通10天以来,极大地便利了普乐村840多人的安全出行,村民说起通车这个事,都乐得合不拢嘴。

初秋的陆良,一马平川的大坝子,从县城通向小白户镇普乐村22公里的路程是4米多宽的水泥混凝土路面。成熟的烟叶在微风中摇曳,等着收割;饱满的苞谷棒子沉甸甸地站在地头;正在结穗的水稻散发着稻米的香味;成群的山羊悠闲地与行人车辆一同行进在道路上……

8月22日,陆良县城至普乐村的农村客运班线正式投入运营。4辆微型车被调整到这条线路上,定时定点与根据需求不定时依序循环发车相结合,确保村民进城有车坐,每周赶集农副产品带得出去,买回的日用品运得回来;学生上学不再挤超载的私人车;偶尔有个急事,看病就医到村委会边上的招呼站就有车坐。

“县城通村的硬化路面已经建成好多年,客运车跑了几次就停了。我们出行的问题一直得不到解决!”7月21日,省交通运输厅何波厅长做客《金色热线》时,家住普乐村的顾先生打进电话希望能解决当地通路不通车问题。何波当即责成省道路运输管理局和陆良县交通运输局按照今年规划的客运班车通建制村的要求,年底内务必解决,开通通村的客运班车。“年底太长了,能不能尽快,不能把群众反映的问题拖得太长。今天下来就和陆良县对接。”何波在直播间就把这项交通民生工程交给了分管的苏永忠副厅长。“下来以后我们马上和陆良县道路运输管理部门联系,尽快到这条线路进行调研,尽快到现场进行勘察，然后尽快开通这条线路，而且要开得通，留得住。”苏永忠当即开始着手解决问题。

7 月 22 日，陆良县运政管理所到普乐村实地走访，了解村民的出行习惯和需求，并协调县青山客运公司调整客运班线。原来，普乐村现有各类自用车 40 多辆，除入学、就医、办公事外很少前往陆良县城，客流主要集中在周四前往邻近的大漠古镇赶集。此前已经有 3 辆青山公司的农村客运车运行着，每天一早发车，但客流量小，经营亏损较大，经营期满后退出了市场。

为了切实解决村民最后一公里出行难的问题，8 月 9 日，曲靖市运政处深入普乐村，召开现场办公会，决定不新增运力，以既有合法存量运力调整的方式，将陆良至罗贡客运班线调整为陆良至普乐，同时加大打非治违力度，确保客运班线开得通、留得住。

“现在公司安排我们跑这条线路，对收入肯定有影响。我们也是村子里的，为了方便大家，是个好事情。”刘师傅此前跑陆良至罗贡这条线已经有 8 年多时间了，谈到通车至普乐，他愿意让自己吃亏。53 岁的桂师傅，也是抱着吃亏也要干的决心，每天一早 7 点就把车开到普乐村招呼站等着。“现在人有点少，今天早上就拉着 2 个人出去，中午回来把 1 个人直接送到家。”桂师傅也是乐观地接受几乎空车跑的现实。“公司调整线路，驾驶员收入降了，公司年底视情况补贴。为了方便当地老百姓，我们企业也有责任，只能是用其他线路的利润来补贴。”青山公司也给驾驶员吃下了定心丸。

原刊于《云南交通报》2016 年 9 月 2 日 1 版

# 宁波交通质监部门组织特殊参观团，让孩子们“跟着爸爸进工地”

吴宇熹　王路嘉

**导报讯**　“小朋友们，世界上最大的动物是什么？”“蓝鲸！”“梅山春晓大桥最大的构件有9个蓝鲸那么重，海上吊桩机能一次性吊起20条蓝鲸！”“哇！太厉害了！”孩子们发出阵阵赞叹，这是8月23日，宁波市交通工程质量安全监督站举办“跟着爸爸进工地”活动上的一幕。

据了解，为了让孩子们更好地感受宁波交通建设发展成果，了解交通质监工作性质，增进家属对交通质监行业的认可和支持，宁波市交通质监站邀请系统内职工子女，在梅山春晓大桥项目部举办“跟着爸爸进工地”活动，让孩子们亲身体验一回如何当好交通工程质量安全守护人。

孩子们发现，为了严把质量安全关，他们的爸爸要在工地上爬高爬低、仔细查看，有时为了一个小小的细节，要拿着测量仪爬到工程最底部进行测量，非常辛苦。

而使用测量仪也很有讲究。“手要稳，水平线要齐，动作要迅速，这样测出来才能精准。”爸爸手把手地教着，孩子们也跟着仔细比画起来。

烈日当头，施工现场温度已经高达37℃；站在室外，短短半个小时就汗流浃背。或许是受到爸爸敬业精神的感染，孩子们没有表现出丝毫的娇气。检查完外业现场，他们又跟着爸爸们马不停蹄地赶到项目部，了解起内业资料的检查程序。

“以前总怪爸爸工作忙，没时间陪我，今天来到工地后，了解了整个过程，这才发现爸爸真的好辛苦啊！”李俊卿小朋友崇拜地看着他爸爸，“爸爸，我也要向你学习，做个小小男子汉！”

为了表达对交通建设管理者们的祝福和敬意，小朋友们还在现场画出了自己心目中的春晓大桥，并把这些画作送给了爸爸们及项目部建设人员。“正是有了他们的努力，才有这么多漂亮的公路和大桥，我们为他们感到自豪！”孩子们开心地表示。

“由于专业性很强，以前总是很难向孩子描述自己的工作，而通过这次活动，让孩子们直观地了解爸爸的工作，既能增强亲子关系，又能提升家庭的理解和支持，我们感到很欣慰、很自豪！”参与活动的爸爸们表示收获很大，“这也进一步激发了我们工作的热情，更好地投身于交通质量安全管理工作。”

原刊于《交通旅游导报》2016 年 8 月 27 日 1 版

### 阜宁至建湖高速公路建成通车

# 我省实现“县县通高速”

施 科

**本报讯** 11月2日，我省高速公路“县县通达”工程的收官项目——阜宁至建湖高速公路正式通车，苏北腹地又增加了一条纵向快速通道。自此，全省高速公路县级节点覆盖率达到100%，高速公路通车总里程突破4500公里，密度、通达程度、服务能力均居全国领先水平。

阜宁至建湖高速公路全长36.204公里，北起阜宁县城西，向南跨新长铁路，连淮盐高速公路与规划建设的阜(宁)兴(化)泰(州)高速公路相接。其建成标志着我省“十二五”高速公路建设任务全面完成，《江苏交通运输现代化规划纲要》明确和全省人民期盼的“县县通高速”目标顺利实现。

经过20多年的建设，我省高速公路取得了飞速发展。1992年沪宁高速公路正式开工建设，1996年建成通车，实现了我省高速公路“零”的突破；1998年省委、省政府做出“奋战五年，决战苏北，实现全省高速公路联网畅通”的战略决策，高速公路建设挥师北上；2008年9月宁杭高速公路二期工程建成通车，我省1996年制定的第一轮“四纵四横四联”高速公路规划提前12年全部建成，全面转入新一轮“五纵九横五联”高速公路规划的建设。至2014年底，全省高速公路总里程达4488公里，密度居全国各省区第一，达到德国同期水平。

“十三五”期间，我省将进一步完善高速公路布局。国家高速公路以扩建交通量饱和的路段、强化重要公路通道运输能力为重点；地方高速公路重点完善区域骨架路网，加强省际衔接高速公路建设；开展过江通道建设，促进区域协调发展。

原刊于《江苏交通》2015年11月4日2版

BRT1 线实施“油改电”

# 柴油车退役新能源车接班上岗

马 硕

作为全国第一条快速公交线路 BRT1 线日前实施了“油改电”工程。双源无轨电车替换服役多年的柴油车陆续接班上岗。

集团公司 BRT1 线于 2005 年 12 月开通运营，是全国第一条封闭式快速公交线路，由前门至德茂庄，贯穿南中轴线，是南城居民进出城的主干线路。线路开通时，车辆使用的是当时先进的国三排放标准 18 米柴油公交车，其新颖的外观和独有的左侧开门设计成为了当时一道亮丽的风景。

为贯彻落实《北京市 2013—2017 年清洁空气行动计划》，推动节能减排，改善首都大气环境，集团大力发展新能源车和清洁能源车。随着 BRT1 线 18 米柴油车逐步达到退役年限，集团近期将对 BRT1 线实施“油改电”工程，新型 18 米双源无轨电车将陆续接班柴油车，继续为市民服务。

据了解，此次接班运营的 18 米新车配有座位 43 个，最大载客人数 138 人，配备快充钛酸锂电池组、电机直驱技术和制动能量回收系统，能够满足大容量快速公交的运营需求。由于 BRT1 线站台需求，车辆采用左侧开门设计。此外，新车采用低地板结构设计，全车 LED 显示屏，配有冷暖空调，为乘客提供安静舒适的乘车环境。

目前，已有 10 部新型双源无轨电车在 BRT1 线进行调试运营，下一步，BRT1 线柴油车将陆续置换为双源电车。

原载于《北京公交》2016 年 2 月 1 日 1 版

# 我省公路养护创历史最好成绩
# 进入全国前十

林　雍　练崇田

6月16日，记者从全国公路养护管理工作会议获悉，省交通运输厅荣获“公路养护管理先进单位”荣誉称号，综合评价在全国（不含直辖市）排名第十，与“十一五”检查结果相比进步4名，创历史最好成绩。其中，普通公路排名第十二，进步6名；高速公路排名第六，与上一轮持平。

“十二五”期间，我省秉持建管养并重的理念，积极开展干线公路养护管理工作。省委、省政府在政策、资金、用地等方面给予大力支持。省政府把普通国省干线公路建设养护管理工作纳入了市县科学发展综合考核评价体系，出台了《加强“十二五”期间普通国省干线公路建设与养护管理意见》《关于进一步推动交通运输事业发展的意见》等多个重要文件，给予普通国省干线公路建设养护更多实质性政策和资金支持。交通运输部在政策、资金上给予我省老区很大的倾斜与支持，特别是贫困地区。

5年来，我省投入养护资金239.8亿元，为“十一五”的1.8倍。地方各级政府主动落实责任，加强公路事业发展资金保障，确保了全省普通干线公路升级改造、危桥改造、养护大中修等养护工程任务的全面完成。深入开展路域环境整治活动，严厉打击公路两侧控制线内违章乱搭乱建、乱堆杂物等行为，查处公路违法涉路设施309起，依法拆除77处，净化了公路行车环境。

5年来，全省新增公路里程1.7万公里，公路总里程达15.7万公里，是“十一五”末的1.12倍。全省高速公路通车里程达到5088公里，高速公路总体技术状况（MQI）和平均路面使用性能指数（PQI）每年均达到95以上。路网通达能力、路况水平、路域环境显著提升，已打通24个出省通道，基本形成了“纵贯南北、横跨东西、覆盖全省、连接周边”的高速公路网。

目前,普通国省道累计完成升级改造 2700 公里、路面改造及养护大中修 7900 公里、危桥改造 659 座。在国省道规划调整前路网中,全省普通国省道二级及以上比例由“十一五”末的 75.1% 提高至 82.2%,普通国省道优良路率达 85% 以上。随着国省道规划调整,全省 100% 的县城和 82% 以上的乡镇将实现有普通国省道通行。

原刊于《江西交通》2016 年 6 月 23 日

### 产业布局随路走　道路畅通引产业

# 宁夏交通扶贫道路先行

梅宁生　米宁平

**本报讯**　自治区交通运输厅在六盘山集中连片特困地区扶贫工作中坚持实行道路与产业相结合,路通了,产业兴起,贫困户钱包鼓了。据了解,自治区交通运输厅近年来共争取交通运输部项目资金53亿元,用于六盘山连片特困地区道路扶贫。其中,重点项目7.37亿元,国省道改造项目25.92亿元,农村公路17.15亿元。

西吉县交通局局长刘东海办公室的墙上,挂着一张大幅土地现状影像图,上面细红色的线路密密麻麻,如人体毛细血管般布满整张图纸。“这些红色的线都是我们的公路,很发达吧!”刘东海颇为欣慰。

西毛公路是一条随着西吉特色产业带建设的公路。公路沿线盘踞着华林万亩蔬菜生产基地等十几个特色种植基地,当地马铃薯、特色冷凉蔬菜等都要通过西毛公路运往外地。西吉县农业技术推广服务中心主任王荣华算了一笔经济账,全县目前种植10万亩以上冷凉蔬菜,仅芹菜年产量就达32万吨,主要销往重庆、湖南、四川等省市。一年仅运输芹菜需要2100个车次。按每天200车算,要用105天能够运完。为确保蔬菜的新鲜,蔬菜运输过程中要压冰。西毛公路建成前,202省道路面窄,遇到堵车,超过42小时每车8吨冰就剩下1吨冰,蔬菜也就坏在了路上。西毛公路建成后直接服务公路沿线10个乡镇2000户农户的蔬菜外运,年产值达到6亿。

公路随着产业走的同时,一批特色产业也在随着公路蓬勃发展。西吉县张步塬村村支书苏橡锋瞅准了其中的商机。2015年3月,西毛公路在建过程中,苏橡锋带领大家贷款启动了向丰循环农业示范园项目建设。用他自己的话说,要借着“一带一路”建设,带领村民把牛卖到阿拉伯国家去。如今,示范园引进了安格斯、西门塔尔良种基础母牛,利用淀粉厂生产的淀粉粉渣、优质紫花苜蓿等饲草加工的饲料,走出了一条饲养牛—牛粪产生沼气—沼气用于清洁能源、液沼浇地—沼渣加工有机肥—肥料用于马铃薯、苜蓿种植的特色循环产业发展之路,打造了“牛—沼—种”农业循环经济产业链,为周边农户增收致富开辟了新的产业发展道路。

截至目前,交通运输部安排的 277 个共 3178 公里的六盘山区农村公路项目正在建设中,同时,自治区纳入《交通扶贫规划》的 200 公里重要县乡道改造全部开工建设。

原刊于《宁夏交通》2016 年 6 月 1 日 2 版

首家内河船东互保组织和中新(重庆)合作新成员

# 重庆船东互保协会正式运行

范煦阳　陆　阳　张泽梅

**本刊讯**　4月18日,重庆船东互保协会正式运行,创新推出了内河首个完整的船东责任保险产品——内河承运人责任保险新产品。该协会成为我国首家内河船东互保组织和中新(重庆)战略性互联互通合作示范项目新成员。

市政府副市长陈和平出席协会启动仪式,宣布协会正式运行。市交委主任滕宏伟出席并致辞。

## 填补我国内河无船东互保组织的空白

重庆船东互保协会为非营利性社团组织,以购买服务的方式为会员提供公开、公平、公正、透明的承保、理赔、防灾防损、海事担保、法律援助和投资理财等专业服务,以再保或分保的方式对外转移赔付风险,自承风险安全可控。

近年来,随着重庆航运业的发展,航运企业对航运保险等配套服务需求大幅增加,但现有商业保险服务体系相对滞后,在费率厘定、险种设计、保障范围、理赔服务等多方面已不能完全满足航运市场的发展需求。

在此背景下,重庆航运交易所着手开展了航运融资保险体制机制课题研究,积极探索重庆航运融资保险发展新模式,就重庆船东互保协会的搭建、运作及预期效果等情况,牵头走访调研了重庆11家10万吨以上规模的不同类型航运企业,得到了各企业的积极响应,随即成立了重庆船东互保协会筹备组,开始牵头组建重庆船东互保协会。

2015年12月9日,重庆航运交易所在市民政局完成了重庆船东互保协会的登记成立手续。2016年2月,重庆船东互保协会试运行,并于4月18日正式启动运行,填补了我国内河无船东互保组织的空白,有利于加快重庆长江上游金融中心和航运中心建设。

目前,协会已吸纳会员40余家,入会船舶100余艘、约50万总吨,各项业务顺利开展,协会规模正稳步扩大。

## 提高会员抵御风险能力

在重庆集装箱运输逐渐成为水运主力军,集装箱运输的高价货物,让船东承担了很大的风险,需要投保高额的责任险,但是商业保险公司一般只保1000万元,最高保到2000万元,无法满足船东的需求。

想民之所想,急民之所急。重庆船东互保协会创新推出内河承运人责任保险新产品,保额从3000万元起,最高达6.5亿元,而价格降低了50%,减轻了船东的负担,有效增强内河船东抵御风险的能力。

在理赔方面,重庆船东互保协会做了大量的工作,在已处理的赔案中,从会员递交资料到收到赔款,最快仅需1天时间,近半数案件等待时间不超过10天。

重庆船东互保协会作为水上安全管理的第三支力量,为会员提供船舶险、货运险、保赔险等所需险种,量身定制科学合理的保险条款和安全管控方案,构建便捷及时的理赔机制,制定完善行业规则,降低会员保险成本,拓展会员风险保障范围,提高会员抵御风险能力,维护会员合法权益,促进了行业交流与发展。目前,重庆船东互保协会与四川、湖北、江苏等地的船东达成了合作意向。下一步,计划响应船东的需求,积极向长江沿线推广保赔保险的业务,进一步扩大影响力。

## 助推长江上游航运中心建设

在此次协会启动仪式上,市交通委员会主任滕宏伟说,当前我市正全面落实国家战略,全力打造内陆国际物流枢纽和口岸高地。重庆船东互保协会组建运行,有利于降低船东保险成本,提高理赔质量和效率,增强船东抗风险能力;有利于提高行业安全管理水平,维护社会和谐稳定。

滕宏伟表示,当前和今后一个时期,是重庆建设西南地区综合交通枢纽的关键期,市交委将加大航运基础设施投入,优化船舶运力结构,完善航运金融服务体系,吸引更多保险机构来渝,形成航运总部经济,全面建成长江上游航运中心。

当日,重庆船东互保协会通过与瑞士再保险、中国太平保险(新加坡)等国际保险公司签署再保险合同,推出了具有内河特色的保赔险。瑞士再保险是国际第一大的再保险公司,中国太平保险(新加坡)是新加坡历史最悠久的中资保险公司。由瑞士再保险牵头联合中国太平保险(新加坡),从标准产品乃至各个险种的量身定制保险保障,帮助承担企业和社会发展过程中的风险。

市交委副主任梁雄耀主持活动,市级有关部门、船东保赔协会、中新(重庆)项目管理局、会员单位等参加活动。

原刊于《重庆交通》2016年5月10日第4期

# 通　讯　类

获奖名次：图片类二等奖

标　　题：《吊臂之美》

作　　者：陈华东

原 刊 于：《中国救捞》2016 年第 7 期

获奖名次：图片类二等奖

标　　题：《小县域实现大生态》

作　　者：范云兵

原 刊 于：《中国邮政快递报》2015 年 7 月 10 日 1 版

# 一等奖

## 36小时的生命奇迹

刘占强　赵一飞

11月28日15时55分，东海救助局专业潜水员唐顺杰经过3个小时的不懈努力，最终将仅有的1名被困36小时渔民成功救出。紧张的3个小时里，其他搜救人员忘却了身后波涛汹涌的大海，紧紧盯着眼前的海面，直至被困人员安全获救。

对于参与救援的东海救助局、东海第一救助飞行队、上海打捞局、上海海事局、江苏省海洋渔业局等搜救单位来说，这36个小时，不只是被困人员此生度过最艰难、最漫长的36个小时；这36个小时，也是搜救单位与死神分秒必争的36个小时。

### 承载搜救重任的"东海救101"轮

2015年11月27日，今年入冬以来最强最猛烈的寒潮任性肆虐着长江口水域。海水像脱缰的野马，奔腾咆哮，巨浪疯狂地扑向常年在海上待命的大马力专业救助船"东海救101"轮。4时50分，交通运输部东海救助局救助指挥值班室传来紧急警报：在长江口约东北约120海里处"苏赣渔运02886"轮遇险，船上9名渔民失踪，急需救助！

"东海救101"轮接令后，克服夜间航行视线差、风高浪急等重重困难，赶往事发海域。作为率先达到的救援船舶，看到的却是被翻扣的船体。"上船体！

看看还有没有幸存者!”是每一名救助船员的心声。此时,长江口水域风力正猛。船长刘学洪心里明白:救助船与翻扣船距离500米,而浪高5米的大风浪根本不允许救助船接近翻扣船,如果在大风浪海况下强行登上翻扣船船体极其危险。28日8时25分,大风浪转弱,刘学洪果断下令释放救助艇登翻扣船查看。由于风浪较大,作为第一艘靠上翻扣船船体的专业救助艇没地方带缆,不停地与难船船体发生碰撞,发出令人揪心的撞击声。还没等大副陈冬明下令派谁去,水手于镇健主动请缨说,“老大,让我去吧,保证完成任务!”经过上浪后的翻扣船船体依然很滑,于镇健只好紧紧贴着船体表面,匍匐前进,按照顺序从船头一点点敲击到船尾。20多分钟下来,他不知不觉出了一身汗,汗水点点滴滴落在冰凉的船体上,似要穿透船体寻找幸存者。而最初的希望,都寄托在他的每一次敲击上。

“咚、咚……”微弱的敲击声从船体的另一面传了出来。于镇健按捺不住自己激动的心情,终于发现了生命迹象。

“有幸存者!”于镇健传回来的是“生的希望”。

于镇健在船尾靠近渔网密集区域处带回来“有回音”,这是对刘学洪和他的兄弟们最大的安慰。

## “三位一体”的生命接力

和“东海救101”轮现场救援不同,东海救助局救助指挥值班室起到了救助指挥部的作用。在这里,根据“东海救101”轮现场报告回来的“翻扣船体里还有幸存者”的信息,局领导高度重视,亲自坐镇指挥,紧紧盯着东海救助局值班室大屏幕上的现场救援情况,发出了一个个“救助命令”。

“应急队,立即赶赴东一飞,随救助直升机前往救助翻扣遇险渔民。”

“东一飞,接到专业潜水员后,立即赶往救助现场”。

……

就这样,东海救助局在第一时间调遣局专业潜水员乘坐东海第一救助飞行队紧急奔赴救援现场。

救助翻扣船“苏赣渔运02886”轮过程中,“东海救101”轮承担起了接送救援人员的责任。当接到3名专业潜水员随救助直升机前来救援的指令后,“东海救 101”轮船员不顾身心的疲惫，立刻在直升机平台上铺设防滑网。救助直升机在“东海救 101”轮上空盘旋，对于早已习惯船机演练的船长刘学洪而言，这一刻也是高度紧张的。刘学洪心里明白，救助直升机对降落在救助船上条件要求很高，尤其在大风浪海况下，必须全力控制好船舶，避免船舶大幅度横摇；再加上事发海域即将超出救助直升机飞行半径，必须让直升机最短时间内降落在“东海救 101”轮上。经多次沟通和双方反复校正后，专业救助直升机终于平稳地降落在飞机平台上。救助直升机的平安降落，也为东海救助人“精、快、准、稳”的技术水平画上了圆满的句号。

为了增强现场救援力量，东海救助局再次派遣 3 名专业潜水员随救助直升机直接“滑降”至“东海救 101”轮，上海打捞局也有 3 名专业潜水员随救助直升机来到救助现场……一场“三位一体”的救助力量逐渐集结，一个生命至上的救援系统悄然形成，一群甘愿付出自己生命的救助人在此汇集。

## “倒过来世界”的生死奇迹

对东海救助局 6 名专业潜水员而言，面对的不仅是倒过来的世界。此时，猛浪拍打着船体，发生“啵啪”声，而最强寒潮排山倒海的余威，更加大了翻扣船遇险船随时沉没的危险。

在明显确定舱内生命迹象后，专业潜水员唐顺杰主动请缨承担潜水进舱救助任务。在“战友”的协助下，于 13 时背上氧气瓶在船舱位置下水。而船体内湍急的水流不断向唐顺杰袭来，加上大量成捆的渔网以及众多的漂浮物，阻挡在甲板通道的周围。唐顺杰无法克服自身被渔网缠绕的危险，无奈！出水！

经他的“战友”和“东海救 101”轮船员通力合作，保证渔网不阻碍救援行动后，不甘心的唐顺杰再次入水，往渔网下游方向探摸。这是意志和信念的淬炼，唐顺杰终于打通了通向机舱且只留一个人勉强通过的狭小入口——一条生命通道。

根据获救人员陈春利回忆，他不知过了多久，昏昏沉沉间，仿佛听到了气泡涌出水面的声响，又好像看到了一丝光亮，还没来得及反应，眼前出现了一个手持电筒、头顶铁帽的人。此时他并不知道这就是东海救助局的专业潜水员唐顺杰，他也不知道这个感觉既陌生又亲切的人是冒着怎样的危险在能见度为零的

水下摸索了近40分钟才找

到了他所在的位置，他更不知道此刻渔船外有一支近30人的专业救助队伍正在为他的生命护航。

“我是来帮助你的专业救助潜水员，不要紧张，你要相信我，我一定会救你出去的。你会游泳吗？”已经被困了36个小时的陈春利听到对方的问话，一开始还有些发懵，“会…会一点”。“那就好，一会儿我把我的潜水头盔给你，然后带你离开船舱，其中有一段需要游泳”，唐顺杰说着就把潜水头盔脱了下来，抓紧时间给渔民戴上，自己换上了较为简易的自携式潜水装具，他知道在倒扣的船舱内多待一分钟，危险就增加一成。对陈春利进行简单的潜水头盔呼吸方式指导后，便示意对方跟着他钻入水中。由于陈春利体型较大，通过已经变形、仅有40厘米宽的机舱门时十分艰难，加上不习惯潜水和使用潜水头盔呼吸带来的恐惧以及冰冷刺骨的江水给他脆弱的身体和精神带来的持续打击，他的最后一道精神防线终于崩溃了。他不顾唐顺杰的帮助和引导，在水中不停地挣扎、呼救，声嘶力竭。

此时的水面上，所有救援人员的心都揪在了一起。一直在潜水电话的另一端通过对话稳定渔民情绪的潜水员李令也开始焦急起来，他深知，现在唐顺杰背的氧气瓶氧气不足，稍有不慎，将会与被救者一起遇险。被救者在狭窄的舱内过大幅度的动作极易导致潜水装具遭到破坏，从而影响供气，同时，激动的情绪也会增加耗氧量和排气量，加速打破翻扣船目前的平衡状态，以致渔船的沉没。面对同伴和被救人员可能会遇到的危险，李令没有乱了阵脚，坚持用坚定而又稳重的言语去平复陈春利的情绪。又过了近30分钟，被困36小时的陈春利终于被唐顺杰托出了水面。

陈春利获救后，没有重见阳光的喜悦，也没有死里逃生的激动，而是静静地坐在救生艇上，双目无神。他好像并不知道自己创造了36小时的生命奇迹，亦或许他正在祈祷他的8名同伴也能像他一样幸运……

36个小时里，“东海救101”轮坚持“不抛弃、不放弃”原则用最初的希望开启了生死救助，直至最后时刻；36个小时里，直升机紧急转运潜水员以最快的速度到达现场；36个小时里，潜水员克服气温低、风浪大、渔网密集等不利因素坚持营救遇险人员；36个小时里，救助人面对危险沉着冷静，首先确保的是遇险人员的生命安全;36 个小时里,当“把生的希望送给别人,把死的危险留给自己”又一次不只是一句口号时,寒冷的冬天里,东海救助人的大爱又将会温暖多少人……

大爱无声,奋不顾身,永不言弃。是东海救助人的担当,撑起了涉海者的蓝天;是东海救助人的无私,挽回了一个个生命和家庭;是东海救助人的大爱,为践行党和政府的海上德政工程画上了惊艳的感叹号!

滚滚东海万里怒涛,寸寸救助“大爱”丹心。大难面前,中国救捞旗帜始终在最后一道安全防线上迎风飘扬。

原载于《中国救捞》2015 年第 11 期

# 在世界屋脊抢险保通

慕顺宗　卫　涛　丹巴加措

世界屋脊，壮美西藏，因其独特文化和秀丽风光，令人神往。

而一场发生于邻国境内的强地震，却使这里部分地区山体滑坡、道路中断、通信不畅……

4月25日14时11分，尼泊尔境内发生8.1级强地震，震源深度20公里，我国西藏自治区境内19个县（区）受到影响，其中日喀则市聂拉木、吉隆、定日三县受灾最为严重。

震后救援，交通先行。从震后不到30分钟第一支突击队到达聂拉木抢通保通现场，到5月2日抢通队伍集中精力清理吉隆县吉隆镇至热索桥方向的大量滑坡体，世界屋脊之上的交通人，与时间展开了一场激烈抢跑。

不顾余震、冒着雨雪、日夜兼程，他们成功打通了318国道日喀则至聂拉木、聂拉木至樟木镇段，使樟木镇4300多名群众实现安全转移；成功抢通吉隆县城至吉隆镇路段，使大批救援物资、救援设备顺利抵达灾区，为灾后救援提供了强有力的交通运输保障。

## 第一时间奔赴灾区

4月25日14时11分，日喀则市聂拉木公路养护段内，西藏自治区公路局党委委员、副局长桑布，正与局政工人事处处长许林和日喀则公路分局党委书记、副局长其米多吉就干部考察问题进行交流。

突然之间，山崩地裂、房屋晃动、落石横飞，各类车辆的警报装置响彻天空。所有人意识到，他们遭遇了强烈地震。灾情就是命令。从震感中反应过来的交通人，迅速将抗震救灾抢通保通作为一切工作的重中之重。

14 时 20 分，地震过后 9 分钟，在聂拉木公路段大院内，桑布组织聂拉木公路养护段职工成立了一线公路应急保通临时领导小组，就地展开抢通保通。20 分钟后，由聂拉木公路养护段职工组成的两支突击队，分别从聂拉木县城向日喀则、樟木方向徒步挺进，正式拉开了“4·25”抗震救灾交通公路应急抢通工作序幕。

与此同时，距离聂拉木县 780 公里外的拉萨市，由西藏自治区交通运输厅党政主要领导牵头的公路应急抢险保通工作领导小组也迅速成立，下设综合协调、抢险保通、运输保障和后勤保障组。西藏自治区交通运输厅党委委员、巡视员索朗群佩，西藏自治区交通运输厅党委委员、西藏自治区公路局党委书记庞健从拉萨出发，连夜向灾区挺进。

一方有难，八方支援。在几千公里外的北京，交通运输部启动四级应急响应，要求地方交通抢险保通运输队伍和武警交通部队形成救灾梯队密切配合，并立即派出专家组赶赴一线。在西藏自治区交通运输厅统一协调下，山南、林芝、拉萨等距离灾区较近地区的交通运输部门，纷纷派出抢通保通队伍，与武警交通部队官兵一起，第一时间奔赴灾区。为了科学部署救援工作，由西藏自治区交通勘察设计研究院、中交第一公路勘察设计研究院有限公司、中交第二公路勘察设计研究院有限公司和中铁西北科学研究院有限公司等单位组成的专家队伍也赶赴灾区，开展灾情调查。

所有机制启动起来，所有队伍动员起来，所有物资调配起来，科学调度、统筹衔接、全面挺进！地震面前，交通人“抢”声不断，抢第一时间救人、抢第一时间踏勘现场，抢第一时间制定抗灾方案，抢第一时间清理塌方落石，抢第一时间运送救灾物资……紧张有序，忙而不乱。

## 争分夺秒 步步推进

4 月 26 日 20 时 50 分，318 国道聂拉木县城至亚来乡路段实现初通，日喀则至聂拉木县救援通道打通。

4 月 27 日 20 时，聂拉木县城与樟木镇之间的友谊隧道抢通取得突破，可以通行小型车辆。

4 月 28 日 18 时，通往樟木镇的生命通道初步打通；19 时，刚刚打通 1 个小时的樟木公路发生 4 处塌方。

4 月 29 日 14 时 30 分,聂拉木至樟木镇路段重新打通,交通工作重心开始转入拓宽路面、实现畅通的保通阶段。

4 月 30 日凌晨 1 时,樟木镇伤员及群众 4300 余人全部转移。

距离尼泊尔首都加德满都只有 100 多公里的聂拉木县樟木镇和吉隆县吉隆镇,地震发生后最为外界牵挂。两镇离地震中心近,受震灾影响严重。特别是樟木镇,夹在大山中间,次生灾害威胁大。由于道路中断、通信不畅,外面的救援进不去,里面的信息出不来,樟木镇一度成为"孤岛"。

"分秒必争、挺进樟木、打通吉隆",成为西藏交通人坚定的信念。如今,"挺进樟木"已成现实,樟木镇群众及伤员全面顺利转移,次生灾害的威胁也已解除。吉隆县城通往吉隆镇的"生命通道"已打通,施工队伍正奋力清除吉隆镇通往热索桥方向的滑坡体。

截至目前,按照灾区需要,西藏交通人共组织运送物资车辆 200 多辆,紧急调运发放 2.5 万顶帐篷、13 万套棉衣被、1.56 万余件雨具、1.96 万条睡袋、319 吨食饮品等物资,保证受灾群众正常生活。

分秒必争,每天都有进展,终使"孤岛"与外界相连。但如果不走进现场,很难体会为实现这样的相连,交通人要付出怎样的艰辛。

从聂拉木县城通往樟木镇的 318 国道,如同在悬崖峭壁上凿刻而出,一边是悬崖峭壁,一边是高山峻岭。狭窄的路面,每次只能容纳一台机器作业。最为可怕的是,地震过后,飞沙走石随时可见,有的如子弹一般速度飞快,有的重达几吨甚至几十吨,瞬间将公路护栏砸倒一片。在这样的环境中作业,危险无处不在。

4 月 28 日 16 时许,在通往樟木镇的人行便道打通后,西藏自治区交通运输厅厅长扎西江措与交通运输部公路局副局长王太步行前往樟木镇,勘察樟木镇受灾情况。当从樟木镇返回时,时间已过 18 时,通往樟木镇的"生命通道"已经打通。他们一边走,一边停下来查看抢通情况。也就是短暂的停留,让他们与危险擦肩而过。19 时许,刚刚抢通的樟木公路,发生 4 处塌方,巨大的滚石从山上落下,将路面砸出一个个大坑,场面极为惨烈。在接受记者采访时,扎西江措依然对当时的情形心有余悸:如果当时直接赶路,后果不堪设想。

## 不畏艰险 不辱使命

地震过后,天气异常。4 月 27 日,聂拉木县、吉隆县开始出现雨雪天气。道

路湿滑，作业艰难，稍有不慎，就可能跌入万丈深渊，导致机毁人亡。

一边是恶劣环境带来的随处可见的危险，一边是灾区群众亟待救援的期盼，在危急关头，是什么在支撑交通人的选择？

面对记者的提问，扎西江措表示，只有离开灾区或者回过头来看，才觉得那里危险。一旦进入灾区，交通人脑子里只有抢通保通的任务，快速打通通往灾区的一条条“生命通道”，把党和政府的关怀送给灾区群众，是交通人的工作使命、职业责任。

在扎西江措看来，在“4·25”抗震救灾抢通保通中，西藏交通人用自己的实际行动诠释了“一不怕苦、二不怕死，顽强拼搏、甘当路石，军民一家、民族团结”的“两路”精神实质，涌现出一个个先进典型。

扎西林具，西藏高速公路管理分局养护中心机械操作手。地震发生后，他第一时间被调派灾区负责公路抢通。面对繁重的工作任务，他连续两天两夜奋战在保通一线，保质保量完成任务。

巴桑次仁，西藏日喀则公路分局聂拉木公路养护段科员。从4月25日到4月30日，他每天工作近20个小时，没有一句怨言。

马建超，西藏日喀则公路分局聂拉木公路养护段科员，地震发生后担任后勤部副组长。发生地震后，晚上余震较多。每当余震发生时，他都会立刻穿上衣服，冲到段部院子搭建的帐篷里查看职工安全情况，看到大家安然无恙他才放心。

……

正是有着“两路”精神激励，才使一个个西藏交通人在灾难面前无所畏惧，争分夺秒、抢通保通。如今，通往樟木镇的道路已经进入保通阶段，受灾后雨雪等次生灾害的影响，滑坡泥石流不时出现，该路段保通任务依然艰巨；吉隆镇通往热索桥方向的滑坡体清理工作仍在继续。

西藏自治区交通运输厅副厅长吴春耕告诉记者，在抢通保通工作的同时，将加快组织专家对灾害损毁情况进行调查，尽快拿出详细的调查材料，尽快启动灾后恢复重建工作。

原刊于《中国交通报》2015年5月4日1版

# 完美救援，跑赢时间！

## ——沪宁高速公路“4·2”事故救援侧记

韩 博 李娅洁

清明时节雨纷纷，从4月2日清晨开始，全国多地陆续下起了淅淅沥沥的小雨，沪宁高速之上也是烟雨蒙蒙，能见度不足200米。天气显然没有影响大家驾车出行的热情，人们都沉浸在小长假轻松欢乐的气氛之中，谁也没有想到，被雨雾笼罩了一上午的高速公路正面临着一场惊险的危机。

众所周知，高速公路上车辆行驶速度快，即便在天气晴朗时，也常会被突然变道超车的大车“晃”得重心不稳，更何况是这样雨蒙蒙的天气。眼前的水雾和溅起的雨花都会遮挡行车视线，车辆打滑、侧翻或与其他车辆发生擦撞引发事故的概率都会大大增加。

13时许，沪宁高速公路（G42）南京往上海方向152公里处，两辆大货车突然相撞翻车，这一切发生得猝不及防，紧接着，后面驶来的3辆大客车和20余辆小客车相继追尾……一系列“连锁反应”，引发了一场令人震惊的连环相撞。据沪宁高速公路常州管理处养排中心统计，当天，先后涉入这场重大交通事故的车辆共达51辆。

“时间就是生命”。在对这起事故的救援中，从监控发现，到迅速响应、紧急出动，再到开展救援、有序清障，各个环节相关人员都展现出熟练的专业技能、过硬的职业素养、默契的沟通合作，以及强烈的责任心和使命感。在这场与时间展开的争分夺秒的较量中，从发现事故到现场快速疏通，仅仅用了5个小时。

交通运输部公路局局长张德华在随后召开的全国高速公路养护管理座谈会上，对这次沪宁高速公路高效实施的救援行动给予了充分肯定，他说：“应急救援效率是检验高速公路管理部门管理和服务水平的试金石。江苏沪宁高速在这方面积累的成熟经验,值得各地同行学习和借鉴。”

## 180 秒:敏锐反应,赢得先机!

今年 29 岁的周文淦已经在沪宁路上工作了 11 个年头,5 年收费、6 年监控,两大岗位的多年实战,将尚未跨入而立之年的他,磨炼成一名经验丰富的“老员工”。

4 月 2 日上午 9 时许,沪宁高速常州段下起了中雨,作为江苏宁沪高速公路股份有限公司常州监控分中心监控员,凭借着多年的职业经验,周文淦一下子提高了警惕,凝精聚神地盯紧了眼前的一块块屏幕。

9 时 50 分,雨势开始加大,分中心当即对沪宁高速常州段做出了“限速 80 公里”的决定。接到指示后,周文淦马上将“雨天路滑、拉大车距、限速 80 公里”等内容编辑进警示信息,发布在收费站各入口和主线各门架式可变情报板上。

中午 1 2 时 5 4 分,宁沪方向 1 5 2 公里处的一辆大客车突然进入周文淦的视线。因路段布满团雾,周文淦并不能清楚判定现场情况,但当他看到这辆客车横在一、二、三车道中间,且多个行车道甚至应急车道都停满了车辆,他马上意识到:情况不妙,很可能发生了严重的交通事故。他立即将这一情况汇报给监控班长,并通知交警、路政、养排中心及横山驻点的清障车辆立刻赶赴现场。

12 时 57 分,周文淦在宁沪方向 160. 8 公里处的情报板上发布了事故警示信息,同时将情况上报给了宁沪公司指挥调度中心。

发现、预判、通知、上报,完成整个过程 ,周文淦仅用了不到 3 分钟。正是这短暂而关键的 180 秒,为后续对事故的快速处置赢得了最宝贵的时机。

## 12 分钟:高效联动,火速驰援!

2002 年,刚满 21 岁的刘荣追随从事了几十年清障工作的父亲的步伐,成为无锡养排中 心的一名清障员。凭借精湛的专业技能和超强的责任意识,他在岗位上迅速崭露头角,如今已是宁沪公司清障管理工作中的一把好手。

4 月 2 日当天,在事故被发现的 12 分钟之后,身为无锡养排中心清障管理员的刘荣接到通知,作为第一批清拖人员赶赴现场。

虽然事故发生的位置隶属常州路段,但事故点距离无锡只有不到 1 公里的路程。且事故存在多点、多段连环追尾，事故车辆损坏严重，现场混乱不堪，距离事发地1公里以内的四条车道及应急车道全被堵死。“时间不等人”，常州分中心当即向宁沪公司指挥调度中心请示，协调无锡段的吊车、大型清障车等应急救援力量由最近的玉祁收费站赶赴现场，先行处置。

刘荣和同事们赶到后，看着“拧成麻花一样”的事故现场，心中虽急却并没有慌乱。他先与进入现场的交警、医疗人员配合，将被困的伤员一个个解救出来，就近送医；随后又带领现场清障人员与交警进行沟通协商，确定了“先打通事故车辆较少的三、四车道”的清障方案。

不久，无锡管理处外协清障单位——无锡畅通公司和常州养排中心的应急人员也先后赶到了现场。在交警的管制协助下，有条不紊地开展事故车辆的起吊和清障工作。

“一方有难，八方支援。”随后，宁镇管理处养排中心以及宁沪公司的兄弟单位常州西绕城高速公路公司、外协单位长风汽修厂的“援军”也陆续赶到事故现场，参与清障救援工作。就连远在60公里外的苏州养排中心也早已整装待命，随时准备对可能发生突发情况的路段进行候补支援。

“没有刘荣他们的先期抵达和快速妥善处理，我们后续的救援工作就很难有序展开。”回想起事故当天的“仗义援手”，常州养排中心清障中队长陈勇杰竖起了大拇指，对无锡段的兄弟们表达了深深的敬意。

事实上，此次跨区救援作业的有序实施，并不是急中生智的灵感，这一系列漂亮的联动配合，全有赖于各路段管理处对《跨区域联勤联动工作制度》的高效执行，“相邻市段，道路保畅相互补位”的制度规定，为沪宁路应对各类突发事件、实施道路保畅提供了根本保证。

## 5小时：特殊时期，非常举措！

事发当天，李先生正携妻子、女儿由南京赶回苏州老家。面对前方的变故，由于来不及采取紧急制动措施，他所驾驶的轿车狠狠地撞上了前方的车辆。车体严重变形，李先生被困在了驾驶室内，妻子姜女士抱着受惊的女儿从后排车窗勉强爬了出来。

好在一场虚惊，他们一家三口被很快解救出来，并得到了妥善的安置 。

“我还以为整个晚上都要困在这里了，没想到下午六点路就通了。”转危为安之后，姜女士对清障队员们的救助表达了由衷的感谢，并对他们超高的清障效率表示钦佩。

原来，为了节省时间，在那个紧急的时刻，各养排中心果断打破“传统”，开展了一系列“还时间于交通”的非常规作业。

**救援车辆逆行，火速赶赴现场。**众所周知，“逆行”是典型的违反交通法规的行为，尤其在高速公路上，存在巨大的安全隐患。然而，在此次事故救援中，由于应急车道被占用、堵死，救援车辆靠常规手段根本无法到达现场。为此，无锡养排中心联合交警部门对事发路段进行交通管制，便于无锡养排、常州养排救援车辆均由最近的玉祁互通“逆行”赶赴现场进行救援，此举大大提高了救援的效率。

**“1+1”非常模式，刷新清障纪录。**一般情况下，单次清障都以“一车两人”的配置进行作业。“1+1”清排障是针对多车事故采取的特殊模式，具体是由两名清障员分别驾驶两辆清障车赶赴现场，进行配合作业，以减少人力投入、提高清障效率。在本次事故救援中，常州养排中心实现了“一次性出动6人，驾驶4辆背驮清障车及2辆轻型清障车，同时清障10辆小车”的超高救援效率，真正做到了快速清障。

**开展事故短驳，务求快速畅通。**“4·2”事故救援面临这样一个实际情况：事故现场距离指定的事故停车场（常州出口处）有32公里车程，如果每次都直接将事故车拖至该停车场，将造成清障周转时间长的严重问题。面对众多的事故车，为了快速恢复道路交通，清障员们选择了“事故短驳”，即将玉祁互通出口作为临时事故停车场。按照清拖程序，他们先将事故车拖出车道、拖至玉祁互通出口的临时停车场，待现场车道疏通后，再尽快将事故车拖至指定停车场。虽然大大增加了清拖人员的工作量，成倍地拉长了他们的工作时间，但最大限度确保了事故现场的快速抢通。

说起来以上几项非常规作业，它们都得到了高速公路交警的密切配合。从事故救援开启，常州高速交警一大队大队长赵松华就亲自坐镇救援现场，在他的安排和指挥下，常州、无锡、宁镇三个养排中心的清障管理员们和30余名交警配合默契，管制一处、认定一处，劝解一处、清拖一处，进行着最高效的流水作业。

这也是宁沪公司"一路三方"联动机制的功劳。长期以来,"一路三方"联动机制为沪宁高速各路段和当地的交警、路政搭建了良好的合作平台。各路段会定期与交警、路政召开联席会议,确保大家在道路应急保畅过程中,分工明确,指令统一,进而与消防、120 急救、外协单位等其他救援力量做好配合,形成合力。

采访中记者发现,常州养排中心的清障管理员们都亲切地称呼赵松华为"赵大"。看得出来,一次次事故处理中的磨合,不仅培养了"一路三方"人员之间的默契,也培养起他们珍贵的友谊。

## 下一步:救援升级,永无止境!

4 月 2 日那晚,在南京市栖霞区仙林大道 6 号,宁沪公司调度指挥中心的灯彻夜亮着。通过监控看到事故现场恢复畅通,公司值班领导缓缓地舒了一口气。根据"4·2"事故涉及车辆数量和现场的伤亡程度,宁沪公司各级迅速启动相应的应急处置预案,从日常待命到发现预判、再到出车赶赴、分级处置,整个救援过程条理清晰而紧凑。

"日常养护和清排障犹如'鸟之双翼''车之双轮',为道路运营服务提供了基本保障。"宁沪公司从上到下都非常清楚清障救援在道路服务中的重要地位。

在"4·2"事故清障救援中,上至分管、值班领导,下至一线养排管理员,宁沪公司共投入了百余人的救援力量;调配自身、联系兄弟单位与社会联动单位,累计出动 43 辆清障救援车;同时,发动常州交警,出动 18 辆警车、36 名警员,常州消防出动 4 辆消防车、20 名消防员,常州 120 出动 5 辆救护车、20 名医护人员。事故从发生到现场全部处置完毕,总共用时 9 小时 34 分钟。

然而,在众多宁沪人的眼中,这 9 小时 34 分钟远远不是结束。还有事故处置总结、案例研判、清排障流程优化等一系列工作等着他们。这些后续工作将为宁沪应急救援迈入更专业的领域、形成更完善的体系打通关口,铺就光明大道。

原刊于《中国高速公路》2016 年 5 月刊

# 一家三代人的筑路梦

田　波　韦志胜　莫　彤

走进第三代养路工李军是在清明节前夕，当笔者到达他养护的省道312线时，正值公路升级改造扩建期间。正因为工作的繁忙，李军提前对祖父和父亲的冢墓进行了修剪、挂清，这是每年清明节李军对已逝祖父、父亲追忆吊念必须要做的一件事。

其实，挂清只是一个仪式，李军最想做的，是和已故老人聊聊近况，谈谈公路发展变迁。

"在世的时候，老人们最关心的是公路，言谈最多的还是公路。"李军看着远方的路，如是说。

春天阳光明媚，鸟语花香。在航龙村的航龙道班对面，一幢石头砌筑的老屋静静地矗立着。

屋顶盖着依然严整的老式瓦片，四周绿荫葱葱，一树树梨花开得正艳，一片生机盎然。春风拂过，在家里就能闻到一股淡淡的梨花香。就在这栋不起眼老房子里，曾经居住着祖孙三代养路人：李军，他的父亲李武进、祖父李海洲。

这是一个名副其实的"公路世家"。祖父李海洲，重庆江北人，20世纪60年代初，作为平塘县的首批养路工来到航龙道班，一干就是18年。直到长眠地下，也再没能回过故乡；父亲李武进，20岁就进入道班做了一名养路工，赶马车、挖土运石成了他每天的必修课，1995年6月的一天，在土场作业的李武进因土方突然垮塌不幸离开了人世。那年李武进才40岁，正是人生的壮年时期；李军，17岁接过父亲的铁锹，养路也养家，有苦也有乐，如今，他和奶奶、母亲、妻子、孩子一家人其乐融融地生活着，延续着"公路世家"未尽的事业。

## 平塘县第一代养路工

爷爷去世那年,李军还没有出生。有关爷爷的事,都是爸爸告诉他的。

从父亲的口中,李军依稀得知"爷爷是个外乡人,儿时给地主放牛,在茶馆做过店小二,后被'抓壮丁',直到解放后,人民群众当家做主,先是做了铁路工人,机缘巧合成了公路养护工。"

在父亲的眼中,爷爷前半辈子是苦的,后半辈子是甜的。

时间定格在1958年末,贯穿贵州省平塘县的"册三"公路平塘到独山路段通车。上世纪60年代初,册三公路平塘段列养后,李海洲作为首批养路工,来到了平塘县偏远的航龙道班。

"那个年代,清扫、修补,公路养护作业所有的工作都靠人力。哪里有坑凼,就到山上搬石头、采石,用扁担、箩筐手提肩挑回来,击碎后,铺在坑凼里。砂不够,就到河里筛,然后浇水,用铁铲压平、压实。"李军说。

中华人民共和国成立初期,百业待兴,一大批像李海洲这样的养路工凭着对国家建设的一腔热情和干劲,舍弃亲情和故土,用勤劳的双手在异乡扎根,娶妻生子,他乡变故乡。

可多年来,由于交通不便,自从到航龙道班工作后,他一直没有回到自己的家乡重庆江北。直到1976年,66岁的李海洲才放下手中的撮箕。退休一年后,因病去世,家人选择葬在了公路边不远的地方,继续守护着那条朝夕相伴的公路。

## 子承父业的"道班郎"

20世纪世纪70年代,航龙道班管养的公路仍是泥路,路上干一天下来,从头到脚都是灰尘。

尽管大家都在说"远看是要饭的,近看像拾破烂的,仔细一看,哦,原来是道班的""嫁人不嫁道班郎,一天到黑像鬼王"。可李军的父亲李武进偏偏不信这个邪,子承父业毅然决然当了一个"道班郎"。

"听爸爸说,爷爷退休后,20岁的他想也没想就接过铁铲,当了一名养路工。"李军回忆道。

70年代后期，道路上的车辆逐渐地多了起来，道班也添置了马车。李武进参加道班工作的第一个任务，便是给全班当上了“马车司机”。喂马，每天赶着马车带着职工上下班，挖土、运土、运沙石。

下班后，别人休息了，李武进可没闲着，他还要放马割草。冬季没有青草的时候，便将囤积的稻草用铡刀割成火柴般长短，拌上苞谷，当成喂马的细粮。

直到现在，李军仍然清晰记得，晚上煤油灯下，那“咔嚓、咔嚓”的铡草声。

“小时候我也经常跟着爸爸上路，他在挖土运沙，我就在路边玩玩石子，玩累了就在树荫下打瞌睡……”想起小时候和父亲在一起的时光，李军总是一脸的笑容。

1995年6月的一天，在土场作业的李武进因土方突然垮塌不幸离开了人世。由于“走得”太突然，李武进没留下只言片语。从此，原本幸福美满的一家只剩下刚刚初中毕业的李军、妹妹李敏，以及年迈的奶奶和在家务农的母亲。

那年，李武进40岁，李军17岁。

## 17岁挑起家庭重担 养路养家

父亲突然去世的巨大变故，让这个公路之家陷入了无比的悲痛和困苦。“当时心里就一个想法，要像爸一样，当好养路工，照顾好奶奶、妈妈还有妹妹。”李军说。

作为家里唯一的男子汉，李军接过父亲的铁铲，挑起了全家的重担，带着父亲的希望与寄托，继续在航龙道班，延续着老人们未完的“筑路梦”。

当时养路工的作业仍然是“体力型”，初参加工作的李军几乎每天都坐在四轮运料车上，挖土、装车、散花土……

最让他难忘的是那时的艰苦工作环境，天气晴的时候就是一身灰，要是碰上雨天，那就是一身泥。除了运料车，那时养路工还流行使用“铲路肩机”，用来将道路隆起的砂石路肩犁松。当然，这个新机械对于好学的李军来说自然也是驾轻就熟。

2002年，西部大开发战略犹如一道春风，贵州省“县县通油路”工程全面铺开，省道312线独山至罗甸段156公里道路在8个月内由砂石路升级为沥青路面，道路变得平坦舒畅。

航龙道班管辖的路段,转眼间告别了过去“晴天一身灰,雨天一身泥”的窘境。此时的道路养护除了集中路面修补作业外,主要是以保洁为主。

“李军这个小伙子,实在,干活踏实,让人很放心。”这是曾经担任通州养护站站长王秀华对李军的中肯评价。

因为家住在航龙,尽管航龙路段较偏远,保洁工作自然落在了李军肩上。有时他一个人要养护保洁 10 公里,时间一长,航龙路段每一米的情况,他都了然于心。

2007 年 7 月 26 日,平塘县发生了特大洪水灾害,县城多处被淹,航龙路段也未能幸免。

忙了一天的李军吃过晚饭后,仍放心不下,又出去巡路了。出家门不到 2 公里,有一个叫“播进”的地方,李军发现一处路段被洪水冲毁形成了一个巨大的深沟,落差近 10 米,长约 30 米。

情况危急,李军立即将险情上报,由于救援队伍还在县城抢险,不能及时到现场,他便主动请缨要求守护这段道路。

就这样,李军拿着手电筒,坐在深沟的一端,每每看到深沟对面有车来,就不停地挥舞手电提醒驾驶员,避免对方掉入深沟中。

时间一分一秒地过去,天渐渐地黑了下来。突然,一辆摩托车摇摇晃晃地朝深沟冲过来。看到危险越来越近,李军一边使劲挥舞手中的电筒,一边大声呼喊:“停下!快停下!前面路断了!快停下!”

终于摩托车在深沟缺口前定住了,此时才发现危险的驾驶员不禁倒吸一口凉气,隔着断头路对李军大声地说:“谢谢!多亏你了!谢谢啊!”

一个人、一把手电,李军在漆黑中坚守了一夜,第二天,不顾疲劳满眼血丝的他又和同事一起投入到道路的抢险抢修工作中……

同事说,李军是个热心肠,不论是在路上,还是在身边,只要他人需要帮助,李军都会挺身而出,伸出援手。

2012 年的一天,天刚蒙蒙亮,李军便到公路上巡查,到熊家坡路段时,突然发现路边有一个“血人”。经常在路上工作的李军知道,肯定是发生车祸了。

“血人”叫王长军,一大早骑着摩托车准备给自己生病的母亲送药,因为心急发生了事故,摔伤后多处流血,想在路上拦车求助,却没人敢停。

了解情况后,李军二话不说,把王长军扶到了自己的车上,立即送到了几十公里外的平塘县医院,并帮他办理了住院手续。临走时王长军多次询问他的名字,并拿出300元道谢。

李军婉拒道:"没啥的,好好养伤吧。"

出院后,王长军几经寻访,找到了李军。从此,俩人成了铁哥们。直到现在,过年的时候家住惠水县的王长军还会带着一家人和一些土特产来看望李军,聊聊家常。

李军同时也是一个敢于开拓的养路工,在完成好自己养护工作的同时,利用业余时间横向发展,与他人投资共同销售摩托车、开石场砖厂等,几年下来有了可观的收入,不仅修葺了新房,也开上了小轿车,妻子贤惠、孩子听话、母亲和奶奶身体安康,家里的日子一天过得比一天好了起来。

如今,随着国家"十一五"重大科技项目"500米口径球面射电望远镜"FAST落户大窝凼,平塘县经济快速发展,敞开了通向世界的大门。平塘县到罗甸县的二级公路改造也正在如火如荼地建设中,在FAST"天眼"和省道312线公路升级改造建设完成后,航龙这个不起眼的地方将会发生翻天覆地的变化,原本偏僻的航龙路段不再冷清。

"看到国家建设发展日新月异,我们养路工的工作环境和条件也有了巨大的改变,生活在这样的时代真好!"李军深情地告诉笔者。

李军很感激这个时代,他决定一直坚守那条祖辈、父辈,走过、养护过无数遍的道路,沿着他们的足迹一路走下去,无怨无悔……

原刊于《贵州公路》2015年第2期

# 中国人把铁路修到我家乡

王秉辰

肯尼亚人尼阿布正忙着翻修他在沃伊镇经营的酒店。

沃伊镇经济发展水平较为落后，开业几年间，尼阿布的酒店生意一直不温不火，他一度有将酒店关门的想法。

可如今，他却对沃伊镇与酒店的未来充满了信心。

“等这条铁路建成后，这里的经济发展将大不一样，可以想象我这里的客流量也将大幅增长！”

尼阿布所指的铁路是正在建设的蒙内铁路。它全长480公里，连接东非第一大港蒙巴萨港与肯尼亚首都内罗毕，由中国交建承建，是第一条完全采用中国标准修建的境外铁路，也是肯尼亚建国以来最大的基建项目。而参与建设的一航局管段便横跨整个沃伊镇。

作为肯尼亚的重要城镇，沃伊镇近几十年来的经济发展却较为缓慢，落后的交通运输业是制约其发展的主要原因。

就如在镇内经营超市的瓦尔吉所说：“商品运输的耗时较长，最少一天，多则两天。附近村民需乘坐较慢的巴士车来这里采购生活用品，甚至刚到超市，马上就要关门了。”

目前，肯尼亚全国仅有一条高速公路承担着绝大部分的人、货运输任务，而那条一百年前修建的老米轨铁路却似乎早已被人遗忘。

在沃伊镇米轨火车站，看不到列车时刻表。一上午时间，这里仅仅通过了一趟客运列车，上下车的人也寥寥无几，站台上没有任何铁路工作人员。这个曾经辉煌一时的大型中转站，正随着运力的下降，被逐渐荒废。“米轨时速只有30公里，客车至少要跑12个小时以上，货运列车有时要走1天半，而且列车出轨事故频发，安全得不到保障，我不会选择乘坐火车出行。”沃伊镇居民罗伯特说道。

沃伊站的衰败映射出整个肯尼亚的交通现状，城市建设、旅游产业都因此发展迟缓。而随着蒙内铁路的修建，肯尼亚的经济现状将发生根本转变。

“仅我们项目部就有5000余名当地雇员参与铁路建设，大部分来自沃伊镇各村庄。”一航局工区肯方人力资源主管左琳边翻台账边说。

据统计，2014年，肯尼亚全国失业率高达40%，其中70%是年轻人。蒙内铁路的开工建设，为他们创造了大量的就业机会。

据官方估算，蒙内铁路的建设，直接和间接为肯尼亚创造近4万个工作岗位。而作为全线施工里程最长的一航局工区，所雇佣的肯方雇员数量占近六分之一。稳定的工作、较高的收入为几千户沃伊镇家庭注入了新鲜血液。

“以前我只能打零工养活弟弟妹妹，经常填不饱肚子，而项目部来后，我们的生活完全不一样了！”项目部帮厨迈克兴奋地说，“有了这份收入，我的弟弟妹妹终于能回去上学。中国师傅们也对我很好，现在我学会了面食，刀工也不错，也会简单地炒菜，我的理想是做一名中餐厨师！”

蒙内铁路的修建正在迅速改善着像迈克这样无数肯尼亚人的生活。失业的人找到了新工作，人们的购买力逐渐增强，沃伊镇的集市也不再冷清，日渐萧条的沃伊镇渐渐恢复了往日的热闹。

“两年前，我打算关门转行，但现在我要扩建超市。”如今的瓦尔吉对今后的生意充满了信心，“因为铁路的修建，镇里居民的生活水平提高了，原来我只经营副食品，现在我准备在二楼增加家电和日用品。”

不仅是瓦尔吉的超市，蒙内铁路的到来也让沃伊镇各行各业开始加速升级改造，他们瞄准即将贯通的铁路，蓄势待发。

尼阿布正在装修的狮子山酒店毗邻察沃国家公园，距离蒙内铁路新的火车站只有十几分钟车程。他充满期盼地说：“这是新的商机！”

对千千万万个像瓦尔吉、迈克、尼阿布这样的当地人来说，蒙内铁路不仅真切地改变了他们的日常生活，也改变了他们世代居住的小镇。

前沃伊镇政府官员马努在沃伊镇生活了近50年，已退休的他现在是项目部与当地政府的联络官。50年来，马努目睹了沃伊镇的逐渐衰败。“年轻人因为贫穷没有工作相继离开这里。”如今他却对镇子的未来充满了期待。他说，“很高兴中国人来这里修铁路，两年时间，镇子发生了翻天覆地的变化，人们盖起了新楼房，随处可见安居乐业的人们。”

沃伊镇的改变是蒙内铁路对整个肯尼亚影响的一个缩影。据统计，蒙内铁路建设拉动肯尼亚经济年增长达1.5%，而作为东非铁路网的开端，蒙内铁路的建成也将提高港口物资到东非腹地的运输效率，对整个东非地区的经济发展都有极大裨益。

早些时候，中国交建副总裁陈云在接受中央电视台采访时曾表示：“人类现代化的进程很大程度上就是铁路带动的，蒙内铁路的开通运营为整个非洲，特别是东非经济的发展，插上了一双腾飞的翅膀。随着铁路的运营，整个肯尼亚及它周边的城市发展格局都将发生很大变化。”

在沃伊米轨车站可以望见正在建设中的蒙内铁路，车站的破败与远处的高耸桥墩形成了鲜明对比。一百年前，沃伊镇的昨天因铁路而兴起，而在一百年后，沃伊镇的明天也因铁路而让人充满期待。这是历史与未来的对接，是落后与发展的交替，也是小镇故事里即将翻开的崭新一页。

原刊于《交通建设报》2016年7月28日第341期2版

# “风口”上的先行官

## ——“两会”交通话题的后续观察

刘传雷

“两会”一直是话题积聚的十几天，也是新闻爆发的十几天。短短的时间内，事关国计民生的重大话题都汇集在北京。随着新媒体的发展，“两会”不仅是委员和代表们的两会，更成了媒体的狂欢，甚至全民的“两会”，只是参与和解读的方式不同而已。观点、意见、建议、反驳和澄清……所有的喧嚣过后，你心目中的“两会”又是怎样？几个画面能留存脑海？几个词汇能长久记忆？几个观点存有共鸣或异议？

提起“风口”，往往想到“浪尖”，不免让人想到困难多、矛盾重重的处境。然而，什么碰到互联网，似乎就变得峰回路转。今年两会新闻发布会上，“站在‘互联网＋’的风口上顺势而为，会使中国经济飞起来”，李克强总理的这句话让“风口”成了机遇的窗口，而“互联网＋交通”也是公众最为关心、日常应用最多的新业态之一。另外，有“一带一路”倡议的重大机遇在“风口”上释放强音，让多个省份的交通发展振翅欲飞。当然，万众参与意味着万众瞩目，交通行业依然是公众和舆论关注的重点领域，日常所说的“风口”意味犹在。

### 国家战略的先行官

先行官，是交通行业，特别是公路行业长期充当的角色，但不同时期，角色有着不同的转变，国家、公众对先行官要求和态度也有所改变。今年的政府工作报告中，李克强总理一句——“使交通真正成为发展的先行官”，是否能给行业发展带来新的启示和发展机遇？

政府工作报告中，交通作为先行官的角色也被充分凸显——直接或间接提到交通的部分多达38处，涵盖深化改革、调结构、稳增长和民生及国家战略等多个方面，很显然交通发展的重要性已经溢出传统的经济范畴，成为整个国家和社会前行的“先行官”，其基础性的地位被重新定义并被高度重视。

“在新形势下，‘使交通真正成为发展的先行官’具有更深层次的内涵和更明确的指向。”3月17日，交通运输部部长杨传堂在接受新华网采访时表示，并强调要切实把思想和行动统一到国家的“三大战略”的重大决策部署上来，在交通领域的各项工作中，力争当好服务“三大战略”的“先行官”，为形成中国经济新的增长版做出交通运输应有的贡献。杨传堂强调，总理的说法与传统意义上的“经济发展，交通先行”有着明显的区别，关键在于交通运输要真正成为“发展”的先行官，这个提法使得“先行官”的内涵和广度进一步延伸，既包含稳增长、调结构等经济领域，也包含惠民生等社会领域。

3月15日，李克强在十二届全国人大三次会议记者会上表示，我们这几年没有采取短期强刺激的政策，可以说运用政策的回旋余地还比较大，我们“工具箱”里的工具还比较多。据国家发改委透露，发改委正在准备和储备一批项目。国家发改委秘书长李朴民表示，将围绕“7大类重大投资工程包、6大领域消费工程”和“一带一路”、京津冀协同发展、长江经济带三大战略，充实项目库。种种迹象表明本轮有效投资将投向基础设施领域，特别是环保、水利、交通、通信四大领域。

从某种意义上讲，李克强所说的“工具箱”打开之时，也是“先行官”整理“行李箱”上路之日。角色重塑的“先行官”，是各大战略实施蓝图中的“探路者”，未来发展的视野必将拓宽，也必须将自身放置在国民经济和社会发展的大背景下，置于区域发展的小环境中，既要有全局性的基础意识、服务意识，又要有前瞻性的引领意识，也就是说既要探路，又要筑路。由此而言，在角色重塑的过程中，不仅有机遇，也有挑战。

3月28日，“一带一路”倡议顶层设计的《推动共建丝绸之路经济带和21世纪海上丝绸之路的愿景与行动》经国务院授权正式发布。其中基础设施的互联互通作为五大合作重点之一，被明确为“一带一路”建设的优先领域，而交通运输必是更优先发展的部分。国家发改委综合运输研究所研究员董焰表示，

2015年乃至未来数年，交通工作都将围绕着中央设定的几个区域发展主题来开展，其中最热门的当属“三大战略”。

“一带一路”、京津冀协同发展、长江经济带共同构筑的“三大战略”，其立足点是解决区域协同发展问题。交通基础设施的互联互通必是“协同”的应有之义，所以“三大战略”均凸显了交通“先行官”的角色定位。去年，交通“先行官”便已启程打前站，并明确对接国家战略是2015年十大任务之一，涉及“一带一路”、京津冀协同发展、长江经济带等国家重大战略规划中的重大项目将率先启动，加强与周边国家交通基础设施互联互通，加强重要国际海运通道保障能力建设，推进京津冀交通运输一体化，并加快建设长江经济带综合立体交通走廊。

综合而言，经济社会发展对“先行官”提供了持续旺盛的需求。如何科学分析这种需求，并规划好“先行官”的行动路线，这是最具挑战性的工作。“十二五”即将结束，“十三五”如何规划？之前提出的“适度超前”便是“先行官”先行的一种体现，规划建设不能只考虑眼前，也不能好高骛远，没有可续预判的规划跟过于超前的规划一样是浪费。“先行官”应该先行多远、超前多长时间才算恰到好处？这将事关新时期“先行官”角色的塑造，也事关“先行官”形象的塑造。新常态下，探路者必是不能再走旧路。例如交通基础设施建设投资，这涉及先行官“盘缠”的问题。在投融资体制和机制剧烈变革的当下，政府投资的“独角戏”已经难以为继，引入市场机制已是最终途径，这是深化改革的必然趋势，也为交通基础设施建设投资带来更为合理、更为科学和更为理性的投融资氛围，投融资不再是政府一厢情愿的事情，市场的认可和响应成为必要条件。

## “互联网+”的风口有多大

问“互联网+”的风口有多大，其实也就是在问互联网的吞噬和融合能力有多大，没有谁能够预测出一个庞大的未来世界，或许“万物互联”的说法可以算是一个答案：物联网、车联网、互联网金融……这些都是互联网思维的产物。正如《第三次工业革命》和《零边际成本社会》的作者、美国经济趋势基金会主席杰里米·里夫金所说的：中国政府想让能源互联网与通信互联网以及交通和物流互联网连接在一起，都是数字化的，形成一个物联网平台，这将极大提高整个中国的生产力——这是项历史性的大工程。

里夫金认为,随着生产生活的数字化和自动化,未来将出现由通信、能源和交通运输三大网络相互融合形成的“超级物联网”,人们能直接在物联网上生产、分享能源和实物,并运用大数据和算法来提高效率和生产力。他认为,作为世界第二大经济体的中国,应继续推动物联网和类似互联网分享平台“协作公地”的建设,以确保其在第三次工业革命中的领导地位。

在里夫金看来,前两次工业革命都由通信、能源和交通运输技术三者组合而引发的,19世纪的通信(电报、印刷术)+能源(煤炭)+交通运输(蒸汽机车、国家铁路系统)的组合改变了世界;20世纪的通信(电话、收音机、电视)+能源(石油)+交通运输(蒸汽机车+国家公路系统)组合在一起改变了一个时代。现在将迎来一个更为伟大的时代:通信(互联网)+能源(数字化的可再生能源互联网)+交通运输(数字化、智能化的交通运输工具和物流网络),这一组合将让世界形成一个庞大的物联网平台。

可以看出,通信、能源和运输交通运输是构筑第三次工业革命的基础网络之一,交通运输业的变革是每次工业革命的先发要素。

“互联网+”盛行的当下,触网成为新产业、新业态、新商业模式不断涌现的必要条件,如果主动“触网”可以引领交通运输这个传统产业的提档升级,再坏的结果也使互联网成为冲击和倒逼传统业态的突破口。

据统计,一个“滴滴打车”的推广,全国130多万辆出租车,每天每辆减少40至50公里的空驶,平均每天省油4至5升,这是“互联网+”带来的最直观的进步。以“滴滴打车”和“快的打车”为代表的新业态,使“互联网+交通”初现端倪,也让公众和市场对“互联网+交通”充满了期待。

对于政策的号召和公众的期待,交通运输部有清醒的认识——早在2015年全国交通运输工作会议上,杨传堂指出:“的确,互联网改变了人们活动的空间轴、时间轴和思维纬度,既是一场科技革命,也是一场社会变革。跟不上互联网的发展变化,我们不仅无法创新,更会落后于这个时代。”他同时要求“交通运输系统各级领导干部,要强化互联网思维,注重通过信息流、物流、资金流与各种传统业态的融合发展,推动新兴业态发展壮大,为交通运输这个传统产业插上创新创意的翅膀,带动综合交通、绿色交通、平安交通提质上档。”全国政协委员、江苏省交通运输厅厅长游庆仲则表示,交通运输业应当积极推进现代信息技术与交通运输全领域、全过程的深度融合，充分发挥信息化引领交通运输转型升级的重要作用，实现交通运输组织智能化、管理服务高效化和决策支持科学化。

作为传统行业中市场开放度较高的行业之一，受益于互联网，交通行业的创新创意的羽翼渐丰。例如公交行业，作为交通业内曾经视为比较传统的领域之一，“互联网＋交通”的魔法棒最先在这里发挥出作用。现在，深圳市民只要通过手机下载“酷米客公交”手机 A P P，系统自动定位所在的公交站台，并且实时告诉乘客，最近的公交车还有几个站，大概需要等待多少时间。根据最新数据显示，深圳 864 条公交线路，大约 1.5 万辆公交车已经全部安装了 GPS，通过“交通在手”不但可以查到公交电子站牌信息和实时公交信息服务，还能够查到公交和地铁换乘方案，让出行更便利。重庆市交委推出了功能更为强大的“交通在手”手机 APP，逐步将重庆市公交线路收录其中。目前，“交通在手”的下载总量已经突破了 110 万次。

“新技术带给我们许多可能，很多在传统线下无法解决的问题，通过移动互联网、GPS 定位技术、云计算和大数据等信息技术找到了解决的办法。互联网不是在颠覆交通行业，而是在改变很多服务特征，让交通方式更多样便捷。”深圳市都市交通规划设计研究院院长薛博表示。

4 月 1 日，河南省交通运输厅与知名互联网公司达成加快推进智慧交通建设战略合作框架协议，将联手打造“互联网＋交通运输”，成为“互联网＋”在该省落地的首个省级项目。3 月 18 日，天津市工信委表示，“互联网＋城市交通”的模式将成为未来两年天津打造智慧城市产业、推进智能交通建设的重点。

天津的计划和河南的实践在智慧交通领域“触网”的一个缩影，作为最有条件与“互联网＋”发生化学反应的领域，智慧交通未来发展值得期待。新一代信息技术与交通运输的结合创新应用，将成为下一代智能交通发展的重要的方向。

## 创新驱动的新引擎

正如小米董事长雷军所言：只要站在风口，猪也能飞起来。之后飞猪理论人行其道，在很多人看来，这似乎就是互联网＋迅猛发展的典型佐证。而另一位互联网大咖马云则提醒大家：猪碰上风也会飞，但是风过去摔死的还是猪。因为猪还是猪。

风停了怎么办？在“互联网+”风头正劲之时，居安思危是前瞻预见，也是参照现实的结果。最直接的参照是，在新常态下经济增长的风速减缓——当前经济增长的传统动力减弱，如何让之前快速增长的国民经济不因“失速”而造成过大的下行压力？李克强给出了“创新驱动”的动力解决方案——加快实施创新驱动发展战略，改造传统引擎，打造新引擎。不可否认，创新驱动便是新的增长引擎，也是未来发展的通用动力配置。只有配上自己的引擎，才能乘风破浪，也只有不断创新才能“真正把自己变成一点点风就能够飞起来的、能够翱翔的人”。

在深化改革和“大众创业、万众创新”的大语境中，创新是改革的潜台词，而体制和科技创新带来的动力最为强劲。两会期间，全国人大代表、河南省交通运输厅厅长张琼表示自己在看德国“工业4.0”战略，她说：“看得我心惊肉跳，感到我们真的挺落后，不能自满。如果我们的科技创新步伐不跟上，就会很被动。”张琼的担心表现了科技创新的急迫性和重要性，在“互联网+”的风口，科技创新将是飞翔的双翼，没有创新，即使飞起来，也飞不远、飞不高。

正是基于科技创新的重要性和紧迫性，“两会”上科技创新的议题被重点阐释。未来国家将以体制创新推动科技创新，将重点推进创新人才收益、科技成果转化、国家奖励制度、知识产权保护和企业创新主体地位的强化等方面的改革。李克强强调，要改革中央财政科技计划管理方式，建立公开统一的国家科技管理平台。政府重点支持基础研究、前沿技术和重大关键共性技术研究，鼓励原始创新，加快实施国家科技重大项目，向社会全面开放重大科研基础设施和大型科研仪器。把亿万人民的聪明才智调动起来，就一定能够迎来万众创新的浪潮。

早在去年，国务院就接连发布4个关于促进科技创新的文件——《国务院关于改进加强中央财政科研项目和资金管理的若干意见》《国务院关于加快科技服务业发展的若干意见》《国务院印发关于深化中央财政科技计划（专项、基金等）管理改革方案的通知》和《国务院关于国家重大科研基础设施和大型科研仪器向社会开放的意见》。更为重要的是，全国人大正通过修订《促进科技成果转化法》,试图从法律层面克服成果转化难的“心病”……一系列措施的实施,正是为了开启“万众创新的浪潮”。

近年来,交通运输部同样加大了对科技创新工作的推动。同样是在今年的全国交通运输工作会议上,杨传堂强调,要围绕交通运输创新主战场和主攻方向,加大创新人才培育培养力度,加快完善科技创新体制机制,着力构建企业为主体、市场为导向、产学研相结合的创新体系,促进科技成果产业化、市场化,提高科技创新对交通运输发展的贡献率,使科研真正成为创新驱动的重要推动力量。

然而,在打造科技创新新引擎的过程中,交通运输行业也面临着诸多问题。比如协同创新不足的问题、科技创新体制改革滞后的问题。以前者为例,长期以来,交通运输科技创新工作坚持“项目来源于工程、研究依托于工程、成果应用于工程”,交通运输科技项目的实施一直体现着协同创新的组织形式。但是,这种协同创新只是一种不自觉的形式应用,是项目攻关的一种组织方式,是以项目为纽带的临时性的协同攻关行为,并没有聚焦行业某一重大科技问题,开展长期持续协同创新工作,没有形成机制的自觉创新和体制的主动保障。而在科技创新体制改革与新形势下行业发展要求不相适应,甚至表现出滞后和阻碍创新低现象。解决这两大难题,唯有通过全面深化科技体制机制改革,重新构建起新形势下的科技创新工作模式,才能适应“新常态”下行业发展对科技创新的需求。

3 月,交通运输部为此组织召开国家科技计划管理改革形势通报及有关任务布置会议,深入解读了中央科技改革精神和科技部推进改革的有关工作方向,分析了中央科技改革对交通运输科技工作的重大影响,提出了下一步交通运输科技创新的四方面“发力点”,即“面向国家重大战略,梳理重大科技需求,积极争取国家科技资源支持;跟踪国家重大改革,加强科技创新政策研究,积极营造良好创新环境;科学编制公路水路“十三五”科技发展规划,做好与国家科技创新规划的衔接;创新人才培养模式,建立稳定支持渠道,为交通运输行业优秀人才脱颖而出创造条件”。

在“互联网 + ”的风口上,“创新”是根本方向,把科技创新摆在国家发展全局的核心位置,是习近平总书记的重大战略思想,科技发展的方向就是创新、创新、再创新。交通运输业作为新时期被赋予新角色内涵的“先行官”，要为“这个传统产业插上创新创意的翅膀”，未来的“先行官”的科技创新的色彩必将更为浓重，新业态也将不断涌现。

原刊于《中国公路》2015 年第 7 期

# 室虽陋　爱意浓　体现上海“温度”

## ——沪上部分公交调度室成为环卫工人的“避风港”

陈　忠

唐代诗人刘禹锡《陋室铭》“斯是陋室，惟吾德馨。”历经千年依然脍炙人口。如今，公交简陋的调度亭，成为风雨寒暑中的环卫工人小憩的“避风港”。

上海日旭保洁公司的薛师傅来自徐州，她在公交224路冠生园路终点站附近扫马路。“我每天都在这里吃饭、上厕所。遇到下雨天，我就会到站亭里面躲雨。公交师傅很好的”，在电话里49岁的她是这样对记者讲的。

而记者从浦东公交金高公司了解到，目前该公司的34个站点调度室已向环卫工人开放，常年为环卫工人免费提供饮水、热饭、歇脚等服务，缓解了高温、寒冬作业之苦。

其实，公交从很早就与环卫职工结下了不解之缘，“老早公交部分有条件的调度亭就对环卫职工开放，让他们休息”。公交三公司运营部经理李小萍如是说。这项“规矩”始于何时已经无从考证，但却坚持至今，受益的环卫工人不计其数。

尽管公交站亭设施简陋，有些甚至“蜗居”马路边，像224路冠生园路终点站调度亭只有10平方米左右，但是每天早上5点多，环卫职工上班后，就把茶杯等放在调度亭，俨然一副“主人”腔调；薛师傅告诉记者，她和同事每天都在公交调度亭里吃饭、喝茶，入冬后，就借用公交职工使用的微波炉热饭。遇到突然下雨，他们就会到调度亭里躲雨，夏季高温天，他们就会把调度亭当做避暑的好去处。遇到公交员工吃饭休息的高峰时段，环卫职工就会回避，与公交职工“错峰”。当班调度员李文龙则对记者讲，尽管车队领导换过好几轮，但开放调度亭让环卫职工使用这个老传统却一直保持到现在，一直没变。

记者在公交121路协和路调度亭了解到，该调度亭的地方大，有线路员工的食堂。每天早上5点多、下午5点多，环卫职工都会准时到该调度亭休息、吃饭，“已经成为一种常态了”，该调度亭的当班调度员是这样对记者说的，“而且经常一来就是靠十个”。

记者从浦东公交金高公司了解到，早在2013年，该公司130路就率先在博兴路调度室开设“免费茶水供应点”，随后在川沙客运站、984路永业路站、783路普安路站、大桥四线双桥路站点等34个站点调度室相继为环卫工人免费开放茶水间、卫生间、微波炉、休息室等。

在984路永业路调度室内，记者正好见到两名环卫工人前来倒水，调度员将他们请进调度室后，把他们保温杯里的水接满：“现在的调度室都会让我们接水，还会让我们热饭，又有空调，可以休息，很方便的”环卫工人说。“环卫工人和我们公交职工的作息时间蛮相似的，每天一早就开始清扫马路，尤其天冷、天热的时候，没地方纳凉取暖，更没地方接水、上厕所，我们有条件给环卫工人提供便利感觉蛮开心的，再说我们都是城市窗口的守护人，应该互相关心、互相帮助。”984路车队长表示。

目前该公司的34个站点调度室已向环卫工人开放，常年为环卫工人免费提供饮水、热饭、歇脚等服务，缓解高温、寒冬作业之苦。

金高公司工会主席施政告诉记者，每当冬令、夏令季节，车队在慰问职工的时候，还会为清洁站点周边环境的环卫工人送上毛巾、花露水、肥皂、清凉油、护手霜等劳防用品，给他们带去夏日的清凉，冬日的温暖。

日旭保洁公司的薛师傅感叹道：“以前在其他地方工作就没有这种待遇”。是的，近期有一个公益广告，让人看后感到十分的暖心：一位女士夜间为方便两名环卫职工吃饭而留着阳台的灯。

如果我们都像公交行业一样，为环卫职工提供力所能及的帮助；人人都能为每个需要帮助的人伸出援助之手，就不会出现哺乳的妈妈找不到地方等各种尴尬。我真心希望在我们这个曾经孕育过中国现代文明的城市，出现更多的为环卫职工提供便利的公交调度亭、“爱心小屋”，等等，让每一个生活在上海这个城市中的市民以及匆匆过客，没有一点不便和尴尬。

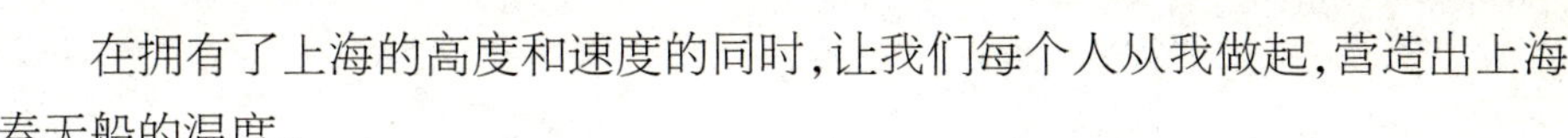

在拥有了上海的高度和速度的同时，让我们每个人从我做起，营造出上海春天般的温度。

原刊于《上海交通》2015年12月16日第322期

# 二等奖

## 打通最后一公里　小山村迎来大发展

### ——“溜索改桥”助力威宁中关村老百姓脱贫致富纪实

刘叶琳

金秋十月，又是一年收获的季节，在威宁县斗古镇中关村，村民姜炳成正驾驶着新买的面包车去牛栏江边的地里收玉米和花生，而种植的辣椒也红了，一个个红艳艳的小尖椒傲立枝头，预示着今年将是一个丰收的年头，也在告诉着我们，中关村的老百姓的日子也将开始红红火火了。

“今年，我这地里种的花生和辣椒早就被人预定了，估计能卖到8000元左右，再加上上半年卖的樱桃，今年收入应该能突破2万元了”姜炳成笑着说道。年收入过万，在曾经交通极度闭塞、经济极度贫困的中关村村民的心中，那是遥遥不可企及的梦想，而如今却将实现。

中关村坐落在牛栏江边，与威宁县海拉乡、云南会泽县火红乡接壤，是典型的鸡鸣两省三乡之地。奔腾不息的牛栏江和其支流木槽河在这里汇合，河水带来的泥沙也在这里聚集形成了一块富饶的小平坝，滋养着世世代代居住在此的村民们。但大山和大河也阻挡了村民们出行和发展，牛栏江上的一条溜索，曾经长期是江边村民与外界沟通的主要交通工具。村民们种养的农产品卖不出去、小孩子得翻山越岭去上学、外面的肥料运不进来……

一切的改变源于一条路、一座桥。2014年年底，为有效解决两岸人民的出

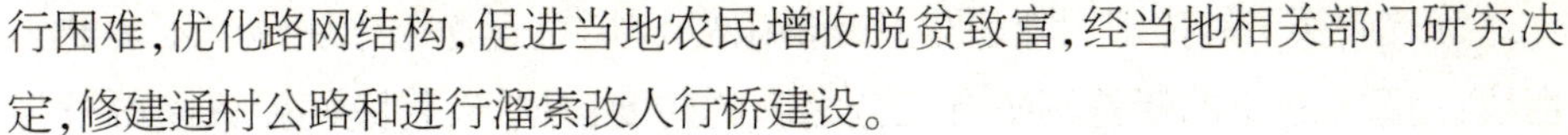

行困难，优化路网结构，促进当地农民增收脱贫致富，经当地相关部门研究决定，修建通村公路和进行溜索改人行桥建设。

## 路通百事兴　小山村迎来大发展

记者在中关村采访时，村民刘万春正忙着在修建新房子，一座两层楼的砖瓦房已初具雏形。“再简单装修下，房子就要完工了，马上就可以住新房子。”刘万春说道，“如今路通了，修房子的材料直接用车就可以拉倒家门口了，而以前运进来十分困难，只能依靠山背后的那根溜索，或者雇用毛驴驼进来。”

刘万春口中的那条溜索是中关村曾有的两条溜索之一，长约 1600 米，从村子背后的高山垂直下来直达寨子；另外一条是该村连接附近的海拉乡最近的通道，乘溜索跨过牛栏江支流卧槽河，再走上半个小时，经过一条溜索就可以到达云南的火红乡了。

“长的那条溜索是前年才修好的，主要是用来运送日常生活物品和农用物资，相比用毛驴运输物资要方便多了。但这条溜索十分危险，很少人敢乘坐此条溜索，坐下来太恐怖了，记得有一次，我们用溜索运送化肥下山时，溜索的两根钢绳绞在一起了，最后货斗直接冲下到山底，货斗里的夹带的一条烟都碰撞成烟沫了，要是人下去遇到这种情况，那肯定是有去无回了。”中关村村委会主任刘万良说道。

采访中，村民们口中多次提到曾经最大的难题是：当村子里半夜有人生病要送医院，由于交通不便，只能用担架抬出去，过溜索的时候，只能绑在上面划过去，遇到涨大水，溜索也过不去了，只能听天由命。

如今，一条已经建好的长约 7 公里的公路和一座人行钢桥，让村民彻底告别了出行依靠溜索或肩扛背驼的历史，也给中关村的发展带来活力。

“路修好了，我爸爸说要买一辆摩托车，我就可以和城里的同学一样让爸爸骑车送我和妹妹去上学了，再也不要爬一个多小时的山路了，也不再担心妹妹每天上山下山走山路摔倒了。”这是 2014 年 4 月记者在中关村采访时，正在上小学四年级的姜静告诉记者的梦想，如今才上初中的他愿望已经实现，他父亲每每周末都骑着摩托车去接他和妹妹回家，而当时读小学的他和妹妹每天都要翻山越岭两个半小时去上学。

“以前，买一袋化肥用骡子驼下来要花费十块钱，运送一千块砖差不多要一百块，用溜索运送的话差不多有三分之一的砖要被损坏，村民们就算攒得一些钱也不敢修房子，而目前村子里还有90户来人家，已经有六七户人家在修建新房子了，还有一部分村民准备重新修房子。”刘万春介绍道。

路通百事兴，村民们不在为自己种养的农产品的销路发愁了，村子里的一大片坝子，土壤肥沃，水源充足，再加上地处云贵高原的山谷，日夜温差大气候条件好，特别适合农产品的种植，这也是村民们不愿意搬离的主要原因。“村里的樱桃、花生在这一片都是十分有名的，还有花椒、核桃和土豆，全部是绿色生态的，以前路不通卖不出去，只能烂在枝头地里，如今路通了，我们把这些东西运送到县城，很受城里人的喜爱，而且价格也卖得高，有些人家一年就靠卖樱桃、花生豆能收入七八千元呢。”刘万良介绍道。

“原来我们准备让村民们搬迁到其他地方，大部分村民都同意了，现在路通了，村民的生活也慢慢变好了，也感受到下一步村子里发展大有可为，除了22户搬迁到威宁工业园区，剩下的都不愿意搬出去了。”斗古镇党委书记郑忠平在接受采访时说道。

## 筑路事事难　打通最后一公里

“中关村关口人行桥的建设规模是1跨110米桥，桥梁全长123米，桥梁宽度2.5米，项目于2013年进行初步论证，2014年开工建设。直至2016年3月底才全部建成。现在我们修建这么一座规模的桥，在技术上根本不存问题，在工期上也可能要这么久，很大的原因就是进村的这条公路太难修了！”全程参与中关村溜索改桥项目的威宁县交通运输局副局长马勋说道。

而说起这个项目修建过程中的艰难，马勋有一肚子的苦水，曾经因为工期延误的原因，还有村民给省委书记信箱留言，让项目建设者倍感压力巨大。

“从上面村子里的公路到关口人行桥桥头，新建的公路有7公里，基本上都是半山中炸出来的，所有的横坡都在45度以上，大型机械设备运不进来也用不上，刚开始修路时开山打炮眼很多时候还只能采取传统的人工作业，效率很低。而由于地形的限制，我们只能先把路修通了，才能把修建桥梁的材料运送进来，这样工期相对来说就长了点。”马勋介绍道，我们面临的最大难题是资金的筹集，像中关村溜索改桥项目，由于新建里程超过了溜索改桥项目公里补助限额，这一笔钱就得地方政府来承担。威宁县的溜索改桥项目一共有 8 个，总投资约 5000 万元，其中中央补助资金 3000 万元左右，剩下来的 2000 万元，需要县里来解决，而对于威宁这样一个极度贫困县来说，拿出这笔钱的难度还是很大的，最后在多方筹措，上级交通运输部门和县委县政府的大力支持下，我们全力保障了项目建设资金。

"去年七八月份，中关村突降暴雨，基本成形的路基大部分冲毁了，一台挖土机被垮下来的泥土覆盖了，还好驾驶员不在车上，没有造成人员伤亡。当时，看到自己辛辛苦苦一年多的心血毁于一旦，十分难受，心理也悄悄地打起了退堂鼓，但想到村民们对修建公路的期盼和支持时，我们又重新规划路线，公路全线基本上从岩石上凿出来的，这样就不怕暴雨冲刷了。"中关村溜索改桥项目负责人威宁县交通运输局公路所李所长回忆道。

历经重重困难，在多方努力下，公路和人行桥终于在今年 3 月份修建好了。

"通过验收的那天晚上，我终于踏踏实实的睡了个安稳觉。"李所长说道："其实，我们交通人修路架桥，做的是利国利民和造福一方的事，路通了，村民们的生活条件变好了，我们吃的那点苦也算不了啥，内心很高兴和自豪，现在我们只要去村子里，村民们都会抢着请我们喝酒呢。"

## 脱贫致富奔小康　村民驶上快车道

2014 年 3 月 4 日，习总书记在关于农村公路发展的报告上批示强调：特别是在一些贫困地区，改一条溜索、修一段公路就能给群众打开一扇脱贫致富的大门。

鲁迅先生曾经说过，世上本来没有路，走的人多了自然就成了路。对于，世世代代居住在牛栏江边峡谷中的中关村村民来说，大山和大河的阻隔，基本上没有出行的路可走。在这样的条件下，只有让"一桥飞架南北，天堑变通途"，他们才有梦想可寻，才有宏图可展，才有希望可见。由此可见，"溜索改桥"改的不只是桥。

2014 年 4 月，作者到中关村实地采访，曾体验乘坐溜索过牛栏江，当时的采访情景还一一在目，从中关村背后山顶，也就是最危险的那条溜索的起点向寨子望去，直线距离大约只有1000米左右，看上去不是很远。我们沿着山边的小道走下去，一路蜿蜒曲折，加之前几天下暴雨把本来就难走的道路又冲垮了一部分。道路也非常窄，部分路段仅能容一人通过，而且双脚还不能在原地换脚，只能抓住石头慢慢向前挪进。一边是悬崖，一边是峭壁，一路走下去，我们走的是心惊胆战。

还记得当时还是村委会副主任的刘万良对公路修好后对未来生活的憧憬时的那段话——“路通则百事兴，路通了之后，老百姓出行安全了，老百姓种的东西也能卖出去了，我们将通过我们勤劳的双手脱贫致富，过上好日子。”

要想富，先修路。对大山深处的群众来说，没有畅通的路，再好的致富梦想也只能如“空中楼阁”，再强的致富能力也只能被岁月冲淡，被沧桑洗去。“溜索改桥”让贫困地区农牧民群众的致富梦想成为真切的现实——他们可以走出大山，去外面寻找致富的信息、路子和项目；曾经不被外人所熟悉的、原汁原味的当地土特产，将成为外边世界热捧的“香饽饽”；崇尚原生态的游客可以通过“桥”走进村里，真切感受到“返璞归真”的山里世界，找到梦想中向往的天堂……

如今，中关村良好的生态环境和自然气候的优势条件，种植出来的水果也早于周边其他区域成熟，利用这个优势，村子正在大力发展水果产业。

“经过全体村民商议，下一步我们打算成立水果种植合作社带动村子里的经济发展。”刘万良说，村子里还成立了妇女刺绣小组，妇女们利用农闲时间集中绣苗族服饰，也能给大家带来一些收入。

对于未来的发展，斗古镇党委书记郑忠平考虑得更多，下一步我们将投入资金对中关村的村容村貌进行修整，同时利用牛栏江下游将建设水电站，中关村段的水域将提升和扩大，再加上牛栏江两边的秀美自热风光，我们准备打造一条水上旅游路线，目前已经启动了前期的相关规划和申报立项工作了。

果树成林、牛羊成群、游船从村子边的牛栏江慢慢驶过……一幅中关村美好发展宏图已经铺展开。

而贵州交通人也一直在用实实在在的行动来实践“交通扶贫扶真贫，真扶贫”承诺。

目前，全省“溜索改桥”13个建设项目已经全部完成。溜索改桥让党和国

家的各项惠民富民政策惠及更多的贫困群众，随着一条条通往大山外的公路建成通车，村民们开始轻松地通过“桥”，从曾经极度封闭的“世外桃源”走出大山，去感知和认识外边精彩的世界，去找寻更多物质财富，去享受外边世界现代文明的气息和生活，最终实现脱贫致富奔小康。

原刊于《贵州交通》2016 年第 5 期

## 重视公交用户　重视快充模式

# 换个思路谈补贴

周向阳

秋收冬藏，年末本该是一个盘点收获的时节，然而对于新能源客车市场来说，今年此时的气氛却有些凝滞而焦灼，因为相关补贴政策已"封冻"近一年了。

新能源客车产业上下游对补贴"新政"有何期许？行业将走向何方？近日，由中国交通报社牵头，联合新华社、人民网、经济日报、光明日报等主流媒体，邀请多位行业专家及企业代表举行了一场研讨会。

包括中国工程院院士杨裕生在内的多位专家认为，补贴促进了新能源汽车推广应用，呼吁在设定预算的前提下尽快调整。从新能源客车最大的用户——公交企业方考虑，当前快充模式最适合公交运营需求，补贴政策应该引导新能源客车企业朝着快充放、长里程的方向研发。

### 水温刚热　尚待添柴续薪

时至年末，等待调整政策"靴子落地"的焦虑情绪在客车行业弥漫。不过，其实不少人都想问的是：今年是新能源客车补贴的第 3 个年头了，补贴依然必要吗？这也是本次研讨会的第一个议题。

与会人士分析，补贴政策是否必要，一要看补贴有没有带来积极效果，二要看当前阶段行业的现实需求。

近几年的发展事实证明，无论是国家"十城千辆"工程，还是 2013—2015 年新能源汽车阶段性补贴，其背后，政策扶持都是新能源汽车产业发展最大的推动力。

尤其在公共交通领域，由于“国补＋地补”双重支持直接大幅降低了购车成本，许多城市将老旧的燃油公交车换成了“零排放”的新能源公交车，甚至有些原本因疲于应付生存困境而无力更换旧车的公交企业，乘着补贴的“东风”批量购进了纯电动公交车。

这样的变化，既帮助公交企业实现了运输装备提档升级，又让百姓出行坐上了清洁环保的新车，为城市减排、环境治理做出了实实在在的贡献。

今年，新能源汽车政策进入“2016—2020年补贴逐年退坡20%”的新阶段，然而由于“骗补”风波的影响，刚刚实行一年的补贴政策即陷入停顿，市场应声回落。

据全国乘用车市场信息联席会统计，本应是“金九银十”的销售旺季，新能源汽车的销量增速却大幅下降。其中，10月份纯电动客车销售6686辆，同比下降43%，环比下降24%，产销增速明显放缓。

业内专家分析，市场放缓不光是因为任何一方市场主体都不愿错失补贴的真金白银，而且是因为电池等核心零部件成本依然高昂，当前还不可能脱离补贴而以实际成本定价、形成规模化的市场。

从长远发展来看，新能源汽车产业应该加快步伐，最终脱离补贴而独立上路，但当前呼吁补贴政策出台也并非“政治不正确”。与会人士认为，新能源汽车产业发展就像水温刚热，补贴有如关键时刻添柴续薪，一方面能直接降低成本，加速市场化步伐，另一方面能以设定门槛的方式择优劣汰。

## 现实问题让行业“等不起”

根据多位与会人士的反馈，新能源客车行业对调整后的补贴政策呼声尤为迫切，一个原因还在于，一堆现实问题已经摆在面前：

截至目前，中央财政对2015年新能源汽车推广的补贴仍未清算，大多数地方补贴也未到位。然而在新能源汽车销售时，相关的补贴资金大多已由车辆制造企业垫付，因此，目前整个新能源汽车产业链的资金压力非常大，个别企业已经表示“等不起”了。

据记者调研，今年以来，包括北京在内的多地客运、公交企业，有些本有的更新或新增新能源车计划已经搁置，有些已和车辆制造企业达成购车协议，却最终不敢提车、交车，原因都是一个——担心补贴政策存在变数，巨额的购车款最后由谁来掏，谁也没把握。

对于车辆制造企业来说，苦衷还不止于此。“补贴标准不出台，就意味着国家倡导的研发方向不明，企业不知道下步该朝哪里努力。”珠海银隆新能源董事长魏银仓说，这是他和多位同行的共同感受。

“补贴政策要调整，应该尽快出台，行业才好继续行动，不要老拖着。”杨裕生认为，政策调整肯定难以兼顾各方的利益，部分企业如果因此受到负面影响，从产业发展的大局着想，这也是不得不承受的。

参加此次研讨会的代表普遍认为，发展新能源汽车是我国的重大产业政策，也是新兴发展领域，遇到一些波折在所难免。但尽快出台调整政策稳定人心，才能让产业发展的热度不致冷却下来，不致贻误发展时机。

## 补贴有预算 钱才能花到点子上

“骗补”风波之痛后，修正和完善补贴方案必须更加慎重，这可能也是补贴政策迟迟未公布的一个原因。然而，近日网上热传一份“2017 新能源汽车国家补贴政策草案”，虽未得到证实，却已引起业界舆论大哗。

研讨会上，84 岁高龄的杨裕生院士再次强调了自己的观点：补贴应该有，但必须设定预算总量，应该“算了用”，不该“用了算”，这样才能既起到激励效果，又形成竞争机制，真正把纳税人的钱花到点子上。

杨裕生院士持续多年关注新能源汽车产业，早在两年前就发出过“新能源汽车补贴过高”“对生产企业缺少约束和要求”的警告。去年，包括他在内的 19 名两院院士已就新能源汽车产业联名“上书”相关部委，但并未收到任何反响。

魏银仓则认为，“逐年退坡 20%”政策本身就比较合理，可以在此基础上优化，但不宜推翻重来，否则反复“折腾”对行业伤害太大了。

网传补贴“草案”中备受争议的一条，就是将能量密度作为新能源客车补贴的重要标准。魏银仓认为，能量密度是重要考量指标，但不应该成为唯一。“能量密度高意味着续驶里程长，但除此之外，电池安全性能、寿命、经济性等，都应该综合考虑。”魏银仓分析，如果只强调能量密度，可能会导致多装电池等新的

“骗补”形式。

据记者调查，有企业负责人表示，网传补贴“草案”中提到的如果是整车PACK后的能量密度，那么目前在《新能源汽车推广应用推荐车型目录》里的车型，大多数只能拿到较低档的补贴，结合目前电池的成本价格来看，新能源客车与燃油客车相比几乎不具有竞争优势，非常不利于新能源客车推广。

## 从用户角度思考　公交看重快充

新能源汽车补贴政策究竟应该怎么调整，应该设定哪些技术指标？与会专家提出，如果从新能源客车的市场终端——用户方来考虑，或许能得到一些启发。

从逻辑上分析，因为补贴的目的在于促进用户方购买和应用，从而全面推广新能源车，最终实现节能减排的目的，所以在一定意义上说，符合用户方长期利益的补贴政策，才可能是有效的。

那么，新能源客车最大的用户群体是谁？目前，这一答案已经非常明晰——公交企业。据保守估计，全国新能源公交车总数已超过9万辆。中国客车统计信息网数据则显示，今年以来，5米以上新能源客车占公交车辆总销量比重已高达77.01%，在客车细分市场中独树一帜。

这样的好成绩，在相当程度上得益于交通运输部的有力“助攻”。为发挥公共交通在节能减排上的主力军作用，从2015年起，交通运输部就对城市公交车成品油价格补助政策进行调整，明确给予新能源公交车运营补助，并明确“十三五”期将进一步在公共交通领域优先使用新能源车。

从公交企业的运营特点来看，续驶里程背后的能量密度的确不是最重要的考量指标，因为城市公交线路的平均里程不超过30公里，远低于乘用车所要求的150公里甚至200公里续驶里程要求。相对来说，发车频率高、密度大才是公交运营的特点。

与会专家分析，与公交运营需求最为切合的，首当其冲是快充模式。北京公交、邯郸公交等多家公交企业的应用实例显示，快充有利于公交企业更从容地安排运力，保证密集发班，而在相当多公交企业，由于纯电动公交车每次需要半小时、1小时以上的充电时间，使得企业不得不做出“一人二车”的安排，车辆购置和运营管理成本随之上升。

除了此次与会的杨裕生和魏银仓，中国公路学会客车分会副秘书长佘振清、国家863计划节能与新能源汽车重大项目监理咨询专家组组长王秉刚等多位业界专家都在不同场合表示过：快充是新能源公交的理想模式。据了解，当前以珠海银隆、微宏为代表的钛酸锂电池都具备较明显的快充优势。

不过，网传的补贴调整“草案”中并未明确快充型动力电池的定义，也没有针对快充型、长里程电池系统的补贴标准。如果最终方案的确如此，快充模式会不会因此被边缘化？与会人士对此颇为担心。

原刊于《中国交通报》2016年12月1日5版

# 南海飘扬的海事旗帜

王海潮　庞　博

南海约占我国海洋国土面积的2/3，水域广大，岛礁密布，航路众多，资源丰富，战略地位极其重要。同时，南海也是世界最为繁忙国际航运通道之一，每年有半数以上的超大型油船航经马六甲、巽他和龙目海峡，东南亚地区的主要原材料和能源均经南海运输。

随着我国海洋强国战略的实施，中国海事局按照国际公约的要求，积极履行海事巡航、人命救助、航海保障等职责，不断增强我国对南海的海事管理能力，已成为南海行政执法的主要力量之一。

## 巡航执法履使命

随着我国经济融入全球经济进程的不断加快，我国经济对外依存度超过60%，走向海洋、经营海洋、管理海洋已成为中国实现强国梦的必由之路。党的十八大将建设海洋强国确定为国家战略，强调“提高海洋资源开发能力，发展海洋经济，保护海洋生态环境，坚决维护国家海洋权益，建设海洋强国”。

2013年，习近平总书记提出了“一带一路”倡议。2015年3月，我国正式发布《推动共建丝绸之路经济带和21世纪海上丝绸之路的愿景与行动》。南海作为推进国家海洋强国战略的重点水域和“一带一路”倡议的重要支点，南海的和平、稳定与畅通关系到国家的持久安全和长远发展利益。

为增强我国海洋事务管理能力，2013年，国务院实施了行政机构改革，形成了中国海事局和中国海警局两支海上行政执法力量，共同维护国家海洋权益的新局面。

作为海上执法的重要力量，近年来中国海事局采取了一系列积极措施落实国家南海战略，开展南海海事巡航执法，在南沙实施外国籍船舶海事调查，建设南海导助航设施，开展海上人命搜寻救助，强化南海区域海事交流合作等，为南海航路安全畅通及资源有序开发利用保驾护航。

海南海事局副局长张捷对记者介绍，海南海事局自20世纪90年代就开始了南海海事战略研究，2010年3月13日，西沙海事局在西沙永兴岛挂牌成立，2012年8月15日，西沙海事局正式更名为三沙海事局，管辖范围包括西沙群岛、中沙群岛、南沙群岛的岛礁及其海域在内的南海海域，成为管辖面积最大的海事部门，并实现了三沙海事驻守永兴岛工作的常态化，三沙海事局的成立标志着我国对南海实施海事监管进入实质性阶段。

为履行国际公约，中国海事局不断强化对南海海域海事巡航执法工作，成立了南海海巡执法总队，主要负责南海海区及广东沿海重点水域的巡航监管和应急反应工作，并实施海上应急救援行动，基本形成以"海巡01""海巡11""海巡31"和"海巡21"轮为主，对南海实行定期巡航机制，初步掌握了南海海域的水文气象、通航环境、船舶交通和作业、海域污染等情况，制止和纠正了船舶在海上航行、停泊和作业当中发生的各种违法行为，进一步强化了南海海事巡航监管。

2010年5月2日至10日，中国海事局开展了首次南海联合巡航活动，联合巡航编队由2艘千吨级大型巡视船"海巡31"和"海巡11"组成，巡航途经西沙永兴岛、南沙群岛(永暑、赤瓜礁、美济礁)、黄岩岛等地，巡视检查南海习惯航路上船舶的航行、停泊、作业、通航环境情况以及南海海域助航标志的布设情况等。之后，每年中国海事局都定期组织南海巡航执法活动，并于2014年11月18日至19日，在海南省东北部和南部水域首次开展有水上飞机参加的海空立体联合巡航。此外，中国海事局还在南海积极开展海事调查工作。据三沙海事局副局长王华介绍，2013年10月，菲律宾籍客船"NONAN 2"轮在南沙永暑礁搁浅。按照交通运输部和部海事局的部署要求，海南海事局立即成立了事故调查组，派出"海巡21"轮，赴南沙对菲律宾籍客船进行海事调查，圆满完成"NONAN 2"轮南沙搁浅海事调查工作，依法履行了国际公约赋予我国应尽的职责和义务。

## 航海保障铸平安

南海主要航线附近岛、礁、滩多，暗沙也多，且其位置和水深、水文缺乏准确的资料记录,加之航路附近有许多通航障碍物,这些都需要通过设置航行安全保障设施对船舶进行导航指示。

自2015年5月起,交通运输部陆续在南沙群岛有关进驻岛礁开工建设了5座大型多功能灯塔,截至目前,华阳、赤瓜、渚碧、永暑等4座灯塔已先后建成发光,美济灯塔主体建设已基本完成,这5座灯塔塔高均在50米至55米之间,配备了现代化大型旋转灯器和灯笼,射程达到22海里。

“这5座灯塔是我国在南海海域建设的重要公益性服务设施,其建成和投入使用也是我国履行相关国际责任和义务的体现,承担着服务航海保障、海上搜寻救助、航行安全、渔业生产、海洋防灾减灾等功能。”交通运输部海事局党组书记兼局长许如清介绍说。

除在南沙群岛有关进驻岛礁开工建设了5座灯塔外,我国逐步加大南海海域民用航海保障基础设施建设力度,2013年3月7日,南海航海保障中心成功在东门礁南侧浅滩设置了“中国南海标019”灯浮标,在西沙水域建成了晋卿岛等4座灯桩;在永兴岛等地设置了4座船舶自动识别系统(AIS)基站,实现了西沙重点水域信号的全覆盖;开播了海上安全信息(NAVTEX)广播业务,实现了对西沙、中沙水域信号的覆盖,为航经该海域的各国船舶提供高效导助航服务。

此外,海事部门每年发布南海中英文航行通(警)告,及时向南海过往船舶传递航行安全信息;通过国际海事和搜救卫星系统及海岸电台为南海航行船舶提供遇险报警服务;通过差分全球定位系统DGPS站,为南海过往船舶提供精确定位,并积极探索北斗卫星在南海海事监管和航海保障工作中的应用,目前北斗卫星终端系统接入海南省海上搜救中心和各分中心。

## 人命救助无国界

由于受台风、季风和通航环境条件等的影响,南海海域航行船舶的险情时有发生。人命救助不分国界,中国海事局主动承担南海海难救助义务,积极开展南海海域人命救助工作。海南海事局副局长、海南省海上搜救中心办公室主任张捷介绍说,为更好地履行国际义务,保障南海海域船舶的航行安全,针对南海海域特点和实际情况,我国在湛江、海南、西沙设置了救助站点,并长期部署专业救助船舶进行值守;成立三沙海上搜救分中心,加强三沙海上应急和人命安全救助中的协调配合，成立了辖区海上搜救志愿者队伍，组织辖区多名渔民开展搜救技能培训；配置了北斗系统、船舶动态系统、应急指挥辅助决策系统等现代化搜救指挥控制设施设备，提高了海上应急指挥决策水平。

2016年7月14日，“2016年三沙海上应急演练”在西沙七连屿附近海域成功举行，这是中国在三沙海域首次举行的多科目综合性海空搜救演练。据三沙市副市长陈儒茂介绍，此次“海空立体”应急演练进一步检验海上搜救能力建设情况，提升了三沙市海上应急组织协调效率，为更好地服务南海船舶航行安全奠定了坚实的基础。据统计，2013年至2016年7月，海南省海上搜救中心（南海海域）救助遇险人员3396人，其中外国籍人员94人；三沙市海上搜救分中心先后开展海上搜救行动49次，协调出动船艇221艘次，飞机64架次，成功救助遇险人员1201人次，救助成功率95.16%，成功组织2014年“威马逊”超强台风等台风防抗工作。

2013年“9·29”西沙渔民大救援给大家留下了深刻的印象。据海南海事局指挥中心负责人介绍，2013年9月29日，强台风“蝴蝶”造成171名广东渔民在西沙永乐群岛遇险，在海南海事局组织下，搜救人员在漆黑的夜晚，冒着狂风巨浪，联手展开大救援，共出动飞机47架次、船舶175艘次，成功救助100余名渔民。获救渔民陈色验事后感动地说：“我抓住一个小舢板漂浮在海面上，但心里充满信心，我相信党和政府一定会来救我的。”

同时，我国还积极提升南海海上搜救协作能力，联合港澳台及周边国家举办南海海上搜救演练，与东南亚国家建立“中国—东盟海事合作机制”“中越区域性搜救合作机制”，多次成功解救南海周边国家遇险船舶与渔民，在南海海域搜寻救助中发挥了主导的作用。

此外，近年来南海非传统安全问题也日益凸显，海盗和恐怖袭击行为已成为南海海上航行的巨大安全隐患，南海海域航行船舶的安保形势不容乐观。

## 海事一路向南进

南海是连接太平洋和印度洋的重要海上通道，船舶密度大，通航环境复杂，气象海况多变。一直以来，南海海域船舶航行安全保障设施、海上应急救助力量以及船舶溢油反应力量和设施不足，直接制约了南海海域通航安全和经济发展。

张捷向记者介绍，随着南海开发的快速推进，海上搜救任务急剧增加。目前三沙海域尚无大型综合应急反应基地，搜救装备严重短缺，有限的搜救力量与广阔的搜救水域严重不匹配，与繁重的搜救责任严重不适应；南海防台能力亟待提升，西沙海域目前尚无合适的防台锚地和避风港口，有限的防台条件与巨大的防台防强风的需求之间矛盾突出；南海防污设施建设亟待开展，港口建设规模和往来船舶数量都在加大，海上污染风险不断增大。此外，南海航行安全与航海保障设施密不可分，加强南海综合航海保障体系建设，加快南海海岸电台建设，提高南海海域航海保障能力，已成为保障南海航行安全的关键环节。

全面加强南海海事管理工作，是保障南海航行及作业安全、保护海洋环境、保障人民群众生命财产安全、维护国家权益的迫切需要，更是服务海洋强国建设和“海上丝绸之路”建设的战略需要。

首先，完善南海法规体系建设，要深化国际法的国内化工作，建立以《联合国海洋法公约》为主体的国际海洋法律体系国内化工作，还要系统完善海事国内立法体系，从船旗国、港口国和沿海国角度明确行政主管机关的权利和义务；其次，保障南海船舶航行安全，建立海事南海定期巡航制度，加强对南海海域外国籍船舶的海事管理，划定和公布紧急避险区域，加强防止船舶污染南海海域的监督管理工作，开展南海海域航路测量，加快西南沙综合航海保障体系建设。此外，要加强南海海上搜救能力建设，强化南海海上搜救应急救援顶层设计，增设南海水上通信台站，播发气象、航警等海上安全信息，建设南海综合搜救监管基地，健全与相关搜救部门协作机制，共同应对南海海域海上搜救工作；最后，要充分利用“中国—东盟海事合作机制”这一平台，加强与东南亚各国的海上搜救应急合作，建立南海海上搜救协调机制，定期开展应急联合演练，建立与南海周边国家在海洋环境保护、航海保障等方面的合作机制，实现部分信息互通共享，加强南海海上交通安全、海上反恐、反海盗合作，共同维护南海海域海上交通安全。

“南海是国际海运贸易的重要通道，维护南海的航行自由和船舶航行安全始终是我国关注和追求的目标。”许如清表示。作为国际海事组织成员国，中国有责任更好地履行承担南海国际海运通道的航行安全、人命救助和环境保护的义务,为南海船舶航行安全做出更大的贡献。

愿蔚蓝色的海事旗帜在中国最美丽的南海上高高飘扬!

原刊于《中国海事》杂志2016年第10期

# 风雨中的坚守

## ——“5·8”泥石流灾害交通救援群像实录

池舒婕　薛荣泰　黄秀辉

2016年5月14日，福建泰宁“5·8”泥石流灾害发生第7天，泰宁的天空湛蓝无云。随着一声工程车鸣笛响起，持续1分钟的公祭活动正式开始，武警交通部队、公路、消防等为遇难者默哀，山谷间传来一阵又一阵哀笛的回声。

时间回到本月8日5时许，泰宁开善乡因大雨发生泥石流灾害，当地池塘水电厂1座办公楼被冲垮、1座住宿工棚被埋压，当即造成41人失联。

灾害发生后，党中央、国务院高度重视。中共中央总书记、国家主席、中央军委主席习近平立即做出重要指示，要求福建省和相关部门迅速组织力量开展抢险救援，全力搜救被困、失踪人员，尽最大努力减少人员伤亡，并妥善做好伤员救治、伤亡人员亲属安抚等善后工作。中共中央政治局常委、国务院总理李克强做出批示，要求全力组织搜救被埋人员和救治伤员，国土资源部要立即牵头成立国务院工作组，赶赴现场指导地方做好救援工作。

与此同时，省委书记尤权、省长于伟国等省领导第一时间赶赴现场指挥救援工作。由于路被阻断，车辆无法通行，他们步行进入了核心救援区。在现场，尤权强调，要始终把人民群众生命安全放在首位，尽最大力量搜救被困人员、尽最大努力减少人员伤亡。

打通生命救援通道刻不容缓！在福建省委省政府坚强领导下，全省交通系统积极行动，省交通运输厅党组书记黄祥谈、总工程师许永西等迅速赶赴三明泰宁，连夜督战，指导协调公路抢险救灾。同时，紧急向三明下拨100万元，支援泰宁等重点灾区公路抢通，并指派省公路局公路抢险专家和技术骨干，会同三明市交通部门组成工作组调度抢险救灾、防范次生灾害。

风雨中，从一线抢通的公路人到武警交通部队再到交通执法员以及地方海事、运管人员，不计其数的交通人坚守在自己的岗位上，保通行、保运输、保安全，为“红五月”谱写新的篇章。

## 搭建“生命通道”

11日晚，记者在泰宁县道762线的小均路段看到，被暴雨冲刷出17米缺口的道路已经架起钢桥，来往车辆从桥上有序通过。为方便灾区后续车辆撤离及群众开展生产自救，现场正争分夺秒修筑着另一条便道。

这是通往福建“5·8”大型泥石流灾害发生地开善乡池潭村的重要路段，然而，持续强降雨冲断了小均桥，所有救援力量等待由此挺进灾区一线。情况万分紧急，三明公路部门立即抽调技术能手，配合武警交通部队参与钢桥搭建工作。8日21时，通往池潭村的第一座钢桥搭建成功，大型救援机械陆续通过该桥前驰往救援现场。

然而，距离救援现场1000米左右的洋山桥也未能幸免——滚滚洪水中，桥梁被拦腰截成两段，救援力量只能通过临时便道赶赴一线，抢通洋山桥迫在眉睫！9日凌晨3点，贝雷桥搭建设备运送至洋山桥。夜色如墨，雨不停地下着，省、市、县交通公路人轮班作业，累了就地躺下，休息一会儿接着干。连续奋战十余个小时后，第二座钢桥终于在当日下午1点基本完成铺设。至此，通往救援现场最主要的两条“生命通道”全部打通！

受暴雨影响，泰宁城关至开善、下渠、梅口、大龙、大田等公路大面积道路水毁，多处道路交通中断。“生命通道”打通了，其他县乡道也不能落下。三明市梅列、三元、泰宁、沙县、将乐、建宁等地的公路抢险人员迅速集结，赶赴现场开展救援。为充实抢通力量，三明市交通局紧急部署，指派三明市交建公司、三明厦沙高速公路公司分赴各事故现场，连续奋战30个小时，清理塌方点、河道，及时疏通40公里的救援通道，并配合搭建了2座便桥。

12日一早，记者来到泰宁县城关至梅口公路温仂坑桥路段，现场“轰隆隆”的铲车声一刻不停。“暴雨导致桥梁3面挡墙断裂，路基掏空，掏空面积约300平方米，重型车辆一过，桥就撑不住了。”泰宁鑫达公路养护工程有限公司唐金林说道。“这几天几乎都没睡觉！”泥石流事故发生首日，他便驾着挖掘机参与

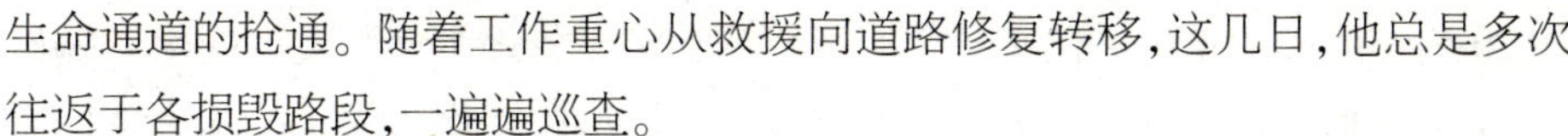

生命通道的抢通。随着工作重心从救援向道路修复转移，这几日，他总是多次往返于各损毁路段，一遍遍巡查。

## 夙兴夜战

"我们班长那技术老'炫'了！我们都叫他'黄炫风'"。在抢险现场，武警交通八支队一大队士官李金指着一台满是泥土的挖掘机，一脸崇拜。挖掘机上，身上泥土"纵横"、双眼布满血丝仍旧娴熟作业的人是他的班长黄勇刚。

福建泰宁"5.8"泥石流灾害发生后，武警交通部队190名官兵、61台套大型专业救援设备从北京、合肥和福州分进合击，第一时间投入失联人员搜救和道路抢通保通，夙兴夜战。黄勇刚就是其中之一。"他已经连续奋战两昼夜了。"

现在，尽管救援工作已告一段落，但是灾后重建工作也紧锣密鼓地开展起来。泥石流灾害核心区往西约8公里的大山深处还有数个村，唯一的进村通道因山体溜方阻断，车辆不能通行，内有约4000名村民出行不便。得知这个情况，武警交通部队主动要求承担疏通乡村公路的任务，由第一阶段的搜救搜寻转入第二阶段的抢险救援工作，持续奋战在一线，同灾区人民心连心。

## 彻夜值守

"左边一处小塌方，右边一处大塌方，太惊险了！"回忆起几日前的值守场景，泰宁县交通执法大队嵇智文仍心有余悸。8日起，为做好道路疏通及维序工作，泰宁县交通执法大队全员上路，连日彻夜驻守各个事故路段。夏季夜里山区蚊虫多，他们捂上长衣长裤；肚子饿了，他们席地而坐，吃上一碗泡面；村民、车辆经过时，他们一遍遍叮嘱安全事项……暴雨里，年近六旬的吴可明、吴敏辉坚守滑坡路段一线，穿着灌满雨水的鞋子，指挥救灾车辆快速通过危险地带。早8点至晚8点、晚8点至次日早8点……交通执法员执勤时间长达12小时以上，只能偶尔眯眼打盹，眼睛熬得通红，"随便在哪儿一躺，我们都能睡着。"

## 舍小家为大家

受暴雨影响，8日凌晨，大金湖景区湖水又急又浑，湖面上垃圾四处漂浮，一艘20座游船被冲走……怀有身孕的肖燕雪和泰宁县地方海事处的同事立即出发，关闭景区。劝返游客、巡查航道、检查救生设施、转移船舶……和同事们一样，肖燕雪24小时在岗值班，浑然不知老家的房屋已被洪水冲毁得只剩一面墙，父母经营的杂货铺里的商品所剩无几。“我们不敢告诉她，怕影响她身体，更怕她耽误单位的抢险工作。”肖爸爸解释道。

8日，渡工梁元生的家后山发生山体滑坡，泥水灌进房屋。安顿好家人后，他立刻前往渡口，在确认水域航行条件满足渡船安全航行后，发动明官江渡1号，将一批批救援人员、设备、物资送往村对岸，“家里没事，现在救援才是头等大事，早一刻把人送到，就多一分希望。”

## 全力配合

“同志，大龙乡的班车什么时候能恢复运营？娃儿们都等着坐车回乡过周末呢！雨已经停了2天，应该没危险了吧？”12日下午，一名群众来到泰宁县运管所，恳请帮忙批准尽快恢复班车运营。“这怎么能行，一路上到处都是溜方，多条道路路基被掏空，一旦发生危险，后果不堪设想！”工作人员强调，因道路不符合安全条件，坚决不能批准恢复运营。“您放心，只要道路安全条件一达标，我们将第一时间批准运营。”在工作人员的耐心解释下，该名群众对此表示理解并配合。灾情发生后，泰宁县运管所紧急调用5辆社会甩挂车和10辆应急旅游大巴，同时，工作人员实地走访县运输企业，开展车辆动态监督工作，并为受灾区山体滑坡影响严重的驾校、汽车修理厂等联系吊机、铲车等设备，帮助企业尽快恢复生产。

原刊于《福建交通》2016年第5期

1984年,《人民日报》头版刊发一封《穷山村希望实行特殊政策治穷致富》的读者来信,福建省宁德市福鼎赤溪村下山溪自然村的贫穷状况见诸报端,引起了党中央的高度关注。由此,一场波澜壮阔、旷日持久的反贫困事业由此在全国“引燃”。赤溪村也因此被国务院扶贫开发领导小组命名为“中国扶贫第一村”。

搭上这趟福泽深远的“民生快车”,30年来,赤溪村一步一脚印地改天换地:从就地扶贫,到造福工程搬迁扶贫,到整村推进扶贫开发;从无路可通,到多条农村公路贯通,到高速公路20分钟可达,赤溪村实现了从穷山沟到小康村的华丽转身,成为宁德乃至全国艰苦奋斗、摆脱贫困、建设全面小康的一个生动缩影。

# “中国扶贫第一村”的幸福嬗变

## ——来自福建省宁德市福鼎赤溪村的调查报告

薛荣泰

云漫山岗,翠染层林,雾笼清溪。

今年国庆期间,烟雨迷蒙的九鲤溪尽显秀丽身姿。溪畔,福鼎市磻溪镇赤溪村里,从全国各地慕名而来的游客尽情于峡谷探险、漂流、CS等项目,纵情农家乐、蝴蝶坪,怡情香茗、鱼池,其乐融融。

很难想象,30年前这里还是“山高路险鸟迹稀”,群众过着“家家竹木屋、顿顿揭锅难”的艰辛生活,年人均收入仅有166元,别说外来人,许多本地人都被迫背井离乡。

30年后,赤溪村实现了幸福嬗变。

2015年初,习近平总书记对赤溪村的扶贫成果做出重要批示,肯定了其发展成果并要求:“创新工作思路,加大扶持力度,因地制宜、精准发力”,走精准扶贫道路。

是怎样的原因，让这个“中国扶贫第一村”完成华丽转身？沿着今年7月新贯通的牙赤公路，记者走进赤溪寻找答案。

## 百端待举　赤溪有了“扶贫路”

要致富，先修路。“赤溪村的成功扶贫离不开交通条件的改善，没有现在便捷的交通条件，我们也难以走出自己特色的生态休闲旅游路。”赤溪村党支部书记杜家住告诉记者。

走进赤溪，一条条崭新的水泥路通向偏僻山村，村庄里以宽阔整洁的长安街为主轴的数条街道纵横交错，昔日出行观天色，今朝“玉带”穿村过。交通扶贫如东来之风，改变了赤溪群众“出行难，致富更难”困境，为当地经济插上了腾飞的翅膀。当地群众由衷感到交通扶贫犹如“东风吹倒黄连树”。

曾几何时——

“早出调柴换油盐，晚归家门日落西”“信息进不来，产品出不去”，是赤溪落后交通制约经济发展“瓶颈”的真实写照。

“要是有现在的路，她肯定能捡回一条命。”提起亡妻，70岁的畲族村民李先如眼泛泪光。40多年前的一个深夜，在下山溪自然村的一间茅草屋内，李先如眼睁睁看着妻子因难产不及送医而撒手人寰。从此，他未再娶。

“出村的路是盘旋山间的羊肠小道，异常难走。砍根竹子到主村换置些生活用品，全靠肩挑手提，出门一趟跋山涉水来回得走上大半天，去磻溪镇或者牙城镇赶集更是要起早去摸黑回。那时候天是窄的，路是陡的，日子是熬的。”年届70的杜承翁是赤溪村的老支书，他经历了赤溪嬗变的全过程。

“车开不进来，凌晨三四点多就要爬起来，披着一身露水去挑货，如果进啤酒更是走三步歇一步，太沉了。”在赤溪开了20多年杂货店的杜家宜回忆起艰辛历程。

……

盼修路，盼致富，盼走出山沟沟的迫切心情，成了当地百姓的一块心病。

民之所愿，交通人责无旁贷。1993年开始，为打通赤溪对外的通道，福鼎市多方筹集资金，为赤溪村先后修建了连接磻溪、太姥山、白琳以及通往主要自然村的公路，赤溪到国道、省道的时间从原先的两个多小时缩短至1小时，新开通的牙赤公路更是将这一时间缩短到了20分钟。同时，当地交通部门也开通了前往赤溪的多条农村班线。

“交通基础设施建设是交通扶贫工作的切入点，农村公路建设要与扶贫攻坚相结合，因地制宜，优先破解贫困片区交通制约，建设‘扶贫路’。”宁德市交通运输局局长章允斌深有感触地说。

随着一条条宽敞出村道路铺展延伸，学校、会场、公园、卫生所等一座座崭新设施在村里拔地而起，生活服务功能日臻完善。

“现在一个电话东西就给你送到家门口了，快递那么发达，还可以通过网购，从全国各地进货。”杜家宜开心地告诉记者，他女儿之前在村里工作，现在去福州上班了，逢年过节回来都很方便。从未出过福鼎的杜成翁老书记年前也赶了一回时髦，去温州旅游了一趟，这也成为他在老人中心一直挂在嘴边的乐事儿。

李先如也过起了“退休生活”：想念儿孙了，便去牙城小住一段，尽享天伦。更多的时光，他则留守村中，与老伙计们串串门、聊聊天，或逛逛村中的旅游项目基地，瞅瞅新鲜的游乐项目，分享八方游客的畅怀之乐，怡然而惬意。

## 路畅业兴　百姓乐享“致富路”

交通通畅，发展旅游业便有了底气。赤溪村因地制宜，借力交通、立足生态做文章。

利用当地丰富的山林、淡水资源，以“公司+专业合作社+基地+农户”模式，发展琯溪红心蜜柚200多亩、油茶600亩、各种珍贵苗木1万余株，新建淡水养殖示范基地100多亩，生态农业风生水起。

依托太姥山、九鲤溪等旅游资源，引进多家旅游公司，大力发展乡村生态休闲旅游。生态峡谷探险、生态茶庄园、生态农庄、蝴蝶坪，一个个富有赤溪特色的休闲旅游项目在这里次第落户。现在，这里已成为闽浙边界独具特色的旅游热点，省内外游客纷至沓来。2014年，到赤溪及周边景区的游客达到14万人次，旺季时在旅游公司务工的村民多达600余人。

“一年营业额30多万元！”从2005年起操办旅游餐饮服务，村民吴敬念的“食为天小酒店”接待的游客逐年增加。眼下，他正着手扩大经营规模。目前，全村兴起12家“农家乐”，众多村民还将土地出租或入股农业合作、旅游公司，一手领田租，一手拿劳务工资，“两手”增收两头甜。

44岁的畲族村民李志贤是村里最早跑运输的“活络人”，他承包的5辆客运中巴车旺季时每天奔忙在不同景区之间，一年下来收入近200万元。李信珠老汉自家专门做福鼎白茶茶青的购销生意，随着交通改善和游客增多，坐在家门口一年下来就有好几万元的收入，这样的好事以前根本不敢想。

一业兴带动百家富。“目前赤溪村年收入稳定在10万元以上的家庭已超过150户，其中旅游业贡献占了大头。”杜家住告诉记者。2014年，全村实现经济总产值4500万元，农民年人均纯收入11674元。

随着生态休闲旅游业的不断发展，赤溪群众对改善现有的交通运输条件更加迫切：更快、更宽、更便捷、更多样化。

今年7月，随着牙赤公路的全线贯通，赤溪村彻底打开了山门，迎来又一个发展的全新时代。

“现在（牙赤）公路通了，赤溪的旅游业发展走上了‘山海合作路’，游客人数再次增长，旅游项目需要再次丰富。发展下山溪3个自然村的生态旅游便提上了我们的议程，我们下一步就要和交通部门沟通，将连接三个点的6公里路面进行硬化。”杜家住的工作步履不停。

“按照这样发展下去，赤溪到2018年实现年均游客50万人次、农民年均纯收入3万元、村财政收入50万元的‘3·1·5’目标是一定能实现的。”杜家住望着新修的公路对记者如是说。

## 记者手记

### 精准扶贫 交通人责无旁贷

一组数据吸引着记者的眼光：2014年，人均收入11674元，是1984年的70.3倍；通村公路从无到有，目前里程已达78公里；基本无外来人、人口净流出到2014年吸引游客14万人次；从无产值可言到2014年实现经济总产值4500万元。

30年来，在交通条件不断改善的前提下，赤溪村完成了华丽转身，实现了幸

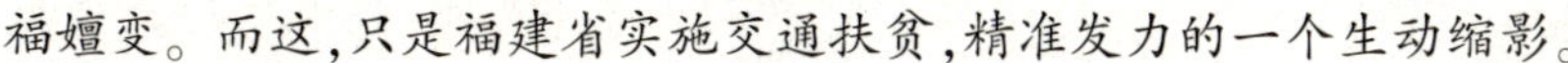

福嬗变。而这，只是福建省实施交通扶贫，精准发力的一个生动缩影。

“小康路上，绝不让任何一个地方因农村交通落后而掉队！”，为践行这句承诺，福建省交通运输部门以扶贫为契机，在“十五”后期开始启动以建制村通达硬化公路为重点的“年万里农村路网工程”，“十一五”后期又按照加快海西发展战略部署，进一步围绕“镇镇有干线、村村通客车、有条件的自然村通水泥路，城乡交通一体化水平全面提升”规划目标，加快推进农村路网通畅改造。

据统计，自2003年以来，福建省累计投资近452亿元，建设农村公路5.9万公里，通车总里程达到8.9万公里，并分别于2007年、2011年实现全省乡（镇）、建制村100%通沥青（水泥）路目标。

不仅如此，福建省交通运输部门还通过政策引导、资金倾斜、专项补助等方式，推动实施海岛交通便民工程、撤渡建桥等专项工程建设，积极改善海岛、水网、山区等偏远地区农村交通条件，助推当地群众脱贫致富。

为进一步满足脱贫地区的经济发展需要，福建省交通运输部门持续发力。在“建好、管好、护好、运营好”农村公路的科学指引下，到2015年年底，全省928个乡镇将基本实现通达三级及以上公路；经济发达县基本实现2000人以上建制村通双车道公路，经登记农村公路全面列养。

现在，在福建产生了这样一个有趣的现象：完善的农村路网引领当地经济社会快速发展，反过来，经济社会的快速发展又倒逼农村公路提档升级，二者形成了良性循环，真正发挥了交通运输在经济社会发展中的基础性和先导性作用。

正如福建省交通运输厅厅长张兆民所言：“经济发展，交通先行，为发挥交通的先导作用，福建省按照适度超前的原则，大力引导农村路网的提升。实践证明，畅通的农村路网为服务三农、统筹城乡、保障民生，推动全面建成小康社会发挥了重要作用。”

原刊于《福建交通》2015年第9期

# 空中劲旅

## ——记交通运输部东海第二救助飞行队空勤组

付正怡

这是一支从波峰浪谷中走出来的队伍，当危险来临时他们总能给遇险者带来生的希望；这是一只展翅空中的劲旅，以军人的意志和热血平息汹涌的波涛海浪。从只有1名救生员，到现在拥有1名绞车手教员，4名绞车手和8名救生员的专业团队，东海第二救助飞行队空勤组十余年风雨兼程，忠诚地守卫台湾海峡和福建沿海海上人命安全。这只平均年龄不到28岁的年轻队伍，曾先后获得工人先锋号等集体荣誉，全国海上搜救先进个人、厦门市优秀共产党员等个人荣誉，是一只敢打敢拼的钢铁之旅。

当狂风海浪拍打着“东福10号”的船身，当“恒达一号”唯一的生还者在水中奄奄一息，当神舟系列飞船奔向遥远的星空，当台风席卷着海水即将淹没“ANA号”货船船员被困的岛礁，他们总是冷静而沉着地完成每一次下降、上升，总是细心而温柔地安抚每一位遇险者，用细细的钢索托起生命的重量，家人的期望。十一年的日日夜夜，从未间断。

300多次救助，220余条生命，440余次起降，1000多小时，数不清的分分秒秒都在雕琢这支队伍——东海第二救助飞行队空勤组，要把他们铸造成一支钢铁般的空中劲旅。

### 关键词：拼搏

台上一分钟，台下十年功。对于救助任务，想要冲得上去，救得回来，努力拼搏是必不可少的。2012年入队的90后救生员贺阳在第三届救捞系统技能比武中，高绳整理、担架捆绑等多个项目都取得了前三名的好成绩，当掌声和奖章齐来的时候,贺阳却说:“这没什么,当我看到第一名的速度和技巧时,我才知道自己的差距。”

在东海第二救助飞行队空勤组中,贺阳的年轻敢拼是公认的,从海军陆战队退役的他有过人的自制力和韧劲。“别人休息的时候我在练,别人训练的时候我加倍努力。”贺阳说。尽管如此,征战系统技能比武还是让他看到了自己的不足。

“担架捆绑项目稍不注意就会将手指戳破,我看到有人双手十指都是伤口,再看我自己的,”贺阳举起一只手,“只有一两个伤口,可见我练的还不够。”不光是勤奋,贺阳还将学习到的工作技巧分享给同事。他深刻地认识到为了提高技能,除了勤学苦练之外,开动脑筋、集思广益也是必不可少的,如何创新工作方法,以工作技巧提高工作效率,是他下一步将要做的。

## 关键词:奉献

一个救助飞行队的空勤员,除了初出茅庐不怕虎的拼劲之外还需要什么?

绞车手李博超用实际行动给出了答案。2014 年 365 天中他 251 天在岗值班,空勤组中他是值班最多的,2015 年的春节他也是在福州基地度过的。

2007 年 3 月,李博超从特种部队作为空降兵退役,带着报效祖国的忠心和对飞翔蓝天的热爱,他来到东海第二救助飞行队,现如今已经成长为一名优秀的绞车手,成为空勤员中的中流砥柱。被问到高强度的值班待命时,他只说家人为他承担了很多。由于轮班和出差,他与妻子的休息日经常错开。不仅如此,孩子的家长会、运动会他一次都没有参加过,母亲生病也只能匆匆看一眼,不能守候在病床前。

但谈及如此,李博超虽然遗憾却并不后悔。“我家里人十分支持我的工作,”李博超说,“我母亲每次与亲朋好友提起我的职业时,都十分骄傲。每当我上电视或者上报纸时,我妻子都十分自豪。”让他感动还有妻子和母亲对他生活上的悉心照顾。每当第二天有演练或者训练任务时,当天的晚餐肯定是最丰富的,注重搭配充分补充营养,为了李博超更好地完成任务。

入队 8 年,经历大大小小的风浪无数,李博超从来不说害怕。正因为有家里人的支持,李博超每一次实施救助时都有十足的自信心,这份自信心源自于自身扎实的技术,更源自于对家人的责任与爱。

关键词:管理

不说奉献,不谈无私,这样默默无闻贡献力量的人还有很多。

东海第二救助飞行队逐步与民航接轨,先后成功申请了 CCAR－135 部、145 部。为有序规范地运行,管理必不可少。任杰就是这样一个管理者。

任杰 2010 年 3 月份从海军陆战队退役,作为一名救生员加入东海第二救助飞行队,到 2013 年下半年他又担任了空勤组负责人。

如何做好空勤人员的管理工作,任杰当时经过了一段时间的摸索。首先是自己,比他资历老技术佳的人不少,他坦诚担任管理角色是有压力的。“我资历比较浅,所以要严格要求自己,多做多承担多沟通,把自己的想法传递给其他的空勤员,以身作则,积极的心态自然会影响带动其他人。”

摆正心态之后,任杰还将在部队的经验做法运用到工作中。他带头制定了很多制度,从办公室卫生、物品摆放等细小环节培养良好的团队工作习惯;善于制定阶段性工作计划,量化工作指标,以锻炼团队和个人执行力;参与编写工作指导手册,将救助、设备维护等工作细化、标准化,逐渐养成雷厉风行的队伍作风。

从军人到救生员,从救生员到管理者,“很多东西都是想通的,部队中讲究胆大心细,这也同样可以运用到救助任务和管理中”任杰说道。管理的每一个细小的地方都影响救助的进行,只有严谨的标准化的管理才能顺利高效地完成救助。

关键词:传承

作为东海第二救助飞行队第一名自主培养的绞车手教员,曹永建用自己的经历诠释了“传承”这个词。

2005 年,曹永建从海军陆战队退伍,抱着报效国家的赤诚之心加入救助飞行队,一干就是十年。在 2006 年“恒达一号”的救助中,37 名船员仅有一名幸存。“当时幸存的船员身上套了两个救生圈,是他父亲和叔叔给他的,就为了保住他的生命。而这名船员则紧紧抓住亲人的尸体,直到我们赶到,还请求我们先救自己的父亲和叔叔。"这次救助给当时还是救生员的曹永建极大的震感,时隔多年,他仍记忆犹新。亲情的伟大、生命的可贵,让他对救助飞行工作更怀有了一份敬畏。

一次次艰难的救助,让曹永建练就了一身过硬的本领。而曾经身经百战、技术扎实的老曹如今有了另一个身份,那就是教员。从救生员到绞车手再到教员,曹永建坦言担子重了,责任重了,压力也重了。东海第二救助飞行队人员结构年轻,空勤员中大都是近几年招的"新兵蛋子"。要建设一流飞行队,老同志就要起到传帮带的作用,从技术上提升, 在生活中帮助,让年轻的空勤员尽快成长起来。

在平常生活中,曹永建总是乐呵呵的老大哥形象。可在工作中,曹永建十分地严格。这份严格首先体现在严格要求自己。"只有让自己不断地学习, 提高自身技能和理论水平,才能带动别人,要求别人 。"目前 ,曹永建正在带飞一名救生员改装绞车手。面对每天多个架次的飞行训练量,曹永建也和年轻的救生员一样,认真做完每一项规定动作,仔细纠正救生员的每一点偏差。"和救生员不同,教员除了专心致志地完成救助任务之外,考虑事情还要更加细致全面,不能武断,这十分关键。"曹永建说,传承的不仅是救援技术,还有那份英勇与担当,这一切都是为了带出最优秀的绞车手。

对于空勤组的关键词还有很多。东海第二救助飞行队队长赵璐说,他们把从部队带来的严谨的组织纪律性、团结责任心等很多优点都潜移默化地影响着每个职工,带动每项工作,使得救助飞行队以准军事化管理的标准规范运行,使东海第二救助飞行队向一流飞行队的目标大踏步坚定前进。

而同时这群真男人也深情、柔软。他们珍惜每一位战友,爱护每一件装备,守护每一个遇险者如挚友。他们在烈阳下训练是为了遇险者在海里少待一分钟,在风雨中奔跑是为了海峡两岸多一份平安。大爱无声,他们是和平年代里最可爱的人。

原刊于《中国救捞》2015 年第 7 期

# 黄卫国:毡房内的江西小伙儿

陈克锋　丁　南

2014年2月24日上午,江西省公路工程监理公司副总经理黄卫国从南昌乘坐班机飞赴乌鲁木齐,再转机喀什,然后乘车赶到阿克陶县城。当踏上这片土地时,已是夜里十二点了。一路风尘,颇为疲惫,他才想起打开手机。远在江西乡下的老父亲一直在等他的电话。父亲开口便说:“这次出门一待就是三年,远在千里之外……”黄卫国打断父亲:“是万里之外!”

电话那头,父亲沉默了。良久,传来一个深沉的声音:“是啊,万里之外!平安就好。”黄卫国的心刹那间被揪了一下——我的援疆之旅,从现在就开始了吗?

## “不要跑得太快”

2013年底,黄卫国接到江西省交通运输厅通知,决定派遣他作为江西省第八批援疆干部,到新疆挂职锻炼三年。他多次看过援疆报道,对神秘的新疆充满好奇,也很想借此丰富一下人生履历,就很高兴地答应了。

黄卫国以为去北疆,听说是挂职克孜勒苏柯尔克孜自治州阿克陶县交通运输局副局长,上网一搜,不禁犹豫了。新疆在我国的大西北,阿克陶在新疆的西北部,很多地方人迹罕至,自然条件恶劣。黄卫国担忧的不仅是恶劣的自然条件,更担心在维稳工作成为首要任务的环境中,自己能快速融入吗?

毕竟是热血青年,黄卫国很快说服了自己。妻子边工作,边带着5岁的女儿,一旦自己援疆,无形中又给妻子增加了负担。妻子却深明大义,爽快地支持了他的想法。黄卫国又去做父母的思想工作,承诺每周至少打一次电话报平安。儿行千里母担忧,母亲最终还是同意了:“既然决定了,就随你。”

阿克陶与北京时间存在近三个小时的时差,阿克陶冬季10点才天亮。黄卫国每天8点都会收到老同事的问候短信或电话。生物钟被搞乱了,这让他颇感头疼。当地气候干燥、沙尘较大,不到两天,他的嘴唇就干裂了,还流鼻血。

黄卫国接受了关于民族政策的培训,围绕社会稳定和长治久安的新疆工作总目标,给自己定位:到位不越位、参与不干预、干事不添事。在担任江西省公路工程监理公司副总经理之前,他参与监理过6个高速公路项目,是所在监理公司旗下江西省公路工程检测中心主要负责人,对监理和试验检测有着深厚感情。此次定位,为他援疆提供了"行动指南"。

黄卫国从未到过高原,看到耸入云天的雪山、奔流不息的河水,兴奋得手舞足蹈,不禁跑起来。可是,一小时后,他就感到头昏脑涨,疼痛难忍。陪同的同事告诉他:"不要跑得太快,要慢慢走,适应就好了。"

## 野餐:冷水泡囊

"要想富,先修路。"这句口号妇孺皆知。在阿克陶,修路致富却异常艰难。

全县2.4万平方公里,人口十六七万,平均计算的话,每平方公里只有六七个人。况且,从县城到最远的村庄距离数百公里。由于不通公路,黄卫国在为期三个月的调研中,很多地方都必须骑马过去。

第一次骑马,黄卫国觉得好玩,屁股还没坐稳就想扬鞭策马,却被马掀了下来。牧民说:"马欺负不会骑的人。"黄卫国从此不敢大意,先由牧民在前面牵着,跋山涉水,考察断头路。再后来,他不仅可以独自骑马,还能在草原上奔驰。快如闪电的感觉,让他幸福得想流泪。

考察过程中,吃饭是个问题。交通局的同事提前准备了矿泉水和馕,却不忍心让南方的援疆干部在野外受苦,就建议开车返回50公里找个饭馆就餐。黄卫国连忙摆摆手:"不用了,你们怎么样我就怎么样!"同事就着榨菜,咬一口馕,喝一口矿泉水。黄卫国也就着榨菜,咬一口馕,喝一口矿泉水。水冰凉冰凉地流进胃里,馕经过水泡,慢慢膨胀。他感到胃胀得厉害、凉得生疼。黄卫国见同事们看他,笑笑说:"没关系,适应就好了。"

长期风餐露宿,为黄卫国后来的胆囊结石和急性胆囊炎手术埋下伏笔。

塔尔乡是阿克陶最西北的乡镇,最高海拔4200米。在断头路没修通前,当地群众进县城需要两天时间，通路后可以当天往返。都 7 月了，黄卫国还穿着厚厚的羽绒服。

牧民把黄卫国请进毡房，拿出只有过节才吃的奶皮子，摆上油馕，还要宰羊迎接远道而来的客人。黄卫国坚决不让宰。他知道，当地牧民生活还很艰难，这户人家也只有 4 只羊，而这几乎是他们一家的“经济支柱”。

考虑到当地海拔太高，一些蔬菜无法种植，黄卫国把随车带来的西红柿、洋葱送给了牧民。牧民握着他们的手，热泪盈眶：“感谢祖国，感谢共产党。”

牧民发自肺腑的表白，让黄卫国深切地感受到了他们对于修路的渴望。

## 为 120 座桥梁“免费体检”

黄卫国 4 个月跑遍了阿克陶县 15 个乡镇，深度调研了全县交通发展现状。通过调研发现，全县三百多座桥梁长年失修，不少成了危桥。

在黄卫国协调下，江西省公路管理局给予了对口援建单位阿克陶县交通运输局资金和技术方面的援助。2015 年底，来自江西省公路工程检测中心的专业桥梁检测队伍，对阿克陶县一百多座主要桥梁免费检测。一个月后，确定 38 座为Ⅳ类、Ⅴ类危桥。黄卫国立即要求对这些危桥进行限行、限载，列入维修计划。

按照市场价格，如果每座桥梁检测费为 5 万元至 10 万元，这一百多座桥梁的检测费就近 700 万元。江西省公路管理局还向阿克陶县交通运输局捐赠了 50 万元的试验检测仪器设备。

黄卫国针对交通体系优化，撰写了《阿克陶交通体系优化研究》等调研报告和专业技术文件。这些文件为黄卫国向江西省发改委和江西援疆前方指挥部争取对阿克陶县交通事业的援助起到了重要作用。目前，已经确定的援疆项目包括阿克陶县迎宾大道建设项目、阿克陶县交通养护应急中心及阿克陶县城市公交，利用援疆资金 6000 万元。

## 逐步实现“技术造血”

“先输血，才能实现造血。同时，仅靠输血也不行，要想肌体健康持续，必须实现自身的造血功能。”身为技术干部，黄卫国很清楚这些。

在当地，一些已建公路受泥石流或季节性洪水的破坏，毁损严重。可是，全县每年只有25万元的养护经费，仅够车辆加油和维修的。多年从事监理和试验检测的经验提醒黄卫国，要想逐步解决阿克陶县公路交通养护技术人员缺失、养护资金短缺的难题，必须建立科学的养护管理模式和灵活的市场运行体制。

黄卫国分管全县农村公路建设，带领技术人员深入各项目建设现场，进行技术指导和质量监督检查。他们制定了《阿克陶县农村公路项目建设履约考核制度》等管理制度。为进一步规范项目建设管理，在各类项目建设过程中逐步实施了“施工图纸审查”“施工图纸技术交底”“项目建设工地例会”等建设程序。

张中龙今年30岁，退伍转业军人，勤快、好学，经常拿着图纸请教黄卫国。黄卫国从一个涵洞、一棵树开始，逐步教会了他读懂图纸，直至能够独立负责道路养护工作。在黄卫国的指导下，经过两年多的努力，有三位转业军人成长为骨干技术人才。

在黄卫国和其他同事的共同努力下，阿克陶县交通运输局组织实施的各类公路建设项目科学、有序地进展，逐步实现“造血功能”。他还被阿克陶县人民政府授予“援建先进个人”荣誉称号。别小看这个西部小县颁发的荣誉，和他获得的诸多全国奖项放在一起，却发散出异样的光彩。

## 树立监理权威

阿克陶县交通建设项目点多、面广，项目建设过程中隐蔽工程较多。每个项目开工之前，黄卫国都会以一个“监理人”的身份、以“同行”的角色，同项目监理机构负责人和主要监理人员深入交流，分析项目监理重点、难点和具体监理方案，共同讨论监理人员的安排。

生活上，考虑到当地一些特殊情况，从安全角度出发，黄卫国会要求施工单位与现场监理人员共同食宿、共同办公，在没有通信信号的项目上为现场监理人员配备同频率的对讲机，一旦出现自然灾害等特殊情况能相互照应。

工作上，黄卫国要求监理人员在具备较强专业技术的前提下，更要注重坚持原则、维护自身形象，做到公正、公平。每次到项目现场，他都与现场监理人员认真交流，了解项目进展情况，对他们的正确决定无条件地给予支持。

“理解监理企业和监理人员的困难，主动为监理企业申请项目监理费并及时拨付到位，三年来县交通运输局未拖欠任何一笔监理费。”黄卫国说。

在阿克陶县交通建设项目实施过程中，他们建立了项目奖惩制度，设立一定的奖励资金，每季度都要对各项目施工单位和监理机构考核，在对施工单位的考核中，监理机构的日常评价占比超过80%。这些措施提升了监理地位并树立了权威，也保证了各项目的顺利实施。

## 告别是另一种开始

即使放了茶叶，当地的水也是咸的。有人戏言，阿克陶的水可以当盐。黄卫国终因水土不服，导致严重的胆囊结石。胆管堵塞，疼痛难忍。最厉害的时候，疼得他抱着肚子在地上打滚。

2015年3月12日，黄卫国利用冬季探亲假，在南昌做了手术。医生反复叮嘱他，至少要住院一周，以便继续观察和治疗。

谁料术后第三天，黄卫国的爷爷去世了。他是由爷爷带大的，祖孙感情很深。本来手术带来的痛苦就很大，爷爷的去世又给他重重一击。黄卫国忍受着伤口的疼痛，支撑着站起来，到老家和爷爷告别。

探亲假结束后，本该休养的黄卫国告别亲友，义无反顾地踏上了援疆的征途。

2016年1月，在黄卫国的积极呼吁下，阿克陶县交通养护应急中心正式开始建设，解决了10名大学生就业和近300位农牧民就近就业，为阿克陶培养一支应对突发事件和自然灾害的专业抢修队伍。

在建设现场，3000型沥青混合料拌和楼体上，写着四个金色大字“江西援建”。黄卫国骄傲地说：“在这里工作了近三年，我体会到了各民族血浓于水的情谊。正如县城街头随处可见的标语：各民族要像石榴籽一样紧紧团结在一起。明年初，我就要离开这里，回到江西，但是，离别对我来说是灵魂被洗礼后的另一种开始。”

采访时，已是酷暑季节，我们站在塔尔乡35公里的盘山公路上，身着夹克，依然被凉风吹得脸冰凉。脚下，是一条修建在海拔3500米以上位置的农村公

路,这条路圆了当地牧民的出山梦。

站在白沙湖畔,黄卫国眺望着雪山,耳畔隐约响起著名歌星韩红高亢豪迈的歌声:“那是一条神奇的天路/带我们走进人间天堂/青稞酒酥油茶会更加香甜/幸福的歌声传遍四方……”

原刊于《中国交通建设监理》2016 年 9 月

# 奔跑吧　京津冀

## ——2016 年京津冀交通一体化发展论坛侧记

崔雪薇

在北京天安门广场观看庄严的升旗仪式，在天津小吃街品尝“狗不理”包子特色美食，在唐山清东陵感受厚重的历史风韵——令人向往的京津冀一日游，将随着交通一体化的发展，成为出门游玩的日常之选。“十三五”时期，京津冀三地将构建高效、密集的城际铁路网。到 2020 年，将形成京津石中心城区与新城、卫星城之间的“1 小时通勤圈”，京津保唐“1 小时交通圈”，相邻城市间基本实现 1.5 小时通达。到那时，工作在鸟巢，下班回保定，一点儿都不稀奇。

2014 年，习近平总书记在考察时指出，交通一体化是京津冀协同发展的骨骼系统，引起了各界的高度重视。2015 年，国家发展改革委和交通运输部发布了《京津冀协同发展交通一体化规划》，给京津冀交通一体化的建设和发展指明了方向。2016 年 7 月 12 日，为了进一步服务这一重大的国家战略，“2016 年京津冀交通一体化发展论坛”在北京香山饭店举行，本次论坛由中国科学技术协会主办、中国公路学会承办，并得到了北京市交通委员会、天津市交通委员会、河北省交通运输厅等单位的大力支持。

中国公路学会理事长翁孟勇主持了开幕式，交通运输部副部长戴东昌、中国科协学会学术部副部长刘兴平做了讲话，为论坛拉开了序幕。会议由中国公路学会副理事长兼秘书长刘文杰主持。会上，国家相关主管部门负责人、三地交通部门负责人、相关研究机构和高校的专家分别做了精彩演讲。不同领域的专家、学者共聚一堂，为京津冀交通一体化建言献策，提供解决良方，共同推进京津冀交通一体化的发展。

# 交通先行，任重道远

京津冀一体化是国家的长远发展战略，正如戴东昌在本次论坛讲话中所言，推动京津冀协同发展是党中央、国务院在新的历史条件下做出的重大决策部署，对于优化提升首都核心功能，调整经济结构和空间结构，探索内涵集约发展新路径，促进区域协调发展，并形成新的增长极，具有十分重要的意义和深远的影响。

正因如此，如何迈开战略的第一步对于全局发展，乃至成败，都至关重要。

习近平总书记强调，要把交通一体化作为推进京津冀协同发展的先行领域，加快构建快速、便捷、高效、安全、大容量的交通网络。交通一体化是京津冀协同发展的重要支撑和基本前提。

2015年，国家发展改革委和交通运输部发布了《京津冀协同发展交通一体化规划》，提出京津冀地区将重点完成八项任务：一是建设高效密集的轨道交通网络；二是完善便捷通畅的公路交通网；三是构建现代化的津冀港口群；四是打造国际一流的航空枢纽；五是发展公交优先的城市交通；六是提升交通智能化管理水平；七是实现区域一体化运输服务；八是发展安全绿色可持续交通。

本次论坛上，国家发展改革委基础产业司副司长任虹对此做了深入解读。她指出，京津冀交通的发展既是目前的热点、难点，也是当前供给侧结构性改革的必然。因此，应从供给侧结构性改革入手，贯彻落实创新、协调、绿色、开放、共享的发展理念，转变发展方式，构建综合交通运输体系。我们需要实现七个方面的转变：一是由城外逐步向城内的转变；二是由货运逐步向客运的转变；三是由硬件建设逐步向软件和服务的转变；四是由单一交通方式逐步向方式间融合的转变；五是由通道建设逐步向枢纽方向的转变；六是交通发展由点、线逐渐向面的转变；七是政府由主抓建设逐步向全过程服务的转变。

然而，要切实完成好如此重大的战略部署，绝非易事。戴东昌强调，在京津冀这样一个人口密集的城市群、大都市群推进交通一体化是一个世界级的难题，京津冀交通一体化尽管取得了一些进展，但也应清楚地看到，与具有较大竞争力的世界级城市群相比还存在差距。突出表现在轨道交通建设滞后，各地之间交通规划建设协同水平有待提升，各种运输方式之间的衔接有待加强。城市交通拥堵等问题还没有从根本上得到缓解,交通节能减排和安全发展任重道远。这些难题的破解既需要有关政府部门继续协同合作,也需要各方企业和专家学者创新思路,合力走出一条具有中国特色的区域交通一体化发展的新路子。

京津冀交通一体化建设之路任重而道远,需要京津冀三地联合行动,共筑交通一体化美好的明天!

## 三地联动,共同发力

**北京:着力疏解,一体化率先践行**

首都北京"首堵"的名字由来已久。高德地图的报告显示,2015 年北京再度名列中国十大堵城榜首。在最新出炉的世界人口密度排行榜中,北京入围前十。交通拥堵、人口密集,使北京的大城市病越来越严重。由此可见,疏解北京非首都功能势在必行。

据北京市交通委员会副主任方平在报告中介绍,北京市的交通一体化工作任务是服务疏解北京非首都功能、促进京津冀区域协同发展、提升城市战略功能和保障重大国家项目。北京的交通一体化工作将主要从北京城市副中心、北京新机场、京张 2022 年冬奥会三个方面重点展开。

城市副中心建设方面,北京将聚焦通州,快速推进市行政副中心的建设。在通州既有路网的基础上,构建主城区"一环、一纵、两横"的内部快速路网骨架,达到快速疏解交通,净化、屏蔽区内交通的功效。同时,六条高速公路、六条城市道路及一些其他道路的项目也正在推进。

北京将加快新机场建设,完善首都机场服务功能,显著提升北京航空枢纽国际竞争力。外围交通基础设施建设主要包括"五纵两横"中的高速公路以及轨道交通建设工作。相关建设项目均在 2019 年完工。

2022 年北京—张家口冬奥会将是中国历史上第一次举办冬季奥运会。届时,奥运会将在北京、张家口、延庆三个位置同时展开。因此,北京市也为冬奥会的成功举办做下了承诺:以高效、安全、可靠、环保的交通理念,形成赛区内交通圈以及赛区间交通圈。其中,赛区间交通圈主要包括:北京—延庆 93 公里,运行时间 65 分钟;延庆—张家口 68 公里,运行时间 60 分钟;北京—张家口 161

公里,运行时间125分钟。

**天津:互联互通,陆海空全面发展**

麻雀虽小,五脏俱全。天津这个城市虽不大,却涵盖了海港、空港、铁路、公路这四大交通领域。在京津冀交通一体化进程中,各路媒体对天津发展过程的了解似乎都不够。为此,结合天津市综合交通的现状,天津市市政工程设计研究院副总工程师程锦从四大交通领域,介绍了京津冀一体化背景下,天津综合交通已完成的答卷和即将付出的行动。

程锦指出,天津的核心资源是港口,但存在着"大港口、小航运"的问题。天津一直在深化与周边港口的合作和竞争,并在京冀新建了2个无水港,极大地方便了工业出港的需求。下一步,天津海港将继续强化航运中心建设、转变港区发展模式、促进临港工业发展、加强海铁联运、加强无水港和过境路桥运输发展。

空港方面,天津新增、加密、恢复了客运航线95条、货运航线6条;正式建成并运营了T2航站楼及地下交通中心;新设了6个异地候机楼。近期,天津将着力提升天津机场枢纽地位,做好与二机场的衔接。

天津在铁路方面主要存在的问题为:区域铁路网不完善,北京枢纽压力过大,天津铁路枢纽地位有待提升。同时,这也是一体化建设中天津铁路的建设目标。到目前,天津铁路已初步形成京津保核心区"1小时"交通圈,并助力构建河北省主要城市"1~2小时"交通圈。在未来,天津铁路要实现三化:高速化、网络化、城市化。打造京津唐、京津保两个铁三角,在疏解北京铁路货运的同时,形成以天津为中心的铁路枢纽。

公路方面,天津立足打造京津冀主要城市"3小时公路交通圈",积极推进普通干线公路改造,基本解决了省际"最后一公里"问题。到目前,天津相邻所有区县和河北省之间都有一条一级公路能够对接上。接下来,只剩一条天津到石家庄的公路,天津境内只有十三公里。这表明,天津在公路方面已交出了非常满意的答卷。但同时,由于不可避免的地理因素,天津路网存在不易辨识的问题,因此今后在交通标识及智能交通方面还许有多工作要做。

**河北:克服短板,大手笔潜力无限**

河北省地处经济要地,内环北京、外环渤海,是华北、东北、西北等主要大片区域的相会处。所有的铁路、高速公路辐射的国家干线全部从河北穿越，这就意味着河北省为首都北京通往全国的国家重要基础设施提供了发展的广阔空间，同时也决定了河北在交通基础设施建设，特别是铁路、公路方面肩负着重任。

河北省交通运输厅党组成员副巡视员赵同安在报告中提到，“十二五”以来，河北省在铁路、公路、港口、航空等方面都取得了突出的成绩。特别是交通信息化、智能化方面，实现了 ETC 车道全覆盖，实现了 11 个设市区公交智能调度，建成了港口视频监控和民航航班信息管理等系统。但是站在京津冀区域协同发展的角度看，河北省交通运输发展仍然存在一些明显的短板和短腿，主要为：铁路仍然滞后、公路通道不畅、港口功能单一、民航利用不足、枢纽发展缓慢、现代化水平低。其中，铁路方面缺少快速铁路、城际铁路、市郊铁路及城市地铁，公路方面一些便捷的通道还没有建成，如疏解北京通道、大都市通达、扶贫通道等。

可以看到，河北省在京津冀一体化建设中的短板问题是比较突出的，但赵同安也表示，河北省将全面贯彻十八大精神，认真落实习近平总书记系列重要讲话精神，服务于京津冀协同发展、北京非首都功能的疏解和产业转移。展望未来，河北省将以提高网络化、一体化、现代化、国际化水平为重要任务，到 2020 年，率先初步实现交通网络互联互通、运输服务优质一体、交通管理科学现代、交通系统安全绿色。河北省有信心在国家京津冀协同发展的大战略背景下，加快交通一体化率先突破，努力建设交通畅行、经济繁荣的美丽河北。

## 智能交通，锦上添花

实现京津冀交通一体化需要通过创新来引领。交通运输部公路科学研究院总工程师、国家智能交通系统工程技术研究中心主任王笑京在《智能交通助推京津冀交通一体化的实现》的报告中指出，根据北京市当前的交通拥堵及人口聚集状况，在现有基础上做文章是没有出路的，必须在模式和结构上做优化，通过空间结构和管理改革来提升效率。要充分利用京津冀各地的优势资源和特色，把吸引力从北京转移到周边去。另外，在考虑区域交通总体效率的同时，在京津冀地区同城化的前提下，应把老百姓的便利放在第一位。

对于京津冀交通一体化的发展，信息化、绿色化、智能化可以成为有力的支撑。京津冀交通布局和建设需要考虑：可再生能源及能源配送体系、新型智能化载运工具、智能化交通管理与服务系统、新型出行模式以及公平与安全等问题。京津冀东部地区的同城化恰恰是智能交通应该支持的最好地方，比如建设区域快速通勤系统，实现大型枢纽高效协同运行，实现基于移动互联网的多模式出行。

会上，王笑京介绍了合作式 ITS（Cooperative ITS），即将各种交通运输方式通过移动互联网建立起一种基于合作的服务模式。这种概念比“综合交通”更贴近百姓，怎么方便怎么做，体现了互联网的特点。这个概念在发达国家已经有很多实践，比如在日本、韩国、荷兰、德国和奥地利等国家都取得了很好的试验效果。在我国，招商局在交通运输部的支持下，已启动了京津唐高速公路在这方面的示范，但是否可以结合冬奥会在北京至张家口的高速公路上进行应用还在探讨中。

自动驾驶和无人驾驶已经成为世界上的一个浪潮。自动驾驶是技术和投资的热点，但其应用还有待时日。到现在，自动驾驶已从 20 世纪的展示走向了实际道路测试，汽车产业和信息产业也已实现两路并行，信息安全成为了重要议题。会上，王笑京播放了自动驾驶、无人驾驶的有趣视频，吸引了大家的眼球。在这方面，欧洲和美国正在做大量的测试，瑞士已经开始了无人驾驶的服务。王笑京指出，京津冀可以率先试验新型智能公交，可以试验具备车路合作和车队管理的地面公交，可以试验具备自动驾驶的 BRT。这并不是天方夜谭，我国贵阳市已经修建了第一条全立交、全封闭 BRT 的道路，可以人工控制车从哪里驶出，解决了大运量和灵活性的问题。

另外一个和京津冀关系密切并在国际上已有所发展的是“交通即服务”。王笑京提出了这样的设想：能不能把京津冀的交通作为一个服务来规划设计？突破行政的边界，将京津冀特别是东部城市群，按照市场化的方向建立服务生态系统，同时把数字化和移动互联网作为支撑。

京津冀交通一体化的实现将具有划时代的意义，王笑京在分析建言的同时，也提出了智能交通未来可能的发展脉络：信息化必须要考虑物质基础，人和物的移动是交通的基本任务，其他技术不可代替。在此前提下，智能交通未来将向模式识别和人工智能方向发展，实现计算智能，迈向人工智能，由依靠管理的交通向依托通信和计算的自主交通方向发展。

京津冀交通一体化的发展正面临着前所未有的机遇和挑战，在建设交通一体化的道路上，京津冀正全力奔跑着。2016 年是“十三五”的开局之年，也是将战略落到实处的关键之年，我们相信，京津冀将奔跑得更快、更稳、更远！

原刊于《中国交通信息化》2016 年第 8 期

向因公殉职的英雄致敬！愿所有为民服务的交通人安康！

# 扶贫英雄壮歌行

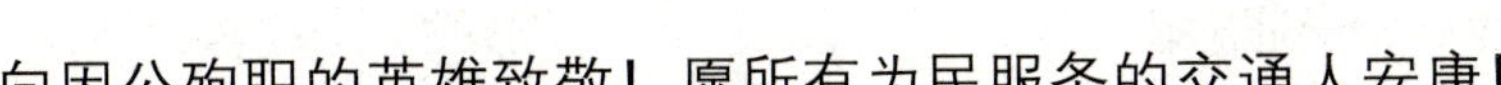

龚定萍　周显仁　扎西美朵

遇难同志名单：

乐山市交通运输委党组成员、市公路局局长王川

乐山市公路局农建办主任苏建荣

马边县交通运输局副局长（省交通运输厅下派马边县精准扶贫干部）李志强

马边县交通运输局局长助理曾德林

马边县交通运输局工程股副股长邹杨

驾驶员江兵、陈世平

3月8日13时许，乐山市公路局局长王川、马边县交通运输局副局长李志强（系四川省交通运输厅下派马边县精准扶贫干部）等一行7人，踏勘小凉山精准扶贫交通项目——峨（边）马（边）路途中，在马边县沙腔乡境内S103线K326+400m处（马边县往凉山州美姑县方向），突遇道路边岩垮塌，不幸全部遇难。噩耗传来，苍天动容，亲友悲戚，同事扼腕！

## 扶贫路上因公殉职

王川、李志强一行7人此行主要目的是实地踏勘小凉山精准扶贫交通项目——峨（边）马（边）路。乐山市马边县和峨边县地处小凉山地区，交通基础设施条件较为落后，两县尚未实现直连互通，需通过绕行沙湾、沐川境内的峨轸路、省道103线才能到达，全长近170公里。此次踏勘的峨马路，是当地规划建设的两县直连互通的扶贫公路，目前处于路线方案研究阶段。峨马路将穿越30多公里的原始森林无人区，公路建成后，峨边县到马边县的公路距离将缩短至127.3公里，缩短路程约40公里，实现两县直联互通，为加快当地脱贫奔小康步伐提供更好的交通运输保障。同时，乐山市将会形成一个完整的环线旅游区，给沐川竹海、犍为文庙、嘉阳小火车等当地特色旅游带来巨大的客流量，促进当地旅游业快速发展。

3月7日，王川电话告知马边县交通运输局局长冯建平，次日（3月8日）要到马边现场查看峨（边）马（边）公路新建段。冯建平因3月8日要赴成都参加仁沐新高速马边支线的专家论证，故安排分管工程建设的副局长李志强、局长助理曾德林、工程股副股长邹杨等三人随同查看。

3月8日中午11时22分，马边县交通运输局三人与王川一行会合，前往三河口查看峨（边）马（边）公路新建的一段（三河口乡金家沟村至峨边613林场）。

由于县城至金家沟尚有48.5公里，且都是盘山公路，为了节约时间，他们取消午饭，自备干粮赶路。

3月8日13时左右，在马边县沙腔乡境内省道103线K326+400m处突遇道路边岩垮塌，七人不幸遇难。

## 他们都是脱贫攻坚的英雄

王川，1963年3月出生，四川仁寿人，生前任乐山市交委党组成员、市公路局党委书记、局长。

乐山市干线公路路面状况考评连续多年全省名列前茅，他个人连续五个年度考核为优秀，荣立三等功。王川是人民的好公仆，他面对急难险重任务，冲锋在前，“5·12”汶川特大地震、“4·20”芦山强烈地震发生后，他第一时间奔赴现场，指挥抢险，市公路局被省政府授予抗震救灾先进集体。

他身先士卒，主动挂联推进乐山市难度最大的三个区县。为充分掌握群众的需求和意愿，时常带队深入基层，与群众座谈，交流思想，增进了解，共商脱贫致富良策。为了准确掌握第一手资料，切实提高农村公路规划的科学性、可操作性，为促进当地经济社会发展和人民群众生产生活条件改善发挥好先导作用,他与农建办、设计单位有关人员经常深入贫困村,不怕路途遥远,跋山涉水,现场勘察,研究制订公路建设方案。峨边、马边是乐山市两个彝族自治县,也是乐山市脱贫攻坚的主战场。目前两县还没有一条连接通道,“峨马路”的建设对两县脱贫攻坚、防灾减灾和应急管理、资源开发利用具有重要的作用,是一条精准扶贫之路、民族团结之路、经济发展之路、民生改善之路。王川决心全力加快推进“峨马路”的建设,为两县群众早日脱贫致富打好基础。

为了在3月10日前拿出具体规划,王川连续多日带队深入马边、峨边两县进行现场踏勘。3月8日,一改数日阳光普照的好日子,天气转向阴凉,部分地区还飘起了小雨。上午8点不到,王川按照既定工作安排从乐山出发了,3个小时后到达马边县。为抓紧推进项目建设,与李志强等会合后,取消午饭带上干粮,争分夺秒抓紧开展工作。然而,这一去王川就再也没回来……

李志强,1982年2月出生,河北乐亭人,生前任马边县交通运输局副局长(交通运输厅下派马边县精准扶贫干部)。

“到最基层、最艰苦的地方去,到群众最需要我们的地方去,一直是我的向往,马边将是我的第一站征途。”2016年1月,当从厅公路局领导口中得知有下派任务时,高个俊朗的李志强主动请缨。

刚到马边,李志强就迷上这片神奇而热情的土地,但马边贫穷的现状,特别是落后的交通条件,却让他痛心不已。

面对着几乎一无所知的新环境、新任务、新挑战,从不服输的李志强没有退缩。从小生活在北方的他尝试着学会了吃辣椒;一直讲普通话的他也虚心向同事学起了马边方言和彝语;对马边交通建设情况了解不多的他不知翻遍了多少本历史资料……2016年春节,长年在外的李志强等不及过完年,就匆匆辞别了河北老家的双亲,千里迢迢奔赴到了工作岗位。仅仅一个月的时间,李志强对马边交通情况已经非常熟悉,不管是从马边彝族自治县成立到“十二五”期间的交通建设情况,还是从“十三五”开局到多年以后的规划蓝图,他都能如数家珍。身边的同事都说:“李局长真是个‘工作狂’,整个局里,中午从来都不回去休息的只有他一个人。”在短短一个多月的下派时间里,他多次深入到工程一线,开展现场勘测、工程技术指导,在他的努力下,劳动乡柏香村、下溪镇珍珠桥村11.7公里村道加宽改造工程将在4月如期完工;连接建设、民主两个乡镇的21

公里“建民路”也将在6月全线通车……

李志强有一个梦想，那就是亲眼看到“仁沐新”高速公路马边支线动工建设，彻底打破马边交通瓶颈，让精准脱贫更加的“四通八达”。在他参与编制完善的马边“十三五”交通运输规划中，他满怀豪情地勾画出“到2020年，全面建成‘外通内连、通村畅乡、班车到村、安全便捷’的农村交通运输网络”这一蓝图。如今，高速公路动工在望，遗憾的是，生前为此牵肠挂肚彻夜难眠的李志强却再也无法看到了。

苏建荣，1963年7月出生，四川乐山人，生前任乐山市公路管理局农建办主任。

苏建荣是乐山交通精神的忠实践行者。参加工作35年来，常年奔波在全市农村公路建设一线。2012年3月，为了踏勘彝族地区农村公路，他带领技术人员，从沐川县杨村乡出发，步行7个多小时穿越原始森林，以自己的行动模范践行了乐山交通人“苦干实干、事在人为、乐于奉献、争创一流”的精神。

苏建荣情系小凉山彝区脱贫攻坚，不怕吃苦，不畏艰险，为绘制全市“精准脱贫、交通先行”实景图倾注了全部心血。2015年，为圆满完成全市“十三五”农村公路建设规划编制工作要求，他踏遍全市211个乡镇、2034个行政村，坚持深入一线调查研究，对全市农村公路状况了然于胸，牵头编制出全市农村公路的规划，为决胜脱贫攻坚打下了坚实基础。

曾德林，1986年8月出生，重庆合川人，生前任马边县交通运输局局长助理兼质监所所长。

“我是马边交通的战士。”外表阳光帅气的曾德林常说。质监工作要求高、责任重、容易得罪人，对于欠缺工作经验的年轻人来说非常不好干。但是大部分群众和施工单位却对他非常认可，认为他是勇往直前敢担当、较真碰硬不怕事的好干部。

2015年，曾德林和同事下乡开展通村公路项目质量检测工作，现场提出施工材料不达标等问题，责令施工单位限期整改。而施工单位负责人三番五次用不同方式利诱，希望通融通融，但都被曾德林当面拒绝，回复只有一个，“工程质量不讲价钱”。施工单位负责人没有了耐心，通过电话、短信等方式威胁，甚至扬言“要找人收拾他”。而此时的曾德林，正在为仁沐新高速马边支线的前期工作和苏民路 PPP 项目的招商工作忙碌着,早已把他的威胁抛之脑后。最终,施工单位负责人更换了材料,顺利通过了检测,说了一句让大家都意外的话:“曾德林这个小伙子,我服他。”

邹杨,1981 年 12 月出生,四川沐川人,生前任马边县交通运输局工程股副股长。

“踏实、负责、能吃苦”,这是一位老村支书对邹杨的衷心评价。2008 年担任工程股副股长以来,全县实施交通建设项目共 180 余个,其中绝大多数项目建设前期他都要到现场踏勘、实地调研。每次到拟建项目一线,邹杨都要到附近村组和当地村组干部拉拉家常,询问周边是否发生过较大地质灾害,如何修建规划道路更方便出行。有回同事开玩笑说,每次邹杨踏勘完一个拟建项目,和所在村的村干部都是朋友了。如今,由邹杨负责前期踏勘、调研的马新路(马边至新市镇)、油菠路(油石岩至菠罗大桥)、菠美路(菠罗大桥至美姑)等道路早已经建成通车,在方便群众的背后,正是邹杨用了人生中最后的 12 年光阴铺垫的生命通道。

江兵,1970 年 11 月出生,重庆酉阳人,生前在乐山市公路局从事驾驶工作。

江兵在部队服役 12 年,苦练驾驶本领,因优异的表现提升为警调连班长,受到嘉奖六次,评为优秀士兵两次、优秀党员一次、红旗车驾驶员两次,荣立三等功一次。退伍安置到地方工作 15 年,长年累月驾驶奔波在彝区的山路、农村的小路、山区的险路,时常早出外归,风餐露宿,每月行程比其他同事多出一倍以上,虽然无法照顾家庭,仍然任劳任怨,以过硬的驾驶技术、优良的服务态度,多次被市公路局党委表彰为优秀共产党员。

## 英雄离世众人扼腕

得知扶贫英雄们离去的消息后,在精准扶贫中受益的群众都十分悲痛。乐山市峨边县金岩乡热水村扶贫对象邛莫达史说:“这个消息太令人震惊了,党的政策好,党的干部好啊,自从精准扶贫工作开展后,我们村,包括我个人都得到很多帮助。请扶贫干部以后下乡的时候一定要注意安全啊,扶贫工作不能少了你们,你们的家人也离不开你们啊。”

乐山市沐川县凤村乡建国村贫困户陈文元说:“得知交通扶贫干部深入农

村，帮助老百姓脱贫致富，途中不幸遇难，我们深感悲痛！他们的工作精神与付出永驻我们心中。”

我们在追忆的时候却总是忍不住去假设，出事当天，本可以在县城吃完午饭后再到一线，但为了节约时间，他们带上干粮上路，如果……但生命中没有如果。

逝者已矣，但英灵永存，曾为贫困地区脱贫攻坚事业付出辛勤汗水甚至生命的“扶贫战士”，我们都将永远感恩铭记！

原刊于《四川交通》2016年3月刊

# 公交驾驶员阿斯哈尔·托乎提的爱心行

陈 卉

1月9日的南宁，阳光透过树梢筛子般打在道路两边密密匝匝的橡树上，让葱茏的绿色有了新的意蕴和意境。

这是公交集团经营二部16车队310路的维吾尔族驾驶员阿斯哈尔·托乎提第二次来到南宁。他和爱人比力克孜·阿不都热合曼此行是受广西卫视的邀请，一起来参加《第一书记》节目的录制。

说起第一次来南宁，还要源于广西南宁《第一书记》的一档电视节目。去年10月里的一天，阿斯哈尔·托乎提偶尔在《第一书记》节目中，看到了广西宝峰村李顺利一家艰苦的生活场景。李顺利出生在兴安县的农村，八年前李顺利的父亲离家出走，留下当时正在上小学的李顺利和腿有残疾的妈妈。看完节目，这个42岁的维吾尔族汉子热泪滚滚，瘦弱小姑娘李顺利坚强的身影始终在他眼前浮动，这时，一个捐款的念头立刻从阿斯哈尔脑子里冒出来。

说走就走。2014年10月26日一大早，经过一路颠簸，他辗转乘坐飞机赶往广西。第二天一大早，在李书记的带领下，阿斯哈尔出现在了李顺利所在的兴安中学。当小姑娘李顺利见到眼前这个风尘仆仆的维吾尔族叔叔和他带来的礼物时，简直都不敢相信自己的眼睛。

其实，谁都不知道，这件事情没有被人们知道之前，在310路公交车上，阿斯哈尔·托乎提只是一名普通公交驾驶员；而在公交车下，这名住在苇湖梁一处30平方米的出租屋的维吾尔族公交驾驶员，已经默默资助了20多个孩子上学。三年多来，他平均每月仅资助学生就要花去一千多元。

转眼间，阿斯哈尔专门赶到李顺利家送去了第一笔资助款，现如今已经有一年多时间，阿斯哈尔此行来广西，一方面录制节目，更重要的是要送去李顺利

2015 年新学期的学费 1500 元，他还专门购买了一套新衣服作为新年礼物送给李顺利，此外还带了很多新疆特产，各种干果要送给李顺利的妈妈。

在节目录制现场，阿斯哈尔亲眼见到了 60 多个生活贫困的家庭、孩子和诸多慈善人士，一直被感动、感触和感恩集于一身的他，更加坚定了自己“尽最大努力能帮多少，就帮多少”的行动志向。

“其实这样的事情我们每个人都可以做，可以不分民族，不分地域，不分年龄，有了困难大家就要互相帮助，我认为这样才是一个团结的民族大家庭。”在《第一书记》录制现场，阿斯哈尔的话潮湿了很多人的眼眶。

节目现场，阿斯哈尔夫妇拿出了提前买给李顺利的一套羽绒服和维吾尔族小花帽。穿上新衣服后，一脸的幸福李顺利紧紧拥抱着来自新疆的维吾尔族“爸爸”，激动的泪水怎么也止不住。李顺利说，我要将阿斯哈尔叔叔以及其他好心人的帮扶，变成学习的动力，将来回报大家。

爱的暖流能抚慰人受伤的心灵，爱的暖流能架起沟通的桥梁。几天来，阿斯哈尔夫妇在南宁度过不寻常的每一天，魔法般渲染着这里每一方土地，且成为一个爱的支点，让这绿色延绵千里，生生不息。

原刊于《乌鲁木齐公交》2015 年 1 月 23 日第 1 期 1 版

# 走上最美国道　升级美好生活

## ——国道108楚雄段改造见闻

王兴梅

平坦的沥青路面、崭新的标志标线、设计巧妙的休息港湾、萦绕山间的彩绘……完成改造的国道108楚雄段成就了一幅路美、景美的完美画卷;公路上奔驰的摩托、公交停靠站里等车的人群、沿线建盖的新房、开展观光旅游的农家乐、卖豌豆粉的罗大姐、路边打盹的杨奶奶……昔日的"烂路"变坦途后,沿线百姓的生产生活又构成了一幅美好、惬意的幸福画卷。近日,记者驱车驶上国道108线楚雄段,在全长177.998公里的路途中感受车在画中行的情景、探访路以民为本的故事。

### 昔日"烂路"变坦途

车辆行驶在国道108楚雄段,黑黝黝新铺筑的沥青路面、崭新的标志、标线,设计巧妙的休息港湾,再搭配沿途秀丽的风光,国道108将一幅美丽画卷渐次展开。川滇交界处气势恢宏的迎宾广场,代表着彝族人民的热情与好客;山路十八弯的马头山观景台,可观赏蝴蝶湾的雄壮;浓荫夹道的路面平坦宽阔,线型舒展延伸;富有民族特色的彩绘萦绕山间,公路文化巧妙融入自然。

"经过改造的国道108,跟以前相比可算是完全变了个样。""通畅、安全、舒适、美观,这是我见过的最美国道。""路修好了,沿线老百姓的日子也越过越好啦。"……行驶在这条"风景之路、便民之路、希望之路"上,昔日破损严重的路况早已荡然无存,展现在眼前的是宽阔、平整、洁净的路面,让人心中不由自主地冒出赞美之词。

修建于20世纪50年代的国道108线,是国道干线网"五射六纵四横"中五射之一，途经北京、河北、山西、陕西、四川 5 省市后，从四川攀枝花市进入云南楚雄州永仁县，是云南重要的出滇入川通道，对云南全省经济社会发展具有重要的意义。随着岁月的变迁，因公路等级低，超限车剧增，车流量大，路况下降，部分路段成为通行的瓶颈。

2013 年 9 月，国道 108 公路改造楚雄段示范工程建设正式启动。该工程起于楚雄州永仁，止于昆明市禄劝，工程全长 177.998 公里，主线改建路段主要是对局部路段改善线型和拼宽改造，路面面层采用沥青混凝土路面，汽车荷载等级为公路 2 级，沿线桥梁工程共计 27 座，其中新建 4 座，加固 23 座。楚雄公路管理总段以构造畅、安、舒、美的交通环境为中心，以提高公路通行能力、路况水平、安全水平、出行服务水平和公路文明水平五个提高为目标，出台了一系列管理制度，全力抓好工程质量、进度、安全、成本、廉政和维稳等各项工作，全方位推进项目建设进程。历时 18 个月后，楚雄总段为国道 108 全线改造示范工程的美丽嬗变画上一个完美的句号，成为迎接交通运输部国检最亮丽的一条国省干道。

## 小裤子改成大裤子

“路面宽了，车辆好跑了，速度也提上来了。”行驶在国道 108 上，曾多次往返于该路的驾驶员谢师傅说。据了解，国道 108 主线原路基仅有 5.5 米至 7 米宽，按照新的设计要求，路基改建成 8.5 米或 7.5 米宽度，主线 8.5 米宽以上路基有 105 公里，路况水平达到二级公路路面水平。此次改造对老路基的拼宽，需在目前路宽的两侧或者一侧加宽，宽度大约在 1.5 米至 2 米。这样的施工就像要把一条小裤子改成大裤子，比新缝一条裤子困难得多。

“为了让拼宽的路基经过长期碾压后不下沉，指挥部采取了新技术和新工艺，严格把控路基拼宽填料质量，必须采用透水性较好的材料，即碎石含量大于 70% 的碎石土进行填埋。”楚雄总段副总段长、建设指挥部常务副指挥长施萍告诉记者，在路基拼宽部分与老路基结合部铺设抗拉力很强的钢塑复合格栅，最大限度地防止新、老路产生的不均匀沉降。同时，在沿线坝区易积水或路基容易被积水侵蚀的路段，埋设了 6 处承载板进行新、老路基结合部路基不沉降的观测，及时掌握路基拼宽质量情况，确保改造工程总体质量。国道 108 由于使用年限较长，沿线老路基纵向开裂及沉陷、滑动情况严重，指挥部要求采用钢花管注浆，通过浆液的扩散使路基整体固结，改善土体内摩擦力和增大抗剪能力，防止路基开裂、沉陷的继续发展，使路基处于稳定状态。

国道108楚雄段全线27座桥梁，其中，新建4座，剩余23座加固，宽度从6米增加到8.5米，达到二级路的标准。此次施工消除了四、五类桥（即需要加固的危桥）使桥梁的轴载达到13吨，总承载量达到55吨。

站在马头山观景台上，"名声在外"的"山路十八弯"尽收眼底。楚雄总段党委书记普品高说："站在这里，你可以发现公路的曲线之美，从马头山下到元谋县城，弯弯曲曲的道路盘旋在两座山头，刚好十八道弯。"普品高说："为了安全，指挥部已经把"掉头弯"尽量拉直一点、宽一点。在悬崖路边，已经浇筑了防护墙，还增设自救助匝道，安全系数提高了很多。"

## 2.3公里彩绘让车在画中行

车辆行驶到元谋县德大路段急弯、陡坡处时，一幅全长2.3公里的巨型彩绘便映入眼帘，一幅幅描绘彝族火把节、彝族赛装节、彝家婚俗、图腾崇拜及公路安全宣传标语的图画似一部部电影，让你身临其境，真正体验到了车在画中行。

"元谋德大路段山高谷深，弯陡坡急，且气候干热，是有名的不毛之地，不适合绿化。为了关注民生，使出行该路段的驾乘人员有一个舒适的行车环境，指挥部聘请专业美术学院人员11人，在国道108德大下陡坡路段实施了2.3公里长、4000余平方米的护坡墙体绘画。"指挥部办公室主任高潮荣向记者介绍，彩绘围绕体现彝族社会历史文化生活及彝族人民在漫长的历史变迁过程中始终保持原始、拙趣、稚美、古朴等艺术特质和喜闻乐见的特色文化气息，进行创新设计、规划制作了彝族迎宾、图腾、火把节、赛装节、婚庆，公路修建前后和维护等20个不同类型的宣传版块，制作彩绘宣传立体画24幅、2.3公里。其间还穿插了一些爱路护路和平安交通的宣传标语。

## 路修到哪服务就到哪

记者乘坐的车辆经过武定县的高桥镇、白路乡等村镇时，发现路容路貌得到较大的改观。非标广告牌、违章建筑、违法堆积物等有碍路容路貌并存在安全隐患的路障设施都被清理干净了，取而代之的是一个个特别修建的垃圾池及画上了彝族风土人情、民俗文化的一栋栋房屋。

“指挥部在沿线选择有代表性的村庄及防护墙墙面，结合当地风景名胜、风土人情、地方特产等地域文化及公路行业文化内容彩绘上墙。”普品高告诉记者，指挥部对部分村、组的临路破损房屋墙面进行粉刷约 16900 平方米、彩绘 600 平方米。同时，国道 108 改造经过的村镇，路域环境都达到“八个无”，即交通标志前后 500 米无广告，无违法建筑物和地面建筑物，无违法搭接道口和占用挖掘公路，无违法跨越和穿越公路的设施，无违法非公路标志，路基路肩边坡无非法种植物，无摆点和打谷晒场，公路用地范围内无堆积物。

“经过几十年的发展，许多路产范围内的公路用地已经被侵占或挪作他用，需要重新征迁的土地较多、较零星。”国道 108 公路改造楚雄段示范工程建设指挥部征迁处处长王俊平说，在沿线的拆迁过程中，指挥部投入宝贵的资金用于改善沿线群众生产、生活条件，用耐心和细心和当地百姓沟通，用最利于他们生产生活的方式来开展工作。路修到哪，服务就到哪。

在路面扩宽过程中，经过沿线的几个乡镇时都涉及了自来水管的改造。“在公路改造的过程中，为了不影响村民的生活用水，我们对自来水管进行了提前埋设。在通水不畅的地方，还拉水供应城镇居民用水。”据王俊平介绍，在水管改造过程中，指挥部投入约 660 万元用于改善沿线各族群众饮水条件。其中，在高桥镇投资 140 万元提前埋设 8.1 公里的自来水管，武定 6.7 公里的主水管道也投资 450 万元预先埋好，白路乡也投资了 30 万元修建了 13 公里的水管。

“对于沿线群众的要求，指挥部也千方百计满足，为武定县高桥、狮山两镇投入 200 万元砌成 4 公里长的‘三面光’灌溉沟，原先的土沟使灌溉水总是不够，‘三面光’后，水够用了，也没再发生抢水事件了。”王俊平告诉记者，指挥部在改建灌溉、排洪沟渠等方面也加大了投入，共计投入约 1000 万元，改造涉及永仁县的永定镇店子村路段，元谋县的黄瓜园镇安定村、棋柳村、牛街村及元马镇沙地村、清和村路段。同时在元马镇沙地村投入近 800 万元新埋设一米及以上管径管道 800 米排洪沟，在武定县高桥镇海子、花桥村委会，狮山镇古柏、乌龙及西和村委会等新建若干。

国道108连接了楚雄州永仁、元谋、武定三县，上百万的沿线居民要依赖这条道路出行。为了让村庄居民等车安全，指挥部建设了57处公交停靠站，靠近村组有37个，在路边设计4米宽、45米长的港湾式停靠带，保障群众的安全。

在黄瓜园大桥旁新建1公里的便道，留给当地居民作为机耕道路。高桥镇一段道路改线从菜地中通过，指挥部依然将4公里的老路铺筑柏油，留给当地群众使用。

## 路通人幸福

记者乘坐的车辆经过高桥镇花桥村时，花师傅正哼着小曲给刚刚建好的二层小洋楼浇水。“师傅，您这楼房是刚建好的吧？花了多少钱？”“是呀是呀，刚刚完工。总共用了17万就建好，现在路好走了，车辆的运费也降了一些，建筑材料都是我亲自到武定县城采买回来的，省下了一大笔钱。”在和记者的交谈中，花师傅表示，房子能建起来，和国道108的改造密不可分，以前路很难走，加之路边灰非常大，在路边建房根本就不可能。现在路修好了，指挥部在修路的时候又帮他把家门口的水沟清挖干净并盖上了水泥护板。“路通人幸福呀，以前我们去一趟武定县城得折腾一天，现在好了，大路宽宽任你走。我儿子现在到武定上高中，只要在家门口就可以坐上小客车，花13块钱坐40多分钟就可以到学校了。”花师傅高兴地说，等房子弄好了，他也得坐着车外出打工去了。

暖暖的阳光下，98岁的杨奶奶坐在公路边的石阶上打盹，满头的银发闪闪发光。离她不远处的小卖部门口则显得特别热闹，三三两两的人们聚在一起聊着家常。在记者加入他们的聊天后，大家都纷纷表示，公路没有改造前，大家可不敢像现在这样在这坐半天，因为那样的后果就是你很有可能变成个灰人。“老罗，给我弄两碗，我要带回家吃。”“大妈，我要一个小碗在这吃。”在罗大姐的豌豆粉摊面前，挤着好几个吃粉的人。“哈哈，我算是个很有经济头脑的人吧，从这条路一开始改造，我可就看到商机，就在这卖起小吃啦。”罗大姐说起自己的小吃摊，洋洋得意地告诉记者，她现在一天可以卖掉40多碗，收入非常可观。

车辆沿着国道108行驶，在经过村镇的地方，都有不少的加水站和饭馆。在好运来鱼庄门口，停着四五辆前来吃饭的车，店老板钱师傅正在忙着杀鱼。

“我这个店开了5年了，主要是开大车的外省人来吃，现在路好走后，周末也会有好多自驾游的人来吃饭钓鱼。”钱师傅边忙着手里的活边和记者聊了起来：“我的店主要是依靠后面这个大水库，这里的鱼特别好吃。现在国道108改造完成了，路上的车越来越多，生意也越来越好了，我打算在这弄一个集休息、娱乐为一体的农家乐。”

## 路畅引得外商来

国道108楚雄段的改造涉及元谋县的4个乡镇，共计70多公里。记者在对这几个乡镇的采访过程中深有感触，国道108公路真正成了他们的“致富路、小康路”。

车辆行驶在元谋县城到黄瓜园镇的国道108上，短短的10公里路上跑着许多挂外省牌照的大型货车。“我们镇上有全县最大的蔬菜批发市场，和很多大型的厂房和冷库。”黄瓜园镇的副镇长蒋光文告诉记者，该镇的人均收入达到了13000多元，人们的收入都是来源于这片土地上产的葡萄、青枣、洋葱、西红柿、小瓜等果蔬类。以前道路非常窄，堵车很严重，果蔬商进来收一车货往往要一天时间，农民的水果、蔬菜经常卖不出去，路的两旁全是被丢掉的果蔬，发出一阵阵的恶臭。“现在好了，道路进行了扩宽，大型车辆都可以进来，农民的水果好的差的都被一抢而空。四川、福建、广州、浙江等地的外商都愿意到我们这里投资。去年有一个浙江老板过来租地种红提，一年就纯赚了3000多万元。”蒋光文表示，因为路的畅通才能引得外商来，国道修好后，人流、物流、信息流都通了，他们的果蔬也远销省外、国外。

在物茂乡，国道的提升改造，更是带动了种植业和旅游业的发展。分管交通的物茂乡副乡长杨保寿说：“一个地方的经济发展主要靠路来带动，所有的物资都靠路运送出去。”物茂是元谋县的蔬菜主产区，路畅通了，外省的大货车可以直接开到乡里拉货，大大降低了物流成本，农民的收入更可观了。物茂乡还是个旅游基地，这里的土林风景区小有名气，以前群众总把蔬菜拉到国道边卖，整个风景的路都被堵了。在国道108的改造过程中，指挥部新开了一条道进行分流，现在自驾游的车辆越来越多，当地的餐饮业一年四季都是爆满。“从交通安全上来说，108国道升级改造后，群众的生命财产安全也得到了最大的保障。”杨保寿告诉记者，以前一到下雨天，街上的水沟就要堵塞，让人下脚的地方都没有。指挥部在改造的过程中，对沿线的6个村子公路两侧的水沟都进行了改造和封闭。

建设者们18个月的艰苦鏖战，留下一串串坚实的足印！最终让国道108楚雄段化茧成蝶，成为一道美丽的风景，成为楚雄一路向前的壮歌，成为人民群众致富奔小康的康庄大道。

原刊于《云南交通报》2015年4月10日3版

# 贵州高速强筋骨　支撑经济跨越发展

贾刚为　李黔刚

**编者按**

9月7日至11日，由本报记者姚锋、李黔刚、贾刚为、朝霞、李宁、梁琪青和特约记者刘叶琳组成的采访团深入贵州，围绕贵州"县县通高速公路"及高速公路建设推动地区经济社会发展、改善群众生产生活等内容进行集中采访。今日起，本报陆续刊登系列报道，敬请关注。

驻浙江首席记者　贾刚为　本报记者　李黔刚

群山万壑，山高谷深，在山地占全省总面积93%的贵州，交通长期成为制约经济社会发展的瓶颈。而如今，驱车行驶在贵州公路上，可以看到沿线各地高速公路建设如火如荼。

贵州省交通运输厅厅长王秉清告诉记者，到今年年底，贵州将建成高速公路16条(段)1100公里，高速公路通车总里程突破5100公里，实现全省88个县(市、区)全部通高速公路目标，高速公路将覆盖全省规划的5个千亿元、10个两百亿元、20个百亿元重点产业园区和18个国家级风景名胜区。届时，贵州将形成15个出省通道，与相邻省(区、市)及珠江三角洲、中国—东盟自由贸易区、北部湾经济区、成渝经济区、长株潭城市群、滇中经济区实现高速公路联通。

"对于缺乏平原支撑、环境相对封闭、经济社会欠发达的贵州来说，县县通高速公路的重要性不言而喻。"王秉清说。

## 打造西南重要陆路交通枢纽

从"地无三尺平"到县县通高速公路，贵州省交通运输的发展得益于高速公路三年大会战的开展。

2012 年 12 月,贵州省委、省政府决定,从 2013 年起至 2015 年,在全省范围内实施高速公路三年大会战,加快建成西南重要陆路交通枢纽,加速构建联通内外、覆盖城乡的现代综合交通运输体系,明确到 2015 年年底实现高速公路建设总投资达 4000 亿元,通车里程增加至 5100 公里,全省所有 88 个县(市、区)通高速公路。

在贵阳至瓮安高速公路 71 公里路段,记者看到,路面、隧道工程等均已基本完成,项目最主要的控制性工程——清水河特大桥主体工程完工。瓮安县委书记张文强介绍,高速公路建成后,贵阳至瓮安车程将由原来的 4 小时缩短至 1 小时,这对贵州中东部路网结构与投资环境改善、加强瓮安与贵阳的交通联系和经济发展对接具有重要意义。

瓮安至江口高速公路也在稳步推进。在石阡隧道施工现场,记者见到左洞、右洞隧道已基本开挖完成。全长 143.4 公里的安江高速公路全线共有桥梁 97 座、隧道 23 座,桥隧比占 43.4%,施工难度之大可见一斑。

“十二五”以来,贵州省加快推进区域综合交通运输体系建设,交通运输投资增长势头强劲。环贵州高速公路总规模 1952 公里,总投资约 1978 亿元,沿线涉及遵义、铜仁、六盘水、毕节、黔南、黔东南、黔西南等 7 个市(州)、35 个县(市、区),建成后将与周边广西、湖南、重庆、四川、云南等 5 个省(自治区、直辖市)形成 23 条高速公路出省通道、73 个普通国省干线公路出省通道,惠及省内外 2600 余万人。

目前,环贵州高速公路已建成 895 公里、在建 367 公里、待建 690 公里。到 2018 年,力争新建成高速公路 515 公里以上,实现 1952 公里环贵州高速公路全线贯通。

## 优化投资环境　激发经济活力

如今,成环联网的高速公路网络,成为贵州省新一轮产业集聚和产业发展的引擎,外界活力要素源源不断汇入贵州。微软、西门子、阿里巴巴、修正等一批批国内外大型企业陆续进驻贵州。今年上半年,贵州省 GDP 增幅、农业增加值、农民收入增幅均位居全国前列。

“交通运输实现跨越式发展，不仅带动沿线地区产业发展，促进旅游、工业、矿产资源的开发利用，更在贵州集中连片特困地区脱贫致富上发挥重要作用。”王秉清说。

江口县是一个偏远的贫困县，有土家族、侗族、羌族等18个少数民族聚居，两年前已经尝到杭瑞高速公路江口境段通车带来的甜头。

2013年7月，杭瑞高速公路建成，带动了江口县旅游产业兴起。2013年，江口县接待游客达340万人次，实现旅游综合收入28.3亿元；2014年，全县接待游客总人数再创新高，达466.5万人次，旅游综合收入36.1亿元。

眼下，江口县已在谋划实施“一业带三化、三化促一业”的发展战略，以县境内的梵净山景区等文化旅游业为“龙头”，带动城镇化建设、新型工业化、农业现代化兴盛，全面提升县域经济核心竞争力。

记者了解到，在贵州，高速公路每增加1元钱投资，可拉动相关产业投资4元，每1亿元高速公路的投资可直接产生1800个就业岗位。据此测算，贵州省高速公路建设三年大会战可以拉动相关产业投资近1万亿元，创造出430万个就业岗位。

王秉清介绍，贵州省公路“十三五”发展规划即将编制完成，预计未来5年全省将完成公路固定资产投资4000亿元。到2020年，全省公路网总里程达到20万公里，其中高速公路7100公里。

原刊于《中国交通报》2015年10月22日1版

# 港珠澳大桥“贴身卫士”

## ——记中国第一个漂在海上的海事处

东经113°47′,北纬22°17′,坐落着中国第一个海上海事处——广州港珠澳大桥海事处。这里同时也是港珠澳大桥岛隧工程建设的核心区域、每天船舶流量超过4000艘次的珠江口咽喉水域。自2012年5月18日,该海事处成立以来,一直致力于维护港珠澳大桥轴线上下游3海里的辖区水域交通安全和防止船舶污染等,是名副其实的港珠澳大桥“贴身卫士”。

王锐丽

### 成　　立

知道港珠澳大桥的人很多。它是连接香港、澳门和珠海的世纪大工程。

知道广州港珠澳大桥海事处的人却很少,尽管它一路呵护着大桥建设的安全。

2009年12月15日,港珠澳大桥经过为期数载的论证,终于开启了主体工程的建造。大桥计划于2017年底完成一期计划,投资超1000亿元,预计用8年的时间完成。

2012年5月18日,广州港珠澳大桥海事处正式挂牌成立。其职责定位是:负责辖区水域水上交通安全监管和防止船舶污染等工作,管辖范围为港珠澳大桥轴线上下游3海里的广州海事局辖区水域。

港珠澳大桥是一座连接香港、珠海和澳门的大型跨海桥梁,所跨越的珠江口水域是我国水上运输最繁忙、船舶交通密度最大的水域之一。据不完全统计,每天过往珠江口水域的各类船舶达4000多艘次,其中穿梭于粤港澳及多个岛屿之间的高速客船每天达500航班,年通航量达到250多万艘次,是公认的水上交通事故易发敏感区域。桥梁和隧道穿跨九州航道、青州航道、伶仃航道、铜鼓航道、龙鼓航道和香港侧航道。港珠澳大桥建设主体工程采用桥岛隧组合方案，全长29.6公里，桥梁段长22.4公里，岛隧段长7.2公里。

2016年，是港珠澳大桥建设的决战之年。目前，大桥建设对航路调整的频繁需求与保障过往船舶正常通航之间的影响矛盾更加突出，已架起的桥梁以及桥墩等整个桥区防船舶碰撞的压力进一步增大，剩下6节沉管浮运与安装其中一些工作的技术难度极大，旧的风险与新的风险叠加，进一步增加了水上交通安全管理的难度，也对大桥建设水上交通安全保障提出了更高的要求。

## 使　命

2013年8月12日，交通运输部部长杨传堂在“广东海事部门确保港珠澳大桥施工安全”上做出重要批示。他指出：

广东海事局认真履行职责，构建安全生产责任链，为推动港珠澳大桥安全生产、科学施工创造了条件。请部海事局进一步总结广东海事局的经验，推广广东局的做法，力争实现“零伤害、零污染、零事故”的目标，加强海事系统的“三化”建设，建设人民满意的中国海事。

“三零”目标，自此成为港珠澳大桥海事处最大的使命。

针对“三零”目标，大桥海事处充分发挥“零距离监管、零距离服务、零距离应急”的优势，增强信息化管控能力、隐患排查治理能力、联合监管能力、应急救助能力，建处至今，未发生一起安全事故，阶段性实现了“三零”目标。

在增强信息化管控能力方面，该处依托“远程监控有专台、近程监管有专室、现场监管有专船、责任落实有专人”的监管格局，充分利用“海趸1550”监管专室的信息化监管设备，结合与现场巡航，完善“4+1”监管方式。并大力推进广州海事局综合监管系统在大桥建设水域的运用，“标绘”虚拟大桥，划定“警戒区”，实施低碳高密度“电子巡航”，实现智慧监管；发挥“小交管”技术设备优势，落实船舶进出大桥施工水域报告制度，重点规范船舶流，以全天候监管践行“全面履职”的要求。

同时，该处还着重增强了隐患排查治理能力。即建立起辖区安全风险分析评估制度，整理分析辖区各施工区域的通航基础资料，促进相关单位优化航路、

航标设置；结合大桥建设高峰年现场监管工作实际，对隧道沉管浮运与安装，承台和大型钢箱梁运输及吊装、航道转换、内河施工船舶安全监管等系列监管任务实施单元化、网格化管理，实现监管力量的精准投放和合理分配，力争以有限的监管力量发挥最大的监管效能。

为了增强联合监管能力，该处还加大与相邻兄弟海事部门实施联合监管、联动执法的力度，通过沉管浮运水上交通安全保障等工作，进一步完善协同合作工作机制；建立健全与大桥建设业主单位、施工单位联防联治协调互动机制，促进辖区水上交通安全公共管理“平台”建设，重点解决岛隧工程龙鼓西水域施工作业安全以及桥梁施工水域防碰撞等监管难题，深入推进大桥建设平安水域创建工作。

另悉，该处的应急救助能力也得到了增强。他们按照巡航搜救一体化建设要求，结合“海巡1550”身处大桥建设现场的实际，加强应急预案、应急人员、应急装备“三位一体”的机制建设，形成应急处置合力，确保应急处置有力；充分利用辖区应急搜救志愿船和志愿者队伍（2015年1月15日组织建立，共15艘施工船舶参加），打造辖区快速应急救助安全网，推进应急救助网格化管理，以实现事故应急的快速救援。

## 未　来

大桥海事处自成立以来，荣誉等身。

该处先后被评为全国海事系统2012年度先进集体、2013年度直属海事系统先进基层党组织、全国交通运输系统先进集体、交通运输系统文化建设示范单位、广东海事局基层党建示范点、广东海事局文明执法示范窗口；“桥堡”文化品牌获评部海事局海事“三化”好形象好品牌先进集体、广东海事局十大文化品牌。

除此之外，该处王均龙同志获得全国五一劳动奖章、成宝刚同志荣获全国交通运输系统先进工作者称号，该处处长钟锡泉荣获广东海事局优秀海事处长称号，大桥海事处工作得到了交通运输部部长杨传堂，副部长冯正霖、王昌顺（时任）、何建中的肯定和表扬，也得到施工单位的一致认可和新闻媒体的广泛关注。

关于未来，港珠澳大桥海事处处长钟锡泉用一句诗表达了他的感受："回首伶仃日与夜，犹若初春冰面行"。对于港珠澳大桥，这个自带光环的世纪工程，它的安全关系重大，即便是在主体工程大体完成的情况下，安全监管仍不得一丝松懈。

钟锡泉介绍，大桥处自成立以来，成功保障了11次航道转换顺利开展，直接为十万多艘次船舶提供了助航服务；圆满完成港珠澳大桥岛隧工程4次沉管浮运演练、24次沉管浮运投放现场海事监管，主动承担了桥梁建设段CB03标大型预制件桥墩、钢箱梁运输及吊装的现场警戒任务，为青洲航道主塔的顺利施工创造了良好的作业环境。真正实现了"零距离监管、零距离服务、零距离应急"。

港珠澳大桥施工进入了最后的关键环节，在这个过程中，大桥海事处也在四年的监管中形成了一套行之有效的监管思路，即"远程监控有专台、近程监管有专室、现场监管有专船、责任落实有专人"的格局。2016下半年和即将到来的2017年将是港珠澳大桥的最后技术难关，这也同时对大桥海事处的服务和监管提出了新的要求。正如钟锡泉所言："大桥处的监管前所未有，但我们仍然坚持了下来，我们有不断升级的海事技术和现有经验的支撑，未来虽是一盘充满挑战的棋局，却也值得所有海事人期待。"

原刊于《珠江水运》2016年5月15日总第410期

# 龙岩市12328:你有所呼　我必有应

刘兴增

“你好,能不能帮我查一下龙岩到武平的客运班车发车时间?”2月5日中午,记者前往福建省龙岩市交通运输局采访前,拨打12328交通运输服务监督电话。电话很快接通,话务员态度热情、语气亲切地答复说:“很高兴为您服务,目前我们这里还不能查询发车时间,您可以拨打龙洲公司的客服热线968866查询。”

在龙岩市交通运输局12328服务监督中心,值班话务员赖佩琳在工单操作系统里输入来电号码,很快就调取了记者的咨询记录。赖佩琳告诉记者,话务员们会在系统里详细记录每一个来电并按照投诉举报、信息咨询、意见建议等类型进行分类处理。投诉举报和意见建议类形成工单转派相关业务单位办理;信息咨询类即问即答,不能当场答复的也形成工单转派相关业务单位办理。

应记者的请求,赖佩琳在工单操作系统里调取了一个投诉举报来电的完整受理信息:1月16日,连城县的罗先生投诉当天14时30分朋口至连城的客运班车驾驶员开车时打电话、不按规定线路行驶以及乱收费。服务监督中心受理后立即通知福建龙洲运输股份有限公司连城分公司保存监控视频资料,并将工单发送给连城运管所。1月18日,经查证,该车驾驶员在行车途中接听电话违反了行车安全管理规定,责其停岗一周进行安全学习;不按规定线路行驶以及乱收费问题不属实,经解释说明后罗先生表示无异议。

据统计,2015年,龙岩市12328服务监督中心共受理1600多个来电,业务范围涉及公交车、出租车、客货运输、综合执法等。如何确保每一个来电都得到及时有效的处理呢?服务监督中心副主任赖清华告诉记者,全市交通运输系统各单位都成立了12328电话工作领导小组,明确了联络员,由他们具体对接、协调、办理业务工单。所有涉及企业的投诉举报都由行业主管单位牵头办理，服务监督中心可以实时监控、定时催促办理进程。承办单位要在规定期限内将办理结果回复来电人并反馈至服务监督中心，服务监督中心回访来电人后进行办结归档。

“12328 电话开通一年多来，我们建立了完备的联络员通信网络，细化了咨询、投诉业务类别，话务员业务越来越熟练，受理效率越来越高。”赖清华说，服务监督中心近期还对工单操作系统进行了升级，在全省率先实现可同时在政务外网和互联网办理反馈。各单位联络员只需在电脑或者手机上登录 12328 系统网页，就可以直接进行工单处理，大大简化了流程、提高了时效。同时，系统增加了短信提醒功能，新工单生成后自动提醒联络员办理，工单办结后也会短信告知来电人。

“用真心去倾听、用耐心去交流、用细心去传递、用热心去服务、用爱心去奉献。”在服务监督中心的白墙上，五行红色标语格外醒目。赖清华告诉记者，团队将秉承“五心”服务理念，全心全意服务群众，始终做到民有所呼、我有所应。赖佩琳说，今年除夕夜又轮到她值大夜，但她不再像去年第一次除夕夜值班那样觉得委屈，而是和众多交通人一样，感到为民服务的责任与光荣。

原刊于《中国交通报》2016 年 2 月 17 日 2 版

# 三等奖

## 快递员，值得珍惜的企业财富

王宏峰

你算过自己一年收过多少单快递吗？据统计，去年我国人均快递使用量为15件，这背后离不开200多万名快递员的付出。但即便如此，快递市场需求仍未得到满足。

近来，多家求职网站频频关注快递物流从业人员的市场用工情况，称快递岗位非常抢手。企业则表示，高技能的快递员更加稀缺。这一热一冷的用人市场背后，“剁手党”又对快递员的美好与辛酸知道多少？什么样的快递员才能满足市场和消费者的高要求？企业怎样用好如此庞大的人才队伍？记者带您了解其中的故事。

### 抢手职业，换来高收入了吗？

近日，58同城招聘公布的数据显示，今年6月，全国物流行业人才招聘规模为51.7万人，求职规模为34.9万人，缺口近17万人，行业人才供不应求。稍早前，赶集网旗下蓝领招聘数据研究院发布的数据则显示，三四线城市快递业的迅速发展也带动了快递员岗位的火爆，平均求职比例为4.5:1，厦门的求职/职位比例高达10.4∶1,竞争激烈。

然而,快递员岗位虽然吃香,但他们的收入并没有想象中的高。他们的生存状态又如何呢？据此前北京交通大学、阿里研究院等联合发布的《全国社会化电商物流从业人员研究报告》称,超过24%的快递员工作超过12个小时。大部分快递员的收入在2000～4000元,月薪8000元的快递员算高收入,他们通常工作在经济发达、制造业密集、揽件量较大较为集中的区域,占比不到1%。快递员以二三十岁的男性为主,近8成来自农村。

报告指出,快递员的流动性很大。近一半的一线快递员工作不满1年就离职,满3年的只有15%。缘何如此?

菜鸟网络快递事业部总经理王文彬认为,“目前,快递员并没有真正得到社会的尊重和认可,他们的工作环境堪忧。去年,基层快递员在交通政策、客户投诉、人身安全、财产安全、合规操作、突发性事件等方面都承担着与其收入水平不匹配的风险。”种种因素加剧了快递员的流失。物流行业人才匮乏正在极大地阻碍着物流行业的发展。

而在快递员自身看来,为什么留不下呢?

有一线快递员表示:“不管快件的定价权在哪里,希望别老打价格战了,员工挣到钱也就有尊严了。”“希望企业关注我们工作的细节需求,比如仓库的保暖性等人性化改造,让我们干活更便利,更有安全感。”

## 留人,只靠计件工资够吗?

目前,很多民营企业快递员的薪资由基本工资+计件工资构成。记者了解到,中外运敦豪快递员的薪资构成为基本工资+奖金,奖金则由快递员当月完成的工作数量和质量决定,多劳多得,优质优薪。

“计件模式只应作为员工激励手段中的一部分,虽然存在合理性,但仍属于粗放式的‘懒政’管理,并非劳动力管理的发展方向。”全球最大的劳动力管理解决方案供应商克罗诺思(Kronos)大中华区总经理缪青在接受本报记者采访时表示,“目前,中国工人的劳动力效率不到美国工人劳动力效率的1/5。现代企业应该采用科学的劳动力管理系统,提高劳动力效率,降低成本,消除用工合规风险。这对于谋求上市的快递企业尤为重要。上市后,企业必须严格遵守法律,确保员工管理的合规性、及时性、可预见性和可视性,否则会影响企业股价。”

缪青建议,“通过大数据,企业可以分析出技能人才缺口,进行针对性培训,调整薪酬结构,从而留住人才。企业还应建立更适应年轻人特征的人性化、个性化的用工制度。”“单纯依靠薪水留人的效果已经随着生活质量的改善逐渐弱化,求职者在择业时更看重企业‘对员工的尊重’。”智联招聘高级职业顾问童超对本报记者说,雇主需及时给予员工完善的福利待遇、人才期权等激励,不要造成管理欠债。

实际上,国内知名快递企业在人才留用方面都在不断努力。

以日前盛传要在美国上市的中通为例,北京中通崇文门网点负责人胡伟新就是一位在中通工作了5年的北大法学院高才生。他在接受本报记者采访时说,之所以留在中通,是因为认同企业的价值观,对企业的影响力、网点实力和盈利模式等也比较认同,而且看到了奋斗目标和前景。据他介绍,中通的很多网点也在探索用股份激励的方式留住员工。

## 新形势,快递员准备好了吗?

作为未来快递业升级的基石,快递员的职业前景如何?企业和行业对此又能有何作为?

据阿里研究院的上述报告,快递站点的基层管理人才严重缺乏,供需不匹配矛盾日益凸显。此外,物流企业还有较多大数据、自动化、智能化领域的人才需求。王文彬认为,中国快递业如今正在且必须加速进入以数据和连接为核心的3.0时代,这些特征将在年轻化、互联网化的快递员身上得到体现。他说,随着快递业的发展,中国快递员有望向美国一样成为体面且受尊重的职业。

说到物流从业人员的前景,缪青表示,国外流行多元化、碎片化和区域化用工。企业在保有核心技能型人才的同时,也临时雇用一些技能水平不高的人员,本地化用工也将逐渐成为趋势。

面对用工形势的变化,快递员也愿意做出改变。上述报告发现,快递员学历以中专/高中/技校学历较为普遍,且比例还在增大,他们的“接受能力非常强,也渴望得到技能的提升。”王文彬称,10年内,快递员会向技术工种过渡,服务意识会更强。

那么,快递员应该提升哪些技能呢?童超说,“服务业的职业教育培训通常包含服务礼仪、专业技能和职业道德三个方面的内容。企业各有侧重。”

作为与快递员接触较多的基层行业协会,对快递员培训有更具体的建议。河北邯郸市快递行业协会秘书长张建文对本报记者说,“企业还应为员工制定长期的职业生涯规划,加强岗前、岗中不同层次和内容的培训,完善薪酬管理体制,将薪酬与技能水平、服务质量和数量、客户评价等要素挂钩。”

实际上,国家邮政局一直在推进邮政行业人才建设工作。“十二五”时期,积极开展了以技能鉴定为检验标准的行业国家职业资格证书制度体系建设,大力推进全国范围的快递从业人员培训工作。目前,国家邮政局已经启动快递员、快件处理员国家职业技能标准编制工作,以期建立完善的“以职业活动为导向、以职业能力为核心”的行业职业技能标准体系。

原刊于《中国邮政快递报》2016 年 7 月 20 日 7 版

# “大数据”下的海事未来

崔乃霞

“过去，每天登轮检查前需要2个多小时手动筛选当天的目标船舶。如今，只需5秒钟即可轻松搞定。”3月15日一早，天津新港海事局港口国监督工作站的PSCO李守超打开平板电脑，登录港口国监督检查决策支持系统，系统自动查找筛选检查目标船舶，高效便捷的信息化系统，让他的工作方式有了新变化。

在这背后是天津港每天上千条的船舶动态数据和与之相匹配的上万条的安全检查记录，由天津海事局自主研发的基于大数据挖掘的“自动选船系统”，该系统一端连着天津港VTS船舶信息服务系统，一端与中国PSC数据中心相连，依据亚太备忘录中目标船选择的标准算法及船舶进出港动态情况，将这两个系统中的海量信息进行有机融合，在极短的时间内，便能根据船舶最近三年的安全检查情况、公司表现、船旗国表现、船级社表现、船龄、船型等因素确定船舶的风险级别，给出天津港靠泊船舶中必查船、可查船的详细信息。

海事大数据的魔力，由此可见一斑。

## 海事大数据　快到库里来

2015年2月4日，由交通运输部海事局自主研发的船舶自动识别系统(简称AIS)信息服务平台正式上线运营。

社会公众可通过平台掌握日均3.5万艘船舶的动态数据，了解船舶交通流密度，并可按需以单船或组合方式查询船舶相关信息，包括船舶实际位置、航速等。同时，平台还集成了船舶劳氏数据信息、港口基本信息、潮汐预测信息、气象信息等综合数据，为用户提供综合服务。这是我国首个免费对外开放的实时查询船舶动态的官方平台，也是海事系统充分利用大数据便民惠民的一项新成果。

这一天的到来,标志着“海事大数据”正式走入了“寻常百姓家”。但对于“海事大数据”的收集整理,却需要追溯到几年前。

为了更好地整合信息资源,让一个个“信息孤岛”互联互通,交通运输部海事局于2011年7月推出了海事系统信息化建设顶层设计。其核心是建设“一系统、两平台”,通过建立“一系统”,即海事两级数据中心,实现对海事管理中各类要素信息的全面实时的采集,对数据进行统一整合与集中管理。

在顶层设计落地过程中,坐落于上海张江高科园区的船舶动态监控中心,也就是海事系统的一级数据中心,在2013年已经汇聚了全国17个业务系统的数据。

据部海事局科信处副处长陈练生介绍,“汇聚的数据不仅有全国船舶、海船船员、船舶检验、船公司等相对静态的信息,还有船舶签证查验等抵离港、船载危险货物,以及船舶安全检查、防污染作业、现场检查、船舶违章、AIS、LRIT等海事安全监管类的动态信息。这些数据现在已经实现了实时更新。举例来说,每天全国约17800艘次的各类船舶进出各个港口,约2678万吨货物通过船舶到港离港装卸,约2300人次海船船员上下船任解职,诸如此类的实时信息,已经尽在我们的掌握之中。”

## 休眠大数据　请你醒过来

海员漂泊在外,“海嫂”通过AIS信息服务平台的实时定位服务,就能准确获取船舶的实时动态,足不出户,就能关注船舶的一举一动。

公司船舶在外,船公司负责人只要坐在办公室里,就可以随时随地掌握公司所属船舶的作业情况,船舶位置、航首向、航迹向、航速、目的港等实时信息一目了然。

船舶在航行过程中,如果突发意外事故或者应急情况,AIS信息服务平台的实时定位和历史轨迹回放等功能,可在事故应急处置、海事调查中大显身手。

……

仅仅一个AIS信息服务平台,就让这一切成为现实。

海事大数据,还能做什么?

被誉为“大数据时代预言家”的维克托教授曾说过：“大数据的真实价值就像漂浮在海洋中的冰山，第一眼只能看到冰山的一角，绝大部分都隐藏在表面之下。”大数据的核心就是预测，它以一种前所未有的方式，通过对海量数据进行分析，获得有巨大价值的产品和服务，或深刻的洞见。

为了继续唤醒“休眠”的海事大数据，从2014年开始，上海海事局船舶动态监控中心试图从不同的主题入手，开展数据挖掘和分析，寻找有价值的资讯和情报。

谈到海事大数据的挖掘，船舶动态监控中心主任萨康明感触良多，“应该讲，在大数据应用方面，我们是没有经验的初学者，只能摸着石头过河。当时，不要说别人，就连我们自己都没有看好自己，也不知道会做出什么样的成绩。但是，大数据的奇妙之处就在于只要你坚持挖，就不断会有惊喜。在这种惊喜的鼓舞下，去年我们一口气做了12个主题的挖掘分析，把沉睡多年的海事业务数据一下子给唤醒了，激活了。我们深入分析了各大港口货物抵离港的情况，意外地发现了煤炭、石油、矿石等大宗货物的进出口大致规律；我们比较了全国沿海船舶数据和船员信息，惊喜地分析出了各个等级、各个类别船员的市场缺口和富余情况；我们罗列了世界各国籍船舶抵离中国港口的数据，分析了全体样本，又搞清了外国籍船舶进出中国水域的总体态势；我们比对了船舶登记和船舶检验的数据，吃惊地发现江苏盐城港居然是全国第一船检大港；我们全样本分析了LRIT（远程跟踪识别）系统和船舶登记系统的数据，又获悉了我国前后居然有数百艘国际航线船舶因各种原因从事国内航线或已转卖他国……现在，我们还不能说这些情报就是巨大宝藏的发现，但确实从数据事实层面颠覆了我们之前的观点或直觉。而且我们相信，这些发现还仅仅是开始，潘多拉盒子才刚刚打开。”

在开展数据挖掘的同时，船舶动态监控中心一直利用大数据资源提供对外数据服务，一是利用数据汇聚形成的主题数据库，为船舶远程电子签证等电子政务应用提供数据校验服务。二是承担“船舶远程识别与跟踪系统（LRIT）国家数据中心”日常工作，利用LRIT数据，为军方、中海集团，以及山东、广东、海南、江苏等地方水上搜救中心提供LRIT船位信息服务。三是应用户需要，完成数据定制服务。2015年，中心先后为黑龙江海事局、江西地方海事局、交通运输部规划院等单位提供了船舶基本信息、证书信息等数据服务。

## 大数据时代　惊喜处处在

2016 年 2 月 26 日，上海海事局与华为技术有限公司在船舶动态监控中心签署了海事系统共享数据库工程项目合同。该海事共享数据库工程将秉承海事数据管理的策略和原则借鉴华为数据管理成功的经验，引进华为的数据管理方法论，以完善海事监管信息采集体系，加强海事信息资源整合，对海事共享数据架构进行统一设计、统一建设，建设全国海事统一的数据平台。

据交通运输部海事局陈爱平局长介绍："开展《海事系统共享数据库建设工程》实施，就是要实现与港航企业、海关、商检、边防等口岸查验单位，最高人民法院、公安部等部委及海军、总参等单位数据共享，促进海事与上述单位的执法互动，提升船舶通航安全水平，推动航运经济复苏，推进社会诚信和信任体系建设，加强国防能力，为"一带一路"经济发展，建设海上强国提供有力的信息支撑。"

一个规模巨大、共享程度高、应用广泛的大数据时代正在开启。随着海事共享数据库工程的启动，彰显了海事系统拥抱开放美好的大数据时代的决心和信心。上海海事局局长陆鼎良断言："在我看来，海事系统共享数据库建设意义深远，影响巨大，它的宝藏无比惊人，关系到海事发展的未来。一旦实现，它无疑会爆发出惊人的能量，将为国家的海洋强国战略和社会经济发展提供超乎想象的推动力。"

当海事拥抱大数据，自身将何去何从？

海事与大数据的深度融合，必将成为海事发展的"最强音"。一方面，大数据将成为未来海事管理的重要"参与者"。不同于当前"经验式"的管理模式，大数据时代的管理思维将基于数据分析后得出的"客观判断"，数据将成为真正科学的"决策人"；另一方面，在海事的社会服务功能上，大数据将打破政府各部门、政府与民众之间的"信息孤岛"，实现数据共享。海事部门掌握的专业、权威信息，对于航运相关从业者来说，都能转化为看得见的财富。不难想象，大数据的应用必将对未来海事的监管模式、服务功能、效率提升等方面带来一场华丽而深刻的变革。

欢迎来到海事大数据时代。在可以预见的将来，大数据的魔力之手，必将改变着我们，并且颠覆着我们。

海事大数据时代，你准备好了吗？

原刊于《中国海事》2016 年第 4 期

# 鲜果版“速度与‘寄’情”,顺丰如何上演?

武文静

5月24日14:28,山东烟台,接单。

5月26日10:00,四川内江,签收。

采摘选果、分装冷处、飞机空运、派送到家……48小时内,一颗颗晶莹剔透的山东大樱桃,就从乡村枝头“飞”到了周女士家的果盘中。而这部速度与“寄”情大戏的主角,正是遍布全国各地的顺丰快递小哥。如今对戏的却不仅是樱桃,草莓、杨梅、蓝莓、荔枝、葡萄等应季水果生鲜你方唱罢我登场。

为了能让各地的“吃货们”第一时间品尝到最新鲜的美味,顺丰快递小哥们也是拼了。继在山东烟台、江苏无锡两地举办“水果寄递行业解决方案发布会”后,顺丰又在深圳掀起了水果行业寄递讨论的热潮,并发布了水果行业寄递标准。“行标”如何炼成?本期样板间为你一探究竟。

## 主打“产地直发+仓干配”

与其他物品寄递不同,水果生鲜对寄递服务的要求更高、更专业。难保存、容损耗的特性,使即便深耕市场多年的冷链物流企业也不敢草率涉足。尽管如此,在巨大的市场份额诱惑下,近年来依然涌现出不少敢于吃螃蟹者,顺丰就是其中之一。

一份来自顺丰方面的资料显示,目前其在全国19个省(区市)共有109个水果项目,其中既有新疆盛产的哈密瓜、葡萄、香梨,又有来自海南的特产芒果、木瓜,涉及的水果品类有很多。而每当提到“寄水果”时,大家首先会想到的是冷链服务,但事实上并不是所有的水果都需要冷藏车、冷仓等冷链配套设施。

“水果品类众多,各自的特点也不尽相同,在运输方面有着差异化的需求。”

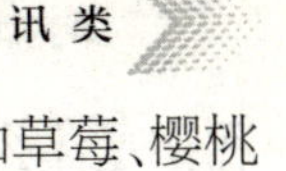

顺丰速运水果寄递项目相关负责人在接受本刊记者采访时说,“比如草莓、樱桃属于冷藏类水果,水蜜桃、杨桃、枇杷属于常温类水果,柚子、西瓜、哈密瓜属于阴凉类。这些不同类型的水果需要对应不同的运输温度,冷藏水果适合0~10℃,常温水果适合0~25℃,阴凉水果适合10~25℃。”

正是由于每种水果对温度、湿度有着不同的需求,顺丰据此将水果寄递分为两种模式:产地直发模式和“仓干配”模式。对此,上述负责人解释道:“不易腐坏的水果采用产地直发模式,在运输方面则以常温为主、冷运为辅,以降低运输成本;对于易腐易坏的水果则采取‘仓干配’模式,实现全程冷链保鲜。”

记者在采访中了解到,在具体操作上,产地直发是寄件人将刚采摘的水果送到顺丰的揽收场地,由收派员立即采用“泡沫箱+冰袋”进行包装,在贴上运单后经冷藏车运输到当地的中转场,然后利用航空运力中转到目的地分拨区,再通过中转发往末端速运网点,最后由收派员将水果派送到收件人的手上。

那么“仓干配”又是怎么一回事?所谓的“仓”就是冷藏仓,“干”就是城市之间的线路,“配”就是到达目的地后配送至消费者手中。在实际操作中,即水果从产地采摘下来后,由产地冷藏仓分拣,经冷藏车专线运送到目的地仓,最后根据客户的派送订单信息采取不同的模式进行配送。比如,在冷运覆盖的城市可以采用“EPP+冰板”进行包装,再通过冷运实现同城配送;在偏远地区或者冷运未覆盖的城市则采用“泡沫箱+冰袋”进行包装,再通过顺丰速运的网络进行末端配送。

“不同运输模式成本也不同,从而会影响水果价格、销售量。产地直发整体配送时效较短,水果品质控制得好,但由于使用的是航空直运,单票运费价格相对高一些;仓干配整体配送时效相对较长,对水果品质控制要求较高,但由于采取了分仓同城配送模式,单票运费价格实惠。”该负责人表示。

因此,产地直发模式适合荔枝、樱桃、杨梅等时令性强,保质期短的水果,特别是在“南果北运、北果南运”中具有明显优势。仓干配模式适用于B端电商平台的大客户,在水果种类方面更适合苹果、橙子等保质期相对长的,可以通过冷藏进行返季销售的水果。

## 五“攻”秘籍,抢占“鲜”机

19个省(区市),109种水果项目,搞定如此分布广、品类多的水果,顺丰的秘诀是什么？或许，顺丰的水果寄递定制化解决方案可以给出答案—“攻异、攻快、攻鲜、攻准、攻优”。

正如前文所提到的，“攻异”是根据不同水果提供不同的寄递模式，在此细分基础上再通过“攻快、攻鲜、攻准、攻优”进行深度拓展。比如，“攻快”“攻鲜”是从时效、包装的角度出发抢占“鲜”机，“攻准”“攻优”更是让水果寄递这项专属服务实现更完美的客户体验。

作为生鲜商品，水果对运输时效有着较高的要求，这也是水果生鲜寄递的一大痛点和难点所在。如何提高时效服务？顺丰速运相关负责人给出了攻“快”三部曲，即多产品、丰富的运力资源以及强大的物流网络，而这在很大程度上得益于顺丰强有力的产品和服务保障体系。

首先，在顺丰所支持的即日、次晨、次日、隔日等各时效系列快递产品的基础上，针对冷藏类水果配以“保鲜服务”。其次，顺丰的全货机、130 个二级中转场、129 个三级中转场，可以为水果寄递提供丰富的运力资源，而覆盖全球 200 多个国家和地区的海外服务网络也是其优势所在。最后，顺丰大网、干线网、冷仓网、城配网、宅配网“五网合一”的优势为水果寄递提供了强大的物流网络支撑。

值得一提的是，目前业内常见的水果包装主要是泡沫箱、冷源、吸水纸、隔板等包材，其好处在于能够便捷有效地防止水果磕碰，并在一定程度上保持了包裹内的温度、湿度。而除了这些最基本的包装外，顺丰还推出了一款秘密武器—“EPP 循环保温箱”，因通体黑色而得名“大黑箱”。

其貌不扬的“大黑箱”采用的是可降解的食品级 PP 材料。在箱体内还配备有一蓝一白两种类型的冰板。24 小时内，白色冰板可以将箱体内的温度保持在 2℃ ~10℃，蓝色冷冻冰板可以让箱体内的温度保持在 -8℃ ~0℃。据了解，这批箱子将会在同城配送中投入使用，保证水果在“最后一公里”中的新鲜。同时，快递员送件后会将箱子回收重复循环使用，以减少快递垃圾的产生。

## 还有新招可以炼？

“顺丰水果寄递能做到这样并不稀奇，其实顺丰只是在高端服务平台上搭建出了一个冷链的分支。”国邮智库专家、永驿物联智库负责人邵钟林在接受本刊记者采访时说。在他看来,顺丰现在所做的,正是今年年初政府工作报告中所提到的,“提高生产性服务业专业化、生活性服务业精细化水平”。

邵钟林认为,顺丰除了做电商高端产品外,还在探索如何做好供应链服务,比如走农业、制造业专业化服务道路。那么,未来顺丰在水果寄递方面还有哪些新规划?对此,顺丰速运水果寄递项目相关负责人指出,要在物流服务的基础上,提供推广、销售、金融等多方面的服务。比如,在推广方面,可以充分利用顺丰会员平台、官方微信、顺丰官网、支付宝服务窗等资源,实现需求客户的精准锁定,为合作伙伴提供推广支持。在销售方面,线上线下相结合助力销售等。

此外,在金融方面,顺丰将提供覆盖种植、生产、销售、运输的全程资金保障。其中,信用贷主要有两类,一是基于果农和果商与顺丰的合作关系,提供小额的信用贷款;二是基于果商与顺丰合作的交易历史,提供5万~150万元的信用贷款。订单贷主要是基于上游供应商的采购订单,提供一定比例的融资,用于订单向下的商品采购。

既有宏观蓝图,又有细节剖析,顺丰水果寄递样板,是否可以被其他快递企业所复制?

“可以效仿,但要想真正做到顺丰这个程度还将面临很多考验。”业内人士指出,毕竟顺丰拥有的是完整的网络布局、严格的质量管控及灵敏的控制系统,特别是水果寄递,不仅管理难度大,而且各项标准和技术的要求也非常高。最关键的是,顺丰目前已经打下了良好的冷藏基础,而这些基础性冷藏设备的投入是整体性、系统性的,如此成本支出并不是一个小数目。这些都将是其他快递企业复制顺丰水果寄递样板所面临的难题。

“快递业是代替传统流通方式、刺激消费升级的现代产业,这也是未来快递业发展的方向—为生产服务的要做到专业化,为民生服务的要精准化。顺丰水果寄递样板值得我们探究。”邵钟林说。

## 记者手记

### 突破“两个一公里”是关键

就快递领域而言,我们的关注点往往集中在“最后一公里”上。而作为损耗率偏高的农产品，水果寄递的"最先一公里"更不容小觑。可以说，"最先一公里"和"最后一公里"是做好水果生鲜寄递的关键所在。顺丰水果寄递样板是如何保障"两个一公里"的？

在"最先一公里"方面，不论采取何种模式，顺丰都是从源头做起，而且在水果的挑选标准以及包装设计等方面进行了完善。

比如，顺丰在大樱桃的选果上就有着严格的要求，每一个分拣员都有一把樱桃专用"卡尺"，上面分布着8个大小不同的孔洞，分拣员会根据要求淘汰掉尺寸太小的樱桃，颜色差异较大、畸形生长的也在被淘汰之列。当樱桃包装好后等待装车之前，相关人员将樱桃暂存在特制冷藏笼车内，保证樱桃运输的全程冷链不间断。

此外，在水果项目的合作和推进方面，对一些典型产源产地、地方政府级的产经类项目的合作，顺丰的定位为互利共赢。在发运前顺丰会举行合作产品的推介会，通过宣讲水果运输的新模式来提高客户的满意度。

在"最后一公里"方面，作为冷链领域的一个细分市场，顺丰水果寄递与冷链物流企业最大的不同在于冷链物流提供的是港到港的服务，而快递提供的是门到门的服务，一个点状运输，一个网状运输。

顺丰通过冷运到家、冷运到店，依托自有庞大的地面配送队伍来实现上门派件，而所要实现的目标是"稳定、准时派送"。因为喜欢网购水果的客户大多白天上班，那么在末端派送中顺丰庞大的合作便利店、嘿客店、收件箱等网络资源，能在很大程度上为客户及时派送。此外，"大黑箱"这样的技术创新，更为水果"最后一公里"的新鲜配送提供了保障。

做好"两个一公里"，不同种类水果选择不同的运输方式、包装方式，让更多新鲜美味的水果实现从枝头到舌尖的"速度与'寄'情"。

原刊于《快递》2016年第6期

# 运力“零供给增长”能否实现

胥苗苗

日前,波罗的海国际航运理事会发布了其最新市场分析。面对赤字运营一片哀号的散货船市场,BIMCO总裁开出了一剂药方,声称想要平衡市场就得报废旧船,接受零订单,强硬的可持续措施才可能在2019年前把干散货市场拉回盈利状态。在运力过剩的大环境下,加大拆船力度和抑制新船建造的确对加速市场复苏能起到良效,但在具体操作层面市场是否真能如期所愿?

## 良方?苦方?

摩根大通在最新出版的一份报告中指出:“2016年国际干散货市场将会比2015年更糟糕”。将全球干散货市场衰退的主要原因归结于中国经济的增速放缓。报告认为,在过去许多年里,全球干散货市场的繁荣很大程度上依赖中国对铁矿石、煤炭等大宗商品的大规模进口。如今面对市场需求减少,矿业公司可能通过抑制供给、降低产量,来应对经济增长放缓。摩根大通预计,中国的经济模式将逐步从过去多年来的投资型经济模式逐步转变为消费型经济,这个重要的转型意味着中国将会降低更多的钢产量,减少更多的煤消耗以及铁矿石使用量。

目前,散货船市场仍然处在一个持续低迷的时期。BIMCO上海中心主任庄炜表示,2016年,实体经济主要几个大的经济区仍然是一个不确定的状态,尽管美国经济复苏势头比较明显,但美国又面临大选,很多经济政策都处在一个尾声和观望的不明朗状态;欧盟经济复苏乏力,再加上饱受难民以及恐怖袭击的威胁;日本经济陷入技术性衰退。新兴市场国家经济增长放缓,尽管印度经济增长预期达到7.5%,但前两月卢布贬值超预期。国际货币基金组织1月份下调今年全球经济预期增幅至3.4%,其中中国经济增速或降至6.3%,明年为6%。中国经济正处于再平衡进程中,虽然总体平稳发展,但仍面临较大下行压力。中国供给侧改革意味着传统的依靠资源投入刺激经济的时代已经过去,经济增长动力将发生转变,预计2016年中国商品需求仍难以出现大幅启动,大宗商品价格将呈现探底为主的行情。另外,我们对由主要经济体引擎所驱动的国际贸易的流量需求也十分疲软,所以这个根本问题仍然没有得到有效解决。尽管最近一段时间BDI指数有所回升,但是这个回升仅仅是一个间歇性的,并不是它的供需状况得到了根本性的解决,船舶运力过剩的情况仍然比较严重。来自中国船舶工业经济研究中心的数据显示,2016年,全球船队运力过剩仍超过20%,其中散货船船队过剩率为26%,集装箱船过剩率为17%,油船过剩率为24%。可见,运力的消化可能仍然旷日持久。

日前,在希腊举行的航运与资本论坛上,很多业内资深人士纷纷献计献策,大家一致认为,想要挽救如今这个悲催的航运市场,拆船、限制新订单、减速航行、闲置船舶,一个都不能少。正是基于这样的基础,庄炜表示,BIMCO才呼吁船东尤其是船公司一方面要减缓建造船舶的速度,另一方面要加速报废旧船。拆解旧船且停造新船才能使干散货航运市场最快恢复。正如BIMCO主席Philippe Louis－Dreyfus对干散货市场提出的“复兴之路”中谈到,干散货市场有望于2019年重新获利,前提是船东年复一年坚持实施一系列极其强硬的措施,那就是“零供给增长”方案,要求船东每年在新造船的同时,从已有船队拆解相应运力,保持供给量中和。这是一剂良药,亦是一剂苦药,不好下咽,但要想恢复活力,又必须吃下去。然而,保持零增长,就要求市场主体都保持冷静,而市场博弈能否实现这种理智平衡,行业能否吞下、如何吞下这一剂苦药?

## 理性向左,市场向右

航运市场是一个国际化程度很高的市场,也是一个在全球经济一体化中非常典型的一个细分市场。航运市场的特性是一荣俱荣、一损俱损,一旦航运市场出了问题,造船业、金融业等都不能幸免,都会遭受严重损失。因此,如何能做到共进退是一件很难掌控的事情。

当前,全球运力过剩,拆旧船和抑制造新船都是缓解运力过剩的良策,关键在于如何把握好市场的平衡。对此,庄炜表示,对于业内人士大力倡导的拆船,我们可以看到的确存在有的船东愿意拆,有的不愿意拆的状况,因为每个航运公司都有各种不同的考量,但是总的来说都会根据自己船队的结构情况,基于自己对未来航运市场走势的判断之上,看看是否到了必须要拆的地步。而有些愿意拆船的船东也可能是因为有些区域有一些拆船优惠政策,例如拆船补贴等。因此,左右船东到底要不要提前报废拆船是有很多因素掺杂在一起的。我们呼吁大家拆船没有强制性,这个完全取决于船东自己的意愿,由船东自己决定。但是有一点值得注意的是,2007 年签署了国际拆船公约——香港公约,但是到目前为止这个公约还没有达到生效的要件。于是,对于拆船和环保的意识很强的一些区域比如欧盟,他们打算采取单边行动,对所有进出欧盟商港的商船征收拆船费用,甚至要求船上所有有毒有害物质要列出清单。对此,大家比较担忧。一致认为最佳的方案是能在 IMO 的平台上出台一个国际规则,但如果 IMO 方面的进展比较缓慢,那么这种单边行为很可能会从另一方面刺激或者引导船东做出拆船的商业决定。但是客观上来看,每个船东更多还是会基于自己的利益以及未来的发展做出决定。

抑制船东建造新船也并不是说不要去建造新船,因为船厂也需要一定的订单量来维持经营。庄炜表示,BIMCO 提出尽可能不去建造新船更多的是站在船东行业协会的角度来提出的倡导,事实上我们一直也在强调船厂、船东这两者之间是一种唇齿相依的关系。从根本上来说,这并不是我们的初衷,我们希望造船和航运之间可以实现一种良性互动,螺旋上升的态势。但是要实现这一点的确很难。虽然我们提出造船要零增长,这种零增长更多是新造船量和拆船量之间的一个比例而言。但事实上,零增长造船是比较理想化的一种状态,也是不可能的一种状态。

国际航运市场是一个高度竞争的市场,而且这个市场的国际化程度和透明度相对比较高。换句话说,只要有钱都可以做航运。庄炜表示,对于行业外涌进来的热钱延迟航运复苏的情况可以说是防不胜防,也没办法阻止。这也是为什么之前有航运专家分析并得出了一个航运周期大概是 7 ~ 8 年的结论,但是这次我们并没有看到。当然这其中有很多原因,但是其中有一个很重要的因素就是热钱的涌入延迟了整个航运市场复苏的时间。这些热钱可能是一些私募基金，华尔街私募股权投资（PE）等，这个状况之前的确有发生，也确实造成了航运市场复苏延缓的后果。我们可以看到，前一波为了抄底进来的热钱，由于之前分析的市场乐观状况并没有出现，一些有着强大资本的公司纷纷把之前订造的船舶要么卖掉了，要么整体撤出了市场，赔进去了很多钱，可以说已经得到了血淋淋的教训。尽管如此，未来仍然也不排除会有这样的情况，比如像国内的融资租赁机构，还有像希腊、华尔街投资的基金，他们很有可能会选择在某个时段重新进入这个领域。值得一提的是，他们也可以称之为船东，但他们考量的点可能有别于传统船东，他们可能更多的关注点会放在对资产和资本的安全性方面，而不是如何去营运这些船舶。有金融背景的投资人需要有人帮他们去管理和运营这些船舶，至少需要把这些船作为资产从而确保它的安全性。但是问题在于，如果整个市场环境没有一个大的起色，即使是投资和所谓的“抄底”最终也可能难逃亏损的结果。

## 救市，就是救自己

有人说，航运市场正经历着几十年不遇的危机。就目前的航运市场而言，运力供给已经超过需求的30%，几年之内不造船，运力仍旧严重过剩。在这种情况下，有专家提出，救市，就是救自己。

目前，业界普遍认为救市当下就是解决运力过剩，主要办法就是拆解老旧船和抑制新造船。就中国而言，拥有老龄船舶数量在航运国家中排名靠前，超过23年的老龄散货船，在很多中国船东的船队中，占有相当大的比例，这些老龄船，航速低、油耗高、载重量小、维护保养难度大，它们的存在，严重拖累了干散货市场的正常恢复。此外，庄炜谈到，现在整个外部环境包括IMO及其他比如美国、欧盟甚至包括中国在内的国家都非常注重低碳减排，对船舶、航运能够更好地解决环境问题都变得更加重视。像中国的渤海湾、长三角、珠三角，我们之前也颁布了中国自己的排放控制规则，这些政策的推动实际上和全球对环境保护的重视密不可分。航运业本身也面临着如何更绿色的问题，因此，加速船舶的拆解实际上起到了一箭双雕的功效。一方面，拆解一些能效不高的船舶，可以有效解决现有市场中运力过多的问题，另一方面，拆解了这些能效低的船舶，尤其是对于一些较大的船东，对他们船队未来的营运状态，包括能效、管理

等都将得到一个大的改善。

专家呼吁，船东们应该立刻行动起来，拆解老旧船舶，把市场份额让给新造船舶，延长老旧船舶的使用寿命是非常不明智的做法，只能使市场变得更差，使自己的损失变得更大。船东们应该清醒地认识到，船东主动救市场，市场才会救船东，不要指望市场的自行恢复，不从根本上解决运力过剩问题，市场是不会好转的。当然，如果只有几家船东拆解老龄船，对市场的影响是杯水车薪，非常有限，但如果所有船东都行动起来，对市场的影响将是巨大的，效益将是显著的。

除了拆解旧船，抑制建造新船也是重点。如果还是继续建造大量新船，估计五年内整体市场都很难复苏。庄炜表示，我们已经看到市场的反应是很敏锐的，尤其是从今年年初到现在，干散货船新订单可以说微乎其微，也就是说大家已经意识到了这个问题的严峻性。甚至有些船东在这个过程中把原来的散货船改成了油船，俗称散改油。这也是一个比较好的方向，尤其是对解决干散货船的运力过剩是有好处的。前段时间，地中海航运宣布暂停造船，主要是基于当前的市场形势考虑，担心造船会对未来市场造成打压，投资未必能取得好的效果，这也是一个明智的考虑和做法。

一般来说，航运市场的复苏可能需要三到五年的时间。但前提是，须保持当前的运力规模。因此，许多业内人士认为，这场旷日持久危机的形成，与投资者的投机心理是分不开的。在这种情况下，如果投资者还想抄底造船，那就又是一次投机，一方面会加剧航运市场整体恶化，另一方面也将会再次遭受严重亏损。因此，专家建议，如果没有特别的需要，相关投资者不要以投机的心理再去建造新船，一定要给市场一个喘息的机会。

中国有句老话：“善弈者谋势，不善弈者谋子。”航运产业链上的各相关方都应该从大局考虑，积极培育市场。只有市场恢复了平衡，整个市场好起来了，投资才有价值，一切也才有意义。

原刊于《中国船检》2016 年第 8 期

# 特殊的除夕速递

赵　超

除夕,凌晨6点半,跑农村客车运输的李应全开着从仙桃胡场镇到汉七村的第一班车出发了。

5分钟时间不到,就经过镇上的集贸市场,打开车门,上来3个拎满鲜肉和蔬菜的中年妇女,一路向前弯过街角,进入狭长的村间水泥路,田间两侧种满了油菜,雾气还没有完全退去。

2014年初,李应全没有再选择南下打工,而是留在了家里,自己利用会开大车的优势,谋到了跑农村客运这个活,这条从胡场镇到汉七村的路线将近20公里左右,每趟要花近半个小时,村里的大部分人都熟络了。

"今天除夕,孩子的妈妈一个人在家里忙活,为全家准备年夜饭。"李应全边开车边打趣地说,"下午估计就没什么乘客了,说不定可以早点回家吃团圆饭"。

上午10点左右,汉七老农郑松打来了电话,郑松告诉李应全,自己的儿子长年在外打工,好不容易买到了火车票赶回家吃个团圆饭,会坐3路公汽到胡场,然后从胡场转车回汉七,时间大概在下午2点左右,"郑松是我跑客运认识的,他喜欢坐我的车,看来家里的年饭得推迟了。"李应全说着,拿起手机给老婆拨了个电话,将年饭定在了下午4点。

伴随着乡间小路上噼里啪啦的鞭炮声,李应全赶在下午1点40分将车停在了镇上的客运中心等待,20分钟过去了,仍然没见郑松的儿子来,他再一次拨通了电话,得知郑松的儿子在武汉转车过程中晚点了,他点上一支烟开始抽起来,"还好下午没什么赶集的人,可以耐心等待"。

终于在一个小时后,李应全将郑松的儿子接上了车。按照这里的年俗,住在一起的亲戚喜欢轮流到各家吃年饭,李应全载着车上的唯一一人,速度开到了60公里/时,向郑松家里赶,希望能给这一家人更多的团聚时间。

25分钟不到,郑松一家团聚在一起。李应全在谢绝了吃饭的邀请后,将车打上火,准备返回。“李师傅,求你个事情,我隔壁的张大爷腿脚不好,你方便给他带些鲜肉和鱼蛋回来吗?你有车快”。

说话的是自己的好友赵琪,近400多天穿梭在汉七村,张大爷的情况李应全了解,由于老伴不在了,自己一个人生活,加之行动不便,这年也过得越来越不像年了。

李应全二话没说,踩上油门就出发了,“估计家里的年饭又得推迟了”李应全笑着再一次拨通了老婆的电话,告诉家里人已经上蒸笼的饭菜慢慢加火,自己可能下午6点才能回家。电话那头也传来了埋怨声。

李应全只是告诉老婆,说工作上有重要的事情,没有过多去解释。

车很快到了镇上的集贸市场,大多商贩已经收摊吃年饭去了,李应全搜遍了各个角落,幸好还有零星的几个摊主,在简单讨价还价后,李应全迅速买到3条鱼,2斤肉和一些香菇。

打好包,发动车,李应全迅速将车开到了汉七村张大爷家。接过肉和菜,张大爷感动得说不出话来。

暮色已经降临,李应全回到家已经是下午6点,儿子、女儿和老婆看见李应全回来,麻利地将菜端上来,放炮,敬神,开饭。

原刊于《湖北交通报》2015年3月2日第8期

# 品味一条有品位的路

## ——赤水河谷旅游公路建设纪实

萧子静　刘叶琳　郑　洋

2016 年 4 月底，赤水河谷旅游公路全线完工。在赤水河顺流而下的东岸，一条线形优美的二级路、一条婉转多情的自行车道并肩而行、相依相偎，形成了一道最美的风景线。

这条以“贵州第一、中国一流、世界知名”为定位的旅游公路，一端连着中国第一酒镇茅台镇，另一端连着世界自然遗产丹霞地貌赤水市，中间串起四渡赤水红色文化、国酒文化、巴国文化、盐运文化、考古文化等，是一条美丽的旅游文化长廊。

这条路是贵州省探索“交通＋生态旅游”的新途径，是老区精准脱贫的新思路。

横断山，路难行。
敌重兵，压黔境。
战士双脚走天下，
四渡赤水出奇兵。
——《四渡赤水出奇兵》

“长征是独一无二的，长征是无与伦比的。而四渡赤水又是长征史上最光彩神奇的篇章。”美国作家哈里森·索尔兹伯里这样写道。

“四渡赤水”发生在习水县。当年战士“双脚走”过的赤水河沿线，如今已成为了景点密集的著名风景名胜区。红色文化已经成为习水市的一张旅游名片。

赤水河沿线地区资源禀赋、环境优美、文化繁荣，这里不仅是中国红色文化精神圣地,同时还是世界自然文化遗产旅游地、中国山水康养旅游胜地、中国酒文化旅游区等。

如今,赤水河沿线一些县市农民的生活水平依然较低。由于路况不好,运输只能依靠摩托车或者是赤水河上的小船,运输效率低下,物资进不来,产品出不去。赤水市、习水县仍位于乌蒙山集中连片特殊困难地区,百姓脱贫致富的需求依然强烈。

遵义市委、市政府和贵州省交通运输厅联合酝酿提出了打造赤水河流域“四河四带”的战略部署,以生态河、美景河、美酒河、英雄河,特色产业带、生态文化旅游带、美丽乡村带、绿色城镇带为抓手,以交通为引领,启动实施赤水河谷旅游公路项目建设。

赤水河谷旅游公路起于仁怀市茅台镇,途经习水县土城镇,止于赤水市区,其中机动车道主线全长153.6公里,自行车道慢行系统154.3公里,沿线经过了12个乡镇。主线分别由G212、S303和G546组成,采用设计时速40公里、路基宽度8.5米的二级公路标准,给当地老百姓提供了一条致富小康路,给全国游客提供了一条生态旅游路。

赤水河谷旅游公路是全国第一条河谷旅游公路,第一条服务完善的快慢综合交通旅游廊道。该段公路把赤水河谷的旅游资源集聚起来,把景区变成旅游休闲度假胜地,形成“快进慢游”的旅游格局。

“深入推进精准扶贫精准脱贫,交通是基础和先导。贵州省交通运输厅坚持以大交通推动大开放、大发展,助力大扶贫、大旅游,推动贵州省建设成国内一流、世界知名的山地旅游目的地和山地旅游大省。”贵州省交通运输厅厅长王秉清说。

## 省地共建　打造高品质旅游路

“提到修路,老百姓都很支持,但是当修路真的需要征用自己赖以为生的土地时,也会犯难。不让种地,吃啥?房子扒掉,住啥?”习水县淋滩村支书王盛仲说,“村支两委都没闲着,每天向村民们解释征地拆迁、生态安置的政策,当老百姓了解了修路对全村人以及子孙后代的重要意义后,都表示愿意配合征迁工作。”

贵州省交通运输厅及时调整项目建设规划，将构成赤水河谷旅游公路项目的G212、S303和G546的相关路段纳入了2016年全省普通国省干线公路建设计划给予资金支持。

遵义市委、市政府为强化统筹调度、有效推进项目建设，成立了由市长任组长的建设工作领导小组，对项目建设和协调服务工作进行全方位统筹管理。遵义市交通运输局作为执行单位，接受任务后快速反应，成立了遵义交通旅游投资(集团)有限责任公司(以下简称遵义交旅集团)，作为业主开展项目策划、勘察设计、资金筹措、招标投标等前期工作。

项目涉及的仁怀市、习水县和赤水市三县(市)政府思想高度统一，组织沿线12个乡镇全力配合旅游公路建设，在要求的时间内快速、平稳、妥善地完成了征地拆迁工作，并对沿线风貌整治和景观改造进行了同步提升。

在各方的通力配合下，赤水河谷旅游公路项目于2015年1月25日开工建设，经过15个月的艰苦奋战全线贯通。除了红色沥青自行车道、黑色沥青机动车道外，还有23个观景台、12个驿站、26个露营地、1个直升机停机坪、162座桥梁和2座隧道。

“我参与公路建设30多年，从未见过哪个项目像这样快速、高效。”遵义交旅集团赤水河谷旅游公路建设办主任原松说。

## 路在景中　景在路上

“在赤水河谷旅游公路建设过程中，风景园林专业人员全程参与选线、工程设计和建设过程管理，并且能够主导规划方案，保证旅游公路融入自然景观，并且成河谷风景中与赤水河并驾齐驱的全新景观元素。”5月4日，遵义市交通运输局副局长冯长林在土城向笔者介绍。

路在景中，景在路上，路景相融，相得益彰。赤水河谷旅游公路的把赤水河流域优美生态、旅游景点、历史古迹、文化热点串联在一起，探索了旅游公路设计的新思路。

在赤水河谷旅游公路的设计过程中，黑色机动车主线、红色自行车慢行线和绿色河道三者高低错落，相互呼应，形成了一条三色彩带，成为了在赤水河谷的一条亮丽风景线。人们在风景中穿行，路已经不仅仅是通往观景的通道，更是赤水河谷风景重要的组成部分。

在建设过程中，为慢行系统重新修路建桥并不是新鲜事。为了降低凿石开山对于赤水河谷景观的破坏，取得最佳景观效果，慢行系统在猴子岩为自行车道单独修建桥梁，此举不仅有效保护了原始竹林的生态环境，还实现了游客从空中穿过竹林，竹子枝繁叶茂，为骑行者遮阳避雨，形成了天然屏障。慢行于竹林胜景，两侧悬崖峭壁，脚下赤水淙淙，空气清新、视野开阔，游客获得了极佳旅行体验的同时，也保护了原有的河道生态环境。

道路红线范围内原有的植被和景观资源被最大限度地保护和利用。赤水河谷沿线生态环境极佳，拥有大量古树名木、溪流瀑布和岩石滩涂。建设单位充分利用这些景观元素，将其整合在公路的景观体系之内。九龙屯驿站建筑和大榕树互相映衬，古迹驿站与巨石、古树相映成趣。驿站景观除了建筑和自然美之外，获得了历史感和体验感。

“从新石器时代、商周、秦汉时期，一直到明清时代，各个历史断代的文物古迹都有发现，体现了赤水河流域的历史厚重感。交通运输部门在旅游公路修建中注重设计改线避让古迹遗址，通过文物部门挖掘抢救保护沿线文物，搭建展棚合理利用文物元素，增加古今对话，游客自然会停下来，从美景赏玩中一头扎进绵延千年的历史深处。”在福禄台驿站旁边发掘的古遗址现场，贵州省文物考古研究所研究二室副主任张改课赞叹不已。

## 交通+特色产业　构建贵州大旅游格局

茅台镇位于仁怀市赤水河畔，是川黔水陆交通的咽喉要地，也是国酒茅台的产地。茅台镇共有大大小小酒厂几百家，酿酒业已经成为茅台镇传统的几大支柱产业之一。赤水河谷旅游公路仁怀段周边配套设施完善，酒吧、酒文化主题酒店、白酒博物馆等一应俱全，为游客提供一个多角度、多层面了解酒文化的平台。

赤水丹霞地貌，以其艳丽鲜红的丹霞赤壁，拔地而起的孤峰窄脊，仪态万千的奇山异石，巨大的岩廊洞穴和优美的丹霞峡谷与绿色森林、飞瀑流泉相映成趣。另外，赤水市还享有“千瀑之市”“丹霞之冠”“竹子之乡”“桫椤王国”的美誉。赤水河谷旅游公路的建成给这片神秘的红色山谷增添了无限生机。

茅台和赤水，分别位于赤水河谷旅游公路的一头和一尾，这条三色丝带，串起了贵州省最美的河谷旅游区、繁荣的红色文化、瑰丽多彩的酒文化，是一条当之无愧的历史文化长廊。

“路不好时，我们出去卖东西经常被人欺负，白天基本没人来买，到了傍晚，很多人会来杀价，低价买走我们的柚子，因为顾客知道我们坐船来，傍晚再卖不掉也不方便再运回去，一定会打折促销的。”王盛仲说。淋滩村主要种植柚子和甘蔗，来回运输主要靠赤水河上的小船。

现在路改造拓宽了，而且淋滩的柚子和甘蔗品质优良，镇上和县里很多商家开着车找上门来采购。

“这条旅游公路是一条致富路、健康路、文明路、亲情路。”赤水市元厚镇镇长雷小容自豪地说，“原来镇上的居民晚饭后都会打打小麻将。如今，麻将桌上人少了，红色自行车道上的人多了，一家人骑上租来的4轮自行车，边聊天边锻炼身体，家人之间的沟通多了，欢笑多了。”

“‘让游客留下来’是修建赤水河谷旅游公路建设的一个重要目的，也符合沿线地方政府和老百姓的期盼，因为只有游客能够与美景亲密接触，增强深度体验感，沿线老百姓才能获得更大的实惠，分享旅游公路建设带来的红利。”冯长林说。

“路、景、产”三位一体，实现交通供给侧改革新突破。赤水河谷旅游公路项目要求转变和提升原来公路建设的理念，将公路建设充分与沿线产业开发、城镇化建设、扶贫开发、生态文明建设等有机结合，将旅游公路、旅游景点、风景名胜、沿线产业作为一个完整的旅游景区来打造。努力实现交通基础设施从单纯满足出行功能向交通、生态、文化传播、旅游、消费等复合功能转变。

赤水河谷旅游公路建设是贵州省“公路+生态旅游”建设模式的新尝试，不仅能够满足游客多层次出行需求，提高游客的舒适度、满意度，还能够增加沿线工业及农业产品的附加值，引领区域供给侧改革，转变沿线群众的生活方式，实现全民参与、全民收益的目的。

这条旅游公路是贵州省构建大旅游交通格局的重要举措。据了解，目前，贵州省高速公路已连接70多个国家级、省级风景名胜区，所有的5A级和主要的4A、3A级景区可以实现30分钟上高速公路；二级以上普通国省干线公路覆

盖46个旅游景区;水运交通逐步连接42个风景名胜区。贵州省大旅游格局已初具规模。

“这条路太美了!”从2014年10月以来,交通运输部科学研究院景观研究部总工程师王萌萌一直将心血扑在赤水河谷旅游公路上,看到这条梦想之路变成现实,她心里无比激动:“在总体设计时集合了多部门参与,大家不断碰撞思想,将旅游、环保、航运、绿化、农业、文物、产业布局、服务设施等因素细化统筹,在设计之初就在驿站节点安排、慢行系统的走势选择等方面综合统筹,充分尊重人性化需求,融入了大数据智慧系统,做到底线可控,确实是难得的交通作品,值得每个人去走一走。”

原刊于《贵州交通》2016年第2期

# 四十三年坚守初心　一生平凡更显厚重

## ——上海中远海运退休党员潘永华追记

李　琳

**编者按：**

1947年7月出生的潘永华于1973年6月加入中国共产党，党龄43年。自1968年12月参加工作起一直服务于原上海海运局系统内单位，直至2007年7月退休。今年7月6日，潘永华因病与世长辞，享年69岁。去世后，他的妻儿代他向党组织上交了最后一笔2万元的特殊党费。

2万元在今天并不是一笔巨款，但对于一位已经退休近10年的老同志及其家庭来讲绝不是一个小数目。潘永华到底是怎样的一个人，他为什么会有交特殊党费的想法？通过对潘永华遗孀和儿子，以及其生前同事和退休第四支部老同志的采访，我们看到这样一个潘永华：一个平凡人，一名普普通通的共产党员，从入党那天起，共产党员就是他的身份、他的自觉，他始终坚守的就是对党那份质朴的感情，并以缴纳特殊党费的方式最后一次履行了他向党做出的承诺。作为丈夫、父亲、老领导、老同事、老邻居，他留给大家一个好人的背影；作为中远海运近5万名党员中的一员，他留给我们的是如何做一名合格党员的思考。当前，集团全系统正在按照中央统一部署深入开展"两学一做"学习教育，我们每位党员同志都要对照"四讲四有"标准，静下心来想想这个问题："我是谁，是一个什么样的人？"

"我是谁，是一个什么样的人？"如今，潘永华已不能再考虑这个问题了。然而，那些曾经的"战友"、相濡以沫的妻子和他割舍不下的晚辈们都在替他思考这个问题：老潘，老头，爸爸，你究竟是一个怎样的人？这2万元特殊党费的背

后，又有着怎样的故事和意义。

## 于公于私，他甘于奉献

潘永华家中简朴而整洁，各种老式家具已显陈旧。尚没有从悲痛中走出来的妻子池继东面色略憔悴，行动看似有所不便，但她仍挤出笑容招呼我们进屋。交谈才开始，池继东就开始低声抽泣："这么多年，他就是家里的一片天和顶梁柱。他走了，对我来说就像天塌下一样……"原来，1984年，池继东经历了一次严重工伤，右腿高位截肢，30年来，潘永华就像是她的拐杖，两人相敬如宾。由于腿脚不便，他们俩的活动范围，通常就是在小区里，邻里街坊看到他们互相搀扶，都羡慕他们老两口感情好。

潘永华生活非常节俭，从他们结婚开始，记账的习惯一直坚持到现在。"他出门几乎不打出租车，都是乘坐公共交通；自己一个人的时候，打发一顿饭不会超过十元。但只要有其他人和他在一起吃饭，都不会是这个样子。他对自己太苛刻，而对别人很慷慨。"池继东说。

据潘永华生前的同事和退休后的老同志说，妻子重伤的事情他在外一般不提起，也几乎没有因为家庭的重担影响过工作。潘永华在原上海海运局船舶污水处理厂（简称"原污水厂"）担任党总支书记期间，他为公司营造出了"家"的文化。原污水厂总经理葛文华说："他和我搭档班子期间，整个厂就像一家人一样。"这与他每天下午下班前坚持去每个车间、每个部门"遛弯"分不开。这么多年后，这些曾经的"老战友"依然记得老书记的这个工作习惯，就是工作再忙、家中即使有事，他也每天坚持与员工们聊聊工作、话话家常，及时了解他们的思想动态。

## 不骄不躁，他一生低调务实

为人低调、默默无闻、做事沉稳，是身边人对潘永华最多的评价。刚参加工作时，他是原上海海运局通导公司的一名报务员。潘永华的老领导、现已90多岁的王庆忠对他印象极为深刻，他说："小潘在军工路电台做报务员时表现出色，为人低调，踏实肯干，默默无闻，连续好多年被评选为先进工作者。"原污水厂党办副主任戎翊民说："潘书记平易近人，书记所负责的各项工作都做得非常好，他在污水厂任职期间，我们厂被评为2004—2007年度上海市劳模集体。”

葛文华与潘永华在污水厂原领导班子里搭档了4个年头，他说：“老潘刚来的时候，厂里经济非常困难，而我，总经理和书记的工作一肩挑，分身乏术，幸好老潘来了，他为我分担了相当多的工作，我治外、他治内，我们配合得非常默契。”特别值得一提的是当时员工们的工资和奖金考核工作，考核由书记负责。在每月召开考核大会前，潘永华都提前去基层车间和部门调研考核，加之他每天下班前的“遛弯”，他掌握的情况基本能确保公平公正，因而几年来，该厂从未因奖金发放问题出过状况。“我总觉得我们的考核工作比别的单位顺利多了，其实就是老潘的工作做得细。”葛文华说，“正是因为他治内有方，让我全身心外拓业务，班子齐心合力，通过2002—2005年3年的努力，我们拿下了一个食用原料油在厂码头装卸作业的项目。直至今日，这个项目依然运作良好，为单位带来了可观的经济效益。”

“尽管有着丰富工作经验和长期在多个单位担任‘一把手’的工作经历，但是潘永华仍旧低调做人、务实干事，为人十分朴素，为群众服务的意识和深入基层工作的作风，使他与车间一线的员工们走得很近，员工的稳定工作得到加强，凝聚力显著提升，厂的效益也逐渐转好。”曾同在污水厂工作的安保部主任马鹏林补充道。

## 慎言慎行，他始终自觉自律

因潘永华任职期间，原污水厂的经济形势严峻，因此，厂里不放过每艘油轮洗舱后留下的污油的回收处理，因为这或多或少也能为公司产出一定的效益。污油处理在当时是非常热门的，特别受一些个体户的欢迎，但随之而来的是较大的腐败风险。污水厂随即成立了监管小组，由党总支书记潘永华担任组长。他每次都带着监管小组成员亲赴各个污油处理厂调研，确保这些单位有能力处理污油，并公开调查结果，对符合油污处理标准的单位，他们将一批次的污油平分给他们。那些年里，污水厂从未出现过任何腐败事件。

不仅在工作中如此，在家中的潘永华也谨言慎行。被问及在家中是否曾经常与父亲探讨工作时，儿子潘奕（医科毕业后应聘进入海员医院工作）说：“工作上的事，我们交流得其实并不多，我后来曾在上海海运组织人事部工作过，有关

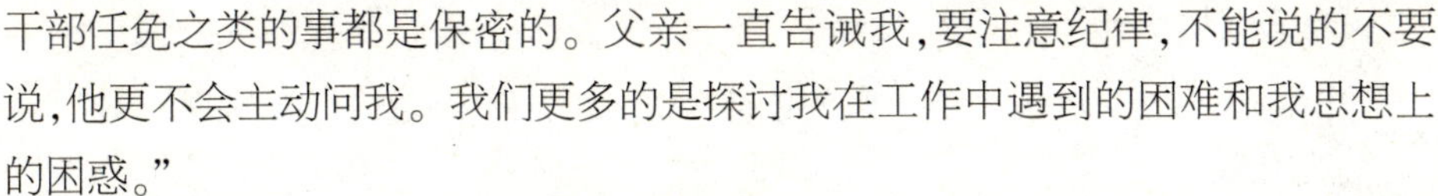

干部任免之类的事都是保密的。父亲一直告诫我,要注意纪律,不能说的不要说,他更不会主动问我。我们更多的是探讨我在工作中遇到的困难和我思想上的困惑。”

“老潘对孩子的教育非常严格,可谓从严治家。”另一位污水厂原领导班子成员俞海敏如是说。

## 做人做世,他有信念、有情怀

“他是一个怎么样的人?”几天采访中,记者不断抛出这个问题。冯秋皓说:“他是很平凡的一个人,没有惊天动地的壮举,但思想和行动始终如一。”

退休支部的另一名支委胡林鑫评价他说:“潘永华的党员本色没变,思想上永葆青春,行动上从未退休。”

儿子潘奕说:“在我很小的时候,我爸就经常跟我说,人生的三件大事你必须要做,那就是入队、入团、入党,这是你人生政治生命的三件大事。别的他似乎并没有多教我什么,但这个,我印象非常深刻。因此,父亲在生前嘱咐母亲要在去世后交一笔特殊党费,我不觉得意外,这就是他!”

今年端午小长假,潘永华举家红色旅游,赴嘉兴参观南湖革命纪念馆新馆。“他一直想去这个新馆看看,也想借此机会教育熏陶12岁的孙子。参观时,他搀扶我走在后面,看到动情之处,他转过身来对我说‘老太啊,如果我走在你前面,你也要帮我交一笔特殊党费!’我当时还说他,大家身体都好好的,不要胡说,没想到这句话真成了他的遗愿了……”池继东泣不成声。

采访中,潘奕向记者讲述了曾经听身边同事传的有关父亲的一件小事:在一个下大雪的冬日早晨,父亲到单位时看见门房老大爷正在扫雪,他说:“老大爷,你自己年纪大了,现在外面雪那么大,你快回屋躲一躲,如果别人问起来,你就说,是潘书记说的……”

“我想……父亲他是一个好人。”过了许久,潘奕哽咽地说。

**原刊于《中国远洋海运报》2016年8月12日A1版转A4版**

# 悠悠珠江水，滔滔水运情

## ——珠江水运亟待科学发展，释放经济新引擎作用

张建林

珠江要打造黄金水道，首先要审视自身情况，才能因地制宜地发挥珠江水运的最大支撑作用。如何结合实际去更大程度地促进沿江经济的发展，让水运成为新形势下各省区经济发展的“新引擎”，是一个不得不思考的问题。

珠江水系流经广东省、贵州省、云南省、广西和港澳地区等区域，流域面积大，航道里程长，各个流经地的发展情况不一。据了解，下游区域的广东省内河航运发展条件十分优越，境内通航河流众多，有通航河流1265条，2015年，内河航道通航里程12150公里，全省水路完成货运量7.9亿吨，比2010年增长82.7%。

而上游区域的情况不一，航道里程也比较少。贵州省山高谷深、河流密布，长度在50公里以上的河流有93条，总长度11270公里。长江水系部分约占全省总面积的65.7%，珠江水系部分约占全省面积的34.3%。截至2015年底，贵州珠江水系航道里程1410公里，完成货运量464万吨。

云南是国内水系最多的省份之一，水资源列全国第三，内河总长1.42万公里，全省通航里程达到4200公里，完成货运量602万吨，同比增长7.5%。

而广西内河骨干航道由“一干七支”构成，航道总里程3198.3公里。近几年，广西采取了一系列措施推动水运发展，取得良好成效。“十二五”期，广西内河水运建设投资完成198亿元，在2015年西江港口货物吞吐量达到1.1亿吨，实现了西江亿吨黄金水道的建设目标。

### “十二五”期迎飞跃发展

“整个‘十二五’期间是珠江水运发展最快的五年，水运行业迎来飞跃发

展。”珠江航务管理局规划处处长雍清赠介绍，“十二五”期间，珠江水运投入很大，交通运输部及地区整个投入都很大，同时中央和地方也很重视水运，出台了一系列水运的政策文件。“‘十二五’期间，珠江水运投资291亿元，现在珠江水运公共基础设施的条件比以前好了很多，在水运量方面，整个“十二五”来说，珠江水系水运量年均增长12%，吸引了大量企业沿江投资，包括进行产业转移，现在也逐渐往西江、北江转移。”

雍清赠表示，“十二五”期间，珠江水系四省区开展“水运建设大会战”，加大对水运基础设施建设投资，推进内河航道扩能升级，使“十二五”期成为珠江水运投入最多、政策支持力度最大、发展最快的时期。据了解，由于中央和各省区加大对珠江水运建设投入，通航条件得到长足改善，水路运输持续增长，珠江水运货运量“十二五”期年均增长10.5%，集装箱运量达1200万TEU，约占全国内河集装箱运量的40%，船舶大型化趋势明显。

## 上下游发展面临尴尬不一

虽然“十二五”期间，珠江水运发展迅速，但是总体来说珠江水运发展不均衡、不协调的问题依然突出。珠江上游碍航闸坝严重制约水运发展，水运生产主要集中在中下游，内河水运企业规模偏小，竞争力弱，内河港口营运效益较低，港航企业经营维艰，重路轻水的局面没有大的改变，港口集梳运系统不健全，沿江公路不堪重负，水运建设筹融资难度进一步加大。

雍清赠指出，以往珠江水运整体呈现上游不通，中游不畅，下游不佳的情况。“现在主要是上游不通，下游不佳的问题，中游以前由于长洲水利枢纽的过船量很大，造成堵塞，在‘十二五’期间，长洲水利枢纽三四线船闸建成后，中游不畅这个问题就不存在了。”

上游不通这个问题困扰了十多年，主要症结在右江，右江是云南东部和广西西部通往珠三角的唯一水运通道，也是西南水运出海南线通道，自古以来就是云南等地出省运输要道。2006年，国家西部大开发的标志性工程——百色水利枢纽首台机组并网发电，但是其配套的过船通航设施未能同步建设，造成云南的船下不来，广西的船上去。另外在广西红水河龙滩枢纽处，情况也差不多，2009年红水河龙滩枢纽前期基础设施建成以后，过船设施到现在也没有建好，所以珠江中下游往上游贵州的方向就不通了,造成了"肠梗塞"。

他表示,百色和龙滩枢纽属于历史问题,因为高坝枢纽建设费用非常大。例如百色水利枢纽,它是2001年开工建设,如果当时过船设施同步建设,总体投资就不大,现在过了十几年,费用就比以前多得多。"企业考虑到自身效益,现在要拿这么多钱出来建设,就有点难度,龙滩水利枢纽情况也差不多。"

据了解,以前珠江沿岸四省区存在重视不一的情况,而且上游有航电矛盾,"但是现在大家对水运都很重视,所以没有这个问题了。"他说道,现在上游地区受自然条件影响,碍航闸坝限制、航道条件限制,所以影响较多,而下游地区的广东,它的自然条件好,不过在发展中也遇到了一些问题。

"主要集中在内河港口建设和城市轨道、道路建设的矛盾,一般的解决办法就是通过转型升级来解决。"雍清赠介绍,由于土地宝贵,城市开发往外扩张,就会触碰到港口范围,所以下游几个港口多多少少都存在这个问题,例如肇庆港、广州港(内河),南宁港。"如南宁港以前这方面的矛盾就比较突出,当时两个港区在市区范围,随着城市发展,矛盾激化,后来通过在市区外建设新的港区解决了问题。"据了解,早期的港口一般都建设在市区里或郊区外,由于并无规划和预见到城市的发展速度,所以早期建设的港口多数会存在这个问题,而新港口就不会。

## 规划不长远影响后续发展

水运行业是一个眼光长远的行业,规划发展好,对沿岸经济的发展将带来巨大的促进作用。珠江航务管理局法规处处长赵刚表示,当前影响水运行业发展的一大因素是规划,若航道规划没有长远性,在经济发展过程中就会带来很大的影响。

"因为航道和公路不一样,公路规划大多数可以调整,初始按照五米、十米来规划没有问题,一旦车流量多了,随时可以加宽,但是航道就不行,航道建好以后,又在上面架两条桥,再想拓宽这个航道,就存在困难了。"赵刚指出,从规划层面来讲,航道规划是一个整体的工作,规划的时间起码要考虑到三十年以后的情况。"但是现在各个省厅之间都是按照五年十年来规划,没有一个长远

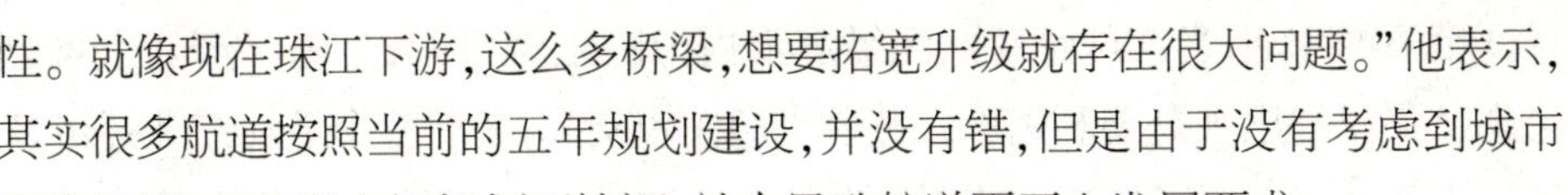

性。就像现在珠江下游,这么多桥梁,想要拓宽升级就存在很大问题。”他表示,其实很多航道按照当前的五年规划建设,并没有错,但是由于没有考虑到城市经济发展,上下游之间规划不协调,就会导致航道更不上发展要求。

## 体制改革或是破局关键

解决珠江水运上下游的问题,要做好航道投入,港口建设,相关政策配套等工作,更需要是明确管理主体,协调好上下游省区的综合治理开发问题。雍清赠表示,目前珠江的航道管理是由地方管理,如之前说的碍航闸坝,如果由中央管理就不存在这种问题,地方管理,各地考虑到当地其他工程建设,可能就没那么重视,地方管理的综合协调能力没那么好,因为涉水问题很多,如水利水电,还有其他涉及央企的电站等,地方政府协调起来没有像中央管理那么顺畅。

对于珠江上游的瓶颈问题,最好的办法就是复航,这也涉及一个体制问题。由于百色水利枢纽和龙滩枢纽都是高坝枢纽,高坝要建过船设施费用相对较高,筹建航道资金来源是一个问题。“如果单要企业拿钱出来是不太可能的,水运体现在社会效益,要政府拿钱投资,但是由于管理体制问题,地方项目的立项,包括资金的筹措都是以属地为主,中央给一定补贴,但是现在包括“十二五”,和以后的“十三五”,要实现的建设项目比较多,所以对于地方政府和企业,要筹备建设资金还是有一定难度,中央统一管理也许就能解决这个问题。”他举例道,如果像长江那样由中央管理,建设资金由中央筹集,就不存在这个问题。

## “珠江—西江经济带”应依托珠江发挥经济引擎作用

打造珠江黄金水道,还要积极发挥珠江—西江经济带的效应作用。2014 年 7 月 16 日,中国政府网发布《国务院关于珠江—西江经济带发展规划的批复》,原则同意《珠江—西江经济带发展规划》(以下简称《规划》),并要求努力把珠江—西江经济带打造成为中国西南、中南地区开放发展新的增长极。作为依托珠江黄金水道打造的经济带,这些年来,虽然珠江—西江经济带的投入逐年增加,但是并没有为沿岸经济带来质的飞跃。

雍清赠介绍，当初珠江—西江经济带提出的主要目的，是出于产业大规划考虑，“最早提出来是要利用珠江黄金水道作为支撑，发展整个沿江产业经济。”不过由于珠江—西江经济带范围没有长江经济带大，主要包括广西和广东的几个地市，云南和贵州并纳入，所以整个范围就小很多，影响力也会较小。随着规划实施了两年，现在云南和贵州想加入的呼声也越来越高，这两个省区若能加入珠江—西江经济带，一方面可以扩大经济带的辐射力，另一方面可以让两个省份同样享受到经济带的发展优惠政策。

雍清赠建议，为了更好促进珠江—西江经济带发展，下一步希望能把云南和贵州纳进来一起发展，增大影响力和辐射力。另外一些配套设施，配套政策也应及时出台，如珠江—西江经济带建设政策，包括地方工业发展、水运、综合交通、港口建设政策等，希望能够尽快出台，促进发展，“只有这样，才能更好地发挥作为国家战略的珠江—西江经济带的经济引擎作用。”

## 国家对珠江水运的重视，释放积极信号

今年以来，国家对珠江水运非常重视，交通运输部先后有部领导、各司领导到珠江航务管理局调研，并根据情况出台了《关于推进珠江水运科学发展的若干意见》，目前正在筹备《珠江水运发展规划纲要》等，这些都释放出了珠江水运即将腾飞的信号。

3 月 22 日至 23 日，交通运输部副部长何建中带队到广西，就珠江水运科学发展进行调研，交通运输部水运局局长李天碧、珠江航务管理局局长王建华等陪同调研。23 日下午，何建中副部长与广东、广西、云南、贵州四省(区)交通运输主管部门，中国大唐集团公司及广西右江水利开发有限责任公司相关同志进行座谈，了解珠三角和重要支流航运开发、港口资源整合、水运结构调整情况，西江干线航道、枢纽通航建筑物建设、养护和管理及中上游水运发展情况，龙滩、百色枢纽通航建筑物建设推进情况，并听取各方对水运发展需求、存在问题等方面的意见建议。

5 月 31 日至 6 月 2 日，交通运输部综合规划司副司长苏杰率队赴广东、广西开展珠江水运发展规划纲要编制调研。调研组一行深入贵港枢纽及二线船闸，贵港港及沿江产业园区、长洲枢纽三四线船闸及梧州港、佛山新港、北江航

道、清远枢纽及清远港，详细了解了港口、船闸、航道及沿江产业发展情况，并在广州组织召开了由广东、广西、贵州、云南四省(区)交通运输厅负责同志参加的座谈会，重点了解“十二五”期珠江水系各省区水运发展情况以及社会经济发展对珠江水运发展的需求，听取了各省区对珠江水运发展规划纲要编制工作的意见建议。

原刊于《珠江水运》2016 年 8 月 28 日总第 415 期

# 路通了　苹果上线了　农民富了

## ——甘肃交通扶贫攻坚率先行动静宁县采访记

段兰芬　张　宾　马　季　邓　倩

六月的静宁县余湾乡韩店村，苹果树漫山遍野。走进田野山乡，一条条水泥路如玉带般在青山沟壑中蜿蜒，越过山岭，穿过山沟，一直延伸到农民的家门口，绘出了农民的“小康梦”。

近年来，借力交通运输部六盘山片区扶贫攻坚示范试点县建设及我省“6873”交通突破行动的历史机遇，静宁县乡村道路建设快步推进，交通基础条件得到了极大改善。“十二五”期间，建成建制村通畅工程277项1855.8公里，全县通村硬化路里程达到1913公里，建制村通畅率达到100%。一条条通村水泥路彻底打开了当地老百姓的致富大门。

### 水泥路修到家门口　苹果枝头变“票子”

“现在啥都好得很！这两年路好了，通过苹果种植我们手里也有余钱了，我这房子是2014年盖好的，当时门前路通了，沙子水泥砖头运过来方便得很，房子盖得快。”韩店村兴合社村民赵有良乐呵呵地说道。

村民赵有良谈到的“门前”这条路即静宁县余湾乡回沟垴至韩马通畅工程，全长15公里，将大地村、韩店村、中湾村、韩马村、程川村等贯通起来，为沿线果品产业发展提供了有力的交通保障。

赵安宁是韩店村最早种植苹果的村民之一，家有10多亩苹果种植地，近两年年收入达到18万元到20万元。“自从2014年村里的路通了，我们的收入跟着翻倍了。”谈及不通水泥路的日子，老赵回忆说，苹果只能背出去卖，来回都是山路，没个半天时间回不来，一到雨天，出也出不去，好好的果子只能砸手里。

“路通了以后，商贩直接开车到苹果地里，是我们挑价钱好的卖，每斤苹果比过去至少涨了两块钱。”

如果说“苹果能当饭吃吗？”是几年前村民们的担心，而今，这里却是“苹果真能当饭吃！”商贩开着车到家门口来收购，苹果还在树上时就已经“变”成了票子。

## 道路通产业兴　农村电商助农增收

静宁县红六福果业有限公司是当地一家专业从事富硒有机苹果生产、贮藏、销售及网络营销的农业龙头企业。走进公司电子商务服务点，一摞摞快递单惹人注目，有发往浙江的、福建的、上海的……据工作人员介绍，红六福苹果已经和北京、上海、四川等地大中型城市的超市、批发市场建立了合作关系，并设立了红六福苹果直营店，同时入驻淘宝网“特色中国·甘肃馆”、天猫商城、微信商城、三维商城等国内电商平台，仅2015年网上交易720吨850万元。

“可以说我们公司在电商方面取得的成绩得益于当地农村道路条件的不断改善。”红六福公司总经理王志伟告诉记者，“跟我们合作的有顺丰、申通、圆通、百世汇通、邮政EMS等十几家快递公司，如果没有方便快捷的路，可能没有快递企业愿意花大成本与我们合作。”

路通业兴，随着道路的不断延伸和行政村客运班线的开通，静宁县依托苹果产业发展农村电子商务，建设乡村电商服务站点，充分发挥电子商务优势，突破信息和物流瓶颈，实现了“工业品下乡”和“农产品进城”双向流通，城乡之间联系更加紧密，产品流通更加便捷。目前，仅静宁县余湾乡共计发展电商企业、农民专业合作社、个人网店51家，苹果、果醋、杂粮、特产胡麻油等农副产品全部实现了网上销售。

## 破解交通瓶颈　助力贫困村“摘帽”

站在韩店村里的山头上，远处一条条盘山道路在青山间穿梭，山下村民崭新的瓦房坐落在果园间，好一派新农村的美丽景象。静宁县交通运输局副局长万德胜指着那一条条通村路，感慨道：“过去公路建设总是走在果产业的后边，严重制约了老百姓脱贫致富的步伐。现在公路建设总算走到了果产业的前边，有的苹果种植户现在年收入能上20多万元！以前从来没有年轻人愿意回来，现在很多年轻人都回来帮着父母做起了网店，这顶贫困村的帽子是摘了！”

在道路建设中，静宁县坚持农村公路建设和特色产业发展统筹推进，提出“产业发展到哪里道路就建设到哪里，道路贯通到哪里产业就跟进到哪里”的总体思路，2014年、2015年两年，建成苹果产区通畅工程91条610公里，极大地改善了果品运输条件，使农村道路真正成为服务提升产业、促进农民增收的“开发路”和“致富路”。“路通了，发展苹果产业也有了信心。”看着村里的改变，村民们心中充满了希望。

近年来，我省把农村公路建设列为全省“1236”扶贫攻坚行动“六大突破”首要任务，着力实施农村公路畅通工程。“从2015年开始，我省启动了三年农村公路建设大会战，三年内将建设建制村通畅工程2.57万公里，确保在2017年全面完成交通扶贫攻坚任务，实现全省100%建制村通沥青（水泥）路。”省交通运输厅总工程师杨惠林说。

从“路不通”，到“村村通”，再到“户户通”，农村道路交通的飞速发展，打破了农村自然封闭的状态。静宁县余湾乡村民脱贫致富的事实证明，道路越宽阔，思路越开阔，民生越改善。昔日农村土路是“拦路虎”，今朝通村路已成为农业发展、农民增收的助推器。

原刊于《甘肃经济日报-交通周刊》2016年6月16日1版

**导语:**借助于互联网巨头的背景,滴滴、易到、Uber、神州等在中国一二线城市的约租车市场拼得火热。绕开这厢的激烈战火,"约车"把目光瞄准了三四线城市,大胆开启了城际约车,意图另辟蹊径,寻找红海中的蓝海。

# 约车:城际拼车补客运短板

楚 峰 熊燕舞

在"温水青蛙"实验中,身处缓慢加热的温水中的青蛙,等到发觉水在逐渐变沸,想要纵身一跃逃命时,一定为时已晚,难以逃生。在创新不断加速的当下,市场环境就是缓慢"升温"的水域,只有那些主动作为主动创新者,似乎才能破解目前温水青蛙之困境。

"早在2013年,我就萌生了利用互联网来创业的想法。"约车联合创始人兼董事长张鑫在接受《运输经理世界》采访时说,"互联网带给传统行业的冲击和变革是大家有目共睹的。尤其在约租车行业,互联网的加入,完全颠覆了以往约租车行业的市场格局,市场已然重新洗牌。"

张鑫,这位80后的创业者,曾在澳大利亚留学时期敏锐地发现商机做过生意,2009年回国后开始进入汽车租赁和汽车维修行业,经过多年实实在在的一线经营管理磨炼,对汽车租赁流程、汽车修理流程、保险理赔、人员配置有着丰富的经验。

但是,身处移动互联网时代,对汽车租赁、汽车维修门清的张鑫开始不安于现状,想再一次融入创业大潮。在他看来,像传统模式公司的再创业必然受到地域条件的限制,另辟蹊径必须有所突破,要做就做一个可以覆盖全国范围的业务。到底做什么呢?他将目光聚集在互联网上。

"2013年那时候,互联网的影响力已经初露头角。正好当时我在长江商学院遇到了一帮做技术、做市场、做投资的同学,结果几个兴趣相投的共同谋划,要做一个互联网平台。"张鑫介绍,于是,几个合伙人一起出手,就有了2014年

“约车”的面世。

## 前奏曲:市场调研

“‘约车’的成立并非一蹴而就。”张鑫说,“在上线之前,我们做了大量的前期市场调研。”

当时,张鑫他们选定的方向是汽车后市场服务,但是具体做哪一块呢?他们开始纠结。“当然,光想是不能得出结论的,行动才是王道。于是,我们开始做市场调查。”张鑫说。

“通过调研分析,汽车维修这块已经有保险公司、4S 店、生产厂家涉足,我们如果进入,竞争压力会很大,而且该行业的进入门槛也偏高,在资金有限、资源有限的情况下,要做大做强是非常有难度的。所以,我们就锁定汽车租赁市场,蓄力将这块做到最好。”

于是,2014 年 5 月,张鑫他们成立了北京津融科技有限责任公司,瞄准汽车租赁市场推出了“约车”平台。在北京,张鑫就直接将自已奔宝汽车租赁公司的 100 辆自有车辆和 60 辆加盟专车车队整合到“约车”平台上。有了这一资源,一个好的起步框架建成了。

成立之初,他们又遭遇了另一个瓶颈。汽车租赁市场充斥着各种模式,有湿租有干租,其中湿租模式又分为专车、拼车等,“这几种模式我们在公司成立之初都进行过尝试。”张鑫回忆,“但后来我们舍弃了干租模式。为什么?因为这种模式风险很大,保险公司也不是特别情愿为这种模式承保。”

于是,他们将重心转移到了带司机的湿租模式。“我们进行过很多模式探索,也走了一些弯路,但是,在这个探索阶段,我们弯路走的值,赢得了一定的客户量,也整合了一部分汽车资源。”张鑫自信地说。

有了具体的定位,接下来就要确认主攻哪块市场。从 2014 年开始,各种互联网约租车平台陆续面世,各路资本争相垂青,导致约租车市场在一二线城市火爆异常。论资金、论资源,张鑫他们肯定是比不过这些大佬的。于是,张鑫就另谋出路,他的策略是,“让大佬们去一二线城市厮杀,而我们细分市场,瞄准空白点,打差异化竞争,转战三四线城市,做牢基础。”

## 进行曲:锁定城际出行需求

“约车”COO 于慧远向《运输经理世界》讲述了他的一段经历:有一次,他在去往太原的高铁上,跟周围旅客聊天了解到,现在从各地到太原很方便,又是高铁又是飞机,但从太原去往山西其他城市就未必那么方便了,有时要踩着点去赶下一趟火车或班线客车,错过了就得留宿太原(出租车费用高,黑车不便宜不安全)。

于是,张鑫他们就开始关注并调研中长途约车的市场需求。按理说,这种中长途出行是长途客运企业正在做的。但长途客运受定时、定点等条件限制,旅客万一有个急事怎么办呢?或许,平台就可以发挥出应有的作用,旅客可以在平台上发布信息,拼车或专车可以随时随地响应需求,快速出发。

当然,长途客运这块,张鑫是不可能随便进入的,比较好的模式可选项就是,跟本土客运企业合作,互补互赢。于是,张鑫经过多方努力,和山西汽运集团达成了合作:由山西汽运的仁仁汽车租赁抽出一部分带司机租赁的车辆进入“约车”平台。“车辆和司机仍由他们自己管理,我们只提供平台服务和统一调度,订单产生后双方进行分成。”张鑫介绍,“如此一来,他们就不需要重新花钱做平台、做系统,可以借助我们的平台进行运营,还可以弥补长途客运上存在的响应延时、信息不对称的不足。这种合作模式正好让双方的优势充分地结合起来。”

“其实,跟客运企业的汽车租赁进行合作,是一种非常好的模式。这种模式可以给客运做增量、带来新业务,把原本被黑车占据的市场夺回来,帮助客运企业把原来服务质量差、不能门到门的相关业务做起来,进一步襄助传统客运转型升级。”张鑫说。

在城际约车方面,“约车”平台第一个瞄准的目标便是山西。目前,他们以太原为中心,分别开通了汾阳、孝义、忻州、朔州、宝德、阳泉、大同等城市的 40 余条路线,预计今年年底将覆盖山西全部地级市。

在张鑫看来,现在他们最大的关注点还是上车问题。“其实这个问题也不难解决,就像买东西一样,只要在货架上把东西都摆满摆好,物美价廉,东西齐全,就不愁没顾客。约车市场也是如此,要把各个点的资源都整合起来,各种线路产品琳琅满目,乘客可以根据自身需求任意选择。”所以,张鑫他们现在抓的还是车主端,先把货架摆满,那么他们就算赢了一半了。

“不管专车还是拼车,我们用的都是正规军——当地租赁公司的正规车辆,通过平台跟当地的租赁公司合作,整合各方资源。”张鑫进一步介绍,目前,“约车”平台已经陆陆续续进入北京、三亚、丽江、大理、山西、西安、成都等地,相信不久以后,这些地方的覆盖率将和山西看齐。

## 协奏曲:态度决定品质

山西的成功运作模式也让张鑫对这块市场有了更多的信心。“平台完全可以和三四线城市的汽车租赁公司进行合作,把散在各地的资源整合起来,这将是一块很大的市场,这也将促进汽车租赁市场正规、合法发展。”

张鑫提炼出他的三个规划:第一个是坚持做好城际约车服务,通过城市之间、城镇之间约车、拼车的服务整合各地的松散资源,不断扩展“约车”平台的网络;第二个是等到公司发展到一定规模后,也会从小车延伸到大车,就像滴滴从小车到定制大巴一样,但他们市场仍是三四线城市,不会进入其他大咖已经进军的一二线城市;第三个是以平台为基础延伸增值服务产品,比如从交通延伸到旅游等产品。

如何实现这些规划呢?只有行动起来,做好每一个细节!

安全保障是约租车行业里一大难点。首先,“约车”平台用的都是租赁公司提供的正规车辆,这些车辆进入约车平台都需要进行严格审查;其次,车辆提供智能终端及定位,保障用户安全;其三,在保险方面,“约车”已经和中国人保签订了战略合作,每个用户的每一次使用都会拥有一份人身意外险,承保金额是20万,时限是6小时。

服务产品必须做到多样化,供客户挑选出符合需求的线路。除了城际拼车产品,“约车”平台上还有专车服务,包括旅游、商务包车。“我们和携程网也建立了合作关系,在携程上销售的‘山西太原忻州五台山景区至机场/高铁包车接送服务’和‘北京包车游一日服务’等,就是专门开设的特色专车服务产品。”张鑫一边说一边打开他手机上的携程,找到一款产品来验证自己的话。令人惊喜的是,这几款产品还排在该类产品的销售前列。

当然，专车和拼车上的那些细节服务更不遑多言，车内手机充电、饮料、接送服务等应有尽有。

张鑫介绍，目前“约车”的信息发布采用的都是微信端，下一步，“约车”APP即将上线发布，届时微信和 APP 两者将实现紧密结合。

“现在的互联网是一个比较浮躁的市场，我们选择踏实做事，有多少水就和多少泥，踏踏实实干点实事出来，让企业正常运转，转出利润成绩，再进一步扩张。稳步推进，绝不烧钱！”最后张鑫总结道。

原刊于《运输经理世界》2015 年 10 月刊

# ETC网络时代降临！

## ——写在全国ETC联网之际

刘睿健

2015年9月28日，全国ETC联网成功实现了！这是值得每位中国交通人记住的日子，是我国ETC发展史上一个新的里程碑，它标志着我国公路网进入“网络化运行”的关键阶段。

20年前，电子不停车收费（ETC）技术对大众来说还是个新鲜的事物，20年后，ETC早已在全国遍地开花。从高速公路，到城市交通；从单一车道，到多车道自由流，再到如今的全国“一张网”，ETC为缓解我国交通拥堵、解决车辆尾气所带来的环境污染，做出了巨大的贡献。回顾历史，虽然我国ETC的发展相对较晚，但经过近些年大量的实验、研究工作和实践，ETC发展迅速，最终取得了不错的成绩。

截至目前，全国累计建成ETC专用车道1.2万余条、5万余条人工刷卡（MTC）车道，ETC用户约2171.5万户，提前完成了“2015年底实现用户数量2000万”的目标；建成自营服务网点1100多个，合作代理网点约1.6万个，各类服务终端约2.7万个。

面对今年的“十一”黄金周，全国ETC联网对于喜欢自驾游的朋友来说，无疑是个好消息！不仅可以缓解节假日高速公路的拥堵状况，而且，从此以后，我国ETC用户可真正实现“一卡在手，畅游神州”！

速度与时间，想必是每位司乘人员出行时要考虑的基本问题，而畅通与便捷则是人们出行的基本需求。当你还在为城市交通拥堵、高速公路节假日不“高速”而苦恼时，全国ETC联网无疑为你带来了福音，而其最大的功效就是解决交通拥堵，提高出行效率！

据交通部门实际测算统计，普通轿车通过人工收费站的平均时间为 14 秒，采用 ETC 缴费通过收费站的平均时间仅为 3 秒，即每车次可节约 11 秒的时间，1 条 ETC 车道的通行能力相当于 5 条人工收费车道。采用 ETC 可有效减少因停车收费造成的延误及拥挤，提高高速公路收费效率、车辆运行效率。

目前，在部分主线收费站，高峰时段 ETC 交易量占比已超过 30%，极大缓解了收费站区的拥堵现象。随着用户量的持续增长，以及全国 ETC 联网的实现，实际效果将越来越显著，可极大程度解决收费站拥堵，节约出行时间，仅凭一卡，畅游全国！

近年来，在我国经济和工业化飞速发展的时代背景下，私家车保有量不断增加，而由于交通拥堵，汽车尾气排放所造成的环境污染也逐渐成为棘手问题。年初的一部《穹顶之下》，让人们纷纷谈"霾"色变。随着 ETC 的联网，解决环境污染的新曙光出现了！

实验证明，ETC 使车辆减少了因排队而频繁启动、刹车的次数，平均每辆车通过 ETC 车道比通过人工收费车道的油耗节省量为 0.0314 升/车次，CH 化合物排放量降低约 0.7 克/车次，CO 化合物排放量降低 4.7 克/车次，NO 化合物排放量降低 0.3 克/车次。研究数据表明，每一万次 ETC 交易，将节约 3140 升燃油消耗，并减少 55.96 千克各类污染物的排放。

据此推算，ETC 联网后，我国 ETC 耗油节省量约为 6500 万升，平均每年能源节约效益约为 4.3 亿元。

可以打个比方，一颗成年树木平均每年能吸收 18.3 千克二氧化碳，而以目前全国联网后的 2000 多万用户通行比例测算，年均减排量约为 9600 吨，相当于种植约 52 万棵成年树木。

满足公众便捷出行的需求，做到以人为本；降低资源消耗，减少环境污染，是智慧交通和绿色交通的核心内容。全国 ETC 联网的实施，对于构建智慧交通、绿色交通和建设可持续发展的新交通体系具有重要的现实意义。

但是，ETC 联网在给人们出行带来便捷的同时，仍然存在着一些问题和挑战。一方面，全国联网后，ETC 的统一标准，尤其是城市交通中多车道自由流系统的国家标准，以及日后的系统兼容性和路费的拆分结算等问题，需要进一步完善；另一方面，进一步健全法律法规，是今后 ETC 发展需要重点完善的内容，尤其是对于非 ETC 车辆的闯关偷逃通行费等行为的处罚力度应逐步加大。

除此之外,在“互联网 + ”的时代背景下,ETC 本身绝不仅仅是技术问题,最为重要的是为老百姓提供了一系列服务。因此,建立和完善周到的客户服务体系,适时推出微信、微博和手机客户端应用,充分发挥互联网的积极作用,为广大 ETC 用户提供多元化、人性化服务,是未来 ETC 建设的工作重心。

目前,各地普遍实行 ETC 优惠制度,加大 ETC 的优惠力度有助于 ETC 用户量的扩大,不仅满足了政府要求的节能减排的目标,而且也会进一步形成规模效应,扩大 ETC 用户量是一个双赢的事情。全国 ETC 联网,标志着我国交通信息化时代已全面到来,随着“互联网 + ”、大数据、云计算技术的发展,我国交通事业将向着更加智能化、网络化、多元化、人性化的方向发展。实施不停车收费,大大提高了公路的通行能力,而公路收费走向电子化,可降低收费管理的成本,有利于提高车辆的营运效益,同时,也可以大大降低收费口的噪声水平和废气排放。

随着工业 4.0 时代的到来,科技更加以主导性的姿态改变着日常生活。智能家居、智慧交通、智慧城市概念的逐渐落地,科技改变着生活,生活又倒逼着科技不断前进。“智慧”的核心是以人为本,只有人与科技和谐共融的氛围才是大家所期待的。我们期待着智慧的 ETC,期待着 ETC 美好的明天!

原刊于《中国交通信息化》2015 年 10 月刊

# 亚洲第一港养成记

## ——上海吴淞口国际邮轮港发展纪实

胡安梅

近日,记者从长航集团战略发展部了解到,上海吴淞口国际邮轮港一期后续工程配套项目投资方案于10月27日获中国外运长航集团通过。这意味着该港相关工程建设将提速推进,给已经站在邮轮经济发展快车道上的上海吴淞口国际邮轮港注入了新的动力!

据悉,上海吴淞口邮轮港整体项目有望于2017年底基本建成,2018年投入运营。届时将形成水陆联动的4船同靠的能力,每日最大游客接待量可达4万人次,年最大靠泊达1200艘次。将联合上海宝山区政府,在国内率先建成邮轮港口岸电、自助通关系统、管理信息系统等,打造“绿色港口”和“智慧港口”。

截至9月底,上海吴淞口国际邮轮港共计接靠邮轮349艘次,同比增长66.2%;接待出入境邮轮游客210.3万人次,同比增长83.69%。取得营业收入32132万元,实现利润总额13593万元,利润增幅达292%。预计邮轮港全年实现营业收入40000万元,实现利润总额14000万元,利润增幅达246.11%。

### 顺势而为昔日拖驳基地变高大上邮轮港

“一个人干不过一个团队,一个团队干不过一个系统,一个系统干不过一个趋势”。上海吴淞口国际邮轮港从无到有,从小到大的跨越式发展,正是抓住了国际邮轮市场东移机遇。

上海吴淞口国际邮轮港原址是长航集团主要停靠拖轮和驳船的炮台湾水域船舶基地。随着上海市“四个中心”建设规划的有序推进,在2010上海世博会召开前夕，上海长江轮船公司和上海市宝山区政府于2009年7月共同成立了上海吴淞口国际邮轮港发展有限公司。

吴淞口国际邮轮港由引桥、水上平台、客运大楼和码头四部分组成，设计通关能力为60.8万人次/年，已于2011年10月15日正式开港运营。运营5年来，成功接靠国际邮轮1100余艘，接待出入境游客600万人次，一举奠定了“中国第一、亚洲第一、世界第五”的邮轮母港地位。

邮轮港后续工程已于2015年6月18日正式开工，将新建2个22万吨级码头以及平台、引桥、客运大楼及廊道。扩建后，吴淞口国际邮轮港岸线总长度将在目前774米的基础上延伸至1600米，形成4个大型邮轮泊位。

## 天时地利5年跃升亚洲第一世界第五

过去五年，受益于“天时”“地利”“人和”等综合因素，吴淞口国际邮轮港实现了“开创性”“引领性”和“跨越性”发展，并在五大方面远超预期。吴淞口国际邮轮港不仅在国内率先实现盈利，同时已于2014年超越新加坡成为亚洲第一大邮轮港，于2015年成为亚洲第一、全球第五大邮轮母港。

吴淞口国际邮轮港的建成弥补了上海缺少大型专业邮轮码头的不足，激活了长三角邮轮旅游客源地潜力，促使国际邮轮巨头加快布局中国市场，“海洋航行者号”“海洋量子号”等先后在吴淞口运营母港航线，中国首个环球邮轮航线也在此启航。这里不断刷新中国及亚洲母港邮轮纪录的同时，开创出中国邮轮的大船时代。

邮轮港于2012年成功获批全国首个中国邮轮旅游发展实验区，上海市委书记韩正更是亲自为“实验区”揭牌。同时，吴淞口国际邮轮港在全国首次试运转境外邮轮物资货柜转运操作，率先施行了自助通关等便利化措施，并建立了邮轮港口标准化服务体系。此外，吴淞口国际邮轮港先后参与了“上海邮轮旅游节”、“中国邮轮经济发展高峰论坛”等一系列活动，发起成立了“亚洲邮轮港口协会”，连续发布了市政府决策咨询邮轮经济专项课题，编辑并发行了中国首套“邮轮发展绿皮书”，成了中国邮轮产业乃至亚洲邮轮业界协同发展的倡导者、推动者和引领者。

短短五年，吴淞口国际邮轮港由2012年首年运营接靠邮轮62艘次，接待

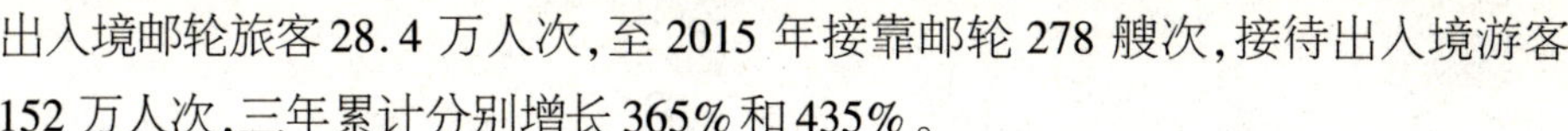

出入境邮轮旅客28.4万人次，至2015年接靠邮轮278艘次，接待出入境游客152万人次，三年累计分别增长365%和435%。

原刊于《寰球物流报》2016年11月4日22版

# 打通巨龙“任督二脉”　助力“黄金水道”腾飞

赵　晨

长江是世界上运量最大的通航河流，长江航运在国家经济整体发展战略，特别是沿江地方经济社会发展中的作用和地位突出。近年来，长江航运在航道、港口码头、船舶等“硬实力”方面不断改善，在管理体制、信息科技、人才队伍等“软实力”方面也逐步增强。目前，被打通“任督二脉”的长江航运，正在以健康稳定的势头持续发展。

## “硬实力”持续改善　“黄金水道”设施升级

航道建设、港口码头、船舶是长江航运的基础性要素，也是长江经济带建设的最重要支撑力量。近年来，国家及地方政府不断加大投入力度，逐步推动硬件设施提档升级，为长江航运安全提供了基本保障。

在航道建设方面，“深下游、畅中游、延上游、通支流”稳步推进，船舶航行条件得到改善。上游随着一系列畅通工程的实施，通航条件明显改善，目前重庆段航道最低维护标准超过3.2米，达到国家二级航道标准；重庆至宜宾段航道最低维护水深超过2.7米，达到国家三级航道标准。5000吨级船舶和万吨级船队可以直达重庆主城。在中游，2015年12月，全长280.5公里的荆江航道整治工程全面完工，工程对长江中游昌门溪至熊家洲段13处浅滩进行整治，提升通航水位。此举对实现东中西部区域协调发展和长江经济带战略的深入推进具有重大意义。

长江下游，长江南京以下12.5米深水航道建设列入国家重大建设项目，并于2015年12月竣工验收。2016年7月，长江12.5米深水航道初通南京。制约江苏段航道通过能力的问题得到基本缓解，大型海轮、江轮运输基本能够通行。江苏海事局通航处处长凌人渊介绍道:“12.5 米深水航道的初通,可以让目前的通航能力提高一倍,港口吞吐量增加,从而可以拉动 GDP、就业,减少物流成本,节能减排,建成畅通、高效、平安、绿色、现代水系。”

在港口建设方面,港口专业化、规模化建设步伐加快。目前,重庆果园港建成投入使用;武汉新港阳逻港区三作业区一期起步工程开港运营;三江港区一期综合码头工程开工建设;安徽省芜湖港裕溪口煤码头改扩建工程完工;江苏省目前已拥有 7 个亿吨级港口,稳居全国第一。“其中,张家港港、太仓港的规模已经发展到 2 亿吨级,在全国沿海港口排名中位居前列。”凌人渊介绍道。此外,长江流域各地纷纷打造铁、公、水、空立体联运体系,以提升物流效率以及长江的辐射能力。全国内河最大的“铁、公、水”联运物流枢纽港口——重庆主城果园港进港铁路投入使用,立体联运体系初具规模。

船舶升级方面,船型标准化建设有序推进,重点船舶安全监管得到强化。对此,长江海事局船舶处负责人表示:“随着一批新建标准型船舶的投入使用,长江船舶专业化、大型化趋势日益显现,船舶安全性能、技术、安全性有效提高,在提高三峡船闸通过能力、促进节能减排和环境保护方面已显现出巨大效益。同时,大量与船型标准化配套的政策也正逐步制定和实施。”此外,针对长江上运营的危化品运输船,客渡船、滚装船等重点船舶,海事系统通过不断强化技术监督等措施予以重点管理,安全级别不断提高。

## “软实力”不断提升　建设一流航运基础

随着长江航运硬件设施的不断提高,进一步扩大了长江航运的吞吐量及辐射力,也对长江航运的“软实力”建设提出了更高要求。为适应长江航运飞速发展的客观要求,近年来长江航运管理体制、信息化建设、人才队伍建设也在不断探索和推进。

首先,体制改革不断深化。在依托黄金水道推动长江经济带发展的大格局下,为了建立健全集中统一、权责一致、关系顺畅、协调有序、运转高效的长江航运行政管理体制和运行机制,2016 年,交通运输部出台《关于深化长江航运行政管理体制改革的意见》。此《意见》对完善长江航运行政管理体制机制,推进长江航运治理体系和治理能力现代化提出了明确要求。5 月 20 日,《交通运输部海事局长江航务管理局关于江苏海事局管理关系调整的交接协议》正式签署，江苏海事局成建制划转长江海事局进行管理，纳入长航局管理范围。长江海事局统一负责长江干线重庆至江苏浏河口段水上安全监督工作，长江海事局（含江苏海事局）水上安全监管工作由长航局按照交通运输部有关规定和要求组织落实。对此，长江航务管理局局长唐冠军表示："《协议》的签署标志着长江干线海事实现统一管理迈出了关键性和实质性一步，为长江海事实行一体化管理、一条龙服务打下了基础，力求做到'长江一家人、行业一盘棋'，最终实现对长江航运的一体化管理、一条龙服务。"

为适应航运发展新要求，近年来长江航运信息化建设得到飞速发展，GPS、AIS、CCTV、VTS，以及电子航道图、高频无线电话等信息设备陆续投入使用。目前，长江海事部门建成 AIS、VHF 系统全线覆盖，重点港区 VTS、重点水域 CCTV、重点船舶 GPS 与海巡艇互为补充的现代水上安全监管系统；推广应用电子巡航系统，基本实现"全方位覆盖、全天候运行、全过程监控、有痕管理、无打扰服务"，并积极开展无人机巡航研究，积极推进适合长江特点的立体巡航体系建设，为船舶航行安全提供了重要支撑。

航运人才是航运安全的关键要素之一，近年来各部门一方面根据航运发展新需求，不断强化航运人才培训，一大批航运人才职业化学校建立。此外，根据航运行业吸引力下降的挑战，不断提高航运人才待遇，航运人才薪酬体系更加合理，激励措施更加丰富。目前，航运人才已经形成了航运金融、保险、法律、研究、咨询等新型航运人才相结合的多元化航运人才格局，为适应现代化航运奠定了基础。

## "新使命"促成转型　当好航运发展"先行官"

由于长江航运硬实力与软实力的提升，使得总体安全环境得到改善。近年来，长江航运事故发生数、死亡人数等均保持在低位。然而，随着"长江经济带"的日趋成熟，面对运量日益增大、航道日益繁忙、船舶吨位增加的新形势，长江航运的安全管理已经成了新形势下的主要挑战。

对此，唐冠军表示："无论从国家的规划、人民的需求还是长江航运自身的发展要求上来看，畅通、高效、平安、绿色的现代化航运体系都是长江航运发展的前景和追求目标，我们要加快转型步伐，加快实现长江航运现代化，为长江经济带发展当好先行。'十三五'期长江航运的发展目标是，到2020年，长航系统基本达到'能力适应、保障有力、服务优质、监管到位、反应及时'的总体要求，服务长江航运发展的能力进一步增强，在长江经济带建设中的作用更加明显，保障畅通、高效、平安、绿色的现代化长江航运体系率先实现。"

为了完成这一目标，长江航务管理局制定了航道建设与养护、安全保障、运输市场、公共服务、智慧航运、绿色发展、体制机制改革等方面的具体发展目标。长江航务管理局着力于改善长江干线航道里程1400公里，全面实现《长江干线航道总体规划纲要》及《长江经济带综合立体交通走廊规划(2014—2020)》确定的长江干线航道规划建设目标，基本适应沿江经济社会发展需要；基本建成全方位覆盖、全天候运行的安全监管体系，反应快速、应急高效的人命救助、治安防控和消防监督体系；初步建立运输市场信用体系，逐步完善市场监测手段，市场监管与宏观调控能力明显增强。船舶安全性、环保性、经济性显著提升，标准化、专业化、智能化成效突出，长江干线船型标准化率达到85%，货运船舶平均载重吨超过2000吨。

此外，唐冠军还表示："我们还要提高社会公众满意程度。船东满意度指数达到90分以上。海事政务服务实现'一站式'，95%以上行政审批实现电子申报，口岸服务水平明显提升。增强行业科技研发能力，新技术、新装备、新材料、新工艺得到推广，航运重大装备的科技含量明显提升，船舶智能导航、航标实时遥测监控、航道与通航建筑物精细养护等技术集成应用取得突破。只有做到这些，才能形成集中统一、运转高效、协调有序的长江航运管理体制和运行机制，使长江航运治理体系进一步明晰，管理能力明显提高。"

目前，长江航运发展处于新的历史起点上，经过多方努力，长江航运从根本上得到改善，水上交通安全形势得到根本性提高，船舶航行井然有序，越来越多海轮频频光顾长江，一条"大进大出、快进快出、全天候运转"的"水上高速公路"闪耀在世人面前。因此，作为长江航运发展的"先行官"，接下来，长江航务管理局将扎实开展重点专项工作、加强水上交通安全监管、提升通航安全保障能力、继续做好三峡通航安全管理、强化治安消防和治安管理、进一步加强运输市场管理和安全服务。只有这样，才能为长江航运“十三五”发展奠定良好开局，为长江经济带发展提供坚实的长江航运安全保障。

原刊于《中国海事》2016 年第 9 期

广东交通构建阳光政务监督机制

# 网上看得一清二楚,我服气

林健芳　黎　侃　梁锡山

“以前有时会感觉政府偏袒国企,怀疑个别人搞关系。阳光政务之后,大家在网上看得一清二楚,即使不通过,我也服气。”广东佛山汽运集团负责人如是说。

这位负责人所说的“阳光政务”,是广东省交通运输厅近年来着重探索的一项政务监督机制,也将是广东推进公路水路交通基础设施建设的一项可靠保障。“十三五”期,广东省公路水路交通基础建设计划投资7000亿元,年均超千亿元。如何在如此庞大的工程量里切实防范“公路修起来,干部倒下去”?2015年8月,广东省交通运输厅率先在省直单位全面构建阳光政务监督机制:廉政风险较高的业务决策过程实时上网公开,接受社会监督;重大职权事项决策内外并重,专责小组“交叉复核”。

广东省交通运输厅厅长李静说,阳光政务监督机制的构建,基本实现了全省交通运输行政业务办理全面公开、因果公开,并初步实现了权力清单化、流程规范化、结果公开化、监督全程化。“尤其是交叉复核、全面公开双重监督,解放了干部队伍中的‘围猎’对象!”

## 多渠道全面公开信息

近年来,广东省公路项目众多,其中资金使用不透明等问题十分常见。“以前有些路修修停停,我们都不知道是不是正常。现在可以在网上看到什么时候轮到哪些村硬底化,也可以看到哪些路要实现硬底化了!”湛江市吴川黄坡镇村民郑玉兴告诉记者。

如郑玉兴所言，村民可以通过网上公布的《新农村公路路面硬底化明细分配计划表》获取公开信息，信息细化到每一个自然村。如罗定市罗镜镇通往垌头自然村的100米路段，总投资3.3万元，其中省补贴1.8万元，地方自筹1.5万元，每一个细节村民都能看得一清二楚。网上公开倒逼基层按时保质施工建设，通过全社会监督这些资金的使用效果。

《新农村公路路面硬底化明细分配计划表》的上网公开是交通阳光政务监督一个侧影。如今，以公开为常态，除涉密等特殊事项外，按照阳光政务监督机制要求，广东省交通运输厅将厅机关159项、下属单位175项廉政风险较高的业务全部纳入阳光政务建设。所有阳光政务事项文件在OA(办公自动化)系统办结后，自动发送到阳光政务平台，实现"面对面"实时公开。

同时，广东省交通运输厅还通过"广东阳光政务"短信平台、微信公众号等新媒体，向特定办事群众和从业人员等针对性地推送特定事项信息，实现"点对点"公开，接受社会监督。

"有效性和便捷性是反腐工作可持续的关键，而公开是最高效的监督。"广东省纪委派驻省交通运输厅纪检组长陈秋生说。

## 晒办理原因　压裁量"弹性"

在公布业务办理结果的同时，广东交通还公布办理的依据和原因，不但提高了依法行政的公平性，也赢得了群众的理解和信任。

交通执法与百姓"钱袋子"直接相关，一直是社会关注的焦点。对此，广东省交通运输厅在全国交通执法系统率先实现因果公开。省交通运输厅综合执法局细化完善了详尽的自由裁量标准，在网上公开。今年上半年，该局通过阳光政务平台公布6万余件交通执法案件信息，其中包含违法事实、处罚结果、处罚依据、救济途径等要素。社会反响良好，投诉大幅减少。

行为规范化，行政提速了。广东省交通运输厅综合执法局局长郑顺潮说：现行法律法规自由裁量权很大，比如，未取得道路客运经营许可擅自从事道路客运经营的，处以3万元至10万元罚款。全省交通执法人员9000多人，一年执法案件14万件，很难一碗水端平。综合执法局组织制订了详尽的裁

定标准依据，并在网上和基层执法站公开，执法人员只管核定事实，对号入座。

## 从单线联系到纵横关系

广东省交通运输厅制定了30余项阳光政务制度规范，其中新增的“复核小组交叉复核”和“专家组参与监督”环节效果十分明显。

“一条线三个人决策”代表着过去的行政决策流程。一般事项，经办处长拟定文件提交分管领导，分管领导“大笔一挥”就批准了；重大事项提交一把手审定，关键的“三个人”便非常容易成为行贿者的“围猎对象”。

李静介绍，“交叉复核”是由省交通运输厅领导、各处室人员组成4个复核小组，在上述“一条线决策”外增加的一个流程：由非分管领导主持复核小组，召开会议交叉复核，主要针对程序性、合法性、廉洁性问题进行监督把关。复核意见反馈给送审处室，如果采纳的，修正后进入下一个流程；如果不接纳，则把原方案和复核意见一并提交厅长办公会审议。由此，重点对廉政风险高、自由裁量权大的职权事项进行交叉复核，使权力运行从“单线联系”变成“纵横关系”，防止班子集体决策流于形式。

截至今年9月，广东省交通运输厅复核小组共召开小组会议34次，复核职权事项398项，发现问题并提出修改意见132项。

外部监督也在加强。李静介绍，按照相关规定，监督问责小组统一受理该系统相关违纪违规投诉举报，针对重要业务进行“双随机”监督抽查，做到“出事即问责”。

“阳光政务使群众充分享受知情权和行使监督权，大大提高了申办企业和群众的满意度。让权力在阳光下运行，也督促政府部门必须更加注重以人为本，真正体现执政为民的本质。”李静说。

原刊于《中国交通报》2016年10月28日1版

当世英豪花木兰，铺架通途斩天堑。酷暑严寒笑谈间，怎惧蜀道九重天？

人称“路桥花木兰”的周岩，就职于黑龙江省哈尔滨市交通运输局公路管理处，在交通战线奋战了28年。哈尔滨机场路等11项265公里重点公路工程留下了她深深的足迹，46175米1568座农村公路危桥改造工程洒下了她辛勤的汗水……

目前，周岩担任黑龙江省及哈尔滨市重点建设项目——木兰松花江公路大桥及引道工程（以下简称“木兰大桥”）指挥部副指挥长，她工作认真负责，不畏艰险，永远冲锋在前，带领团队攻克了工程的一系列建设难题。

# 路桥花木兰

## ——记木兰松花江公路大桥及引道工程副指挥长周岩

李志宏　姜红艳　陈晓光　姜久明

铺路架桥，天堑通途，民生工程，百年大计。眺望白山黑水之间，广袤的松花江流域中游木兰县域，木兰大桥施工现场，那里已变成如火如荼的战场。统领这场战役的工程副指挥长，就是人称“路桥花木兰”的周岩。

2016年10月，木兰大桥就要全线试通车了，届时从木兰县前往哈尔滨的车程将由3小时缩短至1小时。面对时间紧任务重的挑战，周岩一次次呈现出铁娘子“花木兰”的英雄本色，带领建设团队凭着不辱使命、敢于担当的责任意识，突破常规、敢为人先的创新能力，夜以继日、忘我奉献的拼搏精神，始终脚踏实地奋战在工程建设一线。

从业28载，周岩为交通基础建设事业奉献了自己全部的青春年华。

### 善思敏行　踏勘全市农村公路桥梁编制技术指导手册

周岩1988年毕业于哈尔滨工业大学道路桥梁专业，毕业后在哈尔滨市交通运输局公路管理处工作。工作中的周岩仍像在学校一样勤勉努力，她把工作当成学习，从不放松自己，凭着一股常人不具备的韧劲儿，用踏实与勤恳耕耘出

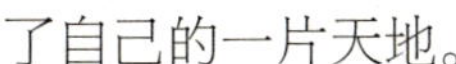

了自己的一片天地。

10 年前，周岩担任哈尔滨地区农村公路危桥改造办公室负责人，常年带队奔波于穷乡僻壤、深山老林，可她从不喊苦喊累，特别认真敬业，并善于将自己的专业和工作结合起来。2011—2012 年，为全面掌握哈尔滨所辖 8 区 10 县(市)农村公路桥梁现状，周岩带队进行全面普查。农村公路桥梁量多，位置偏远、分散，周岩等人每天五六点天刚亮就出发，一天要坐七八个小时的车，还要徒步走很远，晚上八九点才收工，一跑就是三四个月，吃饭睡觉也都是随便对付一下。

和周岩同在农村公路危桥改造办公室工作了 3 年的同事李秀卿对周岩的忘我工作印象特别深，她说："我们工作完都是赶紧睡了，有时累得不洗漱。可周岩晚上还要审图纸、作记录，经常夜里十一二点我睡了她在桌前，早晨四五点我醒了她又在桌前，都不知道她究竟睡了多久、睡没睡。"

不只是同事，所辖各区县交通运输局的相关工作人员也对周岩的敬业敬佩不已。为全面采集桥梁信息，每座桥周岩都要到桥下仔细观察。普查任务需在枯水期完成，冬季零下二三十摄氏度、寒风刺骨，初春河道堆满淤泥和动物尸体，充斥着难闻的气味，还要饱受蚊虫叮咬，但周岩从没畏惧过。

热爱学习的周岩并不只是沉浸在书本里，她希望自己学到的知识能够得到充分应用，在实践中给现实带来改变。全市 3000 多座农村公路桥梁，每一座周岩都仔细地查看过，并根据桥梁受损情况，编制了《哈尔滨地区农村公路桥梁改造技术指导手册》，全面采集桥梁基础信息，并对每座桥梁的维修改造方案提出了指导意见，为哈尔滨所辖 8 区 10 县(市)农村公路桥梁管理工作提供了极为宝贵的资料。

原木兰县交通运输局副局长兼农村公路站站长王龙告诉记者，农村公路桥梁管理主体是乡村政府，缺乏具有专业知识的技术人才，很多时候不能准确地了解桥梁破损情况，也不知道如何恰当经济地维修改造。2012 年初春，王龙陪同周岩等人在木兰县普查桥梁。走到新民乡民胜桥时，经过仔细观察，周岩发现该桥由于长年河水冲刷已出现基础脱空现象，如果下大雨进一步冲刷极有可能垮塌。当时，由于民胜桥几年前改造过，且外观无大碍，该县并没有将此桥列入危桥。"幸亏周岩当时下到桥底清理了淤泥，才及时发现这一危险信号。"王龙回忆起来心有余悸。

宾县摆渡镇群利桥则刚好相反，这座双曲拱桥大多数拱波已破损，但拱肋完好，由于缺乏经验和专业知识，该县计划将此桥拆除重建。周岩通过现场核查，及时修改了设计方案，通过植筋加强拱肋、更换拱波等手段对该桥实施了加固改造，不仅全面修补了桥梁破损构件，还有效提高了旧桥的承载能力，其维修加固费用仅为拆除重建费用的四分之一。

这样的例子其实数不胜数。在采访中，记者发现，周岩至今还能对全市所辖8区10县(市)的每一座农村公路桥梁的状况记忆犹新。周岩却淡淡地说："这是我的专业，也是我的工作。咱们路桥人能为国家和百姓做点什么，那是我们的光荣。"正是这种朴实的奉献精神和荣誉感，激励着周岩在平凡的岗位上做出了一番不平凡的成绩。

## 迎难而上　攻克木兰大桥施工难点

由于具备过硬的专业技术及出色的领导能力，2013年周岩被抽调到木兰大桥指挥部任工程副指挥长。

木兰大桥是黑龙江省及哈尔滨市重点建设项目，是国道三合至莫旗公路的重要控制性节点工程。工程全长20.135公里，其中松花江特大桥长2750米，主跨采用5孔160米预应力混凝土变截面连续箱梁，其单孔跨径为全省同类桥梁之最。

由于大桥桥区属小兴安岭余脉，岩层强度高，且伴有丰富的山体承压水系，传统的回旋、冲击钻进工艺及振拔机插打钢板桩工艺，既无法保证进度，又加大了涌水及洪峰冲击的风险。经反复调研，周岩带领攻关小组果断引用大型旋挖钻机、新型植桩机等高端设备，科学引进旋喷止水等先进工艺，有效破解了施工难点。其中钢板桩植桩工艺属国际先进、国内一流、黑龙江省首次引用技术。

木兰大桥承台基础尺寸大，混凝土一次浇筑量大，冬季施工混凝土内外温差大，台体极易开裂。周岩组织成立了QC小组展开大体积混凝土水化热控制联合攻关，成效显著。

在木兰大桥主桥箱梁施工中，主桥单孔跨径160米，常规挂篮悬浇速度慢，最快合龙周期180天，极大地制约了整体工程进度，且主跨大悬臂越冬存在质量和安全隐患。周岩组织相关技术人员经过细致研究和反复推敲,决定突破传统的主跨合龙及铺装工艺,采用主跨合龙与桥面铺装同步交叉作业的新工艺,并果断启用体外预应力锚具先张拉后压浆技术,同步科学采用冷砂浆低温压浆技术。为确保大桥结构受力控制在允许范围内,项目还利用远程视频采集系统,对悬浇箱梁施工实施动态监测与管理,确保质量与进度目标实现。

木兰大桥南岸引道有一处长近 1000 米、总挖方量 98 万立方米、最大挖深 32 米的石方爆破路段爆破速度缓慢,且产出石料由于尺寸过大无法作为路基填料,严重制约工程进度。周岩带领团队通过加密爆破点、调整爆破顺序等反复试爆,最终形成了破碎锤、挖掘机、推土机、运输车配合山体逐层爆破的立体、流水作业局面。

2015 年 4 月,为确保木兰大桥安全度过松花江冰凌期,周岩组织工程技术人员反复研讨冰凌期上游枢纽区水位及流量控制事宜,科学调整破冰工法,带队 24 小时巡视巡查,密切关注江面冰情变化……饿了啃点干粮,困了就在巡视车上打个盹,经过五天四夜的连续鏖战,木兰大桥上游冰凌全部安全通过桥区,施工单位财产未受任何损失。

在大桥冬期施工期间,周岩始终带领工程技术人员顶风冒雪坚守在工程一线。为了给同事们鼓劲,每次外业检查她都坚持亲自带队,手冻肿了,脚也冻烂了,严重的时候连鞋都穿不进去……

在实施"抓安全、保质量、促进度"40 天会战及 60 天攻坚战中,周岩带领工程技术人员起五更、爬半夜,每天数次深入施工生产第一线检查把关。在一次检查现场的过程中,由于长时间休息不好、就餐时间不规律,周岩突然晕倒,医生责令她必须休息一段时间,可她喝下一碗红糖水后又火速赶往现场……

在"拼命铁娘子"周岩的带领下,团队先后攻克特大桥桥区地层坚硬、大体积混凝土冬期施工水化热控制、特大桥主跨悬浇制约工程进度和引道大挖方段石方爆破等诸多难点。2015 年年底,主桥挂篮悬浇超额完成了计划工作目标,路基工程最大一处节点 32 米深 98 万立方米的石方爆破工程全部完成,不但有效保证了工程质量,还打通了冬季备料的运输通道。

"周岩是不可多得的技术型干部,在木兰大桥建设管理过程中更是我不可或缺的左右手。"木兰大桥指挥长马歆瑞如是说。

## 是女帅也是暖心大姐　工作上铁面无私　生活中平易近人

木兰大桥开工两年来,周岩放弃了所有节假日及个人休假时间,坚守在工程一线。就连2014年母亲生病过世,正赶上项目编制招标文件的关键时期,周岩都忍住内心剧痛坚持白天工作晚上照顾母亲,仅在出殡那天请了假。她办公室的灯光,每天总是最早亮起,又是最晚熄灭,时常还会通宵达旦。她的下属多是身强力壮的男同事,但提起他们的"女帅",都心悦诚服,竖起大拇指说:"铁娘子!女汉子!"施工单位的人员更是惊叹:"参建过那么多项目,第一次碰到女工程负责人,而且是个巾帼不让须眉的工程负责人!"

巾帼不让须眉,周岩也的确如此,她负责施工生产及质量管理工作,严抓工程质量,施工单位的人对她是又敬又怕。

怕,是因为周岩对工作一丝不苟,发现问题处理起来毫不留情。四标项目经理王振有告诉记者,2014年8月,他们率先完成了两个箱涵的施工,月度质量检查时,周岩发现箱涵的混凝土颜色不均匀,她责令四标停工整改,并召开了现场会进行通报批评。周岩说,其实箱涵颜色不好看丝毫不影响内部质量,但木兰大桥本着打造精品工程的目标建设,施工单位投标时也做出了相应承诺,就必须按照"精品工程"去要求。此后,所有标段都采用优质的脱模剂和新模板。黑龙江省质监站到现场检查时对木兰大桥的箱涵给予了"代表全省箱涵施工最高水平"的极高评价。

去年10月,四标施工到K15+300—K16+050挖方段,项目部承诺此挖方段投放6~8台挖掘机作业,但由于资金问题只投放了5台挖掘机。施工单位认为,如果加紧施工,也是可以满足挖方需求的。周岩检查现场时发现设备不足,毫不客气地批评了项目经理,并责令3天内补齐设备,不然更换项目经理。王振有当时又气又恼,觉得周岩不近人情、上纲上线,但事后他却很感激周岩,因为"正是由于周指挥长的预见性和执行力,后期尽管受到山体岩层坚硬等因素的困扰,却没有影响工期"。

在施工管理中,周岩不仅严,还很"神"。由于四标开山石料既要供给本标段施工还要供给三标使用,为防止两个标段配合不畅,早在路基施工前两个月,周岩就组织召开了土方调配协调会,经反复推敲、耐心协调,确定了最佳的土方调配方案,同时督促两个标段签下合作协议,并安排指挥部、监理单位各派1个人定岗协调监督,确保了路基填挖施工稳步推进。两个标段负责人都称赞这个协调会“非常有前瞻性”。

敬,是因为生活里的周岩柔情满怀,诚以待人。她是大家的暖心大姐,无论哪位同事有难处,她都尽力伸出援助之手。她还组建了周大姐广场舞队,每天带领指挥部全体人员锻炼身体。周岩乐观向上、积极热忱的精神,感染带动了指挥部和施工单位的所有人,大家形成了精诚团结、勤奋敬业、阳光向上的团队精神和工作氛围,为扎实推动木兰大桥各项工作奠定了基础……

待到十月金秋,木兰大桥定会昂首横跨大江南北,给两岸经济繁荣带来新契机,给当地及周边地区数十万百姓出行带来便利。到那时,周岩和她的团队又将踏上新的征程。

## 记者手记

### 永不停下前进的步伐

在学校读书时,她刻苦好学,取得了优异的成绩;在哈尔滨市交通运输局工作期间,她参与了哈尔滨机场路等11项重点工程建设,踏勘了全市所辖3000余座农村公路桥梁;甚至在女儿高三那年,她晚上和孩子一起看书到深夜,一早不到5点就起来做饭,1年下来女儿考上大学,她考下了4个职业注册资格证书……

在周岩看来,每个人的人生都是一条路,这一路上,容不得半点松懈,走得越稳、走得越多,才能走得越远。在周岩的人生道路上,勤奋这个路标一直引导着她不断前进,永不停歇。

连周岩的爱人都感慨,人到中年,总是会少了很多拼搏的劲头,但周岩不是,她一直保持着不断学习不断进取的精神,从未停止前行。

周岩从不觉得自己多付出了什么,她觉得工作就应该这样。调到木兰大桥指挥部后,周岩更是加快了前进的步伐,她带领团队先后攻克特大桥桥区地层坚硬、大体积混凝土冬期施工水化热控制、特大桥主跨悬浇制约工程进度和引道大挖方段石方爆破等诸多难点。

尽管如此，周岩并没有觉得自己有什么成就，她时时刻刻都把成绩归功于他人。对于单位，周岩充满感激："我在学校学习了知识，是哈尔滨市交通运输局给予了我实践知识的岗位和机会，从中我又不断收获更多知识。"年届半百调换工作岗位，到项目一线负责生产施工，周岩感激有了学习新知识的机遇。对于丈夫和女儿，周岩高度赞扬："我和我爱人是大学同学，他也是路桥人，特别理解和支持我的工作，我俩从没因为我工作忙拌过一次嘴。我的女儿也特别懂事，从不抱怨我陪她的时间少，她总是很自豪地告诉同学'我妈妈是公路人'。"更让周岩时时挂在嘴边的，是她的团队。"我处在一个优秀的团队中，在项目建设过程中，又遇到了很多优秀的合作伙伴。"

也许正是因为在各个行业都有着许许多多勤奋谦恭的"周岩"，我国在挺进世界经济强国的道路上才能越走越稳、越走越远、越走越好，"周岩"们用他们坚持梦想、积极向上的正能量，影响着改变着中国和世界……

原刊于《黑龙江交通》2016年5月10日4版

## 规划体系　完善配套

# 临安拟出农村电商顶层设计

汪　玚

“今年的山核桃没去年好卖咯!”

说话的是洪斌山核桃的“掌柜”戴云洪,“洪斌”这个品牌来源于他和儿子名字的组合。与记者聊天的过程中,戴云洪和媳妇一直忙着用胶带将一盒盒、一箱箱装袋的山核桃打包好,并将打印好的快递单贴在上面。屋里对着电脑坐着的,是怀孕的儿媳妇。采访的过程中,胶带的拉扯声不绝于耳。

一人与用户沟通、打印订单,两人包装、发货,这样的家庭电商模式在浙江省临安市昌化镇白牛村随处可见。同样多见的,还有崭新的小楼、门口的电商招牌、大大的二维码和这家商户的信誉度(淘宝皇冠标示)。

采摘、捡拾、下山、脱蒲、筛选、浮籽、晾晒、炒制、检验、包装。十步工艺,才有了销往全国各地、酥香脆的手剥山核桃。

## 承载农村梦的“淘宝村”

在另一家电商企业的“车间”里,电商服务区、原材料粗加工区、货品分类存储区、包装流水区各自分布。流水区内,整盒、捡货、分装、包装、贴签,“工人”们手脚麻利,他们每日工作 8 小时,下了班几步道就是家——这是村子里年销售额排名前三位的一家电商,2007 年电子商务刚在民间流行。白牛村有 2 家炒货厂,收购山核桃仁炒制加工,主要做批发生意,市场销量不太好,生意渐渐萧条、厂子要关门。这时,村子里几个年纪大的人看着电子商务热闹,就开始尝试上网注册网店卖东西，没想到生意越做越好。村里人纷纷效仿，在外打工的年轻人也纷纷回村实现梦想和价值。

"网上白牛村"以经营坚果类的炒货为主，一部分是临安本土特产，如山核桃、笋干、茶叶等，占整个网上销售的60%以上；另一部分是松子、碧根果等炒货，约占35%左右。通过农村电子商务发展，有效促进农村经济发展转型升级，带动了农业增效、农民增收。

如今，全村拥有大小商户69家，80%以上都是年轻人，2013年成功跻身全国首批"淘宝村"，2014年全村网上销售额达2亿元，农民人均纯收入2.36万元，有四家电商年销售额逾2千万元。"村里好些大学生毕业后都回来了。"上了年纪不懂上网的老人，也可以在村里的农村电子商务服务站进行网上购物。

电子商务盘活了村子，1月20日，国务院副总理汪洋亲临白牛村视察，并对临安电商工作给予了充分肯定。

这样的全国"淘宝村"在临安市还有4个，杭州市级电子商务示范村10个，"淘宝镇"6个。全市拥有农产品亿元以上网销企业1家、2000万元以上15家、500万元以上的38家。2014年，农产品网销额突破18亿元。

地处浙西山区的临安拥有近3000公里公路，交通网络相对比较发达。"依托良好的交通条件和丰富的特色农产品，临安电子商务起步较早，发展至今已建立了电子商务科技园、中国坚果炒货食品城、中国(杭州)跨境电子商务综合试验区临安园区、阿里巴巴临安产业带、淘宝·特色中国·临安馆等线上线下平台。"临安市交通运输局局长周杰介绍说。

近年来，临安市相继出台《临安市人民政府关于加快商贸与物流业发展的若干政策意见》《进一步加快电子商务发展的实施意见》等政策文件，明确提出对固定资产投资在500万元以上的商贸与物流业项目以及"对改造提升投资额在200万元以上的商贸与物流业项目，按实际投资额(不含土地)3% ~5%的比例对电商物流项目予以财政资金补助和扶持。

由于今年山核桃产量下降，产品同质化及低价竞争激烈，快递成本上涨，戴云洪和很多村民的生意比以往难做了许多。对此，周杰提出了建立"村集、镇收、市运"的农村物流服务体系，通过搭建区域性农村物流供求信息的收集、整理、发布公共信息平台，在村中设立集散点，统一配送，以此节省物流成本。

这一计划的实施，还需在未来 3 ~5 年内实现产业集聚，资源集约化使用，形成我市类似青山湖国际物流中心的区域集散中心。加快完善农村流通网络，推进大型流通企业向农村延伸经营网点，加快建设一批乡镇商贸中心。充分发挥交通运输、商务、供销等各行业优势以及邮政快递、顺丰等龙头企业的主体作用，畅通农村物流“最后一公里”。缩短物流时间，节约物流成本。加快完善农产品流通设施，建设农产品冷链系统，构建农产品物流体系。

## 龙兴有个坚果城

另一种集聚式物流同样位于浙江省。

一到山核桃落地成金，龙岗镇就成了沸腾的海洋，四面八方的山核桃以及其他地方的各种坚果，如浪潮一样涌向龙岗大大小小的加工厂。美味营养的坚果经过炒制加工，又从这里销往全国以及世界各地。龙岗镇现有炒货生产企业 135 家，约占全市炒货企业的 38%，产值 300 万元以上的炒货企业 75 家，规模炒货企业 16 家，年销售产值近 10 个亿，炒货加工业是龙岗农民增收的重要渠道。

“‘双十一’促销的时候，一天能装一千多件。”在“坚果城”工作的一名毕业生告诉记者。他的家，就在不远的村上。

“坚果城”是龙岗镇龙兴村中国坚果炒货食品城的简称，位于临安西部坚果炒货主产地、加工地龙岗镇，是集收购、加工、仓储和物流于一体的国家级坚果炒货基地，也是中国农村电商实训基地。据了解，坚果城项目总规划用地面积达 800 亩，其中，龙岗镇范围 500 亩，昌化镇范围 300 亩。按规划，龙岗镇范围内将建设“一城四区五中心”，昌化镇范围则为项目备用地。

据龙岗坚果炒货食品城开发有限公司董事长郑淳来介绍，坚果城于 2012 年 2 月开工，一城四区五中心将包括坚果新城、坚果食品商业交易区、仓储物流区、全国坚果食品文化展示区、综合配套区、全国坚果食品电子扇五中心、全国坚果食品现代仓储物流中心、华东地区进口坚果原料集散中心、全国坚果食品文化中心、休闲生活服务中心。

入驻的同时，坚果城也为坚果生产商提供智能服务。企业和个人可以通过交管理费的方式将自己的产品放在坚果城，工作人员会根据电子订单及客户需要取货并给选择相应快递。缺货则通过电子方式给商户发送详尽的补货信息，从而使商户节约了人力和仓储成本。更令人安心的是,即使个人不熟悉山核桃或坚果或没空采购,坚果城可提供代购服务,也为原材料提供商提供多种厂家和口味的代送加工服务。“当然,入城的产品都需要完成质量认证我们才会接收。”郑淳来补充道。

目前,坚果城只开放了北区展示销售区的一小部分,洽洽、姚生记、良品铺子等十个坚果品牌、80 家企业已抢先入驻,年销售额超过 6 亿元。

“中国坚果炒货食品城以现有企业的电子化商务为主攻方向,尽快形成以城区为核心的山核桃产地电子商务物流集聚区。形成多个电子商务村物流站点的培育建设,以白牛村、新都村为示范,沿 02 省道、昌文线、18 省道等骨干公路分布,培育 15 ~ 20 个电子商务村物流服务节点,探索多物流企业联动的村镇电子商务物流配送‘集成化发展’的新模式。”临安市交通局的农村电商物流发展情况汇报中,如是写道。

## 邮政:发挥渠道优势　助力农村电商

“中国邮政临安分公司大力推进邮政农村电子商务服务站建设,计划 2016 年底达到 500 个服务网点。”临安市邮政局局长吕建平告诉记者。

提及农村物流痛点之一的“最后一公里”,很多人脑字里都会想起中国邮政。吕建平坦言,电子商务市场的兴起,对邮政来说,既是挑战、更是机遇。

2015 年初,临安邮政局在电子商务产业园建成了面积 300 平方米的淘宝配送运营中心,结合邮政投递网络优势,为阿里农村淘宝做线下配送服务。目前已为 105 个阿里服务点提供线下服务,共计投递 11.7 万只电商包裹。据悉,阿里将在 2016 年前实现临安市 298 个村全覆盖。

吕建平告诉记者,为更好地提升配送能力和服务品质,临安邮政对淘宝线下投递网进行改造升级,增设基层投递车辆,优化投递时限和投递干线邮路(拟新增汽车邮路 40 条),不断完善农村物流配送体系,打通网货下乡和农产品进城的双向流通渠道,为农村电商快递物流“村村通”项目不断夯实基础、提升能力,切实解决农村投递“最后一公里”问题。

据悉,9 月中旬,临安邮政局又成功入驻临安跨境电子商务综合园区,并成立了邮政农村电商服务运营中心,不仅为 23 家进驻企业提供电商跨境配套寄递服务,还突出农村电商服务功能,为进一步拓宽打造“工业品下乡、农产品进城”的邮政配送服务链做好蓄势铺垫工作。

“浙乡邮礼”项目是浙江邮政“扎根农村、服务三农、惠及城乡”的创新项目,自2012年开始运作以来,通过全省分销信息化平台和新型商务投递网,依托全省2.6万个村邮站,把浙江省内最具特色的优质农特产品第一时间配送到全省各个城市。项目通过预售卡、客户在网站或手机拨打服务热线激活的形式,客户享受相应农产品的高标准配送服务,土特产将会在第一时间送进家门。项目的高标准运作将进一步展现当地农业发展水平,提升当地政府形象,体现政府服务三农职能;同时拓宽农产品销售渠道,增加农民收入,促进农业发展。

在白牛村考察的时候,记者发现了一家零售店门口写着“中国邮政农村电子商务服务站”,走进去发现,除了一般零售店贩卖的物品外,店内还摆了一台可供村民使用的电脑。电脑桌面上村邮乐购的主页甚为醒目。一旁的实体货架上还摆放了本周特惠的产品。

店长告诉记者,家里没电脑或不会用网上购物的村民即可来她这里,通过村邮乐购这一平台购买物品,邮件也是寄到店里,村民再来取。

据了解,“村邮乐购”是邮政拓展农村电子商务的统一品牌,早在2012年,临安市298个村邮站已全部实现运营,目前信息化站已达到120个。

线上基于邮乐网和邮掌柜系统,线下依托邮政农村窗口资源、农村邮乐店等实体渠道和物流配送渠道,打造一个集“网络代购+平台批销+农产品返城+公共服务+普惠金融+物流配送”为一体的邮政农村电子商务服务体系,通过邮政不断努力,使老百姓“购物不出村、销售不出村、生活不出村、金融不出村、创业不出村”。

“今年3月,盛产竹笋的太湖源镇主动找到我们,确定了‘万斤鲜笋进杭城’项目,通过邮政村邮乐购平台和国内小包渠道成功将一盒盒时令鲜笋发往千家万户。1~9月,临安市185个村邮乐购点代购笔数达到5500多笔,金额20余万元。”吕建平介绍说。“信息化村邮站和村邮乐购平台助力邮政能更好地服务于农村的电商发展,为深化农村电子商务市场打开了一扇新的大门。”

原刊于《交通建设与管理》2015年9月

# 五十四个道班　五十四枝花

赵晓夏

“看看，我们的道班多漂亮啊，欧式二层小楼，红瓦白墙，花园、蔬菜园、水果园、养殖园，应有尽有。养护机械设备也越来越齐全啦。”1979 年走上养路工岗位，2016 年 3 月刚刚退休的张国清望着眼前的道班，笑得合不拢嘴，他在内蒙古赤峰翁牛特旗养了一辈子的路，没有想到在职业生涯的暮年，见证了赤峰养路工工作生活环境天翻地覆的变化。

2010 年，赤峰开始花园式道班建设，实施道班“四园”（蔬菜园、水果园、花园、养殖园）和“四化”（养护机械化、管理规范化、庭院园林化、住房公寓化）建设，彻底改变了养路工“晴天一身土、雨天一身泥”的传统形象，在实现赤峰公路“科学养护、平安养护、体面养护、愉快养护”的道路上，迈出了坚实的一步。目前，赤峰境内 60 座道班，已有 54 座完成花园式道班建设。

## 开在心头的那枝花

“以前，道班就是三间低矮的砖房，远远望去就像一座小土包，屋里屋外环境都不好。这样的生产生活条件，不仅挫伤了一线养路职工的工作积极性，更影响了公路行业对外形象。”翁牛特旗公路管理工区主任董连军回忆，“养路工人们承担最辛苦的体力劳动，回到道班却吃不上一口热饭，洗不上热水澡，还被人戏称作‘傻大黑’……”

实施花园式道班建设之后，每一座道班都如同一朵娇艳的花儿，绽放在国省干线上，盛开在养路工心中。花园式道班的建设面积、建筑风格、人员配置、设施配置等标准一致。办公室、图表室、图书室、应急服务室、职工宿舍、洗浴室、道德讲堂等设施，一应俱全，道班庭院、生活区的绿化美化覆盖率在 30% 以上。养路工下班后，洗上了热水澡，吃上了热腾腾的饭菜，整洁温馨的工作休息环境，激发了他们对工作的热情和对道班的热爱。

位于省道304线和乌丹外环交叉路段的白音汉道班，是经典的赤峰花园式道班。道班占地面积15500平方米，建筑面积是1865平方米，在编职工17人，养护机械8台，承担着省道304线44.6公里的养护任务。道班有4个仓库分别存放生产工具、应急抢险物资、养护机械等，可以满足日常养护和应急抢险保障的需要。花园里的龙爪槐、梧桐树、卫毛球、龙桑等28种花木，争奇斗艳，精致的木桩小路通向茅草凉亭，亭子里别致的石桌石凳，是过去农民碾米碾面用的碾盘做成的。不远处古香古色的吊脚小屋，曾是人民公社时期的卫生院，道班建设时将它修葺一新，摇身一变成为职工的餐厅和活动室。

餐厅旁边的果园里有蒙古野果、红果、李子等13种果树，又种了香瓜、西瓜、打瓜等瓜类作物，还有荞麦、绿豆、豌豆等农作物。现在正是收获的时节，果树上、瓜藤上满是沉甸甸的果实。蔬菜园里有两座蔬菜暖棚，每座暖棚都有400平方米，种着茄子、辣椒、黄瓜、豆角、萝卜、白菜、秋葵等各类蔬菜。养殖园里饲养的家禽家畜也不少，猪、鸡、鸭、鹅品种齐全。道班日常需要的蔬菜水果和肉禽蛋，完全实现了自给自足，而且都是绿色无公害的健康食品。

“这里还不是景色最美丽的道班呢，在红山道班，常有幸福的新人在那里拍摄婚纱照。当然，最重要的不是景色，是道班的功能和道班给予养路工的荣誉感、获得感和归属感。现在，我们的养路工自信了许多，开朗了许多。”赤峰公路管理处处长徐利华说。他一直称自己是养路工的“头儿”。徐利华相信，道班是一扇窗，外界透过它审视公路行业，公路人依靠它服务社会和人民。

## 花儿可以“复制”吗?

“学不来啊！学不来啊！”8月初，前来赤峰参加全国公路政研会的代表们，一边参观道班，一边感慨。花园式道班真的无法复制吗？“关键是理念！要让养路工过上有尊严的生活，就必须多想办法，多方借力。”多年前，徐利华就下决心要改变养路工的工作生活环境。赤峰公路管理处本着既要对国家财产负责、对行业负责、对事业负责的态度，考虑到全市路网中长期规划，兼顾各养护管理工区实际情况和道班改建积极性，按轻重缓急，首先改建危旧道班房，其次考虑养护任务重、道班职工多、生产生活条件差的道班。翁牛特旗交通运输局局长孙东方介绍，内蒙古自治区交通运输厅很重视道班建设，地方交通部门大力支持，将道班建设作为路网改造的一项任务来完成。在作公路改造可研报告时，率先规划好道班的位置、设施等，从可持续发展的角度建设道班。资金有限，是制约道班建设的一大壁垒，为破解道班建设资金瓶颈，赤峰公路管理处开拓两条渠道筹集资金，一方面在每年的预算中列入道班建设专项资金，另一方面将道班建设资金直接计入公路建设成本，将公路建设与道班建设同步推进，既加快了全市道班改建速度，又节省了道班建设专项资金投入。

为确保道班建设成效，赤峰公路管理处制定了《赤峰市花园式道班建设与管理办法》和《赤峰市普通干线公路养护道班管理实施细则》，对道班建设施工监管责任和验收工作进行明确划分，通过公开招标选择有资质的施工队伍，由属地公路管理工区组织建设实施，旗县区交通运输局和市公路管理处实施监管，严把质量、进度、廉政三关。

“道班的硬件设施上了一个新台阶，管理水平怎么能落后，机械化养护不但提高了管养效率，更保障了养路工的安全。”徐利华始终把养路工的安全放在首位。赤峰公路管理处定期开展养护安全生产知识培训，强化养路职工安全防范意识。在养护工作中，养路工认真执行公路养护安全生产规范作业，做好养护作业现场布控，各类警示警告标志齐全醒目。过去养路工上路作业使用的单人摩托车、三轮车慢慢消失，取而代之的是印有公路标志的通勤车。只有时时刻刻把养路工的安全，作为管理工作的大事要事，每一位养路工从日常工作中点点滴滴做起，才能真正实现平安养护的目标。

## 让花儿更鲜艳

“公路文化培养人、教育人、感化人。没有文化不可能修好路。”这几年张国清对公路文化有了新的认识。深厚的红山文化、契丹辽文化、蒙元文化和草原文化在赤峰交融，融汇历史文化底蕴，突出公路行业特点，展示行业风采，成为赤峰地域特色公路文化品牌的底色。符合时代潮流的赤峰公路文化，滋润着道班和道班里的人，更提升了行业发展的软实力。

通过对赤峰文化资源进行深入发掘、筛选和提炼，结合独特的行业文化元素，赤峰公路管理处提炼了一套包括文化发展战略和实施体系的《赤峰公路文化建设实施纲要》《赤峰公路沿线物质文化美学定位及总体思路》和《赤峰公路文化手册》，制作了《大道通衢》赤峰公路文化视频片，倡导全新的公路文化理念。

养路工们记住了“让赤峰走远、让世界临近”的行业发展使命，更把“公心有正路、赤诚无险峰”的赤峰公路行业精神，体现在克服工作困难的行动中。公路文化建设由“虚”变实，增强了行业凝聚力和影响力，促进了赤峰公路事业又好又快发展。针对部分养路工文化水平低，机械化养护水平逐年提高，人员素质、专业技术水平与现代公路养护需求之间差距明显的实际，赤峰公路管理处加大了学习培训力度，与赤峰学院、内蒙古交通职业技术学院合作，开设大学本科、专科课程，不出道班就能上大学，实现了一线养路工人由体力型向知识型的转变，赤峰 78% 以上的养路工人都取得了大专以上文凭。不仅如此，赤峰公路管理处通过“请进来、送出去”等方式，加强养路工文化基础知识、管理业务技术知识、应急保障知识和安全防范知识的培训，养护队伍整体工作能力和综合素质越来越高。

## 常开的花儿　永续的道班

伴随养护体制改革和养护市场化的进程，赤峰在编的养路工越来越少，但是道班的“战斗力”却没有削弱，机械化养护虽功不可没，更重要的是养路工们有一股劲儿往一处使的干劲儿。道班的一草一木、一砖一瓦，都是凝聚养路工的“神器”。“不要小看这些花花草草，它们是养路工们在闲暇时间种植打理的，在一起种花种草的过程中，他们敞开心扉，说说心里话，很多矛盾和误会就解开了。”徐利华认为，总有一根纽带会将养路工紧密联系在一起，而共同维护自己的家园是再好不过的方式。

同行们常会问徐利华，未来养护市场化越深入，道班的作用越渺小，为什么还投入大量精力建设道班？他的回答是：推进养护市场化与道班建设并不冲突，道班是不能被丢弃的阵地，必须坚守。这样，道班才能成为公路行业应急保障的重要堡垒。

目前，道班已设置了便民服务室，能够为前来求助的出行者提供免费食宿，还配有工具箱、医疗箱、电脑等服务应急用品，承担一定的应急救助社会责任。同时，道班将成为未来应急指挥的第一线，应急物资供应的大本营和集散地。“国家和人民还是需要一支招之即来，来之能战，无条件服务社会的应急保通队伍，道班和养路工就是这支队伍的根基和灵魂。”这就是赤峰公路管理处坚持道班建设、坚持提高养路工生活水平的要义。

原刊于《中国公路》2016 年第 17 期

# 新常态下,中小航企如何活出高颜值?

陈俊杰　宋兵通　余明霞

如果说大型航运企业是维系航运市场稳定和国家海域安全的战船,那么数量众多的中小航运企业则是活跃经济、增加就业和航运产业发展的中坚力量。

只有不同规模的航运企业共同发展,才能使航运市场成为国民经济的重要引擎。

作为2016年中国航海日专题论坛活动项目之一,中小航运企业领袖论坛直面中小航运企业的困难与挑战,聚焦"航运企业融入和服务'一带一路'建设、'长江经济带'等国家战略,借助金融创新维护行业稳定发展,实施'走出去'战略拓展生存空间,抱团取暖实现企业减负增效"等话题,探寻中小航运企业在经济新常态下的突围之路、转型之路和复兴之路。

## A. 细分市场中寻求突围之路

中国交通运输部水运科学研究院经济政策与发展战略研究中心主任宁涛表示,中小航运企业要打造核心竞争力,在细分市场上寻求突围之路。

航运业是与世界经济关联度、紧密度最高的行业之一,数量众多的中小航运企业在活跃经济、增加就业等方面发挥了重要作用。

数据显示,我国中小航运企业数量占航运企业总数的98%,船舶艘数占总数的93%,船舶载重量占总载重量的60%,船舶货运量占总货运量的55%。

面临低迷的航运市场,中小航运企业如何寻求突围之路呢?

宁涛建议,中小航运企业要顺应潮流,深度融入产业链中,与上下游客户紧密合作,充分发挥自己的特色,在细分市场寻求机遇,打造核心竞争力,成为细分市场的领军者,提供高品质服务,让客户主动为高品质服务支付溢价。同时,在互联网时代，要有国际化视野，坚持全方位协同“走出去”。

## B. 四方面提升竞争力

由于全球航运市场持续低迷，我国中小航运业目前正面临着运力过剩、货运量不足的局面。利比里亚海事局驻华首席代表叶波建议，中国中小航运企业可从四个方面提升竞争力。

叶波说，航运业一定要积极学习和了解海运领域的新技术和新规范，不断提升企业竞争力，中国中小航运企业可以从以下四个方面进行努力：一是支持并使用电子化的船舶证书，降低船舶交易等候和送达成本，解决疏忽遗失造成的麻烦；二是支持并使用电子数据、云技术，实现公司的远程监控；三是关注相关国际公约的新发展，找出最科学的方法应对；四是科学规划船舶的检查计划，建议邀请海事第三方来整改和调整，以开放的心态迎接港口的检查。

## C. 分阶段解决融资难

航运市场持续低迷，银行业又收紧信贷，中小型航运企业融资难已是不争的事实。中小航运企业如何缓解融资难？来自银行业和保险业的金融界人士支招破解融资“顽疾”。

据了解，中小型航运企业经营过程中的问题包括财务管理不规范，机构不健全，财务报告随意性大、真实性差、透明度不高，缺乏信誉积累，信用等级低，难以满足银行贷款条件的要求，等等。

“中小航运企业未来一段时间内融资并不十分乐观，但也并不是说束手无策。”中国农业银行总行小微企业金融部业务发展处处长黄建勤说。

黄建勤建议，企业应该根据成长的不同阶段，选择恰当的融资方式，还应该结合自身发展情况拓宽融资渠道。除了银行贷款，企业可以通过融资租赁、股权转让、P2P 等方式融资。

宁波市港航管理局的调查数据显示，2010—2015 年，宁波市水运企业共融资 236.6 亿元，其中 2015 年新增融资金额 14.8 亿元。2015 年新增融资金额远低于 2010—2015 年的年均水平，反映出该市水运企业获得金融机构融资支持力度逐渐减弱。在各类融资方式中，银行贷款金额占比 80.96%，其他各类融资方式中，融资租赁、股票债券融资、民间集资和其他融资方式金额分别占比10.71%、3.04%、0.81%、4.48%。

黄建勤表示，下一步，银行的小微信贷业务将在担保方式的信用化、业务运作的网络化、营销方式的批量化方面进行创新。

黄建勤还认为，解决中小企业融资难，政府也是不可或缺的重要角色之一。政府应该引导银行在内的社会资金更多投入中小企业，尤其是小微企业，从而缓解融资难的问题。

宁波市港航管理局还对宁波水运企业的保险情况进行了调查。数据显示，2015年宁波市水运企业保险投保总金额785.3亿元、保费支出1.27亿元，相比之下，2010年全市水运企业保险投保总金额545亿元、保费支出1.58亿元，反映出水运企业总体保险费率有所降低。

对此，东海航海保险股份有限公司总裁方翔认为，这与当前中小航运企业面临的困难是分不开的。

方翔表示，作为国内首家专业的航运保险公司，东海航运保险除了提供保险服务外，还将联合国际国内的一些银行、中介、经纪、担保，着力打造贷款、融资的绿色通道。

原刊于《中国水运报》2016年7月18日A7版

# 宁夏第一高桥“串”起清溪沟村民出山梦

## 山大沟深进出村困难

梅宁生　米宁平

2 月 12 日一大早，记者驱车沿着固原市新修的北环路来到 10 公里外的原州区彭堡乡清溪沟村，站在连接北环路的清溪沟大桥上，笔者看到了那两条曾让清溪沟村民望而生畏、深度达 40 多米的清静沟和怀沟，山沟坑道纵横交错，受地貌风化影响，土质疏松到已经很难有成形的路面，沟壑内一条蜿蜒曲折的小路印满了村民们的足迹，从南向北延伸到 3 里外的石壁村。

说起这两条深沟，村民们个个深有感触，70 多岁的马如意老人指着四周的地形告诉记者，在没有修桥建路之前，清溪沟村如同一座“孤岛”，南北方向被大山阻挡，东西两侧又被清静沟和怀沟包围着，正常天气下出行都困难，更别说雨雪天了。马如意老人说：“沟里就一条一人多宽的路，要是拉个架子车还得两个人扶着点，一个人拉容易翻车。”

“要说出不去、进不来是一点也不夸张。”村民马秀珍给记者讲到，大前年，她和几位妯娌走石壁村亲戚家串门，顺着沟走到半道突然下起了大雨，仅有的一条小道立即变得泥泞不堪，几人深一脚浅一脚的向前挪动了几百米，但还是被泥淖陷住脚，最后还是喊来附近的村民帮忙才得以脱身。

## 孩子上学用铁锹开路

路况再差，大人们咋样都能克服，可是一到下雨下雪天孩子们上学着实让家长犯难。

村里读五年级的马小军带记者来到清溪沟大桥南面一处土坡前，顺手指着土坡的方向告诉记者，这就是他们村的出入口。他和其他同学都要顺着这个土坡一路走到清静沟沟底，再沿着沟底的小路向北爬坡一直走到3里路外的石壁村小学念书。

“天气晴还好走，这要是雨雪天气，年纪小点的就得靠家长背着接送，稍微大点的跟着大人们拿着铁锹一锹一锹地铲开泥路，再跟着大人的脚印一步一步往前走，原本40多分钟的路程，特殊天气下要走两个多小时，那真叫一个艰难。”马小军的家长提起孩子上学连连摇头，感叹道：“深沟只要一下大雨就容易聚集成洪水，下雪了又滑，可是让人担惊受怕够了。”除了特殊天气孩子们上学让大人们犯难外，最害怕的就是家里人突然生病，“小病还能抗一抗，万一有个急症，出都出不去。”采访中，记者能深刻体会到村民对这条唯一和外界连通的深沟是多么的畏惧。

## 想致富又被路挡

清溪沟村清真寺的教长李耀伏是同心人，他来到这个地方让他感受最深的是，被大山和深沟包围着的清溪沟村小伙子讨媳妇都难，“有女儿的家长一听到是清溪沟的年轻人，都不让女娃嫁过来，嫌这里路不通穷得很。”而村里的适龄女青年则紧抓嫁出去的机会以摆脱清溪沟村。

清真寺寺管会主任马登风接过话茬，他向记者介绍，清溪沟村有520口人，以中老年人居多，主要依靠农耕经济，村民收入很单一。“种粮食收成薄得很，基本种洋芋的多一点。”就因为这里山大沟深，村民不敢买摩托车或者农用车，唯一的运输工具就是三轮车，“秋天卖洋芋的时候，三轮车不敢装的太多，不然坡太陡车上不去。”马登风向记者算到：“一车洋芋装多点运费也是200元，装少也是200元，来回多跑几趟深沟，全掏了运费真正卖洋芋挣不了几个钱。”

## 大桥架起梦想实现

2013年夏天，清溪沟村的村民永远也不会忘记，横跨清静沟和怀沟的清溪沟大桥开建，马如意老人和村里其他村民给施工队腾房子，年轻人帮着施工队搬运建材，“大家伙儿恨不得两三天就把桥架起来。”马登风对未来生活充满了希望，“桥架起来，我们卖洋芋的运费能省三分之二呢，日子肯定也会越过越好。”

据固原市交通局相关负责人介绍，在加快宁南区域中心城市建设中，分摊缓解交通流的主要通道仅为国道309线（省道101线与之重复）一条，由于通行能力不足，安全隐患突出，影响了区域经济的发展。因此，当地市委、市政府提出以构建立体化区域交通枢纽为目标，决定建设固原市北环路。

该项目起点位于固原机场以南1.7公里，与省道101线相连，终点接固（原）胡（大堡）公路，全长5.63公里，一级公路，路基宽22米，路面宽20米，沥青混凝土路，设计速度60公里/小时，为双向6车道。全线共设置桥梁2座496米，其中清溪沟大桥是北环路第一座桥梁控制性工程，高达49.5米，全长328米，由西向东，横跨清静沟、怀沟，为宁夏第一公路高桥。

项目总投资3.45亿元，其中固原市政府投资2.35亿元；自治区交通运输厅投资1.10亿元，2013年5月开工建设桥梁工程，2014年7月开工建设路面工程，全线于2014年12月24日建成试通车。

原刊于《宁夏交通》2015年2月26日2版

# 贵州农村公路铺就美丽乡村小康路

李　瑜

莽莽群山，巍巍峰峦，地处西南一隅的贵州，受制于特殊的地质地貌与地理环境，自古以来就有“天无三日晴，地无三里平，人无三分银”之称。近年来，在新农村建设的大潮中，伴随着全省美丽乡村小康路行动计划的实施，贵州农村发生了翻天覆地的变化，一条条民生路、致富路、便民路拔地而起，推动了贵州农业增效、农民增收、农村发展的步伐。

## 新农村富裕之路

要想富，先修路。农村公路的建设直接关系到贵州两千多万农民的“幸福指数”。随着贵州美丽乡村小康路行动计划的实施，全省掀起“四在农家·美丽乡村”小康路的建设热潮，建起了一条条带领老百姓脱贫致富的幸福路。

新农村的建设，美丽乡村小康路的修建，使贵州农村的基础设施得到巨大改善，助推了引进先进的农业技术与管理技术，建设大棚蔬菜、葡萄园、苗圃园、产业基地等。遵义县梳池村是贵州新农村建设的缩影。在道路畅通、环境优美的梳池村，到处都是村民自家盖起的白墙青瓦的三层楼房，道路两旁种植着各类蔬菜瓜果，连片的大棚中里，茄子、辣椒、西红柿挂满枝头。修到田间地头的乡村路，解决了农副产品运输“最后一公里”问题，既节省时间，又节约成本。梳池村的村民告诉笔者，通过黔北民居、居住环境、农村道路的改造，梳池村已跨入小康进程行列。

新农村建设的发展，激发着群众脱贫致富的信心和热情，农村农业产业化的带动和辐射能力明显增强。政府、企业家、农民三方努力，充分发展当地优势农业，将其建设成集生产、加工、销售为一体的规模产业。湄潭县茶叶产业和麻江县的蓝莓产业作为其中的佼佼者，已然成为当地的支柱产业，为当地经济的发展和人民生活水平的提高做出了贡献。

提起湄潭茶叶，一定要看一看走在小康水平前端的贵州茶叶第一村——核桃坝村。“群山叠翠云雾绕，黔北茶乡赛江南”是核桃坝的真实写照，核桃坝村走的是茶旅一体化的发展道路。一条6.5米宽的沥青乡村路将核桃坝与邻近的村镇连在一起，道路两旁成片的生态茶园连绵起伏，一年四季绿野茫茫。核桃坝村独特的气候、土壤、种植习惯非常适宜茶叶的生长，这里，家家户户都种茶，男女老少都摘茶，勤劳的核桃坝人日出而作日落而息，灵巧的手指跳动在茶树之间，采摘下来的片片嫩绿是他们小康生活的希望。每天下午不到6点，核桃坝村的茶叶交易市场上停满了前来收购茶叶的车辆，商家准备好现金、秤，将装茶的大篓子一字摆开，待6点钟开市的铃声一响，便是市场上最热闹的时候，茶商们看到收获的一篓篓茶青心满意足，村民们拿着一沓沓卖茶的钞票喜笑颜开。村民何从孝用“突飞猛进”四个字准确地形容该村近年来的变化，他告诉笔者，以前的核桃坝“核桃三坝几大弯，十年就有九年干，顿顿红苕沙沙饭，吃水都翻几座山，一年辛苦无收成，大田变成放牛山”，在党和政府的关怀下，核桃坝发生了翻天覆地的变化，今天核桃坝人穿得时尚，吃得健康，住得宽敞，行得通畅。目前的核桃坝村，建成了学校、医院、老年公寓、茶青交易市场、钓鱼竞技场、多功能电教室、乡村旅游接待中心、文体广场等公共设施和水泥街道，共有4家省市级龙头企业、几十家茶叶小型加工厂，形成了以观茶、采茶、制茶、品茶和茶艺表演为主的茶文化发展模式，带动了旅游业为龙头的第三产业迅猛发展。

黔东南麻江县，丰饶的蓝莓基地是农民的致富产业，随着蓝莓生产的规模化发展，蓝莓果脯、蓝莓酱、蓝莓酒等加工企业随之兴盛。路的畅通，无疑是这些地方得以发展的基础条件之一，穿越在阡陌沃野上的农村公路，农业产业获得前所未有的发展机遇，促进了农村优势产业的大发展。

## 惠民便民之路

美丽乡村小康路的美，是文化路、生态路、产业路、旅游路的结合。它们纵横在群山秀水中，穿行在阡陌沃野之上，是一条条通往每家每户的便民路，连通了各个村村寨寨，路修到了农民的家门口，为农业、农村、农民带来了实实在在

的好处。

建设过程中，农村公路更加注重安全保畅，路肩、边沟、绿化、安保、错车道、招呼站、客运站的同步建设，最大限度地保证了老百姓出行的安全与便利。客运站是农村公路的枢纽，承担着方圆村寨农民的出行安全问题。德江县的复兴客运站是现已建成的农村客运站中最大的一个站，把楠木、平原、明溪等地相连，改变了以前路烂不通车、人的出行与农产品运输不便等难题，解决了老百姓走亲、赶集、看病等方面的交通需求，农民告别了过去肩挑背驮的时代，迈入了出门就坐车、运输有客运的新阶段。

农村客运招呼站的建设，进一步提升了农民乘车的安全性与便捷性。印江、雷山等地的农村客运招呼站，融合当地建筑风格，建设出具有浓郁的少数民族文化特色的功能性招呼站，当地老百姓既能在招呼站中等待客运车辆，也便于他们在忙完农活之后躲雨歇凉，可谓是一举两得。雷山县乌东村的一位苗家姑娘告诉笔者，他们都亲切地叫招呼站为凉亭，以前路和招呼站没修好的时候，他们出门一点都不方便，尤其是下雨天，路上是稀泥，一出门，鞋子、衣服都要被弄脏淋湿。农村公路、招呼站的建设，为他们带来很大的方便，再也不用担心节日里穿上民族盛装出门唱歌跳舞会把衣服弄脏了。

## 城乡统筹发展之路

四通八达的农村公路，拉近了城乡距离，将农村与城市紧密联系在一起，推动了社会主义新农村建设统筹城乡发展。路的畅通，让那些隐藏在大山之中的美丽风光得以展现；路的畅通，为新农村建设提供了良好的发展条件；路的畅通，促进了城市与农村的交流，二者互动互促，共同发展。遵义县的营上新村、湄潭县的田家沟、威宁县的幸福小镇、雷山县的雷山与西江苗寨、贵定县的金海雪山、兴义万峰林……处处是风景与乡路相衬，乡路与城市相连，城市与农村相通。

发展乡村旅游、休闲农业是促进城乡交流的重要形式之一，也是发挥农业多功能性的重要途径。随着城乡经济的发展，农村人文无干扰、生态无破坏的优势得到越来越多城镇居民的青睐。遵义县的营上新村就是一个典型的以乡村旅游带动经济发展的新农村。

尚未入村，一池望不到边的碧绿与淡粉便映入眼帘，满塘的荷花与荷叶交相辉映，煞是养眼。进到村里，一条清澈的河流横贯村中，两岸依依杨柳在风中摇曳多姿伸向远方，小桥流水边长亭回廊蜿蜒错落，整洁的乡村路通到每家每户，路旁整齐的栅栏里种满各类花草树木，装饰一新的黔北民居散落在这个花园般的小村中，如诗如画，美丽而宁静。因为交通便利、环境优美、空气清新，在城市喧嚣中忙碌的人们在闲暇之余便会来到营上新村，钓钓鱼、赏着美景、吃着安全无污染的地道农家小菜，惬意自在。随着营上新村乡村旅游的发展，村民们建起了乡村旅馆和农家乐餐馆，一些外出打工的年轻后生看到家乡的变化，也陆续回家创业。在这些年轻人看来，现在的农村与城市差别不大，以前从村头走到村尾的时间，现在开车就能抵达县城，道路交通方便、基础设施条件好、创业环境好，只要勤劳付出，生活只会越过越好。公路的修通，为城里人到农村居住和旅游带来了极大的便利。一到周末，很多上班族便会约上朋友、带上家人到农村体验生活，教孩子认识各类瓜果蔬菜，与家人共度欢乐时光。

正在发展的贵州农村，致富路连接着千家万户，产业路遍布千村百寨，旅游路纵横于群山沃野，为建设百姓富、产业强、生态美的社会主义新农村做出了重大贡献。“村村寨寨通油路，家家户户奔小康”不再是梦想，而是切切实实的行动。贵州农村实现全面小康之梦不再遥远。

原刊于《贵州公路》2015 年第 2 期

# 新政“落地” 激活出租车行业转型升级

段兰芬 邓 倩

**核心提示**:近日,省政府办公厅制定印发了《甘肃省深化出租汽车行业改革的实施意见》(以下简称《意见》),以破除我省出租汽车管理体制机制上的历史积弊;规范网络预约出租汽车经营管理,构建多样化、差异化出行服务体系;促进巡游、网络预约出租汽车新老业态相互融合。该《意见》将统筹发展巡游出租汽车和网络预约出租汽车,合理确定并动态调整巡游出租汽车承包费标准、押金和定额任务,鼓励巡游出租汽车加入网络预约出租汽车公司平台,并建立出租汽车经营者和驾驶员评价系统,加强对违法违规及失信行为、投诉举报、乘客服务评价等信息的记录。

## 声 音

**乘客期待出行更加便利,司机期待政策真正实施**

《意见》的实施,能否让我省出租车行业健康有序发展?记者对此采访了乘客和出租车司机。

“网约车很方便啊,今天限号,我通过神州叫了专车,我去的这地方远,有的出租车司机都不愿意去。”在某机关单位工作的孙先生告诉记者。“不管怎么改,只要能方便群众出行就好。”提到出租车行业改革,孙先生说。

刘师傅是兰州一名开了13年出租车的司机,开“坏”(报废期8年)了一辆车后,更换的这辆车已跑了6年,车况已显得有点陈旧。对于日前我省出台的深化出租车行业改革的实施意见,他是这样看的:“政策出台的都是好的,但我们还是希望政策能真正落地,给我们带来实惠。比如,能真正降低我们的‘份子钱’。”

"现在人都叫专车了,收入不太好。"一位不愿透露姓名开了10来年出租车的师傅无奈地说,说起鼓励出租车加入网约车平台,他告诉记者,"车行给我们配了手机,采用汇召APP软件来增加我们的乘客量。试运行半个月来,接单效果不是很明显,希望后面会好一些,收入能提高点。"

采访中记者了解到,对于出租车行业改革的《意见》,出租车司机都期待《意见》能实施到位,通过规范经营权、降低"份子钱"、进入网约车平台等措施,真正让他们能享受新政的"红利"。

## 新　政

**网约车获合法身份**

目前,网约车已经成为部分人出行的首选。

"现在出门之前我都会约好车,等收拾好出门时差不多车子已经到楼下等着了,省时又方便。"家住靖远路的张露说。以前出门坐车是她最头疼的问题,打不到出租车挤不上公交车的尴尬经历一次次上演,但网约车的出现改变了她的生活。

伴随着互联网技术在交通运输领域的发展,网约车(专车)这种新型运输服务模式应运而生,为乘客提供了便捷化的出行服务体验。但因其尚未纳入行业统一管理,责任主体难以落实,乘客安全和合法权益缺乏保障,网约车(专车)一直游走在灰色地带。根据《出租汽车经营服务管理规定》,未取得出租汽车经营许可,擅自从事出租汽车经营活动属于违法行为。

为此,本次《意见》中明确了出租汽车服务的定义,即主要包括巡游出租汽车服务和网络预约出租汽车服务两种服务模式,给予了网约车(专车)合法身份。鉴于城市人民政府是出租汽车管理的责任主体,《意见》在深化出租汽车行业改革和规范网络预约出租汽车发展方面,赋予了各市(州)充分的自主权和政策空间,各市州、县市区政府将根据本地出租汽车市场发展状况,按照高品质服务、差异化经营的原则,发展车型、服务舒适度更高,预约更加科学便捷,定制化程度更高的网络预约出租汽车服务,满足社会公众品质化、多样化的出行需求。

记者了解到,一些市民认为没有安全,便利则无从谈起,解决乘坐网约车安全责任问题才是当务之急。而此《意见》中专门提出,要规范网络预约出租汽车

的准入和退出，对网络预约出租汽车平台公司的服务能力、车辆技术标准、从业人员素质等严格审核把关并建立退出机制，规范了网络预约出租汽车的经营行为，保障了乘客的乘车安全。

**巡游出租车转型升级**

巡游出租汽车经营权因出租汽车数量的限制而成为城市“稀缺”的“有价”公共资源，历来是出租汽车行业改革的焦点和难点。按照全国深化出租汽车行业改革的精神，我省在《意见》中明确了出租汽车经营权实行经营期限制和无偿使用，经营期限原则上不超过 8 年。此举将有效抑制非法炒卖、哄抬出租车经营权价格的行为，推动巡游出租车和网络预约出租车公平参与市场竞争，促进政府完善退出机制，优化资源配置。

“听说‘份子钱’要降低了，我们都在讨论。”在开了十几年出租车的齐师傅眼里，最近网约车的盛行给自己带来了前所未有的压力，“‘份子钱’的降低给我们出租车司机打了打气。”齐师傅说。

传统巡游出租车行业自 20 世纪 90 年代快速发展，为群众出行做出了积极贡献，但也积累了不少的问题，比如“份子钱”过高，影响了出租车驾驶员的积极性。为此，《意见》提出巡游出租车行业要加大改革力度，健全利益分配制度，利用互联网技术更好地构建企业、驾驶员运营风险共担、利益合理分配的经营模式，根据运营的情况，驾驶员和企业共同承担风险，合理分配利益。至于过高的“份子钱”，鼓励用行业协会和工会共同协商的方式来确定合理的承包金，实行动态调整，保护驾驶员的合法权益。通过改革经营模式，能够进一步规范承包费和抵押金（份子钱）的收取，有效降低巡游出租车驾驶员负担，这也将重新焕发巡游出租车行业的活力，促进巡游车和网约车错位经营、良性竞争。

去年以来，各种网约车平台开始积极整合，迎合市场需求推出新产品，网约车平台运营逐渐成熟。滴滴出行、神州专车、易到等约车平台先后推出了快车、顺风车、接送机、试驾、代驾等功能，在进一步满足了乘客个性化需求的同时，也冲击着传统出租车市场。“必须承认网约车对我们的冲击很大，今年我已经辞掉了夜班车司机来节约成本。”出租车司机孙师傅说。

为给网约车和传统出租车提供一个更加公平的竞争环境，《意见》明确鼓励传统出租车转型网约车市场，加入网络预约出租汽车公司平台，通过电信、互联网等服务方式提供运营服务，让传统出租车企业获得了利用互联网等新技术手段提升自身的机会，推动了传统巡游出租汽车运营模式的升级。

《意见》对传统巡游出租汽车的改革更体现在坚持乘客为本。针对巡游出租车不经同意就拼客、拒载、挑客等现象，《意见》明确提出，巡游出租汽车驾驶员应文明驾驶，优质服务，不得拒载、议价、途中甩客、故意绕道行驶，未经乘客同意不得搭载其他乘客。针对现金交易的麻烦，《意见》鼓励巡游出租车推广使用符合金融标准的非现金支付方式，方便公众乘车，提高用户体验。针对巡游出租车拼客，致使乘客付费不合理的问题，《意见》鼓励拓展服务功能，通过改装分段式计价器，方便合乘乘客分别计价、合理付费。同时，各市州政府将把出租汽车综合服务区、停靠点、候客泊位等服务设施纳入城市基础设施建设规划，统筹合理布局，在机场、车站、码头、商场、医院等大型公共场所和居民住宅区，划定巡游出租汽车候客区域，为出租汽车运营提供便利。

**信用监管平台建立**

不论是传统巡游出租汽车转型升级迎来“重生”，还是网约出租车合法运营进一步“升华”，都需要健康的运营环境作为发展的后盾。此次《意见》特别提出，出租车行业将加强信用体系建设，建立完善监管平台。

信用体系建设方面，将落实服务质量信誉考核制度和驾驶员从业资格管理制度，制定出租汽车服务标准、经营者和从业人员信用管理制度，并建立出租汽车经营者和驾驶员评价系统，加强对违法违规及失信行为、投诉举报、乘客服务评价等信息的记录，作为出租汽车经营者和从业人员准入退出的重要依据，并纳入全国信用信息共享平台和全国企业信用信息公示系统。

建立完善监管平台方面，《意见》提出，用互联网思维创新监管方式，以大数据、云计算等新技术为支撑，以监控管理、服务考评等功能为途径，以政企信息交换、信用信息公示为手段，搭建信息化监管平台，构建精准化、全程化监管体系。同时建立政府牵头、部门参与、条块联动的联合监督执法机制和联合惩戒退出机制，建立完善监管平台，强化全过程监管，依法查处出租汽车妨碍市场公平竞争的行为和价格违法行为，严厉打击非法营运、聚众扰乱社会秩序或煽动组织破坏营运秩序、损害公共利益的行为。

## 期　待

**新老业态融合发展,高品质出行服务有保障**

出租汽车行业是城市重要的窗口服务行业,对于完善城市功能、方便群众出行、扩大社会就业具有重要作用。让各方市场主体的权益都得到有力保障,公平开展竞争、规范有序发展;让新老业态更好融合发展,实现行业的长治久安;让人民群众得到可持续、安全、高品质的个性化出行服务保障,有更多更好的获得感,是积极推进深化出租汽车行业改革的初衷和落脚点。

此次我省出台出租车行业改革的《意见》,通过"互联网 + 出租汽车",给予了网约车合法的身份,促进网约车规范健康发展;通过"出租汽车 + 互联网"来推动传统出租汽车行业的转型升级,改善和提升传统出租汽车的供给效率,提升服务质量,最终实现这两种业态的协调融合发展。同时,《意见》将统筹解决城市"出行难"和"打车难"的问题,协调新老业态的公平竞争,协调乘客、驾驶员和企业的利益关系。期待《意见》中各项举措真正落地实施,激活我省出租车行业转型升级,让出租车司机有钱可赚,让人民群众享受高品质的出行服务。正如交通运输部运输服务司司长刘小明所说:"出租车行业改革政策的落地,使出租汽车会重新成为城市的一张名片,使老百姓的出行会更加方便。"

*原刊于《甘肃经济日报-交通周刊》2016 年 12 月 8 日 1 版*

# 鹤大"醉"美行

## ——鹤大高速公路科技示范工程技术应用现场考察侧记

饶　波　张士鹏

雁鸣湖畔,大沟高架桥倚边而过,在阳光的沐浴下,似有湖水共长桥一色之景;座座隧道、座座高架桥,穿山越岭,绿意萦绕,高速公路两旁美景令人目不暇接……8 月 24 日,来自全国各地以及澳、英等 600 余位代表来到鹤大高速公路(吉林境)进行考察。沿途科技与生态的和谐融合,全程贯穿绿色交通理念,形成处处景致,让代表们直呼过瘾,纷纷赞叹:"这真是一条令人流连忘返的'醉'美之路!"

### 美景怡人源自生态保护

8 月 24 日是 2016 年第二届全国绿色公路发展暨鹤大高速公路科技示范工程技术交流会首日。早上 7 时 30 分,代表们准时登上大巴,从延吉出发开始了一天的考察,前往即将完工的鹤大高速公路。当天,省交通运输厅还与延边州广播电台合作,在行驶途中为考察团讲解项目特点与地方特色。

此次考察线路经过省交通运输厅精心制定,首站即是"重头戏"——位于国家级自然保护区雁鸣湖湿地旁的大沟高架桥。

"这条路修得真靓啊!"沿途驶来,两旁树木郁郁葱葱,不远处的庄稼地里玉米即将迎来金秋丰收时。这一切被代表们尽收眼底,引来阵阵讨论,毫无旅途之劳累。10 时 20 分,考察团到达首站大沟高架桥头,代表们纷纷下车,近距离观察鹤大高速公路路面、附属工程等,想要将眼前的一切尽收于心;或是来到桥护栏边,与雁鸣湖合影留念,感受这绿色之美。

"鹤大高速公路位于长白山腹地,地处季节性冰冻地区,是我国首次在季冻地区开展的科技示范项目。为了保护雁鸣湖湿地，我们在鹤大雁鸣湖营造了仿自然湿地，恢复了湿地生态系统，达到了湿地保护和生态补偿的目的。”顺着省高建局副局长李长江的声音，代表们聚集到展板前，听取鹤大高速公路科技示范工程总体情况介绍，并纷纷掏出手机，紧跟李长江的步伐，照下他讲解的每一块展板。

已经来过多次的部交通科研院专家王新军告诉记者：“随着鹤大高速公路趋向完工，它的美亦是越来越靓丽，如桥下的人造湿地，不见人工痕迹，好像以往就在那里天然存在。”

## 变废为宝引关注

14 时 10 分，考察团来到位于敦化附近的生态砌块生产厂，在这里，“零弃方”这一理念化为看得见、摸得着的现实存在。

日产 2000 平方米的全自动砌块成型机，全自动的蒸汽养生室，护坡砌块、挡墙砌块等产品摆放整齐……刚一下车，代表们被这种建于项目旁的砌块制品生产方式吸引住了目光。

“这些砌块全是用我们隧道的弃渣加工而成。”吉林久盛生态环境科技股份有限公司董事长李仲海向代表们介绍，鹤大高速公路在项目沿线建立砌块制品生产厂，推广应用生态砌块护坡技术，用生态砌块合理地替代了传统的浆砌片石或叠拱护坡，节约资源，降低造价。同时，通过从国外引进的设备及自主研究的工艺，开发了以工程弃渣为原料的多种适用于不同边坡特点的生态砌块产品，将过去抛弃的隧道弃渣变废为宝。

“这真是全面贯彻实行‘零弃方’要求的典型示范。将来我们也将尝试在普通公路借鉴这一‘变废为宝’的循环利用理念。”省公路管理局科技处处长宋文祝说。

## 试验路段科技含量高

鹤大高速公路 ZT05 标修筑了 10 公里 5 种典型路面结构试验路，还建成了首个季冻区高速公路沥青路面长期性能研究观测基地，而这就是考察团的第三站。15 时，考察团到达 ZT05 标贤儒互通，对季冻区高速公路路基路面长期使用性能研究应用项目进行考察。

“我们积极探索废旧材料的循环利用，首次在东北地区新建高速公路最大规模推广应用工厂化橡胶粉 SBS 复合改性沥青混合料，利用废旧轮胎 50 余万条。”省交通科研所副所长陈志国介绍，该工艺可以有效提高沥青路面应对极端气候的能力，实现废旧轮胎的循环利用。

这项新工艺也引起了广大交通科研工作者的关注。“这条路科技含量太足了！”来着云南省交通规划设计研究院的工程师陈亮亮在现场拿起随身携带的笔记本与省交通科研所工作人员交流了起来，详细了解了工厂化橡胶粉 SBS 复合改性沥青混合料的试验情况，听到紧要处还与工作人员交换了联系方式，相约晚间继续探讨。

15 时 30 分，考察团继续前行，通过柞木台隧道时，在车上观摩了高寒山区隧道保温防冻技术推广应用项目实际运用效果。研究人员建立了隧道保温层厚度、设置长度计算方法，首次对鹤大高速 18 座隧道保温方案进行了动态调整，实现了隧道抗冻保温设计由经验法向理论法的转变。

还原自然的人工湿地、变废为宝的生态砌块、废旧轮胎循环利用、隧道保温防冻技术以及沿途的风光，让一天的时光，紧凑而又充实。虽然，这一天只走了鹤大高速公路雁大段 100 多公里，却也令众人收获不小。澳大利亚专家杰夫·韦伯表示：“这些技术成果非常有借鉴意义。”

原刊于《吉林交通》2016 年 9 月 1 日 34 期 4 版

# 转型发展　正在出发

## ——市交投司“两学一做”学习教育侧记

刘正林　张泽梅

“我多次参加全国交通系统会议，这次重庆会议接送服务，标准很高，质量更好。”9 月 28 日，在渝参加全国交通运输系统规划处长培训的交通运输部公路科学研究院副主任蔡翠，如是说。同月 23 日，参加全市交通系统公务车改革后勤保障工作研讨会的区县交通委领导们，对市交通投资有限公司（简称交投司）提供的社会化服务保障公务出行方案表示出极大兴趣，潼南区交通委当即与交投司签订合作协议。

这是交投司“两学一做”学习教育，突出“基础在学，关键在做”所取得的重要成果。

### 两项第一是如何夺得的？

9 月 12 日，市交通党委“两学一做”学习教育知识竞赛决赛举行，从 16 支代表队复赛产生的 6 支代表队，进行最后角逐。

决赛开始后，交投司代表队一路斩关夺隘，气势如虹。在个人必答、团体必答环节，未失一分；在抢答环节，面对抢题失利，临“危”不乱，沉着应对，勇于选择高风险题，弯道超车。在加试环节，从 5 道题中连续抢中 3 道，夺得团体总分第一名。

队员赵红全此前在复赛时个人成绩名列第四，荣获个人一等奖。至此，交投司代表队夺得两项“第一”，创参加市交委活动历史最好成绩。

宝剑锋从磨砺出。市交通党委部署开展“两学一做”学习教育知识竞赛后，交投司决定组建代表队参赛，并且确定复赛进前六、决赛进前三的奋斗目标。

公司综合部副主任陈英建立QQ群和微信群,专供学习交流、信息通报和资料共享。每周四15时至17时,全体队员集中学习。还定期组织测试,检查进度和效果……

早在公司党委部署开展“两学一做”学习教育时,就要求各党支部落实专人,认真开展学习教育,重点将是否带头完成工作任务和为企业创造效益作为检验学习教育效果的“第一标准”。尤其注重上好党课,领导带头学、支部组织学、个人抓紧学、专家辅导学,切实打牢“学”这个基础。

党委有要求,党员做表率。帅林,是重庆速运汽车租赁公司(简称速运公司)派往市水利局水保处的公务车驾驶员。既是公司“代表”,优质完成驾驶任务,也作客户“员工”,主动帮助拎行李、打雨伞、送报纸等。水保处十分满意,致信速运公司表示感谢,希望指定帅林担任“专用司机”。后来,市水利局另三个处室也成为速运公司客户。

## 打造汽车租赁行业标杆

今年除夕前日,市级党政机关2016—2017年度公务车辆定点租赁服务采购招标文件发布,速运公司第一时间“捕获”后,公司领导及部门负责人,当即决定放弃春节休假,潜心研读招标文本,拟定投标工作计划及具体任务和时间节点等,分解落实到每个员工。员工们加班加点,全力以赴,完成300余页投标资料的制作。交投司领导也多次深入速运公司,分析问题,解决难题。速运公司成功中标。

磨得金刚钻,揽得瓷器活儿。

9月26日,全国交通运输系统规划处长培训班学员陆续抵达江北机场。速运公司驾驶员统一着装、统一戴白手套,帮客人搬行李、开门、关门……

17时至18时,学员们集中抵达,正值接送线路车流高峰。“不能被堵在路上,一定要按时接机。”驾驶员们来来回回,直到晚上10点多,终于将最后一批客人安全送达培训班所在地渝通宾馆。

几天前,市交委就向交投司及速运公司下达接送规划处长培训班人员的任务,可是速运公司收到参训人员名单及抵达时间,却是25日24时。时间紧迫。于是,连夜调整方案,立即调度车辆,确保接送服务万无一失。

对此，培训班学员、交通运输部公路科学研究院副主任蔡翠评价说，“我多次参加全国交通系统会议，这次重庆会议（培训）接送服务，标准很高，质量更好。”

“懂规矩，靠得住，服好务”，是交通运输部对公务车社会化服务供应商的总要求，交投司的要求是“优质服务、安全保障、保密守纪、互利共赢”。圆满完成规划处长培训班学员接送服务任务，无疑是速运公司的精彩之笔、成功之作。

创立于2014年的速运公司，是交投司转型发展路上的试验地和探路石。打造汽车租赁行业标杆，是市交委、交投司为速运公司确定的奋斗目标。

“汽车租赁服务，尚无全国和全市层面的统一标准。”速运公司副总经理杨志说，客户对于服务质量的评判，正如“一千个读者心中，有一千个林黛玉”。速运公司“摸着石头过河”，率先制定出严苛的《服务质量管理制度》，包括服务质量规范、要求、监督、质量奖励与处罚等，把“客户满意”作为公司管理活动的终极目标。而且，公司实行全员营销，人人有经营指标，个个有考核压力，绩效考核“极为残酷”。

服务好不好，客户说了算。有一次，公司驾驶员与客户沟通不到位，记错了时间，未能按时接到客户，被客户投诉。还有一次，道路交通管制，交巡警正在附近执勤，车辆无法停靠在约定位置，同样被客户投诉。为此，速运公司受到交投司通报批评，公司负责人受到追责，被扣罚当月工资1000元。

梅花香自苦寒来。目前，速运公司拥有中长期租赁车100余台，正在为市交委系统、市水利局、潼南区交委等20余家客户提供公务车租赁服务，正与长寿、涪陵等地交委商谈公务车租赁服务合作。截至9月，速运公司今年实现业务收入380万元，预计全年实现450万元，可望实现交投司下达的“总成本控制在400万元以内，盈利10万元”的绩效考核目标任务。

## 寻找新“主业”，转型发展

交投司作为市交委投资的交通基础设施建设项目的“代理业主”，先后建成汶川地震重庆援建崇州公路项目“重庆路”，重庆主城两路、茶园、西永、鱼洞换乘枢纽工程等重点项目，相继竣工移交。

缺乏新业务拓展的交投司，目前处于无活可干、“无路可走”的“主业”空

档期。

敢问路在何方?

“交投司作为市交委国有企业,就是要自己养活自己,不能成为交通的包袱”。这是交投司新一届领导班子及广大干部职工的铮铮誓言,铿锵豪迈。

“必须改变观念,打破老思路,下重药猛药,使企业走出困境。”面临公司生产经营处于亏损状况,今年以来,交投司按照市交通党委部署,在“两学一做”学习教育中,带着问题学,针对问题改,解决问题找出路。

绩效真考核,杜绝新亏损。公司分别与各控股公司经营团队签订年度经营管理目标考核责任书,进一步完善《子分公司管理办法》《合同管理办法》等内部制度。全面推行绩效考核,把经营管理任务和经济目标分解到绩效考核指标中,每月考核员工工作业绩,兑现“奖优罚差”,充分激发员工干事创业的热情。

“去库存”,调结构。坚决贯彻市交委决策部署,主动争取委机关处室和行业单位大力支持,着力解决历史遗留。完成换乘枢纽项目决算和验收,实现债务移交。完成两路、西永、茶园、鱼洞换乘枢纽的全部单项验收,和西永、茶园、鱼洞换乘枢纽的竣工验收,现正全力推进4个换乘枢纽的备案登记和权证办理工作。截至10月10日,收到交运集团、交通开投集团支付的枢纽偿债资金约5.65亿元。

子公司撤并获得实质性进展。计划撤并9家参控股公司,其中4家已经注销,3家已签订股权转让协议并报市级相关部门审批,2家枢纽管理公司撤并正有序推进。今年收回多年欠款7900万元。适时调整房地产项目营销策略,实现销售合同金额5771万元,10月将与中铁建公司签订股权转让协议。

转型发展,确定主业是战略,选择项目是战术,布局人才是关键。交投司深谙其道,已经吹响集结号。

合资成立重庆中交通信信息技术有限公司,参与交通运输部车联网项目建设。派出人员到相关单位,学习交通信息化项目建设经验,筹备我市驾驶培训信息管理与服务平台开发建设;跟踪中新(重庆)战略性互联互通示范项目之交通物流发展规划编制……

速运公司正在构想开发高速公路清碍救援、交通建设筑路设备以及汽车租赁与物流业结合的平台。

苦练内功，着力打造多面手、复合型人才队伍。今年以来，交投司既“请进来”，邀请行业内外专家到公司讲课，辅导审计、财务、规划、运输、信息、物流、安全、党建、群团等业务知识；又“走出去”，派员参加外省市考察学习，参加交通运输部新项目新业务会议，组团学习兄弟单位先进经验。

日前，市交通党委书记、市交委主任乔墩对交投司提出要求：肯定要讲效益，但不能钻钱眼。要顺应国企深化改革的大趋势，突出公益性。要发挥交通行业优势，在行业的“短板”中寻求发展，做好行业监管的“抓手”。当前首要任务是明确公司发展战略，制定好三至五年的发展规划。发展战略清晰后，就一股劲儿地去干，相信交投司会越来越好。

好风凭借力，送我上青云。

转型发展，交投司正在出发……

原刊于《重庆交通》2016 年 9 月 12 日第 9 期

# 安徽交通以行动兑现脱贫承诺

吴　敏

4 月 27 日，刚结束一轮绵绵降雨的皖西大别山区，春意盎然。

顺着蜿蜒的 X057 县道，记者来到金寨县花石乡大湾村，大别山深处的这座小山村，在 4 月底的细雨中还有微微寒意，山坡上新栽下去的茶苗绿得深沉。就在 2 天前，习近平总书记来大湾村考察脱贫攻坚工作。这个宁静的小山村，一下子成为万众瞩目的焦点。

“总书记，大前天就是从这条路来我家的。”陈泽平指着不远处的村路说。陈泽平是总书记到大湾村走访的第一个贫困户。“以前都是在电视上看到总书记，没想到总书记那么忙，还亲自来看望我们，关心我们的疾苦，真让人心里暖烘烘的。”陈泽平边搬墩子，边感慨。

位于大别山腹地的六安市金寨县，是安徽省面积最大、人口最多的山区县。但外界有所不知的是，以全县出了 50 多位将军而闻名。这些红色荣耀是金寨一直津津乐道的往事，但并不能改变因处大别山区自然条件艰苦而作为国家级贫困县的现实。金寨县所在的大别山片区，是 2011 年底中央扶贫工作会议确定的 11 个连片特困区之一。

花石乡位于金寨县中南部，平均海拔 700 米以上，辖 6 个行政村，158 个村民组，4133 户 16389 人，其中建档立卡贫困户 765 户 1932 人，移民直补人口 1195 户 3525 人，是一个集移民安置区、重点林区、革命老区和旅游景区为一体的山区乡镇。大湾村 921 户人家，贫困户有 174 户，建档立卡贫困户有 7 户。

通往大湾村的是一条陡峭的盘山公路，只能容两辆车并行，路边不时出现“临水临崖”的黄色标牌，提醒着过往车辆小心慢行。沿山路行驶约 20 公里，有一条不显眼的水泥路，宽约 3.5 米，蜿蜒向上，通往山里，是去大湾村民组的必经之路。

“这条通村水泥路是2006年实施村村通工程时建成的，路基宽4.5米，路面宽3.5米。”花石乡乡长司玮说，今年已将该路列入安徽省农村公路畅通工程计划，路面扩宽4.5米以上。

## 切实为贫困地区谋“出路”

“实施扶贫农村公路畅通工程，我县建设里程1376公里，项目覆盖全县23个乡镇、71个建档立卡贫困村和186个撤并建制村。今年，我县将实施744公里建设目标，其中县级畅通工程1条37公里；乡级畅通工程8条计141公里；撤并村通村公路硬化工程121.7公里；行政村通村水泥路窄路加宽272.5公里；建档立卡贫困村自然村硬化工程171.7公里，建设总投资约2.7亿元。”金寨县地方公路管理局副局长王涛告诉记者，金寨地处山区，农村公路坡陡弯急、临水临崖路段居多，同样是农村三、四级公路，道路建设成本每公里造价要高于平原地区，在改造施工过程中，县级财政配套资金压力大。不久前，我县召开专题会议，落实县级财政配套资金6492万元，5月份全面开工建设，确保任务按时完成。

六安市交通运输局局长李卫东介绍：六安市辖3区4县，其中有5个是国家级贫困县区。为了加快贫困地区脱贫致富步伐，我市从2016年起，用3年时间，实施农村公路畅通工程。实施县级道路畅通工程251公里，乡级公路畅通工程944公里，撤并建制村路面硬化工程1276公里，通村公路窄路加宽工程4104公里，442个贫困村内较大自然村道路硬化工程1457公里。通过对现有公路进行升级改造或路面改善，到2017年6月底，全市每个乡镇具备1条连接国省干线公路或县城的路况良好、安全设施齐全的三级及以上公路；对现有公路进行路面改善，到2017年底，全市每个乡镇具备1条与相邻乡镇最短捷的路况良好、安全设施齐全的四级及以上公路，其中5个贫困县中农村公路密度小于25公里/万人的乡镇各增加1条通往相邻乡镇或主干道的四级及以上公路，原则上路面宽度不低于5米。除了部省补助资金外，县级公路畅通工程市政府给予10万元/公里补助，乡级公路畅通工程市政府给予5万元/公里补助。

## 出足力尽好责干好事

“习近平总书记在安徽考察时指出,脱贫攻坚已进入啃硬骨头、攻坚拔寨的冲刺阶段,必须横下一条心来抓。要强化目标责任,坚持精准扶贫,认真落实每一个项目、每一项措施,全力做好脱贫攻坚工作,以行动兑现对人民的承诺。”安徽省交通运输厅厅长施平表示,我们要深刻理解习近平的讲话精神,把脱贫攻坚放在心上、扛在肩上、抓在手上,为打赢攻坚战出足力、尽好责、干好事。

交通运输是扶贫开发的重要领域,为切实改善农村地区交通条件,更好地助推精准扶贫,安徽于2015年底出台了《关于实施农村道路畅通工程的意见》,明确要求从2016—2018年用3年时间在全省实施农村道路畅通工程。到2017年6月底,实施完成县级公路畅通工程;到2017年年底,实施完成乡级公路畅通工程;到2018年年底,实施完成老村级道路加宽改造工程、撤并建制村路面硬化工程和贫困村内较大自然村道路硬化工程。

今年初以来,安徽省交通运输厅围绕这一目标任务,经反复核查对接,最终确定了6.7万公里建设规模,其中:县级公路畅通工程2418公里,乡级公路畅通工程9562公里,3000个建档立卡贫困村内较大自然村道路硬化工程11444公里,撤并建制村路面硬化18937公里,老村道加宽24806公里。同时,为了打赢脱贫攻坚战的决定,更好地服务于农村地区经济社会发展,在完成以上农村道路畅通工程3年目标任务的基础上,安徽省交通运输厅又适当增加规模,在全省31个贫困县已实施建档立卡贫困村较大自然村通硬化路的基础上,对5547个非建档立卡村选取一个自然村实施一条通村硬化路(平均长度为1公里),较好地解决贫困村和非贫困村的相邻道路连接,大幅提升全省贫困地区整个路网连通水平,有利于更好地推进扶贫开发工作。

2016年是实施农村道路畅通工程的首战之年,安徽交通运输厅下达3.8万公里,确保完成3.4万公里的目标计划,近乎一半以上的建设任务放在今年。4月上旬,安徽省交通运输厅召开全省农村道路畅通工程实施动员会,提出开局就是决战,决战必须决胜;动员全省各级交通公路部门以更大的决心、更明确的思路、更精准的举措、超常规的力度全面完成今年年度目标任务,坚决打好、打赢“十三五”安徽交通扶贫脱贫攻坚首战,切实发挥交通建设对促进贫困地区经济社会发展、人民群众脱贫致富奔小康的先行作用。

目前,一场交通脱贫攻坚决战在江淮大地上打响,安徽交通以实际行动兑现对人民的承诺。

原刊于《安徽交通运输》2016 年 5 月

## 江西港航建设势头强劲

# 赣鄱黄金水道迸发振兴活力

练崇田　黄　金

赣江井冈山航电枢纽、九江港彭泽港区红光作业区综合枢纽码头一期工程即将开工，南昌龙头岗综合码头一期工程基本建成即将开港，江西煤炭储备中心项目正在联合试运转……当前，江西从航道和港口建设着手，依托长江、赣江和九江港、南昌港，加快赣江渠化和综合运输枢纽港建设，多式联运体系已基本形成。

### 水运工程打通水系“经脉”

2016 年 8 月 13 日，南昌龙头岗综合码头一期工程施工现场，一个现代化码头呈现在记者眼前，工人们正在烈日下抓紧工程扫尾工作。该码头建成后将与南昌国际集装箱码头优势互补，使南昌港成为运转高效、功能完善的现代化港口。

“目前，江西高等级航道里程少、比重小，还未形成层次结构合理、干支联动性强的航道网络。同时，缺少能引导产业集聚发展的大型枢纽港口，集疏运体系落后，多式联运还有很大的发展空间。”江西省港航管理局局长于钦民表示。

据介绍，江西具有丰富的内河水系，但由于一些历史原因，部分水系未完全实现与铁路、公路、民航的有效衔接，港口在综合运输体系中的节点作用未能真正体现，“最后一公里”的问题亟待解决。为此，近年来江西持续推进水运基础设施规划建设工作，《全国内河航道与港口布局规划》也明确赣江为国家 18 条主要高等级航道之一。

2015 年 4 月，江西省委、省政府制定《贯彻国务院关于依托黄金水道推动长江经济带发展指导意见的实施意见》等对接政策，提出打通鄱阳湖主要支流连通长江的出海通道，形成以长江九江段一级航道、南昌至湖口二级航道、赣江赣州至南昌和信江贵溪至都昌三级航道为主，干支有机衔接的“两横一纵”高等级航道网络，振兴千年赣鄱黄金水道。

## 多式联运勾勒立体网络

2016 年 8 月 5 日，江西煤炭储备中心项目联合试运转，该项目包括通用码头、储配煤场、铁路专用线等三大工程，集水路、铁路、公路运输为一体，形成多式联运立体运输网，打通了长江黄金水道出入江西的重要运输通道。8 月 15 日，装载着南康家具的 25 个集装箱“乘坐”79618 次“点到点”快速货物列车，从全国首个入境木材内陆直通口岸——赣州港出发，标志着赣州港铁路专用线正式投入运营，凭借该港海铁联运、陆铁联运的强大运送能力，赣州构建起以集装箱多式联运为特征的现代物流体系。

近年来，江西加快昌九港口 4 条铁路专用线和 32 条疏港公路建设，加快综合枢纽港建设，加强水运与其他运输方式的顺畅衔接，加快港口物流与铁路、公路物流互联互通，推进九江港—宁波舟山港—秦皇岛港联盟联合发展，形成江运联运大通道。

2015 年 4 月底，南昌至香港航线正式复航，该航线使江西通过香港形成连接“一带一路”重点地区的高效便捷航空运输网络。此外，依托国内现有连接亚欧、泛亚铁路运输通道，江西加强与湖北、重庆、陕西、新疆等相关省（区、市）合作，加快武（昌）九（江）客专、蒙（西）华（中）煤运铁路等项目建设，进一步打通对接中亚、中东欧、欧盟及东南亚的“陆上丝绸之路”通道。预计到 2020 年，将基本形成集疏运体系和多式联运体系。

## 多渠道融资破解资金难题

2016 年 7 月底，江西省港航建设投资有限公司首次申请的中期票据成功注册。8 月底，江西水运第一股——江西通达航运股份有限公司正式挂牌新三板。

面对水运项目融资难等问题，江西采取多项举措筹措建设资金。一方面，围绕建设长江经济带、中部城市群等新增重要投资机遇，积极联合鄂湘等省港航部门合理争取国家部委更多资金支持，力争把中部城市群航道整治、大型港口工程等重大项目纳入国家层面规划范围。同时，争取省财政扩大投入水运建设资本金等。另一方面，以江西省港航建设投资有限公司为平台，加快资产聚集融合，提升公司融资信用评级，为水运工程建设融资创造条件。推进政府与社会资本合作，采取混合所有制模式，将过去直接投入到交通项目的资金以股份的方式参与港口等水运项目建设与经营，着力破解融资难题。

此外，赣江石虎塘航电枢纽积极探索“以电养航”等融资模式，依托水电站装机容量大等特点，走出由航办电、以电养航、滚动发展的道路，为水运工程建设提供了资金保障。

原刊于《江西交通》2016 年 9 月 8 日

## 四校联动　资源共享　打造品牌

# 云贵川渝汽车职教联盟正逢其时

罗　超

“五年内，我们要建设成为一个资源共享、优势互补、联合办学、共促发展的汽车职教联盟，绘就西部汽车职教的一张新名片。”日前，四川交通职业技术学院党委书记王东平展示出云贵川渝汽车职教联盟未来发展的一张美好蓝图。

2016年10月23日，在成都举办的中国云贵川渝2016职业教育发展论坛上，四川交通职业技术学院、贵州交通职业技术学院、云南交通职业技术学院、重庆工业职业技术学院4所学院正式签约，成立云、贵、川、渝汽车职业院校产教联盟，携手共同打造全国品牌专业群。

四所职业学院汽车专业“融”成一个联盟，原因为何？前景如何？四川交通职业技术学院又有何实力，成为联盟理事长？

## 寻合作　抱团出击聚力特色产业

2016年年初，西南地区汽车维修服务专业教学实力较强的4所学校：四川交通职业技术学院、贵州交通职业技术学院、云南交通职业技术学院、重庆工业职业技术学院的相关负责人聚首交流，相谈高职院校的“十三五”发展规划。

虽然汽车维修服务专业群作为各院校的国家示范性高职院校重点建设专业，在“校企合作办学、合作育人、服务产业发展”理念指导下，不断进行教学改革和创新，学生培养质量得到本区域内社会和企业的高度认可。但由于各院校均处于西部经济欠发达地区，与长江三角洲、京津冀等发达地区相比，不同程度上存在教育基础相对薄弱、教学资源相对匮乏、社会声誉不高等问题。资源欠缺与资源浪费及效益低下的矛盾同时存在，面对大量应用型本科院校的出现，新的生存危机初见端倪。

在“十三五”高职教育进入新的发展阶段下，各高职院校如何抓住机遇，优化资源配置、降低办学成本，继续发挥示范与引领作用，成为各学校一个十分现实而又紧迫的课题。于是，成立一个汽车职教联盟院校的想法应运而生，4所学院都盼望在教育市场的激烈竞争中，由“单打独斗”转变为“握紧拳头、重拳出击”，实施全方位合作办学，共同解决发展中存在的问题和矛盾。

于是，2016年10月23日，在三省一市教育厅的统筹下，云、贵、川、渝汽车职业院校产教联盟正式成立。

## 重共享　资源互补壮大办学实力

“我们希望通过合作，加强各院校在教学、科研、服务区域等领域的合作，搭建校、政、企合作平台，促进院校间的交流与合作，提升整体办学效益和竞争优势，探索院校与区域经济协调发展的新模式。”四川交通职业技术学院副院长王永莲介绍说。

11月9日，学院汽车工程系主任袁杰电话不断。“我们联盟成员之间，正在商谈专业负责人、师资互派、学生教学和技术交流等具体事项。”袁杰告诉记者，“联盟不能成为空架子要发挥积极的作用，必须将协议内容落到实处，做出有利于学生、有利于教师、有利于学院的实事。”

根据合作框架协议，学院之间将实行“教师互聘、学生互派、学分互认、教材开发、相互开放实习实训基地、图书资源共享”等合作，以实现优势互补、资源共享、互惠互利、共同发展。

“特别是在校企合作方面，联盟将发挥巨大的作用。”袁杰介绍说，联盟建成后，将搭建统一开放的校企合作资源共享平台，共建共享实践、实习基地，依托各联盟学校校企合作资源，积极开展学生交叉就业、校企合作定向班、多品牌师资协同培养等项目。今年，学院参加世界技能大赛中国区选拔赛，使用的便是与贵州交通职业技术学院合作品牌福特的汽车。“这是我们学院没有合作的品牌，但是联盟成员之间，可以共用其他学院已经合作的品牌资源。”

## 强实力　产教融合带来发展新空间

一直以来，学院按照职业教育“校企合作、工学结合、理实一体、做学合一”的理念，紧紧围绕四川省交通运输系统构建畅通、安全、高效的现代综合交通运输体系的总体目标，积极探索以“工学交替”为主导、“订单培养”为驱动的产教结合人才培养模式。

目前，学院汽车工程系在校建设拥有了理实一体的实训室和校企合作培训中心共计24个，建筑面积达12160平方米。

并先后与丰田中国、一汽丰田、通用汽车、宝马汽车、一汽奥迪、东风雪铁龙、东风标致、上汽大众、一汽大众、东风本田、芬兰磨卡、中国平安等汽车品牌制造厂商、关联企业展开了深度合作，共建了11个校企合作培训中心和基地，通过企业出培训师、出设备，学院出师资、出场地的培养模式，开设了“宝马班”“丰田班”“奥迪班”“标致班”等为企业定向培养高技能型人才。企业在校累计投入专业教学设备总值近4000余万元，设备技术由企业适时更新并与市场同步。

校企合作的开展惠及汽车工程系的所有学生，为学生提供了必要的实习条件和难得的锻炼机会，大大提高了学生的专业知识和实操能力。在每年举行的全国职业院校技能大赛中，汽车工程系的学生多次夺得冠军或是一等奖。在连续三年举行的世界技能大赛中国区选拔赛中，汽车系的学生在汽车技术、汽车钣喷和汽车油漆三个赛项中，力拔头筹，顺利进入国家集训队，各项荣誉和成绩的背后，是学院汽车工程系办学实力和教学水平强劲的体现。

近3年以来，汽车工程系还为合作企业、地方企业、中高职院校培训汽车专业技术人员和专业师资年均3800人左右，培训质量和效果，受到行业、企业和社会各界的好评。

“产”与“教”的结合，是四川交通职业技术学院不断探索的可持续发展之路，正如学院党委书记王东平所说：“我们将为实现这一办学目标，倾尽全力。”也正是在这样的理念引领下，学院当之无愧引领汽车职教联盟的发展。

联盟刚刚成立，我们有理由期待在4所院校的共同努力下，一个全国品牌专业群正在悄然成型。

原刊于《四川交通职业技术学院报》2016年12月15日4版

# 评　论　类

获奖名次：图片类三等奖

标　　题：《溜索改桥造福山区百姓》

作　　者：蒋林珂

原 刊 于：《四川交通》2015 年 8 月刊总第 248 期

获奖名次：图片类三等奖

标　　题：《C119 大桥至百花山农村公路》

作　　者：罗迪

原 刊 于：《贵州公路》2016 年第 4 期

# 一等奖

## 唯改革者进　唯创新者强

姚亚平

近日，中共中央、国务院印发了《关于深化国有企业改革的指导意见》。这是新时期指导和推进国有企业改革的纲领性文件。这份国企改革顶层设计的面世，标志着新一轮国企改革大幕的拉开。

今年是中国全面深化改革关键之年，国有企业发展的新动力要靠改革来激活。习近平总书记在吉林省考察调研期间就国企改革提出三个“有利于”重要论断：“推进国有企业改革，要有利于国有资本保值增值，有利于提高国有经济竞争力，有利于放大国有资本功能”，这“三个有利于”标准的提出，为国企改革确立了价值判断标准，也成为此次顶层设计方案及一系列文件制定工作的“灵魂”。

在我国经济发展进入新常态的当下，国企如何通过创新驱动实现转型升级保增长？如何完善现代企业制度、推进依法治企？如何做强做优做大，提升中国企业的国际竞争力？如何实现“国民共进”、合作共赢？……习总书记为我们指明了方向：“保持战略定力，增强发展自信，坚持变中求新、变中求进、变中突破，走出一条质量更高、效益更好、结构更优、优势充分释放的发展新路。”

对于航运旗舰中远来说，要实现转型升级、提质增效的目标，就必须走出老常态下形成的思维定式和行为习惯，唯有“改变”才能走出一条创新发展之路；唯有“创新”，才能形成新常态下的新变革和新发展。

回望中远驶过的近55年的航迹,我们发现中远人最不缺乏的精神元素就是改革与创新。它们是融入中远人血脉之中、心灵深处的文化基因,是引领中远这艘巨轮不断前行的精神动力。正因为改革与创新,在半个多世纪的风云激荡中,中远与国家命运、时代大潮紧密相连、同气相求。从市场垄断到自由竞争,从计划经济到市场主导,国企中远经历了发展模式的一次次尝试和修正,成为中国改革开放澎湃洪流中一朵翻腾奔涌的浪花。

唯改革者进,唯创新者强,唯改革创新者胜。今天,我们再次站在改革的大关前。在全面深化改革成为共识的社会背景下,中远人理当拿出航海人的气度与胆魄,认真学习、深刻领会国资国企改革文件精神,结合本单位经营实际,以自我变革推动全面深化国企改革的勇气与决心,站在国家战略发展全局的高度,以对国家负责、对事业负责、对职工群众负责的责任感与使命感,克服原有的思维定式,敢于动自己的“奶酪”,主动改革,攻难关,解难题,善谋善成。

当前航运业仍未走出困境,同时又面临新技术革命大潮带来的种种挑战。在互联网时代,大数据、电子商务、物联网、机器人、储能技术、3D打印技术、可再生能源等与海运相关的颠覆性技术必将对海运结构、运输方式、经营形态等产生巨大的影响。作为国民经济的基础性和先导性产业,航运企业只有回归到专注服务这一行业的本质属性,做到潜心服务于客户,致力于不断提升服务水平与各种能力,积极打造航运服务业的核心竞争力,那么挑战才会化为机遇,才能经得住市场风浪起伏,才能做到基业长青。

原刊于《中国远洋海运报》2015年9月18日A1版

# 落实全国交通运输工作会议精神系列

刘兴增　林　芬　孙英利　卢　锐　杨红岩

## 用供给侧结构性改革为交通运输提质增效

### ——一论贯彻落实全国交通运输工作会议精神

中央经济工作会议做出了要在适度扩大总需求的同时着力加强供给侧结构性改革的重大部署。这是适应和引领经济发展新常态在理论上的创新性概括和政策上的前瞻性安排。全国交通运输工作会议认真贯彻中央经济工作会议部署,从“为什么”“是什么”“怎么做”等角度,系统研判了交通运输推进供给侧结构性改革的形势和要求,明确提出了总体思路和具体任务。交通运输系统各级领导干部必须深刻领会、准确把握、抓好落实。

推进供给侧结构性改革,首先要加强研究、深化认识,搞清楚“为什么”。新常态是世界经济发展长周期规律和我国经济发展阶段性特征相互作用的必然结果。新常态下,我国经济发展主要矛盾是供给与需求不匹配、不协调和不平衡,出现了无效供给过剩和有效供给不足并存的结构性问题。这些结构性问题是我国经济转型升级必须勇闯过去的关口。交通运输是连接生产和消费的重要环节,交通运输供给的优劣,会传导到经济供给侧,进而影响经济发展的质量和效益。在新常态下大力推进交通运输供给侧结构性改革,既是服务国家供给侧结构性改革的必然要求,也是交通运输转型升级、提质增效的必由之路。

推进供给侧结构性改革,必须要看透病症、找准病根,弄明白“是什么”。“十二五”以来,我们实现了交通运输发展阶段由“总体缓解”向“基本适应”的重大跃升,但结构不优、大而不强问题始终没有得到根本扭转。交通运输的结构性问题,突出表现为有效供给不足。从基础设施来看,供给总量不足的问题仍然突出,补齐短板、强化衔接、消除瓶颈、优化网络等结构性供给不足问题日渐凸显。从运输服务来看,产业迈向中高端、消费结构升级等产生新需求,轻质化、高附加值、一体化的货运供给不足,快捷化、个性化的客运服务供给缺口较大。从运输装备来看,与经济社会发展及人民群众日益增长的现实需求相比,与绿色发展的新要求相比,运输装备仍有较大改进提升空间。

推进供给侧结构性改革,关键要对症下药、精准发力,既要知道"做什么"更要知道"怎么做"。我们要清醒地认识到,解决交通运输的结构性问题,必须更多放在供给侧,扩大有效供给,使供给体系更好适应需求结构变化,实现由低水平供需平衡向高水平供需平衡跃升。中央经济工作会议强调要实施相互配合的"稳、准、活、实、托底"五大政策,重点抓好"三去一降一补"五大任务,对交通运输推进供给侧结构性改革提出了明确要求。归纳起来,核心是要提高发展质量、提升运营效率、降低运营成本,重点是要推进五个"更加注重",即更加注重补齐交通基础设施短板、更加注重提升运输服务品质、更加注重运输装备提档升级、更加注重各种运输方式协调发展、更加注重推进放权降费。

站在交通运输发展重要战略机遇期内涵发生深刻变化、面临的风险和挑战日益增多的历史关口,我们必须遵循大逻辑,顺应大趋势,用新的理论指导新的实践,切实把推进供给侧结构性改革这件大事抓紧抓好,推动交通运输实现更高质量、更有效率、更加公平、更可持续的发展,全力当好经济社会发展先行官。

## 把创新发展作为引领交通运输科学发展的第一动力

——二论贯彻落实全国交通运输工作会议精神

创新是历史进步的动力、时代发展的关键,位居五大发展理念之首,处于发展全局核心位置。创新不强,动力就会不足,发展将难以持续。实现交通运输科学发展,必须把创新作为引领发展的第一动力。"十二五"时期我国交通运输发展圆满完成了各项目标任务,实现了由"总体缓解"向"基本适应"的重大跃升,其中一条重要的经验,就是"必须坚持以目标导向引领创新发展"。这是部党组深刻把握交通运输发展阶段性特征,坚持"四个交通"目标导向,实施创新驱动战略的重要成果。

发展理念决定发展思路、发展方向和发展面貌。一个国家走在世界发展前列,根本靠创新;一个行业跟上乃至引领世界潮流,根本也靠创新。面对"十三五”时期复杂的国际国内形势，面对世界科技革命的深刻变革，我们要完成第一个百年发展目标，进而向世界交通强国迈进，必须牢固树立和贯彻落实创新发展理念，把认识和行动凝聚到创新发展上，形成抓创新就是抓发展、谋创新就是谋未来的共识，把创新发展贯穿于交通运输发展的全过程，积极培育新动力，释放新需求，创造新供给，为国家稳增长、重大战略实施和如期全面建成小康社会提供有力支撑。

培育发展新动力，必须深化体制机制改革，优化要素配置，推动大众创业、万众创新，克服思维惯性、打破制度障碍。要立足我国国情和交通运输实际，自觉对标国际先进水平，加强理论与政策研究，深入总结发展规律，不断创新中国特色交通运输发展理论，用科学理论指导交通实践。要以推进行业治理体系和治理能力现代化为目标，以推动综合交通运输体系深度融合、协同发展为主攻方向，以稳定交通运输资金保障为重点，不断深化体制机制改革，有效激发交通运输发展内生动力。要把文化创新作为精神源泉，构筑交通人的共同精神家园，为交通运输科学发展提供强大精神动力。

贯彻创新发展理念，必须拓展交通运输发展的新空间，为塑造区域发展新格局发挥先行引领作用。要服务好“四大板块”和“三大战略”，继续支持西部地区改善交通运输基础设施，推动东北地区等老工业基地振兴，促进中部地区崛起，支持东部地区率先实现创新发展。要加快推动“三大战略”落地实施，深化“一带一路”战略实施，在建设互联互通中实现合作共赢；推动京津冀交通一体化，引导城市空间布局和产业结构调整优化；构建长江经济带综合立体交通走廊，引导产业优化布局和分工协作。要实施军民融合发展战略，打造练兵平台，增进基础设施军民共用的协调性。要创新交通运输经济运行监测调控方式，运用大数据等先进技术，提高经济运行信息及时性和准确性，提升风险防控能力。

落实创新发展实践，必须将创新驱动战略落到实处。要把科技创新作为重点，突出科技创新引领作用，以科技创新引领交通运输全面创新。要推进“互联网＋交通运输”，培养新业态，促进大众创业、万众创新。要加强交通运输基础研究，在原始创新、集成创新和引进消化吸收再创新上出成果、出人才。要加强国家实验室、研发中心的支持和服务，实现研发一体、成果及时转化。要加强新技术、新方法、新材料的普及和操作人员专业化。要与有关研究单位建立联盟，共同攻关，共享成果。

实践永无止境，创新永无止境。“十三五”时期是全面建成小康社会的决胜时期，只有准确把握世界科技发展趋势和交通运输发展的新需求，不断提高创新能力，才能为交通运输科学发展持续注入新动力，加快推进“四个交通”建设，创造无愧于时代的新辉煌！

## 在协调发展中推动形成交通运输平衡发展的新格局

——三论贯彻落实全国交通运输工作会议精神

协调发展是持续健康发展的内在要求。身处“十二五”“十三五”交替之际的历史新方位，面对发展中出现的新问题新挑战，党的十八届五中全会聚焦全面建成小康社会目标，提出协调发展理念，注重的是解决发展不平衡问题。这是党中央坚持问题导向、破解发展瓶颈的应对之策，也是着眼未来谋划全局的战略考量，具有重大理论意义和实践指导作用，是“十三五”乃至更长时期必须坚持和贯彻的重要发展理念之一。全国交通运输工作会议就贯彻落实协调发展理念做出一系列部署，这是推动形成交通运输平衡发展新格局，着力提高交通运输发展的协调性、平衡性和可持续性的根本要求。

“十二五”时期，我国交通运输建设取得了不平凡的成就，但也应当清醒地看到，当前交通运输在地区之间、城乡之间，不同领域、不同方式之间还存在着很多不平衡问题。比如，综合交通运输深度融合不够，各种运输方式衔接不畅，重建轻养带来的问题突出，物质文明和精神文明一手硬一手软的问题还没有很好解决，等等。这些“不平衡”现象，已经成为制约交通运输持续健康发展的羁绊。突破这些前进道路上的障碍，必须贯彻落实协调发展理念，增强发展的整体性、全面性和包容性，促进交通运输各领域各方面协同配合、均衡一体发展。

“全面小康”，是不分地域、不分城乡、不分民族的小康。服务经济社会发展，必须下好全面发展这盘棋。要着力促进区域协调，推动更多资源向革命老区、民族地区、边疆地区、贫困地区倾斜，实现东、中、西部地区交通运输协调发展。要着力促进城乡协调，着力改善农村地区交通条件，加快推进城乡交通一体化，同时要推动城市公共交通发展，破解交通拥堵等难题，让人民群众有更多的获得感。

提升交通运输发展质量和效益，必须促进综合交通运输协调发展。要加快推进各种运输方式深度融合、协同发展，从优化网络布局、基础设施衔接与品质提升等方面，促进综合交通运输内部协调，补齐中西部铁路、内河水运、多式联运等发展短板。要推进交通运输各个方面协调发展，把建设、管理、养护、运营放在同等重要位置，树立全寿命周期成本理念，促进交通运输建、管、养、运协调发展。

加强交通运输行业自身建设，必须促进"硬实力"与"软实力"协调发展。要切实加强行业精神文明建设，用共同的价值信仰凝聚共识、汇聚力量，坚定道路自信、理论自信、制度自信、文化自信。要培树先进典型，创建文化品牌，讲好交通故事，形成共同的行业文化，传递正能量，凝聚精气神，实现"硬实力"和"软实力"相得益彰、同步提升。

只有协调，才能奏响气势恢宏的交响曲。在向全面建成小康社会迈进的进程中，我们要牢固树立协调发展理念，补短板、破制约、强整体，促进各区域各领域各环节协同配合、均衡发展，让交通运输强国之路越走越宽广、越走越通畅！

## 在绿色发展中探索交通运输可持续发展的新模式

——四论贯彻落实全国交通运输工作会议精神

绿色代表了人民群众对美好生活的希望和期盼。党的十八届五中全会将绿色发展作为关系我国发展全局的一个重要理念，体现了我们党对经济社会发展规律认识的深化。全国交通运输工作会议对建设绿色交通做出系列部署，体现了交通运输行业对增进民生福祉的高度重视和对中央精神的切实贯彻。

良好的生态环境是最公平的公共产品，是最普惠的民生福祉。"十二五"以来，全国交通运输行业深入贯彻生态文明理念，设立船舶排放控制区，严格控制交通基础设施及运输装备污染物排放，全面加强溢油处置和应急能力建设，深入开展"车船路港"千企低碳专项行动，促进运输通道、枢纽、装备等资源集约利用。这些有效举措，使绿色交通建设取得了成效显著，也让交通运输环境友好程度逐步改善。

全面建成小康社会，一个突出的矛盾就是资源环境承载力逼近极限，高投入、高消耗、高污染的传统发展模式已不可持续。从交通运输行业实际情况看，"十三五"期间发展面临的资源环境等刚性约束也在持续增强，必须坚持不懈地推进绿色交通建设，把绿色发展理念融入交通运输发展的各方面和全过程，从结构、技术、管理入手，不断加大节能减排和环境保护工作力度。

打造绿色交通，不能囿于局部，而要着眼全局。要通过结构调整拓展绿色发展空间，优化交通基础设施布局，改变不合理运输分担方式，充分发挥铁路和水运运能大、能耗低的技术优势，实行公交优先，加强轨道交通建设，鼓励绿色出行。要统筹利用综合运输线位、运输枢纽、跨江跨海通道线位等资源，提高建设用地和港口岸线的利用效率。

打造绿色交通，必须多动脑筋、少动自然。要通过技术进步推动绿色发展，充分发挥科技创新的引领作用，推行适应节约土地要求的工程技术，建设生态型基础设施，实施生态修复工程，开展绿色交通示范；推广新能源汽车等低碳环保运输装备，加快推进LNG等清洁能源应用，鼓励船舶靠港使用岸电；推动多式联运和甩挂运输发展。

打造绿色交通，不会一蹴而就，而要久久为功。要通过制度设计引导绿色发展，健全政策、法规、标准、监测、评价制度体系，形成推动绿色交通发展的长效机制。要建立健全交通运输绿色发展制度和标准体系，加强节能环保监管和监测能力建设，推动行业重大规划环境影响评价和项目节能评估，大力推进管理能力建设。

生态环境保护，功在当代、利在千秋。牢固树立绿色发展理念，守住生态文明红线、底线，交通运输行业就一定能实现可持续发展，在为经济社会发展提供坚实支撑的同时，也给子孙后代留下天蓝、地绿、水清的美好家园。

## 在开放发展中大力开拓交通运输发展的新空间

——五论贯彻落实全国交通运输工作会议精神

开放是实现国家繁荣发展的必由之路。党的十八届五中全会确定的开放发展理念，包含主动开放、双向开放、公平开放、全面开放、共赢开放等重要思想，立足于全方位升级我国开放型经济。交通运输作为经济社会发展的基础性、先导性、服务性行业，是解决好内外联动问题的必要条件。把握住开放发展机遇，开拓出更广阔的发展新空间，为我国深度融入世界经济提供坚实的交通运输保障，是当前和今后一个时期交通运输工作的重要任务。

“十二五”期间,我国交通运输坚持引进来与走出去并重,不断拓展对外开放领域、提升对外开放水平。中欧货运班列横跨万里,高速铁路、高速公路、深水筑港、轨道及港口装卸等交通运输技术、设备、标准加快走出国门,“北斗”成为国际海事组织认可的第三个全球卫星导航系统,成功出任国际交通组织重要职务。这些成就使中国交通运输的身影越来越多出现在世界舞台上。

面向未来,习近平总书记指出,中国将在更大范围、更宽领域、更深层次上提高开放型经济水平。未来五年我国交通运输开放发展的路径和目标,强调要构建全方位开放新格局,完善对外开放布局,服务“一带一路”战略,参与国际交通运输治理,联通道路、畅通水路、优化航路,把中国和世界更紧密地融合起来。这些有力举措,为我国交通运输在更大范围、更宽领域、更深层次上走出国门、融入世界注入了强劲动力。

开放是个不断探索、与时俱进的过程。要想在未来发展中扬长避短、乘势而上,必须紧紧围绕解决好内外联动问题这个核心和服务国家对外工作大局这个关键,联通道路、畅通水路、优化航路,按照积极完善对外开放布局、积极服务“一带一路”国家战略、积极参与全球合作的思路,在交通基础设施建设领域加快推进互联互通和大通道形成,开辟多式联运跨境交通走廊,深入融入全球产业链、价值链、物流链,提升交通运输对“一带一路”战略的支撑力。要在装备、产能、资本等“硬件”和技术、标准、人才、服务等“软件”输出上做到“软硬兼施”,让更多企业参与海外建设运营。要更多更深参与交通运输领域国际组织的活动,让深海、极地等新领域的国际规则制定中响起“中国声音”,逐步扩大中国交通运输在世界舞台的影响力和话语权。

开放的中国造福世界,开放的交通联通全球。交通运输行业将在开放发展中不断拓展新空间,积极构建全面开放、互利共赢的新格局,使中国与世界各国紧紧相连、息息相通。

## 让交通运输共享发展的成果更多惠及全体人民

——六论贯彻落实全国交通运输工作会议精神

党的十八届五中全会提出的共享发展理念,坚持以人为本、以民为本,突出人民至上,充分体现了社会主义的本质和共产党执政为民的根本宗旨,是科学谋划人民福祉和国家长治久安的重要发展理念。如何落实共享发展理念，使交通运输发展成果更多更好地惠及全体人民，成为今后五年交通运输必须要回答好的重要课题。

建设人民满意交通，就是要坚持以人民满意为根本导向，把实现好、维护好、发展好人民的根本利益作为一切交通运输工作的出发点和落脚点。这是对交通运输行业坚持共享发展理念的全面诠释，也是做好各项交通运输工作的根本遵循。

站在“十二五”圆满收官和“十三五”起步的历史接力点上，我们既要为取得一系列的发展成就而倍感振奋和自豪，也要为仍存在的不足而倍加努力，坚决啃下剩余的硬骨头。截至2015年年底，集中连片特困地区92%的县城通二级及以上公路、86.5%的建制村实现通畅，建制村客运班车通达率达到94%，亿万群众走上了脱贫致富的康庄大道，城乡基本公共服务均等化水平大幅提升。但我们也要看到，贫困地区还有约438个乡镇、2.8万个建制村没有通沥青（水泥）路，区域、城乡交通基础设施供给平衡结构尚未成形，人民群众对交通运输发展还有更高期待。

共享发展的实质是以推进共同富裕为目标，解决好社会公平正义问题，重点是围绕全面建成小康社会的目标，坚决打赢交通扶贫脱贫攻坚战。到2020年全面建成“外通内联、通村畅乡、班车到村、安全便捷”的贫困地区交通运输网络，为贫困地区与全国同步全面建成小康社会提供交通运输保障，是交通运输行业的第一民生工程，也是一项光荣的政治任务。行业上下都要聚焦这一核心目标，认真落实习近平总书记提出的“以更大的决心、更明确的态度、更精准的举措、超常规的力度”的要求，在“精准发力”和“加大力度”上持续用力，采取超常规的举措，集中力量补齐这块短板，为全面建成小康社会提供有力支撑。

共享发展理念也是关系13亿多人福祉的科学发展理念，我们在关注全面建成小康社会的同时，还要适应人民群众的新期待，让交通运输发展成果更多更好地惠及全体人民。要按照习近平总书记关于“进一步把农村公路建好、管好、护好、运营好”的重要批示精神，加快推进“四好农村路”建设，全面改善农村地区交通条件。要多办贴近民生、让人民群众有真切实在的获得感的实事好事，我们已经兑现了2015年的“更加贴近民生10件实事”，今后，要继续挑选一些提升交通运输基本公共服务均等化和便利化水平作用明显的项目,列入年度实事计划。要努力打造交通运输服务升级版,让客运更便捷,让物流更高效,让城市更畅通,不断提升服务品质,增加更多出行选择,更多关注弱势群体出行,改善群众出行体验,不断增加人民群众的获得感。

迈向全面小康的过程,也是实现社会公平正义的过程。交通运输作为与经济社会发展和人民群众生活密切相关的基础性、先导性、服务性行业,我们必须把共享发展理念体现在交通运输工作的方方面面,铺就一条让全体人民共奔小康的幸福大道。

原刊于《中国交通报》2016 年 1 月 4 日、5 日、6 日、7 日、8 日、12 日 1 版

# “咱家缺钱吗”发人深省

## ——《永远在路上》之“天网追逃”观感

邓道坪

“咱家缺钱吗?”这是一位涉嫌贪官的女儿向其父亲不解的发问,闻之心动,引人深思。

近日观看中纪委反腐纪实专题片《永远在路上》,其中第七集《天网追逃》提到,涉嫌严重违纪违法、潜逃美国两年多的辽宁凤城市委原书记王国强,因“熬”不下去,终于从美国回国,向纪检监察机关投案自首。

片中介绍,王在美国两年多,心虚胆寒、度日如年,其女儿在美国波士顿读书,由于担心被人发现,父女一直未敢见面。其女儿为此质问父亲:“咱家缺钱吗?你跟我妈都是公务员,单位都不错,你又是领导,缺钱吗?”面对孩子的发问,王感到“那一刻我不是父亲,好像面对检察官的提审,心里很痛。”

孩子的发问潜在逻辑是:既然不差钱了,为何还要持续地拼命贪腐?这便涉及人性的软肋:贪心。

《山海经》中有“巴蛇吞象”的典故,后来演变成“人心不足蛇吞象”的警示俗语。其文曰:“巴蛇食象,三岁而出其骨。”传说中的巴蛇源出南海,身长数百尺,但某次吞下大象之后,很难消化,三年有余才把大象的骨头吐出来。试想,如若是普通的蛇,恐怕更要吃尽贪心的苦果而难以自拔。

孩子的发问,也是一种表象的简单思维,认为贪腐问题仅仅只是“钱”的问题,或曰经济问题。

有人针对贪腐行为,算过一笔经济账,认为真正是得不偿失。《检察日报》曾披露,云南省一乡党委书记陈勇因受贿 225 万元获刑 14 年。陈在“忏悔书”中为自己算了一笔“经济账”:“按平均年收入 7 万元、40 年计算,自己共可得

280 多万元报酬,超出收受的贿赂。而因触犯法律,贿赂现已全部退还,真是竹篮打水一场空。”

如此精细的“经济账”,尽管算得很实在,有一定的忏悔之意,但也算得过于肤浅和片面。比如没有考虑落马和败露的概率,漏掉了“风险值”;没有整体考虑腐败的成本有多高,漏掉了全要素损益;更没有考虑担惊受怕的精神损失,漏掉了身心和亲情损失。而且,他只是算了“咱家”的经济得失账,漏掉了公务和事业的损失账,比如漏掉了因受贿给国家或集体造成的数倍于贿金的损失账,漏掉了因“纠错”返工将发生的成本追加账,也漏掉了党员领导干部选拔、培养的人才资源损失账,最为重要的是,漏掉了影响党心民心的政治账。

有关“钱”的质问与困惑,也涉及对于金钱本质的认识。莎士比亚曾通过“雅典的泰门”之口,揭示了钱的异化现象,它使“丑的变美,错的变对,卑贱变尊贵,老人变少年,懦夫变勇士,全然颠倒黑白”,抨击了金钱对人性的扭曲。

我国唐代官员张说,曾因贪财被贬,痛定思痛写下精短奇文《钱本草》,他将“钱”喻为特殊的草药,其“味甘”,小能“疗饥”“驻颜”,大能“利邦国”,但也“大热、有毒”。钱能“污贤达”,而又“畏清廉”,如果采之无道、服用无度,则人反成了钱的奴役,正所谓:人不能把金钱带进坟墓,金钱却可把人带进坟墓。我们现在的党员和领导干部,应该有更为正确的“金钱观”,说好的“利为民所谋”,怎可以“权为己谋利”。

孩子般的天真发问,也从另一侧面警示我们:“咱家”如果不缺钱,那究竟缺些什么?

贪腐问题最集中地表现为金钱和经济问题,但又不仅仅是经济的问题。在温饱问题尚未解决的时代,金钱和物资是最为重要甚至是唯一的问题。改革开放以来经济发展了,金钱和物资尽管还是重要,但已经不是“唯一”的重要了,急需补上理想信念、党心良心和精神素养的缺失。事实上近几年反腐倡廉、从严治党卓有成效,正在补上这重要的一课。当衣食无忧之后,我们差的是对事业和人生目标更为高远的追求;市场化改革向深入推进,我们差的是制度规矩的完善,差的是对权力的监督与管控;建立一定的制度体系之后,我们差的是严格规范和持之以恒的执行;有的当上领导干部了,差的是对纪律和法制的敬畏之心,差的是“权为民所用”的理念与践行。

总之，人民生活明显改善了，群众对清正廉明有了更高的期盼，盼望反腐倡廉“永远在路上”，期盼党员和领导干部真正摆正“钱与权”的关系、权与责的关系、“硬发展”与“软跟进”的关系，而不要被“金钱”和物欲遮住了前行的双眼。如此，那位孩子的天真发问，就会有令人信服的正解。

原刊于《寰球物流报》2016 年 11 月 4 日 1 版

# 二等奖

## 心里甜,才能笑得美!

吴士尹

别误会,我不是在逼着姑娘们必须发自内心地微笑,我只是盼望她们能发自内心地感到快乐。

刚刚过去的10月,备受瞩目的行业盛事——第二届“最美中国路姐”个人及团队大奖终于揭晓。颁奖会现场气氛火爆,舞台之上,灯光之下,姑娘们笑容灿烂,风光无限。

她们美吗?答案毫无疑问。不光是她们,那些没能来现场的、和她们一样奋战在全国各地高速公路收费一线的姑娘们,都一样美,都一样可敬,都一样配得上这潮涌般的掌声和炫目的闪光灯。

但,她们快乐吗?这个问题恐怕就没有那么好回答了。

山西路姐刘婷,被疯狂闯卡逃费的司机故意碾轧致重伤。颁奖那天,她坐着轮椅被推上领奖台,接过老部长手中沉甸甸的“火苗杯”,她百感交集,泣不成声;

广西“淡定姐”农凤娟,微笑服务,按章收费,被失去理性的司机不断辱骂、威胁,还连续五次被矿泉水泼得浑身湿透,她淡定的微笑,感动多少人,又刺痛多少颗心;

工资水平低;工作强度大;健康隐患多;心理压力大;三餐难保证;忙起来连口热饭都吃不上;为了怕上洗手间连水都不敢多喝;练习点钞手指被割满口子,伤口红肿,为了不影响收费速度,连创可贴都不敢用;长期远离家人,每天在对丈夫、父母、孩子的思念和愧疚中度日；晋升渠道少，升职希望渺茫；ETC 技术越来越成熟的今天，从事着传统人工收费工作的她们，在不远的将来，又该何去何从……

这些，既不是个案，也不是故事。她们快乐吗？未必吧。

我们知道，只有发自内心的微笑最真实、最美丽，只有感觉快乐，笑容才会灿烂漂亮。我们常常看到收费员的笑容，但对这个群体的关注度到底有多大？了解到底有多深？有谁知道她们的人生理想、她们的工作环境、她们的生活条件、她们的真实想法。“强势岗位，弱势群体”——有专家这样形容收费员的尴尬处境，多么精辟。“应征不漏，应免不收”，看上去很威风，其实呢？付出的太多，得到的太少。个中甘苦，如人饮水，冷暖自知。

收费员是高速公路收费服务的载体，是多种服务（包括隐形服务）的交汇点，往往也是各种矛盾的爆发点。讲到服务，领导们常常会侃侃而谈：收费员该如何提高服务技能和水平，为出行者提供更好的服务。然而，她们服务司乘，带来幸福、快乐、满足。谁来服务她们，谁在意她们的幸福和满足？

如今，行业里越来越多的声音在呼吁：管理不要太生冷，要有温度。要多关爱收费员群体，为她们减负，给她们一些温暖，帮她们解决最迫切、最实际的困难。要给她们晋升的空间，要对她们的人生负责。

刘婷的事迹确实很感人，可我们的管理者更该深思：每个人的生命都只有一次，无比珍贵，在任何时候、任何情况下，我们都没有理由鼓励员工用生命去工作，更该竭尽所能，避免让他们陷于危险的境地。

有一个“微笑环”的理论很温暖：管理者要先对收费员微笑，她们才愿意对出行者微笑，出行者才愿意对公路管理部门微笑——这样一个环，越琢磨，越美好。

我们知道，有一种美，叫“看上去很美”。塑料的玫瑰花开得再娇艳欲滴，终究是虚假繁荣。假的真不了，再美的假花，也不会得到人们的真心喜爱。别误会，我不是在逼着姑娘们必须发自内心地微笑，我只是盼望她们能发自内心地感到快乐。

原刊于《中国高速公路》2015 年第 11 期

# 什么是“第一”,谁是评判者?

秦　磊　黄桥茜

“双11”快递大潮尚未平稳度峰,关于“谁是第一”的争议已是沸沸扬扬。

11日,一家快递企业率先宣布“订单量、揽收量双双再夺第一”;次日,另一家快递企业也宣称“‘双11’当天业务量继续坐稳头把交椅”。措辞虽然稍有不同,但指向都很明确——我是第一。

同一天、俩第一,不仅公众一头雾水,业内也是议论纷纷。

如今快递公司纷纷登陆股市或者冲刺上市,“双11”作为一年中快递业务量最为集中的时刻,是评价企业规模和服务能力的大考,颇具标杆意义。企业在意“是不是第一”,关系到给资本市场一个交代,心情和做法可以理解。

但问题是,谁适合做这个“第一”的评判者。

是企业吗?快递企业只是行业一分子,只有对于自身业务量收的详细数据,并没有其他信息源和参照系,且带有严重的倾向性,缺乏中立的权威性,显然并不适合自我标榜。一位快递企业老总也告诉笔者,其实企业并不愿意排这个名,内心是反感的,但被别人抢了先,心里也不是滋味。

是电商平台吗?众所周知,目前“通达系”快递企业对于电商的依存度较高,“双11”期间超过七成的快件来自于电商甚至是某一家主要电商。电商平台的数据,可以很大程度上反映企业件量规模,然而在一线快递差距非常小的情况下,电商件以外的快件也决定着谁的业务量更大,而这部分数据电商平台并不掌握,因此也无法发布这个排名。

是政府吗?据了解,目前各大快递公司和主要电商平台的数据系统均与国家邮政局邮政业安全监测系统相连,邮政管理部门实时掌握快递企业“在网”快件的变化情况,业务量孰高孰低一目了然。政府的责任是兜底线、保安全、促健康,维护消费者合法权益。值得关注的是,邮政管理部门从未发布过企业的业务量收排名,倒是在不断加大对于快递申诉率、满意度、准时率等服务指标和企业约谈、执法等信息的公开力度,导向性可见一斑。纵然有能力,也不会当这个裁判。

那么,“第一”的评判者究竟应该是谁?

笔者认为,评判者主要是两方面,一是用户。用户作为快递服务的使用者,对谁家好、哪家优自然有评判的权力,亿万用户汇聚起的主流观点,就是“第一快递”的主要标准。二是员工。员工是快递服务的提供者,有的企业甚至将员工满意作为客户满意的前提,员工是否对自己的企业满意,心中也有一本账。

这其中,用户更加关心快递的速度快不快、内件是否完好、服务态度怎样,随着公众意识的觉醒,很多人还关心快递包装是否环保、企业的社会责任履行得怎么样,而员工则更关心社会对于企业的评价是否正面、自己的工作是否有尊严、待遇与劳动保障如何、就业环境与晋升渠道是不是公平。上述种种,没有一样与快递业务量是否排在第一有必然联系。

回到资本市场,股价又是否真的与业务量紧密相关呢?一个现象值得关注,就在某电商平台再次创下“双11”销售额新纪录时,股市并没有给予积极回应,近几日快递股的走势也普遍处于弱势。资本市场“看当下”但更“看预期”,在凭借“快”上市之后,快递板块需要新的卖点来凝聚人气,业务量很重要,但如何在“快”的基础上写出“优”的新文章,避免被扣上粗放发展的帽子,摆脱同质化竞争、实现差异化发展更重要。

从这个角度而言,什么是“第一”也就一目了然了,“业务量第一”之争应休矣。

原刊于《中国邮政快递报》2016年11月16日5版

# 从“扁鹊医术最差”谈防腐

孙伟望

据文献资料记载，魏文王曾经问扁鹊三兄弟的医术，他们之间的对话引人深思。

魏文王问名医扁鹊说：“你家兄弟三人，那一位最善于医术？”扁鹊回答说：“长兄最佳，中兄其次，我最差。”文王吃惊地问：“你的名气最大，为何反而长兄医术最高呢？”扁鹊惭愧地说：“我长兄治病，是消除病症于未发生之前。我中兄治病，是治于病情初起之时。至于我扁鹊治病，是治于病情严重之后。别人看到我割肉切骨、皮肤敷上毒药等大动作，因此闻名于天下。比起我长兄与中兄，我的医术是最差的。”

从“扁鹊医术最差”这则故事中，我们可以得到这样的启示：预防就是“治病于病情发作之前”，采取“防患于未然”的措施与对策。扁鹊的大哥“治病于未发之前”的做法就是最严格意义上的预防，扁鹊的二哥“治病于初起之时”也可以属于预防，但扁鹊在病人病情严重之时所采取的治疗对策则属于惩治。

荀况说：“先其未然谓之防，发而止之谓之救，行而责之谓之戒，防为上，救次之，戒为下。”最有效的做法就是事前预防。腐败的发生需具备条件、机会和动机三要素。惩治腐败一般是发生腐败行为后进行事后惩处，预防腐败则是通过采取有效措施，切断条件、机会和动机这些要素形成的腐败链条，做到提前阻止腐败行为发生，构建防腐拒变的“防火墙”，将各种不廉洁现象消灭在萌芽状态。

如何充分发挥预防的作用，关键在于建立怎样的预防机制，使党风廉政教育“内化于心，固化于制，外化于行”。

加强教育。反腐倡廉，教育为先。要通过加大宣传教育力度、培育廉洁从业文化、实施分层分类教育等建立免疫机制，构筑思想道德和党纪法规防线，充分发挥教育的引导力。要把党风廉政教育与社会主义核心价值观教育和社会公德、职业道德、家庭美德教育相结合，把党风廉政教育融入各项制度规范之中，贯穿于干部培养、选拔、管理、使用全过程，增强党风廉政教育的科学性、有效性和说服力、感染力，使诚信守法、廉洁从业的理念"内化于心"。

完善制度。要以建立健全惩治和预防腐败体系各项制度为重点、以制约和监督权力运行为核心、以提高制度执行力为抓手，通过完善内部控制、行为规范、监督制约等制度建立防腐机制，着力构建内容科学、程序严密、配套完备、有效管用的反腐倡廉制度体系，不断提高反腐倡廉建设科学化、制度化、规范化水平，使诚信守法、廉洁从业的理念"固化于制"。

强化监督。权力失去监督，必然产生腐败。加强监督，是减少腐败机会、有效预防腐败的关键。要把监督植入于企业改革发展、经营管理、施工生产的各个环节，构建"监督大格局"。要通过拓宽监督渠道、突出监督重点，把党内监督、行政监督、专职部门监督、职工民主监督和外部监督有机结合起来，把事前监督、事中监督、事后监督结合起来建立预控机制，引导党员干部自觉地将诚实守信、廉洁从业的理念落实到实际行动中来，实现"外化于行"。

加强问责。要坚持全面从严治党管党、全面从严治企管企，坚持"惩前毖后、治病救人"的原则，通过健全信访举报网络，建立健全审计、效能监察和专项检查等途径，坚持把纪律规矩挺在前面，综合运用监督执纪"四种形态"，使纪律真正成为管党治党的尺子、不可逾越的底线。同时，强化有错必究，失责必问，让问责成为常态，才能将全面从严治党落到实处，做到守土有责，避免"破窗效应"和"劣币驱逐良币"的逆淘汰现象。

原刊于《交通建设报》2016 年 7 月 21 日 3 版

# 长江不搞大开发,不等于不开发

赵　虎

2016年3月9日,笔者看到这样一则新闻:位于武汉中山大道长堤街附近的一栋老建筑,将进行整体平移。在这个由中山大道、多福路、长堤街和自新巷围合的工地中,其他建筑都已拆光,唯独剩下一栋3层红色小楼,楼前的石碑上写着“汉口义勇消防联合会旧址”“武汉市文物保护单位”等字样。这将是武汉市文保单位首个建筑平移个例。

这一个例,充分说明武汉人是聪明的,在面对房屋拆迁的棘手难题时,创新性地处理好了发展与保护的关系。

由此纵观长江,1月5日在重庆召开的推动长江经济带发展座谈会上,习近平总书记指出,“当前和今后相当长一个时期,要把修复长江生态环境摆在压倒性位置,共抓大保护,不搞大开发。”于是乎,各种声音频出:有人说,长江建设破坏环保了;也有人说,长江经济带建设的步子要放缓了;甚至有人说,长江不搞建设了。不一而足,莫衷一是。

不可否认,近年来,长江生态系统警钟不时敲响,水质有所恶化,沿线水污染事件多发,威胁用水安全;白鳍豚、白鲟多年不见踪迹,长江江豚仅余千头,顶级物种纷纷告急。但发展是人类进步永恒的主题,是不是说为了保护,人类就不该搞开采仍停留在茹毛饮血的年代;是不是说为了保护,就不去开发旅游资源让青山绿水遁落民间;是不是说为了保护,就不去满足人民的现实需求最终开起历史的倒车?答案是否定的。保护长江和发展长江经济带是相辅相成的,并不矛盾。而问题的关键在于如何处理好开发与保护的关系:首先,如何开发、开发多少,是一个量的问题;其次,开发中如何实施保护,是一个质的问题,关键要做到量和质的高效统一。

众所周知,长江口是一个历经数千年发育形成的独特生态系统,生物资源极其丰富多样。曾经,国家置疑长江口工程建与不建,一论就是40年,环保一度成为焦点。最终,长江口12.5米深水航道工程开建,7家政府监测部门、各类研究所和大学历时19年,采取了各种科学手段最大限度地保护自然生态。中国科学院院士、中国工程院院士潘家铮称赞道,“这是一项没有负面效应的伟大工程!”

在荆江航道治理工程中,环保同样被摆在“王牌”地位。工程建设者从生态学角度出发,开发了形态各异的“生态化”钢丝网格、生态护坡砖、人工鱼巢砖等航道建设工程技术,努力改善原河流在景观生态学上的缺陷,保护及修复丰富的河道形态,为各种生物提供栖息、生存的环境,维护水域生态的完整性。荆江工程因此被交通运输部列为“生态环保”示范工程。

长江建设环保向来严苛,参与建设的全国劳模李红勇则一直“以严对严”,他编印了环保施工顺口溜:“珍稀鱼类要保护、水下炸礁用钻爆;施工避开洄游期、弃渣不与鱼争道;船舶油水须分离、生活垃圾不乱倒……”爆破时专家全程摄像跟踪,当他们没有发现任何漂浮的鱼类时,不禁竖起大拇指,对施工队伍赞不绝口。

今年,李克强总理在政府工作报告中也特别指出,“要推动形成绿色生产生活方式,加快改善生态环境。坚持在发展中保护、在保护中发展,持续推进生态文明建设。”总理的讲话精辟论述了发展与保护的辩证统一关系。当前,长江经济带建设正步入最佳窗口期,推进国家战略时不我待,我们必须双管齐下,以开发促保护、在保护中开发,更好地促进绿色产业发展,让长江沿岸环境效应更加突显,让沿江两岸人民从发展中拥有更多“获得感”。

原刊于《中国水运报》2016年3月11日1版

# 城与村，这么近，那么远

谢博识

历时两天的“四好农村路”运输服务工作现场会，在湖北省十堰市竹山县落下帷幕。深处秦巴山区腹地的竹山县，河库密布、山环水绕，是湖北省29个国家扶贫开发重点县之一，而县里的“摘帽”行动就从农村公路的改造和新建开始。

十年前，竹山县有关农村公路的新闻就层出不穷。“每公里预留4个错车台，没有错车台的农村公路不予验收”“打造竹山至十堰1.5小时交通圈”“竹山县成立义务护路、扫路队”“竹山县有了‘十星级护路员’”“彻底消除农村客运断头路”“竹山县成立农村淘宝服务中心”……交通运输部总工程师周伟在“四好农村路”运输服务工作现场会最后的总结讲话中，展望了“十三五”及未来一段时期农村公路交通运输发展的阶段特征——集约融合、优质高效、安全绿色，这12个字，早已是竹山县农村公路交运现状的写照。竹山县的村民实实在在地过上了公交车直通村口、家门口建电商物流中心、水泥路直通田间地头的便捷生活，村民个个是网购达人和义务护路人。一座偏安深山的县城，竟成了国内农村公路发展的样本。

城市和乡村之间的距离，城市人和农村人之间的距离，在竹山县变得这么近。

也是十年前，山西省太原市杨家峪剪子湾村（原沙河村）的连绵山坡上，历史学家章开沅夫妇举目远眺，身周现代化的商业楼宇如浪潮，淹没了原先的农村，剪子湾与太原市连成了一片，原来荒山之中的坟冢销声匿迹，早年的杨家峪公社变成街道办事处，沙河村整村改造成高层住宅群——“富康苑”。此行，章开沅是凭借《吴兴荻溪章氏家乘》问祖而来，“河流虢虢石离离，指点淮阴尚有祠……崇冈耸阁人行怯，骇浪冲沙马渡危”，这是谱牒中，章家先辈对晋地景物史事做的仅有描述。章开沅循迹而来，然而，找到祖坟原址之后看到的景象，让他片刻间几乎失语、失忆，脑际一片茫然。寻根的速度，赶不上城镇化的速度，几百年的间隔抵不上几千里的距离。临行前，章开沅获知，“坟亲”（代管祖坟的村民）家的几间窑房也被纳入太原市农村公路的规划内，日后，怕也要过上“宦游四方，随地占籍”的日子了。

城和村之间的距离，上辈和下辈之间的距离，在章开沅经停的杨家峪剪子湾村变得这么远。

已经有11年历史的交通“7+1”论坛，2013年的主题是“城镇一体化综合交通发展”，发言嘉宾之一的北京交通发展研究中心主任郭继孚展示了一组对比数据（截至2013年底）：目前，北京的城市通行半径是15公里，东京最大的通行半径达到70公里；北京轨道交通总里程442公里（“十三五”时期预计达到900余公里），东京城市中心区轨道交通总里程不到400公里，但算上延伸出去的市郊轨道交通，总里程超过2000公里；东京最大的轨道交通站新宿站，一天运量达300万人，北京西站高峰期一天的运量为20万人；连接北京国贸站的隧道和出口有7个，连接东京新宿站的达到200多个。公共交通优先，的确在相关《暂行办法》《实施意见》《指导手册》里实现了，但真正的“行业优先”仍然遥遥无期。

在城镇一体化交通发展的进程中，一座城市里、一座村庄里，出行的时间难以再用统计数字衡量，竟变成了一道哲学问题。

原刊于《中国公路》2016年第22期

# 让百姓有更多获得感

朱　婧

2016年春运已经落下帷幕，人在旅途的四十多天里，奔跑、焦急、渴望、微笑、激动……这些“春运表情”每天都在上演。春运是一种情怀，饱含人们对家的向往；春运是一种文化，承载亿万百姓对团圆的渴望；春运是一面镜子，折射出的是交通运输人舍小家顾大家，奋战在一线为平安春运保驾护航。

确保百姓安全出行，是平安春运的首要大事。交通运输部部长杨传堂一再强调，春运工作是关系人民群众切身利益的民生工程，要强化责任担当，凝心聚力，务实有为，着力落实好各项安全管理制度和应急工作规范，统筹安排运力资源，强化运输方式衔接，实化便民惠民服务举措。

平安回家，是春运的终极目标。从交通运输部到各级交通运输主管部门，始终将平安春运当作重要任务来抓，提前部署、明确职责、落实有力。他们始终绷紧安全弦，不断提升春运期间安全管理和服务保障水平。通过深入开展安全大检查，及时排查安全隐患，各项应急措施准备充分，真正实现了“平安春运”，让百姓安心出行，温暖回家。

情满旅途，体现了先行官的人文情怀。交通运输在春运期间是一项民生工程，更是民心工程，为了确保旅客平安出行，我们看到，在渡口渡船现场，总有海事人的身影，他们加大对重点水域的安全排查，及时为船舶提供助航服务，年轻的海事“辣妈”在监管现场扶旅客下船的画面让人印象深刻；春运正值寒潮大风恶劣气候，面临生命危急关头，救捞人战风斗雪给遇险者送去生的希望，令人为之动容；航道站职工在凛冽的雨雪中维护航标灯，引航员不分昼夜地确保船舶进出港安全，船闸开辟电煤船绿色通道……

水运各部门让更多的旅客、船员、船公司感受到了充满“人情味”的行程，人文关怀和贴心服务遍地开花。

一个个暖心之举,我们为他们点赞。

一次春运,就是一次交通大考,一次职责检验。让百姓在交通发展中实实在在受益,让旅客有更多情满旅途的获得感,就是交通运输部门交出的亮丽答卷!

原刊于《中国水运报》2016 年 3 月 4 日 1 版

# 三等奖

## 安全管理中的“费斯汀格”法则

郭　佳

前不久，北京八达岭野生动物园内发生一起恶性事故，游客违反规定在猛兽区私自下车被群虎撕咬，肇事女子受伤，其母却因救人而无辜身亡。不负责任的个人行为所造成的90%恶果却由别人来承担，这就是著名的“费斯汀格”法则。

在我们的安全管理中，也处处体现着“费斯汀格”法则。一些看似无足轻重的违章，对当事人可能只造成10%甚至是零的影响，但对于其他人也许就变成弥天大祸。最典型的例子有：起重作业有“十不吊”的规定，无论违反哪一条，对吊机驾驶员的人身安全都丝毫无碍，一旦重物坠落，那么对于在现场作业的工人，条条都是“催命符”。再如，砂桩船提升斗的升降是由操纵室里的人操控，而“在提升斗里施工的船员生命掌握在操纵室的指挥人员手里”，这种说法毫不夸张。还有，拖轮航行时对“瞭头”有着严格的要求，当班“瞭头”负责为船舶驾驶员观察并报告其视野盲区的海面情况，倘若疏忽大意，招致船毁人亡也并非天方夜谭……安全管理对从业人员最基本的要求就是——不伤害自己，也不伤害他人。

一些事故发生之后追溯原因，发现在最初的方案设计阶段，就已经产生了纰漏。只不过开始显现的问题很不起眼，被人误认为“白璧微瑕”而被忽视，又或者因效益产出和风险几率的权衡而选择侥幸和投机。随着一道接一道工序的延伸,从10%到90%,缺陷愈来愈被放大,最终“蝴蝶扇翅演变为飓风灾害”。技术问题才是安全问题的源头保障,决策高管、技术专家不光要有经济头脑和专业技能,更要具备保护他人不被伤害的意识。

知晓了“费斯汀格”法则,我们每位从业人员都需要树立起自我保护意识,掌握好自我保护本领。尤其在工序转接时,更应提高警惕,加强戒备,审时度势。对于交底不清、概念模糊、应对无方的事项切莫逞能蛮干,而要思虑周全,以缓求稳,增加保险系数。这就是作业人员安全施工的最高境界——保护自己不被他人伤害。

一个具备实力的国企,一次单纯的安全事故也许不会让企业伤筋动骨,但其后续带来的诸如巨额赔付、家属上访、舆论指责,甚至被迫停工整顿、竞标评分扣减、列入业界“黑名单”等一系列经济和社会影响,肯定会使企业元气大伤。

原刊于《三航报》2016年9月16日1版

# 治超“阵痛”下，抱怨不如自我救赎

祁 娟

改变无处不在，在道路运输领域尤为明显。

今年9月，新版GB1589的发布、9.21交警路政联合治超的开展，使得下半年的货运市场跌宕起伏。公路治超由来已久，几轮下来，仍收效甚微。问题在哪儿？

“治超如果单纯从执法层面上来考量，可能是有缺陷的。”国家发改委综合运输研究所所长汪鸣如是说。

“治理超限要抓源头，超限不能只罚司机，要罚装货的货站或者公司。只有给货车司机一个合理出路，才能从根本上杜绝超载超限。”国务院发展研究中心研究员魏际刚这样认为。

两位业界专家一语中的，其背后也揭示了痼疾难除的市场现状。既然积弊非一日而成，那么没有人会天真地认为，治超是能够一鼓作气达到的目标。只是，当运输安全摆在了首位，治超注定是一场没有回头路的持久战。无论持久战怎么打，想必尽量减少由此带来的行业阵痛和司机苦闷，实现常态化，才算考虑周全。尤其是互联网促进融合创新的当下，新技术、新业态不断涌现，公路货运业是时候做出改变了！

怎么改？改运输方式。治超新政两月以来，短期运力的收缩使得运价出现波动，部分大宗货物因公路费上涨，转至铁路、水路运输，加速公铁联运、铁水联运等多种高效联运方式的快速发展。此外，提高车辆本身的运营效率也成为关键着力点，货运企业积极主动地寻求网络化、协同性的货运模式创新，甩挂运输和甩箱运输等先进运输形态，将为我国运输市场打开新局面。

怎么改？改产业链条。治超大环境的形成，推动行业努力向更高效迈进，集约化、网络化已成大势所趋，整合产业上中下游链条上的资金流、信息流、技术流、人才流等资源，构建货运物流业的生态体系，对于整个行业的转型升级，或可有“四两拨千斤”的奇效。

怎么改？改组织方式。“互联网＋”时代，如何通过信息化整合、智能化管理、智慧化服务，促进多种运输方式无缝衔接、联通内外、运行八方，串起各个货源点，运输组织方式优化成为降本增效的首要突破口。10月，无车承运人试点启动，尽管落地仍存诸多痛点，但仍让人看到，政府“增效”的速度与决心。

怎么改？改营运模式。当遭遇业务市场化、信息碎片化和技术孤岛化等问题，当业内解决车货匹配矛盾的愿望日益强烈，破竹般崛起的货运O2O平台应运而生，颠覆传统货运市场。且行且探索中，一批批先行者倒下，而更多的货运O2O幸存者正厘清思路，积极应对，坚守着行业春天的到来。

怎么改？唯创新转型不破。几轮治超之下，“阵痛”不可避免，但其旨在营造利好大环境的初心未改，公路货运业唯有自我救赎——在效率、安全和成本之间寻找到新的平衡点，或许才是唯一出路。

原刊于《运输经理世界》2016年11月刊

# 不要陷入危机驱动模式

王　硕

3 月 19 日 20 时 40 分许，一辆装载疑似易燃易爆物品的大货车自京港澳高速由南向北行驶至 1414 公里时发生起火爆炸。经确认，事故导致 5 人死亡，21 人受伤。又是危险品事故，又是以如此残酷的方式进入人们的视野。2014 年 3 月 1 日，晋济高速山西晋城段岩后隧道特大道路交通危险品燃爆事故的悲惨一幕似乎还在眼前。2015 年 8 月 12 日天津滨海新区爆炸事故的反思之声犹绕耳畔。

现在，反思还在继续。3 月 21 日，湖南省安委办紧急下发通知，要求各地切实加大"打非治违"力度，立即开展以危险物品运输为重点的隐患排查治理专项行动，特别要深刻吸取"3 · 19"事故教训，立即开展危险化学品、爆炸物品的安全生产监管专项执法工作。

虽然此次事故的性质和原因还在调查之中，但"3 · 19"事故暴露出的危险物品运输等环节安全监管不严不实、不到位的问题，却给相关各方敲响了警钟。近年来，危害公众安全的危险品存储、运输过程中的泄露、爆炸事故频发，这说明危险品领域的"不定时炸弹"仍然存在。每次事故都是一次倒逼，倒逼人们反思，倒逼各个执行环节的严密。

诚然，任何基于事故的反思都是沉重的，但如果这样的反思过于频繁，则说明反思是低效或者无效的。不能总是在血的教训发生以后，才深刻反思；不能总是安慰自己亡羊补牢，为时未晚。虽然在重大事故发生之后的严查，看似确实提升了相关各方的安全意识和责任意识，但这样倒逼出来的效果到底能否持久，却值得怀疑。

我们更应该反思的是，这种倒逼是否已经演化为一种危机驱动。也就是说,在很多地方,危险品运输安全监管的主要动力已源自事故带来的压力而非日常工作的自觉行为。

从2012年起,我国就成为世界危险品第一生产、运输大国。目前,全国危险货物道路运输企业约为1.1万户,危险货物运输车辆约为31万辆,从业人员约80万人。危险品物流行业蓬勃发展的同时,危险货物道路运输安全形势却愈发严峻。对涉及道路交通安全的人、车、路及制度落实情况进行排查、对查出的隐患立即整改;对重大隐患实行挂牌督办,限期整改到位;对涉危企业、物流公司开展危险品运输联合执法,重点清查源头,规范发货,承运这些理应是日常的防微杜渐之举,而非事故发生之后的三令五申。

在笔者看来,比起事故在发生之后亡羊补牢,不如在平时就将责任心与安全生产制度落实到位。希望我们万万不要再靠重大事故的发生来倒逼安全意识的提升,切莫陷入危机驱动模式,毕竟,危机意味着沉重的代价。

原刊于《交通决策参考》2016年第13期

# 有服务才作为

孙　婧

周末,微信上收到朋友传来的三岁儿子的作品照片。图中,有积木搭建的建筑物,脚下延伸出去的是各式汽车模型排成的两队长龙。朋友戏谑地给取了一个标题——这是哪个收费站? 朋友说,堵车,竟然是儿子这一代人最初记忆中抹不去的一幕。身为交通行政部门的管理者,他用自嘲的方式表示了无奈。

而不久前四川传来的消息,倒是可以宽慰我这位朋友。历经多年酝酿,数次调研论证,《四川省高速公路条例(草案)》于5月18日上午,提请四川省第十二届人大常委会第十六次会议审议。这是四川省首次专门为高速公路立法,缓解收费站车辆拥堵归为高速公路经营管理者的义务,不履职将承担法律责任;非紧急侵占应急车道首次列入地方立法;高速公路收费标准将史无前例地与提供的服务质量挂钩。

因为收费站拥堵而采取相应措施,四川并非首家。此前,江苏省就曾提出,如果因为没有开足收费道口而造成平均10台以上车辆待交费,或者开足了收费道口,但待交费车辆排队均超过200米的,高速公路经营管理单位就要免费放行,待交费车辆有权拒绝交费。此次四川出台的《条例(草案)》明确,“高速公路经营管理者应当设置和开启足够数量的车道。收费站出入口排行车辆超过300米的,高速公路经营管理者应当采取应急管理措施,保证车辆通行畅通。”

当然,问题的关键并不在于排队距离的长短。在高速公路拥堵中,管理者的不作为一直为社会所诟病。而《条例(草案)》直接规定了高速公路经营管理者采取必要措施保障车辆通行畅通的义务。《条例(草案)》还要求,“高速公路经营管理者未采取应急管理措施,导致收费站车辆拥堵的,由高速公路管理机构责令改正，情节轻微的，处以 1 万元以上 3 万元以下罚款；情节严重的，处以 3 万元以上 5 万元以下罚款。”这意味着，若没有履行缓堵保畅责任，高速公路经营管理者将承担相应的法律责任。

作为服务行业，高速公路经营管理者若在提供服务时未履责，属于职务失职，理应受到惩罚。将罚款作为辅助手段，加以促进，在管理上也算是一个进步。而最为关键的是，要加强监管，要对执行过程透明公开，接受公众监督，才不至于使法规落于“一纸空文”。

原刊于《交通决策参考》2015 年 22 期

# 打响成本之战　分享改革红利

## ——"五商中交"战略下项目管理模式之思考

王国平

近年来，随着国家经济形势步入"新常态"，建筑行业面临"项目骤减、成本陡增、利润下滑、资金紧张"等复杂局面，集团重新规划顶层设计，积极适应新常态，提出了打造"五商中交"的战略部署。这种由"工"转"商"的企业经营模式跨越与转变，催化了集团融入地方政府，实施基础设施建设的信心与决心，在集团内部衍生出一大批"PPP"建设项目，一公司承建的福清汽车专用线三期工程一标段便是此项目模式的践行者。

面对新形势，在适应新局面的同时，我们也在思考如何切实享受"顶层设计"下的红利和回报。施工过程中，项目部发现了一些在合同单价、资金支配、履约风险以及同台竞技方面的难题。凭借锲而不舍的工作精神和机动灵活的工作方法，项目部打造了一系列适应新模式的管理思路：

变被动"等待"，求主动"出击"。引进造价咨询单位，克服对当地预算编制的"水土不服"。出于该工程"先开工后预算"的特殊原因，为了能够尽快得到精准的合同预算单价，项目部不等不靠，在内部经多方讨论提前策划编制合同预算的同时，还专门聘请当地造价咨询单位，与专业评审人员、第三方造价单位和财政局建立了"接地气"的会审监管机制，确保预算最大化。

变被动"听令"，求主动"协作"。由于第三方预算单位编制预算以设计单位提出的设计图纸为依据，而设计图纸中存在的措施项目不完善将严重影响工程预算总价，通过中交同政府沟通，最终业主要求设计单位编制指导性施工方案；过程中项目部积极主动配合设计单位，及时跟踪沟通，主动为设计单位提供详细可行的施工措施方案，再由设计单位将方案提交专家组评审，最终确保了方案的权威性，第三方预算单位和财审部门将在此方案的基础上编制和审核预算，确保了预算编制项目不漏项、不缺项。

变被动“协调”，求主动“适应”。项目部主动适应角色的转变，将集团总部当作项目部的“传统业主”来对待，一是设置专门人员与总部合同部、财务部实现管理对接，及时进行计量签认，确保工程款及时拨付；二是项目部不盲目追求施工进度，将施工进度与总部资金拨付比例相匹配，以避免后期由于施工过快导致资金支付不及时、不到位的现象。

变被动“竞争”，求主动“合作”。作为新生项目部，我们积极克服浮躁心态，客观看待自己在路桥施工方面的经验匮乏，将竞争带来的压力转化为学习的动力，一方面积极组织项目施工技术人员至一公局、二航局等老牌路桥企业对标学习，学习他们在技术管理、成本管控和项目履约方面的成功经验，实现消化吸收再创新，形成自己独特的“成本文化”管理理念，在全员范围内形成“以降本增效举措得力论英雄”的氛围，引导全员强化效益管理；另一方面，项目部将加强同其他标段兄弟单位的沟通，达成“共识”，向集团集体表达诉求，真正实现红利与回报的共同分享。

市场经济条件下，随着国家对地方基础设施建设资本准入政策的放宽，以及近年来受惠于“新常态”经济带来的建设热潮，我们相信在“五商中交”战略引领下，上下联动，找准切入点，提高合作质量，一定会有实现“五商中交”的大好机会和美好前景，为企业实现做大做强撑起一片广阔的天空。

原刊于《筑港报》2015 年 5 月 21 日 2 版

# 把好事办到田间地头

张　波

2003 年，交通运输部提出“修好农村路，服务城镇化，让农民兄弟走上油路和水泥路”，真正把农村公路建设推上了交通运输大发展的历史舞台。十多年来，全国农村公路发展迅速，通达率、通畅率、硬化率节节攀升，硬件条件不断得到“硬化”的同时，农村公路运输逐渐发展起来，群众出门再也不是一脚泥，摩托车、小汽车成了代步工具；货车也开到田间地头，农民群众致富之路越来越宽。

然而，自发、零散的运输服务始终不能很好地满足农村经济对交通的需求，人流与物流都存在巨大的运输需求。农民群众能不能像城里人那样，出门就能坐上公交车？广大农村能不能像城市那样有发达的物流运输？距离人畅其行、货畅其流的目标，我们还有一段不小的距离。贯彻落实习近平总书记关于“四好农村路”的重要指示批示，具有很强的现实意义和战略意义。

从 2014 年开始，交通运输部将“四好农村路”建设工作作为全国交通运输系统服务全面建成小康社会、推进农业现代化、让人民群众共享改革发展成果的重要抓手。2014 年，专门召开了全国农村公路电视电话会；2015 年在甘肃庆阳召开了全国农村公路现场会，提出了到 2020 年实现建好、管好、护好、运营好的总目标。

两年多来，全国各地大力发展农村公路运输服务，公交车开到了村口，快递业也开到了乡镇，甚至农村物流中心也蓬勃发展起来。比如北京、河北、辽宁、吉林、上海等省市率先实现了农村客运建制村全覆盖；江苏省在全国率先将“行有所乘”纳入省级基本公共服务体系规划，全面推进“村镇公交”；广东省实施农村客运“三个百分百”工程（百分百镇有站、百分百符合条件的建制村通客车和百分百有候车亭）；福建省全面实施了海岛交通“百千万”运输服务工程……

2016 年 11 月 9 日至 10 日，交通运输部联合发改委、农业部、公安部、国务院扶贫办、国家邮政局等部局，在湖北省十堰市竹山县召开“四好农村路”运输服务工作现场会，通报当前农村公路建设成果，分析当前农村公路发展形势，提出下一步的发展目标：力争到 2020 年，基本建成能力总体适应、结构科学合理、组织集约高效、技术先进适用、安全保障有力、生态环境友好、体制机制顺畅的农村交通运输服务体系。其具体目标是要努力实现“十个百分百”。

从 2015 年甘肃庆阳全国农村公路现场会到湖北竹山“四好农村路”运输服务工作现场会，从农村公路建设到“四好农村路”运输服务，从加强农村公路硬件条件到提升“四好农村路”服务水平，竹山会议是庆阳会议内容的延伸，是全国农村公路工作内涵的提升，更是吹响了“四好农村路”“新长征”的号角。

为切实推进“四好农村路”建设深入发展。2016 年 10 月 27 日，交通运输部发布开展城乡交通运输一体化建设工程有关事项的通知要求，“十三五”期间，在全国选择百余个典型县级行政区域先行先试，为城乡交通运输一体化建设积累经验。

发展“四好农村路”的主体责任在地方各级人民政府。如何落实好责任？法律保障是根本。落实法律法规赋予县级人民政府的责任是当务之急。而后，资金、人员和机构问题，才能逐一得到落实。

交通运输部开展 100 个典型县的先行先试工作，就是为了提高县级人民政府的工作积极性，促进“四好农村路”工作以点带面，逐渐形成燎原之势，真正办好这项惠民利民的大好事。

原刊于《中国公路》2016 年第 22 期

# 让交通扶贫的措施真正落到实处

段兰芬

2015年11月28日的中央扶贫开发工作会议上，习近平总书记要求，脱贫攻坚任务重的地区党委和政府要把脱贫攻坚作为“十三五”期间头等大事和第一民生工程来抓。甘肃省贫困面广、贫困程度深。为实现与全国一道全面建成小康的目标，全省交通运输部门按照省委、省政府的要求，全力实施“1236”扶贫攻坚交通率先行动，制定了一系列有效措施，在解决贫困村民生基础设施建设，打通“最后一公里”上狠下功夫；以集中连片贫困地区为主战场，统筹兼顾插花贫困县，着力实施农村公路通畅工程。特别是2015年启动农村公路三年大会战、实施“1+17”精准扶贫方案和“6873”交通突破行动后，紧扣扶贫攻坚交通率先行动“贵在实、深在制、重在为”的要领，将措施落到实处，全省农村交通基础设施明显改善，交通扶贫攻坚工作取得显著成效。

交通扶贫贵在实。按照省委、省政府“1236”扶贫攻坚行动战略部署以及交通运输部与省政府签订的交通扶贫部省共建协议，我省率先启动交通扶贫攻坚行动和农村公路建设试点工作。在“6873”交通突破行动确定的7万公里道路建设任务中，有5万公里为农村公路，完成情况直接关系到整个突破行动目标的实现，更关系到千家万户老百姓的出行和奔小康的愿景。对此，省交通运输厅紧扣交通扶贫攻坚重点，落脚点放在实字上，高起点，早谋划，多措并举，强力推进农村公路建设。启动农村公路“三年大会战”，集中力量建设“幸福小康路”，突出重点建设“康庄大道”，创新发展“特色致富路”，着力推动“对外开放路”，全面实施农村公路运输网络化完善工程、安全生命防护工程、危桥改造工程等一批实实在在的项目。

截至2015年底，全省农村公路里程已达122320公里，实现了所有乡镇和

82%的建制村通沥青(水泥)路。2016年全省农村公路建设计划投资就达到103.2亿元,计划安排新建改建各类农村公路建设工程22785公里。其中,实施建制村通沥青(水泥)路16339公里,实施“千村美丽”示范村村组道路硬化项目4301公里,实施燃油税安排双联项目446公里,实施2015年结转的其他农村公路1699公里。同时,实施现有通村硬化路安全生命防护工程49145.8公里。预计2016年底完成农村公路2.1万公里,实现95%以上的建制村通沥青(水泥)路,有效解决服务群众“最后一公里”的问题。农村公路的建设和发展为促进群众致富奔小康奠定了基础,带动了农村经济的发展。各地依托农村公路建成了一批特色产业基地,促进特色优势产业发展,为贫困地区打赢脱贫攻坚战打牢了基础,发挥了引领作用,群众满意度和幸福指数不断提高。

交通扶贫深在制。脱贫攻坚,一项重要工作就是要帮助贫困群众驱除心中的“拦路虎”。让扶贫的政策落地,不断完善政策设计,激励贫困群众不等不靠,积极主动地干起来。在实施一系列扶贫政策的有利时机下,2012年,省委省政府相继开展了“联村联户为民富民”行动,省交通运输厅将交通扶贫率先行动同“双联”有机结合,实施精准扶贫交通支持行动,从联系村的基础设施建设这个“短板”入手,积极推动二者的深度融合,持续推进“八个全覆盖”,着力做好“五件实事”,通过多方争取,帮建了一批基础性、公共性、民生性的项目,交通扶贫攻坚行动取得了明显成效,也激发了贫困群众的内生动力,变“要我脱贫”为“我要脱贫”。自双联行动开展以来,全系统累计为24个联系村争取民生基础项目129个,协调落实资金1.8亿元,修建通村公路264公里,硬化村内道路110公里,修建便民桥10座……

交通扶贫重在为。省交通运输厅不断完善相关扶贫政策,把强化提高贫困群众发展能力作为导向,通过“早干多支持,晚干少支持”的政策安排,有力地调动贫困群众的脱贫积极性和主动性,让那些习惯于“等钱要物,躺倒不干”的贫困户站起来、干起来。同时,在帮扶工作具体方法上不断改进,让帮扶双方成为脱贫共同体。授人以鱼,不如授人以渔。引导贫困群众选择本地有一定基础和优势的特色产业,通过提供扶贫贷款、技术指导等政策措施,降低产业门槛,增强抵御风险能力,从而提高贫困群众的参与度和脱贫成功率。通过不懈地努力,到2015年,静宁、临洮两个部级试点县和临潭、临夏、武山、通渭、两当、山丹、东乡7个省级试点县率先实现100%建制村通沥青(水泥)路;到今年底,兰州市及甘谷、会宁、礼县等8个厅级示范县实现100%建制村通沥青(水泥)路,95%的建制村通班车,农村公路建设已成为交通扶贫攻坚的基石。临洮县先后有上千人参与农村公路建设,群众从中得到的收益达450万元,在农民增收中贡献率达40%左右。静宁县农村公路的发展带动了果、畜、薯等特色产业的发展壮大,苹果产业的发展层次和水平明显提高,果品产量、产值和出口创汇实现较大突破,农民人均果品收入占到纯收入的73%。定西市农村公路带动107万人脱贫,农民人均纯收入从2010年的2300元提高到了4600元。武威市农村公路建设为当地提供了12万多个就业岗位,增加农民人均收入7843元。省交通运输厅双联点会宁县韩家集乡、徽县水阳乡、临潭县范家咀村、清水县山门镇玄头村等地的农牧民通过“双联”过上了好日子。交通扶贫促进了社会和谐,增加了农民群众共享改革发展成果的信心,加快了奔小康的步伐。

交通精准扶贫“贵在实,深在制、重在为”,制胜之道就在于落实。下一步,按照中央、部、省对交通扶贫工作的要求,省交通运输厅将继续把集中连片特困地区和革命老区作为交通扶贫攻坚主战场,统筹整合各方资源,积极创新机制举措,让交通扶贫的措施真正落到实处,全力以赴打好交通扶贫攻坚战,为贫困地区与全国一道全面建成小康社会提供强有力的交通运输服务保障。

原刊于《甘肃经济日报-交通周刊》2016年11月30日1版

# 吹响建成交通强省的新号角

张海洋

肩负着服务保障我省全面建成小康社会的重任,承载着广大群众对行业改革发展的期待,2016 年全省交通运输工作会议胜利召开了。

会议吹响了建成交通强省的新号角:站在两个五年规划的交汇点上,总结了"十二五"全省交通运输发展的成就,分析了当前面临的形势和任务,明确了"十三五"发展思路,为我们进一步推进交通运输又好又快发展指明了方向、提供了动力、开拓了路径。会议明确提出要全面建设现代交通、创新交通、法治交通、平安交通和廉政交通,全力推进河北交通率先突破、率先发展、率先现代化,打造世界级现代化交通运输网,到 2020 年建成快速、便捷、高效、安全、大容量、低成本的互联互通综合交通网络,基本实现交通现代化,建成交通强省。会议号召,全省交通运输系统广大干部职工要抢抓机遇、顺势而为,殚思极虑、激情工作,实现新突破、打好翻身仗,推动我省交通实现新一轮大发展、大跨越、大提升。

建成交通强省,必须树立新理念,适应新常态,调出新状态。要牢固树立和贯彻落实创新、协调、绿色、开放、共享的发展理念,深化体制创新、科技创新,加快建设现代综合交通运输体系、推进各种运输方式协调发展,抓好"绿美廊道"建设和农村公路"田路分家",建设美丽交通、绿色交通,积极拓展交通发展空间,大力发展民生交通、扶贫交通,不断提高交通运输服务均等化水平;要推进供给侧改革,补短板、降成本,着力增加基础设施供给、提高运输服务和装备水平、推进综合运输体系建设、搞活交通运输市场;要把全部心思和精力聚焦到推进发展上来,敢于担当、不惧风险,把夙兴夜寐、激情工作作为常态,真干实干、苦干巧干,把马上就办、办就办好作为准则,科学发展、精明发展。

建成交通强省，必须扎实开展“六个对”，实现新突破，打好翻身仗。要切实增强责任感和紧迫感，继续深入贯彻落实中央、省和交通运输部一系列重要会议精神，紧盯建成交通强省的总体目标，牢牢把握主题、主线和主要任务，开拓创新、扎实工作，不断开拓交通运输发展的新局面；要强化问题导向、树立看齐意识，认真分析存在的差距，坚决破除小进即满的思想，坚持哪有“短板”补哪里、哪有经验学哪里，通过对标先进，努力补齐“短板”，在发展的科学性和发展的质量、发展的速度上实现突破；要立足当前、科学谋划、精准发力，通过“十个全面”，认真完成好2016年的各项工作，为建成交通强省开好局、起好步。

号角阵阵燃激情，大海扬波作和声。当前，我省交通运输发展面临着京津冀协同发展、打赢脱贫攻坚战、推进供给侧改革等一系列重大机遇，是我们实现新突破、打好翻身仗、建成交通强省最有利、最关键的时期。我们相信，在厅党组的坚强领导下，全省交通运输系统广大干部职工一定会进一步解放思想、凝神聚力、干事创业、奋发作为，谱写出交通发展更加激动人心的新篇章！

原刊于《河北交通》2016年2月3日Z1版

# 副　刊　类

获奖名次：图片类二等奖

标　　题：《静待“主人“来》

作　　者：任国平

原 刊 于：《快递》2016 年 11 月 10 日

获奖名次：图片类二等奖

标　　题：《凝固的青春》

作　　者：赵成员

原 刊 于：《筑港报》2016 年 12 月 11 日 1 版

# 一等奖

## 走进渔家24小时

蔡玉贺

中国记协和中国产业报协会主办的“2016年产业行业媒体基层行——走进渔家采访活动”邀请我参加。虽然我进入新闻行业已经三年多了，但还从未参加过“娘家”主办的此类活动，也没有以普通记者的身份到一线采访过。于是，这便促成了我平生第一次“走进渔家”基层行，地点是海南省万宁市。

4月7日中午，海口美兰国际机场，大家在这里陆续到齐，却没有遇到当地接站的同志。沐浴着春日的暖阳，我们在停车场终于找到一辆疑似接站的中巴。不一会儿司机赶了过来，用我们勉强能听懂的口音告诉我们：他刚才到出口找我们去了。此时已过中午12点，距离目的地还有两个多小时的车程。大家忍受着“午餐诱惑”，赶赴万宁。

住地是神州半岛一个居民小区的公寓。清明过后北方的“候人”都已北归，这里便被闲屋利用。迎接我们的是中国产业报协会的姚会长，他提前一天来打前站。把钥匙和日程安排发给大家后，他就张罗着把矿泉水搬上车。此时已经下午3点了，依然不见当地的同志，也不提午餐的事儿。

姚会长似乎看出了大家的疑惑，告诉大家：“我们走基层、进渔村、登海岛，主要是自己看、自己听、自己采、自己拍、自己写，不安排官方介绍，更没有汇报，吃饭全部自己解决。”他还告知我们，明天一大早要赶去一个渔村拍摄采访鱼市交易，如果去晚了鱼市就结束了。没有想到，第二天这一去，就是24个小时。

这期间发生的点点滴滴,都将化作老编老记们难以忘却的记忆。

## 港下村与长腰鱼

4 月 8 日,迎着初升的南海骄阳,我们乘坐的中巴停在一个村子的空地上,旁边是个渡口。这是和乐镇港下村,其所在地就是著名的港北港。已经“成精”的老编老记们一下车就立马散开,对着周边的一切狂拍起来。

出于职业习惯,老编(注:本人入行虽晚,但年岁已不小,不好意思自称“小编”)注意到一辆停在渡口旁的冷链运输车,便上前“搭讪”司机:车是自己的还是别人的、货往哪里运、这里进货多少钱、到了那边能卖多少钱、一年能运多少吨……司机语焉不详,可能是由于语言不通,抑或觉得这属于商业秘密。

正在这时,一阵发动机的轰鸣声传来,一艘渡船冒着黑烟,满载扶摩托车而立的人们“突突突”地驶来。船靠码头,围栏绳解开,大部分人麻利地骑车下船,不骑车的人提着大包小包鱼贯而出。一拨人下光了,另一拨人继续上船,依然是摩托车、电动车居多,不一会儿又排满了一船。挂上围栏绳,渡船便“突突突”地冒着黑烟去了。不到十分钟,另一艘渡船也来了,刚才的情景又重播了一遍。这次有辆满载的三轮车,只见它的前轮先摆到岸上,然后猛加油,后面两个人同时推了一把,渡船猛地摇晃着沉了一下,三轮车已然上岸加速爬坡而去,推车的两人也早已麻利地跳上车一溜烟不见了。看着眼前的情景,老编想到了渡口安全问题,但看到渡船娴熟地穿梭于鳞次栉比的渔船间,这里又是一条河汊式的潟湖内海渔码头,加之坐船的又都是当地渔民,也不忍心苛求他们了。

交易的情形都是相似的。出海归来的渔船靠岸后,立马有人前来收购,价钱谈妥后,船上的人把一桶桶浸泡在冰水里的鱼捞出来分拣、装筐、抬上岸,过秤后收钱。那天早晨各条渔船的收获都不错,几百米的码头上到处都是忙碌的身影和讨价还价的喧闹声。一个小伙子指挥几位妇女分类装箱,只见他们先是在泡沫箱底铺一层厚厚的冰碴,垫上塑料布,摆上鱼,再将塑料布盖上,上面再铺一层冰碴,然后封箱(这种冰鲜处理方式对鱼的口感损害最小)。小伙子用彩笔在泡沫箱上标注上“黄刀”或“长腰”字样,看起来他像是个“头目”。老编上前攀谈,得知这个时节当地上市的鱼以长腰鱼为主,收购价在每斤 4 元左右,在万宁或者海口可以卖到二三十元。当地人喜欢把这种鱼做成咸鱼干,去头和内脏后用盐腌1小时,清洗晾晒,吃时蒸或煎炸是最下饭的。从小伙子那里得知,他主要是把鱼运到深圳和香港出售,全过程包括运输都是自己人在做,每年交易大概有几万斤,两边的差价还是很可观的。比如黄刀鱼,这里的收购价是30多元一斤,到了那边可以卖七八十元一斤甚至更高。当被问及一年的收入时,小伙子沉默了,因为这依然是商业秘密。

看够了鱼市交易,老编把目光转到岸边屋前。几位老中青妇女在清理长腰鱼,旁边婴儿车上的娃娃甚是可爱,便偷偷地用手机拍。边上一个十七八岁的小姑娘见状笑了笑没有言语,老编心想,这如果是孩子的妈妈未免也太早婚了些。另外几位老编老记见状纷纷过来拍娃娃,一时间娃娃俨然成了明星,旁边的几个妇女也都看着娃娃乐,眼中透着喜悦和爱怜。同行的一位老编问小姑娘:“孩子是你的?”“不是,是我姐姐的。”罪过!老编对自己刚才的念头感到惭愧,以为现在的渔村还流行早婚。看看码头沿线一排望不到边的崭新楼房和停靠在码头上卸鱼的新型渔船,不禁感叹现在的渔家生活早已今非昔比。突然,婴儿车旁的两个垃圾桶传来声响,近前一看,一个桶里有只小老鼠,上蹿下跳想要出来,另一个桶里也有一只浑身打湿的“落汤鼠”,正在全神贯注地梳理毛发。小姑娘起身望了一眼,笑着说:“自己掉进去了。”然后回去继续清理鱼。“老鼠过街,人人喊打”的千年古训在这里失传了?噢,原来这个镇叫和乐。

万宁市委宣传部的负责人引着村委会主任老卓来了。老卓六十多岁,精瘦,黝黑,穿一双高腰水靴,普通话比中巴司机好很多。他说自己是两届市人大代表,因为村委会主任中只有他会说普通话。老卓介绍,现在渔船都是下午5点多出海,到达捕鱼区域抛锚打开灯光,等次日早晨四五点钟再放网捕鱼,这在当地被称作“灯光捕鱼”。他问我们想不想到船上待一晚“了解”一下,我们立马心痒了起来,当下便有三四个人表示愿意去。老卓说他的亲家船大,可以带我们出海。

午饭就在码头的渔排解决了,老卓特意回家拎了几条腌制过的鱼。在渔村吃海鲜,大家可以想象有多惬意了。

## 和乐蟹与新渔民

午饭后,我们驱车十几公里赶到毗邻的万城镇,与一辆车会合后,被引到了乌场小海养殖区。这是当地宣传部门着力推介的新型渔民典型,6 名返乡大学生在联合国粮农组织水产部门、东南亚水产公司、海南大学海洋学院及当地党委政府的支持下,成立了克莱布水产科技有限公司,建立了和乐蟹保育中心。中心致力于推广绿色健康的和乐蟹生态养殖模式,并把产业销售与公益挂钩,将盈利用于改善万宁小海的自然和人文环境。

引我们前来的两个年轻人分别是小卓和小符,都是本地人。小卓个头不高,在长春上的大学,他腼腆地说他是负责生产的,搞销售的不在家,怕介绍不好。说起创业的经历,竟发端于大学校园的保留节目"宿舍夜话"——"谁不说俺家乡好"环节的美食大比拼。想到家乡的和乐蟹已濒临灭绝,几个同乡同学心下惋惜不已,就萌生了回乡挽救螃蟹的念头。在当地政府的支持下,他们说干就干。

然而他们几个人都不是学海洋生物或水产养殖专业的。起初,放养的蟹苗"欺负"他们年少无知,一夜之间竟逃得无影无踪。后来他们一方面虚心向老渔民请教,一方面与外面的科研机构合作,逐渐成了当地养殖户们的老师。现在,他们除了承包 200 亩养殖基地,还带动了 500 亩及更多的养殖户进行有机生态养殖合作,为和乐蟹寻求最生态的养殖模式。

"现在公司刚刚起步,还处于摸索尝试阶段,但我们有信心坚持下去并取得成功,让和乐蟹扎根万宁小海,并爬上更多人的餐桌。"小卓与他的小伙伴都信心满满。

老编在网上搜索了一下发现,和乐蟹位列海南四大名菜之一,属膏蟹类。其膏满肉肥为其他蟹种所罕见,特别是脂膏,金黄油亮,如咸鸭蛋,富含营养。说到这里估计大家的口水要出来了,也为了支持 6 名大学生,免费推送一下,订购热线:4008705060,公司网站:www.helexie.com.cn。

从养殖场返回港下村,几位"勇士"准备出海了。想到海上抛锚后一叶孤舟随着海浪一刻不停地摇荡一夜,他们能安抚得了肠胃吗?胆汁储备够用吗?夜间的渔船安全有保障吗?从小生长在海边的老编念及交通运输部门担负的海上交通安全监管职责,决定还是和大家一起上船。细心又贴心的姚会长特意买来几大袋罐头、面包、火腿肠,还有一箱"二锅头",算是给渔民的一点心意。漫漫长夜,消磨时光、抵御风寒,没有比这个更好的了。

到了码头,很多船都在做出海前的准备工作。一架碎冰机把一个长方形的冰块(25 元一块)粉碎成冰碴,各船把冰碴倒进鱼舱。就近的一条船上有三个十七八岁模样的小伙子在帮着往船上搬冰碴,染着头发,穿着时尚,如果不是赤着脚,完全是网吧酒吧里闲逛少年的模样,我猜可能是来送父辈出海的吧。一个四十多岁模样的人听说老编要上船出海,便邀我上他们的船。我笑着说怕他们半夜把我扔海里,他们便起锚出航了。让我惊讶的是三个小伙子竟真的随船出海了,我让他们向我挥手拍个照,他们羞涩得不好意思。新一代的渔民子承父业,未来他们会变得像父辈一样拥有黝黑的脸膛和古铜的肤色吗?

## 海上一夜与岑家父子

卓主任的亲家老岑一家开着小艇来接我们,我们七人鱼贯登艇,小艇在渔船阵中左转右拐来到了大船前。渔船起航,途经一片看台,这就是著名的万宁中华龙舟大赛揭幕战举办地。“二月二龙抬头,万宁和乐看龙舟”,已经成为当地的新民谣,这是万宁以体育促旅游的一个成功案例。渔民们说起龙舟大赛的盛况,一脸欣喜骄傲。在港湾出口的左侧,有一座小石山,上面有个山洞供奉着石公像,渔民们出海前都要去祭拜一下,祈祷平安。心里默念着石公保佑,我们的船驶向大海深处。正值黄昏,夕阳、大海、点点渔船,各色相机上下咔嚓、远近伸拉,人与自然互动默契。岑家老大在掌舵开船,岑家老二站立在船头眺望。风声、浪声、机器的轰响声中,我们蹿来蹿去拍景拍人,渔民们却格外沉默。他们有的整理渔网,有的闲散地躺坐在床铺上,或蹲坐在船舷抽烟,静静地望向海面。

夜幕降临,船要抛锚了,老记们匆忙架起相机。岑家老二也不配合摆个POSE,“扑通”一声锚已下海,很快几个人麻利地爬到船顶把灯排展开。两侧各有两排灯,每排 25 个 1 千瓦的灯泡,依次亮起来,灯光诱鱼开始了。收拾妥当后就到了晚饭时间,渔民们准备了简单的米饭和咸鱼,好在有我们带来的各式零食和“二锅头”。渔民们喝酒不像我们想象的那么豪爽,但端着铁碗几口下肚,彼此也就熟络起来,欢声笑语很快就充满了不算宽敞的甲板。30 多岁的小林说自己本来不会抽烟喝酒,都是 50 岁的老张教坏的,又说老张可有福气了,三个女儿都上了大学,真是赚了。

饭后岑家老二独坐船头,见我上来,把自己坐的木板腾出一块示意让我挨着坐。他个头不高,37岁,不怎么说话,但很友好。他告诉我,他有一个女儿一个儿子,女儿现在上中学了,儿子还很小。问过北京的工资水平,他平静地说:"还是你们好啊,在大城市,我们天天在海上,一年下来也就两三万块钱,好的时候三四万,晒得那么黑。"

他轻描淡写的那句"晒得那么黑"触动了我。"人生代代无穷已,江月年年望相似",那三个装扮时尚的出海少年的身影又浮现在眼前,二十年前的岑家老二是否也曾如此时尚?再过二十年,那三个少年如果还在打鱼是否也会有同样的感喟?一位渔民对生存状态的淡淡哀怨,消减了我对夜间灯光捕鱼的好奇。改革开放三十多年了,我国经济社会一直在翻天覆地地变化,普通民众的生活状况尤其是精神世界一直是我关注的问题。但没来得及深谈,另外三四位渔民也爬了上来,狭小的船头一下子热闹起来,岑家老二恢复先前的沉静,眼睛望向远方。

船上除了岑家老人,年纪最大的就是老王了。他出生于1961年,是个健谈又充满好奇心的人,不时地谈起时下热门的话题,包括北京的各个景点和明星的八卦传闻。如果你以为他是在炫耀,那就错了!他那么热切地投入谈论,连"大陆"(岛上渔民都这么称呼海南岛以外的陆地)也少去的他感慨这一辈子没有机会去长城和天安门了,另外几个渔民也都纷纷附和。黑夜里茫茫大海上的一艘渔船,渔民谈论的话题是北京和岛外的世界。

那晚海流太急,雷达监测显示器里一直不见鱼群的影子,连鱿鱼也不好钓。除了我们几个兴致勃勃的新手,其他人都陆续睡下,渔民们把中间一层最好的床铺让给我们,他们则挤到下舱,头脚相挨地睡去。岑家老人陪我们在船尾钓鱿鱼,虽然一直没有收获,但大家仍然兴致不减。我爬上三层的驾驶室跟岑家老大聊了起来,他告诉我:这艘船造了有几年了,现在值100多万元,一般一年有三五十万元的收入,好的话可以更多一些。村里有的人有几艘船,这些年挣了不少钱,但现在近海捕鱼越来越难。船是他们家买的,他考取了驾驶证。每天捕鱼的收入50%归船主,剩下的按船上人头均分,船的所有的成本由船主负担。他还很认真地把各种船舶证书、缴纳的税费、自己的驾驶证等拿出来给我看,并很认真地问:你们回去会登报吗?最好不要写他的船号,担心我们上船的事儿被渔政部门知道。我跟他说我们上船是经过市里批准的，登报没有问题，等见报了就把报纸寄给他。他以沉默相对。这是我对他的承诺，促使我回来后在繁忙的工作间隙坚持写下这些文字。

晚上我就睡在驾驶室后方的铺板上，没有褥子，与岑家老大合盖一条有些潮湿的被子。船舱有些短，只能侧身蜷腿而卧，同时要小心地使胯骨尖不与铺板正面接触。半夜醒来发现岑家老人睡在我右侧矮了几公分的床板上。就这样，我在岑家父子的护佑下，断断续续睡了一觉又一觉。

早晨四点多钟大家陆续起来了，船上一片忙碌景象。岑家老人独自驾着小艇出海，灯光渐次熄灭，大船围绕着小艇开始撒网，网刚撒下去，立马就开始收网。跟岑家老大的判断和我们的担心一样，果然没有捕上多少鱼。大家井然有序地收网，捞鱼，加冰碴冷冻，然后再分拣装盆，船就往回驶了。前一天早晨见过的喧嚣渔港，今天安静了许多，渔船几乎都空手而归。

这次出海归来各种鱼加起来只卖了300元，而油钱就需要1300多元。我想渔民们白忙活了，船主算是赔了。但渔民们好像都习以为常，依旧平静地完成各项善后事宜，还调皮地跟上船收鱼的妇女打情骂俏。我们不知道该如何安慰他们，便邀请他们跟我们合影，并留了部分人的姓名电话。如果有机会，我一定会再来看望他们，跟他们再次出海捕鱼，不过一定要选个好日子，见证他们一次打几万斤鱼的喜悦场面。如果将来我有实力，一定邀请他们来北京，登天安门爬长城，并感受一下首都空气的“厚重”。

再见，让我们“了解”了渔民生活的老卓主任！再见，岑家老人和岑家老大老二！再见，调皮的小林和爱摆八卦的老王，还有“赚了三个上大学的女儿”的老张！再见，琼万渔00011！

原刊于《中国交通报》2016年5月9日4版

# 消失的信件

陈建华

船过新加坡,忽被窗外的敲锈声吸引。透过舷窗,只见水头木匠和两个白班水手正在伙食吊上敲锈,敲锈枪、打磨机轮番上阵,可谓热火朝天。要知道,以往每逢船过新加坡一有信号(船过新加坡,总共也只有2~3个小时有信号),正是弟兄们抓紧机会和家人报平安的温馨时刻。每名船员都会提前办一张新加坡的手机卡,船上一般上午白班干一个小时工作就收工了,放假给大家打电话,毕竟对船员来说,家人才是内心最挂念的。而现在,自从船上装了WiFi以后,船员们随时可以通过QQ或微信和家人朋友聊天,尽管经常会出现流量不够的情况,但节约一点也能满足基本的需要,所以打电话的习惯也慢慢地消退了,温柔絮语也已变成了锤声朗朗。我不禁回想起20年前。

20年前,我刚满20岁,到南非德班上建设31轮,和家里的联系就靠每月一次的信件。由于建设31轮期租给德国租家,航次经常变化,导致信件无法及时传递,有时2个月才能收到信件,而一收到往往就是五六封信。所以我养成了按邮戳顺序来看信的习惯,上一封信里女朋友还牢骚满天,下一封就已经云开雾散,有时又反之,个中滋味也只有经历过的人才能感受到。有一次,一个套派一干就是15个月,期间2个多月没有收到信。船到尼日利亚,轮到我在梯口值班。50多岁的德国租家驻船代表尼克回家度假半个月正好也回船,从引水梯上一爬上来,就兴奋地从衣服里面翻出来一个包裹,对我喊:“信、信!”当时激动的我抱着他对着他那秃脑门就亲了一口,一下子就把尼克给吓跑了。

第二年又开始跑远洋的时候,船上开始用起了单边带电话。我记得当时我们都还办理了船岸一线通的电话卡,可以登记5个号码,一般情况下只能打自己登记的号码,价格好像是1分钟3元。但打电话时,话务员和其他船员都能听到，这哪里是在打电话，分明就是全球广播嘛！悄悄话不能说还谈什么恋爱？所以我也就逢年过节以及有急事时用用，更多的时候还是写信。当时经常听到单边带上通话快结束的时候女的问男的：“你还有什么要说吗？”“没有了。”“你真的没有吗？”“不太方便。”“我不管！”“好了好了。”“我不管！”“我爱你！”听到这句，女方才心满意足地挂了电话。所以才会有“海员苦，做海员家属更苦”这一说法。

之后上大庆92轮跑美湾，信件基本能够保证每月来回一次。这个时候，开始出现了IP电话，10美元可以打上170分钟，不过，你得是一次通话，有时打电话给女朋友，结果她老妈一接说：“不在！”等下次再打就只有120分钟了，为啥？“起步价”贵呗！正常的跨洋电话10美元也就只能打5分钟，不过已经算是能够接受的价格了。就这样信件夹杂着IP电话，这一个套派一干又是16个月。回来后，我结婚生子，在国内跑了几年，等再跑远洋的时候，手机已经是每个船员的标配了。到了新加坡就买新加坡电话卡，到了印度就用印度电话卡，一个套派下来各种电话卡收集了一大沓，信件却已经慢慢消失了，没有人再写信，也不会有人再收到信。再往后，船上的电邮向个人开放，允许发送几KB的小邮件，受到体积限制，往往只可以用TXT纯文本文档，写好以后用WinRAR给压缩一下，顺便加个密，体积也就三、四KB。这样每天都可以和家里用伊妹儿交流，不过每天写也实在是写不出来什么，看来只有热恋中的男女才能够写出那么多流芳百世的书信。

现在，船上已经开通了WiFi，虽然每人每月限定一定的流量，且很多功能受到限制不能用，但能够每天和家人在QQ上聊几句，看看小孩班级群里老师每天留的作业，就好像从来没有和家人分开一样，那样的感觉也很美妙。

科技从来没有像现在这样大的影响、改变着海员的生活和习惯。也许再过几年，船上电脑可以不受限制地上网、视频聊天、看电影、打游戏……各种信息数据的便捷获取都能够让我们海员更加迅速地融入这个高速发展的社会，我迫切渴望着这一天的到来。

原刊于《中国远洋海运报》2016年9月2日B4版

# 扬州的风

宋小松

以为从高原去江南，寒冷自会减弱。毫无思想准备，风嗖的一下甩到脸上，仿佛挨了一巴掌，生疼。这是扬州的风。别以为江南尽是些美好的事物，杨柳岸，千重水，淮扬菜，酥心糖……再加那烟花雨巷、扬州小调、对酒当歌，醉不死人也羡慕死人的。当你撞上那凛冽的风，一下子就清醒了。扬州把它 2500 年的历史幻化成一道风，算是迎客之道，轻轻地告诉你，既然来了，就得让你长久地记住。

朝阳像一道金光，将扬州完全罩住，尽管是萧瑟的冬月，大地也显得容光焕发、生机勃勃。我们的全身也受到朝阳的眷顾，只可惜，只有光彩，毫无暖意。而风似乎也藏在阳光里，借着阳光扑面而来，寒彻透骨。而此刻的高原，正迎来今冬初雪。报信的人说，一点也不冷。我站在朝阳笼罩的寒风中，无言以对。我们一行三人皆不是学地理专业的，对这个海拔接近零的城市如此寒冷无法理解。对风却想出了一个自以为是的说法，平原嘛，开阔，所以风大。没有向扬州当地人求证，也不想求证了，反正迎着风我们也会好好地欣赏一番扬州。从高原出发时的憧憬不会被风卷走的。

从瘦西湖的西门一脚踏进去，就看到摇曳的柳枝和跳跃的水波。这是灵动的景致，所谓活色生香，首要的是色要活起来。借着风，瘦西湖顿时活起来了。导游的话也在风中传来，“唐朝时，此湖处于扬州城西门，故取名西湖，而湖呈窄长形，谓之瘦。”湖名兼具方位和形态，而一个瘦字更是彰显它无尽神韵。扬州的古人总是这样充满诗情和人文关怀，一个湖也得赋予它精气神，瘦方显婀娜多姿。瘦一定是女子的身材，在扬州，有水一样的人儿，也有美人一样的水。再看那轻轻荡漾的水波，竟似女子低眉浅笑，万般妩媚。

水波牵着人，一路走一路看，便到了二十四桥。桥是唐时官帽的造型，倒影在水里，随风摆动。眼前便仿佛站了一位中进士受朝廷赐官的公子，晃着脑袋。是在吟诗？还是在断案？“二十四桥”名称的来源，有三个版本：一说杜枚的诗“二十四桥明月夜，玉人何处教吹箫”。二说沈括《梦溪笔谈》记载，扬州有二十四桥。三说隋炀帝在这座桥上与二十四娇歌舞升平，共度良宵，因娇与桥音近，便取名二十四桥。我更倾向于隋炀帝的版本。虽然杜枚和沈括的说法都有文字记载，似乎更有说服力，但他们的“二十四”只是一种泛指，概数，意思是扬州水多，桥也多。而有关隋炀帝的这个版本属于民间传说。隋炀帝一生最爱扬州，卒于扬州，葬于扬州。与他有关的传说或许更可靠些。别以为文字记载就一定可靠，千百年来出现过多少不可靠的文字？

脑子随着导游的讲解转，眼前浮现出清风明月下，二十四娇簇拥着隋炀帝，琴声响起，长袖善舞，裙袂翻飞，一阵阵笑声跌落进水中，走了一程又一程。二十四娇暗香浮动，醉了杨柳轻拂湖水，醉了明月躲在云后。本来光天化日下，加上冷风阵阵，是不便于追溯古人风流往事的。但因游人寥寥，似入无人之境，再加导游解说传神，犹如昨日重现，仿佛我们正乘着风穿越时空身临其境。别说，凝神一听，真有忽而清亮忽而模糊的古铮声随风传来，不绝于耳。令人恍恍惚惚，不知今昔是何年。随着脚下移动，听得真切了，是《茉莉花》。直到天近黄昏我们从南门走出瘦西湖，若隐若现的《茉莉花》一直在耳际萦绕。冬天，百花凋零，好在这扬州自产的《茉莉花》一路相伴，总算沾了花的气息。连风也变得温柔起来。

在个园、何园，因为房屋、亭子、假山的遮挡，风收敛了许多，我们可以专心致志听导游介绍园主当年的富贵和风雅。亭台楼阁、翠竹蜡梅、翘檐叠石，它们不惧风，依然是几百年前的样子，从容淡定，任你千人游览，万人赞叹。

而东关街的风，忽而来忽而去，总是将那些扬州美食的气味送到你鼻孔。但男人往往这样，除了对正餐有点讲究外，很少去关注这些小吃。任香气迷漫，也不心动，自顾走路，让目光在街铺里流连。我想，东关街是适合女士们游览的地方，走走停停，东家看看，西家尝尝，大包小包美食带回去，不失为一种收获。东关街的风，主要是为游人传递吃的信息。当然，偶尔也传递着音乐和轻声细语的吆喝。

最厉害的还数高邮湖的风。我们从堤坝下去十来米，上一艘船吃午饭。在堤坝上，人几乎都站不稳，要飞起来。每个人都猫着腰，躬着背抵抗风，担心人被直接刮进湖里，鱼没吃成倒喂了鱼。想起汪曾祺先生《岁朝清供》里“隆冬风厉，百卉凋残”，想来他对家乡的风也是早有领教，且记忆深刻的。吃饭的船停靠在湖的一角，我们一坐进包厢里，就直到用完餐才出来。因为处于湖的一角，紧靠岸边公路，车流滚滚，也没什么景致可看。再说那风刮在脸上眼都睁不开，再好的景也枉然。倒是立在湖边的风能发电装置抓住时机，一刻也不闲，叶片一圈接一圈旋转着。将风转化成电送到某一户人家的电灯泡里。船上的午饭是正宗的扬州菜，鸡汁豆干丝、酱鹅头、鱼头汤，清淡，香而不腻。于我们这些吃惯了麻辣重口味的高原人来说，是一种全新的感受。遗憾的是未曾见识有名的双黄鸭蛋。

吃完饭已是正午，艳阳当空，从船舱里出来，风丝毫没有减弱，劈头盖脸吹过来，午饭时积蓄的热量瞬间化为乌有。我们和下来时一样，躬着腰，抵抗着呼啸的风走上堤坝。总得照张合影吧，站在堤上，背景有湖，有船，还有风能发电的叶片，加上艳阳，倒也不失为风景。我在相机里看到每一个人的头发都立起来，眼睛都眯成一条缝，有些像武侠片里的高手运行内功发力。

长住高原，对寒风早有领略，按说迎上扬州的风也不必惊诧。可不知何故，总觉得扬州的风太厉害，有一种气势。也难怪，多少帝王在这里留驻，那风从2500年前一路吹过来，自然也就沾染了帝王的习性，以致气度不凡。然而前人在扬州留下的记忆，多为春花秋月，对寒风的描写并不多。黄慎“水阁无人冰簟冷，鸳鸯深入藕花风”，与今天我们眼前的景致相差无几。无论是在个园、何园，还是瘦西湖，都只有寥寥几人。但我们没有在清澈的湖水里见到鸳鸯，倒是碰到一群个头像鸳鸯的鸭子，时而丢头觅食，时而互相看几眼，怡然自得的样子，不惧行人，也不惧寒冷。许多人都误以为它们是鸳鸯，其实它们是家养的鸭子，放进瘦西湖以后，它们就不回去了，主人也难得去管它们，就成了野鸭子。我猜测，鸭子们因为常年在外，运动量比家鸭大，长不了太多肉，所以个头小。导游说，它们是会飞的鸭子。你真得对它们另眼相看。我想象着它们展翅腾飞的样子，从水里飞起来，带起湖面一阵涟漪。

风的走向飘浮不定，以致导游的解说传到耳里也时而清晰，时而模糊，明明她就在身侧，可声音却像从远处飘来。但无论是清晰还是模糊，她声音的风格是固定的，柔柔的，软软的，不像标准普通话那样讲究字正腔圆，也不像我们高原人憋普通话快如吐豆。她的每一句话都徐徐道来，尾音稍延一下，就像唱歌时延长一拍或半拍。听这样的普通话是一种享受，既没有标准普通话的那种压迫感，也没有高原普通话的别扭和走调。虽然游人不如春夏秋三季多，但也碰上了几拨，一拨三五个，由导游带着。导游们都穿统一的红色羽绒服，齐膝。她们相互打招呼："真冷！"脸上虽然堆着笑，但那苍白的脸色，估计她们也被冻得够呛。我问导游，今天你带了几拨客人？她说就我们一拨，春夏秋都是旺季，多时一天带四拨人，连吃饭的时间都没有；冬天是淡季，只上半天班。我说，好啊，休息半天。她说，哪里让你歇着，让你踢毽子或跳健身操，看，那儿。我顺着她的手指，看见十余个年轻女士站成一个方阵，正在踢毽子。她们明显穿得很薄，但似乎并不冷，脸红彤彤的。我说，也是为你们好吧，锻炼身体，为旺季储备体力。她说，嗯，他们也这样说，但我们还是宁可在家里躺着。千千万万的游客从四面八方来，怀着新奇，当然兴味盎然，而她们日复一日，走同样的线路，说同样的话，还得保持微笑和耐性。别看她们一个个纤瘦，弱不禁风的样子，其实要干好这份工作，也得具备湖畔杨柳的坚韧。尽管杨柳的叶已被风摧残，所剩无几，但树干和枝条在风中依然保持应有的姿态。

扬州是美的化身，充满诗情画意，也积蓄着人文魅力，更有丰富的历史文化。你只需在风中抓一把都是品不完的韵味。我想，扬州人是幸福的。而我们这些过客，不过是浮光掠影，饱饱眼福口福。至于扬州的历史文化，坐在书斋里也能找到点踪迹。扬州的美名和悠久历史，我等岂敢多言，也不必去一一数遍，它们早就走进了典籍，走进了无数中国人的心中。而眼见为实，更多的是自然风貌。它们就在那里，真实，毫不修饰，便于存放在脑子里。那么，扬州令我刻骨铭心的一定是风。

风格，风度，风姿，风韵，风雅……所有与风有关的美妙之词，你都只管送给扬州，它当之无愧。

原刊于《贵州公路》2016 年第 1 期

# 二等奖

## 血 脉

王秉辰

一

王兰亭将身上的缆绳用力紧了紧,他舔了一下干裂的嘴唇,一咬牙踏进齐腰的海水中。

1951年的初春,渤海湾冷得彻骨,寒风像锥子,扎的他脸生疼。他在海水里大口喘着粗气,拼尽力气与工友们喊了一声号子。汉子们的吼声盖过了咆哮的浪,就在这群人的身后,是望不到边的荒芜滩涂。

塘沽,新港,这是时年21岁的王兰亭,参加工作的第一年。

海河入海口红日冉冉,都说初生的朝阳最雄壮,那也是筑港人南征北战,艰苦创业的岁月。

王兰亭与第一代筑港人一起,用最纯真的信仰,最质朴的力量奔走于祖国的大山大海之间。海南、湛江、徐州,1961年,他随队伍来到青岛,在人事科一干就是几十年。

那个年代职工的单调、对调都要找他。一位两地分居十几年的老职工家属调到青岛工作,为表示感谢,老职工为王兰亭送来一瓶酒。

"那瓶酒当时4块2毛钱。"如今,王兰亭已近60岁的儿子王小明还记得那瓶酒的价钱。

"那瓶酒,父亲没退回去。但第二天,便让我提着八、九块钱的东西送到了

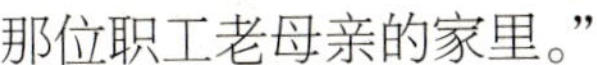

那位职工老母亲的家里。”

“对得起良心，对得起单位，行得正，好好干，不能丢了人。”儿子刚参加工作那天，王兰亭破天荒地喝多了，这句话他一直重复念叨着。

那时，19 岁的王小明第一次理解了一个父亲、一个老筑港人的理想与信念。这是老人一生的追求，一生的忠诚，一生的付出，还有他坦坦荡荡的无怨无悔。

## 二

王小明常眺望中原大地远处的群山，不知他是否望见了几十年前父亲支援三线时望见的那些逶迤。

这是 2008 年，曾经的年轻人已两鬓斑白。而他身后，也不再是荒滩密布，如今他的面前有大山，还有笔直的铁轨。

“王书记，临时用地到位了！”听着电话里小李兴奋的声音，举着手机的王小明揉了揉满是血丝的双眼，长出了一口气。

征迁，是铁路施工的第一关，也是最难的一关。

但就如 57 年前咬紧牙关冲进刺骨海水里的那个身影一样，身处中原腹地的他同样冲锋在前，义无反顾！

裤腿上，是他白天走村入户宣讲政策、查看征迁线路时留下的泥点；手中，是他深夜时学习征迁法规、谋划征迁方案时那杯早已凉透的浓茶。

他常说：“征迁何尝不是‘征心’？”

他安排返乡农民工就业、帮助村里修路、帮助村民抗旱浇麦、与当地乡村干部广交朋友。

5 天！石武项目进场仅用了 5 天！各类机械设备还在赶赴现场时，250 余亩临时用地却已全部到位。

“老乡的钱一分也不能少，企业的钱多一分也不能花！”“依法、阳光、和谐、廉洁”，上千万的征迁费用，项目部未出现过任何纰漏，这是王小明用岁月与行动完成的人生承诺，是他对老父亲几十年前那句话最深情的应答。

“对得起良心，对得起单位，行得正，好好干，不能丢了人。”“哎！爸！”

## 三

2013 年，是我参加工作的第一年，大年三十晚上，父亲王小明将爷爷 40 年前的嘱咐说给我听。

我听他讲完两代人的故事,看着他日渐增多的白发,鼻子忽然有些酸。

我望着烟花点亮的天空愣愣出神,从父亲的话中,我听得到岁月、听得到坚持、听得到执着。

之后的3年,我在爷爷曾战斗过的祖国最南端望着沉箱迎着潮汐出发;我也在晋中大地用双脚丈量了父亲望向的巍峨群山;如今,我站在了10000公里外的印度洋边,这比爷爷与父亲到过的地方都要远,这是东非肯尼亚。

在这片土地上的我坚韧、热情、高昂。但每到深夜,在东非草原低语的风声中,我总能回想起8岁那年弥留之际的爷爷。

那张枯瘦的手用尽一生的力量紧紧抓住父亲的胳膊,父亲将我搂在怀中。爷爷想对我们说些什么,却再也没有力气开口,那时的父亲流着眼泪将牙齿咬得咯咯直响。

他说:"爸,您放心,我都知道。"

今天,我仿佛能在东非草原里望见那个身影,海水没过他的胸膛,他却依然挺直脊梁;我仿佛也能在乞力马扎罗的雪峰下望见一个中年人,泥泞的山路崎岖,但他远眺的目光却坚毅如铁。

有些精神,沉淀在岁月里,那是一代人,一家人的"根",有些传承流淌在血液里,那是代代相传,生生不息的"星火之种"。

原刊于《交通建设报》2016年12月3日4版

# 大江自古黄金在

## ——"黄金水道"的前世

马格淇

渔舟声里，晚风不急。大江东去，骄阳欲起。

今年 8 月份交通运输部发布了《关于推进珠江水运科学发展的若干意见》，提出了利用十年左右的时间，基本建成通畅、安全、绿色、高效的珠江黄金水道的总体发展目标。"黄金水道"这个称呼再一次进入珠江人的视野之中。

潺潺珠江水，千年水运迹。珠江因流经海珠岛而得名，作为年径流量排行全国第二的大江，珠江水系河流众多，河网密布，水运资源极其丰富。故"黄金水道"，自古便有之。

### 亘古蛮荒，大江始用于征伐

黄河与长江作为中华民族的母亲河，其水运之用很早便投入到货物运输等具有经济效益的地方。而处于岭南之地的珠江却因为南中国之地整体的开发程度晚于中原地区，其货物类运输或因规模太小，或因所在地区文明程度太低，基本只有寥寥数语记载于史册。

在先秦时期的纷乱之中，对珠江流域的航运影响最为密切的，便属离珠江最近的楚国了。其曾经"扶其蛮夷，奄征南海以属诸夏"，甚至"为舟师以伐濮"，出动水师侵占珠江上游地区。

但珠江上游地区真正由楚人进行统治还是从战国时期楚将庄蹻的西征开始，庄蹻系楚国王族出身，楚国为求扩张领土，楚顷襄王令其率军西征，在庄蹻完成扩张目标后，却发现此时秦国已经攻占了楚国的巫、黔中两郡，隔绝了庄蹻回师楚国的道路，于是庄蹻在当地自立为王，建立了历史上的滇国。

在庄蹻西征的过程中，珠江上游的牂牁江为强大的楚国水师纵横于西南水网提供了相当大的帮助。因云贵地区崇山峻岭，陆地行军十分困难，流经此处的大江大河、干支流航道便成为制胜的关键。

如今的珠江上游，并不存在“牂牁江”这样一条江河，故而古籍之中对牂牁江如今是哪一条江的推测众说纷纭。不过最为人接受的说法是，古籍中所称谓的牂牁江其实为珠江上游众多江河的统称。

庄蹻极善于水战，对水道的重视程度自然不低，在其建立滇国之后，一方面顺从当地习俗，让当地接收外来者的统治；另一方面引进大量楚国先进的船舶和航运技术。给还处于原始状态的珠江上游航运带来极大改观。

楚将庄蹻对珠江的开发仅仅局限于上游地区，彼时的奔腾珠江水依旧沉默于世。随着秦始皇一统六国，蛮夷之地的岭南也终于是进入了文明的视野之中。

随着陆上的“五尺道”修成（连接蜀地至云贵的商道，因道宽仅五尺故得名）和水上的“灵渠”建造，南北之地得以通行，南北水系得以沟通。凭借灵渠运粮的有利条件，秦军最终统一岭南，设南海、桂林、象郡三郡，建立了不朽功勋。

在战争结束之后，秦始皇听从当时南海郡太尉——任嚣的主张，迁五十万中原民众至岭南开垦发展，极大促进了中下游珠江航运以及整个岭南地区的发展。秦虽治世仅十余年而崩，但其通过征伐和开发将岭南纳入国家版图，修建灵渠使得珠江水系与长江水系得以联通却是造福后世的壮举。

## 汉唐荣华，盛世缔造大国珠江

在秦末的群雄纷争之中，只有赵佗及其在岭南建立的南越国隔绝战火于外；至汉武帝继位初年，汉朝便决心要征服南越，此时珠江上游的牂牁江再次成为汉军的进军路线。建元六年（公元前135年）平定东越之后，采纳番阳令唐蒙从牂牁江顺流而下进军南越的路线。这一路线便与当年秦始皇进军岭南如出一辙，珠江上游的便利水运条件再次成为了中原王朝征服岭南的起锚地，在这之后，珠江上游将继续发挥其在军事地位上的高度优势，诸如后来汉朝伏波将军马援的再次征越，蜀汉诸葛亮平定南中，都利用到了珠江上游干支流的航运条件。

而此刻珠江的中下游航运,已经进入了全面发展阶段。其表现特点是船舶结构已经有了较大的改进,具备了一定的长距离航行能力,载重量也有所提高,能负担较远地区的商贩和军需活动。

珠江中游的西江支流——柳江,西汉时期为重要的水运通道,沿岸有丰富的山货及土特产品,下运至柳州、梧州等各地,或经灵渠北上转运至中原各省。

两汉时期通过西江水运的物资交流,不仅限于流域内的上、下游之间,而且通过水运,岭南与中元之间的商贩活动也很活跃。据《汉书·地理志》记载:“粤地……处近海,多犀、象、毒瑁、珠玑、银、铜、果、布之凑,中国往商贾多取富焉。”当时珠江中、下游地区已形成两条重要的水运商路:一条是从长江经灵渠越桂江、北流江到合浦港;另一条是从牂牁江、柳江下至苍梧,直抵番禺。

珠江下游北江也是两汉时期岭南对外水运中占据重要地位的一条水道。北江航道条件不如西江,但进入湘赣距离较近是其优点。从贵阳太守周昕的碑文中就有“郡又与南海接比,商旅所臻……抱布贸丝,交易而至”的记载,也可看出北江水系干支流航运在两汉时期的重要性。

进入西晋南北朝,由于珠江上游地区陷入连年的战乱,先后经历了李雄的成国政权与晋朝的战争,前秦苻坚与东晋的争夺,等等,混乱迭起,生产严重破坏,故而珠江上游的航运也陷入了衰落。

但是在下游地区的情况却与上游有着天壤之别。

西晋爆发“八王之乱”,中原陷入兵火涂炭,然当时的珠江中下游岭南地区却因为远离战场未受战祸影响,社会安定,可称一方乐土。据广州和韶关出土的晋代碑文记载:“永嘉世,九州荒,如广州,平且康”。并且因中原战祸,中国还迎来了第一阶段的经济重心南移。

值得一提的是,中原移民进入岭南,推动岭南经济和社会生活的重大变化。广州刺史邓岳,借由外来移民的生产技能,“大开鼓铸”,广州从此有了冶金业。并广泛发展至岭南其他地区,从而结束了岭南过去主要依赖中原供应铁制农具的状况,建立了本地的冶炼铸造业。

至隋唐时期,因唐朝宰相张九龄征集民夫,开凿了大庾岭路,成为中原直通岭南的大道,南北商货贸易迅速发展,广州市井繁荣远胜从前。而且唐代全国南北交通已形成以长江为中心的水运网络,北线经大运河进入黄、淮水系;南线有两条主要通道进入珠江水系:一是由湖南湘江经灵渠入桂江,进入西江到达广州,时称“越城岭桂州路”;另一条是由长江入鄱阳湖,溯赣江而至虔州(赣州),越大庾岭而北江下广州,时称“大庾岭虔州路”。

由于唐代对内河航运的重视,曾为珠江流域通航建设方面做出过两项重大贡献:一是开凿相思埭运河,沟通桂、柳通航,为黔、桂、湘航运开辟一条新的运输捷径;二是先后派出李渤和鱼孟威两次对灵渠工程进行维修整治,保持南北航运的畅通,居功至伟。

## 宋元明清,潺潺江水跌宕起伏

进入两宋时期,中国古代的经济重心南移已经基本完成,此时地处南方的长江以及珠江流域开始大放异彩,其中食盐的生产和运输在珠江航运中极具代表性。

两广地区的海盐生产,在宋元时期约占全国总产量的十分之一,广东的盐税收入在绍兴年间统共有 50 万贯左右。故而食盐的运输在宋代珠江下游航运中占有很大比重,北宋额定广东产盐 331060 石,广西产盐 231689 石。这些沿海地区所产食盐,绝大部分是通过珠江中、下游地区的干支流航道运往各大小城镇销售。

宋元时期工农生产的发展,促进了海内外商贸市场的兴旺,承担商货流通的珠江航运,也同时出现了前所未有的繁荣景象。

到了元朝的时候,由于京城定在大都(北京),远离南方农业产区,仅靠当地生产的粮食是无法满足朝廷百官及京城驻军所需的,因此,南粮北运成为元朝最为关切的重要问题,故而当时统治者的目光便聚焦到了隋唐时期修成的大运河上,以前大运河主要是以洛阳为重点的一条南北运输线,运输路线迂回曲折,中转环节甚多,极为不便。故从公元 1280 年到公元 1291 年,元朝花了 11 年的时间,先后凿通济州河、会通河、通惠河三条运河,是指北接大都,南达杭州,便是今天的京杭大运河了,从两广征调的粮食,通过灵渠,进入长江,再通过大运河即可到达大都,称为漕粮,由南至北,横跨南北中国,这样长距离的运输始于元代,堪称壮举。

元代的珠江下游及三角洲地区的水运已形成四通八达的网络。据大德《南海志》记载，从广州开出的长河渡船，便有49条专线。以广州为中心，向四周大小城镇辐射，远至西江肇庆，东江惠州，构成一个完整的水运体系。足见当时珠江航运发展已经达到了一个相当高的水平，成为社会经济发展的一个重要组成部分。

进入明清时期，珠江流域西江中下游，尤其是珠江三角洲的商品经济非常发达，分工专业化，流通物资增多，从而促进了珠江航运的发展，并形成了规模化的水运网络。

在西江上游的广西，水运网络已初步成型，其中的西江航路，桂江航路，郁江航路都是在当时举足轻重的，承担南北通货贸易交流的重要航道，成为了黔桂之间的航运大动脉。

而珠江三角洲已经形成了密集的水运体系，作为当时水运商货聚散中心的广州港，兼有海、河港的功能，是两广的交通枢纽。各地区也日渐形成集散一方商货的港口，还有一批小港口和津渡作为小区域产品调剂，或与大中港口间运输商货往来而相互沟通，形成港埠与墟市一体化，标志着规模化的水运体系已经出现。

优越的自然条件，商品经济的繁荣，造就了珠江三角洲墟镇兴盛发展的时代。明永乐年间(1403—1424年)，珠江三角洲一带只有33个墟市，到了明万历三十年(1602年)增至176个。其中最明显的当属佛山镇，在元代规模尚小，但进入明代之后，已经达到了“凡三千余家”的规模，到了明朝中叶时期，佛山镇成为西江和北江来往客商必经之地；又由于珠江三角洲商品性农业和手工业的发展，其成了珠三角商品集散的中心；被称为明清时期“天下四大名镇”之一(佛山镇、朱仙镇、景德镇、汉口镇)。

明清的珠江水运在资本主义萌芽的刺激和闭关锁国的压抑中缓慢发展，与封建王朝这艘老旧的巨轮同步，在风云诡变的近代之中逐渐没落和沉沦。昨日盎然今朝枯萎，随着西方船坚炮利的降临，珠江亦同中国的水运行业一起，等待着纷乱之后的复兴。

## 后　记

懵懂过远古莽荒的孑然孤单，澎湃过昨日荣华的众生狂欢，惆怅于近世零落的黯然沉沦，渴求着南国再起的劈风斩浪。由于在历史上珠江远离中国传统的政治中心地带，曾经长期处于“花红无人看，花落亦无声”的境地，纵使如此，凭借着自身优良的河网资源和经济重心南移的历史契机，珠江亦华丽转身，在中国的航运史上留下属于南国大江的浓重一笔。

原刊于《珠江水运》2016 年 10 月 28 日总第 420 期

# 何处寄乡愁

唐隽永

老家打来电话，说开始丈量房屋了，屋前的院子和屋旁的菜地，以及自留地上的银杏、紫金、桂花、梓木、柳杉、苦竹、刺楸、花椒、苦丁茶树等已经全部清查登记完毕。我年少时栽植的苗木，如今已需单手围抱，不久之后，就要伐倒了。

看来搬迁的日子不远了。

四年前，老家所在的村子修通了一条六米宽的水泥路，路半围着村子，两头与主路相接。我还记得，工程开工时全村出动，扶老携幼，欢天喜地，一些人还自掏腰包买了好多鞭炮和礼花去庆贺。告别了肩挑背驮、两脚泥泞的历史，老家的人们一边商量怎样保护好路，一边纷纷在路的两旁修建新房，仿佛看到了幸福在招手，美好生活触手可及。不料一年后政府制定了一个庞大的规划，大力推进工业园区建设，村子恰好在规划范围之内。三年前，耕地开始征收，山坡被削平，机械设备轰隆作响，昼夜不息，运输车辆在昔日的田地上日夜穿梭，尘土飞扬。一年前，先父的坟茔被从他生前选定的地上迁走，重新安置在他从未到过的远离村子三十公里的地方。

政府在村子里张贴发放冻结户口迁入和房屋建设的禁令像落下的一只靴子，老家的人知道，村子终究是保不住了，只是不知道另一只靴子什么时候落下来。现在，另一只靴子终于落了下来，间隔的时间是三年，老家的人在忐忑中熬过了三年。

一

老家所在的村子是一个宁静的山村，地处两山夹峙的西面，中间谷地全是优质良田，盛产水稻和油菜。谷地有大大小小的三条沟渠。小的用作灌溉，刚好能容下一只撮箕,是孩子们捞鱼虾和泥鳅的最佳选择地;大的是村民们洗菜、洗衣的好去处,更是孩子们洗澡的快乐天堂。村子距县城不远,又与乡镇的工厂有森林作屏障。一条砂石路在村子附近通向远方。拐出主路,穿过田间,爬过山梁,步行十分钟就可到达村子。

儿时,我和伙伴们常常走出村子,爬上小小的山梁,走到山的另一边等待各自的母亲赶集归来,心中期盼母亲能够带回丁点儿家中没有的好吃的水果或者零食;如果事先知道母亲会为自己买一件新衣服,那当天什么事也不干了,悄悄盯着母亲前脚走,后脚就赶到山那边边玩边等,捉蚂蚁打架,揪草梗"斗牛",用茅草杆在小水沟里做"水车",去稻田里捅黄鳝,等待的时间好长,最后所有的游戏都玩遍了玩累了,就呆呆坐着。待夕阳西下,看到村里每一个赶集归来的人都会问一句:你看到我娘了吗?她好久才会回来?新衣服到手立马穿在身上,第一时间就会走遍村子四处炫耀,假如别人没有注意,还要主动打个招呼,以期引来羡慕的目光。可惜这样的机会很少很少。

母亲通常是不带孩子上街的,一方面怕孩子要这要那花钱,另一方面担心把孩子挤丢了。有一次,我实在忍不住想一个人去县城看看,就远远跟着村里的人进城了,既害怕她看见会告诉母亲受责骂,又担心在人群中迷失方向。眼睛馋着街上好多稀奇的东西,还要时不时瞟着在城里四处办事的熟人,快乐和担忧像怀中揣着兔子蹦个不停。我终于还是迷路了,心急得像热锅上的蚂蚁到处寻找村里进城赶集的熟人,街上的热闹已经无法勾起我的好奇。幸好不久之后我又看到了一个熟人,远远跟着他回了家。那时的县城,在小小人儿的眼里好大好繁华。

我在村子里整整度过了十六年,即使我离开村子到县城读中学、离开县城到外地上大学,也依然会在每一个寒暑假回到村子,我属于这里,也熟悉这里。我在这里出生、成长,童年和少年、青春的时光都在这里,关于那时的所有记忆无出其外。我和小伙伴们知道哪家的鸡窝里有没有蛋,哪家院子里的西红柿先成熟,哪家的葡萄看起来虽然亮晶晶,但是捏起来还是硬邦邦的,哪棵树上的果子开始发红,哪一条田埂上的草长得茂盛庆幸没被人发现好割回来喂牛,哪一块地里的红薯长得又大又好吃,哪座山上的蘑菇多,哪片林子好砍柴。我还知道村里的哪个人最霸道,哪个人最和善,哪个人最吝啬,哪个人最大方。在每一个晨曦和下午，我赶着家中的大水牛，避开父母兄长的视线后就骑在牛背上，走出村外，知道哪里最好玩，哪里经常会有漂亮的女孩走过，哪里藏着我一个人的秘密。我童年的顽皮劣迹、青春的懵懂情愫全在这里。

在这个村子里，我们会在春天去山坡上砍一棵黄冈柏树做陀螺，剐下构树皮抽陀螺比赛，也会将脱粒后的油菜秆架成长长的隧道，然后躲在里面透过缝隙贪看天上云卷云舒；夏天顶着炽热的太阳去山上砍柴，返回时就在谷地的沟渠里脱得光溜溜的扎上围堰洗澡，顺便在浅处的石头缝里摸只有拇指大的螃蟹和逮寸长的小鱼；秋天，稻田金黄，好多蚂蚱东蹦西跳，将蚂蚱捉住穿成串来玩，也会在稻谷收完大人们犁田时跟在后面搜寻仅有小指般大的野生荸荠；冬天，水田都结了冰，用镰刀将冰凿下来砍成轮子，用烤弯的竹片夹住，嘴里“滴滴叭叭”着满村跑，上坡还发出“轰、轰”的加油声。在这个村子里，有我和小伙伴们“斗鸡”的院坝，躲猫猫的旮旯，弹弹珠的“弹窝”，砸跪跪石的靶子。最欢喜的是过年，小孩除了负责放牛之外，需要承担的工作就很少了。看看东家蒸的黄粑是不是黄，尝尝西家打的糍粑是不是糯，二表叔娘家的年猪已经杀了，可以厚起脸皮要一小片瘦肉在火炉盖子上烤来吃，姨娘家正在晾刚出锅的米皮粉，趁她不注意的时候撕下一块塞进嘴里，然后飞快地跑掉。如果是下雪，就早早起床，堆起一个雪人，用煤泥画出眼睛嘴巴，将红萝卜插在雪人的脸上当鼻子。

在我十六年的记忆中，老家的村子几乎没有变化，外面城市的飞速发展没有给村子带来多大的影响，它按照既定的速度慢慢走着。人们总是早出晚归，日出而作，日暮而息。虽然经济上贫困，但是内心充裕。我在外地参加工作后，每到大的节假日，都会回到老家，听某某结婚了，某某吵架了，某某生病了，某某去世了，这个山村发生着平平常常悲欢离合的故事。

## 二

村子搬迁的消息最初来得突然而迅猛，随后又似乎沉寂了下来。人们还没有做好思想准备，耕地就被征占了。辛勤劳作的习惯戛然而止，多数无事可做的人终日沉迷于打麻将，或者在水泥公路上东游西荡，闲聊度日。在潮起潮落的搬迁消息中，人们开始疯狂建房，在自留地上建，在尚未征完的耕地上建，在院子里建，在原来的房屋上加层建，以换取将来拆迁的赔偿。据说村中已经没有一块完整的空地了，本来就不宽的通道更加逼仄。我记忆中的村子、曾经熟悉的村子已经面目全非。

其实村民们对地方政府因为发展经济而征地拆迁是支持的，只是对征地拆迁干部的工作方法、补偿标准以及安置方案有很大意见。三年前，二哥的耕地被征用，在没有谈妥签字的情况下，挖掘机就开进了绿茵似的稻田将田坎推掉。不久后，居住在同一乡镇的小姐姐家被拆迁，两层楼房、所有耕地、果树苗木悉数征用，全部赔补偿款在政府指定的安置区内将房屋毛坯建好后就全部用完。一年前先父坟茔迁移的补偿仅勉强够支付人工工资和运输费用，按照当地起坟的民俗，我们几兄弟贴了几千元。听说现在的安置方案又缩了水，宅基地不再以户划分，而按原有宅基地面积进行赔补偿，最让人忧心的，是人们不清楚将要迁往哪里。村民们在对未来生活的不安中，不再考虑所建房屋的实用问题，将全部的积蓄甚至不惜东挪西借在所有能建房的地方都建起了房屋，以侥幸的心理期望在现有补偿标准和安置方案上获取最大利益。只是，遵守政府禁令的老实人或者无钱建房的村民就变成了大家眼中的“傻子”和“废物”，大大吃亏了。

我记忆中的村子变了模样，山村的宁静被打破，到处充斥着喧嚣，不断上演着纠纷。因为征拆，有成家分户多年的弟兄要求重新分配土地，有外嫁多年不在村里居住的姑娘回村建房，有和睦相处几十年的夫妇突然离婚分家，有四处指认无碑的祖先坟茔却最终发现是二十多年前本村被洪水冲走溺亡的小孩……数十年间未曾发生的种种怪状纷至沓来、竞相迸发，成了人们茶余饭后的谈资，有人还吸取了“经验”。村子是一个拥有数百年历史的村子，民风淳厚，固守道德。但现在的山村，人还是那些人，人已不是那些人，人成了熟悉的陌生人。

我家老屋旁有两棵一百多年的桂花树，长在砌了半截干打垒的堡坎边，基础不稳，一棵树干就斜着伸向天空，好像一只招呼客人的大手。金秋时节，花香四溢，人还没进村子，馥郁香气就扑鼻而来。儿时的我们常常攀上桂花树，在横斜的树干上炫技，摘取近处的花枝来放在家中。盛开期的每天清晨，树下铺满了一层金黄的落花。但就在三年前，一夜狂风后，紧紧相拥的两棵桂花树轰然倒地。

先父“迁居”的那天凌晨，洒满星辉的夜空突然密布乌云，大雨小雨交织下个不停，全家人淋得透湿，完好未朽的棺木沉重无比，十六个壮汉都难以抬起。冥冥之中，父亲是否也有不舍？

## 三

在工业园区规划之前，每次节假日回到老家，我都领着儿子在村里村外游逛。在路边粘蜻蜓，在水沟里捉鱼虾，在田埂上摘刺梨，在森林里拾蘑菇，带他去找我童年时骑在上面摔下来磕破小腿的很大很大的导水钢管，带他去看放牛坡上高高的四四方方的奇特墓碑，带他去采集芭茅草秆编织蛐蛐笼。他还曾经将捉来的小鱼和泥鳅带回城里养了一年。对他来说毕竟是难得的稀奇之事，于我而言则是重拾记忆。工业园区建设开始之后，我为家人和邻居们在自己的房屋前拍了“全家福”照片，也用相机记录下了被一点点蚕食的山村。在我的镜头中，谷地已被填埋堆高，田块之间的界限已被抹去，绿色被大面积的黄土替代，远处的高楼和厂房渐次清晰。我不知道下一次我再回到我的山村，我的山村是不是还在。

童年和少年时期，我从未想过有一天会离开山村。封闭落后山村的孩子没有奢华的梦想，只会盼着早点长大，点豆种瓜薅苗，犁田插秧收谷，娶媳妇，生孩子，重复千百年来面朝黄土背朝天的生活。直到离开山村多年，我才发现已经与它渐行渐远，但我像一只飞在天空的风筝，线头在它那里。

每一位游子都有故土情结。乡愁会始终萦绕游子的梦。我工作的城市连接家乡的高速公路快要建好了，同乡们聚在一起就畅想今后回老家的种种方便。我只能敷衍笑着，不敢去想。当故乡具体的景象已然消失殆尽，乡愁何处寄?!

我问儿子：这个假期我们回老家吧？他摆弄着玩具答道：那里一点都不好玩了。但我们还是回去了。我坐在先父的坟前，望着湛蓝天空里漂浮的白云和远处重重叠叠的群山，竟一句话都没有说。

原刊于《贵州公路》2015 年第 3 期

# 湘西散记

朱　婧　杨　军

沈从文的书,黄永玉的画,用巅峰式的语言,点破了湘西的独特韵味。对于旅行者而言,大师的作品是最好的向导。从怀化出发,沿着国道209线行走于三月的湘西景观大道上,一路上溪流萦回,群峰竞秀,积翠凝蓝,文字和画里的景活跃在眼前,不禁感叹,只有在这样的环境中,才能孕育出有关湘西的特色文学和艺术,方能滋长成为动人的诗歌。

我和很多人一样,都是从沈从文的《长河》《边城》开始进入湘西世界的。他笔下的湘西美得让人向往,是一个能以各种方式来抒情的地方。在地图上,湘西只是中国南方的一小块。受地理环境影响,山水的屏障使得汉苗之间有了天然的隔膜,让外面的人对这片神奇土地的了解少之又少。或许是因为民族和地域的优越感,外人说湘西是落后的,这当然有失偏颇。封闭的环境,也许会造就落后,然而也会为一个地区注入独一无二的个性。从沈从文的文字里可以读出湘西的山水和人,这些于他而言都是有着极不寻常意义,从一个逃课贪玩的瘦小孩童,到成为军队中一员,再到走出湘西投入大城市,沈从文从未忘记过那一片养育他的土地。湘西已经融入了他的血液里,与岁月、生命密不可分。

第一天

路线:怀化市——麻阳县——凤凰县——凤凰古城

出发时间:9:30

雨中湘西大通道

到达怀化市的时候,明显感觉南方空气有湿润之意。我看着车窗外白茫茫的雨雾，城市的高楼与人群在雨中变得模糊，仿佛天地已融合一体。同行的杨老师回到车上时手里多了个袋子，里面装着沅陵酥糖、藕心香糖，他告诉我到凤凰镇不一定能买到味道正宗的糖，据说是怀化乃至湘西一带流行的特色零食，松酥香甜，落口消融，还有提神作用。

“走包茂高速还是国道呢？”司机回头问我们。“走国道吧，反正也不赶时间。”杨老师回答。我明白他的意思，国道209线是穿行湘西的大通道之一，从湖南境内到湘西北的龙山县，经过靖州、会同、洪江、中方、怀化、麻阳、凤凰、吉首、花垣、保靖、永顺等12个县市，在湖南境内近七百公里，巧合的是又将我们此行的几个目的地串联起来，现在部分路段进行了改扩建和修整，路况一直良好。

与国道209线平行的，是笔直的包茂高速公路，它的作用更像是快捷通达下一个目的地，缺少了观赏景致的机会，而弯弯曲曲的国道209线更像一条画廊，代表了湘西的地理文化，沿途自然风光尽收眼底。在这条国道上，可以看到属于湘西特有的山，它不同于北方高山的雄浑粗犷，也不同于江南丘陵的小家碧玉，湘西的山，婉约中自有气势，豪放中藏着清秀。在这条国道上，不时有小雨飞洒，公路在山岭之间时有时无地穿插，三月的雨雾点缀着四周的山林，此情此景让人感慨，仿佛是跌进了黄永玉的画里，满眼是属于湘西的彩画、墨画，又似走进了沈从文的小说里，平实的语言中饱含着对生机的期盼。

我们一边品尝着怀化特色酥糖，一边赏沿路风景，不知不觉就到了麻阳镇，麻阳历有“松柏参天无尽头，山高水清常年流”之称。境内有大小溪河287条，各溪河都汇入锦江。锦江横贯东西，流经13个乡镇，至辰溪县城再注入沅水。麻阳世代居住着苗、汉、土家、侗、瑶等民族。除了水多，麻阳的山也多，有“八山半水一分田，半分道路与庄园”的说法，这里鲜有土地可供耕种。车沿着国道行走在麻阳郊外，满目翠绿，不曾看到一块抛荒的田地，两山之间的一点点土地都被见缝插针地种上了庄稼。“麻阳人对土地的感情，一般人不能体会，看到土地抛荒他们就会心疼。一些在外打工的人，不管住或不住，都要在家里修一栋房子，以示自己与这片土地血肉相连。”杨老师笑着坦言他心里的麻阳人：淳朴、直率、血性、彪悍。

沈从文用“一切成功都必须争斗”来概括麻阳人的性格。争斗是麻阳人与山与水相处的生存之道。从麻阳地方志来看，清朝康熙年间该地未有驿运，水上船运和脚挑马驮最为常见。纤夫和艄公的生活也不像《纤夫的爱》里唱的那般郎情妾意，清代山西朔县知州蒋琛从麻阳原县城锦和坐船前往辰溪，听到纤夫号子，感慨道"逆流好用船头力，下水偏将船尾行。一叶不妨危地过，此心平处水皆平。"可见纤夫的苦力活并非常人能及。现在已经很少能见到纤夫或者艄公了，我从车窗一侧放眼望去，锦江如练，稻田翠绿，远山朦胧，随着交通的不断发展，这纤夫号子也将远去，过去水上忙碌的场面也早已淡出了人们视野。

**到达时间：12:00**

**两个"凤凰"**

中午时分到达的凤凰古城，司机说这会儿人多，可能没有停车位了，让我们先下车去找家饭馆歇脚。凤凰古城并未因这个旅游淡季而减少人流量，依旧如此拥挤。街道上充斥着汽车尾气和嘈杂的鸣笛声。这里跟丽江古城有些相似：门店前岸挂着红红的灯笼，街道上骚动的游客，坐在肯德基边长大的青年，还有刚翻新或者新修的仿古建筑……在沈从文温暖的生命里，有着两个凤凰：一个是属于现实的，一个是属于他内心世界的。他的文字淡淡的如流水一般，让我有种远远遥望的感觉，那是无法触摸的生活与伤痛。我曾问来过湘西凤凰古城的朋友，这里是否还保留着淳朴韵味？回答都是一致的："早就面目全非了！"我这时已经不会吃惊了。这倒不是因为我的冷静中多了些常识，晓得大炼钢铁、滥砍滥伐的历史伤了山林多大的元气，而是我怀疑，文字中的湘西是否真正的存在过？就连沈从文自己也表现了暧昧和犹豫。他的妻子问，你写的到底真不真？他回答，为什么不问美不美？如今的凤凰古城美得令人伤心，让人发愁，就连沈从文自己的文字也在时间的流逝中，泄漏出灰蒙蒙的怆然来："去乡已经十八年，事事物物自然都有了极大的进步，试仔细注意注意，便见出在变化中堕落趋势。最明显的事，即农村社会所保有那点正直素朴人情美，几乎快要消失无余……"(《长河》题记)这是沈从文的原话，还是1934年冬天的景象呢。

当年，沈从文从凤凰到了京城，他以乡下人的视角，他以湘西为坐标，审视当时的城乡对峙，批判现代文明进入中国的过程中所呈现的丑陋与黑暗。在他的心目中，湘西所代表的是一种"优美、健康、自然而又不悖人性的人生形式"。湘西是他的梦，一个美丽无比的梦。他用自己的笔，一次又一次对故园进行了开掘，给世人展示了一个奇异美丽的“湘西”，在那个世界里，他构建着人与自然和谐共存的理想境界。然而，现实与理想总是有差距的。

眼前的湘西凤凰，虽然不似沈从文笔下那般梦幻，但古城还是有值得一去的三处人文古迹，一处是沈从文墓地，另两处是沈从文故居和熊希龄故居。我们沿着一条翻新的石板路行走，路边不时可以碰到许多卖金银花的小女孩，稚气未脱一如手中的金银花，却已经开始谋生了，我和杨老师很主动地掏钱各买了一袋。吃在凤凰是件很惬意的事，社饭、沱江中的鲇鱼、玉米辣子炒咸蛋、肉炒小笋都是让人回味的好菜肴。小镇上的商铺都不大，外地人却在不断的增多，于是“无商不奸”的外地人也成了凤凰古城新的恐惧和尴尬。古城内有一条很有名气的小吃街，街两边是各色菜馆，简简单单的几张小桌凳、几根竹竿或者木杆，就支撑起一片天空；炭火明灭间，香椿、螃蟹、韭菜以及各种农家青菜的辣味、香味早已四处弥漫在空气中。当然，烧菜的油烟使空气变得污浊，我们午饭后并没有做过多停留。

沱江上不仅有来往的小船，还有出名的虹桥，凤凰的虹桥轻巧地把两岸的故事连接了起来，从某种意义上可以认为凤凰古镇是因为虹桥才完整的。江边的万名塔有无数传说故事，镇上的人们不论老少都可以绘声绘色地讲述给外人听。缘了这塔，沱江温文尔雅的气质显露无遗。这塔和塔对面的吊脚楼，这江和虹桥，便是游人、艺术系学生的最爱了，江边不乏前来拍照留念的游客和年轻画者。有时爱也是一种伤害，尤其对国人而言，只要你看到万名塔边黑压压的人群，就会明白这种伤害对凤凰是一种无奈。

到达时间：16:00

艺术家和他的博物馆

凤凰古镇距离吉首市约四十来公里，需要行驶约一个小时。自驾过程中，人们都乐于赞叹自然风物的秀美，很容易忘了路上的危险。离开凤凰重新踏上国道209线，公路在山上盘旋转折虽多，但行车安全的设计，看出负责者的最大努力，路面宽畅平坦，无论晴雨都无妨行车。

一进吉首，我们就沿着人民南路直奔吉首大学，此行目的地　　黄永玉艺术博物馆。黄永玉艺术博物馆建成于2006年，分序厅、艺术人生、书画天地、收藏世界等厅。序厅陈列有大型青铜雕《山鬼》和黄永玉在吉首大学现场作画的巨画《采芰荷以为裳》,以及大型壁挂土家织锦和工艺图案。艺术人生展厅以《永不回来的风景》《无愁河的浪荡汉子》《描画新生活的贵才》《"文革"中的"湘西刁民"》《十万狂花入梦寐》展示了黄永玉的五大人生阶段。我倒觉得《传奇黄永玉》那本书里作者对其的概括更细致精确:少年时的顽劣尚武,青年时的诚挚热情,中年时的沉稳坚持,老年时的潇洒倜傥。

常常感到奇怪,为何在凤凰这样一个小小山城,居然能在20世纪产生沈从文、黄永玉这样一对叔侄、两代艺术家?他们以各自的创造,在20世纪的中国发出了自己的美妙声音。谈到黄永玉,不由会联想到这些关键词:湘西凤凰古城、十二岁开始漂泊、小学学历却能成为艺术家、创作长篇小说在《收获》连载、电影《苦恋》的主人公原型、创造集邮奇迹的猴票、领设计风气之先的"酒鬼"酒瓶、"文革"中的猫头鹰"黑画风波"……黄永玉爱画猫头鹰,因为一幅猫头鹰漫画和一个短句:"白天,人们用恶毒语言诅咒我,夜晚我为他们工作",成为"文革"时期"黑画事件"中被批判的主要对象。在相关"黑画事件"的记录中,黄永玉的戏谑态度,显示了当年作为一名文人纯真与清高。在人人自危的年代,他的这种不以为然为自己带来了无数痛苦,但黄永玉显然没因打击而改变自己的艺术立场,"文革"结束后他马上"积习难改"地又画起了猫头鹰。其实,他本人何尝又不是一只猫头鹰呢?后来我意识到,对于这个有故事的老头而言,"苦难"与"浪漫"是双生花,双生花绽放在他生命里,才能塑造出一位血液中都飘着轻盈气质的智者。

### 第二天

**路线:吉首——矮寨镇——花垣县——边城茶峒**

**出发时间:9:00**

**矮寨公路奇观**

从吉首到矮寨,不过二十多公里的距离,走国道209线经过矮寨镇,会遇到那条著名的矮寨盘山公路。昨夜杨老师把走国道的想法告诉我时,我些犹豫,反复问他是否安全,他一百个保证要我放心。矮寨是一个以苗族人口为主的山区名镇。四周皆为巍峨险峻的大山,秀丽的峒河与德夯溪在这里汇合,河中还有在咿咿呀呀转动的古老的筒车,以及水力带动的石碾盘。矮寨很矮,站在山顶往下俯瞰,只能看到矮寨屋顶与模糊的灰瓦,一栋一栋,像一个个小火柴盒。四周矗立着巍峨险峻的群山,那双龙抢宝山、金龟望月山、品字山、八仙峰合抱着中间的矮寨,仿佛抱着一个娇憨的婴儿。

著名的矮寨盘山公路为湘川公路一小段,现在是国道209线和319线的重合路段。这条公路长仅6公里,却修筑于水平距离不足100米,垂直高度440米,坡度为70～90度的大斜坡上。特定的空间迫使公路多次转折,形成13道锐角急弯,26截几乎平行、上下重叠的路面。公路最宽处不超过7米,最窄的地段不足4米。也正因此,矮寨公路堪称中国最险的路之一。抗战时期,为打通向大西南运送物质的通道,两千多人在矮寨坡上日夜抢工7个月,伤亡了200多人。如今的山上,仍留存着当年的公墓与纪念碑。当车走在这段路上,倒也并不觉得惊险。我们的司机常年走这条路,如同熟知他的左右手一样,在他方向盘的一推一拉中,车轻松地转过一个又一个急弯,只有风声在我耳畔呼呼直响,两旁的树木急速向后穿去。

若是第一次乘车攀这段盘山公路,肯定会产生非常奇特的感觉:白云常在车窗边浮荡,树枝扑打车窗玻璃"啪啪"乱响;如果是车队络绎而行,感觉更加奇妙,低头看,后续的车辆就在你的脚下;抬头看,前行的车辆,轮子就在你头上碾过。时时会觉得有许多车对开过来,其实走的是同一个方向。现在每个回头弯都有一两个交警值守,虽说这段公路险峻,但安全系数高,极少发生车祸,当然也少不了当地路政、交警的功劳。十多分钟后,车终于来到了矮寨盘山公路的顶端。站在山顶上,眼前是一条深深的峡谷,雾蒙蒙的深不见底,宽阔的峡谷呈喇叭状向右扩展延伸,而在喇叭嘴的上方,是一座钢铁巨龙——吉茶高速公路矮寨特大桥。桥架设在德夯大峡谷上,桥面离谷底350米,桥长1176米,它的施工创造了多个世界第一。

**到达时间12:00**

**静水流深:《边城》和边城茶峒**

从矮寨镇到花垣县边城茶峒需要一个多小时,这一段路幅较之前的并不宽敞,但路面倒是平坦,黑色的油面很是清晰,就像刚刚用水清洗过似的。此段路的弯道虽然多,可并不险峻,偶尔能见山下的峡谷,绝大多数沟谷不深,小溪潺潺流淌,水色清冽,公路被两旁的山裹挟在浓浓的绿荫中。沿途经过五补沙、排楼坝、哈栗司、排碧乡,光听这些地名就能勾起我们满满的兴趣,时不时还能见到坡上的一两个寨子,都是新建的楼房,极少有老屋。当看到路边挂着的"要把花垣建成花园"的宣传标语时,心想距离边城茶峒已不远了。

"由四川过湖南去,靠东有一条官路。这官路将近湘西边境到了一个地方名为'茶峒'的小山城时,有一小溪,溪边有座白色小塔,塔下住了一户单独的人家。这人家只一个老人,一个女孩子,一只黄狗。小溪流下去,绕山岨流,约三里便汇入茶峒的大河,人若过溪越小山走去,则一只里路就到了茶峒城边。"这是沈从文在他《边城》一书中的开篇语,他向我们详细讲述了茶峒的地理位置。茶峒所在的地方为湘、川、黔三省交界,重庆市秀山县洪安镇的洪安河与贵州的清水江在渝、湘、黔交界处汇合后向湖南方向流去,交汇处形成了一个面积约十亩的孤岛。孤岛东边就是沈从文笔下的边城茶峒,西边是重庆市秀山县的洪安镇,南边则是贵州迓驾镇辖区。其中,洪安场镇与边城场镇隔清水江相望。清水江流经茶峒的水域与湖南的"湘、资、沅、酉"四水中的"酉"水相连,航船上通贵州省的松桃县,下连湖南沅陵县,日夜奔腾不息流入沅江直下常德洞庭湖,汇入浩浩长江。

湘西的山自有特色,相比山,沈从文的作品里谈得最多的还是湘西的水。《边城》中有这样一段对水的描述:"那条河水便是历史上知名的酉水,新名字叫作白河......水中游鱼来去,全如浮在空气里,两岸多高山,山中多可以造纸的细竹,长年作深翠颜色,逼人眼目。"这便是湘西的水,清爽而幽静。世代在她周围生活的儿女,心灵也仿佛被这水洗涤般,变得清澈透明。汪曾祺说过:"高尔基沿着伏尔加河流浪过。马克·吐温在密西西比河上当过领港员。沈从文在一条长达千里的沅水上生活了一辈子。二十岁以后生活在对这片土地的印象里。"沈从文的精神、文笔,因着这水而变得无比柔情。

茶峒古镇相比其他古镇要"袖珍"得多,一条正街穿镇而过。不远处的河堤由巨大的麻石条砌成,间或出现在凌空飞檐的吊脚楼中间。相传这些条石是穿着草鞋的先民从大山深处运来,和着汗水铺砌而成的。于是,奔腾而来的清水江经过这堤岸后变得柔顺了,江水幽幽地拍打着石壁,轻轻哼唱着这码头上曾经发生的悲欢离合。沈从文笔下的码头，如今已变成了繁盛的集贸市场，每天一早，便可看见扎着头帕，背着竹篓的土家族、苗族，各族群众从四面八方涌入古镇的集贸市场中，与沿江的木质吊脚楼和老铺前厚重的柜台一起，共同描绘出浓郁的湘西风情画卷。

在明朝，政府为强化对西南边疆少数民族的统治，大力经营滇黔，茶峒因此迎来大规模的商业移民和经济发展。此后，小镇再一次复兴是在抗日战争时期，华北沦陷后，为解决沦陷区青少年教育问题，国民政府教育部于 1941 年决定在远离战火的茶峒创办“国立茶峒师范学校”。然而，茶峒毕竟只是一个远离主流文化中心的偏僻山镇，每次外来文明涌入所带来的繁荣，最终又因长期封闭的自然环境、文化交流的滞后而重归于平静，也许，这便是茶峒众多古文明元素得以完整保存的重要原因。远山深处有人家，或许正是由于封闭与贫困在无意中帮助我们守住了茶峒，守住了这一现代文明汪洋中的孤岛。

原刊于《中国公路》2015 年第 6 期

# 东京审判　守文持正

吉　娜　胡荣山

1946年至1948年间，在东京审判上，将日本战犯送上历史绞刑架的17位中国代表团成员们，已渐渐走入历史。

近日，当年参加东京审判全过程、目前国内唯一健在的中国代表团成员、94岁高龄的上海海事大学退休教授高文彬，向学校师生讲述了东京审判的历史，追忆和“还原”了当年的经历。

## 收集罪证　促成判决

1946年5月3日，赢得世界反法西斯战争胜利的同盟国，在日本东京开设由美、中、英、苏等11国参加的远东国际军事法庭，审判发动二战的元凶之一日本军国主义统治集团。这场历时924天的审判，因其案情庞大复杂、证人证据众多，成为人类有史以来参与国家最多、规模最大、开庭时间最长、留下档案文献最为浩瀚的一场审判。

因东京审判需要，当时远东国际军事法庭的中国检察官向哲浚到上海招英语翻译。高文彬经东吴大学教授刘世芳推荐参加了测试并被录取。

很快，高文彬远赴异国，随身携带的是几大箱有关南京大屠杀的中文资料，作为远东国际法庭审判时的证据。法庭审判上全部使用英语，摆在高文彬面前最急迫的任务是大量的翻译工作。由于工作出色，高文彬在结束翻译工作后，被向哲浚留下当秘书。

参与东京审判中，有一件事让高文彬记忆深刻。正当所有人疲于寻找日本少尉军官向井敏明和野田毅的罪证时，他偶然在《东京日日新闻》的一堆旧报纸资料中，发现了一张摄于1937年的新闻图片。“报上刊登着这两人在南京大屠杀中,比赛谁砍掉中国人头颅数量多谁赢的消息。这种惨绝人寰的杀戮‘竞赛’,竟被当时的日本政府作为一种荣誉大肆宣扬。”高文彬说,这份报纸是一个重要发现,他立即复印了3份,一份留在检察处办公室,另两份寄给南京军事法庭庭长石美瑜,作为中方向盟军总部提出抓捕两人的证据。因为证据确凿,向井敏明和野田毅最后经法庭审判,在南京雨花台刑场执行枪决。

## 全程参与审判

在东京审判上,中国代表势单力薄,那是一场力量悬殊的博弈。

据高文彬回忆,当时中国代表团仅派出17人,参加法庭审判的中方人员自始至终没超过10人。当时苏联代表团有70多人,美国代表团人数过百。而日本28名甲级战犯的辩护律师竟多达112人。与此同时,审判涉及的55项罪行中,44项与中国相关,中国是此次战争中受害时间最长、损失最大的战胜国。当时军事法庭采取英美法诉讼程序,定罪不只靠各国提出的一纸战犯名单,还要看控辩双方提出的证据是不是有力、能否驳倒对方,并被法官团采纳。

“日本当时狡辩称,中国和日本之间没有战争,因为日本从来没向中国宣战。”高文彬说,他至今还记得向哲浚检察官当年在法庭上大义凛然、淡定从容地辩驳反击对方的情景。

中方代表在审判环节面临的困难和压力一个接着一个。时间紧迫,人手奇缺,加上大多数中国代表对英美法系不熟悉且缺乏实践,抗战期间国内没有条件也无意识收集日本侵略罪证,而日本投降前后又迅速销毁大部分罪证,搜集证据极为艰难……

经过艰苦卓绝的起诉、举证、辩论、审讯和量刑,17位中国代表最终完成了一项又一项看似不可能完成的任务:他们将日本战犯的罪行起算期,由之前公认的1937年“七七”事变提前至1928年“皇姑屯事件”;他们说服了“末代皇帝”溥仪出庭作证;他们再三坚持,终于得以进入已被封闭的日本内阁和日本陆军省档案库,寻找日本侵华战争罪证。

最终,远东国际军事法庭宣判全体日本战犯有罪,并判决东条英机等7名甲级战犯绞刑。判决书开头写道:“侵略是人类最大的罪行,是一切战争罪行的总和与根源。”

## 坐船运回珍贵史料

东京审判结束后,高文彬被分到上海军管委外事处工作。受历史等牵连,高文彬经受了29年的磨难。

1979年,58岁的高文彬成为上海海运学院(现上海海事大学)国际航运系教授,主讲国际法、国际私法、海洋法等。1984年,南京大屠杀遇难同胞纪念馆工作人员将他参与东京大审判那段历史写入档案,并把他的大幅照片悬挂于纪念馆。1991年,高文彬应邀赴美国加州大学海斯汀法学院讲学,被该院推荐为"马文·安特生基金会"第一任外国专家讲师。1992年之后,高老在家休养,并指导上海海运学院的十几名海商法研究生。1997年,高老参与《元照英美法词典》编纂工作,该书2005年完稿出版时,先生已经85岁。

高文彬说,当年参加东京审判时,庭审资料整整装了两大箱,回国时由于飞机装不下,特意从日本横滨坐船将箱子运回,并将一式两份的资料分别送交到南京司法行政部和东吴大学法学院,可惜今日已不知下落。

所幸的是,在上海市欧美同学会的资助下,向哲浚之子向隆万从美国国会图书馆、美国国家档案馆及向哲浚母校耶鲁大学、乔治华盛顿大学,搜集到一批东京审判的珍贵史料,并成立了东京审判研究中心。上海虹口区档案馆也编辑出版了会集当年各大媒体报道的《东京审判》一书。

原刊于《中国交通报》2015年8月27日4版

# 妈的味道

刘　波

我的妈妈是在她期盼的'主麻日'里走完了她78岁的人生,一心'归真'了,留给我们的是无尽的念想。

送走妈,在归置她的物件时,到处都是她的影子,她的味道……

妈是在她39岁那年,独自挑起抚养我和妹妹们的担子,柴米油盐、人情往费,每个月几十块钱的工资,她得精打细算的过日子。家里的米生虫子了,妈会把米倒在桌子上,一粒一粒地拣出来,一拣就是一个晚上。吃剩下的菜汤,妈会招呼我们,泡上点馍馍就着把菜汤吃掉。后来,生活好了,妈还是一贯的节俭。一切的开支都算计的,节省的用水、用电;节省着过生活……我经常嚷她,"妈,您是把富日子当穷日子过的呢。"妈也总是调侃着说,"你奢侈得很。"妈说这就是勤俭持家过生活的味道。

那些年,一顿韭菜盒子都很奢侈。妈家的平锅是用铸铁废料铸造的,羊肉韭菜拌的馅子,八一面粉擀的皮子,一会儿工夫,韭菜盒子的香味飘出来了,我们围在锅头旁等着吃妈落的盒子。小时候,有个头疼脑热不舒服时,妈都会问,"你想吃点啥呢?""我想吃些您落的韭菜盒子。"吃上妈落的盒子,病就轻了很多。后来,妈吃着我落的韭菜盒子给我说,"你做的韭菜盒子有我的真传,我的味道,香得很"。

妈一生都不愿意麻烦别人,包括我们儿女。她的干净,都是有名的,临老了,房子都是一尘不染的。但记不清几时,妈开始恋我们了,也不怕我们回去"祸祸"她了。"经常回来把我'打劳'着点,"妈嘱咐着我们,临走回望时,妈总是在阳台上目送着我们。姨娘家的儿女们也一直帮衬我们照顾着母亲,妈是被这亲情滋养着,这家住上10天,那家住上半月的,妈总说,"我把你们拖累的,"

姨娘家的孩子们不断地告慰着她“阿娘,您到哪家,哪家就有爱的味道。您活着就是我们的精神。”

进入到11月,妈的身体每况愈下,病痛折磨着她倍受煎熬,妈总是强忍疼痛低声呻吟着。“妈,我们到医院再看一哈,”妈摇头拒绝了,我跪卧在妈的床前痛彻心扉,“你睡起,睡起,不要耽误明天上班了”。妈不停地劝慰着让我去休息。‘归真’的前一夜,妈叮嘱妹妹,“你晚上守我,把你姐换一哈,让你姐休息一哈”。在妈‘归真’那天的早晨,在她的要求下,我们送她回自己的家,妈临走时说,“你爱干净,我把你的房子‘墩脏’了,房子都有味道了……”我的心呀,疼痛难当。

“2014年12月买了30方水”,“2015年6月充了200度电,”甚至是物业费交到哪个月,妈都记得清清楚楚。在整理妈的物件时,想起妈不久前给我们絮叨:“我个人存了5万块的‘抬埋’钱”;“我把电买得多的呢,”现在回想起来,妈是对她身后的事有了打算。她是示意,她亡去后,要把灯常鸣40天呢……这些事情,妈都提早有了安排,她为我们姊妹3人耗尽了一生,到老了还在为儿女们着想。我的眼泪呀,长流不止。

妈的味道没有了,家人说,哭多了,会让故去的妈妈不安心的。阿奶、姨娘和妈的坟地相邻相伴,我跪蹲在她们的坟堆前,默默地为亡人们祷告,祈求。

照顾好家人也是对亡人最好的孝顺。

原刊于《乌鲁木齐公交》2015年11月30日4版

# 三等奖

## 归　来

王秉辰

1988 年,是个龙年。

那年腊月,他坐着老旧的绿皮火车归乡,火车从南国奔往北方的小城,归心似箭的弦是怀胎 8 个月的她。

从小历经的贫苦练就了她坚忍的心性,也留下了瘦弱的身躯,在怀孕后眩晕呕吐得厉害。他的担忧与日俱增,眼前海浪拍打着建设中的港口,南方的冬天没有雪,却冷得让人缩紧身躯。

那时岁月艰难,她忍着身体的不适,骑着自行车在家与工厂之间奔波。那辆凤凰牌的自行车是他用一年的工资送给她的礼物。她的娘心疼她,看着她辛苦,心中有气。对她说:“后悔了吧,早提醒你了,他不着家!”她坚决地摇着头说:“可我爱他。”

2015 年,腊月,我坐在回家的动车上,忽得想起那个青年。我理解二十七年前的他,火车上的他一定心怀忐忑,她怀孕 8 个月,他只回家了一次。信中的她与往常一样,鼓励,坚强,不曾抱怨,他知道她懂他,可愧疚和想念如鲠在喉。

我抬起头,看了看动车车厢前方的电子屏,时速 197 公里。车窗外的山峦倒退,时光回溯。我望着车窗,身后的人影在昏黄的灯光下依稀斑驳,我仿佛看见那个青年与我一起握紧拳头紧紧抵住下巴,他眉宇间深邃的是乡愁,毅然的是牵挂。

那是几个归乡的夜，他裹着军大衣在嘈杂的硬座车厢里翻着她寄给他的信；这是回家几小时的路程，我戴着耳机，慢慢翻看着手机里与妻子的微信。

信纸中说肚子里的小家伙会踹我了，微信中说女儿会翻身了还总是笑；信纸说给你织了件毛衣，颜色是你最喜欢的蓝色，微信中说山西干燥，你有鼻炎要多喝水。信纸与微信都说，我们娘俩很想你。

车站就在前方，我望着缓缓靠近的站台，二十七年前的雨棚远没有如今宏伟，车厢里的欢喜与站台上的期盼却如出一辙。

我背起双肩包，动车的门缓缓打开，他扛起行李，在嘈杂的车厢里被拥挤的人群缓缓向前推去。

我望着车站外的妻子，她抱着襁褓中的女儿，冲我笑着。他盯着挺着大肚子在风雪中等待的她，她也笑，她的呢子围巾上有晶莹的雪花。

二十七年前的细语长留在岁月里，就像妻子与她异口同声的话语，“回来了？”我与他点点头，“嗯”。

“回来就好。”

他是我的父亲，她是我的母亲。

我出生在1988年的那个初春，那时我的父亲已回到远方的港口前搏击风浪，心中默念着母子平安。

岁月流走，青春依旧，无悔峥嵘。

原刊于《筑港报》2015年3月21日4版

导语：与广西众多高等级公路比起来，国道322线显得太过平凡，可一路走来，却发现它有着不寻常的意义。它曾经是战时最繁忙的公路，打通了广西到越南的物资运输线，见证了广西人的团结一致、顽强御敌；如今，它串联起了广西从南到北的地域资源，见证了多元化经济发展和各民族文化的共荣共生。在这条路上，人们怀揣着梦想，车来车往、南北迁徙、不停开拓……

# G322 广西的南北印象

朱　婧　龚亮勇

## 公路篇：国道322线的前世今生

问世于20世纪20年代的国道322线广西段，曾被称为“官道”、湘桂通道，是广西通往中原地区的北大门。最初，这条国道的全州至桂林路段(全桂公路)是孙中山取道广西北伐时主持兴建的。1922年4月4日奠基开工，孙中山亲临桂林北门外剪彩，后因粤军总司令陈炯明破坏北伐、谋叛孙中山，孙不得不率北伐军折返广东，公路至此停建，仅完成桂林北郊4公里的路基。

孙中山十分重视广西的筑路事业，他鉴于桂系旧部在1916年至1920年间曾依仗武力扰乱广东、残酷掠夺当地财富的惨痛教训，认为要消除广西对广东的祸害，必须改变广西贫穷落后状况。而要改变现状，首先要在广西开辟道路。所以，他经由广西北伐的过程中，无论是在桂林或者阳朔，都谆谆告诫人们要重视道路的开辟。孙中山在广西关于修筑公路的倡导，使广西人民深受启迪，可以说这为日后广西大规模修筑公路作了思想舆论上的准备，后来，桂系军阀之所以大力修筑公路，与此不无关系。

**战时生命线**

广西境内的绝大多数公路是李宗仁、白崇禧、黄绍竑为主的桂系军阀主政后建成的。这批骨干人才多半出身于军事学校，接受过近代教育，作风也比较开明，有一定远见，对于地方建设较前人要重视得多，认识也深刻得多。从1926

年起，广西全省普遍掀起了修筑公路的热潮。这次热潮，是广西历史上的第一次，在全国也是前所未有的。

因当时省政府资金不足，黄绍竑对筑路采取了省办与民办相结合的方针。省办公路由地方军政长官主持，人力、物力、财力多靠地方自筹解决。由于当局筑路决心甚大，办事雷厉风行，且措施得当，筑路进展速度较快。仅3年多时间，已先后建成公路26段，总长2025公里，这些建成的公路主要分布在桂东南和桂东北地区。其中，桂越公路，也就是现在的国道322线尤为重要，它贯通了南宁、柳州、桂林三个重镇，为战时运输和日后经济发展奠定了基础。

1938年10月，广州、武汉沦陷后，我国的海岸线全被日军包围封锁，对外交通联路线几乎全被切断，剩下的只有经广西到越南的桂越公路以及滇越铁路、滇缅公路。在这种情况下，桂越公路运输任务顿时空前繁忙起来。当时，成千上万辆汽车日夜不停地奔走在这条交通线上，各国援华物资以及海外侨胞支援祖国抗战的物资的输入，川、黔、湘、鄂、赣南、粤北物资的输出，长江以南各省军事、政治的联系，人口、物资的疏散等，均依靠桂越公路进行转运。

不过，由于时间、技术等条件所限，桂越公路比较简陋、质量不高，曾多次毁于战火。1950年8月，在广西解放不到一年的时间里，这条公路在新政府的指导下得到修复，到1955年，已将20世纪二三十年代所建的5000多公里公路全部修复通车。

**三十年后的转身**

三十多年过去了，这条公路有了新名字——国道322线，可还只是四级公路，等级低、质量差、通行能力小、混行严重、抗灾能力弱，加上大大小小的货车常年奔走于此，给本来已超期“服役”的公路雪上加霜。

20世纪90年代初，交通部提出制订以公路为主骨架、水运主通道、港站主枢纽，科技、教育、安全保障、救助打捞、通信导航等保障支持系统为主要内容的“三主一支持”交通发展长远规划。在这一大背景下，广西公路局决定对国道322线进行提升改造——首先，在桂林至灵川段进行改建，修建广西第一条一级公路；紧接着沿灵川继续修建第二期工程，同时兴安县也要求修建一级路。

为了调动当地政府修路的积极性，广西交通厅分别与灵川、兴安、全州三县人民政府签订了修路协议，采取“三个一点”的方式筹集资金修路（由当地政府向银行贷款一点、区交通局补助一点、当地群众集资一点），建好后通过收费偿还银行贷款。当地群众积极性非常高，一般干部职工每人捐出一个月的工资，普通群众有钱的捐钱，没钱的卖了粮食换钱捐款。1997 年 7 月 1 日香港顺利回归时，国道 322 线桂林境内一级公路全线贯通，总投资 4.5 亿元。焕然一新的国道不仅提高了行车速度，还缩短了运输距离，降低了运输成本，改变了桂林经济发展格局。此次提升改造还带动了其他路段，此后柳州、南宁相继投入到国道提升改造的建设中。如今，在广西四通八达的立体交通网络中，国道 322 线不再是主角，被取而代之的是数条高速公路、高速铁路，但它作为广西北大门、湘桂通道的地位依旧不变。

## 经济篇：沿路经济的多重面貌

**桂林的发展轨迹**

国道 322 线广西段位于广西东北部，地处南岭山系西南部，坐落在越城岭、海洋山、驾桥岭及天平山等中低山夹持的岩溶盆地中，岩溶地貌分布广泛，以喀斯特地貌为主，多种地貌并存。这样的地质环境不仅具有极高的科研价值，还孕育了丰富的自然旅游资源。

国道 322 线作为桂林大旅游圈中的重要交通枢纽，联系了众多的人文风景，全州、兴安、灵川、桂林城区等地都是沿线著名的旅游目的地。沿国道往北，全州的湘山寺、天湖水库群、龙岩洞，兴安县的千古灵渠、猫儿山、乳洞岩分布在漓江上游；沿国道往南，是灵川的青狮潭以及桂林市区的风景名胜。

桂林旅游产业的发展至今不过数十年，放在两千多年的桂林城浩瀚历史中，只是沧海一粟。但正因拥有得天独厚的旅游资源，才使得这座城市的今天如此光鲜亮丽。从发展理念、经济体系、城市建设再到这片土地上人们的生活，这个城市的每一个棱面都烙印着旅游的印记。1985 年，讨论桂林这座城市该如何发展的文章开始大量出现在《桂林日报》的版面上，作者有官员、学者，也有普通市民。这场由政府发起并推动的全民大讨论热潮发生的背景，是全国正如火如荼地进行改革开放。

当时，一批又一批城市、地域被相继确立为经济特区、经济技术开发区、经济开放区等，几乎每个城市都努力在这场大潮中找寻自己的位置。1973 年，邓小平留给桂林的一句话，一直深刻影响着后来这场大讨论的走向。当年，邓小平陪同加拿大总理特鲁多和夫人到桂林参观访问，由于沿岸工厂污染导致漓江水一边黄一边绿，被戏称为“鸳鸯江”，看到此景的邓小平眉头紧锁地表示“你们为了发展生产，如果把漓江污染，把环境破坏了，是功不抵过啊。”对此，邓小平做出了一个重要指示：桂林旅游对外开放。

经过几十年的发展，桂林形成了旅游产业的完整链条。由于每年快速增长的庞大客流，桂林交通路网得以不断拓展，国道改扩建、新建高速公路，成就了以桂林城区为中心的“1 小时经济圈”。

公路的通达不仅加快了综合经济的发展，还深深地影响着沿线居民的生活。桂林永福县罗锦镇境内的国道 322 线旁，有一家名为“瑶族农家乐”的餐馆，从这里沿着国道往北就是麒麟山、狮子口水库、板峡水库。餐馆老板梁个九是罗锦镇大西村的村民，十多年前他只会说当地的瑶话，如今，却像大多数村民一样，能用标准的普通话和简单的英语热情地与游客交流。与村里人相伴了多年的溶洞和天坑一经旅游开发，彻底改变了他们的生活方式。随着天坑景区的开放，梁个九贷款将临近国道的老房修缮一新，成为可以容纳 20 人住宿、100 人同时用餐的瑶族农家乐。

旅游业是一个藏富于民的产业，在农村地区发展旅游业可帮助解决隐形失业问题，带动贫困地区脱贫致富。如今，梁个九一家人的人均年收入从原来的 550 元，增加到现在的 4000 元。

**碧水蓝天下的工业之城**

沿国道 322 线往东是中国西南的工业重镇——柳州，在这里诞生了“广西第一车”的“柳江”牌汽车、对日空战中屡建奇功的“朱荣章号”飞机和大有来头的“木炭汽车”……柳州早在清末时期传统手工业、机器制造业就已经相当发达。进入民国时期，手工业更为兴盛。1925 年，桂系军阀统一广西后雄心勃勃，把发展新式工业作为振兴经济、加强军事实力的重要举措，致力于建设广西，此后一场以军事工业为主的柳州工业创新实践开始启动。

得益于当时较为稳定的大环境，在桂系军阀的大力扶持下，20 世纪二三十年代的柳州民营工业得到了迅速发展，逐步成为当时广西工业的主体力量。新中国成立后，柳州工业又迎来了新一轮飞跃，汽车、冶金等产业得到不断发展，直到今天,不少工业遗址在柳州仍随处可见。

现在,柳州的工业经济总量约占广西总量的四分之一,柳州依托独特的矿产资源和区位优势,围绕各个交通环线大力发展特色工业,目前已形成化工、造纸、制药、建材、日化等产业并存的工业体系。柳州汽车产量位居中国城市第三位,全国每生产十辆车就有一辆为“柳产车”。从柳南区到柳江的国道322线沿线是上汽、通用、五菱、东风、柳汽等知名汽车企业的工厂,从这条国道往西是宜柳高速公路,往东是国道323线和泉南高速公路、北环绕城高速公路。交通优势吸引了更多外来加工企业,它们在汽车企业的带动下,在国道沿线形成了较完整的汽车零部件配套产业链,联合电子、福耀玻璃、玲珑轮胎等一批国内外知名零部件企业相继在这里设立生产基地。

在这条国道上跑运输的老司机说,曾经从柳州到宾阳沿线布满了化工厂,天空常年是灰黄色的,空气中弥漫着刺鼻的气味,人们出门都戴上口罩,来去行色匆匆。作为工业重镇,半个世纪的工业发展让柳州饱受苦楚,20世纪80年代,与柳州工业品牌一同“声名在外”的,是“酸雨之都”。据统计数字显示,柳州酸雨最厉害时pH值低于4,从市区到县城周边的许多山峰变成了“白头山”,当地人呼吸道疾病发病率逐年上升。

从2008年开始,柳州市深入实施“碧水蓝天”工程,同时,全面实行“二次创业”,实现柳州“经济升级,城市转型”的目标。经过持续多年的污染治理,柳州已恢复了昔日的碧水蓝天,青山绿地。2012年,柳州成为全国首批、广西首个向公众发布PM2.5实时数据的城市。监测数据显示,2015年,柳州市城市空气质量优良天数为303天。

**立体式综合交通有了雏形**

从柳州往南便是首府南宁,位于广西南部的南宁是一个拥有多元文化的城市,移民文化、中原文化、骆越文化和粤文化在此相会,造就了南宁不排外、海纳百川的品质。“物尽其利、货畅其流”,这是对南宁市繁荣的商贸及通达的交通的最好表达。从2013年到2015年,南宁市财政每年安排现代物流发展专项资金2000万元。

发达的物流自然得益于配套的交通干线,目前“出省”“出边”的高速公路已全部打通,通往广东、湖南、贵州的高速铁路也已建成通车。如今,南宁已成为区域性国际商贸物流大通道和国家“一带一路”战略的重要节点城市。

国道322线从南宁城区穿过，从洪友立交桥开始，保税物流中心、东盟国际物流基地、江南、金桥物流、安吉物流园区在沿线铺陈开来，这片区域是西南物流的重要集散地，南宁绕城高速公路、泉南高速公路、南友高速公路等在此穿过，与国道322、324、210线组成发达的交通网。

如今，南宁过半数的物流公司已开辟了东南亚业务。沿着国道322线往南行驶，是南宁吴圩国际机场，机场现已开通国内外航线100多条，除文莱以外，还实现了与所有东盟国家的直航。古有“一骑红尘妃子笑，无人知是荔枝来”的典故，如今，无须舟车劳顿，荔枝、芒果等岭南生鲜水果可以通过立体式综合运输网，源源不断地输送到珠三角、长三角等地。

## 文化篇:12个民族 文化相互辉映

**多个民族齐过“三月三”**

四月的广西大地，显得格外忙碌和喜庆。不仅是播种插秧的时节，还是一年一度的“壮族三月三”。三月三又称“歌圩节”，这一天，人们盛装打扮，赶歌会、抛绣球、摆宴席，活动丰富，场面热闹非凡。广西自古是多民族聚居地区，三月三不仅仅是壮族人的节日，也是历来好歌善舞的汉、瑶、苗、侗、仫佬、毛南等12个民族共同的节日。这一天，其他民族不仅要会歌，家家户户还要制作五色糯米饭、染彩色蛋、杀鸡宰鸭、喝酒庆贺……三月三在他们心目中的地位不亚于春节。

在国道322线上的桂林临桂区是瑶族人口大区，当地瑶族人为庆祝三月三，举办了一场大型的以歌会友活动，主办方择一空地，支起一排排大灶、架起大锅，按瑶家规矩摆上十八碗，热情待客。酒足饭饱后，便开始举行山歌会，以歌助兴。歌曲内容多为夸奖和祝福，有时也唱情歌以调节气氛，在场的无论男女老少张口就能唱——“正月种竹，二月种木，三月四月种苞谷，五月六月种田谷，七月八月收田谷，九月十月收苞谷，十一二月炕腊肉，问君一年几个月，要把歌头来背熟”，几百年来，这首瑶家四季劳作山歌代代相传。临桂区会歌的场面喜庆热闹，常常通宵达旦。

会歌活动上还可以看到各式各样的精美传统服饰，临桂区是按服饰来区分瑶族同胞,细分为“蓝靛瑶”“盘瑶”“红头瑶”“花瑶”“白线瑶”“黑瑶”和“沙瑶”等。其中,棕树湾村、上朝塘、下朝塘、蕨菜坪、中宇庙、霍家、二趟湾和小拉友等村落为“十二姓盘瑶”,在盘瑶传统服饰里,男子为青布圆领上衣,左右对襟布扣,裤长至膝,小腿缠青布绑腿;女子头戴丝帽,帽顶挂银毫,青布圆领上衣,内有贴身底衣。

陈家、罗江和野猫塘等三个村落为“八姓花瑶”,花瑶服饰较为独特,目前仅陈家还珍藏有两件,均为纱纺布料,手工刺绣挑花,花纹细密,色彩艳丽。两片胸前挑花的纱布,交叉形成“V”形领,垂至腹部的白纱无花纹,交叉成燕尾状,后摆很长,垂至小腿,袖臂上红、蓝、白三色布块和刺绣相间排列,充满着艺术美感。如今,瑶族人只在重大节日里穿上传统服饰,平时不肯轻易示人。

**骆越人生活的边境城市**

在国道322线末端,是位于广西南端边境线上的凭祥市,这个口岸城市与越南的谅山接壤。一想到边境城市,总会先想到较为严格的边境管理、行色匆忙的商人。然而身处凭祥,却有一种随和、悠然的感觉。无论大街小巷,看到最多的是顶着尖尖的斗笠、穿着一身黑色壮族服装、摆着宽宽裤腿、挑着新鲜水果的壮族妇女,她们用一双又黑又亮的眼睛,笑盈盈、不紧不慢地推销水果。

这个有八成以上是壮族人的城市,自古就是壮族先民骆越人生活的家园。壮族喜欢依山傍水而居,在独特喀斯特地貌的青山绿水之间,散落着一栋栋复古的小竹楼,十分自然清新。竹楼上层住人,下层圈畜,神龛被敬奉神灵的壮族人安放在整个房子的中轴线上。前厅用来举行庆典和社交活动,两边厢房住人,后厅则是一家人的生活区。屋内的生活以火塘为中心,每日三餐都是一家人在火塘边进行。

凭祥人千百年来在这里安居乐业,生活富足美满,广西独特的天然气候为凭祥人提供了天然的物产宝库。菠萝蜜是凭祥特产之一,也凭祥经济的一个亮点。菠萝蜜又叫木菠萝、树菠萝,隋唐时传入中国,被誉为“世界上最重最大的水果”。

除了物产,凭祥的贵重木料也是这座小城市迅速发展的原因之一。在这个盛产木料的小城,街道两边的店铺多是做木材深加工的厂家,精美的家具是凭祥人的骄傲。随便进入一家酒店、宾馆,无论规格高低,总会在大厅中摆放一套雕刻精美、做工讲究的木制家具。这些家具在凭祥之外的人眼中价值千金，对凭祥人而言，却是最常见的东西。

位于凭祥市西南端的中国九大名关之一的友谊关，日夜矗立，守望着中国西南边界的国土，是凭祥的地标性建筑。这个时节，这里的紫荆花开放着，淡淡的紫色点亮了灰色的城墙。这些象征着手足情义的花朵，开在这边陲之地，竟也通了人情世故，陪伴着凭祥人驻守着整个西南边境，也见证着中国和越南的情谊绵长。

原载于《中国公路》2016 年第 8 期

# 坝美,我心中的世外桃源

高　斌

在中国西南高原喀斯特溶岩地貌山区、珠江源头南盘江水系西洋江和驮娘江的腹地中,深藏着一个令当今都市人心动的壮族村寨,它就是被称为21世纪“世外桃源”的广南坝美村。

在去之前,早就在很多报纸杂志上看见了这两个字:坝美。由于和陶渊明描写的桃花源惊人的相似,被人们称之为“最后的世外桃源”。越来越多的人闻风而来,来释放自己的桃花源情结。而我,也迫不及待地想去感受这“最后的世外桃源”。

走进坝美,车子顺着向北延伸的西西公路弯来绕去蜿蜒行走,进入广南县阿科乡地界,就进入了云广交界处壮族聚居区。这里是典型的喀斯特地貌山区,线条柔和的山体重重叠叠云遮雾绕。珠江支流驮娘江水系阿科河顺着公路边缓缓流淌,河道时宽时窄,两岸青山溶洞溶岩众多,陡崖峭壁林立,山峦间偶尔可见几个壮族村寨。来到坝美村的入洞口,大山挡住了前面的去路,一堵陡峭的悬崖突兀地挺立水中,悬崖下方有个水洞,四周气雾蒸腾,飞瀑流响中,成百上千嘤嘤嗡嗡的燕子在悬崖上空飞舞,神秘至极。在这样人迹罕至、与世隔绝的地方,举目四望洞外天空细雨中飞舞的燕子,看黄昏时候带着啸声从风中划过的蝙蝠,就已经是美丽动人的景致。

为我们划船进水洞的当地老乡风趣而又认真地介绍说,这个洞叫桃源洞,进洞的船是逆水行走的,过“桃源洞”要花“三夜两天”的时间。这“三夜两天”说的是要通过长近一公里的“桃源洞”,经历5个自然时空的变化。乘船进入洞口,忽然间没有了亮光,这就是“三夜两天”的第一个“夜晚”了。一船的人只能靠感觉缓缓前行,此刻早已是伸手不见五指,不时有凉凉的水珠从高高的岩石缝隙中滴落，声音清脆而悠远。被惊动了的蝙蝠从你的耳边飞过，一股夹带着水气的凉风轻拂脸面，当你正极力想摆脱黑暗的时候，第一个白昼便出现在了眼前。一个被叫作“观音望月”的“天窗”洞口悬挂在了头顶，像黑色舞台上的一束雪白耀眼的追光，从洞口泼洒下来。紧接着，船便行进到第二个“夜晚”。在经历了第二个“夜晚”和第二个白天“一线天”后，小船不知不觉便漂进了最后一个“夜晚”。

穿过幽深的“桃源洞”，走出最后一个“夜晚”，眼前猛然亮堂起来，突见地势豁然开朗，别有洞天，一棵大伞般的茂密榕树紧紧遮掩着如黑夜般深邃的洞口。下船后上岸，一幅幽静秀美的乡村山水画卷在眼前徐徐展开……白鹅悠闲地划着红掌，沿河两岸撒金泼银的吱呀水车，穿着壮家靛染土布衣服的农人扶着木犁在田里耕作，纤细的桑陌纵横交错，散发着清香的竹篱弯弯曲曲延伸进寨子……

在坝美，青山、古树、翠竹、碧水、村落相映；在坝美，稻田、水车、飞燕、牛羊、鸭鹅成趣；在坝美，有地道温馨的壮乡“农家乐”让你尽情感受回到阔别已久的老家滋味；在坝美，更有踢姑博(草球)、跳竹竿、荡磨秋、斗鸡等民族风情浓郁的娱乐活动叫你流连忘返。

天一早，鸡啼了，紧接着是猪的哼哼。很快，鸭子嘎嘎的叫声盖住了一切。村里没有人的声息，各种家禽动物的声音却不绝于耳。间或清脆而鸣的，是晨出的牛的脖子上的铃铛声。早晨的坝美非常漂亮，我拿起相机，带着同去的伙伴，爬上坝美最高的山顶，照下了坝美的早晨。

与村民们处得熟了，他们告诉我说：“坝美”，壮语意为“劈柴之地”。劈柴做什么？栽田种谷。据老人们介绍，坝美这地方原来是片沼泽地，没有人烟，900多年前，广东省南海县江夏堂那边发生了一场部落战争，强势部落的人很凶悍，弱势部落打败了。黎家因为同情弱势部落，被强势部落追杀，东躲西藏逃到坝美，一起逃来的还有黄家、农家。黎家最先到，每年献祖宗时，献三十晚上；黄家第二到，献大年初一；农家最后到，献大年初二；此习俗保留至今。陆家是后来姻亲关系迁进来的。黎、黄、农姓的祖先到坝美后，他们从四面山上砍来一背又一背的柴，把沼泽地垫干，在上面栽田种谷，繁衍人烟，并把这地方叫“坝美”。

坝美不仅民族风情独特，风光也特别美丽。在坝美，最具风采的应该是坝美河了,坝美河的美就是坝美坝子的美。坝美河在流经坝美村前的时候,自然地分流成了两条河流潺潺而行,不久便又会难分难离地走到一起,一切都是那么无拘无束,一切皆是那样漫不经心。人们把这段河流叫作"鸳鸯河",左为女人河,右为男人河。夏日的夜晚,在月光繁星的陪伴下,劳作一天的人们相约来到这露天的浴场,洗刷一天的疲劳,让"鸳鸯河"的清凉河水把困顿的男人、女人带进恬静的绵绵梦乡。夜半时分,萤虫在黑暗和静谧中一闪一闪地飞舞,河谷中一片虫鸣蛙唱;清晨,初升的太阳还没照到山顶,大大小小的鸟儿已经在树枝头脆啼。

每年的早春二月,被大山紧紧搂在怀里的整个坝子,好似待字闺中的含羞美人,颜容娇嫩,清新可人。早春的风从山外徐徐吹进坝子里,放眼望去,温情的坝美河两岸尽是满眼的桃花红、梨花白,铺天盖地的菜花黄,摇曳成了一片黄灿灿的"金地毯"。漫步坝美,让人香在花中,醉在花中。每年夏天,溶洞中成千上万的土著鱼游到河里抢水嬉戏,这些怪鱼嘴呈鹦鹉状,味道美绝,为溶洞细鳞鱼的若干亚种;每年秋季苞谷成熟时,成群结队的猴子顽皮地跑到山坡上的地中与村民抢收苞谷吃,非常生动有趣;冬天,收藏闲暇后,冬眠的蛇钻进厚厚的土窝,蛙雀停止聒噪,坝美又归于宁静……时至今日,坝美仍保存着较好的自然生态方式。

坝美,一个巴掌大的坝子。它有江南水乡之神韵,它似桂林山水之形态;它含小家碧玉之容貌,它藏惊天动地之气势!

坝美,正可谓:"小中能见大,弦外有余音。"

**攻略:**

坝美村位于云南省广南县,被誉为中国"最后的世外桃源",在好奇的旅行者到来之前,这里的壮家人一直过着自给自足的生活,村子不通公路,唯一与外界沟通的方式就是村前村后两个天然的溶洞。直到近几年,坝美才逐渐走入人们的视线中,人们感慨于她的静谧、她的特别,以及她的风情与艳丽。

地址:云南省文山壮族苗族自治州广南县坝美村

门票:100 元(淡季 85 元)。需要注意的是,坝美收费的景点包括桃源洞、猴爬岩、桃花谷和汤那洞,其中桃源洞和汤那洞就是进出村子的两个溶洞,需要坐船,桃源洞是入口,汤那洞是出口,而且去猴爬岩也需要坐船。从猴爬岩到汤那洞出口可以乘坐马车。所以门票包括4个景点、三段船票和一段马车。

最佳游玩季节:坝美最美的季节在每年的初春,这时河谷里开满了粉色的桃花,配上漫山遍野的油菜花,将田园风情演绎到了极致。

原刊于《湖北交通新闻》2016年4月18日4版

# 在风雨中砥砺前行

## ——与海伦凯勒《假如给我三天光明》相伴

钟恢万

自传体励志类书籍多如浩海，能给人留下深刻印象的不多，而“她”的出现，却改变了我对名人自传的偏见。没有精致华丽的辞藻，没有波澜起伏的情节，只是书写一份情真意切的生命感悟，只是记录一段孜孜不倦的心路历程——每当翻过海伦·凯勒的《假如给我三天光明》，仿佛面对着一位久经沧桑的智者，席坐而谈，倾心而听，思绪在字里行间穿梭，在光明与黑暗中往来奔跑，总有一股热流淌过心头温暖全身，总有一种拷问在脑海来回荡漾：一个从小双目失明、双耳失聪的女子，怎样冲破层层茧丝蜕变成翩翩起舞的彩蝶，成为身残志坚又笔耕不辍的美国一代著名作家？

黑夜给了海伦黑色的眼睛，而海伦却用它来寻找光明。海伦是身躯的弱者，却不坐着等待时机，海伦是生命的强者，穷尽一切办法为人生制造时机。对于凌驾于命运之上的海伦而言，不过是一份永不向命运低头的信心，不过是一颗永不轻言放弃的恒心，主宰着海伦的命运，创造了其多姿多彩的一生。海伦是星云中的启明星，在成长的岁月，海伦带着《假如给我三天光明》，与我的人生旅途相伴，与一个又一个梦想相约。

回眸十年前，海伦的自传《假如给我三天光明》借着选录从高中语文教科书溜进了我的脑海，闯入一个懵懂里生长着叛逆，求进中又夹杂着懈怠的心灵空间。不经意间，我“发现”了海伦，“看见”了海伦饱含对知识力量的渴求，紧揣对梦想成才的渴望，坚持完成了哈佛大学学业，一步一步在星空中划出一道道炽热的光芒。一个从不向命运屈服的传奇，一份生生不息的执着，如同一粒粒石子投进水池泛起阵阵涟漪，在我的心空久久不能平静：假如我也失去了光明，像女主角一样生活在无声无光的世界，内心该会是怎样的煎熬，又能编织出何种色彩的人生梦想呢？花季雨季的岁月充实又单调，每当在高考升学梦压力之下彷徨退缩之时，每当想起父母望子成龙那双翘盼的眼神，海伦总会在某一个星夜对我呐喊——只要朝着阳光，就不会看见阴影。朝着海伦指向的霞光，伴着海伦一次又一次地呐喊，拍掉身上的尘灰，把勇气塞满行李，把信心装进脑海，我终于跳进了企盼已久的象牙塔。

四年象牙塔求学生涯，看似漫漫却也转瞬即逝。常言道："大学即社会"，大学是求学求知的殿堂，也是一座成人成才的大熔炉。经历过三年高中时代锤炼的学子，迈入大熔炉后有的在浑浑噩噩中开始埋葬寸寸光阴，有的在不务正业中荒废青春年华。每当懈怠和惰性在身上滋生蔓延，每当梦想火花摇摇欲熄之时，每当彷徨迷茫横亘在十字路口之际，海伦总是告诫我：人生最大的灾难，不在于过去的创伤，而在于把未来放弃。可以抹平创伤，却不能湮灭憧憬未来的火星。海伦之声如黄钟大吕，震碎了我心中的浮躁和不安。追寻着海伦求学轨迹，在挫折中重拾信心，不断汲取各类知识营养充实自己，在锻炼中收获成长，又在成长中积蓄力量，整装待发人生旅途下一个驿站。

海伦总是这样陪伴着我成长，伴着岁月的年轮碾过滚滚红尘。步入社会后，社会这座大染缸令人眼花缭乱，太多的诱惑和无奈消磨着人们的精神斗志。在物质生活愈来愈充裕的当今社会，人们很多时候富了口袋却穷了脑袋。金权至上观、读书无用论……一阵挨着一阵的"不正之风"呼啸着刮来，有时令人迷乱中不知何去何从，沉醉中不知归路归期。每当在迷失中游荡挣扎，每当在黑暗中摸寻灯火，北极星总是在我的上空眨着眼一闪一闪，我知道，那是海伦在为我指向。借着海伦的闪光，我在午夜中快步小跑，奔向天边亲吻全新的一缕晨曦。

海伦曾言："把活着的每一天看作生命的最后一天。"一句朴实无华的言语，却让每一颗悬空的心同频共鸣，也让我时时铭记于胸。在每一段风雨如晦的人生旅程，我想驾着一弯航船，晨星与月亮做伴，激起浪花朵朵，驶向梦想彼岸；我也想挥起一双遒劲羽翼，在蓝天白云下自由翱翔；我更想像海伦一样，以横扫万难的赳赳决心，在耕耘的汗水里洗尽铅华，又在丰收的喜悦中留住韶光。

原刊于《江西交通》2015 年 7 月

# 努力是一种最基本的修养

高素争

在人生“过去、现在、未来”三点一线的时光轴上，我们永远只能驻足当下。有没有一个时刻，你回想过去，许多在得失之间灰飞烟灭的往事一件件重回记忆；有没有一个时刻，你抬头瞭望线轴那一端的未来，感慨梦想之不易，担忧求之而不得。也许，此刻的你，看看身边安于现状的大多数，重新低下头来，让时间终于又开始了周而复始的无意义流失，让生命中一天天仅有的“当下”永无挽回地无声陨落。这是你，也是我，是我们放弃努力的每个瞬间。

过去，于每个人的人生实质是一个无与伦比的宝库。曾经走过的路、说过的话、曾经以什么样的方式跌倒过，或者受益于何而取得了微小的成功，它都在那里，有痕迹，有感悟，可以总结亦可以借鉴，更于我们今日有益。未来，是我们梦想的初心。不忘初心，才能不惧未来，才能执念于目标而不轻言更改。当抱怨、迷茫、所谓的孤独、貌似强大的困难重压之时，请看一看我们的真心，毕竟你想选择的目标，想走的路只有一条。“子不语怪力乱神”，压倒它们，披荆斩棘保持前行的方向；抑或屈服于逆境，心从逃避，转身背离当初的梦想，成为多喟叹的人，过着不想要的生活？人永远不能放弃的便是思想，是心灵深处的某种期望。即使每天陷于程式化的琐事当中，唯有思想必须清醒。每日留足思考的时间，有所想，有所悟，有所执念，有所努力，有所进阶。思考是一种不可或缺的生活方式，努力是一种最基本的修养。

说到这，不由得想起了我的大学室友，她成为我每每即将放弃努力的一剂醒神良方。她自律到什么程度？每天走路她都保持着笔直的状态，步伐大小适中而透着稳健；课上认真的程度让你无论如何也不忍心从旁打扰；在别人耍小聪明、窃喜及格万岁的时候，她却天天规律地泡在图书馆里而门门优秀；每天睡前必把衣裤叠得整整齐齐从无懒散。也正因如此，毕业以后，时不时传来她的消息，或是在某次国际大型会议中发表完美演讲；或是在她所负责的专业领域又有新的突破；微信的往来中也往往能看到她在团队中间永远一副挺拔、自信的样子。这是你我都喜欢的样子，这样的状态是努力才能换来的样子。

当努力成为一种最基本的修养，它必然通过影响你的思考方式进而影响你的生活方式，努力多少，将决定你人生最终所能达成的高度。努力的修养在于总结自我，在于丰富自我，在于忠实自我，朝着初心克服懈怠、不停向前。工作当中，用更多的时间去接受新的知识，培养自己的能力，展现自己的才华，它们将远远超过你现在所积累的货币财富而成为你的无价资产。当你从一个新手，一个处处打问号的普通员工成长为一个熟练的、高效的、在团队中发挥举足轻重作用的优秀管理者时，这就是努力工作给你的回报。生活当中，不断提高自身道德修养，不断否定不良习气，将更多精力放在丰富自身阅历上，腹有诗书，处世淡定从容，这就是努力给你的生活带来的改变和意义。

有人曾经做过一个这样的统计：如果一个月算一个小格子，人生其实只有900个格子。在一张A4纸上画一个30X30的表格，每过一个月就涂掉一格。那么被量化后的人生将以直戳眼球的形式呈现开来：试想，我们将“努力”和“懈怠”分别以不同的颜色标注于这张纸上，那么努力者和懈怠者的人生该分别呈现一种怎样的效果？

在我看来，努力是对生命的尊重和敬畏，它应该成为每个人身上的一种基本修养。只有沉下心来，努力当下，才能达到你心上那个想了又想，绽放梦想之花的地方。

原刊于《天津港湾》2016年7月12日4版

# 伶仃洋上没有移动信号

王国柱

上班高峰的地铁里，侧目身边，风格各异的行男行女们步履匆匆，可一旦站定，低头滑几页手机几乎成了统一且唯一的动作。表情呆滞，动作机械，只有在列车起步的信号盲区，才有人依依不舍地将目光拉离手中屏幕。没有信号对城市男女来说是多么难以忍受。可是，那年在岛上……我的思绪飘舞起来。

“小王，你手机是移动的还是电信的呀？岛上可没有移动信号哦。”这是我刚毕业要上岛前项目部的老师傅对我说的话。

来到港珠澳项目部后，我很快就被安排上了东人工岛。得知岛上没有移动信号后，每次上岛前我都会和爸妈还有女朋友通话，告诉他们我要上岛了，那里没有信号。下岛后，第一件事也是告诉他们我下岛了，移动手机有信号了。

还记得第一次上岛时那种激动的心情。穿好救生衣、戴好安全帽，我来到港珠澳大桥一号码头，登上了同事们心目中的“豪华游艇”——海建 166 号船。怀揣着好奇与兴奋，我把海建 166 号从船头到船尾，从客舱到驾驶舱都仔细看了个遍。开船后，我在舱内看着淇澳大桥渐渐地远去，手机信号也从满格到只限紧急呼叫，最后彻底没了信号，我的心情顿感失落。尽管周围还有很多同事，但我还是感觉自己孤零零一个人飘摇在伶仃洋上，与世隔绝。虽然我不是那种坐在公交或地铁里只顾低头刷屏的手机一族，但没想到有一天，手机信号和 WiFi 于我而言居然也成了那么奢侈的一件事。

没过几天，我又和几个新员工一起上岛，大家不约而同地看着自己的手机没了信号，成为名副其实的板砖。一个同事感叹道：“没有网络，让我怎么活呀?!”另一位同事的手机收到来自香港电信的短信：拨打大陆电话 9 毛 9 一分钟，发送短信 3 毛 3 一条，于是乎，默默地把手机调成了飞行模式。

午饭后，我漫步在东人工岛的围堰上，看着起伏跌宕的浪花和不时过往的商船，突然听到手机响了一声，拿出一看，发现手机显示着中国移动，而且还有三格的信号！我赶快就给家人打电话，在电话里告诉他们，大概是因为伶仃洋上的海风太大，吹来了珠海的移动信号。事后，同事听说我在岛上打过电话，非常惊奇地看着我说，"班长，这可是国际漫游啊，一分钟9毛9，还打了5分多钟！下岛后赶紧查话费。"相比于对家人的思念，谁还顾得上这些呢？

再后来，项目部给新员工都配发了电信手机，对我们的电脑和手机进行了IP绑定。我们在岛上不仅可以手机通话，而且还能够上网办公，这对于工作生活都已经无法离开网络的我们来讲，真的是有如甘露。

回想当初，那些先前建岛登岛驻扎的前辈们，筚路蓝缕，承受着远比我们多得多的艰苦。有一天坐船下岛时，和一位老员工聊天，提起他刚来的时候，岛上没信号，没网络，如果不开通国际漫游，在岛上根本无法与家人联系。直到2012年9月，岛上建立起了中国电信的基站，大陆手机信号覆盖全岛。现在的东人工岛，工作生活各方面设施一应俱全。世界杯期间，大家都聚在会议室通过网络电视一起观看球赛。当我和那些热爱足球的员工们提起这件事情时，他们脸上都洋溢着幸福的笑容，完全看不到在高温酷暑工作一天后的疲惫。而所有这一切都离不开他们在那段"与世隔绝"的日子里的辛勤付出，在岛上工作的日子里，他们对家人的牵挂和思念，或许正是他们努力既好又快完成工作的极大动力。

"宝剑锋从磨砺出"，没有经历过大浪淘沙的磨洗，又怎会有洗尽铅华后的成熟干练。尽管每次在电话里与女朋友倾诉衷肠时，内心都充满愧疚，但儿女情长终究不是生活的全部。我们都还年轻，待到港珠澳大桥建成通车后，我一定要牵着她的手漫步长堤，讲述那些发生在东人工岛上的故事。

原刊于《三航报》2016年3月4日4版

## 谨以此文纪念抗战胜利七十周年

# 胭 脂 墩

汪 昕

胭脂墩名字的由来说法很多。传说之一，是当年张果老倒骑毛驴，路过巢湖岸边时，正值夕阳西下，红红的夕阳把墩子四周的湖水映得红彤彤一片，树木葱茏的墩子也仿佛从红染缸里刚出浴而出的美人一样，庄严、肃穆、通体红遍——张果老惊诧于眼前的美景，脱口而出：胭脂墩。

一

渡边回到据点好半天了，耳边仍然回响着那声沉闷而瘆人的枪响。脊背上不由得一阵阵发凉。

他的前任山口离开此地后，渡边便从淮南换防来到这里。

山口在这里驻守了一年多，一个月前更是以血洗夏庄而声名大震。

夏庄在胭脂墩的西边，是一个人口稠密的大庄子。由于流经村中的夏河连接胭脂墩，直通巢湖，因此，庄子里大多数居民和胭脂墩人一样都以捕鱼为生。

山口血洗夏庄以后，全村三四百人，死的死，逃的逃，剩下十来户人，蜷缩在断壁残垣间惨淡度日，曾经繁华、喧闹的一个村庄，早已难觅踪迹。

渡边的任务之一，就是保持皇军对夏庄这一带的高压态势，既要确保这条水上要道通畅，又要借血洗夏庄的战果来威慑四里八乡，让他们臣服，不再反抗。

午后，渡边一行又例行巡逻至夏庄，上岸到村子里挨家挨户翻箱倒柜搜查了一遍，尽管什么也没搜到，但依然不放心，照例由伪军小队长朱老五将村民集

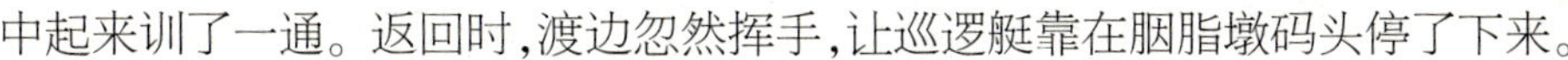

中起来训了一通。返回时，渡边忽然挥手，让巡逻艇靠在胭脂墩码头停了下来。

初秋时节，胭脂墩村口的水塘里荷花开得正艳，墩上郁郁葱葱的参天古木里，鸟鸣、蝉噪，好不热闹。几十幢粉墙黛瓦的民房，错落有致，沿着河边，依次排开——

眼前的美景不由得让渡边看得有些入迷。

朱老五善于察言观色，见渡边对景色十分着迷，忙迎上去道："太君，你不知道，那墩顶上的景色可要比这好多了。"

"哦？"渡边明显来兴趣了，习惯地眉一扬，"我们路过这儿几趟了？"

"一、二、三——"

"四趟！"朱老五恭敬地扳着手指算了起来。

"四趟？墩顶可真是没上过呢，朱的，你的带路！"渡边说罢，朝朱老五一挥手。

## 二

胭脂墩是巢湖岸边的一个河中岛。长年奔流不息的夏河，流经胭脂墩时，一分为二，正好从胭脂墩南北两边流淌而过，汇入巢湖。

墩子不大。东西南北看过去，都像是一个倒扣的宽边蓝花瓷碗。临水的一圈平坦开阔，适合住人、种地。墩子中间是一个突兀而起的高地，长满了参天大树；墩顶又是一个相对平坦的开阔地，一侧是一大片赭红色的山石高高凸起，另一侧，稍低洼的地方是一座不大的娘娘庙。

墩上居住着二三十户人家，世代在这里繁衍生息，靠打鱼为生，零星种了点庄稼。居民们自给自足，过着悠然自得的生活。每逢夏庄集开集，墩上男女老幼，结伴而行，卖鱼、卖菜，换日用品；还有人在夏河码头边上的老朱家茶馆泡上一壶老梗茶，再要上一碗馄饨、几块香甜爽口的糍糕。全是一帮熟面孔，品着茶，跷着二郎腿，天南海北，漫天胡侃上大半天，然后心满意足地返回。

从夏庄到胭脂墩十来里路，半小时光景。桨儿一划，"打渔歌"张口便来。

"太阳一出，嗬嘞；船儿来了。"

"大网一撒，嗬嘞；鱼儿上了。"

"小曲一唱，嗬嘞；大妞应了。"

“风儿一吹,嗬嘞;精神爽了。”

渔歌高亢悦耳,悠悠扬扬,回荡在夏河两岸,穿行在村庄、树林、岸两边的庄稼地里,与夏河的水声、与巢湖的浪声融汇在一起,绵绵不息,久久回旋。

“突突突”地巡逻艇从巢湖开进夏河口的那一天起,“渔歌”便被这恐怖的机器声和不时传来的零星枪声渐渐驱散了,变淡了,直到最后再也听不到了——

胭脂墩四面环水,除了走亲戚,鲜有外人上来。原来只要不赶夏庄集,大白天家家户户是从不闭门的。夏天纳凉,也是通宵开门睡觉,因为墩上就这么多户人家,谁还不熟悉?人们淳朴、和善,谁家有事,全墩人齐上阵,抢着相互帮衬一把。谁家猪肥了,屠户的大木桶抬上墩来,也就是全墩人打牙祭的时候到了。

如今,一切全变了。

巡逻艇往夏庄方向的次数一天天的频繁,“突突突”的机器轰鸣声,仿佛是榔头在人们心头的敲击声,也似乎一声比一声紧起来,令人痛苦而惶恐。

紧张的氛围笼罩在胭脂墩。

胭脂墩人开始关门闭户,这在胭脂墩人的记忆里可是从未有过的事。

夏庄被日本人毁了之后,胭脂墩人变得更加惶恐不安起来,家家户户从早到晚都是大门紧闭。

渡边他们先后到墩上来过几趟,见村庄冷冷清清,大白天也没什么人气,便没怎么停留,又登船走了。

## 三

朱老五领着渡边一行往墩顶去的时候,已是下午四五点钟的光景,虽然阳光依然灿烂,但整个庄子死一般的静寂。

朱老五指着路边一个位置最高的房子:“太君,那是我本家兄弟的屋,等会从墩顶下来,我请太君过去喝杯茶。”

“哦。”渡边习惯地眉一挑,“房子最高的哪个?”

“对,太君,墩上这地形,老住户住河边平地,新成家的只有顺着墩子向上建,所以房子地势越高,说明成家越迟,房子建的越晚。”

“朱的，你的情况的熟悉。”渡边翘了一下拇指，微微一笑。

“太君夸奖，太君夸奖。”朱老五见状，满脸堆笑，那笑脸看上去，活脱脱就似胭脂墩河边地里，那一个个灿烂夺目的、正在夏日阳光下疯长的葵花盘。

沐浴在晚霞中的墩顶，静谧而圣洁。攀上赭红色的山石，往北，青葱一片；往南，一片青葱。往西，晚霞似火；往东，巢湖水波光粼粼，一望无际。让人目不暇接，美不胜收。

墩下，南北两道蜿蜒而过的夏河，在晚霞中仿佛两条红色的缎带，正在微风中微微抖动，婀娜多姿。

入伍前曾经是中学教员的渡边已经完全沉醉在这如画的境地里了。

面对此情此景，这个颇通中国古典文学的日本军人对着伪军小队长朱老五道：“朱的，你的好！中国有句古话：欲穷千里目，更上一层楼，就是这样。中国还有古语，日出江花红胜火，春来江水绿如蓝。这些美好的词语，放在这儿，全合适的。”

渡边雅兴大发，滔滔不绝。可惜，一旁私塾仅待了半个月的朱老五什么也听不懂，只知道渡边今儿兴致高，讲的都是些赞美的话，他今天这个路带的非常不赖。所以高兴地忙不迭地点头称是。

“叭！”

就在朱老五不懂装懂，鸡啄米似不停献媚点头的时候，一声枪响，撕碎了墩顶的这份宁静。

“卧倒！”

“哪里的打枪？”

渡边、朱老五一行全都匍匐在地。

很快，目标锁定在夏河北岸那片茂密的树林里。一阵密集的子弹旋即雨点一般倾泻了过去。

胭脂墩人正在紧闭的门后纷纷猜测鬼子去墩顶究竟想干什么？去拜娘娘庙？要准备建岗楼？还是在抓什么人？

突然听到一声枪响，紧接着又听到一阵密集的炒豆子般地枪声，接着，是鬼子一帮人慌不择路杂乱的脚步声以及“突突突”地巡逻艇离去的声音——

胭脂墩，随着渐渐降临的沉重的暮色，重又陷入死一般的静寂。

## 四

区小队队员来发很郁闷。

队长把枪扔给他的时候,他会意地朝队长一笑。

队长无疑读懂了他的笑意。放心地冲他舞了下拳头。

队里唯一的一个三八大盖交在他的手里,七八个队员的眼睛也都齐刷刷地聚焦在他身上。

“来发,看你的了。”

“来发,要争气!”

来发的心里似乎不停地响起大家的叮嘱声。

端起枪。

屏住气。

瞄准——

胭脂墩顶最高处山石上那几个影影绰绰的身影,来发瞄准了那个比比划划,俨然是个鬼子头儿的人。

“砰”

几个人影应声全倒下了。

很快,鬼子的子弹马上飞过来了。树枝上、水中、地里,到处“砰、叭、啾啾”响个不停。队员们赶紧顺着岸边的坎子,撤到安全地带。

晚上从墩上传来的消息,鬼子那帮人好像无人被击中。

## 五

区小队长重重地叹了口气。

在来发听来,那声叹息,比扇了一巴掌还要令人难受。

三八大盖又静静地躺在小队长的怀里,队员有人已发出轻微的鼾声。

来发却怎么也睡不着。

一个月前,一个叫森本的日本兵,扛着这杆枪,大摇大摆地带着两个伪军,驾船去夏庄码头上了岸。

森本想找地方钓鱼,伪军想在茶馆蹭杯茶喝。几个人便在老朱家茶馆门口分了手。

正是晌午时分,树梢纹丝不动,天气闷热得很。庄子里有个年轻人,背对大路,正坐在离茶馆不远的老槐树下歇凉。

森本会说中国话,走过去,便用手中钓鱼用的竹竿猛敲了一下年轻人的头。

“你的,哪儿钓鱼的有。”

年轻人猝不及防,跳转身来,正要发火,一见是个背着长枪的日本兵,便忍住了。

“哪儿的有?”森本又吼道。

“哪儿都有。”年轻人嘟囔了句,转身便跑。

森本见年轻人跑了,也没去追,四处张望准备再去找个钓鱼的地方。大树下塘边的洗衣石边突然站起来一个洗完衣的小姑娘。

森本眼睛放亮了。

小姑娘一手拎根棒槌,一手拎着竹篮不紧不慢往家走,一根又粗又长的辫子从脑后一直垂到屁股上,随着脚步来回摆动着。一种青春洋溢的气息扑面而来。

森本蹑手蹑脚地跟了上去。

挨了森本一竹竿的年轻人此时并没跑远,躲在附近的墙垛后边正紧紧盯着森木,在寻思着用什么办法来戏弄或惩罚一下森本呢。

一见森本跟在洗衣的小姑娘身后,往庄子走去,年轻人知道大事不好,三脚并成两步,赶紧喊来几个同伴,远远地尾随在森本后边。

洗衣的小姑娘,一路慢慢悠悠地哼唱着什么,边走边东张西望,一副悠然自得的模样。她哪知道?此时,鬼子森本正在身后不远的地方,虎视眈眈地跟着她呢。

跨过自家的门槛,在青砖、碎石块围成的小矮墙里,小姑娘熟练地找来两个叉棍,放在院子当中支好,又将一个长竹竿架上,用手抹抹干净,准备开始晾晒衣服。

一抬头,猛然发现,一个又高又壮的日本兵似从天而降一般立在面前。

“妈!”

姑娘立马“哇”地大哭起来。

“你的,哭的不要。”森本见状,张开大手上来便要搂抱。

“喂,你想干吗?”姑娘父母闻声,迅速弯着腰,几乎同时从低矮的屋里跳了出来。

一边呵斥森本,一边双双张开双臂上前护住小姑娘,让她赶紧往屋里躲。

在父母的保护下,小姑娘转身跳进屋里,随手将门掩上。

哪知森本动作灵活,就在小姑娘刚掩上门那一瞬间,森本一个箭步跳过去,撞开木门,并随手将门插上了。

正在这时,几个年轻人已来到院子里。情况危急,他们与小姑娘父母互相对了下眼色,容不得说上一句话,便一起扛起院中一根木头,使劲朝门上撞去。

森本的枪靠在进门处的墙边,森本正一手抓住浑身抖得直哆嗦的小姑娘,一手正在使劲剥去自己的制服外套。

他做梦也没想到,外面的人这么快就破门而入,更没想到,会是一群人,一群已完全被怒火烧红了眼的人。

年轻人有的将枪拿在自己手上,有的抄起屋角的锄头,姑娘的父亲更是挥舞着一柄鱼叉,直奔奔上去就是一叉,直朝森本的腿上叉去,森本当即倒在地上,无法动弹。

很短的时间,这个又高又壮、看似十分威猛的家伙,在枪托、锄头、鱼叉三下五除二的共同作用下,喉咙眼里咕咚了两声,便再也一动不动了。

屋子里静得连根针落地的声音也能听见。除了惊吓过度的小姑娘在被眼前的一切同样惊吓地簌簌发抖的母亲搂在怀里,不时发出一两声啜泣外,屋里再没有任何声响。

区小队闻讯赶到,已是傍晚。

区小队一边让乡亲们挨家挨户打招呼,尽量封锁消息,一边尽快将鬼子尸体绑上石块,沉到离夏庄几里地远的大沙塘里。同时安排小姑娘一家及几个年轻人赶快投奔亲友,其他有条件的乡亲也尽快转移,离开夏庄,防止鬼子报复。

处理完这一切,区小队才从夜色中消失。

队长扛着三八大盖,一只手来回抚摸着枪身,边走边连声说道:“这下好了,有个真家伙了。”

## 六

消息像瘟疫一样，迅速传遍了夏庄。

最早知道消息的，当然是村口码头边的老朱家茶馆。

有人一掀帘子，风风火火闯进来吼了一嗓子。

“不得了了，杀鬼——”

一见有两个伪军模样的在，来人立马顿住了。

那两个伪军早已灌了满满一肚子茶水，左等右等不见森本返回，正寻思去哪找他，好赶快回据点呢。

一见来人说了个“杀鬼”便停住了。

年长点的伪军故作镇定，一拍桌子：“杀什么？说！”

“不，不，不知道。”

立在茶馆的当中，来人的小腿肚子明显地有些抖颤起来。

“不会是日本太君出事了吧？”年轻的伪军推了推帽子，满脸狐疑。

“我，我，可不是我说的—是—是—”

来人语无伦次，小腿哆嗦得更厉害了。

就在两个伪军惊得七上八下的时候，来人猛地一扔手中的东西，掀开门帘，拔腿便跑。

年龄稍大的伪军一拉枪栓，故弄玄虚吼了一嗓子“妈的，当心老子崩了你！”

立在那里，却丝毫没有起身去追的意思。

另一个伪军赶紧走过去，弯腰拾起来人丢下的东西。这东西他们再熟悉不过了，森本钓鱼用的竹竿。森本还在那上面刻了几个小字，什么内容他们看不明白，但只知道森本自己倒是挺欣赏的，不止一次指给他们看过。

糊着窗纸的窗户外边，影影绰绰不时有三三两两的人影路过，还有叽叽喳喳、神神秘秘的议论声不断传来。

似乎也在提醒他们：出事了。

老朱家掌柜这时一撩门帘从外面进来了。

年长的伪军，从老朱家掌柜进门那一刻开始，便双眼死死地盯着他的面孔看，想从那上面找出点答案来。

可老朱家掌柜一屁股坐在柜台后面,径自端起他自个儿常用的小手壶,嘬了一口,又放了下来,坐在那儿面无表情。

年长的伪军见状,只好抬起手来,对着老朱家掌柜,默默地朝自己的脖子做了个刀割的手势。

老朱家掌柜绝对是看到了,只见他轻轻地点了下头,算是回答。

"完了!"

两个伪军这时几乎是同时倒抽了一口凉气,彻底瘫坐在茶馆椅子上了。

山口凶残、易怒,动辄暴跳如雷,大喊大叫,据点的人无人不知。而渡边恰恰相反。戴一副金丝眼镜,说话慢声细语,一副温文儒雅的样子。但来了不到半个月,据点的人便很快领教到了:据点里的伙夫李老末淘米时不小心,没有将沙淘净,结果正好让渡边赶上了,吃着吃着,牙齿"咯"地一响,一旁的伪军小队长朱老五吓地一激灵,赶紧扔掉饭碗凑过来。哪知渡边面带笑意,朝朱老五连连摆手,意思是没事;此时伙夫李老末也已经吓得跑过来了,渡边微笑着朝李老末勾了下手指,李老末不知有诈,毫无防备地走上前来,谁知渡边"嚯"地站起身来,一把拽住李老末的头发,随即将李老末的脸重重地按在桌上的汤盆里。据点里所有吃饭的人全都吓得大气也不敢出。他们这才明白,刚来不久的这个成天面带笑容的鬼子小队长原来是个毒辣的"笑面虎"。

两个伪军心里明白,今天惹下这么大的祸,渡边岂会轻饶他俩?

年长的伪军与年少的一商量,唯一的出路——只有三十六计走为上。

夏河里南来北往,有的是川流不息的运煤船,而且还有不少都曾在老朱家茶馆歇过脚。在老朱家掌柜帮忙下,一会儿事情便搞掂了:两个伪军换了身老朱家掌柜弄来的皱巴巴的外套,爬上了一艘满载的运煤船,溜之大吉,不知去向。

当天区小队正是在夏庄码头上的岸,老朱家茶馆是他们的联系点。

鬼子被杀经过,俩伪军如何换了便装,爬上运煤船,将枪藏进煤堆里,以便路上防身用——这一切,到了茶馆,区小队便一五一十全掌握了。

伪军开溜,让区小队处理现场赢得了时间。

夏庄所有人都知晓事情的经过,当晚在区小队打过招呼后,全庄人又个个守口如瓶,不对庄外人透露半点。

鬼子和朱老五一帮人先后七八次来夏庄码头，甚至进庄子打听森本和两个伪军的消息，但都一无所获。

眼见得时间在一天天地流逝，森本与两个伪军却似人间蒸发了，鬼子小队长山口暴跳如雷，下令伪军小队长朱老五三天之内，务必查清，否则先毙了他。

朱老五这下慌了，绞尽脑汁，拐弯抹角，终于想起来一个人。这是他的一个远房表叔，是个走乡串户的货郎担。四里八乡人头熟，消息来源也最广。

朱老五把远房表叔请到城里的饭馆，亲自给他倒茶斟酒、递烟点火，货郎担哪见过这阵仗？三杯酒下肚，酒酣耳热，便胸口一拍，应下了。

第二天一大早，货郎担摇着拨浪鼓出现在夏庄村头的树荫下。

“扑通扑通，鸡毛换针。”

“扑通扑通，鸡毛换针。”

不一会儿，树荫下便聚拢来一帮妇女和凑热闹的小孩。

货郎担不愧是江湖老手，一边交换物件，一边有一搭没一搭地和妇女们搭讪。

货郎担：“那事，鬼子那边这么多天了，到现在都还没人知道？”

大娘：“可不是嘛，我们这，都打过招呼了，家家口风都紧着呢。”

货郎担：“那几个人埋在一起，也不显眼？”

大嫂：“啥？就一个小鬼子，沉在沙塘里，绑着大石头，恁鬼子长天眼了，上哪找见？”

货郎担：“不是还有两个跟班的？”

大娘：“说来笑死人喏，胆都吓破哩，直接从夏庄码头扒煤船不知跑哪逃命去了。”

货郎担：“是呀，那运煤船每天总有好几十艘过夏河，南来北往的，上哪找去啊。”

货郎担与村头大娘、大嫂对话结束后约莫四五个小时，夏庄便被密密麻麻的鬼子和伪军围成了铁桶一般。

几架水车同时架在沙塘埂上。

在闪着寒光的刺刀下，男人排成几队，轮流站到水车上飞快车水，女人和孩子则都被押在塘埂上，里三层外三层紧紧地挤在一边观看。

很快,绑着石块沉在泥中的鬼子森本便露出了。

机枪、步枪几乎同时大作,火光映红了半边天。

夏庄,曾经热闹非凡,人丁兴旺的一个村庄就这样随着枪声的沉寂而一下消失了。

## 七

夏庄血案震惊了四里八村。上级决定,区小队迅速将活动重点转移到这一带,瞅准机会袭击敌人,打击鬼子的嚣张气焰。

来发是队里年纪最轻,身手最敏捷的,这次好不容易逮到一个偷袭鬼子的大好机会,结果在眼皮下面,让鬼子毫发无损地闪了,来发心理那个悔啊。

一连几天,来发始终闷着头,谁问也不吭一声。

这天,区队长拍拍来发的肩膀:“走,我们上墩上走一趟。”

来发的表姐住在墩上,去年刚嫁过去的。

说来巧的是,家住胭脂墩上,表姐的名字正好也叫胭脂。

这事只有来发心里清楚。

其实,表姐真正的名字叫张殷芝,前面两字分别是她父母的姓,喊来喊去怎么都被人当成胭脂喊了,只能是巧合罢了。

胭脂家就住在墩上,靠近往墩顶去的路边的那栋。

渡边往墩顶去的时候,伪军小队长朱老五曾指着这栋房子给渡边介绍过。

说起来,胭脂的丈夫与朱老五也算得上是堂兄弟,只不过隔得有点远,平素不大走动罢了。朱老五自幼游手好闲,私塾只上了十几天便再也不上了。后来在巢城码头混社会,七混八混,日本人来了,居然成了个人模狗样的小队长,领着十几号人,为虎作伥,跟着鬼子危害一方;而胭脂丈夫是个非常憨厚实在的庄稼人。

区队长和来发把小木船在岸边拴好时,胭脂丈夫已经等在岸边了。

在了解了鬼子最近来墩上的动向和夏河里鬼子巡逻艇的活动情况后,区队长和来发谢绝了胭脂和她丈夫的挽留。最近风声太紧,还是速来速去的好,不宜在这吃晚饭。两人正要起身告辞,突然外面响起一阵急促的脚步声,接着,胭脂院子的木门被谁“吱呀”一声推开了。

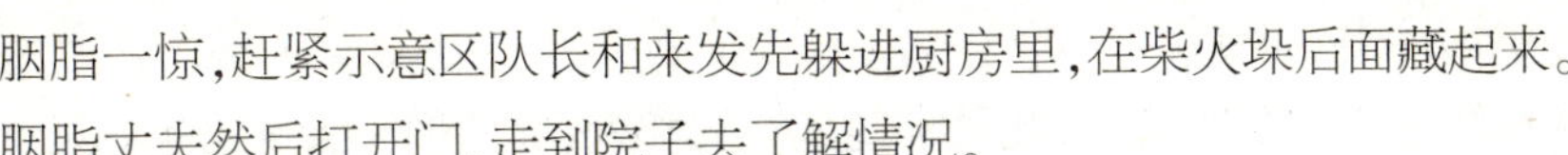

胭脂一惊，赶紧示意区队长和来发先躲进厨房里，在柴火垛后面藏起来。

胭脂丈夫然后打开门，走到院子去了解情况。

冤家路窄。来的不是别人，原来是伪军小队长朱老五。

几天前，来发那一枪，虽没伤到鬼子，但却让鬼子大为紧张。原来以为踏平夏庄，这一带就平安无事了。现在居然有武装人员出没，而且在大白天公然袭击起他们来。

渡边下令朱老五抓紧调查，尽快摸清到底是什么队伍？

胭脂与丈夫办喜酒那天，碰巧朱老五带人来墩上搬菜。据点里鬼子伪军共二三十号人，隔三岔五就要到墩上搜罗一些蔬菜粮食什么的。

虽然不走动，但毕竟还算是本家兄弟，再说，见到有酒喝，朱老五哪还能迈得动步？所以，朱老五就毫不谦让地往席上一坐，袖子一挽，大快朵颐起来。推杯换盏之余，朱老五猛然发现，这个首次谋面的堂弟媳倒是如出水芙蓉般的大美人一个。与他那个木讷敦厚的堂兄弟对比鲜明。

那顿喜酒，随着几个饱嗝，便渐渐淡去了；淡不去的是新娘子堂弟媳给他留下的刻骨铭心的印象：胭脂那红扑扑的脸蛋，一双水灵灵的大眼，仿佛能说话一般，令朱老五不时在心中似“拉洋片”（放幻灯）一般，回味不已。

原本那天随渡边来墩上，他就寻思如何单独溜过去见见胭脂，套套近乎。

没想到枪声响起，朱老五如意算盘落空了。

今天朱老五谁也没带，一出据点，就直奔胭脂墩，直奔堂兄弟家。

听着胭脂丈夫与朱老五在院子里有一搭没一搭地寒暄，来发急了，指着胭脂厨房的木格推窗：“队长，我们走？”

队长正在犹豫，胭脂伸头进来了，压着嗓音：“别怕，就他一个人。”

“一个人？”队长眼睛闪亮了，冲来发做了个刀劈的手势。来发点了点头，下意识地按了按腰后别着的刀子。

“胭脂姐，能想办法喊他进来么？”来发压低嗓子朝厨房门外胭脂道。

胭脂闻声，又伸头进来。来发朝胭脂做了个双手合拢的姿势：“姐，我们想——”

胭脂的眼睛里似乎闪过一丝亮光，只见她会意地朝来发和区队长点了点头，很快便从厨房门口消失了。

说话声由远而近。

憨厚老实的胭脂丈夫,此时实在是丈二和尚,有些摸不着头脑了。

明明朱老五这种人与胭脂的表弟是绝对不能碰上面的。为何胭脂竟会走到院子里来,而且主动要喊朱老五进屋去坐?万一碰上了,那岂不是麻烦大了?

是表弟他们藏得严实了?还是从后窗翻走了?

朱老五与堂兄弟站在院内有一搭没一搭聊天的时候,眼睛正不停地围绕着表弟的门口在滴溜溜转,巴不得早一点见到那张令他时时心驰神往的笑脸。现在一见胭脂露面了,而且还很热情地邀请他进门去做客,立马乐得心花怒放。

朱老五哪里知道,此时,他的末日已经到了。

一脚刚迈进胭脂家昏暗的堂屋里,还什么都没看清楚,"嘭!"颈后就重重挨了一下,接着两个黑影猛地扑上来,将他一下子摁倒在地。

朱老五一身横肉,浑身是力,哪肯随便就范?一边使劲挣扎,一边乱喊不停,不知何时,竟还把盒子枪拖了出来,只是一只手被压住,保险根本无法打开。

胭脂见区队长和来发手忙脚乱,一下子制服不了朱老五,便冲着丈夫喊:"你是木头?还不快帮忙!"

正不知所措的胭脂丈夫,一听胭脂发话了,赶紧蹲下身去,死死地一把按住朱老五不停挥枪的右手,朱老五这下彻底老实了,终于被捆了个严严实实。

朱老五哭丧着脸,冲着胭脂哀号道:"弟媳,为什么不帮我?他们是些什么人?我们可是亲戚啊!"

"你还有脸喊弟媳?夏庄死了多少人?你个畜生,谁和你是亲戚?!"

朱老五做梦也没有想到,在暗黄的油灯下,刚刚笑靥如花的堂弟媳瞬间怒目圆睁,变得令人发怵起来。

此时,胭脂丈夫立在老婆身后,脸上,刚进门时陪他寒暄的笑意,也再觅不到一丝一毫了。

天色渐渐暗了。

区队长与来发匆匆在胭脂家吃了口饭,便在胭脂丈夫陪同下,押着朱老五往河边走。

刚走几步,区队长像想起什么似的,忽然压低声音对来发道:"走,回去。"

没等来发反应过来,区队长已一手扣住朱老五后领,一手用刚缴获的盒子

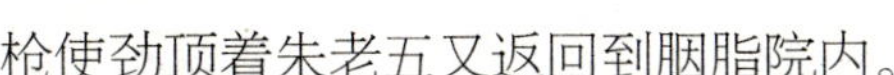

枪使劲顶着朱老五又返回到胭脂院内。

胭脂一听院门响,托着油灯忙迎到门口。

“进门说,”区队长把声音压得更低,生怕有人听见。朱老五嘴里早已被一团抹布塞紧,一点声音也发不出了。

进了门,区队长把朱老五往墙边一推:“放老实点!”

来发将刀尖对着朱老五,示意他靠墙站好。

那边,区队长把胭脂和她丈夫叫到油灯下,区队长从怀里掏出一颗手榴弹放在桌上。

朱老五被抓,万一走漏风声,鬼子很可能上门找麻烦.区队长把身上带来的唯一一颗手榴弹留了下来,并连教了他们两遍使用方法。

胭脂丈夫似乎很胆怯,双眼紧盯着手榴弹,碰也没去碰一下,倒是胭脂很认真地听着,还握着手榴弹,照区队长的指点,认真比画着演练了一遍。

“表姐,这回给你添麻烦了,太谢谢了!”区队长紧握了一下胭脂的手,一行人转瞬消逝在夜色中。

## 八

朱老五的尸首很快挂在了据点附近路口的大树上。

浅色的长衫上被毛笔重重描了五个大字:“狗汉奸的下场!”

渡边来到现场时,已是内三层,外三层水泄不通地围满了四面八方赶过来看热闹的人。

渡边双眉紧蹙,腮部由于双唇紧闭,牙关紧咬,而明显地看到在不规则地不停蠕动着。

胭脂墩和夏庄一样,成了鬼子重兵围剿的又一个目标。

当晨曦还未散去,天边鱼肚白正在慢慢挂上一丝红晕的时候,据点的鬼子和伪军乘坐的巡逻艇和木船,就已把胭脂墩紧紧地包围了起来。

渡边在货郎担的指引下,直奔胭脂家而去。其余的鬼子和伪军则挨家挨户地进行搜查,并把所有人往村口的开阔地赶去。

据说货郎担是渡边亲自让人找来的。

渡边和货郎担从胭脂家出来,没有往村口的开阔地去,而是押着胭脂往墩顶方向走去,二三个伪军和一个鬼子尾随其后。

全村的人都被赶到村口了。

鬼子的机枪也早早在一个破砖堆边架好,黑洞洞的枪口瞄准了尚在睡眼惺忪、除了胭脂在外的每一个胭脂墩人。

“嘭!”

墩顶方向突然传来一声沉闷的爆炸声,一股黑烟旋即腾地升起。

立在村口的人们,一个个面面相觑,全都不知就里。

“妈呀！太君,太君炸死了!”很快,一个伪军的哭喊声从墩顶传了下来。

“渡边太君?”

“是呀！还有货郎担他们!”

伪军惊魂未定,一路连滚带爬,边哭边喊冲下来。

区小队的枪声恰逢其时地响了起来。

巡逻艇上站岗的哨兵一个趔趄,一头倒在了河里。

“撤!”

“有埋伏!”

鬼子和伪军顾不上面前这些黑压压挤成一团的乡亲,一窝蜂往巡逻艇和木船上爬去。

河对岸的树林里,来发在认真地瞄准,三八大盖端在手里,纹丝不动。

“瞄准那个开巡逻艇的,打!”区队长威严而有力的声音响起。

来发似乎点了下头,后来来发老是记不起,是否点头了。只记得扳机扣过,巡逻艇上那个开艇的鬼子头一歪,倒下了,飞速行驶的巡逻艇便一头朝前面爬满伪军的木船撞过去。区小队的子弹正好瞄着在夏河水里浮沉挣扎的鬼子和伪军的头颅射过去。

太阳终于从巢湖深处不急不慢地露出了半个脸庞。刹那间,巢湖水全部红彤彤地,天水相连,红成一片。

坐落在夏河中间,迎着巢湖方向的胭脂墩也通体红遍,沐浴在一片祥和的红光里,仿佛什么也没发生过。只是夏河水最清楚,满河水红彤彤的,一半是朝霞辉映,一半是鬼子和伪军的鲜血。

村民们说,是胭脂告诉渡边,说是朱老五被押在墩顶娘娘庙里,才使得渡边上当跟过去送命的。有人说,胭脂姨妈、姐姐两家人全在夏庄被鬼子用机枪扫光了。最亲的人全不在了,胭脂死的心早就有了,豁出去为她们报仇。还有人说,渡边垂涎于胭脂的美貌,色迷心窍,毫无防备地随胭脂登上了墩顶。胭脂早就将一颗手榴弹藏在娘娘庙的香龛里。渡边就这样毫无防备地和货郎担,还有一个鬼子,两个伪军,被胭脂送上了天。

后来人传说,胭脂墩得名,是因为曾经有个美貌的叫胭脂的女子,聪明勇敢,面对穷凶极恶的小鬼子,临危不惧,用自己的生命挽救了全村人的生命,为纪念她,村里人把墩子称为胭脂墩。

原刊于《安徽交通运输》2015 年 8 月

# 跟 着 走

## ——纪念长征胜利80周年

·周贤望·

我本不知道这是一次长征
我更不知道,这一走就走过了两万五千里
但我知道,只要不死,我就会走下去
跟着走,一直走,向前走
一条路,走到底

我们在夜里上路
我们走的是一条血路
黑的夜,红的血
我们冲破黑暗的围剿
寻找梦想中红色的黎明
我们甩开敌人的追杀
呵护黎明前希望的火种

我们走。飞行军或者匍匐前进
我们走。爬着走或者手挽手
我们用尽了人间所有走的姿势
把血与火播种在路上
把信仰与思想播种在路上

走过湘江,湘江红了
走过赤水,赤水更红
我们的名字,就叫红军
走过雪山,走过草地
我们留下了无数战友的骸骨
但我们带上了他们的灵魂
从此,我们一条命承载了几条命
一群人代表着一代人

我们走,跟着走,跟党走
以一群世界上最顽强也最锋利的生命
走出一个民族骨子里最深刻的坚韧
我们走,一直走,向前走
用一轮铁血的长征
团结,坚定,无所畏惧的长征
中国工农红军的长征
创造了生命中最为卓绝的史诗
描画出人类社会最为灿烂的愿景

原刊于《寰球物流报》2016 年 12 月 9 日 4 版

# 论　文　类

获奖名次：图片类二等奖

标　　题：《海事珠峰》

作　　者：魏　伟

原 刊 于：《中国海事》2015 年第 2 期封面

获奖名次：图片类二等奖

标　　题：《开闸》

作　　者：黄国清

原 刊 于：《广西交通》2016 年 11 月 20 日 1 版

# 一等奖

## 新媒体时代行业新闻宣传工作路径探寻

吴　敏

在当前新媒体传播技术迅猛发展、新媒体影响力日益扩大的形势下，认识和运用好新媒体、强化舆论引导能力，已成为行业宣传工作者面临的一个重要课题。牢牢抓住新媒体带来的机遇，深入分析其传播规律，与时俱进、因势利导，积极创新行业宣传工作的方式方法，主动应对新媒体带来的挑战，才能在新形势下使行业宣传工作与社会发展步伐相适应，真正起到为改革发展摇旗呐喊和保驾护航的作用。

### 一、新媒体给行业宣传工作带来的机遇

（一）新媒体是行业开展宣传的新阵地

现代人生活在充斥着海量资讯的环境里，人们依赖各式各样的大众媒介来获取新闻和信息，这已经成为现代人生活中不可或缺的组成部分，而新媒体的地位和作用日益彰显。对于行业宣传而言，新媒体已经成为行业新闻宣传工作的新阵地，通过网站、微博微信等平台，及时、准确发布相关信息、工作动态、专题报道、典型宣传等，能够更清晰、直观、迅速地展现行业业绩，赢得公众信赖和美誉。

（二）新媒体是行业引导舆论的新渠道

长期以来，行业宣传主要通过报纸、广播、电视等传统媒体来开展，其传播

是单向的，居于强势地位，有权威性强、可信度高等优势，但传统媒体有其自身一整套严格的内容生产程序，这在很大程度上限制了信息传递的时效性。同时限于自身的特点，在与社会公众沟通和反馈方面也存在着一定的局限性。而新媒体突破了时空的限制，信息的传播方式更直接，传播的速度更快、范围更广，能够及时传播社会公众所需信息，构筑起公众之间沟通的桥梁，形成通畅的信息传播渠道和沟通渠道，更好地帮助行业对公众意愿进行汇集和判断分析，及时制定应对策略。

(三)新媒体是行业树立形象的新平台

新媒体的出现打破了原有的传播壁垒，传播内容越来越丰富、速度越来越迅捷，政府部门可以通过新媒体的矩阵效应拓展信息传播的渠道来保证信息通畅，防止因为谣言和恐慌情绪带来的社会危机。

## 二、新媒体给行业宣传工作带来的挑战

面对发展迅猛又纷繁复杂的新媒体环境，行业宣传工作也面临着巨大的挑战，主要表现在以下几个方面：

(一)负面舆论“沸点”难以预判

畅通的言论通道与开放型舆论环境给人们交流思想提供了极大的便利，但同时，由于“把关人”角色的缺位和弱化，一些“情绪型言论”容易在网络上蔓延，有时产生的负面影响也很大，加上部分网民的盲从与冲动，网上负面舆论的“沸点”越来越低，越来越难以掌控。去年 12 月 1 日，《合肥晚报》根据独家统计刊发《安徽将拔地而起 60 座高铁站》称，到“十三五”末，安徽境内将崛起 60 多座高铁车站，仅合肥便有 12 座之多。人民网、今日头条等媒体在转发中将标题改为“安徽将拔地而起 60 座高铁站仅合肥便有 12 座高铁站”，“仅”“便”字的使用，折射出舆论对高铁站建设的合理性和科学性的质疑，也引发了微博网民的围观。@“安徽网 V”、@“头条合肥 V”、@“合肥直播 V”等相关微博被评论 50 余次，根据网民意见，半数的网民对此表示不满，认为这是在同北上广攀比，以安徽省的经济水平没有必要建造这么多的高铁站，甚至造成资源的浪费；也有网民吐槽安徽高铁速度慢；而合肥一城建设 12 座高铁站也成为网民的吐槽点。

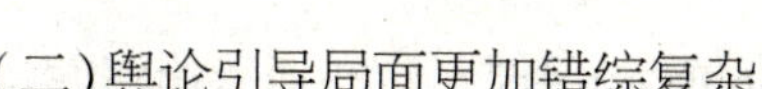



(二)舆论引导局面更加错综复杂

长期以来,由于传统媒体的主要性质为党和人民的“喉舌”,行业宣传对主流媒体舆论场的控制能力较强,但对新媒体舆论场的认识和重视程度还不够。纵观近几年由上海交通大学舆情研究室主编的舆情蓝皮书《中国社会舆情与危机管理报告》,报告显示,自从网络社交媒体普及以来,网络舆情事件几乎一直呈上升趋势,网络新闻和微博成为首曝媒体的主导。新媒体制造舆论热点的能力正在逐渐超过传统媒体。2009 年,人民网舆情监测室曾对 77 件影响力较大的社会热点事件进行分析,发现其中由网络爆料而引发公众关注的有 23 件,约占全部事件的 30%。2015 年社会热点事件,其中 44.4% 的事件由互联网披露而引发公众关注;可以明确源发于“两微一端”的占 12.8%。目前来看,大部分行业对传统媒体的监测相对完善,但对网络舆情的监测还没有跟上形势的发展,相关信息收集、跟踪及研判工作存在一定的滞后。

(三)缺乏新形势下的复合型人才

在新媒体环境下,宣传人才既要善于采写新闻稿件、策划宣传方案,能拍会摄,又要能运用新媒体等信息化手段开展工作,了解公众舆论动态,及时调整宣传策略。从现状看,绝大多数宣传岗位人员身兼数职,且未经过新媒体方面的专门培训,在运用新媒体技术拓宽新的宣传途径方面存在一定困难,整体宣传水平受到了一定程度的制约。

## 三、新媒体时代提升安徽交通运输行业新闻宣传工作的对策建议

一是高度重视新闻宣传工作创新,尤其是理念创新、手段创新、基层工作创新。交通运输行业牵动性强、覆盖面广,与群众生活息息相关,只要注重发挥新媒体优势,不断强化互联网思维,就会拓展出新闻宣传创新的广阔空间。安徽省交通运输联网管理中心利用自身已有的高速路况信息、高速救援等资源优势,主动开通“安徽高速”政务微博,为大众高速公路道路出行、电子不停车收费、道路交通安全法规等方面民生服务搭建了更为便捷的平台,不仅方便了公众,也使信息资源得到了更充分的利用,实现了资源共享。交通运输行业从事新闻宣传工作的人员必须始终保持思想的敏锐性和开放度,打破传统思维定式,紧紧跟上时代步伐。在新闻宣传工作中,坚持把镜头对准行业改革发展和

中心工作的第一线，工作聚焦不散光，力量集中不分散，使交通运输新闻宣传工作为交通运输改革发展注入强大动力。同时，注重利用新媒体大容量、全方位、多手段的内容展示平台优势，从不同层面、不同角度宣传行业战略发展、管理创新、机制建设以及行业涌现出的模范人物、典型事例等，对内凝聚思想、鼓舞士气、构建和谐，努力使宣传工作在运用好传统媒体的基础上，尽快融入新媒体，为行业新闻宣传工作锦上添花。

二是要加强舆情研判和新闻发布工作。面对日趋复杂的舆论环境，要切实加强舆情监测分析和研判，充分运用已开办的交通运输舆情监测平台，准确把握舆论引导的方向和重点，及时发布权威信息，引导好社会预期，营造理性客观的舆论氛围。要加快提升网上舆论引导能力，善于运用"互联网+"思维，建好用好微博、微信等新媒体工具，充分发挥行业主流媒体主渠道作用，积极化解网上快速传播和信息失真的矛盾、表达观点和观点极化的矛盾、传递情感和情感泛化的矛盾，靠公信力和权威性取胜。各级交通运输部门应当主动研究、适时建立相应的舆情监测及报告系统，增强对舆情的控制能力和反应能力。同时，要切实加强新闻发言人制度建设，不断完善新闻发布工作机制，围绕行业改革新政策、行业发展新动态和重大项目新进展等，加强议题议程设置，进一步提升新闻发布工作的针对性、权威性、实效性。去年的"6·1东方之星旅游客船倾覆事件"，由于官方的准确发布、正义网民的精准发力，舆情"出奇的平静"。其中"@中国交通报"官方微博事件发生之初即以积极的姿态认真应对，如实发布。从舆论施压角度来说，并没有一个实体组织、政府部门、政府官员、游船负责人成为媒体或网络共同口诛笔伐的焦点，对于如此重大的突发事件，网络能够表现如此"平静"，全然得益于官方和正义网民的上下齐手、协力奋战。

三是要推进新媒体在新闻宣传中的应用。当前，互联网正以迅猛之势给媒体格局、舆论生态带来深刻变化，微博、微信已成为政府信息公开和新闻宣传的重要渠道。要高度重视新兴媒体的崛起，主动适应新媒体带来的新变化，进一步加强对新媒体的学习应用，办好、办实、办活安徽交通运输政务微博、微信。部分厅直单位、市交通运输局、省属交通企业已开设微博、微信平台，要逐步建成一个交通运输微博、微信群，实行矩阵式管理，形成强大的新媒体宣传合力和集群效应。在突发事件重点发布、热点焦点问题舆论引导、重大典型推广宣传等方面要充分利用新兴媒体，提升传播的速度、效率和影响力。同时还要进一步规范新媒体应用中的行业宣传管理，严把信息发布审核关，严守新闻宣传工作纪律。同时，加大培训力度，通过专家讲座、交流研讨、实际操作等多种形式，有针对性地组织开展新媒体应用的培训。

四是要在内容上创新表达方式。互联网传播以受众为中心，传统的严肃官方话语已然不适应当下年轻时尚化的网络传播。在新的传播语境下，政府部门要转变以往居高临下的生硬宣传模式，遵循新媒体传播规律，加快创新传播方式，以更亲民时尚的语言传播信息，构建与公众互通互动的良性格局。把相对严肃、古板的官方话语变为清新、活泼的网络话语，贴近网友的阅读习惯和语言风格。把庞大、复杂、枯燥的官方成就、数据，采用简明形象化的数据图和视频，清晰、准确地表达，激发公众的阅读兴趣。可视化信息呈现，动态场景体验，生动的图文设计既能个性展示又能塑造品牌。以往枯燥的说教模式正被技术席卷下的视听传播所替代，更加新颖生动的表现手法是提升综合传播实力、赢得公众的核心竞争力。

五是要打造全媒体人才队伍。把握新媒体“最大变量”，关键是要培养和造就一批懂得新媒体、会用新媒体、具有全面媒介素养的宣传人才。新媒体时代，新闻宣传人员应自觉学习掌握新媒体知识，把握新媒体传播规律，增强运用新媒体的本领，努力成为新时期新闻宣传工作的行家里手。加快新媒体发言人、评论员队伍建设，组织有关专家加入其中，尽快培养一批具有较高的政治鉴别力、文字表达力、人气汇聚力的“意见领袖”，形成网上权威话语和主流声音，正确引导新媒体舆情发展。及时跟踪新媒体发展态势，深入研究新媒体，积极适应新媒体，灵活利用新媒体，进一步做好新媒体时代新闻宣传工作。

## 四、结语

时代瞬息变幻，网络技术日新月异。随着微博、微信、移动客户端等新媒体的发展应用，从根本上改变了原有的信息传播方式和媒体格局。有管理的传统媒体、难管理的新兴媒体和无管理的自媒体三者并存，网络舆论在整个社会舆论格局中的影响力越来越大。尤其是在热点问题增多、突发事件频发的形势下，政府部门有效引导舆论、确保正确导向的现实考验和挑战前所未有。新闻宣传工作只有与时俱进，创新理念，树立“互联网＋”思维，善用新技术，及时把握新媒体传播规律，深入研究内容的呈现艺术，紧紧把握公众的需求变化，做好规划、分类、设计、展示方式，采用智能推送技术，把行业想说的、群众想要的信息凸显出来。才能主动适应传播主体复杂多元的新特点，加快形成“全媒体”工作思路和运行机制，实现从“怕新媒体”向“用新媒体”的转变；才能主动适应热点问题交织多变的新趋势，始终掌握行业新闻宣传的主导权，实现从“回避热点”向“回应热点”的转变；才能主动适应传播形态互动多样的新变化，充分发挥传统媒体、新兴媒体和自媒体的各自优势，实现从“单向宣传”向“互动宣传”的转变，最终构建符合时代潮流的宣传模式，才能在新媒体时代取得更佳的成绩，有效推动行业工作实现良性发展。

原刊于《新闻战线》2016 年 9 月

# 从"行业影响"到"影响行业"

## ——行业期刊如何转型突围?

施　华

**摘要**:行业期刊的发展困境原因复杂、涉及面广,怎么办? 作者认为优势与危机同在,七条路径可以使行业期刊从"行业影响"发展到"影响行业"。

**关键词**:行业期刊 转型 方法 中国水运报刊社

进入新世纪以来,特别是近几年,随着政府机构改革的不断深入和新闻出版行业体制改革的深化,大多数行业期刊开始了市场化运作,逐步与主管单位脱钩,面向市场,自主经营,自负盈亏。从市场情况看,"断奶"后的行业期刊生存状态不容乐观。据国家新闻出版广电总局统计显示,全国共有期刊9849种,总印数已达30亿册。其中,包括《中国水运》杂志在内的交通运输行业公开出版期刊达30多种。然而,如此众多的期刊却没做大做强,能参与国际竞争的精品少之又少,大多数期刊还停留在小规模、地域性状态。

### 行业期刊发展面临"四大困局"

目前,行业期刊的发展困境原因复杂、涉及面广,既有新媒体冲击使办刊环境发生变化和行政体制改革等客观原因,也有刊物缺乏清晰定位、经营方式僵化等主观原因。归纳起来有以下四个方面:

一是市场定位不明确,一味地盲目办刊。与大众期刊相比,行业期刊由于受行业限制,发行面更窄,读者数量也相对较少。因此,行业期刊的定位比普通的大众期刊更为重要。当前,还有很大一部分行业期刊停留在以前的办刊水平,缺乏准确的市场定位,办刊宗旨不明确、中心不突出、内容不丰富,甚至对刊物自身优势劣势都没有准确、客观把握，不清楚刊物自身卖点和亮点在哪里，一味地盲目办刊，所办刊物毫无特色，自然难以被读者接受。

二是对读者研究不深入，没有“锁定”读者群。行业期刊的直接消费者是读者。杂志办给谁看，什么人喜欢看，这些都需要进行深入研究。国内外的优秀期刊如《知音》《特别关注》等都很重视对读者的研究，对性别、年龄、职业、学历等不同层次的读者都进行了分类调查。然而，当前很大一部分行业期刊缺乏对读者进行深入研究，还摸不透读者的心理和消费习惯，还不具备吸引读者的能力。

三是丢不掉靠财政吃饭的办刊模式，经营方式落后。行业期刊应立足实际，整合资源，主动出击，积极联络行业系统内的企事业单位，实现刊物社会效益和经济效益的最大化。然而，从实际看，长期以来形成的靠财政吃饭的办刊模式，使行业期刊“断奶”后摸不着方向，一时还难以找到适合自己的比较灵活的经营方式。

四是采编团队缺乏竞争意识，人员难以适应市场需求。行业期刊由于历史和体制等原因，经营团队基本没有，采编队伍多为原来作为机关刊时的工作人员，习惯了旱涝保收“铁饭碗”式的工作方式，还没有经过市场经济的洗礼。加之，在国家“简政放权”的大趋势下，行业行政主管部门的管理趋向宏观，行业期刊转型发展已经成为迫在眉睫的不二选择。

## 行业期刊的“行业影响”依然存在

我国的行业期刊涉及许多行业，种类繁多，涵盖广泛。如《中国水运》杂志就是以行业为依托，以服务行业为宗旨，为行业发展提供政策解读、热点研讨、工作指导、科技支持、理念创新等，带有鲜明的行业特色，也是交通运输业内外乃至国内外了解中国水运的重要窗口和渠道。之所以行业期刊仍然深受读者喜爱，除它应有的属性外，还在于它在全媒体格局中具有的独特优势和魅力。

一是行业期刊经过长期积累发展，已经形成一套成熟的出版模式。如严格的审校制度、独有的定位风格、相对稳定的出版周期和价格区间等。行业期刊长期积累形成的权威性和公信力，在读者中有很大影响并产生阅读追随。

二是行业期刊资源丰富,历史积淀丰厚。从市场竞争中一路拼杀过来的品牌行业期刊,大多拥有深厚的文化底蕴和历史传统,拥有庞大的工作团队、比较完善的运营系统以及规范的管理机制。

三是内容原创上的天然优势,是行业期刊的核心竞争力。行业期刊的内容大多为作者原创,依然是新的信息、知识和思想的发布者,依然具有强大的发展空间和生命力。特别是各学科的行业期刊杂志,仍有举足轻重的地位。

四是行业文献的特殊性有利于纸质阅读。尽管越来越多的年轻人习惯网上阅读,但仍有为数不少的读者无法从网络阅读中受益。即使是习惯于网上阅读的用户,在阅读数学、理工科制图等文献时,仍觉不如阅读纸媒让人思维连贯。相比之下,行业期刊更便于阅读和收藏。

五是行业期刊是有信息温度、有知识浓度、有思想深度的媒体。行业期刊定期刊发,经过一段时间的准备,对某一个新闻事件或某一个专业领域的某一个选题进行深入分析,是有内容、有内涵、有温度的,这与当下流行的快餐化信息消费有很大区别。另外,某一时间段、某一领域的科学发明或者理论创新,大部分都是通过行业期刊来发布、介绍和传播的。

透过分析不难看出,行业期刊的优势在于独特内容,行业期刊的核心竞争力在于内容生产。行业期刊的转型发展必须以内容价值为前提,要做到不为功利所惑,不为快餐化的信息所消费,拒绝低俗,坚守严肃。

## 从“行业影响”到“影响行业”的七条路径

就《中国水运》杂志而言,实现转型发展的路径主要有七个方面:

1. 积极转变发展理念,提升服务行业能力。近年来,《中国水运》杂志以“服务行业、指导行业”为办刊宗旨,经常邀请行业相关专家探讨、研讨和分析行业发展问题;采编人员密切加强与行业内企事业单位沟通和联系,并深入基层实地采访,及时了解读者需求。如 2009 年底,国务院领导同志考察长江,提出了建设长江黄金水道、把内河航运搞上去的设想。《中国水运》杂志主动组织地方政府、交通部门、专家学者等各方力量,研究长江经济带建设、《航道法》、海事管理等课题,先后推出“建设长江经济带”“沿江市长访谈”“权威人士谈水运”等专栏,刊发研究文章近百篇,有力地促成了长江航运发展上升为国家战略。《中国水运》杂志已成为了解我国水运发展形势和国际航运信息的重要窗口,成为水运从业者的必读刊物和相关业界人士的重要参考文献。

2. 改变运行管理机制,实现高效率集约经营。近年来,《中国水运》杂志创新运行管理机制,本着"岗变薪变""优劳优得"的原则,推出并不断完善管理机制和人事分配制度。在对编辑的考核中推行"评估制",在经营上推行"绩效考核制",通过良好机制使《中国水运》杂志的发展始终充满活力,形成了人人争创一流的局面。与此同时,《中国水运》杂志大胆实行奖励制度,对负责经营的同志按照创收业绩的不同层次实行不同奖励,对业绩突出的同志予以重奖。自2001 年以来,《中国水运》杂志的效益稳步提升,经营收入翻番。近几年,《中国水运》杂志集约化经营包括集团化和集群化经营也很有起色,积极联合或合并同类其他期刊,扩大了《中国水运》期刊产业链条,提高了产业的集中度,提升了在市场中所占比重。

3. 向数字化转型,打造时代行业期刊"品牌"。《中国水运》杂志早年就创办了"中国水运网"和"中国水运研究网"网站。2015 年,中国水运报刊社争取到国家财政部 600 万元的信息化工程项目,此工程今年底前完工。届时,中国水运报刊社将拥有全媒体新闻采编系统、全媒体新闻发布系统、行业舆情监测系统、数字出版平台等,审核编辑排版校对等工作流程均可通过相应的专业软件来完成。《中国水运》杂志将建成期刊信息内容发布、品牌推广、读者服务的综合平台。未来还将实现期刊直接在网上订购交易,还可以用其他适用网络应用的载体推向市场,拓宽发行渠道。

4. 积极融入水运行业产业链条,开展各种办刊和经营活动。《中国水运》杂志非常注重开展论坛、研讨会等活动,积极介入行业热点,在行业会展、行业论坛、科技信息和资讯传播、科技奖项评选等领域占据主导地位;积极参与组织行业会展及研讨活动,针对行业热点、难点问题策划专栏和专稿,与广州国际海事展、南京中国船舶展、上海国际海事展、中国知网、龙源期刊网合作,为读者提供线上期刊即时阅读,微信、微博网络传播等。大力挖掘品牌内涵,开展评奖、推介、战略合作等,实现最大市场价值。2014 年,《中国水运》杂志与交通运输部水运科学研究院共同组织的中国水运优秀科技论文奖评选揭晓,30 位顶尖行业专家的参与和互动,提升了评奖的含金量,也树立了杂志品牌,在行业研究领域获得了良好反响。

5. 打造多样化产品，满足不同受众。目前，《中国水运》杂志充分利用多媒体的技术，将信息内容进行分类加工，针对不同的受众需求打造多样化产品，从而延伸期刊的品牌效应，开拓期刊市场空间。并且，整合行业资源，开展多种经营，寻求多样化、立体化经营。并且，主动出击，为行业相关企事业单位提供广告、专题、专刊宣传服务，拓宽经营渠道，增加经营收入。此外，《中国水运》杂志还开展与刊物自身资源和品牌相关的其他经营活动，例如，开设电子期刊、发行光盘期刊，组织杂志理事会，发挥策划、设计等方面优势，开办广告、策划、咨询公司等，逐步开拓经营业务、盘活运行资金，实现社会效益和经济效益的最大化。

6. 实行全新的营销服务方式。目前，通过建立自己的门户网站或者借助数据库平台进行传播与销售是《中国水运》杂志一种较为普遍的营销模式。这种模式的优点是无须对内容进行二次加工，就直接在网络上进行传播与销售，实现数字化平台上的二次销售。此外，还可根据不同产品和用户对行业期刊内容进行整合、分类加工，为其量身定做其所需内容，并通过网络和数码产品的个性定制功能，通知用户订阅他们感兴趣的作品，随时随地通过不同介质下载阅读期刊内容。另外，还可结合 B2B 平台营销服务，开设网上征订，改变行业期刊的传统发行路径。

7. 加强人才队伍建设，提升从业人员业务水平。在条件允许的情况下，行业期刊一方面要面向社会公开招聘优秀人才，为刊物发展注入新鲜“血液”，增强期刊活力；另一方面要充分挖掘现有工作人员的潜能，引导他们加强学习，积极参加各级新闻出版管理单位、期刊协会举办的各种研讨会及业务学习活动，广泛阅读与采编有关的书籍，掌握采编技巧，规范采编行为，提高采编水平，要在每个人肩上压担子，培养锻炼多种业务能力，做到“人尽其才，才尽其用”，为刊物的可持续发展提供人才保障。

原刊于《中国记者》2015 年第 9 期

# 二等奖

## 合谋与窥探
### ——我们身边的信息记录员

田　恬

**摘要**：人们在信息消费过程中形成了大量的信息数据，随着信息技术的发展，这些信息数据被广泛收集形成巨大的数据库。这些数据既用于进一步服务于人们的工作生活，成为预测分析未来的重要基础，也成为众多利益主体争相追逐的对象。在这个过程中，数据安全、数据隐私成为越来越重要的话题。如何用好这个双刃剑、更好地发挥大数据的积极作用，是信息时代的一大重要课题。

**关键词**：大数据　消费信息　安全　媒体全产业链

### 一、大数据时代

我们的社会曾经不断地被贴上某个技术的标签，以便于我们更为直接的把握时代的特征。比如信息时代，工业文明……最新的一个是“大数据时代”。之所以称之为大数据时代，是因为我们现在每个时间段内产生了极大的数据量，超出了此前想象的范围。《大数据时代——生活、工作与思维的大变革》[1]引用了南加利福尼亚大学安嫩伯格通信学院的马丁·希尔伯特的研究，2007 年人类

---

[1](英)维克托·迈克－舍恩伯格，肯尼斯·库克耶著，盛杨燕，周涛译. 杭州：浙江人民出版社，2013.

大约储存了 300EB 的数据,2013 年估计能达到 1ZB。

大数据时代要把一切东西变得可以用数据来度量。各种数字图书馆把文字以及各类媒体信息变成数据;包括 GPS 的至少 4 种以上的全球定位系统,把地球地理方位变成数据;移动互联网把人的言行变成了数据,比如我们打电话、发信息、购物、跑步正在快速地变成数据;物联网计划将更多的物体数据化,并实现它们之间的数据交流……

今天,电脑的后面是无处不在的互联网,手机后面是无处不在的移动互联网。这两"兄弟"正在以极端的敬业态度,将我们的工作生活、我们的心灵肉体快速地数据化。

与之同时,一些新的商业巨头成长起来,它们以一种更为隐蔽却更有效的构建大数据、使用大数据。互联网公司收集大量有价值的数据,新的商业主体开始了一场大规模的"寻宝"游戏。他们都在努力拥有更多的数据,而这些数据在当前或许还没有什么用处。这场发掘和利用数据价值的竞赛正开始在全球上演。对小公司而言也是在如此,在中国众多谋求上市的互联网公司,唯一的发展指标就是拥有的点击量,虽然这些点击可能没有什么后续行为。

拥有大数据并不是终极目标。大数据的核心就是预测。有了大数据,人们不再依赖于随机采样,而是可以分析更多的数据。来自网络的美林大数据《2014 年大数据行业深度梳理总结》❷对大数据的好处列举:大数据时代带给我们的思考包括:提高数据处理效率,增加人类认知盈余;通过全局的数据让人类了解事物背后的真相;有助于了解事物发展的客观规律,利于科学决策;提供了同事物的连接,客观了解人类行为;改变过去的经验思维,帮助人们建立数据思维。大数据时代最有意义的,就是利用大数据及大数据技术创造价值,为人类社会造福,体现在医疗行业、生物技术、金融行业、零售行业、电商及农牧业。利用大数据提供的全局、准确、高效的数据,政府可以在交通、天气预报、农牧业、医药卫生、宏观调控和财政支出、社会群体自助及犯罪管理等领域实现精细化管理。

---

❷http://mp. weixin. qq. com/s? _ biz = MzA5MjI0NjUzNw = &mid = 206698995&idx = 1&sn = ea767169ae3bd3553dc58a15b0b0b1858#rd

## 二、“最后的审判”

值得关注的是，在这个商业寻宝的过程中，一个个普通人如何成为一个个数据创造者、数据提供者、数据记录者，如何消费和被消费。一般认为，统计研究始于古希腊的亚里士多德时代，起源于研究社会经济问题，“城邦政情”、“政治算数”和“统计分析科学”是其早期的三个发展阶段。中国古代统计主要是三大系统：户口、田地、田赋，虽然在每个时期都有疏漏，但从长时段来看，形成了社会管理的基础。据说古代埃及曾进行过人口普查，《旧约》和《新约》中对此都有所提及，根据这次人口普查，管理者提出了“每个人都必须纳税”。1086年，英国国王在全境对当地地产归属情况等进行了广泛的调查。由于调查员严格执行命令、调查内容极细致、让被调查者高度紧张，其调查结果被称为“最后的审判”。

近年来，统计学理论和技术在搜集、整理观测的样本数据基础上，对总体做出推断，由社会、经济统计向多分支学科发展。在这个过程中，商业力量开始大范围地使用统计和数据处理技术。沃尔玛和美国第一资本银行率先将大数据运用在了零售业和银行业。随着互联网的发展，亚马逊改变了商业零售业的形态，阿里巴巴则试图颠覆从银行到商场到邮局等一系列传统生态。如今，感应器、手机导航、网站点击收集了大量数据，而计算机可以轻易地对这些数据进行处理，应用到商业上，这便是谷歌、苹果、亚马逊、百度、腾讯等公司正在努力的工作方向。

2012年5月18日，facebook在纳斯达克上市。上市前，投资银行对facebook的定价是每股38美元，总估值1040亿美元，这个数大约是当时波音公司、通用汽车和戴尔电脑的市值之和；而一年前供投资者评估的财务报表中，facebook的资产为66亿美元，差价来自哪里？就是facebook公司数据库中存储的大量信息。据投资机构估算，facebook在2009年至2011年间收集了2.1万亿条“获利信息”。亚马逊和谷歌的企业竞争力并不是体现在庞大的生产规模上，而体现在能否快速而廉价地进行大量的数据存储和处理上。微软也创办一家公司，专注高质量的数据和监督所提供的产品。2008年在冰岛成立的datamarket公司，向人们提供其他机构（如联合国、世界银行和欧盟统计局等）的免费数

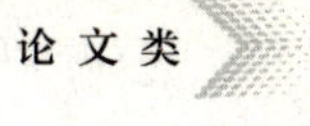

据集，靠倒卖商业供应商（如市场研究公司）的数据来获利。于是，便出现了许多出售以不正当手段获得大量消费者个人信息的个人和小公司。2014年，美国兰德公司在《网络犯罪工具与失窃数据交易集市报告》中表示，网络黑市已经高度成熟，利润比毒品交易更高而风险更小。

## 三、请呈上您的信息

搜索引擎谷歌、百度通过对网页的逐个搜索，将世界各地的信息资源展现在几十亿用户面前；如果结合一种将世界数据化的设想，总有一天，它们将会把世界呈现在你面前。这是一幅多么令人惊喜的景象啊！然而，搜索引擎所记住的，要比网页上所发布的信息多得多。有人建议要设计一种“忘记”的功能，让某些信息在不知不觉中被数据库忘记。

2007年，谷歌承认他们一直在存储每位用户曾经键入的每次搜索请求，同样被存储的还有每位用户随后点击访问的每一条搜索结果。通过保存大量被整齐排列的搜索关键词，谷歌能够以极高的准确率将时间跨度很远的多次搜索请求与某个人关联起来。其实，现在这一切不仅仅是谷歌在这么做，几乎所有的网络公司都在这么做。打开电脑，QQ会提醒你某个好友要过生日了，购物网站会提示你有特价商品并专门为你推荐。这些不是一种漫无目的的发广告行为，它们精确地知道我们是谁。当然，现在可能很多公司暂时还不能通过数据确定你是谁，不过以信息技术发展的速度来看，他们很快就会“拼”出一个全息的“你”。

1806年，英国国王对每个人的生活赤裸裸地记载下来的过程，就像让大家接收“最后的审判”，而现代商业的款款温柔，让每个人自觉生产记载并“呈上”数据。这是一个重大的差别。我们在网上的每一个动作，都会被不同的网站瞬间收集到某个地方，那个地方叫作“云”。即便是我们把电脑烧成灰，也不能删除我们在电脑或者网上留下的任何一个动作痕迹。

我们如何处理信息？维克托·迈尔－舍恩伯格建议说，数据持有人可以将数据授权给第三方，从而从被提取的数据价值中抽取一定比例作为报酬支付。这个建议暗含两个前提，一是我们能够自主掌握我们的信息，并把它变成有价格的东西，另一个是作为信息生产者的个体和作为信息收集分析的商业力量，是有可能平等的谈判主体。但是现实中,这两个前提根本不存在。我们根本不可能把自身的信息明码标价出售,因为它根本不值钱。这好比说,一条河流是由无数个水滴组成,但是作为个体的一个或者多个水滴,又能够对整体河流产生怎样的影响呢?

对于媒体而言,需要对信息的定义进行再分析。移动互联时代,内容生产的门槛在降低,任何内容都具备了被广泛传播的基础条件。因此传统媒体需要重估自身优势和劣势,把构建数据库作为未来竞争的根本。一是重新发掘历史数据的价值,做深做实既有领域,把静态数据变成动态数据;二是加快全产业链转型,调整既有架构,建立适应全产业链的信息生产销售流水线;三是根据媒体定位建立全流程的数据采集系统,在某个领域确立数据优势。

原刊于《报林》2016年第5/6期

# 行业突发事件舆情应对策略

曾德华

"湖南宜章旅游大巴起火已致35人遇难,省长赶赴现场","国务院调查组成立,彻查宜凤高速6·26特别重大道路交通事故原因","湖南省政府:确保今年不再发生死亡10人以上重特大交通事故"……湖南6·26特大交通事故发生后,央视、中国新闻网、新京报、新华社、湖南新闻联播、新湖南客户端等媒体、网络不断发声,对事件原因、伤员救治、善后处理、事故调查、责任追究等倾注关切。显然,道路运输业突发事件是人们关注的热点、焦点,引发较大的影响,事件的突然性、危害性,让社会强烈渴望从政府及有关部门获取准确消息。舆情应对关乎突发事件处置、社会稳定,是检验各级政府、道路运输管理机构执政能力和管理水平的重要指标,了解道路运输业突发事件舆情应对原则,认识其规律、掌握其策略、健全其机制是道路运输管理机构的必修课。

## 舆情应对的相关概念

道路运输业突发事件。依据《中华人民共和国突发事件应对法》、交通运输部《交通运输突发事件应急管理规定》《公路交通突发事件应急预案》,道路运输业突发事件是指由下列突发事件引发的造成或者可能造成道路运输以及重要客运枢纽出现中断、阻塞、重大人员伤亡、大量人员需要疏散、重大财产损失、生态环境破坏和严重社会危害,以及由于社会经济异常波动造成重要物资、旅客运输紧张需要道路运输管理部门组织提供应急运输保障的紧急事件。

①自然灾害。主要包括水旱灾害、气象灾害、地震灾害、地质灾害、海洋灾害、生物灾害和森林草原火灾等;②事故灾难。主要包括道路运输死亡事故、危险货物运输事故、核事故;③公共卫生事件。主要包括传染病疫情、群体性不明

原因疾病、食品安全和职业危害、动物疫情,以及其他严重影响公众健康和生命安全的事件;④社会安全事件。主要包括罢运事件、群体性上访事件、恐怖袭击事件、经济安全事件和涉外突发事件。道路运输业突发事件按照其性质、严重程度、可控性和影响范围等因素,一般分为四级:Ⅰ级(特别重大)、Ⅱ级(重大)、Ⅲ级(较大)和Ⅳ级(一般)。

道路运输业突发事件都有发生、发展和消失的过程,即生命周期。按其可能造成危害、实际发生危害、危害逐步减弱和恢复,将突发事件划分为:预警期、爆发期、缓解期和善后期。一般而言,严重或特别严重的突发事件延续时间较长,事件发生地政府、有关部门及当事人的反应速度和舆情应对能力均影响事件生命周期的长短。

舆情是舆论情况的简称,是人们对突发事件所表达的信念、态度、意见、建议、情绪等的总和,是民意的综合反映,舆情未必能全面、真实、准确、客观地反映民意,具有一定的偏差性,舆情不完全等同于民意。

舆情应对是指针对媒体、网络就某一突发事件的传播可能引发民意情绪、产生舆论危机,而利用舆情监测,分析舆情发展,加强与媒体、网络、事件各有关方沟通,确保新闻和信息的权威性、一致性,最大限度地压缩小道消息、虚假信息,平抑社会情绪,变被动为主动,准、快、好地引导舆情的一种危机处理方式。

## 舆情应对原则

及时准确。政府、道路运输管理机构等主要领导必须第一时间赶到事发现场,第一时间了解事件情况,第一时间落实主体责任,第一时间制定对外口径,第一时间发布准确信息,第一时间跟踪研判舆情,第一时间设置传播议程,第一时间组织权威评论,第一时间坦诚对待公众,第一时间回应社会关切,第一时间开展民意互动,第一时间进行问责处理,从而抢占第一落点,形成“首声效应”,影响舆论导向。只有这样,才能满足人们的信息需求,回应社会关切,稳定公众情绪,把握事件处置话语权。

公开透明。充分地披露信息是第一时间主动性的延续。《中华人民共和国突发事件应对法》明确规定:各级政府部门必须及时、准确、全面、客观地发布有关突发事件的新闻信息,对于因瞒报、谎报、迟报、漏报而延误处置时机或造成重大影响的，要追究相关人员的法律责任。信息是否公开透明，能否满足公众知情权和监督权，对于化解危机至关重要。越公开透明，公众获得的信息越多，社会上的谣言就越少，公众对政府、道路运输管理机构的信任度就越高。反之，信息不对称，不透明，人们的一些猜想就会在谣言中得到“印证”而加深，逐步固化成条件反射式的成见。

规范有序。党中央、国务院高度重视突发事件的新闻发布和舆情引导工作，相继出台了各类法律法规和政策文件。如《国家突发公共事件总体应急预案》《中华人民共和国突发事件应对法》《中华人民共和国政府信息公开条例》等对突发事件的信息发布和新闻报道做了相应规定。习近平总书记指出，在新的时代条件下，党的新闻舆论工作的职责和使命是：高举旗帜、引领导向，围绕中心、服务大局，团结人民、鼓舞士气，成风化人、凝心聚力，澄清谬误、明辨是非，连接中外、沟通世界。各级政府、道路运输管理机构必须深入学习贯彻习总书记重要讲话精神，忠诚履行“48 字”职责使命，牢固树立政治意识、大局意识、核心意识、看齐意识，依法依规、规范有序，树立权威性、公信力，以客观理性的处置方式回应社会特别是网上出现的失实传闻和极端言论，使舆情朝着理性、平和的方向发展，实现法律效果和社会效果的有机统一。

科学适度。各级政府、道路运输管理机构要坚持维护道路运输市场秩序，保障道路运输安全，保护道路运输有关各方当事人的合法权益，维护社会稳定，遵循舆情传播规律相统一，以堵疏结合、科学适度为原则，管理但不压制，沟通而不放任，以疏为主，因势利导。突发事件一旦发生要迅速、持续公布信息、有效控制信息导向，把握表态尺度。

## 舆情应对策略

掌握舆情来源。传统媒体主要包括广播、电视、报刊。传统媒体可以通过新闻、访谈、评论等形式牵引某一事件的舆情走向，将网上碎片化、浅表化的信息和多元化、极端化的观点聚合提炼成公众共同关注、认可的焦点话题，让公众看到更客观深入的报道，更全面深刻地了解事件的来龙去脉和本质特性，从而赢得公众的理解和支持。同时，互联网已成为全球化传播的最强势媒体、全民化传播的自主性媒体、社会化传播的组织性媒体，它是社会舆情的风向标和突发事件的放大器，需要把重要网站和论坛、微博、微信、博客、播客等新媒体作为舆情重点监测对象。

研判舆情态势。了解舆情现状，分析舆情走向，洞悉舆情生成规律，把握舆情本质与发展态势，从容有效应对。突发事件舆情的发展遵循比较明显的传播途径：事件发生或曝光→舆情生成或出现→舆情依托网络、手机短信、微信、QQ、传统媒体以及口传媒介大范围传播，质疑、评论、争论加剧→舆情在公众、媒体等作用下发生形态、指向、功能变异→群情激奋、出现聚众等行为舆论→舆情在政府、部门、媒体引导下发生衰减。道路运输业突发事件以事故灾难为例遵循的传播途径：对事故性质、人员伤亡、财产损失表示震惊→关注事故处置工作（伤员救治、善后处理、原因调查、责任追究）→聚焦杜绝此类事故发生的措施。

引导舆情发展。运用协调、解释、沟通、传播等手段，对社会舆论进行疏导、影响和引领，使公众情绪态度理性平和，意见观点客观公正，达到统一认识、凝聚力量，增强突发事件处置紧迫感、使命感和责任感意识。在舆情应对时，要妥善处理好两个关系。一是处理好及时发布和稳妥回应的关系。快报事实，避免推测，引发恐慌；注重讲态度、立场、措施，最大限度减少负面影响，千万不要说大而空的话；慎讲结论。二是处理好主流媒体与非主流媒体关系。善待媒体：归口接待、确认记者身份、做好采访准备、加强与媒体联系、选择公信力强的媒体做好伙伴；善管媒体：管住媒体采访秩序的基本途径、主动设置议题，把握时、度、效；善用媒体：善用媒体进行正面宣传，寻求新闻亮点，善于发掘新题材，善于提炼新概念；善待负面信息：不要提供负面信息，不要表达个人观点，不要公布涉密内容。

第三方发声。组织熟悉情况，掌握政策法律的权威专业人士对公众关心、质疑的问题，通过参与处置、访谈等方式，澄清事实，使积极正面、客观理性的舆论成为主导。

一把手出镜。面对道路运输业突发事件诸如私家车营运、出租车停运、运政处罚自由载量等负面舆情，道路运输管理机构领导要受邀到相关广播、电视媒体做好访谈，坦诚面对，依法依规答疑释惑，使舆情往有利于行业管理部门的方向逆转。

舆情应对与事件处置密不可分、相辅相成、同步推进。舆情引导要以事件处置为基础,实情决定舆情,若事件处置不断,再高明的舆情引导也难以取得良好效果。在突发事件的事后阶段,要善于从灾难和失误中发现问题,改进工作,学会利用媒体重建声誉、重树形象。

## 舆情应对机制

道路运输业突发事件舆情应对的效能来源于科学规范的工作机制和保障机制,各级道路运输管理机构应依照有关法律法规与工作规范健全舆情应对机制:一是建立媒体联系机制,防止引发舆论质疑。二是建立舆情监测与预警机制,防止虚假信息、谣言猜测。三是建立事件处置与舆情引导联动机制,防止舆情升级恶化、事态扩大。四是建立新闻发布机制,确保发言人在突发事件发生后早发声、多发声、巧发声。五是建立舆情应对问责机制,提升领导舆情意识与处置突发事件能力。

舆情应对要重点做好培养舆情人才的工作。把舆情信息工作列为年度考核内容,把办公室、政工、法制、运务等科室的业务骨干作为舆情信息工作核心成员,明确分管办公室领导为新闻发言人,聘请媒体专家和记者为舆情信息研究员,邀请宣传部门领导为舆情骨干讲授媒体应对知识,每年集中培训舆情信息员,邀请新闻传播专业专家、主流媒体记者、网络知名人士、意见领袖及权威网监人员等授课。

原刊于《中国道路运输》2016 年第 8 期

# 新闻传播主体意识刍议

白昌中

**摘要**：由事实到新闻事实，再到受众接收到的新闻，新闻传播者在这其中不可避免地、不同程度地混合了其个体意识。新闻传播者是新闻传播活动的主体，新闻传播者的个体意识即为我们所要讨论的新闻传播主体意识。新闻传播主体意识具有自主性和随机性的特点，它和新闻传播活动的一些行业要求产生矛盾制衡，同时体现出阶级性和新闻报道的阶级倾向性。对新闻传播主体意识加以分析和研究，对其活动规律有所认识，有助于对新闻传播行为进行有效的规范、约束和监督，使新闻传播事业产生积极的社会效益。

**关键词**：新闻传播者；主体意识；规范

新闻传播者是新闻传播活动的主体。新闻传播主体意识即是指新闻传播者个体的意识。从马克思主义哲学中我们知道，意识是人脑的机能，是人脑对物质的反映；从作用上看，意识对物质具有能动作用，主要表现在，意识反映世界具有目的性、计划性和主动创造性；意识指导人们的行动，能动的改造世界。对应到新闻传播者的实践过程中，即可归纳为：作为主体的新闻传播者实现其对物质世界的观念把握和实际把握的过程。但这个过程在新闻传播实践中并不简单，因为新闻宣传工作居于意识形态领域的前沿，在一定经济基础和社会环境下，根据相应的指导思想、新闻理论来开展新闻宣传活动，并为特定的目的服务。一方面新闻报道不可避免要掺杂新闻传播者的主体意识，而另一方面我们也知道，现实中新闻传播者主体意识活动并不是自由不羁的，它要受到新闻传播过程中来自各环节的制约。那么，从这二者中走出一条获得广泛认同的路，解决这个矛盾，使新闻行为最终获得积极的社会效益，就需要我们对新闻传

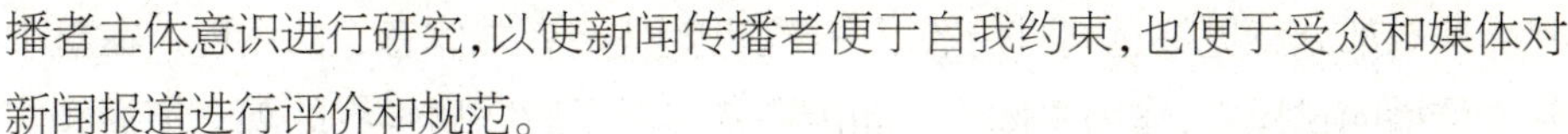

播者主体意识进行研究,以使新闻传播者便于自我约束,也便于受众和媒体对新闻报道进行评价和规范。

## 一、新闻传播主体意识探析

新闻传播者是众多社会人中的一个或多个作为新闻报道行为主体的个体,需要面对纷繁的大千世界,处在事件到社会效果整个新闻活动整体的入口处,是“把关人”,客观上存在着对事件信息进行控制和筛选的权力。整个新闻传播过程的每个环节都与新闻传播者有着紧密的联系,并且必然地要体现传者的主体意识。

新闻报道行为源于社会实践,并随社会实践相应变化和发展。马克思主义哲学告诉我们,实践活动是以主体、中介和客体为基本骨架的动态发展系统,同时,其基本特征是客观实在性、自觉能动性和社会历史性。对新闻实践来说,传者是实践主体,通过媒介和反馈系统这个中介,将信息传递给作为客体的受众,并最终实现一定的社会效益。新闻传者一接触到客观事实,其主体意识便开始发挥作用,即通过对客观进行主观反映进行新闻报道,并由此使新闻具有了意识形态性。“经过传者选择、过滤、加工过的事实一方面保留事实的本来面目,即具有其客观性和准确性,同时另一方面又包容着传者的愿望和要求。”[1]包容在新闻中的传者愿望和要求是意识对物质具有能动作用的直接反映。马克思主义认为意识对物质的能动作用主要表现在,意识反映世界具有目的性、计划性和主动创造性;意识指导人们的行动,能动的改造世界。将之对应到传者所进行的新闻报道行为中,即表现为传者在采、写、编的过程中,对事件新闻价值的认识,接触和把握事件的角度,写作和编辑过程中对事件细节的取舍等多个方面。不同新闻传播者对同一事件的报道往往会在受众中产生截然不同的社会效果,即是新闻报道主体意识存在的最好说明,同时也可以被认为是新闻报道主体意识能动作用的放大。

主体意识也可以从信息传播行为的角度理解。信息传播可用二分法分为意见信息传播和事件信息传播。新闻报道要描述事实,传播事件信息,在这个过程中,主要是事件信息的传播,但意识作为人脑的机能,是人脑对物质的反映,当客观事件在传播之前首先要在传播主体的大脑中形成主观映像,因而必然会伴有部分意见信息同时传播出去，这也就是传者主体意识的体现。在整个新闻传播的过程中，作为主体的新闻传播者实现了对物质世界的观念把握和实际把握，而与此同时，主体意识也无可避免地进入了新闻报道流程，到达受众，并最终体现在产生的社会效益中。

## 二、进入新闻报道流程的主体意识分析

新闻传播的五个要求是真实、客观、公正、全面、快捷。新闻传播主体意识活动进入新闻报道流程后会直接对这五个要求产生冲击，由此产生一对矛盾力量制衡并最终体现出阶级性以及新闻报道的阶级倾向性。

1. 主体意识和新闻传播准则形成矛盾制衡

主观能动性与新闻传播所要求的客观产生矛盾，新闻传者的主体意识和新闻传播准则的制约是这对矛盾的两个方面，并在具体新闻行为过程中产生力量制衡。在绝大多数情况下，新闻报道行为都是在这两者的力量制衡场中开展的。

新闻传播者有个体自主性的特点，即“他们对于新闻信息的采集、加工和选择行为决定了受众能接收到多少信息，能接收到什么样的信息，”[2]是其作为新闻传播主体的意识能动作用的表现。新闻传者对事件细节有限度地取舍或基于客观事件传递不同的意见信息，会产生一定程度的偏差，但基本上是可容忍的。然而面对客观事件，如果主体意识逾越了新闻传播准则，脱离了制约，即矛盾的一方克服了另一方，就会违背新闻职业道德，产生虚假报道。

主体意识具有随机性、复杂性和无序性的特点，新闻传播事业又有真实、客观、公正等诸多要求。这两方面的矛盾十分显性，只有求得使其达到和谐统一的解决方法，方能对新闻工作起促进作用。

马克思主义哲学告诉我们，可以通过创造出一种使矛盾双方可以长期共存的形式来解决矛盾。对应到新闻传者的主体意识和新闻传播准则的制约这对矛盾上，就是对新闻传播主体意识活动进行规范，并具体表现在新闻传播实践行为中，以其独特的功能产生巨大的社会作用。意识反映世界具有目的性、计划性和主动创造性；意识指导人们的行动，能动的改造世界，而新闻事业又是建立在一定经济基础之上的意识形态上层建筑。因此对我国社会主义新闻事业

的新闻传播者来说，目的性和计划性要表现为做党和人民的耳目喉舌，对党和对人民群众负责，为人民服务和为社会主义建设服务。另外，在此范畴内发挥主动创造性，也不是肆意而为、天马行空，而是为了扩大传播效果，实现积极的社会效益。

2. 主体意识在制衡中体现阶级性

在解决新闻传者的主体意识和新闻传播准则的制约产生的矛盾制衡时，不同国家、集团、组织分别会通过不同的指导思想、报道取向、计划目的进行引导，这样就使得作为个体的新闻传播者在新闻行为中体现出阶级性。

习近平总书记在2016年2月19日召开的党的新闻舆论工作座谈会上明确指出："党的新闻舆论媒体的所有工作，都要体现党的意志、反映党的主张，维护党中央权威、维护党的团结，做到爱党、护党、为党；都要增强看齐意识，在思想上政治上行动上同党中央保持高度一致；都要坚持党性和人民性相统一，把党的理论和路线方针政策变成人民群众的自觉行动，及时把人民群众创造的经验和面临的实际情况反映出来，丰富人民精神世界，增强人民精神力量。"为我们坚持党性原则指明了政治方向，提出了明确要求。

中西新闻媒体对同一客观事件进行报道，往往在报道取向、风格上产生强烈反差，就是传者意识为不同国家和国家利益服务，体现不同新闻事业的宗旨和目的，即体现新闻事业的指导意识形态、体现阶级性的贴切范例。

新闻传播者是新闻传播事业的重要组成部分，必然地要属于特定的意识形态阵营，遵循不同的指导思想，有不同的服务对象、目的和价值观。他一旦进入新闻传播流程，在新闻报道角度和对事实处理上便"具有一定的代表性，即代表一定的传播部门、传播组织、政党和阶级进行新闻传播活动，反映并代表着一定阶级、集团、组织的利益、愿望与要求。"[3]任何新闻传播事业体系对新闻传播者主体意识有所规范和要求都是必需的，同时也是必然地。而新闻文本体现出新闻传播者个体不同的世界观、价值观、新闻观的同时，也通过众多个体非常鲜明地体现出其所处集体的意识形态和利益要求，体现阶级性，并在新闻报道中体现不同程度的阶级倾向性。

在一个社会里，统治阶级的意识形态是占统治地位的意识形态，因为在经济上和政治上占统治地位的阶级，在思想上和精神上也必然占统治地位。具体到新闻报道中，即表现为在各种社会控制力量的影响下，媒体、新闻传播者对客观事件的立场、观点和态度，如：是否进行新闻报道，对事件内容怎样进行取舍，报道行为达到的程度和深度，进行报道的时机选择、体裁选择等；也表现为传达给受众的意见信息的设置，是赞同或是摒弃、是肯定或是否定是关注或是了解、是阐发深义或是就事论事等。表现形式虽然五花八门、不尽相同，但统一体现出的都是主体意识在新闻报道中的阶级倾向性。

## 三、对新闻报道中主体意识活动的规范

主体意识是无法从新闻流程中剥离出去的，而意识形态又具有能动的反作用，集中体现在意识形态维护或批判现实社会，调控社会和人的活动的功能上。从这方面讲，必然地要求对主体意识在新闻传播中的作用加以引导，使其能够促进新闻传播活动，起积极作用。

1. 规范体现方式

对新闻传播者主体意识进行控制和约束有多种途径，如政策法规、新闻教育、意识形态指导思想、社会伦理传统等，但作用机理均为规范新闻传播者的世界观、价值观和新闻观。其中最主要也是最重要的途径集中体现为不同国家以不同形式、特点、力度对新闻传媒的社会调控。“新闻传媒的社会调控，系指国家、政党、社会集团和行业组织利用物质、法律、政策及规章，对新闻传媒行为进行强制性的管理与约束。”[4]这里要说明的是，之所以表现为对新闻传媒而不是直接针对新闻传播主体意识，首先因为作为个体的新闻传播者数量众多，职业分工复杂，直接对其进行作用则效果和覆盖面均不理想，另外，由于对新闻传媒的社会调控必然是需要通过落实到新闻传播主体，即新闻传者的意识上，才能最后落实并显示效果于新闻作品中，因而，可以说对新闻传媒的社会调控也就是对新闻传播者意识社会调控，而且从实际作用和效果来说，这样更具影响力和辐射力，更为直接、有效。

在我国，这种社会调控主要表现为：权力机构的调控，即通过决定和行政手段、审批手段等管理方式以及各级法律法规进行社会调控；业界和社会团体的调控（后者主要表现为监督），形式包括新闻行业约定、树立行业楷模和典型、内部监督和协调、新闻教育和再教育、研究考察等；受众的调控，受众的关注度、要

求、评价、建议和意见连同他们接受或抵制的态度，通过反馈抵达媒体实施调控。

所有这些社会规范力到达新闻传播者，就直接影响和约束了其新闻传播主体意识，最终再从新闻作品的社会效益中反映出调控成效，以便于各方面调整控制措施，由此形成一个生生不息、轮回往复的循环，进而推动新闻传播事业向更高层次发展。

2. 规范的作用

从微观上讲，对主体意识进行规范，作用是使新闻行为体现真实性、客观性。因为如果不对主体意识进行引导、控制和约束，新闻传播者缺乏具体的行为衡量标准，在具体报道中任由主观能动性任意驰骋，造成报道失度，会进一步导致虚假报道的产生，远离受众本位，使新闻传播行为无功、无用、无效。

从宏观上讲，对主体意识进行规范，作用体现为推动新闻传播事业的健康发展，同时保证其产生积极的社会效益。新闻传播属于意识形态上层建筑范畴，有显著的社会功能，这也使得它成为一把双刃剑。进行合法与适度调控，新闻传播事业可成为促使社会前进的发动机，反之则会变成社会发展的重要障碍和定时炸弹。苏联新闻传播事业在其解体前后的状态是一个很直观的范例。一方面，苏联解体前后各媒体变革的鲜明反差说明了不同性质的上层建筑直接决定着不同性质的新闻传播事业，恰恰从一个侧面说明了要对新闻传播主体意识进行规范的必然性；另一方面，苏联解体前后，其新闻传播事业变革情况证明了对新闻传播主体意识进行规范的必要性：传媒在失去适度调控后，作为个体的新闻传播者主体意识将变得无序，产生合力后导致宣传体系整体无序。整体无序的状态使传媒易被对立国家、政党和阶级所利用，成为其特殊工具；整体无序的状态也会进一步加剧意识形态多元化，加速新闻传播事业的分崩离析。

处在我国社会发展新时期这一历史坐标上、工作在我国社会主义新闻事业中的新闻传播者，承认新闻是客观事实与主体意识活动合成的有机体，天然地要按照马克思主义的立场、观点、方法去认识和分析事物。同时，在个体意识上，要坚定不移地持有与时俱进的思想观念、实事求是的科学精神、贴近群众的民本思想、审时度势的政治头脑和放眼全局的战略眼光。所谓新闻有自由，宣传有纪律，即是要在新闻传播主体意识上与党和国家保持高度一致。这是对新闻传播主体意识的必要约束和要求,丝毫不能有放松。

## 【参考文献】


[1] 吴高福.新闻学基本原理[M].武汉:武汉大学出版社,1993.

[2] 丁柏铨.中国新闻理论体系研究[M].北京:新华出版社,2002.

[3] 邵培仁.新闻传播者的特点、权利和责任[J].[M].北京:新闻知识,1996(8).

[4] 童兵中.西新闻比较论纲[M].北京:新华出版社,1999.

# “无新闻”主题策划与宣传

施　科

宣传策划就是放大宣传效应，是新闻宣传工作中最重要的手段。没有策划，新闻宣传往往做不大，甚至有时变得大事化小，小事化了。相反，有了好的策划，有时没有新闻是也能创作出新闻，得到意想不到的宣传效果。

本文所谓“无新闻”的主题策划与宣传，是指平时交通工作中虽然没有相应的新闻事件发生，但是学会抓住一些社会关注的热点事件机会，也能创作发表重磅宣传稿件。

所有的主题宣传策划都需要提前准备：即寻找当前时机，抓住时下热点；然后制定方案：即围绕自身工作，制订宣传主题；最后组织实施：即媒体沟通协调，借力宣传形象。下面举例一二。

**方式一：抓住“机会”创作主题新闻**

这里的“机会”主要是在平时宣传中抓住了一些省里的重要会议，省领导关注的重大问题，以及认真研究主流媒体的版面内容等等这样一些“机会”，进行“迎合式”主题策划，并与新闻媒体进行及时联系沟通，选题得到媒体认可之后，或自己撰写文章、组织材料，或及时组织媒体记者围绕主题进行现场采访，形成有分量的宣传文章。

**一是抓住省党代会召开的契机，策划宣传五年来交通运输发展成就。**2011年11月6日是中共江苏省第十二次代表大会开幕的日子。在此之前半个月，江苏省交通厅宣传部门就着手策划，是否能够在省党代会召开期间，将这届政府五年来的交通发展成就进行一下宣传展示。经过一番讨论策划，虽然省党代会期间江苏交通没有重要新闻事件发生，但是我们觉得围绕交通五年的发展成绩和全省交通重大工程一线党员组织生活这两个选题组写两篇报道，呈送新华日报，应时应景，应该有比较大的可能性。我们将策划思路与新华日报经济部沟通后，报社也觉得是个很好的思路。然后经过一周的磨炼，文章初稿写成，交给报社交通条线记者润色。记者站在报纸的角度选择合适由头，进行深入加工，加上现场采访，两篇适合新华日报的稿子就新鲜出炉了。最后这两篇稿子《大交通，构筑"江苏新时空"》刊登在新华日报 11 月 6 日 2 版头条、《工棚里的流动党员学习会》刊登在 11 月 8 日的党代会特别报道版面上。

**二是抓住三月"学雷锋"《人民日报》开设的"雷锋与我同行"专栏契机，策划宣传江苏交通人的雷锋精神传承。**2012 年 3 月，《人民日报》视觉版推出"雷锋与我同行"专栏，每周一期专题宣传弘扬雷锋精神。江苏省交通运输厅宣传部门看到三月初第一期版面后，深受启发，立即组织策划讨论，形成以坚持服务社会 49 年的连云港"雷锋车"为主题，宣传交通人传承弘扬雷锋精神的报道方案。根据策划，拟按照人民日报视觉版面专题结构，分上下两部分，一部分以连云港"雷锋车"为主题，突出雷锋精神传承；一部分以现代交通人为主题，突出雷锋精神弘扬。主题确定后，抓紧与《人民日报》视觉版沟通联系，得到编辑初步认可后，立即组织图片素材，现场拍片，然后派专人将文字图片素材直接送到报社编辑部，并将我们的创意再与报社进行详细解释沟通说明，《人民日报》3 月 21 日视觉版整版免费刊发。

**三是抓住领导关注某些重要事件的契机，策划安排相关专题采访宣传。**2010 年 1 月，江苏地区开始降雪，因受 2009 年大雪全国大部分地区交通受阻、运输困难的影响，江苏省领导对第二年大雪来临时的煤电油运调度供需非常关注，带领相关部门负责人到电力交通部门督查保障情况。省交通厅宣传部门得知此情况后，认为在做好保障工作的同时，一定要同步做好宣传工作，立即组织讨论策划宣传方案。经过策划决定邀请新华日报和新华社江苏记者去电煤运输最为繁忙的淮安船闸现场采访报道运输保障情况。得到两家媒体对策划方案的认可后，立即组织陪同记者冒着大雪出发，现场采访写稿。最终新华日报在 1 月 11 日一版重要位置，以图文并茂的形式报道了交通电煤运输保障情况，正好与版面头条省领导检查此项工作相呼应，宣传效果非常好。

类似以上的策划案例还很多，比如每年省里召开的"两会"，我们都会围绕人大代表、政协委员策划做一些全省交通年度工作宣传；还有在重要节假日，我

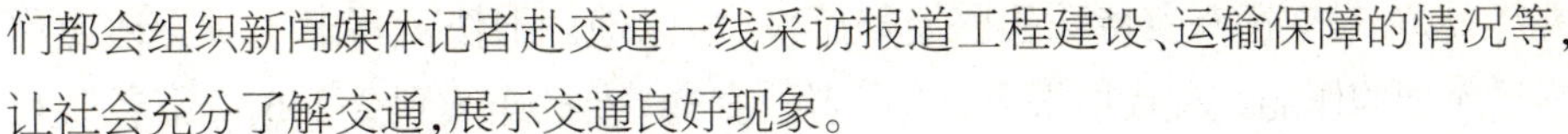


们都会组织新闻媒体记者赴交通一线采访报道工程建设、运输保障的情况等，让社会充分了解交通，展示交通良好现象。

**方式二：抓住“机会”开展主题活动**

这里的“机会”主要是在平时宣传中抓住了一些全社会关注的重大活动和一些重要“日子”时间节点，应时应景策划组织开展一些相关活动，并邀请媒体记者做好所开展活动的宣传报道工作，达到预期的宣传效果。

**首先，抓住2008年改革开放30年这一重要年份，策划组织有关活动，联合媒体共同宣传交通发展成果。**

当年全国各行各业都在总结梳理30年来改革开放取得的成就，江苏交通也不例外。但是30周年宣传基本都是政府的“块”上宣传，行业的“条”线上宣传非常难。为了做好改革开放30年交通成就的宣传，江苏省交通厅宣传部门组织策划开展了“三看交通”三个主题的活动。内容上通过作家、记者、百姓三个不同类型的人对江苏交通30年变化的感受，撰写成文学作品，以专栏的形式在省级主流媒体上刊登。我们分别与新华日报、扬子晚报、现代快报进行了洽谈，得到了三家媒体的共同认可。“三看交通”分别是：

**一是“作家看交通”**。省交通厅邀请了省作家协会7名全国知名作家赵本夫、范小青、叶兆言、黄蓓佳、储福金、傅晓红、赵翼如等，前往交通一线感受体验，包括：世界第一大跨径斜拉桥——苏通大桥、“全国交通建设典范”润扬大桥、“彩色之路、森林大道”宁常高速公路、交通建设节约与环保典型——常州312国道与京杭运河改线市区段、全国典型溧阳农村公路等。经过一天的实地感受与体验，作家们感受颇深，很快不到一周时间，7位作家就写出了非常优秀作品。新华日报“新潮”副刊开辟“作家看交通”栏目，连续刊登了7位作家的作品：黄蓓佳《高速公路中的生活》《走过的路，走过的桥》、范小青《又走运河》、赵本夫《快乐出行》、储福金《桥》、赵翼如《桥上的通感》、叶兆言《造桥的革命》、傅晓红《彩虹》。

**二是“记者看交通”**。省交通厅召开了一个省级媒体交通条线记者座谈会，包括新华日报、中国交通报江苏记者站、现代快报、江苏经济报、江苏交通广播网等，邀请交通记者记录下自己跑交通的所见所闻、所感所受，以此反映出30年交通的巨大变化，记者们表示非常好。由于交通条线记者经常深入交通一线进行采访,对交通有着特殊的感受与感情,所以他们很快就写出了对交通变化感受深刻的作品。现代快报开辟“记者看交通”专栏连续刊登了5位记者撰写的作品《回家的路》《另眼看交通》《一条路就是一条经济走廊》《30年华丽转身,江苏交通改变我们的生活》《路在脚下》。

**三是“百姓看交通”**。省交通厅于当年6月初向全省交通系统发出“改革开放30年我看交通变迁”征稿通知,共收到稿件400余篇,然后通过专家集中评选出优秀作品8篇。扬子晚报开辟“百姓看交通”专栏,连续刊登了8位交通人自己撰写的作品《村路巨变》《我与古运河的“不解情”》《从“舟楫往来”到“三铁时代”》《“公路民谣”说变化》《爱国和海燕的公路情缘》《我的大桥情结》《吴门桥新韵》《谏壁水域20年巨变》。

江苏省交通厅通过以上“三看交通”主题策划活动,在三家省级主流媒体上非常有特色地展示了江苏交通改革开放30年的发展成就,起到了很好的宣传效果。

**其次,抓住重大社会事件纪念日等,开展相关活动,得到媒体报道。**

如:2009年是5.12汶川大地震第二年,六一前夕,无锡交通局新区分局为了宣传该局“爱尔岗”服务品牌,策划开展了赴灾区小学捐赠图书和红领巾的公益活动,“爱尔岗”志愿者代表们奔赴灾区,向四川汉旺镇中心小学捐赠了红领巾以及百本图书,得到媒体的广泛宣传。

再如:每年3月是学雷锋月,交通各部门都会开展一些学雷锋活动,3月15日是消费者权益日,交通部门也会开展一些相关活动。本来这些时间节点的活动与交通行业工作本身无关。但是如果大家在开展这些活动时,提前做好策划,并与媒体沟通采访进行报道,也会有不错的宣传效果。

因此,在平时宣传工作中,不论有无新闻事件,我们都要学会提前策划、沟通媒体、组织素材或稿件,才有可能做好“无主题”宣传工作。

# 三等奖

## 做一名负责任的新闻传播者

刘 静

**摘要**:笔者在从事交通运输行业报纸编辑工作中,因稿件原因,每天都和记者、通讯员打交道。他们勤恳敬业,为单位和全行业的新闻舆论工作鼓与呼,积极宣传基层职工创造的宝贵经验和奋战一线的苦与痛,树立了交通运输职工的良好社会形象。但同时,在新闻舆论工作中,有时不够重视细节、有违新闻传播者的使命。笔者对存在的一些问题加以总结阐述,力倡形成"察实情、说真话、动真情、负责任"的新闻舆论氛围。

**关键词**:新闻传播者 调查研究 新闻报道"活"起来 [中图分类号] G20 [文献标识码] A

笔者从事交通运输行业报纸编辑工作 9 年有余,因为稿件原因,每天都和记者、通讯员打交道。他们勤恳敬业,为单位和全行业的新闻舆论工作鼓与呼,积极宣传基层职工创造的宝贵经验,树立了交通运输职工的良好社会形象。但同时,在新闻舆论工作中,有时也会出现不够重视细节、有违新闻传播者使命的问题。笔者从以下几个方面加以阐述,力倡形成"察实情、说真话、动真情、负责任"的新闻舆论氛围。

## 沉下身子，深入细致地开展调查研究

曾任新华社社长的郭超人说过，“成为一个有水平的记者最大的诀窍，就是深入细致地调查研究”。而他的一生也致力于此。他采写的《驯水记》是历时46天、采访上百个水利工程建设者和几十个水利建设工地、记录了三四十万字的有关材料才写出来的，为我们从事新闻舆论工作的人树立了榜样。

有的通讯员或许会有这样的认识，“我不是专业的新闻人，不需要那么较真”。然而，既然承担了单位新闻宣传工作的任务，既然在稿件中署了名，就已然扮演了新闻传播者的角色，也必然要用相应的职责来要求和约束自己的行为。当在写稿中，对遇到不确定的新闻事实、不了解的新闻背景，须用专业的敬业精神开展细致的调查研究，不耻下问，力求为读者提供真实、准确、详细的新闻事实。

2015年9月21日至22日，全国农村公路现场会在甘肃庆阳召开，《甘肃日报》和我们的行业报纸均刊登了以《杨传堂在全国农村公路现场会上强调》为引题、《以五个坚持五个确保推动“四好农村路”发展 为全面建成小康社会提供基础支撑和重要保障》为主题的消息，但“五个坚持五个确保”的具体内容是什么却未提及当编辑在和记者落实时，记者因新闻通稿中未涉及没有继续询问这一重要的新闻事实。最后，编辑通过交通运输部官网了解到了这一重要内容并在稿件中加以交代。类似的事情通讯员稿件中经常有，究其原因，还是不愿俯下身子，迈开双腿，深入细致地开展调查研究。

## 走进基层，让新闻报道“活”起来

老一辈新闻工作者非常重视新闻作品在内容、表现形式和语言上的创新，如穆青提倡散文式手法，主张多用细节展开叙述；郭超人善用群众的语言表达群众的情感，其作品形象生动、感人至深。他们在新闻写作中的探索和创造的优秀新闻作品感染和激励着后来的新闻人。

但是，在实际工作中，有一些记者和通讯员的稿件多是会议式的报道，常是“一是、二是、三是……”，要求多，如何落实以及在落实中的创新举措和鲜活事例少，在新闻语言的使用上，动词也多以“加强、开展、强化、做贡献、具有重要意

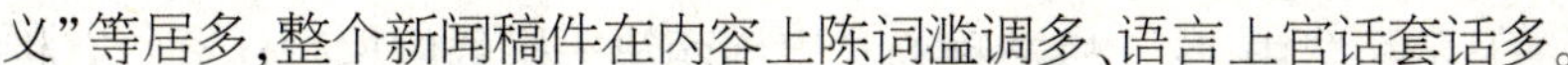

义”等居多，整个新闻稿件在内容上陈词滥调多、语言上官话套话多。

2016年春运从1月24日开始，道路运输部门担任着公路客运的重任，为做好旅客运输工作，甘肃各客运企业特别是汽车站做了大量工作服务群众出行，如在部分线路首次开展旅客联程运输服务试点、全面推开联网售票、情满旅途志愿者服务活动等，试点工作开展得怎样、联网售票实行后产生的影响、志愿者服务中涌现出的感人故事等等都是可报道的题材，通讯员的稿件也理应在内容上丰富多彩。然而，我们收到的来稿却是：“为确保春运任务顺利完成，某某单位做出了一系列安排部署：一是……二是……”稿件这样写，说明通讯员还是没有深入到基层去，无法了解基层在开展具体工作中创造出的典型经验和发生的生动故事，更无法描绘群众的语言，在内容和语言上都无法让新闻报道“活”起来。

## 立足真实，体现新闻事实的真实性、客观性原则

真实性是新闻的生命。新闻报道的根本使命是帮助受众了解客观环境的真实变动状态。如果新闻不能保证真实性的根本原则，也就失去了其传播的价值。

有的通讯员来稿，编辑反映是“年年岁岁一个样”。受行业限制，特别是公路行业年年都在唱“四季歌”：春治翻浆、夏补油路、秋战水毁、冬除冰雪。个别通讯员就会把去年同一时期的稿件“改头”换个时间发送给编辑，严重违背了新闻的真实性原则。

今年春节期间，甘肃民航异常繁忙，共完成旅客吞吐量193435人次，同比增长28.34%。其中，兰州中川国际机场完成旅客吞吐量176948人次，占全省旅客吞吐量的91%。在开展对外宣传时，通讯员没有仔细核对数字，对外公布数字时写成了“176948万人次”，凭空多出一个“万”字来，幸亏审核部门及时发现采取了补救措施。除了关键数字使用错误外，在对一些新闻事实的定论上，通讯员也有“随心所欲”的现象，出现了定性不准的问题。我们曾收到这样一篇稿件：“历经4年的艰苦奋斗，甘肃河西地区桥梁施工净跨第一、净高第一、第一座转体施工大桥、第一座钢架拱桥的小孤山黑河大桥建成通车，此桥被称为‘甘肃河西第一桥’。”甘肃河西第一桥是谁命名的？在河西修建的诸如金武、营双

等高速公路涉及的桥梁中，这一桥被称为甘肃河西第一桥的依据是什么？有相关的数据比较么？仅从字面来看，这是作者自己在说、自己在评价，这样的评价式导语没有真实的数据支撑，没有可靠性。如果新闻确实有意义，可以借助权威人士的观点、意见、说法做出评述，一方面，维护了新闻报道的真实性、客观性原则；另一方面，也为评价提供了权威依据，具有可靠性。

## 锱铢必较，认真对待每个细节

新闻的真实性决定了新闻涉及的每个细节都必须真实，容不得半点“马马虎虎”和“差不多”。

2014 年第 11 期《新闻战线》刊登了第 24 届中国新闻奖、第 13 届长江韬奋奖评委喻季欣的文章，介绍了中国新闻奖文字消息一等奖的评选细节，谈到新华社记者采写的《上海自贸区挂牌》消息时，指出评委们认为作品中“堪比 90 年代中国建立上海浦东新区”中“90 年代”应改为“20 世纪 90 年代”或“上世纪 90 年代”，另外对“中国(上海)自由贸易区”的表述中，全文在标题与文中分别有“上海自贸区”和“中国(上海)自由贸易区”“上海自由贸易区”三种不同的表述，作品最终被淘汰。从中可以看出，不管是记者还是通讯员，在写作稿件时，要有锱铢必较的精神，准确表述新闻内容、规范使用表述名称、正确运用标点符号，力求写出好的新闻作品。

春节前，各单位都在开展慰问困难职工活动。一天，我收到一名基层通讯员来稿，稿件中是这样表述的：“某某同志是某某公路局职工，2015 年被查出患有脑，今年经某某公路局工会倡议，全局为其捐款。”短短 38 个字，作者还漏字，没有表述清楚，在笔者的追问下，才回复说患有“脑瘤”。今年 1 月，我们收到一篇《交通扶贫筑起庆城群众的“致富路”》，文中对甘肃庆阳市庆城县农村公路建设进行了报道，稿件不错，缺憾是内容多、亮点不突出，笔者提出修改意见，建议围绕亮点工作提炼几个小标题，通讯员反应很快，用了 9 分钟就修改好发了过来，但文中依旧是“‘这条路是今年 3 月底开始硬化的，全长 7.7 公里，工程总投资 718.12 万元，预计 10 月底就可以竣工通车了。’该乡党委书记某某某介绍，某某某村这条公路通车后，将解决沿线 2 个行政村 10 个自然村 2000 多名群众的出行难题。”但当时的时间已是 2016 年 1 月 12 日，时间表述上明显和实际

不符。该通讯员对待稿件的态度太过马虎,缺少认真精神,实不可取。

喻季欣在他的《"两奖"评选三思》中提出,"好新闻一定是一篇好文本,好新闻的文本应该经得起挑剔和检验,是'负责任的写作'。"作为新闻传播者,要有这样的自省意识,在新闻作品产生的各环节认真对待、仔细斟酌、多方求证,最终写出好的新闻作品。

原刊于《中国报业》2016 年 3 月

# 新媒体时代，传统纸媒如何融合升级

## ——以《福建交通》为例

廖丽华

近年来，新兴媒体从根本上改变了媒体格局和舆论生态，传统媒体生存空间急剧压缩。传统媒体如何从下行趋势中寻求变局？本文以福建省交通运输厅内部资料出版物《福建交通》为例进行探讨。

近年来，微博、微信、移动客户端等新兴媒体方兴未艾，从根本上改变了媒体格局和舆论生态。受其影响，以纸媒、电视和广播为主要形式的传统媒体每况愈下，发行量、传播率逐年下滑，生存空间急剧压缩，呈现"边缘化危机"。

传统媒体如何从下行趋势中寻求变局？仅靠坚守显然难以独善其身。2014 年 8 月 18 日，中央全面深化改革领导小组第四次会议审议通过《关于推动传统媒体和新兴媒体融合发展的指导意见》，为传统媒体发展指明了方向。习近平总书记在会上强调，加快传统媒体和新兴媒体融合发展，充分运用新技术新应用创新媒体传播方式，占领信息传播制高点。

换言之，融合发展就是要巩固原发优势，抢占新发优势，通过充分发挥传统媒体的公信力，结合新兴媒体的传播力，进一步深化内容互动、传播融合，全面提升新闻传播力、影响力，以及新形势下的舆论引导能力。作为福建省交通运输厅主管主办的内部资料性出版物，就《福建交通》而言，就是要进一步发挥其政策导向及深度剖析的内容优势，守住原有阵地，同时以技术为支撑，通过理念再造、渠道再造、流程再造，提升影响力，把《福建交通》从单一的传统纸媒转型升级，构建立体化的传播网络。

## 理念再造:立足读者思维

1994 年 4 月 20 日,中国全功能接入互联网,成为国际互联网大家庭中的第 77 个成员。20 多个年头过去了,当年的“高科技稀罕物”已全面融入我们日常生活的方方面面,成为不可或缺的元素。互联网不再是一个行业,而是成为支撑社会的一种技术形态。用 360 公司董事长周鸿祎说,互联网就是网聚人的力量,产生新的商业模式,新的体验包括新的经营方式、新的组织架构。

作为一种全新的生产工具,它改变了信息传播方式。传统媒体已不再是内容的唯一提供方,读者也不只是单纯的信息接收方,其参与成为内容的重要组成部分。对于传统媒体来说,要适应传播生态的这种剧烈变化,理念再造就显得尤为重要。即充分利用互联网优势,牢牢抓住读者——“用户”这个关键,优化传播环境,最大化地传播信息。人民日报媒体技术股份有限公司总经理叶蓁蓁如此概括:“连接用户、洞察用户,然后发动用户,最后做到满足用户”。

因此,作为福建省交通运输系统内的刊物,《福建交通》必须最大限度的让 80 万交通人参与其中,与他们建立起联系,了解他们在想什么,又最想知道哪些,并不断地满足这些需求。只有这样,才能真正抓住他们的心,达到传播、交流、借鉴的目的。这其中,充分发挥基层通讯员的作用尤为重要。以通达的网络技术为支撑,通过通讯员队伍,将宣传的触角延伸至交通一线的各个毛细血管,并在第一时间将基层的建设成果、精神风貌、先进事迹等发给编辑部,通过《福建交通》将其广而告之。通过这种“回流”,让基层一线交通运输人员对《福建交通》可感、可观、可知。

## 渠道再造:内容聚合呈现

在中央全面深化改革领导小组第四次会议上,习近平总书记强调,推动传统媒体和新兴媒体融合发展,要遵循新闻传播规律和新兴媒体发展规律,强化互联网思维,坚持优势互补、一体发展,坚持先进技术为支撑、内容建设为根本,推动传统媒体和新兴媒体在内容、渠道、平台、经营、管理等方面的深度融合。

可见,无论时代如何变迁,“内容为王”始终未变。面对新媒体环境带来的挑战,除了坚守内容这个根本,做强做优做精,还需创新开拓渠道,加强新媒体建设，从而提供多样化、多媒体化、个性化的服务。毕竟，新旧媒体融合不是简单地做加法，也不仅仅是从纸媒到网络的形式变化，需充分利用新媒体技术，扩展内容平台。

《福建交通》杂志。传统媒体和新兴媒体的融合发展，不是削弱传统纸媒的影响力，恰恰是要做优做精。2014年以来，《福建交通》认真研究分析行业发展的重点、难点、焦点问题，强化组稿能力，对各栏目、名称进行调整，在及时反映行业重大决策部署、重点工作外，编辑部突出专题策划，聚焦、观察交通运输发展新动态和新形势。深度上，加强对重点栏目、重点报道专题的策划、组织，以有深度、可借鉴为目标，提升内容的厚实性；广度上，围绕更加关注大交通发展趋势、综合交通发展以及国内外、省内外交通发展经验来策划、组稿，进一步增强杂志的可读性。

福建交通新闻网。福建交通新闻网是《福建交通》在互联网的传播平台。除《福建交通》专区外，推出电子版本外，网站设外媒报道、图说交通、交通视讯等板块，全方位、立体化展示福建交通。目前，福建交通新闻网访问量达71276人次。此外，《福建交通》还充分利用福建省交通运输厅门户网站进行交通新闻宣传，展示福建交通风采。

交通企业号、公众号。早在2014年，福建省交通运输厅就试水企业号，开通交通政务微信，搭建互动交流平台。为构建高效传播的新型交通信息综合平台，根据交通政务微信的栏目设置，《福建交通》积极与之对接，及时更新信息及省内主流媒体关于福建交通的报道，将之作为《福建交通》的另一重要传播渠道。在利用杂志、网络等媒介渠道的同时，《福建交通》将进一步广开管网，开设公众号、微博等网络平台，充分利用高速公路服务区、汽车站、公交车载电视、LED大屏等已有媒介，滚动播放行业交通新闻及交通便民服务新举措，切实让群众对福建交通"可观可感"。

通过上述方式，目前，各平台紧紧依托"福建交通"这一品牌，又合力打响"福建交通"这一品牌，形成聚合效应，立体化提升"福建交通"的传播影响力，全方位拓展展示渠道。

## 流程再造：共享深层融合

"媒介融合"是各种媒介呈现多功能一体化的发展趋势。新旧媒体的融合，不是媒介内容的“平台转移”，而应是新旧媒体的深层次“水乳交融”。其中很重要的一环是流程再造。

流程再造是20世纪90年代初期在美国兴起的一次管理变革浪潮，其核心命题是“对组织的作业流程进行根本的再思考和彻底的再设计”，目标是“以期取得在成本、质量、服务、速度等关键绩效上重大的改进”。新闻生产的流程再造是媒体以一种首尾相接、完整的整合性过程改变过去被不同介质割裂、不同部门管理造成的支离破碎的局面。其核心思想是要打破只能按部门设置的管理方式，代之以业务流程为中心，重新设计信息传播管理过程，甚至是颠覆性的再思考和设计，从整体上优化流程，追求全局最优，而不是个别最优。

就此，《福建交通》不仅重新梳理各编辑工作流程和岗位流程，明确分工，理清职责，实行标准化管理。同时，编辑部已开设公众号及微博等网络平台，记者、编辑均可将文字、图片、音频和视频等素材向包括《福建交通》杂志在内的福建交通新闻网、交通政务微讯、微博、公众号等媒介平台传稿、发稿，打通传统媒体和新媒体的卡口，实现新闻资源的共享。各媒介平台各取所需，通过深加工生产出各种形态的终端新闻产品，以多种格式、多种渠道的成品输出。

新闻生产流程再造还要求单介质记者转型成为多媒体记者，如配备多媒体化的采写设备，使得媒介产品可以同时满足手机报、电子纸、移动报、纸媒文字图片的需求以及网站和户外视频的视频需求。目前《福建交通》采编一体，这就对编辑人员提出了更高的要求，需要不断提高自身素养，提升新闻采的行动力与呈现力。

《福建交通》和新媒介的融合，是《福建交通》传播流程和传播机制的重新构架，是一个循序推进的过程。打通《福建交通》和各类新媒介的卡口，推进各种媒介资源的有机融合、信息资源的有效整合，调整组织结构，重构采编流程，并努力打造一次采集、多元传播、多媒介发布、全方位覆盖的现代传播体系，构筑起立体传播网络，《福建交通》必能释放聚变效应。

# 如何发挥国有企业新闻宣传对企业文化建设的推进作用

康夏清

**摘要**：企业文化建设是推动企业提升核心竞争力的重要途径之一，优秀的企业文化在企业健康和稳定的发展过程中起到至关重要的作用。企业新闻宣传是推动企业文化建设的有机载体，通过有效的新闻宣传可以提高国有企业的影响力、竞争力和美誉度；营造良好的文化氛围，提高企业凝聚力；引导个人目标与企业目标相统一，在推动企业深化改革的同时，实现员工的个人价值。本文在介绍企业文化和国有企业新闻宣传内涵、关系的基础上，以北京公交集团为例，着重探讨如何发挥国有企业新闻宣传对企业文化建设的推进作用。

**关键词**：新闻宣传；企业文化；北京公交

企业文化建设是推动企业提升核心竞争力的重要途径之一，优秀的企业文化在企业健康和稳定的发展过程中起到至关重要的作用。国有企业的新闻宣传作为企业发声的平台能够有效推动企业文化建设，对外宣传企业良好形象，提升市场地位，对内提升企业凝聚力，引导工作方向，推动实现企业目标，提升经营效益。因此，必须认识到国有企业新闻宣传在企业文化建设中的重要作用，并采用有效的宣传方式方法推动企业健康发展。

## 一、企业文化和国有企业新闻宣传

根据第四次管理革命的理论，企业文化是企业在长期生产、经营、发展过程中所创造的具有该企业特色的精神财富和物质形态，它不仅包括文化观念、价值观念、企业精神、道德规范，还包括行为准则、历史传统、企业制度、文化环境、企业产品等。企业文化作为企业的灵魂，是推动企业进步的不竭动力，是企业的软实力，积极健康的企业文化有助于提升企业的凝聚力、向心力。北京公交集团作为国有独资大型公益性企业，是以城市地面公共交通客运主业为依托，多元化投资，多种经济类型为一体的大型公共交通集团企业。为乘客提供安全、便捷、舒适的乘车服务关系到企业的可持续发展，一直受到社会各界的广泛关注，建立“同心同德、和融共生、行无止境、追求卓越”的同行企业文化有助于提升职工服务乘客、奉献社会的责任意识，为乘客提供更好的公共出行服务，有助于凝聚职工的力量，更好地推进企业改革发展。在推动企业文化建设落地的过程中，企业新闻宣传就发挥着至关重要的作用。

国有企业新闻宣传是国有企业通过各类新闻媒介发布有关企业的消息、通讯、新闻特写、新闻故事等，是对当前重点工作、未来目标、文化建设、先进经验和典型的宣传。作为国有企业思想政治工作中的一项重要工作，新闻宣传在为企业鼓与呼、统一思想、传承文化、交流沟通中都发挥着重要作用。特别是在凝聚企业合力，传递正能量，宣传企业面临的形势与任务，传递好声音，弘扬主旋律，营造风清气正、内和外顺、干事创业的良好氛围，扩大提升企业影响力和美誉度方面，具有十分重要的意义。通过积极有效的宣传策略，可以为企业改革发展营造良好的舆论环境，凝聚统一干部职工的思想和力量，助力企业内实外美和谐发展。

## 二、国有企业新闻宣传对企业文化建设的作用

国有企业新闻宣传可以树立良好的企业形象，提高国有企业的影响力、竞争力和美誉度。新形势下，在建设现代化经济体系的道路上，国有企业的长足发展不能仅仅依靠政策的扶持、资源的垄断，而是要依靠实力，这其中就包括文化软实力，树立良好的企业形象和企业品牌。企业新闻宣传能够通过一定时期内的新闻、广告、活动策划或某些特定事件为契机，将其与企业的文化及产品、服务紧密结合，给社会公众展示良好的企业形象，增加社会公众对于本企业产品及服务的信任度和好感，从而逐渐由认识品牌到关注品牌，再到信任品牌。北京公交集团的企业文化以“一路同行，一心为您”为品牌特质，坚定“以人为

本、乘客至上、创新发展、追求卓越”的核心价值，履行“让更多的人享受更好的公共出行服务”的光荣使命。2017 年 10 月，北京公交通过各类媒体发布升级版的企业文化，不仅更新了企业标识，还推出新版企业文化手册，让更多的人重新认识北京公交，了解北京公交，迅速提升了企业的社会影响力。

国有企业新闻宣传可以营造良好的企业文化氛围，提高企业凝聚力。国有企业的企业文化是企业精神面貌的重要体现，是企业发展过程中的软实力，推动企业文化建设需要全体企业员工的认同、支持和共同努力，同时也需要社会公众的了解和认同。而国有企业的新闻宣传工作恰好可以承担起与员工、公众的沟通桥梁和纽带的职责作用。及时、有效的新闻宣传能够提升对外形象，宣扬企业的经营理念、经营目标、价值观念等，搭建与外部公众沟通的平台，进而形成互助互信的良好关系；对内来看，可以使企业员工掌握企业发展的最新动向，通过良好的舆论氛围激发员工工作的积极性、主动性和能动性，推动企业发展。北京公交集团将“同心同德 和融共生”作为企业的处世哲学，努力整合资源，发挥聚合效应，加强企业员工之间的凝聚力，从而促进北京公交集团的健康发展。

国有企业新闻宣传可以引导个人目标与企业目标相统一，在推动企业深化改革的同时，实现员工的个人价值。党的十九大报告中指出，在建设现代化经济体系的道路上，必须深化供给侧结构性改革，深化国有企业改革，推动国有资本做强做优做大。而在国有企业改革和发展的过程中也面临着一系列的阻力，因此，为了国有企业深化改革发展的顺利进行，必须加强国有企业的新闻宣传工作，宣传企业深化改革的内容、方法、目标和意义等，提高员工对企业深化改革的认可和支持，使员工及时调整个人目标与企业方向的一致性，从而为企业改革的顺利开展提供有效保障，同时实现员工的个人价值。北京公交集团通过自己的企业报《北京公交》，每十天出版一期，设立企业深化改革专栏，宣传企业在激发创新活力，推动提质增效方面的优秀经验方法和贡献突出的个人事迹，折射出北京公交人“一心为乘客、服务最光荣、真情献社会、责任勇担当”的优秀精神品质，为推动企业改革发展注入强大精神动力。

## 三、发挥好国有企业新闻宣传对企业文化建设的推进作用

国有企业新闻宣传工作在企业文化建设的推进过程中扮演着重要的角色，

那么,在国有企业深化改革的新形势下,如何才能做好国有企业新闻宣传工作,从而更好地发挥推动企业文化建设的作用。本文通过以下三个观点阐述这个问题:

提高对国有企业新闻宣传工作重要性的认识。国有企业要加强对新闻宣传工作重要性的认识,不仅要加大对新闻宣传的投入,还应加强职工对企业新闻宣传的认识。企业的一切活动要靠员工来实行,就要求企业满足员工物质需求的同时也要满足员工的精神需求,而新闻宣传是满足员工精神需求的重要途径,所以新闻宣传工作不仅关系到企业的利益,也关系到员工的利益,因此要提高企业自身和员工对新闻宣传工作重要性的认识。北京公交集团十分重视新闻宣传工作,相关工作由北京公交党委宣传部独立负责,体制机制成熟,不仅包括平面媒体《北京公交》企业报、视频媒体《一路同行》栏目、舆情监控和应对,还包括官方网站、官方微博、官方微信等新媒体,逢重大事件或时间节点,能够及时运用有效的新闻宣传手段做好宣传。

加强新闻宣传人才队伍建设。国有企业的新闻宣传工作需要一支具有专业知识和专业素质的新闻宣传工作人员队伍,优秀的人才队伍可以发挥出最佳宣传效果。因此,在国有企业新闻宣传队伍的建设过程中要注意对新闻宣传工作人员的选拔和培养,并且保证一定数量的专门从事企业新闻宣传工作的人才,通过对宣传人员的思想道德考核,文字功底培训提升,工作积极性和责任意识培养等来提高宣传工作人员的自我修养,努力把新闻宣传工作做出成绩。北京公交集团不仅重视新闻宣传工作,还十分重视宣传人才队伍建设,每年八月定期组织培训,邀请外界专家和专业人士进行摄影、写作、新媒体运用等方面的培训,同时不定期组织新闻宣传工作人员到外单位学习交流先进经验,开拓视野,提升专业素养。

发掘和选择能够推动企业文化建设的宣传方法和宣传内容。对于国有企业而言,要进行新闻宣传,其方法和内容的选择应当形式多样,内容涵盖全体员工所关注的问题,突出工作重点和亮点,使新闻的宣传与企业目前所处的客观形势相结合,准确快速地将企业所要实现的发展目标和未来的建设理念传递给企业的每一位员工。国有企业新闻宣传应注重创新成果的开发运用、生产经营业绩的提升和市场的成功开拓等方面的报道,展现企业成就背后的艰辛历程,塑造良好形象的同时激励员工，增强企业内部凝聚力。北京公交集团积极拓展有轨电车市场，在西郊线有轨电车试运营期间邀请社会各界体验乘车，同时对外介绍前期筹备经验，营造良好的舆论氛围，提升了北京公交品牌影响力和关注度。此外，企业的良好运转离不开优秀的团队、敬业的职工。在新闻宣传工作中选取典型人物和典型事件进行报道，不仅能够彰显出企业的精神文化，还能促进企业品牌形象的树立。因此选树典型，由典型带动示范效应，可以使无形的企业文化理念形象化，加深全体员工对企业文化准则和价值理念的认识，从而推动企业文化的建设。北京公交集团多年来注重先进典型的引领示范作用，选树了一批如电车分公司103路车队党支部、客四分公司1路车队党支部、保修四厂造甲村车间党支部等先进党支部，以及李素丽、刘美莲、张鹊鸣、孟大鹏等一线劳模职工，逢五一劳动节、七一建党节、暑运、冬运等重要时间节点，利用各类媒体平台宣传劳模先进的优秀事迹、工作经验，塑造了北京公交人乐于奉献、勇挑重担的良好形象，营造了浓厚的比学赶超、追求卓越的氛围。

企业文化作为企业发展的软实力，在企业发展中的作用日益得到重视，而新闻宣传工作是推动企业文化建设的重要途径。国有企业的新闻宣传工作是加强国有企业文化建设，提高国有企业经营效益，提升企业形象，营造良好舆论环境的重要方法，只有加强对新闻宣传工作重要性的认识，提升企业新闻宣传人才队伍的职业素养，发掘和选择能够推动企业文化建设的宣传方法和内容，才能为企业文化建设提供“肥沃的土壤”，进而发挥企业文化的凝聚、导向、激励作用，形成助推企业发展的内外合力。

# 论新旧媒体相互融合满足大众阅读需求

李建国

随着社会的发展进步,人类进入信息化时代,催生了网络新闻,即网络新媒体,而传统的平面报纸,即旧媒体共存的融媒体时代。我们不能以新旧媒体的差异化而否定一方,或者肯定另一方。在如今这个融媒体时代,新媒体网络新闻和传统报纸媒体新闻已经成为大众生活中不可或缺的重要组成部分。新媒体新闻与传统的报纸新闻相比,网络新闻虽然有着更明显的优势,更适应信息化时代的需求,但也同样存在一定的缺陷和不足。我以为,新旧媒体之间,要相互融合,取长补短,做到共同发展,满足大众全方位、多渠道获取新闻的欲望。

## 一、新媒体网络新闻的概念

所谓新媒体网络新闻是一种信息主体基于共享技术对特定对象传播的新闻信息,而编辑则是一种过程,也就是创作主体对语言、文体进行组织的一个过程。网络新闻编辑就是这两者概念的综合,是基于网络实现新闻事件信息传播的过程。

## 二、新媒体网络新闻与传统报纸新闻的共同点

### (一)相同的编辑流程

纸质媒体新闻编辑是一种最传统也是最基本的编辑模式,也是新闻报道活动的重点方面,在这个编辑过程中,核心内容就是"组织加工"。当网络技术不断发展,人们便开始习惯通过网络阅读新闻,这催生了网络新闻编辑的出现,它同传统的新闻编辑相比而言,两者除了在新闻传播途径上存在差异之外,其在流程上是一致的,当然,从另一方面说,网络编辑人员需要额外处理一些工作内

容,例如给网页进行链接设计等。总体来说,这两种编辑的流程是比较相似的。

(二)相同的编辑目标

网络新闻传播具有很多优势,比如它让信息传播变得更快等,而这些优势也是传统新闻传播力求达到的目标。

(三)相同的创新追求

如前所述,传统媒体新闻编辑和网络新闻编辑工作流程和内容上比较接近,同样,它们也都要求相关编辑人员具有创新能力,这是新闻的本质所决定的,创新是保持新闻生命力和吸引大众的决定因素。

## 三 、新媒体网络新闻与传统报纸新闻的共性与个性

(一) 稿件编辑

1. 标题制作

就标题创作而言,网络新闻同传统报纸新闻区别很大,网络新闻必须依靠标题吸引阅读,否则就失去了价值,可以说,网络新闻的标题是决定新闻能否获得关注的关键要素,“标题党”正是基于这种现实产生的。“标题党”是互联网上利用各种小题大做、故弄玄虚的标题吸引网友眼球,以达到各种目的的一小部分网站管理者和网民的总称。其主要行为简而言之即发帖的标题严重夸张,帖子内容通常与标题完全无关或联系不大。标题党中,大部分网友是出于无聊、好玩或者追求精神刺激的目的,意图捉弄其他网友;而一些极少数的标题党成员是出于招揽网友增加本网站、论坛、博客或者个人帖子的访问量,以及某些不便告人的目的,为了吸引眼球,提高点击率,而欺骗广大网友。

例如,《180 万买辆宝马砸着玩》,拿 180 万玩多么吸引人啊。其实这件事是发生在几年前的事情,早已经被证实了的是一篇虚假新闻。今天个别网站又拿出来说事,无非就是哗众取宠,想争取更多粉丝,让不明真相的读者关注他们。还有一件事也是几年前发生在北京的。题目是《北京部分商贩用废纸箱做包子馅》的文章。相信大家还有印象。这篇文章后来也被证实是虚假新闻,当时参与报道的北京某电视台两名记者,都受到了组织处理。

可以说,现在网上新闻满天飞,真假难辨,有图也不一定就是真相。所以,对一般的特别是重大新闻均以新华社为准,地方新闻以党报等主流媒体为准。

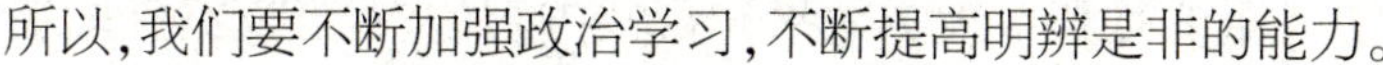


所以,我们要不断加强政治学习,不断提高明辨是非的能力。

不难发现,网络新闻的标题中经常出现省略句,这是由网站页面限制造成的,因此在创作新闻标题的时候就要达到既简洁又吸引人的目的。与此相比,传统新闻标题更注重的是标题的真实,即文题相符、题文一致,较网络新闻标题具有规范性和正式性等特点。

2. 内容

人们通过网络可以接触到大量信息,因此在网上阅读新闻的时候就需要让注意力充分集中,网络新闻如果易读性差的话,就会让阅读者感觉到视觉疲劳。要达到网络新闻的可读性,就要注意两个方面,首先,牢记网络新闻主要目的是以最快的速度传播信息,而不是展示高深文学功底,因此在编辑网络新闻的时候要采用平实易懂简练的文字语言;其次,网络新闻编辑过程中要避免较长的段落或者篇幅,语句越简短越好,同时要在新闻开头将其内容要点提示出来,以达到让阅读者最快了解新闻重点的目的,当新闻需要比较长的篇幅时,采取超文本链接是一个很好的解决办法。

3. 互联网可以展示独特的音、视频

同传统的纸质新闻相比,网络新闻有一个最大的优点,即互联网新闻可以超越文字、图片的限制,融合了音频、视频内容的多媒体让网络新闻更加多角度、更加生动立体。

(二) 程序

对于传统纸质新闻媒体而言,编辑工作必须遵循一个编辑体系,其中包括新闻采写、审核把关、发稿出版等方面的工作都要按照一定的程序进行。与此相比,基于互联网技术的网络新闻其编辑就不必要遵循 特定的编辑步骤,尽管主营新闻业务的网站一般来说稿件发布程序会趋于固定化,而一些私人性质的网络新闻传播平台在新闻编辑流程方面随意性就较大,甚至可以说,这类平台上是没有新闻发布流程的问题,在融媒体时代,人人都是麦克风,人人都是记者,所以,微信、微博等新媒体上发布新闻可以随心所欲。

(三) 版面设计

对于网络新闻来说,其版面设计是对网页进行的优化活动,设计过程中不仅要注意到新闻内容本身,而且也要达到强烈的视觉效果。网络新闻版面设计方面自由性很大,它更注重的是整体视觉效果和形式内容的融合,网络新闻在音频视频等的支撑下改变了传统的排版习惯,因此,对于纸质新闻所适用的一些排版方法,已经不再适用网络新闻的身上了。

(四) 空间

网络新闻和纸质新闻的一个很显著的不同点,就是它们对于工作场所的要求。传统的纸质新闻编辑活动一般都在固定的场所例如编辑部进行,而网络新闻的编辑就没有这么大的限制性,只要编辑者可以接入互联网,在任何地方进行编辑工作都是没有问题的。另外在互联网强大信息支持下,网络新闻能够包容无限的信息量,更主要的是不受版面和字数限制,而纸质新闻相比之下,受版面和字数限制就显得约束性比较大。

(五) 编辑时段

新闻内容的更新是所有媒体不懈努力和奋斗的目标。通常来说,纸质新闻媒体在这方面的时间规划性更强,比如有些报纸的出版周期以天计算,而另外一些报纸则以周计算等。这样的话,编辑工作者就要面临一定的编辑任务完成时限。相比之下,网络新闻的出版时间一般没有这样硬性的规定,只要新闻发生,就要即时进行相关事件的编辑发布等工作,这是因为网络新闻的发布不光随意性强,而且涉及的信息也非常多,编辑在面临新闻事件时必须第一时间出击、在新闻事件发生后尽快将消息发布出去才能夺得先机。导致网络新闻出版更加具备时效性的另一个原因,就是网络新闻在创作方面要比纸质新闻更加简单,新闻编辑者可以随时发布具备合法性及真实性报道的新闻。当然,网络新闻编辑需要随时待命,以即时捕捉到有价值的新闻事件,传统新闻的出版惯例则决定了其编辑人员不用像网络新闻编辑者那样辛苦。总体而言,网络新闻在新闻传播速度与广度等方面都更具有优势。

(六) 编读互动程度

发布新闻信息的人同阅读新闻的人或者说新闻信息接收者之间必然会发生一种互动沟通,纸质媒体新闻传播中,从发出信息到接收信息要经过一定的时间等待,所以信息发布者所得到的反馈往往不够及时,而网络新闻在这方面则要更加方便和快捷,也就是说新闻发布者可以在更短的时间内获得反馈。同时,新闻网站可以通过 QQ、微信、微博等之类的即时通信工具或邮箱等与新闻读者实现交流互动,因此网络新闻在服务方式方面更显得机动灵活、随意性强。

总之,基于互联网新媒体的网络新闻传播要开发各种手段以更好地挖掘其在新闻信息采集方面的优势,同时还要充分借助先进网络工具的力量,使网络新闻编辑获得更好的发展。从目前来看,新闻编辑是整个新闻传播活动中非常关键的一个内容,网络新媒体本身有许多独特的优势,这些方面决定了网络新闻同传统纸质媒体新闻必然存在差异。从目前来看,一个很大的现实挑战就是如何让传统新闻传播的优势同各种先进技术有机结合,实现彼此之间的互补而共同发展,以满足大众在快节奏的生活中,全方位、多角度,更便捷地获得新闻的欲望。

# 期刊编辑的职业修养

程　红

**摘要**：期刊编辑的职业修养和业务水平很大程度上决定了期刊学术水平与出版质量。期刊编辑必须从思想政治素质、专业技能、知识储备、编辑加工和创新等方面不断提高自身素质，以适应数字化发展时代对期刊编辑提出的新要求。

**关键词**：期刊编辑　工作特点　职业修养

期刊编辑是把精神产品转化成物质产品的主要践行者，是后续出版工作的关键，编辑的工作水平及职业修养直接决定刊物的品质。要想成为一名优秀的期刊编辑，只有保持良好的职业修养、恪守职业道德、精益求精的专业技能，期刊的水平和质量才有保证，才能满足读者的需求，适应当前社会信息的飞速发展。

## 一、期刊编辑的工作特点

期刊具有连续性、时效性、创新性、稳定性等特点，由于期刊每期在固定的出版周期内要严格执行编校流程，从选题入手，经过组稿、审稿、加工整理、校对等工序，再到后序排版、印刷、发行等，都需要期刊编辑亲力亲为。在这期间，又要随时处理作者或读者的电话、网络咨询。所以作为一名期刊编辑，不仅要具有较强的专业素质，还要保持高度的事业心和责任感，以及严谨的工作作风和创新意识，这样才能确保期刊质量，在众多的期刊中树立自己的风格，保持旺盛的生命力和发展潜力。

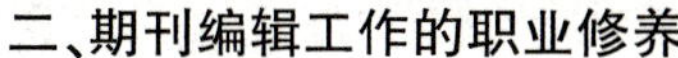

## 二、期刊编辑工作的职业修养

(一)较高的政治思想水平

期刊编辑要认真学习马克思列宁主义、毛泽东思想、邓小平理论、“三个代表”重要思想,以科学发展观为指导,以习近平新时代中国特色社会主义思想为引领,坚定文化自信,推动社会主义文化繁荣兴盛。文化兴国运兴,文化强民族强。要坚持中国特色社会主义文化发展道路,激发全民族文化创新创造活力,建设社会主义文化强国。

期刊编辑还要有较高的政治认知能力,对于政治形势的发展、社会思想动向有较高的认知和辨析能力,对于党和国家的重大方针、政策和有关出版工作的法律法规,能比较熟悉掌握,并在自己的工作实践中认真贯彻执行。

(二)扎实的专业技能

1. 选题

选题是出版编辑过程的最初阶段,是编辑人员根据一定方针和主客观条件,开发出版资源、挖掘和设计选题的创造性活动。编辑需要在了解本学科目前的发展趋势的基础上,预先制定好一段时期内的选题。期刊每期会有多个选题(即栏目),每个栏目又包含多篇文章,编辑应平衡好各栏目的篇幅及数量,对重要选题有所侧重,这样才能全面反映行业内各项工作的内容。

2. 组稿

组稿是根据选题发现、选择、组织作者完成作品创作的活动。

笔者所编辑的刊物是交通行业财会类的期刊,组稿主要通过约稿、举办征文评选获奖的稿件和作者自行投稿。编辑日常会与行业带头人、省厅主管财务的领导、大集团公司的财务领导保持密切的联系,建立良好的关系,国家一有新政策出台,这些专家和领导都会积极响应,百忙之中抽时间写出自己的想法、建议和对策,保证有充足的、专业性高的稿源。

定期举办征文等活动,从众多来稿中选出品质高的优秀论文,作为期刊的专栏发表。

还有一部分是自行投稿的作者,他们大多是行业内的财会人员、大专院校的学生和硕博研究生,他们的写作水平良莠不齐。自些稿件是写执行当前的某些政策时，发现了工作中存在的问题，积极地提出建议和解决办法；有些文章则是纯理论的东西，晦涩难懂；还有一些文章针对要点只是泛泛的叙述，没有把重点问题阐述清楚。这就需要编辑积极地与作者沟通，跟那些将来可以向期刊连续发表较多优质论文的作者保持日常联系，因为他们有可能就是潜在的行业内的专家，可以跟他们约稿。对于其他文章内容一般的作者，编辑要耐心地、详细地向作者指出文章中的不足，提出合理的建议，对他们今后写作也会有很大的帮助。

3. 审稿

审稿是编辑工作的关键，是决定期刊质量的重要步骤。

期刊编辑首先要对文章的政治思想进行审阅，检查是否有与当前的政策相左的内容。

还要注意是否有机密的数据泄漏，以免刊物发行后，给单位、行业、甚至国家带来损失。

期刊编辑要通过学术不端文献检测系统对稿件进行检测，查验是否存在抄袭、剽窃、变相重复、造假等学术腐败行为。

如果稿件中有感觉比较模糊的专业性很强的内容时，期刊编辑则需要请行业内熟悉该领域、水平高、责任心强的专家复审，这样才能保证文章的准确性。

4. 编辑加工、校对

期刊编辑要对稿件谋篇布局、字斟句酌、精心润色、提高稿件表达效果，锦上添花。

期刊编辑在对稿件做加工处理的同时，要充分尊重作者的创作意图，不能自以为是，毫无根据的肆意删减或修改，以免犯“变正为误”的低级错误，改变作者写作的初衷。

期刊编辑要做好论文的规范工作，要熟悉运用《中华人民共和国通用语言文字法》《通用规范汉字表》《第一批异形词整理表》《标点符号用法》，对论文格式是否规范，图表、公式和数据是否有误，标题层次是否正确，摘要、关键词、参考文献格式是否规范等问题进行校对、加工。

期刊排版时，编辑还应参与封面设计，正文版式的设计，图表的位置安排等设计制作的专业技能，并需了解后期印刷的知识，以便准确计算期刊的开本、页码及印刷数量等。

期刊对出版周期要求非常严格，有固定的出刊时间，因此编辑在较完美的完成一整套工作流程的同时，要严格把控每道工序的时间限制，保证按时与读者见面，让读者养成定期阅读此种刊物的习惯，以此保留刊物的受众群。

(三)广博的知识储备

期刊编辑除了具备的专业知识、技能以外，还应不断强化学习意识，增强持续学习的能力，广泛涉猎其他知识领域，拓展视野，掌握各方面的社会信息，对了解到的情况和问题进行分析和研究、归纳整理，提炼出适应本专业的精华，成为一专多能的期刊编辑，审稿时才能更好理解文章，做出合理、专业的修改，更好地为作者提供有价值的建议，提高期刊的质量和水平。

随着信息技术的迅猛发展，计算机、网络、多媒体等现代信息技术越来越广泛地进入到人们的工作和生活中，编辑出版活动也日益数字化、网络化。期刊编辑人员应紧跟信息化发展的脚步，不仅要熟练使用现代信息技术来处理编辑部的日常事务，还要关注电子出版物的发展，深入了解其创建模式、运作方式、发行途径等，为期刊转型做好充分的准备，以适应未来出版业的发展需要。

当前学术期刊面临日益国际化的要求，期刊编辑应在提高本职业务水平的基础上，努力提高自己的外语水平。

(四)较强的社交能力

期刊编辑自身的知识和能力有限，必须有较强的社会交往能力，积极参加与期刊行业相关的学术会议、研讨会，充分与专业人员交流、沟通，建立良好的工作关系，从而获得更广泛的信息和知识，而且还能利用这样的机会宣传刊物，扩大刊物知名度，并有可能获得优质的稿源。

(五)高度的事业心和责任感

编辑的事业心就是为高质量地完成编辑任务而忘我工作和学习的心情。从某种意义上说，期刊编辑既是精神产品生产的组织者，又是物质财富的创造者。作为期刊编辑，应意识到其所从事的事业既任重又神圣，他们是联系作者与读者的桥梁，是一项引以为荣的事业。一旦选择了这项工作，就应倾注满腔热忱,并乐于为传播行业研究成果和工作经验而献身,乐于为他人作嫁衣,甘当无名英雄,所谓安于其位,笃于其职。

期刊编辑在工作中要严谨细致、一丝不苟、无私奉献,抱着对事业、对作者、读者负责的态度,认真对待审读的每一篇文章。即使文章不能采用,编辑也要详细、耐心地向作者说明原因,并提出一些建议,不能只简单告知。

(六)严谨的工作作风

编辑是一项需要耐心、细致的工作,工作中的粗心大意会使期刊一经刊出,定会对刊物或作者造成不同程度的损失。期刊编辑要在检测重复率时,认真筛选比率合格的文章,以防漏检,造成对刊物信誉的影响。期刊编辑在编校加工时,确保严格执行“三审三校一通读”制度,使差错率降至最低,保证期刊的质量。期刊编辑要保障作者的著作权,运用《中华人民共和国著作权法》《出版的市场管理规范》《互联网出版管理》等法律法规,努力维护原著作者及读者的合法权益。

(七)超前的创新意识

期刊的发展要顺应时代的发展,尤其是学术期刊,不能抱着一成不变的态度,应随着信息技术的发展、知识的更新而加以创新,只有创新,期刊才能保持生命力。比如利用网络、多媒体宣传刊物,并在此基础上与读者做更多的互动,及时了解他们的需求,从而对此进行有目的、有准备的解答及指导。

期刊编辑还应具有强烈的开拓意识、质量意识和团队意识,并具有竞争意识,这就要求编辑要勇于和善于改变原来的工作思路、工作方式,主动在编辑过程中从内容设计和封面设计上突出刊物特色,让读者过目不忘。

## 三、结语

期刊编辑是艰巨而崇高的职业,他们要保证的学术文章的科学性、正确性,所以期刊编辑要不断加强自我的职业修养,持续地学习专业知识,任劳任怨,甘于奉献,不求索取,做一名具有时代意义的合格编辑。

**【参考文献】**

[1] 国家新闻出版广电总局出版专业资格考试办公室 编.出版专业基础(中级)[M].北京:

商务印书馆,2015.
[2] 宋欣瑶,顾逸斐.如何提高科技期刊编辑的职业素质[J].编辑学报,2007(12).
[3] 吴文.浅谈科技期刊编辑的职业素质[J].科技创新导报,2012(24).
[4] 陈晖,舒仕斌.高校科技期刊编辑的职业素养[J].学报编辑论丛,2016.
[5] 陈雯.科技期刊编辑应具备的心理素质结构——事业心、责任心、好奇心和上进心[J].编辑之友(增刊),2004.

# 一次对关“权”入“笼”变革的采访

高　斌

2013 年 12 月，湖北省 58 个省直单位公示“权力清单”。其中，湖北省交通运输厅将原来分布在一厅五局八个办事部门的省级行政审批事项，集中到省厅一个窗口办理，将原来的 17 项省级行政审批精简到 11 项，并建立网上审批平台。

改革进入“深水区”，各种利益关系应该如何调整，下一步改革创新如何推进？2014 年 5 月，我带着这些问题采访了湖北省交通运输厅相关领导、工作人员和服务对象。

首先确定了采访对象，有湖北省交通运输厅厅长、分管副厅长、改革办主任、审批办主任和行政审批专家，也有湖北省客集团运输经营部杨铁强、广州广重物流有限公司员工胡彦青等服务对象。

采访中，我从行政服务大厅里面挂的十几面锦旗入手，“不抽一根烟，却办一堆事”“为人民服务，天天正能量”“货宽路险天气寒路难行，风清气正服务好暖心间”……杨铁强和胡彦青向我仔细讲述了锦旗背后的一个个动人故事。

杨铁强和我说，以前办理班线许可证，在省市交通运输部门间来来回回跑几趟不说，再加上公示、审核的时间，一个证至少要三五个月才能拿到手。“有时为了赶时间，要么花钱找‘兔子’代办，要么自己上下打点关系。现在实行信息网上公开，自己在网上就可以办理，方便多了。”

胡彦青对我说：“以前我真是苦不堪言，现在省交通运输厅特事特办，将证件有效期延长至三个月，两证合一，节省时间，提高了效率。”采访中，胡彦青脸上的笑容给我留下了深刻的印象。

采访完服务对象，我马上联系了省厅，请他们具体深入地分析行政审批的过程和意义，深入了解相关做法，为写稿积累了大量资料。

采访中，我了解到，2014 年 4 月 4 日，湖北省交通运输厅网上审批平台收到一份涉路施工许可事项。因工程大、事项复杂，审批要走 9 个环节；4 月 23 日，网上流程走到省交通运输厅某二级单位时，系统自动亮出“黄牌”警告。按规定，这一流程要在三个工作日内完成。第二天零点时，系统自动提醒。5 月 4 日，系统毫不客气地亮起“红牌”。经查，审批已进入倒数第二个环节“厅领导决定”。因领导出差，来不及签审，系统自动预警。

随着采访的深入，一条深化行政体制改革的趋势线日益清晰：“权力清单”的出台，是一次省交通运输厅勇于壮士断腕的自我削权，更是一次把权力关进制度“笼子”的深刻变革。以“权力清单”的制定公布为起点，省交通运输厅迈出了建设法治型、服务型、廉洁型机关的关键步伐。

通过采访，我概括了湖北省交通运输厅在“权力清单”的确立上，牢牢把握“四个原则”，即：“法无授权即禁止”，“权力尽量减、放、转”，“有权就要担责任”，“不公开则不实施”。

有了这些资料，我用两天时间，写成了《一场深刻的自我变革——湖北省交通运输厅行政审批制度改革观察》，并在《中国交通报》和《湖北日报》1 版头条刊发。

这次采访，给我留下了深刻的印象。我在采访手记中写到：“权力清单”的建立是一个政府自我革命的过程，也是加快政府职能转变的催化剂。“权力清单”应成为老百姓办事的“说明书”，政府依法行政的“承诺书”和实心实意接受监督的“保证书”。

“公布省级政府权力清单、责任清单，切实做到法无授权不可为、法定职责必须为。”政府工作报告明确了地方政府简政放权的时间表、路线图。通过一年多的推进，湖北省交通运输厅做到了权责清单“落地”，简政放权向纵深推进。

记者在采访中感受到，湖北省交通运输厅权力清单的推行特别是网上审批和政府服务平台的建设，打通便民服务“最后一公里”，让百姓审批办事上了“高速路”。

权力不能再任性，百姓才会更放心。

原刊于《中国交通报》2016 年 8 月 4 日 7 版

# 新闻图片类

获奖名次：图片类二等奖

标　　题：《雪中送快递，迎接"双11"》

作　　者：易思祺

原 刊 于：《中国邮政快递报》2015 年 11 月 11 日 8 版

获奖名次：图片类三等奖

标　　题：《广州交通“嗨”翻广马》

作　　者：叶　键

原 刊 于：《广州交通》2016 年 1 月（总第 25 期）

# 作品评析

## 聚焦重大事件　一图胜千言

### ——简评第六届全国交通运输优秀新闻图片获奖作品

杨秉政

第六届全国交通运输优秀新闻图片获奖作品的推选结束。不出所料，两个一等奖再次被突发事件灾难救援的新闻照片斩获。回顾以往几届，为什么突发事件的新闻照片能够连续多年屡次摘得金牌，除了人们对社会上的突发事件、灾难救援更加关注以外，摄影人能够在第一时间深入现场，及时抓住了救灾现场紧张救援难得的镜头。所摄的图片引起了读者强烈的共鸣也打动了评委。我们不仅要赞美交通人面对险情，临危不惧一往直前的精神，还要给冲在抢险救灾第一现场的摄影人点赞！

本届获得一等奖《‘东方之星’轮翻沉事件救援》所表现的是2015年6月1日载有456人的“东方之星”在长江翻沉后的救援现场，参与搜救的潜水员将翻扣在江中的轮船的客舱中搜寻到的第一位幸存者65岁的朱红美老人救出的镜头。从画面中我们可能感觉不出救灾的艰难，但从老人被潜水员搀扶着从船底上拉上来的镜头中可以想象到潜水员将从翻扣水中的船舱中搜寻幸存者，再将幸存者安全的带出水面这一过程是多么的艰难！抓拍到救援者拉着幸存者从船肚子上经过这一决定性的瞬间，比将幸存者安全救上岸再拍要胜过百倍！我们就是要提倡鼓励那些勇于冲锋陷阵的摄影人！

好的新闻图片，内容为王！其他诸如：构图.用光.层次.影调一概都不是最重要！当然，我们在拍摄过程中如能更好地把握这些要素当然会使图片的视觉效果更胜一筹。

一等奖的作品《永兴岛海域救援越南籍患病渔民》图片表现的是2015年4月16日交通运输部南海救助飞行队员在海南永兴岛海域救助越南患病渔民。画面中飞机与渔船形成的夹角下可见到救援缆索正将两人起吊，直升机旋转桨叶的巨风将海面吹起泛白的浪花与两人形成了反差，也成了读者更加关注的焦点。稍感遗憾的是，这个焦点的人物有点太小，如能再等到两人提升到更近的位置再拍，画面能看到被救人物的面部表情，那将会给读者一个更加强烈的观感。此种突发事件的拍摄，一定要在不同时间段连续记录，这样才能不放过更精彩的画面！

一等奖作品《漫步星空》多么好的命题，潜水员真如出舱的宇航员迈步在宇宙空间。蓝色背景之下，潜水员的剪影游荡在其中，怎一个漫步了得！此幅作品既有拍摄难度又要具有水下拍摄的经验。作者如不潜入比被摄者更深的海域用仰视的角度将潜水员的身姿置于发亮的海面背景之中。哪会产生如此这般吸引眼球的效果呢！

一等奖作品《龙江特大桥箱梁吊装》图片展现了建设中的云南腾冲龙江特大桥。巨粗的缆索悬吊着箱梁，在云雾缭绕的黛色背景中跨江而过。均衡的构图，放射状的缆索将目光引导向对岸山巅上的桥塔。就在左侧的主缆之上有个吸引眼球的橘红色，正是一名建桥工人在空中作业。别小瞧画面中的这小小人物，正因这小人物与巨大的缆索形成鲜明的对比，才反衬出桥梁的宏伟！拍摄这种类似风光片的建设成就照片，能抓住绝佳的气候来做陪衬，加之不俗的拍摄角度和构图，方能更胜一筹。

二等奖的八幅作品，有三幅是反映邮政快递内容的。物流业的极速发展方便了群众，快递小哥们的辛苦有目共睹！《雪中送快递》北京双十一期间，邮政快递员雪中送货的图片最为抢眼。作者用长镜头大光圈突出了人物主体，虚化了背景。更有那漫天飞舞的雪花陪衬，凸显出邮政快递员的敬业精神。《静等主人来》也是利用长镜头将在北京高校“摆地摊送快递”的场景，利用逆光中快递员的剪影和脚下摆放包裹的组合，恰到好处的抓取了快递员弯腰曲背取包裹的瞬间，给一个看似平常的场景赋予了生动和鲜活。《“小县城”实现“大生态”》,反映的是“农村淘宝全国第一单”的诞生地浙江桐庐县金家村物流发展现状的组照,作者在这个几十平方米的网店中,以三个不同的场景见证了“网购+快递”给村民的生活带来的变化。从画面中可见,无论是给老人量衣定制服装的少女,还是女士化妆时围观的儿童,用图片讲故事,完全超越了我们对昔日农村落后面貌的固有映象。《吊臂之美》作者以逆光剪影,彰显出打捞“世越号”沉船的救捞勇士们顽强拼搏精神。《海事珠峰》作者以珠峰为背景,用光绘的手法拍出了中国海事的缩写字母这一有特殊意义的图片。好就好在奇思妙想的创意。《开闸》则是以航摄的手段,利用斜线构图,出俯拍了世界上通过能力最大的内河船闸群,梧州长洲水利枢纽的全貌。将这一气势宏大的超级工程一览无余。胜就胜在给读者以“上帝的视角”俯视了目前世界上唯一在同一个横截面布设四线船闸的水运工程。

获得三等奖的八幅作品也是各有千秋,其中《溜索改桥造福山区百姓》以组照的形式将四川北川最古老的交通方式”溜索“和改造工程展示给读者。通过滑溜索过河的百姓之口,说出了“我们都滑了几十年了,确实不想下辈人再滑了!”的心声。并以在建的“索改桥”工程图片,向社会展示了四川省总投资13.2亿索改桥77座的惠民工程。一图胜千言,让交通不便的山区百姓看到了希望,有了盼头!《百花山农村公路》也是全国山区农村公路的缩影,一条干净整洁的山区公路从绿树掩映的新农村中穿过。山间笛响汽车来!好一幅“美丽乡村小康路”。

对于新闻图片,我们常说好的摄影图片,可“一图胜千言”,但要想做到不借助图说就能达意确实困难。如此次二等奖作品《凝固的青春》画面表现的是一群非洲的年轻人在篮球场上欢快的场面。如不借助图说,你怎会想到这是中交一航局加蓬项目部帮助当地的一所中学修缮了校舍和体育场地,学生们由此兴高采烈的情景。从照片中看不到一点中国的元素。故也无法判定是否是中国企业给予他们的无私帮助。所以,无须图片说明就能看出图片所表达的意思这“一图胜千言”的金句,是我们摄影人不断追求的理想境界。让我们都朝着这个目标努力吧!希望下次的推选中,能看到你“一图胜千言”的佳作!

(作者系中国交通报社原摄影部副主任、主任记者)

# 专 题 片 类

获奖名次：图片类三等奖

标　　题：《大修工地上的筑路工人》

作　　者：唐隽永

原 刊 于：《贵州公路》2015 年第 4 期

获奖名次：图片类三等奖

标　　题：《友爱新城》

作　　者：钟继东

原 刊 于：《广州交通》2016 年 7 月（总第 31 期）

# 作品评析

## 题材多样　突出行业特色

### ——简析第六届全国交通运输优秀专题片类获奖作品

陈　刚

由中国交通报刊协会主办的第六届全国交通运输优秀新闻作品推选展示活动圆满结束，共有18部专题片参加专题类推选，最终12部专题片分别获得了一、二、三等奖。

今年的专题类报道在注重题材多样性的同时，又不乏聚焦国家战略下行业特色发展的内容，体现了统筹兼顾的特点。在影片的叙事方式上更注重发挥纪录片、微视频（微电影）长于讲故事的体裁特色，更加注重对细节的记录或演绎，营造了较强的现场感和带入感。

#### 一、报道主题聚焦大题材，注重点面结合

综述性报道是新闻报道中比较难驾驭的一个类别，与事件性报道不同，它是对一段时间或若干空间发生的情况、经验或问题等概貌性或阶段性的反映。在具有行业特色的媒体中，这类报道会占很大的比重，从选题到表现都具有一定的难度。本次参评作品在选题上进一步聚焦国家战略层面的行业发展概貌，如《路连人心—交通扶贫三省影像记》，关注了交通运输行业通过“精准扶贫”，加快补齐贫困地区交通发展短板，为脱贫致富提供交通运输保障的有力举措。

《锦绣黔程大路如歌》,作为贵州省公路局“十二五”工作总结片,较为全面地反映了五年来贵州国省干线公路、农村公路和省公路局管理的高速公路的建设发展历程,影片重点突出、表现丰富,层次清晰。《抗洪保通 风雨同行》则记录了安徽省交通行业干部职工在重大专项工作面前,忠于职守、勇于担当、无私奉献先进荣事迹。《杨光 用公交车模留存城市记忆》则以公交车模为切入点展现了首都公交行业变迁的历史风貌。

## 二、叙事方式不拘一格,重在讲好“交通故事”

本次参赛作品在影像表达上呈现出专业化多样化的趋势,在叙事的样式和方式上不断进行创新探索。《拯救 2015》借鉴了电影的表达方式,所有人物本色出演,再现了河北高速公路青银管理处 90 后职工孙哲捐髓救人的感人事迹,片中以家人从不理解到支持的转变为重要线索,孙哲父亲“咱们一家子都是交通人,说白了就是修桥补路,积德行善,这次捐献骨髓就是行大德、积大善。”一句质朴的话语,体现着交通人的家国情怀和时代追求。《“首席”姐妹团的聚会》则选取了首都公交战线中一个“特殊”的群体——“女司机”的故事进行讲述,片子没有采用以往典型报道中大而全的叙述方式,也没有过多的讲述他们工作业务如何精湛,而是选取了几位“姐妹”,“偷得浮生半日闲”的一次小聚,展现了首都女司机乐观向上的精神面貌,片中更多采用了纪实的手法进行讲述,善于将细节作为论据参与叙事,例如:从每次聚会都是“男人们”掌勺的事实以及姐妹们聊天的细节,不难发现女司机们的工作压力之大以及背后家属们的奉献与支持。

## 三、制作水平普遍提升,内容形式相得益彰

本次参赛作品的另一个特点是制作精良,而且整体水平普遍提高。一方面综述性报道一般都进行了整体包装,综合调动了 MG 动画和 3D 技术等手段,使得包装本身成为一个影片的有机组成部分,努力实现硬题材的软着陆。比如:《 渤海明珠天津港 》。影片高清技术的普遍应用不仅提高了画面质量而且为后期影片的调色提供了前置条件,此外在《安徽省高速公路服务区宣传片》等影片中运用了大量航拍镜头,提供了全新的视角,调动了观影者的积极性。

总体看，本次参赛影片水平普遍比较高，但也存在不足。一是重宏观轻微观。综述性报道、典型经验类报道是行业新闻报道的重点，也是难点。虽然我们的影片从选题到制作上都有了很大改观，但还没有摆脱“工作简报”式的报道藩篱，重点在讲宏观讲成绩，定性的评论多于用事实说话，缺乏影像的细节支撑。二是重专题轻深度。专题报道的目的以一个受众容易接受的视角切入，努力实现深度报道，进而产生影响力，我们的作品大多善于拓展报道范围，还缺少从面上下沉到基层的案例，再以案例为引导实现激励和引发思考的目的。三是重技术轻把控。如前所述，我们很多影片中采用了航拍的手法，同时也存在滥用航拍镜头的趋势，很多镜头拍的很好，但与解说与叙事严重脱节，对新手段运用的“度”还需经一步提高。四是生活化、网络化的语言还需一步把关。个别专题片出现了“牛X轰轰”的表述，随意性较强。

(作者系中国传媒大学教授、博士生导师)

# 微视频类

获奖名次：图片类三等奖

标　　题:《快递到了》

作　　者：任国平

原 刊 于:《快递》2016 年 11 月 10 日封面故事

获奖名次:图片类三等奖

标　　题:《小学生志愿者定期到地铁开展社会实践》

作　　者:陈剑豪

原 刊 于:《中国道路运输》2015 年第 5 期

# 作品评析

## 交通情 微影梦

### ——简评第六届全国交通运输优秀微视频类获奖作品

王建宏

第六届全国交通运输优秀新闻作品揭晓了。

这次获奖的12部微视频(微电影)作品,使我们在欣喜地看到我国交通运输事业迅猛发展的同时,也看到了全国交通运输职工在微视频(微电影)创作领域所取得的长足进步。

微视频(微电影)这一形式,自2010年才刚刚开始兴起。在它7年的发展历程中,以其短小精悍、精准快捷、雅俗共赏等特点,实现了传播内容与表现形式的同步创新、新兴媒体与传统媒体的深度融合、单一媒介向全媒体的高度跨越,发展势头迅猛。

从"小荷才露尖尖角"的萌芽状态,迅速成长为互联网视频最明显的增长领域,微视频(微电影)不仅满足了广大用户的海量观看需求,而且激励着微视频(微电影)的生产者创作出更多优秀作品,承载中华优秀文化、寄托主流价值、传递时代音符。全国交通运输系统的干部职工,迅速学习和掌握了这种艺术表现形式,把它融入到了自己的生产和生活中,创作出了大量好作品。

纵观本届获奖的12部作品,有以下几个特点:

第一,主题立意积极向上,符合社会主义核心价值观,传播了正能量,深刻反映交通系统干部职工情系交通、敬业奉献,对工作的热爱,对职责的坚守。通过他们的艰辛付出,从不同侧面展现了交通人的情怀,以及今天我国交通建设事业取得的巨大成就,令人敬佩而感叹!

第二,创作形式多样化,从传统的年度总结、工作报告类型,涌现出故事片(《一路有你》《较量》)、新闻纪录片(《山上人家》《记者责任》)、动画片(《小跑告诉你如何安全寄递》)、音乐艺术片(《蓝》)、广告宣传片(《公交伴我行》)、纪录+剧情表演(《夫妻井》)、纪录+现场访谈(《共同话春运》)等多种类型,可惜可贺。

第三,创作素材来源于基层工人的生产生活,艺术表现真实生动,具有较强的艺术表现力和感染力。例如:获得一等奖的《一路有你》和《较量》都是根据真人真事改编而成。

《一路有你》介绍了怀揣梦想的大学毕业生凌云来到佤山公路管理段,与美丽的佤族姑娘依娜,扎根祖国边疆的佤山深处,无怨无悔地把他们30年的青春和热血都奉献给了公路事业,并把他们的孩子凌子路培养成了新一代养路工。两代公路人对公路养护事业的挚爱、奉献、坚守,前赴后继、无怨无悔的高尚情操,令人动容!人物形象刻画饱满,整个故事具有一定张力,具有较高的思想性和艺术价值。

《较量》虽然反映的是高速公路收费员机智巧妙地配合公安机关抓捕劫匪的故事,但同时也把公交职工的文明礼仪和微笑服务(哪怕对面就是穷凶极恶的劫匪)呈现在观众面前,使人们对公路收费员的工作有了更多的了解。

第四,制作水平比较精良。获奖作品基本上做到了了结构清晰、叙事流畅,情节合理,声画品质优良,能够准确流畅地运用形象、色彩、空间、动画、音效等视听语言表达内容和思想,具有一定的审美水准;拍摄、构图、选景有想法、有创意;后期剪接手法流畅、成熟。音乐艺术片(《蓝》其歌词、音乐、画面,都带给世人惊鸿一瞥的美,同时也将筑路人在苍茫大戈壁上创造的公路奇迹展现在观众面前,让人流连忘返。

第五,无人机航拍的大量运用,对展现祖国大好河山的秀美风光和交通建设的巨大成就增色不少,开阔了人们的视野。《山上人家》《走公路看变化之美丽侗寨》,带观众进行了一次视觉旅游享受。

从创作单位来看,《云南交通报》和《安徽交通运输》表现突出,各获得1个一等奖。

虽说"隔行如隔山",许多演员基本上都是由没有经过专业训练的交通运输职工自己扮演,尚显得有些青涩、稚嫩,表演火候欠佳,但由于其真实、可信,同样达到了较好的效果!

此外,年度总结、工作汇报一类的作品还占有一定的比例,这在内部自娱自乐、企业认知方面,也是一种需要,但要拿到更广阔的市场上去展播展映,则应对其提出更高的要求和标准。

近年来,互联网信息技术发展风起云涌,全球媒介生态发生了巨大而深刻的变化。传统媒体与新兴媒体的融合,媒介内容与表现手段的创新,"互联网+"思维的运用,大数据实践的广泛展开等,都是当下媒介发展的重要趋势。这对各行各业都是前所未见的机遇和挑战。交通运输行业也不例外。

在这样的时代背景之下,互联网视频用户的大量增长,有力地促进了互联网内容产业细分化、个性化、多样化的发展。

中国微视频(微电影)领域,正呈现规模化、品牌化、产业化的趋势。主流微视频(微电影)不仅有效地加强业内合作和跨界融合,孵化出一系列优质原创项目,而且在版权平台的搭建方面成果喜人。商业微视频(微电影)在资本的推动下有了质的飞跃,制作精良、定位精准的广告类微视频(微电影)不断涌现;网络剧和网络大电影的运作模式日趋清晰,进入"良币驱逐劣币"的良性循环;纪录类、生活类的微视频(微电影)也大多找准了自己的发展模式,得到了受众的广泛认可;大众微视频(微电影)则借助近年来短视频APP发展的东风,拍摄、传播和分享的平台进一步打通,从而进入UGC(用户生产内容)的新阶段。这对我们交通运输系统的干部职工,也同样是新的机遇。

期待全国交通运输战线的新闻工作者,更好、更及时地反映我国交通运输发展的新成就、展现交通职工的精神风貌,为满足人们的文化需求,推进我国精神文明建设,增强我国的文化软实力,推动媒体融合发展的未来生态,创作出更多好作品!做出新的更大的贡献。

(作者系中央电视台总编室原常务副主任、中央新影集团微电影台总编审)

# 体现新意　注重手段艺术化

## ——第六届全国交通运输优秀微视频类获奖作品点评

陈　刚

近日，由中国交通报刊协会主办的第六届全国交通运输优秀新闻作品推选展活动圆满结束，共有20部专题片参加微视频类评奖，经过评委会初评、定评和公示，其中的12部专题片分别获得了一、二、三等奖。

总体上，本次参赛的微视频（微电影）作品较好的融合了记录、电影、动画等手段，体现了一定的新意，多数影片注重用艺术化的手段将时代背后的历史故事和人物的现实生活进行有效串联。各种体裁都在相应的影片体量与主题要求和叙事需要相得益彰。

### 一、关注现实，小切口映射大主题

本次参赛作品在不同程度上都表现出了对社会现实的关注，影片《一路有你》以20世纪80年代到21世纪初的云南公路发展为背景，在短短的20多分钟时间里，通过新一代公路人——儿子的视角，讲述了老一代公路人的朴素真挚的情怀和坚守，体现了公路行业的历史变迁和文化的传承。结构上，从现在讲到过去，再由从过去回到现在，随着故事情节的层层展开，影片所蕴含的对年轻一代公路人的时代要求，依托历史故事的讲述，展现的得格外亲切和感人。影片《较量》讲述了安庆北站收费工作人员，合理利用收费政策和微笑服务等流程，有效拖延时间，配合公安机关实施抓捕和营救的真实故事，虽然影片的拍摄和制作相对于比较简单，但源于真实的故事情节和斗智斗勇的情景再现给影片带了真实的现场感，也为外界了解公路收费管理行业的真实工作现状提供了一个新的视角。

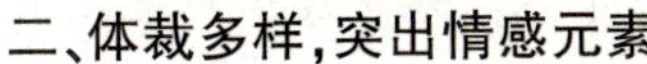

## 二、体裁多样，突出情感元素

本次参赛作品涉及了微视频(微电影)、微动漫、微纪录片等多种体裁，都较好的承担了题材表现的需要。例如:《山上人家》5分钟的影片体量，从一个人到一群人的叙事逻辑和纪实元素相结合，较为真实地刻画了敢于奉献，忠诚度担当的公交人的群像，镜头运用富于情感，从公交穿梭的美丽的风景可以看到公交人美丽的心灵。影片《我的爸爸是京城夜游神》充满了老北京的韵味，以一个开夜车的父亲和女儿之间的故事为主线，将女儿一夜的“暗访”中，路上发生的小插曲为情节推进，展现父女间、司乘间蕴含的人与人之间最质朴的感情，由此折射出公交人乐观和奉献的时代精神。

## 三、理念融合，适应网络传播

好的作品一定可以表现出与传播环境和理念高度适应的特质，在互联网时代，影片从选题、策划、摄制再到整合传播营销，必然要适应和契合互联网的传播语境。本次参赛的一些作品从理念层面到技术层面都很好地体现了这一要求。以往论及快递、物流安全的题材多是严肃教条的“说明文”，收效有限。此次《小跑告诉你如何安全寄递》，设计了一个快递员“小跑”的动画形象，以幽默风趣的语言向大家传播了安全寄递的基本常识和寄递物品的要求和规范，具有很强的传播力。《公交伴我行》则以融合了MV的元素和公益宣传片的表现形式，将市民身边一个个熟悉的出行场景进行串联，见证了上海地面公交行业建设过程中综合服务水平的提升。上述两片，体量上以短见长，语态上关照了网络群体尤其是年轻网民的审美需求，具备了互联网微传播基本属性。

## 四、不足之处

总体看，本次参赛影片水平普遍比较高，但也存在不足。一是存在搬演痕迹。几部微电影在不同程度上都存在搬演的痕迹，尤其是真人真事本色出演，在真实与再现之间的分寸似乎更不容易拿捏，有碍真实性体现。二是基本的画面语言运用还不够到位。比如一些影片存在不同景别下镜头组接不一致的问题，同一事件中人物、道具的数量、相对关系以及动作承接关系不一致，画面存在逻辑错误和形式跳跃。三是部分影片主题不聚焦。或是虎头蛇尾没有在形式和内容之间找到平衡，或是均匀发力、节奏平淡、缺少新意。四是部分镜头违反司乘人员的基本操作规范。比如公交司机在等红灯是查看微信行为，容易误导观众。

（作者系中国传媒大学教授、博士生导师）

# 附　　录

获奖名次：图片类三等奖

标　　题:《干一项工程留一片希望》

作　　者：李慧萍

原 刊 于:《筑港报》2015 年 12 月 11 日 3 版

获奖名次:图片类三等奖

标　　题:《挥汗火热工地》

作　　者:毛永智

原 刊 于:《宁夏交通》2016 年 9 月 22 日 2 版

# 第六届全国交通运输优秀新闻作品及优秀编辑推选结果

## 消 息 类

| 奖 项 | 推荐单位 | 作 者 |
|---|---|---|
| **一等奖**(3篇) | | |
| 1. 鏖战四年终圆梦　铸就经典新地标<br>港珠澳大桥桥梁主体贯通 | 《筑港报》 | 纪子骁　董永贺 |
| 2. “世界第一高桥”建成通车<br>桥面至谷底垂直高度565米,相当于200层楼高 | 《二航人》 | 隋业辉　于　越　谢　刚 |
| 3. 邮政业职业分类体系重新确立<br>国家职业分类中首次出现“快递员” | 《中国邮政快递报》 | 张　慧　王　颖　王洪磊 |
| **二等奖**(6篇) | | |
| 1. 中希两国总理见证比雷埃夫斯港股权转让协议确认函的签署<br>希腊总理齐普拉斯到访中国远洋海运集团 | 《中国远洋海运报》 | 黄奇萃 |
| 2. 一周订单超4000箱,村民通过本报感谢交通人<br>新疆有机枣饱含正能量 | 《中国交通报》 | 范永伟　麦尔丹买·买买提 |
| 3. 申城3000辆出租车为爱亮“屏”<br>强生、大众出租车后窗广告“参与”找失联男孩 | 《上海交通》 | 邱　佳 |
| 4. 中国交建运营的牙买加南北高速车流量过百万<br>中国企业在海外运营首条高速公路 | 《交通建设报》 | 任明朝 |

| 奖　项 | 推荐单位 | 作　者 |
|---|---|---|
| 5. 哈俄公路国际大通道正式开通<br>龙江形成全方位立体化跨境运输体系 | 《黑龙江交通》 | 陈晓光 |
| 6. “东方之星”轮整体打捞出水 | 《中国水运报》 | 周国东　鄢　琦　陈俊杰　万　芳　赵　姗 |

**三等奖**(10 篇)

| 奖　项 | 推荐单位 | 作　者 |
|---|---|---|
| 1. 变明挖为暗挖　杭黄铁路“让道”古树 | 《二航人》 | 余　江　徐军勇 |
| 2. 货车侧翻,驾驶员受伤被卡车内,面对 5 吨重的卡车,高速巡查员用身体顶起车头<br>他们用肩膀顶住生的希望 | 《交通旅游导报》 | 朱国全　杨胜男 |
| 3. 邯郸首次以驾驶员名字命名公交线路<br>公交 21 路为“高红雁线路” | 《河北交通》 | 李朝旗 |
| 4. 普乐村的小班车开通了 | 《云南交通报》 | 徐爱华 |
| 5. 宁波交通质监部门组织特殊参观团,让孩子们“跟着爸爸进工地” | 《交通旅游导报》 | 吴宇熹　王路嘉 |
| 6. 阜宁至建湖高速公路建成通车<br>我省实现“县县通高速” | 《江苏交通》 | 施　科 |
| 7. BRT1 线实施“油改电”<br>柴油车退役新能源车接班上岗 | 《北京公交》 | 马　硕 |
| 8. 我省公路养护创历史最好成绩进入全国前十 | 《江西交通》 | 林　雍　练崇田 |
| 9. 产业布局随路走　道路畅通引产业<br>宁夏交通扶贫道路先行 | 《宁夏交通》 | 梅宁生　米宁平 |
| 10. 首家内河船东互保组织和中新(重庆)合作新成员<br>重庆船东互保协会正式运行 | 《重庆交通》 | 范熙阳　陆　阳　张泽梅 |

## 通　讯　类

**一等奖**(7 篇)

| 奖　项 | 推荐单位 | 作　者 |
|---|---|---|
| 1. 36 小时的生命奇迹 | 《中国救捞》 | 刘占强　赵一飞 |
| 2. 在世界屋脊抢险保通 | 《中国交通报》 | 慕顺宗　卫　涛　丹巴加措 |

| 奖 项 | 推荐单位 | 作 者 |
|---|---|---|
| 3. 完美救援,跑赢时间!<br>——沪宁高速公路“4·2”事故救援侧记 | 《中国高速公路》 | 韩 博 李娅洁 |
| 4. 一家三代人的筑梦路 | 《贵州公路》 | 田 波 韦志胜 莫 彤 |
| 5. 中国人把铁路修到我家乡 | 《交通建设报》 | 王秉辰 |
| 6. “风口”上的先行官<br>——“两会”交通话题的后续观察 | 《中国公路》 | 刘传雷 |
| 7. 室虽陋 爱意浓 体现上海“温度”<br>——沪上部分公交调度室成为环卫工人的“避风港” | 《上海交通》 | 陈 忠 |
| **二等奖**(14 篇) | | |
| 1. 打通最后一公里 小山村迎来大发展<br>——“溜索改桥”助力威宁中关村老百姓脱贫致富纪实 | 《贵州交通》 | 刘叶琳 |
| 2. 重视公交用户 重视快充模式<br>换个思路谈补贴 | 《中国交通报》 | 周向阳 |
| 3. 南海飘扬的海事旗帜 | 《中国海事》 | 王海潮 庞 博 |
| 4. 风雨中的坚守<br>——“5·8”泥石流灾害交通救援群像实录 | 《福建交通》 | 池舒婕 薛荣泰 黄秀辉 |
| 5. “中国扶贫第一村”的幸福嬗变<br>——来自福建省宁德市福鼎赤溪村的调查报告 | 《福建交通》 | 薛荣泰 |
| 6. 空中劲旅<br>——记交通运输部东海第二救助飞行队空勤组 | 《中国救捞》 | 付正怡 |
| 7. 黄卫国:毡房内的江西小伙儿 | 《中国交通建设监理》 | 陈克锋 丁 南 |
| 8. 奔跑吧 京津冀<br>——2016 年京津冀交通一体化发展论坛侧记 | 《中国交通信息化》 | 崔雪薇 |
| 9. 向因公殉职的英雄致敬!愿所有为民服务的交通人安康! | | |

| 奖　项 | 推荐单位 | 作　者 |
|---|---|---|
| 扶贫英雄壮歌行 | 《四川交通》 | 龚定萍　周显仁　扎西美朵 |
| 10. 公交驾驶员阿斯哈尔·托乎提的爱心行 | 《乌鲁木齐公交》 | 陈　卉 |
| 11. 走上最美国道　升级美好生活<br>——国道 108 楚雄段改造见闻 | 《云南交通报》 | 王兴梅 |
| 12. 贵州高速强筋骨　支撑经济跨越发展 | 《中国交通报》 | 贯刚为　李黔刚 |
| 13. 港珠澳大桥“贴身卫士”<br>——记中国第一个漂在海上的海事处 | 《珠江水运》 | 王锐丽 |
| 14. 龙岩市 12328:你有所呼　我必有应 | 《中国交通报》 | 刘兴增 |
| **三等奖**(26 篇) | | |
| 1. 快递员,值得珍惜的企业财富 | 《中国邮政快递报》 | 王宏峰 |
| 2. “大数据”下的海事未来 | 《中国海事》 | 崔乃霞 |
| 3. 鲜果版“速度与‘寄’情”,顺丰如何上演? | 《快递》 | 武文静 |
| 4. 运力“零供给增长”能否实现 | 《中国船检》 | 胥苗苗 |
| 5. 特殊的除夕速递 | 《湖北交通报》 | 赵　超 |
| 6. 品味一条有品位的路<br>——赤水河谷旅游公路建设纪实 | 《贵州交通》 | 萧子静　刘叶琳　郑　洋 |
| 7. 四十三年坚守初心　一生平凡更显厚重<br>——上海中远海运退休党员潘永华追记 | 《中国远洋海运报》 | 李　琳 |
| 8. 悠悠珠江水,滔滔水运情<br>——珠江水运亟待科学发展,释放经济新引擎作用 | 《珠江水运》 | 张建林 |
| 9. 路通了　苹果上线了　农民富了<br>——甘肃交通扶贫攻坚率先行动静宁县采访记 | 《甘肃经济日报—交通周刊》 | 段兰芬　张　宾　马　季　邓　倩 |
| 10. 约车:城际拼车补客运短板 | 《运输经理世界》 | 楚　峰　熊燕舞 |
| 11. ETC 网络时代降临! | | |

| 奖 项 | 推荐单位 | 作 者 |
|---|---|---|
| ——写在全国ETC联网之际 | | |
| | 《中国交通信息化》 | 刘睿健 |
| 12. 亚洲第一港养成记 | | |
| ——上海吴淞口国际邮轮港发展纪实 | | |
| | 《寰球物流报》 | 胡安梅 |
| 13. 打通巨龙"任督二脉" 助力"黄金水道"腾飞 | | |
| | 《中国海事》 | 赵 晨 |
| 14. 广东交通构建阳光政务监督机制 | | |
| 网上看得一清二楚,我服气 | | |
| | 《中国交通报》 | 林健芳 黎 侃 梁锡山 |
| 15. 路桥花木兰 | | |
| ——记木兰松花江公路大桥及引道工程副指挥长周岩 | | |
| | 《黑龙江交通》 | 李志宏 姜红艳 陈晓光 姜久明 |
| 16. 规划体系 完善配套 | | |
| 临安拟出农村电商顶层设计 | | |
| | 《交通建设与管理》 | 汪 玚 |
| 17. 五十四个道班,五十四枝花 | 《中国公路》 | 赵晓夏 |
| 18. 新常态下,中小航企如何活出高颜值? | | |
| | 《中国水运报》 | 陈俊杰 宋兵通 余明霞 |
| 19. 宁夏第一高桥"串"起清溪沟村民出山梦 | | |
| 山大沟深进出村困难 | | |
| | 《宁夏交通》 | 梅宁生 米宁平 |
| 20. 贵州农村公路铺就美丽乡村小康路 | 《贵州公路》 | 李 瑜 |
| 21. "新政"落地 激活出租车行业转型升级 | | |
| | 《甘肃经济日报—交通周刊》 | 段兰芬 邓 倩 |
| 22. 鹤大"醉"美行 | | |
| ——鹤大高速公路科技示范工程技术应用现场考察侧记 | | |
| | 《吉林交通》 | 饶 波 张士鹏 |
| 23. 转型发展 正在出发 | | |
| ——市交投司"两学一做"学习教育侧记 | | |
| | 《重庆交通》 | 刘正林 张泽梅 |
| 24. 安徽交通以行动兑现脱贫承诺 | 《安徽交通运输》 | 吴 敏 |
| 25. 江西港航建设势头强劲 | | |

| 奖 项 | 推荐单位 | 作 者 |
|---|---|---|
| 赣鄱黄金水道迸发振兴活力 | | |
| | 《江西交通》 | 练崇田 黄 金 |
| 26. 四校联动 资源共享 打造品牌 | | |
| 云贵川渝汽车职教联盟正逢其时 | | |
| | 《四川交通职业技术学院报》 | 罗 超 |

## 评 论 类

**一等奖**(3篇)

| | | |
|---|---|---|
| 1. 唯改革者进 唯创新者强 | 《中国远洋海运报》 | 姚亚平 |
| 2. 落实全国交通运输工作会议精神系列 | 《中国交通报》 | |
| | | 刘兴增 林 芬 孙英利 卢 锐 杨红岩 |
| 3. "咱家缺钱吗"发人深省 | | |
| ——《永远在路上》之"天网追逃"观感 | | |
| | 《寰球物流报》 | 邓道坪 |

**二等奖**(6篇)

| | | |
|---|---|---|
| 1. 心里甜,才能笑得美! | 《中国高速公路》 | 吴士尹 |
| 2. 什么是"第一",谁是评判者? | 《中国邮政快递报》 | 秦 磊 黄桥茜 |
| 3. 从"扁鹊医术最差"谈防腐 | 《交通建设报》 | 孙伟望 |
| 4. 长江不搞大开发,不等于不开发 | 《中国水运报》 | 赵 虎 |
| 5. 城与村,这么近,那么远 | 《中国公路》 | 谢博识 |
| 6. 让百姓有更多获得感 | 《中国水运报》 | 朱 婧 |

**三等奖**(8篇)

| | | |
|---|---|---|
| 1. 安全管理中的"费斯汀格"法则 | 《三航报》 | 郭 佳 |
| 2. 治超"阵痛"下,抱怨不如自我救赎 | 《运输经理世界》 | 祁 娟 |
| 3. 不要陷入危机驱动模式 | 《交通决策参考》 | 王 硕 |
| 4. 有服务才作为 | 《交通决策参考》 | 孙 婧 |
| 5. 打响成本之战 分享改革红利 | | |
| ——"五商中交"战略下项目管理模式之思考 | | |
| | 《筑港报》 | 王国平 |
| 6. 把好事办到田间地头 | 《中国公路》 | 张 波 |
| 7. 让交通扶贫的措施真正落到实处 | 《甘肃经济日报—交通周刊》 | 段兰芬 |

| 奖 项 | 推荐单位 | 作 者 |
| --- | --- | --- |
| 8. 吹响建成交通强省的新号角 | 《河北交通》 | 张海洋 |

## 副 刊 类

**一等奖**(3 篇)

| | | |
| --- | --- | --- |
| 1. 走进渔家 24 小时 | 《中国交通报》 | 蔡玉贺 |
| 2. 消失的信件 | 《中国远洋海运报》 | 陈建华 |
| 3. 扬州的风 | 《贵州公路》 | 宋小松 |

**二等奖**(6 篇)

| | | |
| --- | --- | --- |
| 1. 血脉 | 《交通建设报》 | 王秉辰 |
| 2. 大江自古黄金在<br>——“黄金水道”的前世 | 《珠江水运》 | 马格淇 |
| 3. 何处寄乡愁 | 《贵州公路》 | 唐隽永 |
| 4. 湘西散记 | 《中国公路》 | 朱 婧 杨 军 |
| 5. 东京审判　守文持正 | 《中国交通报》 | 吉 娜 胡荣山 |
| 6. 妈的味道 | 《乌鲁木齐公交》 | 刘 波 |

**三等奖**(8 篇)

| | | |
| --- | --- | --- |
| 1. 归来 | 《筑港报》 | 王秉辰 |
| 2. G322 广西的南北印象 | 《中国公路》 | 朱 婧 龚亮勇 |
| 3. 坝美,我心中的世外桃源 | 《湖北交通新闻》 | 高 斌 |
| 4. 在风雨中砥砺前行<br>——与海伦凯勒《假如给我三天光明》相伴 | 《江西交通》 | 钟恢万 |
| 5. 努力是一种最基本的修养 | 《天津港湾》 | 高素争 |
| 6. 伶仃洋上没有移动信号<br>谨以此文纪念抗战胜利七十周年 | 《三航报》 | 王国柱 |
| 7. 胭脂墩 | 《安徽交通运输》 | 汪 昕 |
| 8. 跟着走<br>——纪念长征胜利 80 周年 | 《寰球物流报》 | 周贤望 |

## 论　文　类

| 奖　项 | 推荐单位 | 作　者 |
|---|---|---|
| **一等奖**(2篇) | | |
| 1. 新媒体时代行业新闻宣传工作路径探寻 | 《安徽交通运输》 | 吴　敏 |
| 2. 从“行业影响”到“影响行业”——行业期刊如何转型突围? | 《中国水运报》 | 施　华 |
| **二等奖**(4篇) | | |
| 1. 合谋与窥探——我们身边的信息记录员 | 《交通建设报》 | 田　恬 |
| 2. 行业突发事件舆情应对策略 | 《中国道路运输》 | 曾德华 |
| 3. 新闻传播主体意识刍议 | 《中国远洋海运报》 | 白昌中 |
| 4. “无新闻”主题策划与宣传 | 《江苏交通》 | 施　科 |
| **三等奖**(6篇) | | |
| 1. 做一名负责任的新闻传播者 | 《甘肃经济日报——交通周刊》 | 刘　静 |
| 2. 新媒体时代,传统纸媒如何融合升级——以《福建交通》为例 | 《福建交通》 | 廖丽华 |
| 3. 如何发挥国有企业新闻宣传对企业文化建设的推进作用 | 《北京公交》 | 康夏清 |
| 4. 论新旧媒体相互融合满足大众阅读需求 | 《河北交通》 | 李建国 |
| 5. 期刊编辑的职业修养 | 《交通财会》 | 程　红 |
| 6. 一次对关“权”入“笼”变革的采访 | 《湖北交通新闻》 | 高　斌 |

## 好　策　划　类

**一等奖**(4个)

1. “重走长征路·路上看交通”大型系列采风活动

《广州交通》

马援农　陈城武　吴　欣　何美洁　李家勋　戴婉桦

| 奖 项 | 推荐单位 | 作 者 |
| --- | --- | --- |
| 2.“小康路·交通情”交通扶贫重大主题策划 | 《中国交通报》 | 慕顺宗 吴楠 马珊珊 李 玲 卫 涛 郑 洋 赵珊珊 杨志聪 |
| 3.“桥”夺天工，传之不朽<br>——桥梁品质工程专题策划 | 《公路交通科技》 | 廖丽华 |
| 4. 航海日与一座城市的约定 | 《中国船检》 | 崔连德 杨培举 徐 华 史婧力 |
| **二等奖**(8个) | | |
| 1. 转“危”为安，化“险”为夷<br>——危险运输安全专题策划 | 《公路交通科技》 | 张艳丽 徐 凌 刘成莺 |
| 2. 船舶大型化来势汹汹 中国港口如何应对 | 《中国港口》 | 徐剑华 茅伯科 等 |
| 3.“一带一路”系列报道 | 《交通建设报》 | 米金升 陶 涛 任明朝 |
| 4. 长征路上看变迁特别策划 | 《中国交通报》 | 王姗姗 白 爽 |
| 5. 投融资变革进行时(上、下) | 《中国公路》 | 赵晓夏 张 波 翁燕珍 王利彬 周国光 周智勇 吴亚平 张恩化 荀照杰 彭耀军 邱祯国 |
| 6. 南海之光 | 《中国海事》 | 王海潮 庞 博 |
| 7. 救捞系统圆满完成四川广元救援行动 | 《中国救捞》 | 陈诸浩 李海宁 |
| 8. 水上“僵尸船”调查 | 《中国水运报》 | 甘 琛 左良栋 陈俊杰 程 璐 |
| **三等奖**(10个) | | |
| 1. 蓄能再出发300亿特刊 | 《中国邮政快递报》 | 秦 磊 王 超 张 平 王宏峰 范云兵 张亚妮 张鹏飞 王洪磊 代秀强 苗 琳 |
| 2. PPP风云 | 《中国高速公路》 | 于 渊 |
| 3. 新“海丝”带来新机遇 | 《中国海事》 | 崔乃霞 庞 博 |
| 4. 重生<br>——海上搜救获救人员系列回访录 | 《中国交通报》 | 王 楠 周献恩 姜秋华 任晶惠 金校宇 |
| 5. 剧透“十三五” | 《中国高速公路》 | 潘永辉 |
| 6. 兰渝铁路系列报道 | 《筑港报》 | 孙一鸣 |
| 7. 快递江湖 | 《快递》 | 许文静 |

| 奖 项 | 推荐单位 | 作 者 |
|---|---|---|
| 8. 普通公路服务区时代来了 | 《中国公路》 | 谢博识 郭远峰 |
| 9. 深化出租汽车行业改革“两个文件”出台后的行业改革 | 《中国道路运输》 | 刘云军 马力 |
| 10. 城市公共交通的供给侧改革 | 《上海交通报》 | 陈文彬 王 梅 董 翌 |

## 新闻图片类

**一等奖**(4 幅)

| 奖 项 | 推荐单位 | 作 者 |
|---|---|---|
| 1.“东方之星”轮翻沉事件救援 | 《中国交通报》 | 王取发 |
| 2. 永兴岛海域救援越南籍患病渔民 | 《中国交通报》 | 王 克 |
| 3. 漫步“星空” | 《中国救捞》 | 李 丹 |
| 4. 龙江特大桥箱梁吊装 | 《交通建设报》 | 郭志伟 |

**二等奖**(8 幅)

| 奖 项 | 推荐单位 | 作 者 |
|---|---|---|
| 1. 海上“蜘蛛侠” | 《中国救捞》 | 黄顺泰 |
| 2. 雪中送快递,迎接“双 11” | 《中国邮政快递报》 | 易思祺 |
| 3. 吊臂之美 | 《中国救捞》 | 陈华东 |
| 4.“小县域”实现“大生态” | 《中国邮政快递报》 | 范云兵 |
| 5. 静待“主人”来 | 《快递》 | 任国平 |
| 6. 凝固的青春 | 《筑港报》 | 赵成员 |
| 7. 海事珠峰 | 《中国海事》 | 魏 伟 |
| 8. 开闸 | 《广西交通》 | 黄国清 |

**三等奖**(10 幅)

| 奖 项 | 推荐单位 | 作 者 |
|---|---|---|
| 1. 广州交通“嗨”翻广马 | 《广州交通》 | 叶 键 |
| 2. 杨传堂部长与一线员工共话交通发展 | 《中国道路运输》 | 张敬云 |
| 3. C119 大桥至百花山农村公路 | 《贵州公路》 | 罗 迪 |
| 4. 溜索改桥造福山区百姓 | 《四川交通》 | 蒋林珂 |
| 5. 大修工地上的筑路工人 | 《贵州公路》 | 唐隽永 |
| 6. 友爱新城 | 《广州交通》 | 钟继东 |
| 7. 快递到了 | 《快递》 | 任国平 |
| 8. 小学生们定期到地铁开展社会实践,学习如何当一个合格的志愿者 | 《中国道路运输》 | 陈剑豪 |
| 9. 干一项工程　留一片希望 | 《筑港报》 | 李慧萍 |

| 奖 项 | 推荐单位 | 作 者 |
|---|---|---|
| 10. 挥汗火热工地 | 《宁夏交通》 | 毛永智 |

## 专 题 片 类

**一等奖**(2个)

| | | |
|---|---|---|
| 1. 拯救2015 | 《河北交通》 | 李书岐 谭 磊 |
| 2. 小亭大爱 | 《四川交通》 | 吴 丹 徐 航 刘 凯 陈 龙 李星宇 刘应玲 |

**二等奖**(4个)

| | | |
|---|---|---|
| 1. 抗洪保通风雨同行 | 《安徽交通运输》 | 吴 敏 任爱伟 丁院云 |
| 2. "首席"姐妹团的聚会 | 《北京公交》 | 薛皓琪 |
| 3. 高速 | 《贵州交通》 | 芶 云 韩双喜 邱 黔 |
| 4. 路连人心<br>——交通扶贫三省影像记 | 《中国交通报》 | 张大为 吴晓军 王正浩 |

**三等奖**(6个)

| | | |
|---|---|---|
| 1. 杨光 用公交车模留存城市记忆 | 《北京公交》 | 孟 涵 |
| 2. 渤海明珠天津港 | 《天津港湾》 | 李佐彤 李恭铭 周凤岐 翟小龙 |
| 3. 锦绣黔程 大路如歌<br>——贵州省公路局"十二五"工作巡礼 | 《贵州公路》 | 唐隽永 肖维波 李 瑜 罗 迪 |
| 4. 我是男神我在路上 | 《交通旅游导报》 | 胡梦珂 颜正华 任汝乐 |
| 5. "传说"中的收费员 | 《中国交通报》 | 吴世哲 宋宇翱 |
| 6. 时代梦想 扬帆起航 | 《天津港湾》 | 贾云泉 李四航 赵云鹏 蒋华宁 |

## 微 视 频 类

**一等奖**(2个)

| | | |
|---|---|---|
| 1. 一路有你 | 《云南交通报》 | 李 俊 王志勇 丁荣军 杨贵兴 罗维学 吴建兵 杨建华 张海斌 张若以 |
| 2. 较量 | 《安徽交通运输》 | 陶 哲 金 春 芮 毅 江子若 夏 辉 |

| 奖　项 | 推荐单位 | 作　者 |
|---|---|---|
| **二等奖**(4个) | | |
| 1. 山上人家 | 《交通旅游导报》 | 胡梦珂　颜正华　朱海袁 |
| 2. 公交伴我行 | 《上海交通报》 | 姚弘之　王　梅　董　翌 |
| 3. 小跑告诉你如何安全寄递 | 《中国邮政快递报》 | 武姝婷　王　毅 |
| 4. 记者责任 | 《中国水运报》 | 朱　婧　金　赤 |
| **三等奖**(6个) | | |
| 1. 我的爸爸是京城夜游神 | 《北京公交》 | 孟　涵 |
| 2. 蓝 | 《交通建设报》 | 刘志成 |
| 3. 走公路看变化之美丽侗寨 | 《广西交通》 | 杨智群　李雨深　周睿　韦国荣　殷　莉 |
| 4. 夫妻井 | 《云南交通报》 | 杨　保　李双平 |
| 5. 共同话春运 | 《中国交通报》 | 吴世哲　宋宇翔 |
| 6. 蜀水逐梦 | 《四川交通》 | 吴　丹　徐　航　刘　凯　陈　龙　李星宇　刘应玲 |

**优秀编辑**(10名)

| | |
|---|---|
| 1.《快递》 | 郭荣健 |
| 2.《交通建设报》 | 陶　涛 |
| 3.《中国交通报》 | 杨红岩 |
| 4.《中国公路》 | 张　波 |
| 5.《中国交通报》 | 李　玲 |
| 6.《乌鲁木齐公交》 | 陈　卉 |
| 7.《中国救捞》 | 陈诸浩 |
| 8.《交通建设报》 | 张　曦 |
| 9.《交通财会》 | 程　红 |
| 10.《江西交通》 | 许　青 |